精装典藏版 [No.2]

希区柯克悬念故事集
BEST STORIES CHOSEN
BY THE MASTER OF SUSPENSE

有罪的女人

王强　王帆　史玉哲　向宏

孟冬冬　等◎编译

时代文艺出版社

图书在版编目（CIP）数据

有罪的女人 /（美）希区柯克 著；王强等译 . —长春：时代文艺出版社，2014.7（2017.8 重印）
（希区柯克悬念故事集）

ISBN 978-7-5387-4607-5

Ⅰ . ①有… Ⅱ . ①希… ②王… Ⅲ . ①故事－作品集－美国－现代 Ⅳ . ①I712.45

中国版本图书馆CIP数据核字（2014）第150886号

出 品 人　陈　琛
产品总监　郭力家
选题策划　高晓诗
责任编辑　方　伟
助理编辑　李　硕
装帧设计　孙　利
排版制作　李玉龙

有罪的女人

[美] 希区柯克 著　王强等译

出版发行 / 时代文艺出版社
地址 / 长春市泰来街1825号　时代文艺出版社　邮编 / 130011
总编办 / 0431-86012927　发行部 / 0431-86012957　北京开发部 / 010-63108163
网址 / www.shidaicn.com
印刷 / 三河市京兰印务有限公司
开本 / 710mm×1000mm　1 / 16　字数 / 426千字　印张 / 25.25
版次 / 2015年1月第1版　印次 / 2017年8月第2次印刷　定价 / 68.00元

图书如有印装错误　请寄回印厂调换

出版说明

希区柯克不仅是著名的电影艺术大师，更是一位对人类精神世界高度关照的艺术家。在长达六十年的电影艺术生涯里，希区柯克拍摄了五十余部电影作品，一生获奖无数。对于后世人来说，希区柯克，已不仅仅是一个名字，他已赫然成为悬疑惊悚的代名词，代表了一种独树一帜的电影手法。

在美国电影协会评出的"百年百大惊悚电影"中，希区柯克的电影有 9 部入选，并且有 3 部位列前 10 名，当然包括第 1 名。

我社尽全力搜集、整理希区柯克的作品并结集出版，致力于打造国内收录希区柯克悬念故事最多的作品集，以飨读者。

本丛书共 8 卷：希区柯克导演的电影集两卷，《三十九级台阶》、《后窗》；悬念故事集六卷，分别为《有罪的女人》、《被冤枉的好人》、《不愿离开牢房的人》、《如影相随的人》、《迷雾中的陌生人》和《知情太多的人》，卷名取自希区柯克对其作品的分类。

我社此前出版的希区柯克系列曾受到广泛的欢迎，有很多热心读者还给我们提出了很多宝贵的建议和意见。为满足广大希区柯克作品爱好者的需求，我社重磅推出了希区柯克丛书精装修订版。本版不仅订正了上一版中的翻译和编校问题，同时又重新梳理了选文的顺序，力求接近希区柯克的精神核心，全面体现希区柯克的艺术追求。

虽经认真编校，但由于水平有限，错漏之处在所难免，敬望广大读者海涵，并请不吝指正。

前　言

在中国，几乎没有人不知道金庸，他的武侠小说让亿万华人沉醉其间。在全世界，几乎没有人不知道阿尔弗雷德·希区柯克（Alfred Hitchcock，1899-1980），他的悬念和惊悚故事像海啸一样席卷人类的心灵。

这是一位来自阴暗世界的传奇天才。在希区柯克四五岁的时候，他的父亲交给他一张字条，让他送给警察。警察打开纸条，上面写着，把他儿子关上五分钟，以示惩戒。警察照办。惊悚和悬念就这样戏剧性地在希区柯克的心灵上打上了沉重的烙印。他总是一个人关在黑暗的小屋中，缩作一团，瑟瑟发抖。对他来说，恐惧并非一个突然飞过的蛾子，或阴暗角落里爬行的蜘蛛，而是一种感觉，一种来自内心的战栗。任何物体的摆放和存在，对于他来说，都可构成威胁，让他的心灵备受刺激。他喜欢猎奇，对谋杀、下毒之类的事深感兴趣，被无所不在的邪恶现实深深吸引。正是这种来自童年的阴影和经历，让希区柯克理解了黑暗的力量。这种力量伴随他一生，渗透在他的影片中并释放出来。如《惊魂记》（*Psycho*,1960）中著名的浴室暗杀镜头，希区柯克始终用镜头来烘托和渲染恐怖的感觉，却并不表现任何直接的打斗冲突。危机和恐惧就在后面，让人惊悚。这部影片放映之后，成千上万的女性对浴室莫名恐惧，不敢洗澡。而希区柯克却说："对我而言，《惊魂记》是个大喜剧。"

这位登峰造极的悬念和惊悚大师1899年出生于英国的一个蔬菜批发商家庭，从未受过正规的电影和戏剧专业教育。1920年进入电影圈做字幕设计。1926年拍摄《房客》，一举奠定了他在电影界的地位，这部电影当时被誉为"英国有史以来最好的影片"。1939年，应米高梅电影公司的制片人之邀，希区柯克到好莱坞执导他的《蝴蝶梦》一鸣惊人，捧得奥斯卡最佳影片奖。此后，希区柯克一发不可收拾，佳作送出，拍摄了《爱德华大夫》《美人计》《后窗》等杰作。

希区柯克的故事有自己一贯的模式，绝大多数以人的紧张、焦虑、窥探、恐惧等为叙事主题，设置悬念，故事情节惊险曲折，引人入胜，令人拍案叫绝。根据他的理论，悬疑必须设计成这种紧张气氛：以观众为主线，通过剧中角色陷入危机的情节来发展，但是观众却无法得知这些角色与危险是谁造成的，或是会再造成什么样的危险，但是又必须让身处其中的无辜者不会受到伤害。于是，我们看到了男女角色之间的互动，而他们却毫不知情；我们了解了剧中人物错综复杂的关系，但是却无法推测下一步希区柯克会让他们发生什么事情！这种故事叙述手法，让人们回味无穷；也正因为如此，他的多部片子都成为经典，其中充满了希区柯克元素：足智多谋的拍摄手法、不可思议的男女角色关系、戏剧性的真相、明亮鲜明的色彩、内敛的玩笑戏弄、机智风趣的象征符号以及支配人心的悬疑配乐。这些元素成就了"希区柯克"这个与悬疑、紧张画上等号的代名词——让人感觉无助、惊吓，祈祷着接下来要（或不要）发生什么——而这就是希区柯克！

希区柯克非常害怕跟警察打交道，以至于到了美国后，几乎不敢开车出门。有一次，他驱车去北加利福尼亚，仅仅因为从车中扔出一个可能尚未完全熄灭的烟头而终日惶惶不安。

他也是一个难以捉摸的人。他的知名度极高，几乎到了家喻户晓的程度，却离群索居，怕见生人，整天在家里跟书籍、照片、夫人、小狗、女儿为伍，还同很少几位密友往来。他很少参加各种社交聚会，不跟妖艳的女影星厮混。他除了拍片之外，的确是一心不二用的。有人问他，要是让他自由选择职业的话，那他愿意做什么，或者在他一生中想做什么。他回答说："我不知道，我爱画，但我不会画。我爱读书，但我不是作家。我只懂得制片。我绝不会退出影界，除此之外，我还能做什么呢？"希区柯克把全部精力都用在准备制片上，他事先筹划一切，直到最后一个细节，并且全神贯注、兢兢业业地去实现他的计划。

对于希区柯克来说，电影只是这么一种手段，它能使惊恐不安、经常被莫名其妙的内疚和焦虑所折磨的人们，通过导演对剧中人物的巧妙安排来排除内心的痛苦。他说："戏剧就是将生活中的枯燥遗忘。"

也许正是由于希区柯克复杂的个性，才使得他的作品具有广阔的阐释空间。其丰富的意蕴，使得阅读他的作品成为一种巨大的享受。

《天才的阴暗面——悬念大师希区柯克的一生》一书中说："他对人类的心理世界和异常精神状态有着深刻的体悟，这使他的作品有力、深刻而迷人，并使他成为一位与卡夫卡、陀思妥耶夫斯基和爱伦·坡比肩而立的艺术大师。"

1979年，希区柯克80岁生日，坐在轮椅上，向前来道贺的人们致意："此刻，我最想要的礼物是一个包装精美的恐怖。"一年后，他在洛杉矶去世。

希区柯克一生导演、监制了59部电影，300多部电视连续剧。曾在1968年获特殊奥斯卡奖，同年获美国导演协会格里菲斯奖。为了表彰他对电影艺术作出的突出贡献，1979年，美国电影艺术与科学学院授予他终身成就奖。1980年，英国女王伊丽莎白二世封他为爵士。

这套书所汇总的故事，均根据希区柯克的电影和电视剧改编。编者竭尽所能，希望将这位大师的故事收集齐全，出版全集，但考虑到难免挂一漏万，故不敢称作"全集"。不过我们相信，这套书肯定是国内收集希区柯克惊悚悬念故事最多的。

在中国，希区柯克的电影、电视和图书一直备受欢迎，畅销不衰。我们相信，这些经典作品，必将像福尔摩斯的侦探小说和金庸的武侠小说一样，代代相传，流芳百年。

编者

目 录
CONTENTS

双重杀手

"罗伊。"一个温和的声音叫出他的名字，把他从梦中惊醒。他从床上坐起来试着清醒一下。当他的眼睛习惯于黑暗时，旅馆房间的灯突然亮了，天花板中间垂下的灯射出耀眼的光芒，他有些茫然了。慢慢地，当视线变清楚时，他看见一个衣着整齐、中等个头的人站在床尾。

罗伊迅速眨了几下眼睛，调整了一下眼睛的焦距，这才看清这位不速之客手中正握着一把自动手枪，枪口因为加了消音器而显得格外长。

"该发生的终于发生了，"罗伊痛心地说，"这场追杀终于要结束了。谁会想到事情会这样结束——在西班牙巴塞罗那这地方，这样一个破旧肮脏的小旅馆里。"那个人冷冷地回答道："这只是时间问题，从考里昂先生雇用我到现在已经九个多月了，这可是段艰苦的日子，好几次我还以为把你给追丢了。我得承认，这是场精彩的'狩猎'——加拿大、墨西哥、中美洲、南非、摩洛哥，然后是这里。"

那人以一种自我欣赏的口气说话时，罗伊正把手缓缓地伸向枕头下面，那儿有一把上了子弹的左轮手枪。绝望中他幻想趁那人说话时能抓到手枪，然后在他出手前，把子弹射进他的胸膛。

"罗伊，我早就把你的左轮手枪给拿走了，"杀手用一种不耐烦的声音说，"我们不要再玩这些无聊的把戏了，好不好？"

罗伊的手戛然停下来，心顿时凉了不少，他的手差一点就可以碰到枕头了。"我是个非常警觉的人，"罗伊带着敬畏说，"你能进入我房间，又神不知鬼不觉地从我枕头下把枪拿走，你真是位一流杀手。你究竟是谁？我想至少我应该知道即将杀我的人的名字。"

杀手点了点头说："威廉，格登·威廉，我自信我是此行中的佼佼者，我的酬金很高。考里昂先生肯定很在乎你，才肯出那么多钱干掉你。"

罗伊无奈地笑了，"那是这事情中最好笑的部分，考里昂先生实际上没什么好怕的。我厌恶帮会里的勾当，所以我想离开。我根本就没打算出卖他，但考里昂却不这么想。"

"就算你说的是真的，罗伊，"格登有礼貌地说，"我仍要执行我的任务，你的时间不多了。"

罗伊意识到死神在向他招手，大颗的汗粒从额头上冒了出来，脸上露出哀求的表情，突然他央求说："如果有任何可以挽回的方法，请您提出来，你要什么，我给什么，我有的是钱。"

格登了摇头平静地说："对不起，我已经接受了这份任务，假如我不完成的话，这会对我的声誉有很大影响，我想你明白这点。"

"那好吧，"罗伊温和地说，"你杀我后，请帮我做件事。你身后的写字台中间抽屉里有个信封，我希望你打开它，读完后再送给考里昂，你能帮我这个忙吗？"

"我会的。"格登回答说，然后在没有任何警告下扣动了扳机，手枪沉闷地响了一声，罗伊前额中间出现了一个洞。子弹的力量使罗伊身体向后倒去，脸朝上四肢张开躺在床上。

格登收好枪，取出一个带闪光灯的袖珍照相机，拍了许多张罗伊的脸部照片。这是他任务完成的证据。

正要离开房间时，他突然想到罗伊临死前的请求。他走到写字台前取出里面的信封，抽出一张打在白纸上的短信，看完后又轻轻地把信塞回信封里，然后扫视一下房间，打开门看看外边离开了。

考里昂是个没有耐心的人，当格登从西班牙完成任务回来见他时，他跳到格登面前抓住他的手，"啊！你终于回来了，你终于去了我的一块心病。只要那人活着一天我就如鲠在喉。现在一切都好了，我得感谢你，我想看看你拍的照片。"

格登一语未发，取出照片给他。考里昂一把抓回照片，从头到尾反复看了几遍，脸上露出了笑容，看得出他对此很满意。他对格登说："你的全部酬金，我已经给你汇入你在瑞士银行的户头，我向你致以最大最深的谢意。你走之前，我想再问你一件事，告诉我你开枪前他是什么表情？他有没有哭，或者乞求你手下留情什么的？我敢打赌，这个胆小鬼一定会那样做的。"

格登没有表情地回答："不，正好相反，他很从容，他对死亡的态度，比我所知道的所有人都好。"

考里昂对格登的回答很不满意，粗鲁地说："我想你一定相当累，你应该休息，我就不挽留你了。"

格登冷冷地一笑，"在我走之前，我得把这封信给你，是罗伊写的，我希望你能读一下。"

考里昂困惑地接过信封，抽出信。信是用打字机打的，打得很整齐。考里昂念道："我知道你会花钱雇人来杀我，为了公平起见，假如那个人把这封信交给你的话，那说明他已经接受了我装在信封里的两万块钱，并且同意要'以牙还牙，以眼还眼'，再见了，考里昂先生。"

那信从考里昂手里掉了下来，他像惊弓之鸟一样扑倒在地，但是在他着地之前，他的前额出现了一个大大的洞，和罗伊的一模一样。

病人与杀手

那天晚上，秋天的夜幕很快降临了，像黑色的雾，笼罩着新犁的田，像缎带一般，将通过农舍的州际公路捂得严严实实。

农舍前的黑暗处，出现了一个男人的身影，那人身材高大，浓眉大眼，高鼻阔口，悄悄地行动，如同无声的影子。他停在农舍附近，打量着前门上的一盏小灯，窗帘后面的房屋里，也有灯光亮着，他摇摇头，好像在考虑是去敲前门，还是敲后门。

他静静地迈开大步向前走。走近前门时，他听见屋里有男人说话的声音。他停在小灯泡射出的黄色灯光里，凝神倾听，听出了那是收音机或电视播音员的声音。

"……警方正在全力寻找今天下午从州立精神病医院逃出来的病人，那个病人是在杀死医院的一位职员后逃走的。我们再次重复先前的警告，虽然病人外表柔弱无比，但病一发作，就会对人造成伤害……对此稍后我们将做更详尽的报道。一位目击者说，一位金发女子有一次在一家偏僻的加油站进行抢劫，这个重要消息之后……"

他一直等候着，直到插播广告时才敲门。播音员那充满生气的声音立刻被切断，屋里传来轻轻的脚步声，然后突然停止。

敲门时他就知道纱门没有上锁，但他知道里面的木门是锁着的。他推测，主人正从门上的望孔里审视他，他满不在乎地看看四周，然后低头看了看自己的双脚。这时他看见门前有一块蓝色的门垫，上面印有白色的"默迪"两个字。

没有人开门。他稍等了一会儿，再耐着心敲门。

"有人在家吗？"他说，"我是比恩，是麦克家新来的工人，麦克先生派我来借一些工具。"他再次听见轻轻的脚步声，一会儿，里面的门打开，一位黑发、身材娇小的妇人向外窥视。

"默迪太太吗？"他透过纱门问。

"你要做什么？"

"很抱歉这时来打扰你，我要借一套带全部螺旋钳的工具，麦克先生说，你先生会知道是哪一套。"

他看见默迪太太在皱眉头，露出不高兴的表情，同时撩开面颊上的一撮头发。

"哦！我不知道。"

"我不介意你心存疑虑，因为你以前从未见过我。我是今天才上工的，不过，假如你请默迪先生和我谈谈的话，他会明白是哪一套工具。"

"我先生——他现在不在家。"默迪太太说。

比恩搓搓下巴，"哦，也许我应该等他回来，麦克先生带太太和孩子去看电影，所以才派我来，那套工具他明天一大早就要用。"比恩严肃地点点头，"我最好等你先生回来，他是不是很快就回家？"

"不！"默迪太太很快地说，随即又露出微笑，"我的意思是说，你最好是明天早上再来，那时候他会在家。"说着，打算闭门谢客。

"太太，我离开前可不可以麻烦你给我一杯水，从麦克先生家到这儿，路程并不算近。"

"当然可以，我去给你拿。"

她转身进去，比恩立刻悄无声息地跟入里面，悄悄地穿过前面客厅。当她从水槽边转过身，他正好站在厨房门口。

她吓了一跳，瞪大了眼睛，杯中的水溅了出来，她生气地训斥："没人请你进来！"

"请不要生气，太太，我不会伤害你。"

"你吓死我了，你怎么能跟在我后面？"

"我知道，"比恩点点头，同时想用微笑来使他难看的脸明朗些，好看些。"我知道你想说什么，我粗壮，丑陋，又不聪明，你要说，尽管说，以前我已听过很多次了。"

"我没那意思，比恩先生，真的，我无意伤害你，很对不起，我并没有在想你的长相。这是你的水，喝完之后，请离开。"

他很快喝完水，像很久没喝过水一样，一口喝干。她伸手接茶杯，但他并没有递还给她。

"你知道，"他说，"像这样的夜晚，你不该一个人待在家里。"

"我很好，现在，请你离开。"

"我听新闻报道，今天有一位病人从'精神病院'逃出来，那地方距此不远，现在他可能直接来到这儿。那些人有时候很可怕，当他们发现你一个人单独在家的时候，你想象不出他们会做什么事。"

"我相信我可以照顾自己，谢谢你。现在请你离开，让我锁上所有的门，我会安排得很好。"

比恩摇摇大脑袋，"默迪太太，你根本不了解，当那种人决心做什么事，或到什么地方的时候，门窗挡不住他们。他们可以像猴子一样，进出自如。当他们发作起来时，力大无比，他们可以打破、撕裂或杀害他们见到的一切东西，但他们的外表和你我没什么不同。大部分人不知道，你可以看见一个病人在街上向你走过来，而你不会想到任何事。"

比恩咧开嘴笑笑，想向她做出保证。

"我想告诉你的是，这个今天从精神病院逃出来的人，可能直接走到你门前，你可能让他进来，因为他外表看来并不凶暴。你或许认为，那只是一个汽车抛锚，需要帮忙，或者想借用电话，或任何有类似借口的人，你一点也不怀疑。然而，看你先生不在家，他可能对你翻脸，你可能会遇害，他们是难以按常理揣测的。"

默迪太太盯着他，脸上惨无人色，她说："你对……对精神病院里的那些人，似乎知道得很多。"

"我在那儿待了两年。"

她大吃一惊，退后两步，人撞上水槽，她说："哦，不！"

比恩听出她声音中的惊恐，很快说："我不是病人，太太，我是园丁，他们叫做管理员，大约三年前，我辞去了那里的工作。"

她做了一个深呼吸，然后说："你差点儿把我吓死。"

比恩咧着大嘴笑，"你知道，那正是我要告诉你的，因为我长相不好，你怕我是今天从精神病院逃出来的病人，告诉你，人不可以貌相，在那儿，我看见过好多妇女外表和你一样，甜甜的，一点儿也没有要伤害人的样子。"

"是的，"她说，"我可以想象，不过，我并不认为你有必要留在这儿等我先生，我向你保证，比恩先生，我不会让任何陌生人进入房间，放心好了。"

"事情就是那样，太太，当你单独在家时，不要让任何人进房间。靠近你门口的陌生人，你最好都不要和他谈话，我在精神病院里和他们谈过太多次话，只要你不进一步了解他们告诉你的事，你会发誓说他们说的绝对是真的。也可以说，他们都是出色的演员。"

"哦，好的，请你离开，你一离开，我就闩上门，关好每个窗户，比恩先生，我向你保证，任何陌生的人，我都不和他们说话。"她再次伸手要水杯，这一次他给了她。

她把水杯放进水槽里时，比恩说："太太，感谢你对我的耐心，许多人，尤其是太太小姐们，不能忍受见到我。每当我想和她们谈话时，她们不是逃走，就是尖叫救命。我没什么机会和女士谈话。当我跟你来到厨房时，我想做的只是聊一聊，你会了解，单是站在这儿，和你聊聊天有多好！"

默迪太太微笑，"哦，欢迎你随时再来。"

前门响起急迫的敲门声，他看见她两眼露出惊慌之色。突然，她开始左右摇头，像一只落入陷阱的野兽寻找逃路一样，嘴巴张开，发出一声尖叫。比恩冲向前，一双巨掌捂住她大半边脸。

她双手拼命抓那巨掌，试图挣脱，但是比恩用力把她推到冰箱上，用身体顶住她，使她不能动弹。过一会儿，他聆听再次响起的敲门声。外面的人无法透过纱门看见他们，比恩以高过耳语的声音说：

"默迪太太，我不能让你尖叫，他们会有错误想法，以为我在伤害你，那么一来，麦克先生就会解雇我。那可能是位邻居来访，你一平静下来，我就让你去开门。"

他感觉到手掌下的嘴巴要说话，而且她在用力扭动，想挣脱开。

"别那样，默迪太太，全身放松，就像我们刚才聊天时那样，可能是位朋友来访，你那么烦躁，我不能让你去开门。假如是熟人，那么会看出我们只是聊聊，拜访一下而已；假如是位陌生人，不必担心，由我来对付。我会看着他们，不让他们伤害你。"

他的手缓缓移开她的脸部，然后抓住她的手臂，温柔地将她推向前，两人一起走出厨房，走进前面起居室。

他停步，她继续向前走。透过纱门，他看见一位苗条的、金发女子的身影。

默迪太太惊恐地问道："谁呀？"

"我汽车坏了，需要帮忙，车胎在公路上破了。"

"进来吧！"

比恩一声不响地站着，眼睛盯着那女子，看她走进来。她很年轻，身穿一件黑色毛衣，长裤子，军装式的风衣，污渍斑斑，而且皱巴巴的，前面没扣，显得大而不合身。

女孩微笑，"我的车抛锚在离这儿大约四分之一里路的地方，信不信由你们，我不懂得换轮胎。"

"这是我先生，"默迪太太介绍说，"或许他可以帮你换。"

比恩一听，突然愣了一下，然后明白她真是很聪明，因为这个女孩是陌生人，她要他来应付。

"那太好了，"女孩对比恩微微一笑，"你真是可爱。"

"当然，他是非常可爱。"默迪太太说。

比恩的脸红起来，她说他可爱，但他能看出，她口是心非。她们从未认为他可爱过。他抑制住声音中的怒气，说："你们女人都一样，当你们要男人做些繁重的工作时，你们就面带微笑和男人说好听的话；可是，当我这样一个丑陋的人想和你们说话，目的仅是友好地聊聊时，你们就吓跑了。"他气呼呼的，"小姐，你可以找别人为你换那个轮胎。"

女孩的右手从外套口袋里伸出来时，手中握有一把左轮手枪。

她指着比恩的胸部，"好的，老兄，假如你有那种感觉的话，我也没办法，现在，我们要用你的车，你太太也一起走。"她后退一步，又用手枪示意他们向前走。

"我们走！"

"哦！别那样！"默迪太太轻声说。

比恩突然记起新闻播音员的评论，提到有关金发女子和加油站的抢劫。现在看看那女子，以及她握着的枪，他总算明白了，眼前的人就是那位女劫匪。

"去呀！"金发女子说，"赶快走，该死的东西。"

愤怒使得比恩的脸扭曲成一个丑陋的面具。

他板着脸，向前门走，可是，突然，他挥出手臂，像一根树枝，打到女子持枪的手腕上，手枪落地，滑过地板，飞到了墙角。

比恩向她冲过去，逮住她，她用双脚和手指甲抗拒了一番，然后他一拳击在她的下巴上。她在地板上倒下来，当他移身离开那女子时，背后响起了枪声，墙上的泥灰溅到他的脑袋上。比恩愤怒地大吼一声，快速冲过房间。默迪太太早已拾起枪，打了一枪，正想再打一枪时，他向她冲过去。

他猛一撞，把她撞得往后退，凭那一撞，他可以伸出双臂，在她倒地之前抓住她。她尖声高叫，剧烈抵抗，一心想挣脱他的掌握，以便开枪。比恩把她手中的枪打掉，然后猛打她的后颈，使她暂时昏迷，她软绵绵地倒在地板上。

比恩脸部扭曲，张嘴喘气不止。他站在房间中央，在打量两个妇人前，先捡起手枪，然后摇摇头，心中在想，有些女人，像那个金发女子，她永远不会理解，一提到他的外貌就会令他异常光火。他把她打得颇重，会昏迷好一会儿，回头再去打电话报警。

他关心的是默迪太太，打一开始，他就知道在这种情况下，她会惊慌失措。自己留下来，没有立刻走开，倒是一件好事。在对那金发女子的同情下，她可能被劫持或杀害。

他必须照料她，可怜的人。

他转身，温柔地抱起她，他要抱她进卧室，那是最好的地方，他要把她放在床上，用冷毛巾敷她，使她清醒。

他抱着她走进过道，来到第一道门，推开后是浴室。隔壁的门是另一个房间，黑漆漆的，比恩摸索着开了灯，走进去。

他倒吸了口气，凝视着床上的女人。她是一位红发女人，胸口插了一把刀，人已香消玉殒。

比恩皱皱眉，摇摇头，想理解眼前的事。他麻木地将视线从床上的人移开，然后游目自顾。

他看见梳妆台上有一张彩色的结婚照，男人的衣服上有一朵花，但是比恩的眼睛却落在穿白婚纱的新娘上。她有一头火红的头发，和躺在床上如今已死亡的人是同一个人。

比恩打量着在他怀中的女人。

为什么？她看来一点也不像是从精神病院里逃出来的。

离婚协议

　　飞机第二天上午才能起飞，但是朱迪已收拾好行李，准备出发。当然，她应该等哈里回来后再去，她曾答应哈里，等他回来后再去的，可是，她已无意等待。

　　前天，在哈里飞往北部缅因州之前，她曾告诉他："你只去几天，等你回来，我们再签字。"

　　可是，在等他回来后，她却飞往那个迷人的海滩了。她何必急于和哈里离婚呢？

　　喝完了第二杯咖啡，她拿了张报纸并点燃了一根烟。就她而言，离婚之事根本不急，该着急的倒应是哈里，他急着和玛丽结婚，为了达到这个目的，他会答应她提出的所有条件，甚至是不惜一切。

　　她看完了报纸，便研究起貂皮和钻石方面的广告来，那两样东西深受女士们的喜爱，但哈里早已不给她买了。她注意到一些耳环，和她项上的珍珠项链倒是很般配，她刚想撕下这则广告，却又想看看反面，是不是忽略了什么，但是反面只是讣告栏。当她要翻过来的时候，她瞅到了讣告栏中的一个名字，仔细一瞧："汉孟德城，玛丽女士突然去世，享年四十五岁，定于本周一上午十一点在惠普尔殡仪馆举行追悼会。"

　　她花了好几分钟，才感觉自己不是在做梦。她自言自语道："可怜的玛丽小姐在这场戏中是最惨的人。可是她的死亡，对哈里又是开了个多大的玩笑啊！"带着一些不易觉察的胜利者的微笑，她撕下了那则讣告，把它放在皮夹子里。或许她可以再开一个玩笑，把这则讣告从佛罗里达给哈里寄去。

　　想到这点，朱迪似乎要大笑起来，直到有个想法跃入她的脑海她才没有笑出来。玛丽的死，可能会使哈里和她重新磋商离婚条件。假如这事真的发生，那自己就惨了。她把手中的香烟掐灭，心想，那么一来，她不仅分不到更多的财产，甚至一点也分不到。除非哈里获得玛丽的死亡消息之前就和她签好离婚协议，这是她唯一的希望。他一旦回到家，说不准很快就会获知消息，也许有人会打电话给他，也许他会自己给玛丽打电话。她能想象哈里现在的样子，在缅因州的小木屋里，正在做关闭木屋、准备过冬的工作。

木屋没有装电话。

这么说，她还有什么可等的？

她把文件塞进皮包，披上外套，抓起汽车钥匙，跑到外面的汽车库。

在驶往缅因州的途中，她很为自己的聪明高兴，善于随机应变，会使事情逢凶化吉，同时想象着如何对付哈里对自己突然到来产生的疑心。车驶进缅因州哈里的产业区，朱迪把车停在哈里的车旁，这个产业区是哈里的老叔叔的遗产，老叔叔和哈里一样都喜欢养鸟、赏鸟。

她下车朝小木屋走，阵阵寒风冻得她浑身发抖。

朱迪打开屋门走了进去，她很惊异屋里很温暖，突然想起，小木屋里有电暖器，哈里曾告诉过她，哈里自己并不怕冷，他本身就是个电暖器。脱下外套，她坐进一张散发着霉味的椅子里，点上一支烟，等待他回来。

真希望他快点回来，早点了结此事。抽完一支烟，想再点一支时，却没有了。为什么停车加油的时候不买一包呢？她仔细地翻查着皮包，希望突然冒出一支来，可惜，里面没有香烟。

她禁不住在小木屋踱起步来。想到万一在签字之前，哈里知道玛丽已去世的消息，事情就难办了。每想到这种可能性，她就如坐针毡，禁不住想抽支烟，甚至是哈里抽的那种薄荷烟也可以，但是也没有。哈里的旧皮夹克挂在门旁边的衣钩上，她仔细地翻查他的口袋，依然是没有烟。然而，在胸前的暗袋中，他发现了哈里的皮夹子。

怪了，他一向是带在身边的，从来没有忘在家里过。

朱迪细细地检查着皮夹，发现了一些普通的东西，如钱、信用卡等，她又仔细地翻了翻，看看是否有他们的结婚照片，果然他还装着。

她抽出来一看，不禁尖声叫了出来。

哈里在她美丽的脸庞上，用钢笔画了一嘴像吸血鬼般的尖牙，而在她那对优雅的眼睛上，画了两个大大的"钱"。

她凝视着照片，企图把她丈夫在这方面的个性，和她所知道的个性给调和起来。他一定很轻视她！文质彬彬，说话温文尔雅的哈里，连只苍蝇都不会打的人，怎么会画出这种画？

哦，他这人还是个很狡猾的东西。

在她那张乱涂乱画的照片旁边还有张他和玛丽的合影。他们深情地互望着，照片下面写着一行整齐的字："哈里，我的爱人，我永远爱你，玛丽。"

她恼怒至极，划根火柴烧掉了自己那张乱涂乱画的照片，然后，把玛丽的讣告拿出来，塞进他的皮夹子里。她包得很有技巧，拿它包住他们俩的合影照，然后夹在两张五元钞票之间，再塞进放钞票的那一层里。他一定会看见。

她刚把皮夹子放在他的口袋里，就听见了门外的脚步声。

哈里走进来，望远镜挂在胸前，烟斗从他羊毛格子衬衫口袋中凸出来。他摘下眼镜，揉揉疲倦的眼睛。

"我看见外面的汽车了，"他说，眼睛奇怪地盯着她，"我可不可以问一下，是什么风把你吹到这里来的？"

"哈里，"她撒谎说，"我已和旅行社订好去旅行，今早旅行社打电话来，他们的计划有点变动，船明天中午出发，因为还有时间，我又答应你在家等你签字，所以，我想在出发前，把字给签了，干脆我到这儿来吧。"

他怀疑地看着她："那是唯一的理由吗？"

她的脉搏加速地跳个不停，"你是什么意思？"

"假如这次我猜错的话，请原谅我。不过，你一向不是这样积极合作的。"

"你要不要签字？"她从皮包中抽出文件，并递给他一支笔。

签过两份文件后，她把自己的一份放进皮包，他把自己的一份放在皮夹克中钱夹子旁边。"唔，"他轻轻地说，"办妥了。"

"手续办完后，你要和玛丽结婚吗？"

"如果你一定想知道的话，我是要和她结婚。"

她微笑。

"朱迪，"他说，"现在我们俩很文明地把这件事给解决了，或许，我可以搭你的便车回城，气象台报告说有一场暴风雨，所以我明天也许搭不上飞机。"

"哈里，"她说，"我不能因为你要搭便车而在这里过夜。"

"我们一个多小时后就可以出发，"他告诉她，"我们可以各开一部车下山，经过飞机场的时候，我把车子寄存在那，不过，"说着，他从一个柜子中取出一袋杂粮，"我需要十分钟，把这些杂粮撒到外面给鸟儿吃，然后，我得到'瓦拉布'，去取我预订的一些东西。"说到这里，没有等她同意，便伸手取下皮夹克，走了出去。

她最不喜欢做的事情，便是由哈里陪她回家。他一消失在屋后的林子里，她就打算开车上路。

可是，她需要一支烟，而且是非常需要。哈里最可能把烟放在哪儿？她搜索房间时，眼睛明亮地落在一处最有可能的地方：一张写字台上。

她在最上层的抽屉里，找到一支手电筒、蜡烛和火柴，可是没有烟。她打开下一个抽屉，里面有知识性的说明书，内容是如何关闭壁炉的节气闸，如何点燃煤油灯，如何关掉、漏光水管里的水。她把这些说明书推到一旁，试着打开第三个抽屉。里面有个金属保险箱，锁着。她几乎不期望在里面找到任何香烟，不过，有个皮夹子，里面可能有她应该看的东西。她看了看锁，用适当的工具，可以把它打开，当然，那样哈里就会知道是她干的。不过，她已经和他没有关系了，他们一刀两百了，永无牵挂了。

她走进厨房，找到一把带尖的小刀。将刀尖插入钥匙孔，一前一后，一上一下地挖，一直到它咔嚓一声，箱子的锁豁然打开。

她掀开盖子，里面有些信封。她捡起一个信封，抽出一张纸，上面有哈里亲笔书写的昨天的日期。随便浏览了一下，上面罗列了数百股股票，有将军股、国际商务机械股，全是时价。在第二只信封袋里，她发现了另一个令她惊讶的事——哈里叔叔的遗嘱副本。她开始读内容，不读犹可，一读她吃了一惊，她才明白买那些股票的钱是从哪里来的。还有，赡养费上，她被欺骗了。假如这份遗嘱是真实的，那么，哈里是非常非常的富有。

她没有进一步看下去。愤怒夹杂着怀疑，使她气得几乎握不住那份遗嘱。她将遗嘱放回箱子，并将整个箱子放回底层的抽屉。

是的，哈里欺骗了她，隐瞒了这个事情，现在她无能为力了。律师曾经警告过她，她一旦签字，即使再上法庭，也没有机会再增加赡养费了。

她必须把刚刚签好的协议书弄回来！当然，哈里宁死也不会放手，不过，如果是那样的话——她踢了抽屉一脚，关上抽屉门——她将很乐意参加他的葬礼。

成为他的寡妇，有何不可？

当然，她可能是他的寡妇！哈里该死。最好的是，她有个十全十美的机会。她可以和他一起回家，那将是夜长梦多，谁会稳操胜券？她必须计划，使事情看起来像意外一样。她看了下手表。哈里说撒过鸟食之后，他要去"瓦拉布"，大约要去一小时。那会给她足够的时间，可是，没有香烟抽，怎么能想得清楚呢？听见哈里的脚步声，看见他拿着空袋子回来，她忙过去迎接。

"哈里，"她强迫自己挤出一丝笑容，"我想要一支烟。"

他掏出一包烟，里面只剩一支。

她点燃这支烟，深深吸了一口，"只有一支吗？"

他点了点头，"如果你需要的话，和我一道再去买。"

"我……还是你去买吧！"

"我会买一条，"他说，"不过，我先要漏光管子里的水，以便我一回来便可以上路。"说着，开始朝地下室楼梯走过去。

"等一会儿，"她说。梯子可能正是她在寻找的东西，"暂时不要关掉水，你不在的时候，我也许还需要用水。"

"那倒也是，"他同意，"那么，我回来后再关。"

一听到他的汽车驶去，她立刻来到地下室门前，打开电灯。一道石阶通到下面，梯子没有扶手。不过哈里经常上下，熟得不能再熟，即使在黑暗中，他也可以算着走。假如她把头顶上的电灯动个手脚的话，他不得不换个灯泡。不过，她脑中另有主意，那主意使她很怀疑，为何没有早些想到。

她的珍珠项链。

她摘下项链，数数珍珠，共有四十三粒。颗颗都是那么灿烂，那么光滑。切断串珠的线，走回石梯。她四肢着地，把珠子撒落在第一个石阶上，然后，站起来，取下灯泡，猛烈地摇晃灯泡，直到里面灯丝断裂。这时，她心中仍在怀疑，万一哈里跌下去，摔成重伤，但仍苟延残喘，她该怎么办？把灯泡装回灯头后，她做了决定："假如必要的话，我要在他头上多赏几个疤，再捡回珍珠，取回离婚协议书。"

可是，万一哈里要用手电筒照明呢？她在书桌上找到仅有的一把手电筒，取下电池，浸在盐水里，再拿出来擦干净，装回电筒。她按按电筒的开关，不亮了。她必须原封不动地放在那儿，以免引起他的怀疑。哈里视力不好，即使点着蜡烛，他也不太可能看见珠子。这时她又想抽烟了，可是没有香烟，她只有睡觉了。

可是现在，她怎么能睡得着觉呢？哈里要等到半小时后才回来，也许她该睡个午觉，今天她还有长途的车要开，而且明天还有佛罗里达之行。于是，她走进卧室，准备躺一会儿，等哈里回来。

床铺光秃秃的什么也没有，她到壁橱里找，没有发现毛毯或床单。不过，没关系，躺在光秃秃的床垫上，用大衣裹一下，闭闭眼就可以了。

醒来时，房间里面很黑，而且非常冷，她可以感觉到脸颊上的刺痛感，鼻子几近麻木。她坐起来，穿上大衣，从撩起的窗帘下，她可以看见轻轻的、旋转的雪花穿进半覆盖着霜的玻璃窗，阵阵寒风吹摇着窗外的松树。

哈里在哪儿？她看看时间，他已去了一个多小时，黑夜正在降临。她喃喃地咒骂了一句，跳下床，找到鞋子，进入前面的房间，她哈出的气，变成了白色的雾。

她用冻得麻木的手指点着蜡烛，走到壁炉前。那里只有两根烧焦了的细长木棍，她用报纸引燃，但是，没有能够烧起来。节气闸是否关闭？她仔细瞧去，并没有关着。她抓起一本哈里的杂志，点燃，扔进壁炉，然后，一本一本地扔进去，最后终于把两根木棍点燃了。她蹲在火炉旁，搓着没有血色的手，心中暗暗谴责哈里的迟归和电力公司的不作美，使她冻得要死。不过，从另一方面来讲，停电是种便利，哈里更看不清。

木棍很快燃尽，只燃烧了十或十五分钟，然后熄灭，只余下一片灰烬。

哈里现在该回来了，他的汽车坚固无比并且装有防雪胎，此外，雪也不是很深。就是雪没有铲除，开车行驶应该不会有问题。再等一段时间路面就会结冰。由于哈里的车速慢，回头行车，得冒很大的危险。

除非——她不得不面对这种可能性——他正在玩弄她，以报复她偷偷将玛丽的讣告代替那张毁坏的照片。如果这样的话，等候他的这段时间里，没有法子取暖了！她拿起一把餐厅樱木制的椅子，在壁炉石墙上敲打，直到椅子成了一片碎木头。扔进壁炉后，她用同样的方法拆毁了另三把椅子。当壁炉的火熊熊燃烧时，她决定煮杯咖啡。可是打开炉子时，没有火，这才提醒她，屋里停电了。她猛地摔下水壶，由于摔得太重，以致里面的冰水溅了出来，喷了她一脸。

朱迪想，哦，假如可能的话，多希望把整个屋子毁坏，当柴火烧！想到毁坏，才使她想起，假如她烧任何家具的话，她的计划将灰飞烟灭。

她想到说明书上载明有煤油灯。

可是，放在哪儿了呢？

她点上蜡烛，借着烛光在壁橱中寻找，没有油灯。现在唯一没有找的地方就是地下室，可是，那儿很黑。她考虑发动汽车，在车里取暖等候。继而一想，开到这儿的途中，她只停车加过一次油，她不敢冒耗光汽油的危险。不，一定得找到油灯。于是，她急急地朝地下室走去。

她小心地避开第一个台阶，留心着下梯子。到了地上，她踌躇了一下，让眼睛适应闪烁的烛光圈中的幽光。她哆嗦着竖起衣领，天可真是出奇的冷！

她在梯子下面的一个小卧室中找到了油灯。想到说明书中的说明，她便查看刻度，看看是否还有煤油。有，她双手抱起油灯，夹在臂弯里，以便腾出手抓住蜡烛。

爬梯子的时候，她停在梯顶附近，先把油灯放在梯顶，再缓慢而小心地跃过第一个台阶。

当她抱着油灯进入前面房间时，突然想到，把珍珠整个放在同一个台阶，致命的可能性不大。她把油灯放在壁炉架上，想了一会儿。假如哈里急于关闭水源的话，有什么办法阻止他一步跨两个台阶呢？而且像她一样，避开散有珠子的那一阶？

或许应该多放置些。她伸手到炉火中去暖了暖手，这时她又想抽烟了，但是即使身边有烟，也不能抽了。哈里随时会进来，连点煤油灯的时间也会没有了。

她急忙走回地下室门口，将蜡烛放在梯子中间，蹲下来捡起一把珍珠，放在口袋里，然后站起来，躲开第一个台阶，继续一阶一阶地走下去。

她坐在第四个台阶，两腿叉开搁在下一阶，把数颗珠子撒落在两腿间，然后以同样的姿势，坐到第三阶，重复着做，再到第二阶。

她看着成果，心里感到高兴。当她伸手向后，想要上楼梯口的时候，手打倒了蜡烛，她弓身想再抓住蜡烛，身子失去了平衡，手掌同时压灭了烛火。

她尖叫一声，狂乱地挣扎着，想恢复原来的姿势。但当她努力挣扎时，双手扫到最上层的珠子，珠子正滚到她站不稳的地方，因为站立不稳，一瞬间，她就摔倒了。滚动着，她的肋骨、双肩和双膝碰到冷硬的石梯，一直到人事不省地躺在地下室。

她想以手肘支撑着起身，但麻木的疼痛穿过她全身，使她动弹不得。她痛苦地流下眼泪。躺在这儿的本该是哈里，而不是她！相反的，如果他很快来解救她，那将比受伤更糟，比恐怖的黑暗和寒冷更坏。由于这个倒霉运，哈里可以想办法转变她本来计划给他的死亡。

"病人现在似乎休息了，医生。"

"唔，这倒是好现象。"医生透过金边眼镜，看了一下表，"当他们到这儿的时候，他的确叫人手忙脚乱了一阵，可怜的人，他连自己心脏病发作都不知道。李小姐，知不知道他是谁。"

"他不是本地人，他告诉救护人员，他住在二十里外的乡下，有一幢房子，那儿没有电话。"

医生接着说："他没有说别的？"

"他不停地喊玛丽，可能是他太太。"

医生在图表上做了记录。"我看他戴有结婚戒指，假定他太太和他住一起的话，我们得通知她，越快越好，或许通知警方到那地方，告诉她，可能她正在怀疑发生了什么事呢！"

"我怕她不和他住在一起，"护士说，"他太太死了。"她拿着皮夹子的照片和剪报给他看，"救护人员赶到时，他手中拿着他妻子的照片和她的讣告。"

"我们必须想办法叫他安静，不要胡思乱想，给他注射镇静剂。"

"是的，医生，今晚我值特别班，一位值大夜班的小姐打电话请假，说外面冻得打不开汽车的门。"

"难怪呀，"医生说，"气温在 –30℃以下，呵呵，风从厚厚的水泥墙中吹过来了。"他摇摇头，"像这样的夜晚，李小姐，我愿意放弃一切，住南部的佛罗里达去。"

第八个受害者

我的车速差不多达到八十了，不过，公路长而平坦，使人感觉不出有那么快。

坐在旁边的是个红发孩子，正在听汽车里的收音机，两眼明亮，透着一丝狡黠和狂野。新闻播放完毕，他调低音量。

他用手擦擦嘴角，说道："到目前为止，他们已发现了七个受害者。"

我点点头："刚才我也在听。"我一只手放开驾驶盘，揉了揉颈背，长时间的高速驾驶，使我感到有些疲惫和紧张。

他看看我，狡黠地笑了一下："你紧张什么？"

我向他迅速地瞟了一下："没有呀，我干吗紧张？"

那孩子的嘴角一直挂着一丝狡黠的笑意："爱蒙顿城周围五十公里道路，已全部设下路卡。"

"我也听到了。"

那孩子几乎咯咯地笑了出来："对他们来说，他是太聪明了。"

我瞥了一眼放在他大腿上的布袋拉链："要到很远的地方去吗？"

他耸耸肩："我不知道。"

那孩子的身高比普通人矮些，属瘦削型，年纪约十七八岁，长着一副娃娃脸，也许实际年龄要大上四五岁。

他在长裤上揩了一下手："你没考虑过他为什么要那么做吗？"

我的眼睛一直注视着前方的道路："没有。"

他舔了舔嘴唇："也许，他是被逼太甚了。他一生都在被逼迫之中，总是有人在命令他做什么，或不许做什么，若哪次被逼迫得太狠了，他就不顾一切了。"孩子说着，眼睛凝视着前方，"他爆发了，一个人能忍受的就那么多，然后就有倒霉的当出气筒。"

我放松脚下的油门。

他看看我，一脸的迷惑，"你减速做什么？"

"汽油不多了，"我说，"前面那个加油站是四十公里以来我看见的第一家，可能还得跑上四十公里才会有第二家。"

我驶离路面，停在三个加油机旁边，一位老年人绕到我的驾驶座位旁边。

那孩子打量着加油站。那是幢小建筑，四周是一片麦田，门窗布满了灰尘，显得很脏，我看见里面墙上装有电话。

那孩子轻摇着脚："那老人真磨蹭，我不喜欢他。"他看看老人掀开车头盖查看油箱，"这么老了干吗这样活着？他倒不如死掉还干净利落些。"

我点上一支烟："我不赞同你的观点。"

孩子的视线收了回来，咧嘴笑着说道："那儿有一部电话，你要不要给谁打电话？"

我吐了口烟："不要。"

老人找钱给我的时候，那孩子转向窗口，问道："先生，你有没有收音机？"

老人摇了摇头："没有，我喜欢安静。"

那孩子咧开嘴笑了："先生，你的想法很正确，安静的环境使人长寿。"

上路后，我把车速加到八十公里。

那孩子沉默了一会儿，然后说："要杀害七个人，可有点胆量。你使过枪没有？"

"我想差不多每个人都使过枪。"

他露着牙齿，嘴唇抽动了一下："你有没有拿枪对着人？"

我瞥了他一眼。

他两眼明亮："有人怕你，那种感觉很好。当你手中有枪时，你不会觉得自己低人一等。"

"是的，"我说，"有了枪，你不再是个矮小的人。"

他的脸微微红了一下。

"只要有枪，你就是世界上最高的人。"

"杀人要有很大的胆量，"那个少年又说道，"大部分人都不知道。"

"那些遇害的人当中，有一个是五岁的孩子，"我说，"对这件事你有什么话说？"

他舔舔嘴唇："那可能是个例外。"

我摇头："没有人会那么想。"

他两眼有一会儿似乎显得有些疑惑不安："你想，他为什么要杀害一个孩子？"

我耸耸肩："那很难说，他杀了一个人，另一个，又一个，也许过不了多久，所杀的人是谁，在他看来已没什么不同了，男人、女人，甚至孩子，统统都一样。"

少年点了点头："那样一来，倒养成了一种嗜杀的习性。"

他沉默了五分钟："他们永远逮不到他，他太聪明狡黠了。"

我凝视了他几秒钟："你怎么会这么认为？要知道全国人都在找他，每个人都知道他长得什么样子。"

少年挺了挺单薄的双肩："也许他不在乎，他做了他必须做的，现在他名声大噪了。"

我俩沉默不语地行驶了一段路程，然后他扭了扭陷在座位中的下身，问道："你在收音机里听过有关他的相貌描述没有？"

"当然听过，"我说，"上周以来一直在听。"

他好奇地看着我："你不怕我就是那个人，你还让我搭便车？"

他的眼睛一直盯在我身上："我的相貌符合收音机中的描述。"

"不错。"

路在我们前方延伸，两旁是空旷的平原，没有房屋，没有树木。

少年咯咯地笑了起来："我看起来就像凶手，每个人都怕我，我就喜欢这样。"

"我希望你乐够了。"我冷冷地说。

"两天来，我在这条路上被警察逮捕了三次，我差不多和凶手一样有名了。"

"我知道，"我说，"我想你会更有名。我早就想到，我会在这条公路上找到你。"说着，我降低车速，问那个孩子，"我怎样？我也符合收音机里所描述的吗？"

那孩子嗤之以鼻地笑了一下："不符合，你的头发是褐色的，而那人是红色的，和我的发色一样。"

我微微一笑："可是，我可以染啊！"

当那孩子知道将会发生什么事情时，睁大了惊恐的双眼。

他将成为警方正在追捕中的那个凶手枪下的第八个受害者。

逐 鹿

天刚亮，已能看清入林的路了。

汉森离开木屋，大步走向他心爱的山谷，他心中有一个愿望，希望昨天的牡鹿还在那儿。

多年来，他木屋的壁炉上，他一直保留着一个位置，等候悬挂巨大的鹿头。

今天，他一定要抓住那头牡鹿。

他发誓：假如必要的话，要狩猎到天黑。他穿了厚厚的棉衣，完全可以抵御零下十摄氏度的天气。里边衬衫塞着两份三明治，口袋装着一个保温壶，盛着热茶，还有他的武器——左臂挎着的来复枪。

汉森迈着稳健、快速的步子，踏上厚厚的雪地。这地区他已经多年没有狩猎了。

他在一个低低的小丘顶上停步。斜坡的尽头通向树林，一辆被雪花覆盖的老轿车孤零零地躺在那里，轮子和窗户不知去向。

自孩提时代起，那部车就停在那儿。

有个春天，积雪融化后，老轿车就跟春草和山花一样，长了出来。

不论谁把轿车开到那儿，必定要穿过矮丛林和树林，老汉森先生在世时就曾说，只有醉得一塌糊涂的醉汉在没有月色的晚上才会做那种事。

村民对老轿车议论纷纷。从非处理掉那部汽车不可的歹徒，推测到某位固执的陌生人，迷路后疲倦地睡着，早晨醒来说声"去他的"，然后走开。

汉森信步走下斜坡，突然停下了。

那是个灰色的早晨，除非是幻想在和他玩诡计，否则，怎么会有烟从汽车里升起呢？答案是肯定的，一定有人在汽车里面生火，那并不稀奇，猎人迷路，天色又黑，在破车过夜并非首次。以前还有人设想到，在车顶上钻上一个洞，地板上挖几个洞，当作是壁炉的铁栅。

汉森走近时，看见了两个男子。他们不是猎人，都戴一顶皮毛帽，穿大衣和普通的皮鞋。一个畏缩在后座的一个角落，帽子盖住两眼；另一个弯身在即将熄灭的火堆上烤火。

"嗨，你们好！"汉森大声招呼。

那个弯身烤火的抬起头，眼神呆滞地注视着汉森。那人翻起的大衣领上，脸孔惨白而憔悴，红色头发，年龄可能不到汉森的一半。虽然有火，但是破车里仍然寒冷彻骨。他知道，这孩子必须暖一下身子才能行走。

虽然汉森身强力壮，但他不想抱着一个和他一样高大的孩子下山。

他倒了杯热茶，伸手递过去，说："慢慢喝，然后，我们再帮你下来走，你必须活动起来，让你的血液加速循环。你的朋友呢？"

那个孩子啜着茶，双手紧紧地抱着杯子，低喃地说："死了！"

汉森拉开车门，想弄直那个缩成一团的人。不错，那人死了，僵直直的。他的死不全是因为寒冷，他外套的胸部下有个洞，四周有一小圈褐色的污渍。

这时，汉森知道这两人是谁了。

晚上，新闻播报了该区一件稀有的事。北边二十里的镇上，有一家出售各式工具和电视机的五金行，遭到两个歹徒的抢劫，其中一个好像抢了八千元，正在逃走的时候，被一位下班的警察打中一枪。

汉森很是怀疑：他们怎么会到这个荒山野地之中？

他抬起头，看见那个孩子也在看他。

"你没有冻死算是幸运。"他说，让那孩子认为汉森不知道子弹洞的事。

汉森绕过汽车，拉开另一道车门，伸出手说，"走吧，你必须活动活动。"

他们在雪地上踏了很久，一直到那孩子的脚能活动，汉森才让他自己来回单独拖曳着走。

他问："你的脚怎样啦？"

"一点感觉也没有。"

"脱下鞋子，袜子。"汉森看着他死白的皮肉，"我的天，你可真麻烦！"

他递给那孩子一把雪，"用雪轻轻揉搓，让脚恢复一些知觉。"汽车上的尸首围着一条羊毛围巾，汉森把它解下，交给那孩子。

"有没有感觉？"

"还没有。"那孩子摇了摇头。

汉森抛给他一条大手帕，"用手帕擦干你的脚，穿上你的鞋和袜子，把围巾裹在头上，盖住两耳。我们得离开这儿。你能不能走路？"

"可以。"

"你叫什么名字？"

"戈登。"

"好，戈登，我们现在出发，回头再找人来抬你的朋友。"

汉森用铲子铲些雪，盖住汽车上的火，尸体是不需要火的。

当他转过身来，一把手枪正好指在他的腹部。汉森大笑，"你想干什么？"

"脱掉那些暖和的衣服，然后走出这该死的林子。"

汉森拉开穿在身上夹克拉链，"你要这衣服，我送给你，你以为你只需要暖和的衣服？"

他指着树林，"你要走哪一个方向？即使知道方向，你认为那双脚可以走多远？懂事些吧，戈登。你是城里长大的孩子，除非我带你出去，否则，你会死在这里。所以，你把枪拿开吧！"

"没这么快，老头！"戈登说，"我还没差劲到那地步，我会顺着你来的路出去。"

汉森咧嘴大笑：这小子可不愚蠢。

"什么使你认为我是从某个地方直接来的？"他开始撒谎了，"我穿进穿出，寻找鹿迹。更何况，还有些小事你还没有计划到呢。"

他指了指正在飘落的雪花，"又开始下雪了，我的脚印能留多久？"

"我和你打过交道，"戈登说，"带我出去，我就不杀你。"

汉森拉起夹克的拉链，伸手去取他的来复枪。

"把它放下！"戈登语气锋利得很。

汉森叹了口气，"瞧，戈登，这是熊出没的地区，遇到一条饥饿的熊，你那玩具枪可不济事。来复枪不能放在这儿，它可以救我们的命。"

戈登想了想，说："那么，你卸下子弹，放进口袋。老头，假如有熊出现的话，这把玩具枪有足够的时间让你重新上子弹。"

戈登的两脚可能被冻坏了，可脑筋却没有问题。

汉森卸下子弹，说："戈登，告诉你，我要走了。你要是跟着走，可以；你要从背后开枪，请。那样的话，明年春天，雪融化后，我们的尸体都会被找到。假如你没有向我开枪的话，我会带你平安出去。现在我就带你出去。但是我有个条件，你要给我你们昨夜抢来的钱。"

戈登的嘴唇抿了起来。

"一位像你这样诚实的公民，不会想要偷来抢来的钱。你那个善意的心，应该乐意帮助我，对不对？你是怎么知道我们昨晚抢了钱？"

"收音机。你可以走的路只有六条，我相信现在州警都设了路卡，我也可以送你到那儿，我们下山的时候，你可以略加思考。现在，关于钱的事怎样？"

戈登挥挥枪，"上路，我跟你走。"

汉森便顺着自己依稀留下的脚印往前走。

戈登看来不像是因为喜欢而用枪，枪是他懂得的随心所欲的唯一方法。

怪的是，戈登一直认为枪是世界上最重要的东西。然而，在这荒山野地，这个时刻里，枪不具有任何意义，它不具有任何威慑力。

假如他脱掉那些暖和衣物的话，自己也下不了山。戈登需要暖和的羊皮帽子、夹克、手套、厚靴子，哪怕衣物不合他的身，但他比汉森更需要得多。

但是，一个城里的孩子比土生土长的汉森要惊恐慌乱，汉森看出，那孩子并不知道，寒冷会如何缓缓地吸干一个人的精力，也不知道，甚至领悟不到，在这冰天雪地里，身体健壮是如何占优势。

汉森比戈登大一倍，可是，到目前为止，由于每天做晨间散步，他一早晨走的路程，要比戈登走的多得多。

说句实话，汉森并不担心戈登的手枪，令他心烦的是，领这孩子下山，摆脱他后再回来，那可是很关键的数小时，就没有时间狩猎那只牡鹿了。再要看到一头像那样大的牡鹿，会等到何年何月！

目前，在他眼中，那只牡鹿比任何其他东西都重要。他叹了口气，也许那笔钱可以弥补这一天整个的损失。

猛然，戈登放了一枪，子弹落在他跟前的雪地上，一些雪跳了起来。"你走得太快了，老头！"

本来就气恼他破坏计划，如今又来这一招，汉森火了，他转身站住，说："小子，你再向我开一枪的话，我就把那只枪塞进你喉咙。我让你留住枪，是因为我不喜欢从你手上取走。听见了吗？"

戈登想说什么，一看到汉森的脸色，只动了动嘴唇，什么也没说。他挥了挥枪，表示继续前进。

汉森心想，看来我必须缴下他的手枪，否则，一旦到他认为可以不必依靠我的时候，他就会开枪。他慢下步子，离开原来的路，绕到木屋上面。

这时，雪开始下大了，他心里一阵揪痛，这一来，今年是猎不到那头公鹿了。

他领那孩子走了大约一小时，一棵倒地的树出现在他眼前。他踢掉一些雪，将来复枪倚在树干上，示意戈登坐下来休息。

　　"为什么要停下来？"戈登用枪对着他。

　　"老经验了，"汉森说，"走五十分钟，休息十分钟。你要走长路的话，那样比较轻松。"

　　戈登不可能知道，其实木屋只在十分钟的路程外。

　　"你疯了？"戈登尖叫，"这么冷的天，我的脚都僵了，又在下雪，你居然要休息？"

　　"孩子，坐下来，"汉森很冷静，"我手伸进里面衬衫的时候，不要紧张。我里面有两个三明治，不是枪。"

　　汉森扔一份三明治给他，戈登一手接住。

　　"你说有两个，我两个都要。"

　　汉森微笑着，扔给他第二个三明治，然后掏出热水瓶，"你最好连这个也拿去。"

　　"你相当慷慨嘛，老头。"戈登撕开了三明治。

　　"那可不是免费的，你要付钱。应该是八千美金，如果我没有弄错的话。"

　　戈登的嘴巴停住了。

　　"你真笨，老头。那笔钱我费了好大力气，怎么会轻易给你？"

　　"哼，虽然那样，你还是会给我的。要活命，那还是低价钱呢。你们昨夜怎么上了那辆老爷车的？"

　　"逃出那个镇后，在一个弯道处找到一个冷僻的地方，然后爬上一棵树，逗留在那儿，希望可以挡一辆车；但是，好久才过来辆车，差点碾死我。估计他们会去报警，所以我们抓着手电筒，逃入林子，想找个屋子过一夜。就这样。"

　　汉森笑了，"你以为你们在市郊呀？你不知道你们是多么幸运！这高山上没人居住，我想你们是误打误撞，撞上了那辆破汽车。"

　　戈登喝完了茶。

　　"也是好事。斐克中弹了，快见上帝时，开始下雪，手电筒的电也差不多用光了。我找到些干柴，生了个火。下一件事我所知道的，就是你来了。"

　　汉森摇了摇头。

　　"你知道你应该冻死，不是吗？你刚刚用完一个人一生中仅有的一次运气。"

　　"少说废话，"戈登摆了摆手，"走吧！"

汉森纹丝不动。

"不付款我绝不走！"

戈登打开了手枪的保护盖。

汉森举起了左手，"戈登，你玩过扑克牌没有？我握牌坐着，你才要掀牌，你想谁会赢？你开枪杀我，然后你在山中到处转，一直转到死。也许你的运气不错，能找到一条路，或一间房子。可是你那双糟糕的脚呢，我估计顶多能再走数小时，然后你就成了一个真正该做截肢手术的患者了。另一方面呢，我可以领你到处转，一直到你冷得撑不住，两腿坏得向我讨饶，求我背你。等到那时候，我可以大大方方地取走钱，一走了之。我是宁愿你现在把钱交给我，那样我们两人可以一起平安下山。你想想看，你的双腿和生命不值八千元吗？"

"假如我给你钱，你能多快领我下山？"

汉森耸耸肩，撒谎道："也许一小时吧。"

戈登开枪打到汉森头顶上方的树枝上，震得雪花散落。

"我愿意再跟你走一小时，到那时如果我们还没下山的话，我就杀死你。假如你现在不走的话，我就在这儿杀你。因为我估计，我距你要带我去的地方只有一小时路程。"

汉森叹口气，伸手去取来复枪，他觉得自己逼这孩子已经逼迫够了。

戈登虽然吃了食物，喝了热茶，但仍在半僵冻中，而且靠那双不灵活的脚磨磨蹭蹭地跟着跑，很可能已无忍耐力了。

汉森领戈登下了山坡，来到一道旁边有辙迹的石砌矮墙附近，那条有辙迹的路像隧道一样，穿过树林。石墙只有膝盖高，但是墙那边的路面却很低。

这对汉森并无问题，他可以越过矮墙，轻松地跳下去。而肌肉寒冷、脚已冻僵的戈登则不那么轻松了。

"下面会好走些。"汉森告诉他。

"我们走哪边？"

汉森摇摇头："告诉你，没有钱，我只能领你到此地。"

戈登看了看左边，又看了看右边，树林和团团飘落的雪花，把他孤立在一块几平方米的世界里，矮墙和路继续伸向看不见的地方，没什么东西可以告诉他，哪个方向是通向文明世界，哪个方向是通向死亡地带。

汉森拂去石墙上的雪花，坐了下来。

"你准不准备谈生意？"

戈登眯起双眼，"我准备宰你，你这贪心的老农夫！我可不让你任我在此地死亡，以便你独吞那笔钱。我现在应该宰掉你，自己冒险！”

“在你开枪之前，记住，如果你选错方向，你就死了。等你认为选错时，要再回头可就晚了。即使你知道正确的方向，你也不能保证能持续多久。然后，州警来了，你就满意了。你需要的是一辆车，而我就有车。”

戈登全身发抖，一言不发。

“现在我要拿钱，”汉森语气锐利地说，“假如你到头弄得没有脚，或者死亡，钱对你有何益？小子，你已经没有牌发了。你是叫牌还是收牌认输？”

戈登再看看路的左右。

“这么说来，我是该收牌认输了，老农夫，”他慢慢地说，“你们诚实的公民都是一丘之貉，你们愿意用偷来的钱，但没有胆量出去抢。但当你碰上像我这样持枪而枪不管用的人时，你的手就伸出来了。”

他解开大衣，扔一包厚厚的褐色纸包给汉森，“你以为万一我给逮到时，我不会告诉警方，我把钱交给了你？”

“没有关系，他们不会相信你，我会说，你必定是在林中遗失了，”汉森用手试试钱包，“这儿没有八千元。”但他并不失望，那数目打开始就是太高了。

“是没有，也许只有两千元。那家店的经理想诈保险公司，如此而已。”

“你不会是开玩笑吧，戈登？才两千元？”

那孩子摊开双手，“六千元的大钞，有好大一捆，老头，你看见我的大衣哪儿鼓出来了吗？我全给你了，除了三四百元，我昨天用来引了火。想不想抱怨？”

汉森大笑，“因为它能使你活命，所以那可能还算是廉价呢。”说着，把钱包塞进夹克里面。

“小子，你已经胜利了，已经给你自己多买了几个星期或几个月，或者不论多少日子，一直到你再惹麻烦，犯法。只要你付款请我带你出去，那么，把枪拿开，你不需要它。”

他看到戈登把枪放进口袋，自己转身跳到下面的路上。

他知道这孩子在打什么主意，他仍留着那把枪，等到明白路的方向时，再阻拦他，要回钱，把汉森留在山上。那孩子骗不了人，但是如果认为汉森可以骗的话，那么，他大错特错。

“快点下来吧！”他不耐烦地大叫。

戈登坐在墙上，两腿慢慢地挪过去，然后踌躇起来。

对一位冻得半僵，双腿麻木无知觉的人来说，这一跳可不容易。当他落地时，准会受伤。他臀部离开墙头，落到陡峭的土堆上，滑进雪中，失去了重心，双腿在身上弯曲。

当他平伏地面时，发觉汉森的膝盖顶在他的背部。汉森从他口袋里取出手枪，然后拉他站起来，指他上路。

五分钟后，戈登就在汉森的木屋里烤火了。

半个小时后，四个男人上山去抬斐克的尸首，而戈登裹在毛毯里，乘坐州警警车上医院。汉森驾自己的车跟随在后头。

戈登扭身回头看，他见到汉森，想起他说过，世上没有任何东西是免费的。

他用拇指指一指汉森的汽车，对州警说，"你们知道，你们必须逮住后面那老头，他收受赃款，逼我给钱，才肯领我下山。"

"算了吧，小子，"州警说，"我知道钱在汉森那儿，送你到医院后，他和我有的谈哩。"

"他要做什么，分给你一份？"

"你那样说会挨揍的，"州警一脸严肃，"虽然钱是汉森的，不过，他会把钱交出来的。"

"他的？"戈登目瞪口呆。

"是他的，昨夜你抢的店碰巧是他的，你那样做只是还给他钱而已。"

"那么，他必定是个笨蛋。他说假如我不把钱给他的话，他就任我留在那儿，一直到死亡。"

州警笑了，"就我了解，汉森老谋深算，我不怀疑，他会让你相信还有十里路可以跋涉，才肯推你进木屋。那也是为什么这一带玩扑克牌的人，来玩之前，一定要和他限定一个界限。你从不会知道他握的是什么牌。从那部老爷车到汉森的木屋，你们花费多长时间？"

"大约一小时。"

"那正是我所推测的。从旧汽车到木屋，有好一段路。汉森带你抄捷径，那使你省却许多路程，使你的双脚稍稍难过几天，而不用痛苦很久。"

戈登记起，当他们很快到木屋时自己如何地诅骂汉森，心中又不免怀疑，为何老家伙不采取容易的方法，索性缴下他的枪，然后拿钱。

在他们后面另一部汽车里的汉森，轻轻地吹着口哨。他的狩猎计划落空了，大牡鹿今年也甭想了。

不过，当那孩子手中仍握着枪，而自己居然能说服他给钱，正像一场龙争虎斗的牌戏一样，他桌面上有一张黑桃 A 和一张老 K，没有什么好牌可撑，而对方手中真正握有好牌。

想到这一点，心中很开心，多年来没有这样开心过了。

想到店里的经理，口哨突然停住了！

八千美金！

那个过高水准生活的人，并没有因为通货膨胀而受影响。多年来，汉森明明知道他在捣鬼，可是会计师到现在还抓不到他贪污的真凭实据。当店铺被抢时，他看出一个浑水摸鱼的方法，将保险箱的六千美金，纳入私囊。

假如任何人逮到戈登——汉森除外——那么，对失踪的六千美金，只有经理的话来对付戈登的辩白和别人的猜测。

他们把孩子送到医院，他和州警就要去逮捕店铺经理。

这回他没有法子窃改账册。

汉森加快了速度，心中后悔失去捕猎那头大牡鹿的机会。

不过，也许经理所挪藏的钱是他的补偿，他的亲自出马，弥补了不能在壁炉上挂鹿头的遗憾。

最后的安眠

　　玛莎七十四岁生日前一天，收到了这个柜子。搬运工人在楼下走廊拆箱，费尽力气一阶一阶地往宽敞、弯曲的楼梯上抬。当他们经过卧室门时，刮到了门柄，玛莎看到了，心中突然有种颤动的感觉。

　　"把它靠到墙那边去。"她指挥着说，然后心不在焉地支开工人，独自打量这个柜子。很快她有了种神秘感和熟悉感。

　　玛莎还是小孩的时候，经常去看她姑妈。姑妈年龄不大就过世了。每次家庭聚会，晚辈们都会谈论些关于姑妈的往事：姑妈三岁时被吉卜赛人绑架；姑妈的恋人曾为她自杀；林中的一些野鸟常飞到她家里要面包屑吃。

　　玛莎清楚地记得她们见最后一面的那个早晨。姑妈怪怪地说："玛莎，我会把那个有很多抽屉的柜子送给你。其他孩子经常好奇地打开抽屉来看，只有你尊重别人的东西，尊重别人的秘密。那个柜子将来是你的。"

　　玛莎打量了一下柜子，陷入了沉思：自从看见这个柜子迄今大约有三十年了。它大约有一尺厚，四尺宽，五尺高。柜顶形状像是一幢欧式老房子，呈三面扇形，中间最高。整个柜子是污污的黑色，从龟裂的漆里可以看见金色的薄薄的花纹。柜子有二十四排抽屉，每排有十五个，左下方是五个空格平齐的抽屉，每个大小相同。右边有个小门，上面刻有"闰年"字样。实际上，这个柜子做工粗糙，每个抽屉都用老式的木柄作把手。它和玛莎记忆中的一模一样——每个抽屉代表一年中的一天，那个小门是闰年的 2 月 29 日用的。

　　记得姑妈在世时，总是和这柜子打交道，当她打开一个抽屉取出里面的一张纸条时，总会庄重严肃地宣布："看看我今天的运气怎么样。"

　　想到这里，玛莎微微皱了一下眉头。她知道每个抽屉都有一定次序，但是她不知道是该从元旦还是该从生日开始看抽屉里面的纸条。她曾记得那淡蓝色的纸条上面有细细的娟秀的字，但她从没有读过内容。

"玛莎小姐，你的晚报来了。"苏珊娜说。苏珊娜是个半工半读的大学生，她和玛莎一起住，上午扶她坐进轮椅，晚上扶她上床休息。自从那次意外事故，近二十五年来，玛莎雇用过不少女孩，有些完全是交易，有的则感情不错，虽毕业后远走他处，但多年来还一直给她写信。

"这个柜子看上去的确古怪。"苏珊娜无心地说道。

"它十分古老而且完全是手工做的。"玛莎回答说，语气有点不高兴。

"哦，我的意思并不是说它不好，"苏珊娜忙解释说，"我的意思是说，这么小的抽屉你能装什么东西呢？我想连一副扑克也装不下，这是一种珠宝箱还是什么？"

"你不该打听这么多，"玛莎语气尖刻，她听到自己的声音里有姑妈的口气，"你应该尊重别人的东西。"

"对不起，"苏珊娜委屈地说，"我以为抽屉是空的。"

"没什么，可能没什么东西。"玛莎的语气缓和了许多。那天晚上，她躺在床上发抖，黑暗的房间似乎充斥着种浓浓的神秘色彩，像是雾从纱窗里筛落进来。从走廊里透过来的灯光落在那黑黑的柜子上，若隐若现。

"胡扯，玛莎，"她暗骂自己，"你是个实际的不善幻想的女人。"

她和一位年纪大却有地位的男人结婚前，是私立学校的教师，教数学的。她对自己聪明的大脑、敏捷的思路颇以为傲，怎么会迷信一件家具呢？她为刚才的想法羞愧，视它为愚蠢的迷信，姑妈生前把命运依附于它，是一种轻微性痴呆症。

"真的，玛莎，"第二天早上，她像往常一样提高嗓门哄自己，"经过这么多年，可能柜子里什么也没有。"虽然如此，但一当苏珊娜把她安顿进轮椅里离开后，她便慢慢地、不自觉地把自己推到柜子前，用手上上下下抚摸那柜子，她逐个抽屉摸，一连摸了好几排，然后猛吸一口气喃喃地说："让我看看里面有些什么。"

她拉出第一个抽屉，放在大腿上，有些意外地发现，里面确实装有一张小纸条。她小心翼翼地打开皱折的字条。那是一张蓝色的纸，褪了色，而且纸质有点脆，墨水已褪成铁锈色，有些像干了的血色。娟秀的字写道：从过去来的一则消息。没有标点，就那么几个字。

看了几分钟，玛莎重新叠好纸条轻轻放回抽屉里。当她放回纸条时，她自言自语地说："现在你看，玛莎，从过去来的一则消息，这柜子所含的就是那意思。"

那天下午，苏珊娜带来一封信，大大的厚厚的白信封，发信地址是一个律师事务所，封口日期是二十五年前，收信人是"交给我的侄女玛莎，在她七十四岁生日那天"。信的内容是：

亲爱的玛莎：

我写这信的时候，与你读这信的时候，会有相当一段时间，而你读信时，我已不在人世。我知道人们背后会笑我，说我举止习钻古怪，但是我能知道过去与未来，最近我立下遗嘱，把那个有很多抽屉的柜子送给你，在你七十四岁生日的前一天。

姑妈卡伦

玛莎觉得身上一冷，那么这是"过去来的消息"，而不是柜子本身，是一则来自姑妈的消息。

随后几天，玛莎视柜子为邪恶的东西，拒绝接近它。第四天，她再也忍不住了，她跳过两个抽屉，打开第四个，"一个美丽的孩子，浅黄色的头发"。

这句话她想了很久，她想不出她认识的小孩中有哪一个是浅黄色的头发。这些天她很少看到小孩了。午饭后，她睡了一觉，直到苏珊娜把她喊醒。

"玛莎小姐？"她轻轻地说，"以前你常告诉我，如果有小孩想吃甜点心的话，带他们来见你。"

玛莎抬眼，看见一个可爱的小姑娘，长长的浅黄色的头发上戴着一顶小红帽。她惊异地想到纸条上的话：一个美丽的孩子，浅黄色的头发。小姑娘走后，她告诉自己，这纯粹是巧合，然而心中还是觉得不安。

每天玛莎都试图不去理会那黑黑的柜子，但是每天都被一种莫名的力量吸引着去打开一个抽屉。有一天，抽屉里的条子是"一位老朋友的祝福"，果然这一天她收到许多年前一位要好同事的来信。又一天抽屉的纸条是"一位年轻的客人"，结果下午有一位过去曾照顾过她的女孩带着六个月大的女儿一块儿来看她。

心中虽然还有些不情愿，但是玛莎开始相信柜子里的东西了。夏去秋来，每张字条都像是拼图游戏中的一块图片，预言着她的生活。柜子似乎逐渐变大而且越变越黑。虽然她一再告诉自己这个柜子不可能重述她的过去预言她的未来。

有一天她打开一个有白瓷手把的抽屉，条子上写道：一桩欺骗和犯罪的回忆。她皱着眉读完，当她把纸条放回去时，里面有轻微的响声。她把抽屉再拉出来，仔细看里面，有一枚戒指，镶有一颗小小的蓝宝石。

她把戒指拿出来试戴了一下，太小。她拿着戒指翻来覆去地看，然后暗吃一惊认出了它。她的脸色顿时难看起来，并把那戒指放了回去，心中记起自己曾向姑妈坚决地否认，说自己没有拿她的戒指，实际上，她把戒指藏在衣柜的鞋盒子里了。

玛莎迅速地关上抽屉，转动轮椅背对着柜子，浑身发抖，自言自语地说："我不懂。"说着又转回去面对柜子说，"我不懂，她怎么知道的。"

几天以后，有一张字条这样写道：一次谎言，铸成终身大错。玛莎苦思冥想，想找到那可怕的谎言，但是始终没想起来，这时苏珊娜送来了午饭。

"嘿，"苏珊娜说时，眼睛向外瞧，"对面人家在挂国旗，今天是什么日子？"

玛莎猛地记了起来，今天是 11 月 11 日，是休战日。许多年前姑妈的男友来邀她去镇上游行，那时玛莎正好在姑妈家玩，在门口碰到姑妈的男友，不知是心血来潮还是什么，就骗他说："我的卡伦姑妈不在家，她和一位很帅的叔叔出去游行去了。"

第二天，姑妈的那位男友被发现死在树林里，是落马摔死的。玛莎撒谎并无恶意，只是想开个玩笑。当姑妈那位男友的尸体被发现时，玛莎有点惊慌失措，但当没人提起这件事时，她慢慢也就把这事给忘了。但是姑妈知道，姑妈早就知道了。

1 月 14 日的条子这样写道：一件只是方便的婚姻。玛莎知道这天是她的结婚纪念日，虽然二十五年前丈夫出意外后她就守寡至今。她沉思着，那婚姻的确不是天设地造的一对，不过是一件很方便的婚姻，后来她知道丈夫有了外遇。

在 2 月 14 日这天玛莎拉开有心形手把的抽屉，字条上写道：一份纯怨恨的礼物。呃，不错，她记起来了，但是他是罪有应得。她记得在丈夫的口袋里发现了一块有绣字而且是香气扑鼻的手帕，手帕上还有地址。她小心地洗好手帕，烫好，用一口心形、漂亮的盒子装了起来，里面还附有一把小型手枪，并且枪里装有子弹，然后按地址寄了出去，并夹了一张卡片，卡片上模仿丈夫的笔迹写道：一切完了，我们被发现了。

以后的几个星期里，每当晚饭后他们默默地相对坐着的时候，她总是以欣赏的眼光看她的丈夫。他停止加班，然后夜复一夜地看一本书，脸总是板板的，没有表情，像戴着面具一样，而玛莎则一针一针地绣花边。

3月里一个令人难受的晴天，条子上写道：一杯咖啡。看到这个条子，玛莎呼吸加快了，记得在她告诉丈夫有关2月14日礼物的事后，她丈夫冷酷地宣布，他要和她终止婚姻关系。她说这件事起初的目的是想警告他一下，不想事情到了这种地步。

"你说的不是真的。"玛莎抗议。

"是真的，我会收拾几件东西搬到旅馆去住，"他说，"明天就去住。"

第二天玛莎偷偷溜进厨房，在厨师为她丈夫准备的保温瓶里放进许多安眠药。他的汽车在离家六里处出了事，玛莎接到消息时人还在楼上，因此没有人怀疑她。她原先是希望警察来抓她，但是相反，没有抓她，是她自己从楼上跌下来的。

在医院里住了几个月后，她出院了，但半身不遂，宽敞的房子，只有她一个人。她的经济条件不错，够她留下厨师和雇用一位女大学生来照顾她。她看了许多书，单独玩一些游戏，并且继续做针线活。

然而自从那个诡秘的柜子送来以后，她的整个心思都被它占据了。理论上她知道命运是不可能预先告知的。她常对着柜子说："这纯粹是巧合。"然而，每天早晨醒来她总决心不打开抽屉，但最终无法抗拒那股神奇的力量。

一个3月的寒冷天，她打开纸条读到："算账的日子。"玛莎坐在那儿凝视着一排排的抽屉，心烦意乱。只有几个抽屉没有打开。这时苏珊娜打断了她的思绪，"玛莎小姐，有你的信。"

又是一封律师事务所的信。她疲惫地打开，发现里面又有一封封了口的信。里面是这样写的：

亲爱的玛莎：

现在你总该知道，我早就知道许多事情。有些事我早就该说，但是想到你是个孩子，我就说不出口。

虽然如此，但现在我觉得应该伸张正义，我必须通知警察局。因此我写了一封信存在律师事务所，那封信将在你七十五岁生日那天投递，寄给警察局。我希望这一年当做你一生的回顾，愿上帝能原谅你的灵魂。

卡伦

附注：万一她死亡的话，此封信烧毁。

玛莎吓呆了，往事一幕一幕在脑海中放映，恐怖的记忆不停地刺激着她那脆弱的神经。玛莎寝食难安。她觉得整个脑子都乱哄哄的，卡伦的信里会写些什么？警察会相信卡伦的话吗？警方会起诉这么大年纪的人吗？她考虑着该如何处置那个讨厌的柜子，可以卖掉，可以烧毁，真希望哪天早晨睁开眼睛，它不在那儿。她在黑暗中对柜子说："真希望你会消失。"

第二天早上，苏珊娜在帮玛莎穿衣服时对她说："玛莎小姐，你今天的气色不好，你好像一夜没睡。"

"我很好。"玛莎说着，挺着胸看苏珊娜整理床铺，擦书架上的灰尘。苏珊娜走后，玛莎面对柜子，现在只剩下两个抽屉没有打开。"我决不会打开其中任何一个。"她发誓说。

九点过去，她把早报读了一遍又一遍。十点钟她读完书，到了十一点她投降了，她走上前打开倒数第二个抽屉，条子上写道：准备的日子。

玛莎皱了一下眉，然后苏珊娜过来帮她洗头。当苏珊娜换床单时她修自己的指甲，虽然指甲并不长，然后她还要苏珊娜换掉轮椅上的坐垫。

那天晚上，当她躺在床上时，她心中想还有什么要准备呢？她聆听着老爷钟的嘀嗒声，它敲了十下，十一下，然后是十一点十五分。到了十一点半时，她按了按床边的铃，苏珊娜匆忙跑了进来。

"怎么了？"她担心地问。

"我要穿衣服坐进椅子里，"玛莎说，语气很坚决，"我要穿蓝色的礼服。"

苏珊娜帮她穿上，扶她坐进椅子里，然后俯身在玛莎面前，关切地问："玛莎小姐，你没有事吧？我意思是你似乎很烦躁，半夜这样起来打扮，有些……你一切都好吧！"

"我很好，苏珊娜。"玛莎说，"你回房休息吧。"

"好，不过，把你这样留下我有点不放心。"她没有信心地把话停住，然后俯身在玛莎的脸颊上吻了一下。苏珊娜以前从来没有这样吻过玛莎。

玛莎爱抚着苏珊娜吻她的地方，聆听着苏珊娜在走廊走路的声音和熄灯的声音，然后缓缓地把轮椅推到柜子前。当她把手伸向最后一个抽屉时，老爷钟发出了沉闷的响声——午夜十二点。

她对着柜子说："我来了。"

她打开抽屉，里面放的不只是纸条，还有一小包东西，那是一条美丽的绣有字的手帕，里面裹有一把女人用的小手枪。她打开手帕，那是她好久以前见过的手帕。啊！以前她怎么没有注意到那上面的字正是卡伦的，以前她怎么没有看到呢？

她想到当年自己写的卡片，但她没有看到。这个神秘的柜子对任何人都没有意义。原来那个辈分比自己高，年纪却差不多大的卡伦姑妈，竟是当年丈夫的情妇。

她取出纸条抓在手中，"我想她有最后的话要说。"她冷静地说，并且读最后的条子。

打开条子，轻轻拿在左手上，右手把手枪放在乳房下扣动扳机，字条飞落到地上。

放在第三百六十五个抽屉里的条子说：最后的安眠。

死亡脸孔

米莉娜从前窗窗帘缝中看着来人。一个是金，另一个是和金谈话的人。后者很明显是个富有的人，富得和这个地区有点格格不入。她打量着那人的西装，像是定做的，灰色的头发，理得很光滑，健康的呈褐色的皮肤，这一切都显示着他过着优裕的生活。她相信金不可能带他到这里来。

然而，她猜错了，他们正朝这个方向走来。

刻意穿着吉卜赛人的服装，耳朵戴着金质耳环的金，正急速地说着话，同时还打着手势，露出八字胡下白色的牙齿。那个人面带微笑，在金的带领下，沿街走向那以前是个店铺的小房子。门前有块手写的招牌："米莉娜夫人——手相专家。"招牌上没有任何许诺，所以，从技术角度讲，不会犯法。在这个地区，警察对吉卜赛人是很宽容的，只要没人告状，警察就睁一只眼，闭一只眼，随他们去混日子。尽管这样，这也是米莉娜和金在这里居住的最后一周了，这个街区马上要毁掉，重新造一座收费高昂的停车大厦。工人们早已把后面的房子推平了。

那两位男士走近时，米莉娜放下窗帘，走到房间后面一张桌子边。那个桌子用一块印有金色太阳、月亮和星星的红绸布罩着。

米莉娜用手抚弄浓密地垂在肩上的黑发，如果她能适时地加以清理，并淡淡地化一下妆，她可能是位非常美丽的妇人。美与否，那都不在乎，她外表如何，金都赞美不已，反正她也没别人要。她在桌前坐下来等候。

"到了，先生。"金说着，为那位绅士打开门，"那无所不知、无所不能的吉卜赛女神仙就住在这儿。她只要看你的手纹，就知道你的过去和未来——这是米莉娜夫人。"

她点了一点头表示同意金的介绍，然后抬头打量带来的人：他微微发福，态度从容，估计年龄在五十多岁，是过惯优裕生活的人，五官端正，眼睛充满慈祥。

"请坐。"她对他说。

"谢谢，"那人说，"说实在的，如此来到贵地我有点紧张。"

"没什么好害怕的。"

"这点我相信，"那人笑着说，"不是我以前从没算过命。我本来有个约会，但时间未到，而你的……"

"他是我先生。"

"你先生很是能说会道。"

"我可不可以看你的手？"

"哪一只手有关系吗？"

"左手看你的过去，右手看你的将来。"

那人向她笑了笑，"过去我已知道，所以最好看看未来。"他伸出右手，掌心向上搁在桌上。

米莉娜假装很仔细地研究他的那双手。

"我看见你有一笔生意的纹路，这笔生意很快会成交，"米莉娜说，"它是一笔很大的财富，并且整个买卖过程都很顺利。"

这点是很容易推知的。因为那个人总提到他有个约会，而来这一区绝不是来参加交际活动。他可能和邻街的那个进出口公司谈生意。从那人的言谈举止和风度上推断，他的交易数目一定不少，无论如何，这个假设是合理的。至于预言他的成功——唔，人总是预言成功。从此以后，米莉娜所要说的话，就要从那人的反应和她所问的问题里找到线索，再借题发挥。

金从挂有门帘的门，溜回到他们的卧室。他的眼神告诉米莉娜尽可能地敲这个人一笔钱。如果说对路的话，她就能轻而易举地赚他二十元以上。

然而，当她抬头看他的脸时，米莉娜不想再继续算下去了。当然，谈谈是不伤害任何人的，可是，她不喜欢欺骗人，尤其是像这样有张善良纯正的脸的人。

突然，她僵在椅子中一动不能动。因为那人的脸孔开始改变。当她凝神注视他的时候，他健康的褐色变成苍白色，褐色的斑点渐渐在面颊上呈现。那人背靠着椅子，米莉娜看见他脸上的肌肉正变成腐烂的条条，然后变黑，干枯掉，留下赤裸裸的、斑驳的骷髅。

"怎么啦？"那人问着，想拉回他的手。米莉娜这才省悟到自己的指甲已深深掐进那个人的肌肉里。她激动地放开手。

"我不能告诉你什么了，"她说，同时闭上双眼，"现在你必须走。"

"你不舒服吗？"那人问，"我可以帮你什么忙吗？"

"没什么，请回吧。"

门帘在晃动，因为金在后面窃听。那人很犹豫地站了起来。米莉娜不敢正面看他的面孔。

"至少让我付你酬金。"那人说。他从外套暗袋中掏出皮夹子，抽出一张五元钞票，将它放桌上，趁米莉娜还没抬头看他时，走出了店铺。

金摔开门帘，径直走到她面前，"你怎么搞的，米莉娜，他可是头肥羊，你为什么放他走？"

米莉娜低头看着自己的双腿，没有说话。

金开始大吼，然后控制住自己。"等等！你在他脸上看见'那个'了对不对？看见了死人的脸？"

她默默地点点头。

"这样有钱的人！你看没看见他皮夹子里的钞票？"

"现在，全世界的钞票对他都没有用了，日落之前，他就要一命归西。"

金的两眼变得狡黠起来。他掀开门帘，向街口看去。"他在那儿，正要去邻街的一个商店。"金说着，朝商店走去。

"你要去哪儿？"米莉娜问。

"追他。"

"不，让他去吧。"

"我不会伤害他，没有必要害他，你比我更清楚，带有死人脸的人，没有任何力量能防止他的死亡。"

"那么，你为什么要去追他？"

"现在距日落只一会儿工夫，当他倒地的时候，总该有人在他身边。你说过的，钱现在对他没有用处。"

"你要抢劫一个死人？"

"闭嘴，你这个女人。我只是跟踪他，看他将死在何处，如此而已。"

金急忙出去，米莉娜没再说什么。她心想，多奇怪呀！走了这么多年的江湖，假装手相专家给人算命，直到今天才如此近地看到死人的面孔。

这样的事情发生时，米莉娜还是个快乐的小姑娘。那时候，她和父母以及另外三个兄妹，随同其他吉卜赛人到处流浪，随遇而安，享受自由。她父亲是个魁梧健壮的人，笑声粗犷，浑身充满活力。那天，父亲正要和他的朋友外出打猎时，他抱起小女儿说再见。她注视着父亲的脸孔，突然开始尖叫起来，因为她看见父亲的脸孔开始腐化成一个可怕的骷髅。

父亲迷惑地放下她，怎么也哄不住她那歇斯底里的叫喊。父亲出去很久以后，她才止住不哭，告诉母亲自己看见了什么。米莉娜的母亲惊恐万状，她小女儿重新又大哭起来。母亲制止了她的哭叫，告诉她，看父亲脸孔的事，永远永远不要告诉任何人。然后，她的母亲离开，独自坐在山楂树下，直到天黑。两个猎人朋友回来了，而她的父亲却是被抬回来的。

从那天起，米莉娜的生活就再没有快乐可言。

这样的事情再发生时，她十二岁。米莉娜遵守诺言，从没有说出她父亲死亡那天她所预见的事。虽然如此，那情景一直存在她的脑海里，挥之不去。母亲对她变得冷酷而疏远，好像父亲的死是她的错，她使父亲死在别人的枪口下。

米莉娜变成了一个孤独、沉默的女孩子。她只有一个名叫玛丽的好朋友，那是一驼背女孩。两人经常无声地玩上个把小时，把花儿当做船儿放在水中，随波逐流。8月里一个晴朗的日子，米莉娜看见玛丽的脸孔又皱成一个难看的骷髅，她惊叫着跑到旁边的林子里，待在那儿，直到天黑。

当她回到住地时，发现吉卜赛人正围绕着一样东西。米莉娜悄悄挤进人群，看见溺死的正是她的朋友玛丽。这一次，她向一个干瘦的老妇人——玛丽的祖母，倾诉了她所预见的一切。

"那是什么意思，奶奶？"她这样问道。

在回答之前，老妇人静坐良久。"孩子，你所见到的是死亡的面孔，在我们人类中，一代中或许有人有这种天赋。当你看见一个这样的脸时，那个人便会在日落之前死去。这并非你的错，不过，我们的族人知道的时候，就会回避你，他们分不清预言和犯罪。"

"怎么办呢，奶奶？我不想做个怪人。"

"很抱歉，孩子，我也没有办法，只要你活着，你就会看见即将死亡的人的死亡面孔。"

那件事之后，米莉娜完全被人孤立了。每当她走进某地，那里的人唯恐避之不及。族人中只有一个人嘲笑族人对死亡的恐惧，这个人就是金。他是个精力充沛、黑眼睛、黑头发、三十多岁的人。他注意到了很快成熟长大的米莉娜。当他向她求婚，请她一起去美国的时候，她一口就应允了。

在这个新的国家里，他们从一个城市流浪到另一个城市，以米莉娜给人看手相和金给人打短工挣的钱为生。米莉娜会在人群之中看见一个陌生人恐怖的"死亡之脸"，每当这件事发生时，她就会很快转开脸，假装什么也没有看见。她和金都没有朋友。多年来，她还不曾如此近地看到"死亡之脸"，直到今天。

现在，当黎明的第一道曙光透过窗子，落在他们床上时，米莉娜醒来，发现她单独一个人躺在床上。后门轻轻吱咯一响，她裹在毛毯里的身子紧张起来，"金吗？"

"是的，轻声点。"

"发生了什么事？"

"别说话，把我们的钱全交给你。"

米莉娜在床上坐起，抓牢毛毯，金在阴暗中只是个黑黑的影子。

"你闯祸了？"她问。

"不能怪我，当那人从进出口公司出来时，我走过去和他说话，谁知他竟出手打我，我就顺手一推，他就倒地不起。"

"那人死了？"米莉娜说。

"是的，糟糕的是，我推他的时候，有人看见了。我躲了一个晚上，不过，一会儿他们就会来这儿找我。我连他的皮夹子都没有弄到。"

米莉娜下了床，整整衣服。金趴在地上，用手在黑暗的地板上摸索，直到摸到他要找的那块松地板。他拔开那块板子，取出用油纸包着的钞票，然后站起来将钞票塞进衬衫里，推开门帘，进入前面店铺。用手打开窗帘，向外瞧着。

米莉娜注意地看着丈夫的举动，阳光从窗帘里透了过来，照在丈夫的脸上。

她以急促的声音说道："他们已经来了，在街口。"说着，放下窗帘，急急地走向后门，"到对面的旧房子中躲躲，避避风头。"

金在门边踌躇起来，米莉娜知道他正在等候她的亲吻。可是她不但没有过去，反而转身，强行控制着要眩晕的身体。

"风头过后，我再回来。"金边说边离去。

几分钟后，前面响起敲门声。米莉娜朝后门看了最后一眼，然后打开门让警察走了进来。一位大约三十岁，有一对沉着稳健的眼睛。另一位很年轻，他不停地用手摸着刚蓄的八字胡。

"我是麦金农，"年纪较大的警察说，"这位是杰克。"他看看小手册，问道："这儿有没有一个叫金的人？你认识他吗？"

"他是我先生。"

"他现在在这儿吗？"

"不在。"

"如果我们去里面看看，你不介意吧！"

041

"请便。"米莉娜退到一旁给他们让开了路。麦金农到后面的卧室搜查,杰克在前面四处看了看。

"你看相吗,夫人?"杰克问。

"我看手相,本城有看手相的禁令吗?"

杰克尴尬地笑了笑。"我想都没有想过,我只是感兴趣而已。上周,我夫人带了一副牌回家,那种牌我怎么也弄不懂,我夫人也不真正懂,但仍然照玩不误。"

"那种牌很难精通。"

"我想一定是的。"

麦金农回来说:"后面没人。"

"这儿也没有。"杰克说。

麦金农盯着记事簿问道:"你最后见到你丈夫是什么时候?"

"那没有关系了,你们永远看不到他。"米莉娜说。

"我们只想问他一些问题。"

"你们永远逮不到他。"米莉娜又重复一次。她知道这是事实,因为当金打开窗帘,太阳光照在他脸上时,他看到了她丈夫的死亡征兆。

麦金农神色不悦地说:"夫人,我忠告你,最好跟我们……"

店后面砖墙的倒塌声打断了麦金农的话,同时听到一阵痛苦的尖叫,接着又是一阵倒塌声,然后声息皆无。两位警察互相看了一眼,跑向后门。

米莉娜在桌边坐下,双手叠放在面前。当救护车把金的尸体拉走时,她仍然呆坐在那儿。麦金农问了一些必要的问题,记下要点,杰克不安地站在后面。当两位警察走出前门时,米莉娜仍然两手叠放着,坐在那里。

一分钟后,杰克又回来了。

"夫人,我只想告诉你,因为你丈夫的事我很难过。我也是新婚不久,可以想象失去丈夫的滋味。"

米莉娜第一次激动了。她将头埋在双手中,喊道:"走,请走开。"杰克在门旁边站了一会儿,一直到他的同伴跑到他身后。

"走呀,杰克!我们接到通知,说附近正有劫匪。"

杰克做了一个想说什么的手势,但是看见米莉娜没有抬头,他只得转过身去,若有所思地和麦金农跑向道边的警车。

一会儿之后,米莉娜挺直了腰杆,黑眼睛中充满了泪水,心想:"如果你没有回来有多好。杰克,你正年轻有为,精力充沛,不该死的!"

原来,她又在杰克脸上看到了死亡的征兆。

赛车冠军

  驾驶者发现自己很难解释，为什么他会让那位站在路旁伸出拇指的人搭便车。关于搭载路边的陌生人，终于铸成惨剧的故事，时有所闻。幸运的，只是丢掉汽车和私人财物，不幸的，就会成为太平间的客人；有的人身上只中了一颗子弹，尚不算很惨，有的人则被残忍地杀害，死相很恐怖。

  或许是因为太孤单吧，那天下午他从五点开始开车，到现在已过了晚上九点。他的汽车是部新车，只有一层薄薄的灰尘遮盖了光亮的外壳，但是汽车上的收音机却有些小毛病，打开开关时，它只是发出嗞嗞啪啪的声音，没有人说话的声音解除他的寂寞。车灯前头是如同缎带般连绵不绝的水泥公路，一公里一公里地在车轮下消失不见。

  自己年轻时，也曾站立在路旁，伸出拇指在全国各地向人搭便车，有好多次，人们向他施以恩惠，停车让他搭。他清楚地记得天黑后，自己仍未到达目的地时的困境。

  他刚刚过了一个叫"春谷"的税卡，税卡服务员告诉他，路上没有车辆行人，至少到阿雨巴镇前是没有。天气预报说，阿雨巴镇和犹提卡之间会有小雨，但对他来讲，这没什么可担心的。他抓过票子，塞在遮阳板反面，然后驱车驶入黑暗里，路上只有竖在路旁的带反光的里程碑上有光线，每十分之一英里竖四根，那些里程碑像猫眼，闪烁着飕飕地从他身旁闪过。以后的四百英里路，他不用担心来往车辆或十字路口会阻碍他的行程，因为只有每十分之一英里的四根里程碑陪伴着他。

  收税卡过去后高速公路越来越窄，车头灯照到了站在路旁的一个男人，那人脚边有只廉价的行李袋。汽车经过他身边时，那人挥了挥拇指，脸上带着疑问的表情。

驾驶者内心一阵冲动，刹住车，他重新启动汽车前，那人已经跑到他身旁，从敞开的车窗探头问："先生，能否让我搭一程？"

驾驶者打开车顶灯，看着那人。他身穿一件夹克，打着领带——这点看上去不坏——虽然他需要理一理头发，但并不邋遢，不像那些肩背行李的流氓。那人略带点害羞地向他微笑。

"上车吧。"驾驶者说。

那人打开车门，将行李放在车中地板上，非常疲倦地长长吐了口气，轻松地坐在椅子上，驾驶员关掉头顶上的车灯，驶上朝北去的三车道中间。汽车速度计的指针很快爬上六十码。

"你要去哪儿？"驾驶者问。

"阿雨巴镇。"那人说，"请你在到那儿之前，不要拐出公路。我在那儿有份工作，不过，我必须在明天八点以前赶到。"

"我们会赶到的，我要一直开到水牛镇，不过，我会在阿雨巴镇出口的坡道停车让你下去。"

"那太好了，我相信在那儿可以搭便车进城。"

他们默默地在夜色中行驶了几分钟，驾驶者终于问："年轻人，你叫什么名字？"

"迈克，迈克·杰瑞，我不年轻，我已经二十五岁。"

"对我而言，二十五岁是年轻。"驾驶者说，"你知道，迈克，假如你在阿雨巴镇有工作的话，我很高兴帮助你，不过，在高速路上搭便车是犯法的，你不知道吗？"他听见迈克在座位上局促不安地动来动去。

"你打算把我送到警察局？"迈克小声问。

"不，放心，事实上，我也不知道我怎么会那样说。我年轻的时候，也有好多次举起拇指搭人家的便车，不过，那时候人们相互信任，我要去任何地方都可以，很少有困难。"

"天黑以后我就站在你接我的那个地方等。"迈克说，"看见有像警车的汽车开来，我就躲进树丛里去。我的意思是，今晚必须去，我不能被交警逮到。"

汽车快速向前开，黑暗中的点点灯光表示，他们正向一个村落靠近，驾驶者说："那是赛芬出口，告诉你，从这儿过去有个餐厅，我们到那儿歇一会儿，松口气儿，喝一杯咖啡。"

"我不要咖啡。"迈克说。

"是不是不方便？没关系，我请客如何？"

"我不要咖啡，"迈克重复说，"我什么都不要。"

"哦，那么我喝咖啡的时候，请你不要介意等候。时间不会很久的，我喜欢趁热喝。"

一阵衣服抖动的窸窣声，接着是拉链被拉开的声音，驾驶者心想，也许迈克口袋里有些钱，也许……

"先生，我们不停留。"迈克的声音在喉咙里滚动着。

"听着，这是我的汽车，我高兴怎样就怎样，你有什么权利左右我……"

"先生，我有这个权利，就凭这个。"

手枪的枪口用力地抵在驾驶者的肋骨处，一阵刺痛传来，他不由自主地急动了一下方向盘，竟然使汽车滑向中间的分界线。

"小心点儿！"迈克不屑一顾地说。

驾驶者将车驶回车道中间，轻轻触了一下刹车。

"不要停车，"迈克继续说，"继续向前开，不要太快，也不要太慢，好好地开，正常地开，明白吗？"

他们经过餐厅，进入空旷的村郊。到哈里曼立交桥的十五英里路程中，他们默默地没说一句话。

"高速公路在这儿缩小成双线道。"驾驶者终于说，声音又干又燥。

"那又怎么样，一路上我们见到的车不到半打，假如见到警车的话，不要打歪主意。别用灯光打信号，或是做任何事，我手中握的可是杀人的家伙。"迈克在驾驶者眼前晃了晃手枪。

"你要押我到哪儿？"驾驶者觉得一种恐怖情绪在自己的胃里打结，他不禁怀疑自己是不是会呕吐。他一手握住方向盘，另一只手略松一松安全带和紧套在身上的肩带。

"到足够远的地方。我走得越远，警察越不可能发现我。真是遗憾，我可是真喜欢那地方。"说着，用枪柄重重地敲着仪器板，轻轻补充说，"那该死的老太婆。"

"老太婆？你是说你的母亲？"

"不是，我是说靠近春谷那幢房子里的老太婆。当我看见那男人和女人带孩子出门时，我以为家里没人，可以闯空门搜刮一下，而且后门也没有锁，不是很方便吗？我怎么知道他们会留个老太太在家？我搜刮到底层，着实弄了不少东西，手提电脑、打字机，还有大把的现金，这把枪也是从那里弄来的。正当我要离开时，她出现了，穿着睡袍站在楼梯口，那样子好像十年前就该死一样。可是她的肺部却没毛病，她声嘶力竭地叫，声音之大足够吵醒全镇的人。"

"你……你把她怎么啦？"驾驶者问。

迈克思索着用双手搓搓手枪，说："我只需肯定，她已不能再叫就是了。"

"那么说，你已经逃离了现场，现在要怎么样？"

"那要看你，冷静些，随你怎么做，也许你能平平安安地活着，如果动什么鬼主意的话，你的尸体便会被人从臭水沟里捞起，反正这对于我没什么损失。"

"我什么脑筋也不动，我不想死。"

"很多人不想死，先生。"

汽车行驶了很多英里，但驾驶者无法控制全身的颤抖。他不想死，但这也是迈克持枪对着他的理由，迈克也不想死。

在新堡立交桥，一辆带有拖车的卡车，突然从入口坡道里冲出来，驾驶者急忙踩刹车，迈克倒抽一口冷气，双脚猛踏在地板上，好像他可以单独用力刹住汽车一样。

"笨蛋！"迈克恶狠狠地骂道，这时卡车正以每小时八十码的速度隆隆驶入黑暗中，同时汽车已重新受到控制，继续上路行驶。

驾驶者没有反应，反而思索地窥视车头灯在前面公路上投下的灯影。然后，他扭动开关，使仪器板上的灯光亮起来。他瞥了乘客一眼，看见后者正在摸弄车子上的肩带，那肩带连在车门上。

"别碰它！"驾驶者大吼一声，迈克被他的命令语气吓了一大跳，居然本能地抽开手，然后，慢慢笑起来。

"你错了，"他轻轻地说，"由我来发号施令，不是你。"

"听我说，小心地听，否则，我们都不必争论谁来发号施令，因为公路警察会从一棵树或公路的路基下抬走我们的尸体。"

"继续讲，先生，那样可以帮助我们消磨时间。"

"首先，你的手别碰安全带和肩带，别想试一试扣上那东西。"

迈克无奈地耸耸肩。"我没碰那两样东西，已经离它们这么远了。"他说。

"OK，双手放在我看得见的地方，因为，假如你不照做的话，我要把这车撞在我发现的第一个坚硬物体上。"

"你不用为我担心，"迈克说，"毕竟，那样一撞，你也会同归于尽。在车速七十码的情况下，安全带也没有什么作用。"

"但那正是你和我的不同之处，我反正是得死，不对吗，迈克？"

"瞧，我早就告诉过你，假如你不要花样的话，我会放你一马。我只是要这辆车。"

驾驶者缓缓摇了摇头，"我才不信你那一套，你已经杀了一个人，你唯一逃脱的机会是躲到警察找不到的地方，假如你放走我的话，我可能会供给警方足够多的信息去追捕你。现在对你来讲，多杀一两个人已无所谓了。"

"该死的东西，你不能开慢点吗？我们的车速差不多是八十码。"

"快速，这是我的武器，迈克，时速八十码的情况下，你是不敢开枪的。"驾驶者脚踏油门，汽车开得更快了。

"小心，假如你的轮胎掉进路旁的低洼处时，你就会控制不住，我们就会翻下去。"

"不要担心我的驾驶技术，迈克，你看过报纸的体育报道没有，关于赛车的专栏？"

"对那玩意儿我不感兴趣。"

"真遗憾，你可能听说过我的名字——欧·史密斯，今晚你正有幸和他乘同一辆车，两次全国赛车冠军，我一生开车都没有翻过，当然现在也不打算那样做。"

"你打算干什么，小心，你刚才差点撞上对面迎来的卡车。"

"那把枪，迈克！"

"枪怎么样？"

"扔到窗户外面去，只有那样，车速才会减下来。"

迈克咯咯地笑起来，"你肯定是以为我疯了，假如我扔掉这把枪的话，你就会把我送到警察局，去面对谋财害命的指控。不过，假如你撞车的话，也许我还有逃走的机会，我要留下枪。"

"除了赛车之外，"驾驶者说，"我也是一家汽车公司的安全顾问，我打赌，这点你也不知道。"

"那又怎样？"

"所以，你可以试着想一想，时速八十码下迎头碰撞后的逃生机会。也许我可以帮助你，我们在试验跑道上做过一些试验，当然，试验车的最快速度是五十码，不过，那会给你一个会发生什么事的概念。

"汽车撞车后的第一个十分之一秒，前缓冲板、冷却器和各种机械都会压碎成一团金属。第二秒时，车头盖会粉碎，在挡风玻璃前爆炸，这时，后轮会跳离地面。你知道，那时，汽车前半部早已停下，但是后半部继续向前推进，本能地，你会坐直，就像那辆卡车斜刺里冲出来时你的反应一样。你的腿骨，会在膝盖处齐齐折断。"

"别胡说八道了，老东西。"

"你不想知道，你会如何走向死亡吗？在第三秒时，由于惯性，你的身体会急速前冲，仪器板将捣碎你的膝盖。第四秒和第五秒的时候，你和汽车后半部仍会以每小时三十五公里的速度前进，你的头会碰在仪器板上。"

"第六秒的时候，汽车的车身会弯曲，在此之前，仪器板已压碎了你的头壳，你的脚会嘎吱有声地在地板上滑过，突然停止的力量，会从你的脚上猛拔掉你的鞋子。"

驾驶者停住，"大约就这样了。"他结束说。

"然后车门弹开，扯掉螺丝，前座被扯开，后座冲来，压扁你的身体。但是你不用担心，因为那时你已经死了。"

"你——亲眼见过这种事发生？"迈克问。

驾驶者点点头，"看车队在试车场的慢动作电影。当然，凭我的赛车经验，我见过不少惨不忍睹的意外事件，迈克，那可不怎么好看。"

迈克从干燥的嘴边强挤出脆弱的微笑。

"你知道，有一会儿，你使我听得入了神。"他说，"不过，你不会去撞车的，除非你走投无路。老家伙，假如我智力胜你一筹，事情会怎样？迟早你的汽油会烧光的。"

"我胜你一筹，我是个赛车冠军，记得吗？汽车上的各个零件就是我的衣食父母，想想看为什么我不准你系安全带。"

"你什么意思？"

"在某种车速下——真正说来不很快——我可以朝某个坚硬的东西撞，我系的这个安全带会使我安全，或许会使我胸部瘀血，但我可以控制汽车。你会向前冲，那一冲，有很多有趣的可能性。也许你会碰到仪器板失去知觉，也可能将脑袋撞出玻璃，会撞破脑袋，或者割坏喉管。任何情况下，我都会没事，而你——请不要碰安全带。"

汽车示威似的迂回而行，迈克双手扶在仪器板上，用力抓得很紧。

"现在，迈克，扔掉枪。"

迈克紧紧抓住手枪。"我要……"他把枪指向驾驶者。两个男人都没说话，只有轮胎碾压公路的声音和车窗外呼呼的风声。驾驶者可以感觉到，迈克的脑袋里正在衡量轻重得失，被逮捕的话，很容易证明是凶手，余生可能在牢中度过，一个老妇人的尖叫，将会使他虚度岁月。迈克打开保险，手枪发出咔嚓声，驾驶者汗津津的双手紧紧握住方向盘。

时速接近一百码的情况下，开枪是十分危险的，结果会像战场，锯齿形和扭曲的金属会切进骨肉里，使活生生的人血肉模糊，不成人样。

迈克咒骂了一声，摇下车窗，扔掉手枪，一阵强风吹到驾驶者脸上，反光镜里出现了手枪落地时闪出的火花，驾驶者将车速减到合法的六十码。

过金土顿镇后，一个地下通道里，他发现有辆警车，车门开着，红色的圆灯转着。他把车开到警车旁，车靠得很近，使迈克无法开门逃走。

警察铐住迈克时，后者不屑地吐口唾沫说："欧·史密斯，一位赛车冠军，倒了十八辈子霉才会搭上你的车，你看来一点儿也不像赛车冠军，人又瘦又小。"

"赛车不要力气，迈克，只要反应快。"

"如果你不是位职业赛车者，不知道撞车的种种后果，我现在已经逍遥法外了。"迈克咕咕哝哝，"警察永远不会找到我——或者找到你。"

警察推走杀人犯，塞进警车。

"我听他提到欧·史密斯，我在电视上见过他几次。有件事可以肯定，先生，你不是他。"

"是的，我不是。"回答很温和，"我叫强生，我在费城经营一家小书店，我要去水牛城看我的女儿和外孙们。我带着份礼物去送给外孙，是一本书，那书值得一读，很有趣，不过，也许迈克也会有兴趣。"

驾驶者说着，从口袋里掏出一本厚厚的平装书，警察接过来，瞥了书一眼：《驾车安全须知》，作者——欧·史密斯。

封面上有张照片，是位英俊的年轻人，正戴着赛车用的护目镜望着他。

"我把书上写的搬出来，"驾驶者说，"把那家伙唬住了，"然后，补充说，"多看书，会有好处，书中自有安全计。"

罗马惊艳

　　这是我第一次来罗马。我来自乡下，虽然只有二十四岁，但几年的奔波已经让我对生活有了一个清醒的认识，我不再那么单纯好幻想，来罗马前，并不指望在这个美丽的城市里会获得什么惊喜，更没奢望不期而遇的罗曼史。生活本身就是个弥天大谎，我不再指望什么。

　　罗马的风光没有传说的那么美，对此我早有心理准备，生命中比预想要糟糕的事随处可见，在这样古老而繁华的大城市中，人又怎么能只有一种感觉呢？

　　我一边想着，一边独自漫步在罗马街头，两边的霓虹灯以出人意料的节奏闪烁着，汽车一辆接着一辆，各种音乐的喇叭在高歌、啼叫、冷笑、哀鸣。车灯闪烁而过，映得行人的脸庞阴晴不定，似滑稽剧中的角色。罗马的歌剧总是以热闹著称，每个角色都有自己的任务。街上的行人好似歌剧中的角色，匆匆赶赴自己的夜生活。罗马是一个以夜生活为目的的城市，每个人都有自己的夜生活。

　　我一个人漫无目的地在街上走着。

　　我觉得自己与这个城市格格不入。所有的人中，只有我是孤独的。这种感觉让我有些伤感，忽而又有些自豪，毕竟我是与众不同的。我觉得自己好像是个探险者，在这个一无所知的城市寻找着与众不同的经历。已经有几年没有这种少年的自作多情了。我不由加快了脚步。

　　穿过罗马最拥挤的一条小街，街两边是密密麻麻的食品店和咖啡厅，还有座造型奇特的中世纪风格的小教堂。在小街尽头，我走上石阶，转向另一条路，想绕回旅店。

　　这是条古老的街道，路两边斑驳的石阶诉说着它的沧桑。路上冷冷清清，几乎没什么行人，虽然与刚才那条街只隔了一个街区，但却恍若两个世纪。路的尽头，暮色中隐约可见一座大教堂。路的左边，是一片黑漆漆的公墓，但空气中却弥漫着一种比萨饼的香气。

我意识到，自己是这条路上唯一的行人，这条路是属于我的。当我正为这个想法既伤感而又兴奋时，忽然发现从路的那端走来一个女子。

她的穿着非常素雅，携着一只有拉丁文的手包，走路姿势有点儿像时装店里的模特，没有摇摆得那么夸张，那是种让人一见便仰慕不已的姿势，是一种极有品位的步态。她脸上仿佛蒙了一层面纱，看不清楚，但让人想象她相貌不美简直是不可能的。

她越走越近，但却让我感觉更加缥缈，宛如这空虚凄迷的夜色一般，又好像整个夜晚的情绪都凝聚在她身上。我不由得微侧肩膀，把头转向一边。她的出现无疑加剧了我今夜所有的情绪。

伤感的矜持让我不相信这个城市有任何的浪漫。但擦肩而过时，我还是不由自主地看了她的脸一眼。

只一眼。

我不由呆住了。我紧紧地盯着她那张如梦一般美丽的脸。刹那间清醒后，我马上意识到自己的失态。她的美丽远远出乎我意料。

她也在笑，笑得有些犹豫，有些矜持。

"妓女。"我头脑中居然闪出这个字眼，但我马上否定了自己的猜测。她的笑不是职业性的，不是那种谄媚与功利的笑，而是笑得有些清冷，有些空灵。

她居然先开口说话了，声音很好听。

"我……我知道自己有些冒昧，但这个夜晚的确很美……也许你也很孤单，像我一样……"

她的美让我惊诧，我一时竟无法回答。我只有用微笑回报她。

她好像受到我的鼓励，放松了一些，但声音仍旧有些犹豫：

"我想……也许……我们可以一起走走，一块儿吃点东西……"

我终于镇定下来。

"当然……可以。我非常荣幸。那边街上有许多不错的餐馆。"

她又笑了。

"不用客气，我家就在前面不远……"

我们在沉默中并肩往回走。虽然我已走过这段路，但忽然发觉回头来看，路上的景色竟截然不同。也许，景色没什么变化的，变的只是我的心境。可我不相信罗马这样的城市会有什么浪漫，我还没那么幼稚。

夜意微凉。她走在我身边，轻轻颔着头，脸庞更加朦胧闪烁。微风轻送，吹动着她的细纱披风，勾勒出丰腴微耸的双肩，我隐隐感到她半透明的白皙肌肤，闪着美丽的光泽，有些像法式奶酪，但要清冷得多，也许更像月光下的霜露。我偷眼看去，侧影中她的睫毛很长，挑出一道优美的曲线，轻颤颤的。

我知道再这样看下去，我会自己投入网中。我不相信生活中有过分美丽的事。我已经二十四岁了。这里是罗马。

我敛定心神，发觉我们已来到一座大房子前。她站定，伸手向我示意，然后掏出一支金色钥匙，打开了铁栅栏门。我注意到她的手很白皙，微有些清瘦，纤细的指甲涂着玫瑰色指甲油。

一个穿着制服、管家打扮的男仆从房子里迎出来。她轻轻吩咐几句，用手示意有客人。管家躬身向我示礼，然后快步退下。

我随她沿着细石铺成的甬路，穿过一大片草坪，眼前是一个有喷泉的游泳池，池边摆着桌椅和凉篷。灯光从池水中向上射出，明亮而柔和。

我们一起坐在池边，微笑中开始闲谈。我二十四岁了，长得不丑，不缺少与女孩约会的经验。与女人闲聊是我的拿手好戏，我曾为此自鸣得意。虽然我出生在乡下，但读过很多书，因而了解罗马的历史，尤其了解罗马的神话传说。我们很轻松地就找到了共同话题。亚平宁半岛上发生过那么多浪漫的故事，我们有无尽的谈资。

男仆端来加冰的葡萄酒。酒色很浓，像红宝石的色泽。她微笑着举杯向我致意，我们轻轻碰杯，酒入口很凉，清爽宜人，但到了食道便开始温暖起来，到了胃中，竟有些灼热。我还从没喝过这样的美酒。她仿佛知道我的想法，轻声告诉我这酒产自波斯。

也许是因为酒的作用，我才会与一个陌生女子有这么好的谈兴。我原来并不相信浪漫的呀！

她的眼神若即若离地盯着我，眼波朦胧，那是葡萄酒的颜色。她的嘴唇半闭半启，在佚闻笑语中丰富多彩地变化，像是在对我示意什么。

我要小心。我不相信浪漫，如果要不发生什么，最好现在告辞。我站起身，感谢她的款待，正要婉转地提出离开。

她忽然打断我。先轻轻一笑，然后是很忧伤的表情。"晚餐已经准备好了，如果您的事情不急，再多陪我一会儿好吗？我知道这很失礼，您一定以为我另有目的，毕竟我们一小时前才认识，换了我也会猜疑。"

"绝对没有，小姐。我怎么会胡乱猜疑您的诚意呢？"

"坦率地说，虽然并不了解您，但我觉得您绝不是罗马那些无聊透顶的有钱人，您身上有种气质吸引我。您是有性格又有深度的男人。别问为什么，这是女人的直觉。您能……再陪陪我吗？"

我怎么能走开呢？我不相信浪漫，因为多年以来我一直渴望浪漫，但生活总是无情地嘲弄我。今天的邂逅是我多年来的梦想。虽然我对罗马充满戒心，但如果此时我就这样走开，那么我会遗憾一生。我不是个胆小鬼，也不是个恐惧美丽的人，虽然，我的指尖在微微颤抖。

这女子身上有种特别的风韵吸引着我。我信任她。生活应该有美丽的时候，怎么总能是彻头彻尾的谎言呢？

我应她邀请共进晚餐。仆人们穿梭不停。晚餐丰盛极了。油虾、火鸡、小牛排、馅饼、水果……还有杜松子酒。

晚餐后，我们坐在草地边的沙发上。仆人们已在不知不觉间退去。夜光如幕，罩在房子周围，天地显得极空阔。只有我们两个人——我忽然发觉，她已不知什么时候倒在我怀里了。

我们在宁静的氛围中依偎着，什么也没有说。过了一会儿，她站起来，轻轻牵着我的手臂，向房子走去。

好静啊。两人之间有种难以打破的沉静。我不知该说什么。她的手轻轻牵着我的手。

我们走过大厅大理石地面。我的心在紧张地跳动，我甚至可以听到跳的声音。恐惧？不，不是，我赶快否定这点。我不是一个世俗得恐惧美丽的人，正如生活不应是彻头彻尾的阴暗。我只是兴奋，在这样一个美丽迷人的夜晚，我只是兴奋——噢，差点忘了，我还应该有些热情才对。

我们在心跳声中走上楼梯，走进她的卧室。床头挂着一张她的全身照片，穿着薄薄的纱衣，似画家笔下的天使。我回转头，发觉她本人比照片还要美。她已在我看照片时脱去了外衣。

一切都太美妙了。这个夜晚，简直毫无缺憾。无论如何，我又能吃什么亏呢？我说过我不是个世俗得拒绝美丽的人。我再也无法抑制自己渴望浪漫的心，为什么要抑制呢？事实上，我根本来不及对自己说什么，就把她抱了起来。她的身体很轻盈，嘴唇微微上翘，曲线紧贴着我，手轻巧地解开我衬衫的纽扣。

有什么不对吗？有什么不该吗？我的兴奋和热情已让我不能思考。生活真美。爱情原来如此奇妙。

我们赤裸地倒在她床上，我的唇正要印上她那如花一样绽放的唇，忽然间，我感觉到一种不对的地方。我停住，仔细观察，倾听，嗅闻……

她仰卧在我身边，那么完美，朦胧，热情，期待，没有任何不对劲。我猛然意识到，不对劲的是自己。

我太心急，居然忘了关上明亮的吊灯。灯光让我感觉很不舒服——我不习惯在这么强的光线下做爱。我依稀记得开关在门边墙上。该不该去关掉灯，我犹豫了一下。

她抬起长长颤动的睫毛，看到我盯着开关，马上明白了我的意图。

她眼波闪烁着，在我身下轻声呢喃："我亲爱的，别担心——不要动，不要离开我……"

她伸出手。她的手越变越大，她的臂越伸越长。她的手臂伸出床外，伸过床帘，跨过地毯，横穿过长长的卧室，在灯光中投下巨大的阴影。她的手臂直伸到十几米外门边的墙上。巨大的食指触到开关。

"咔嚓。"清脆的一声。

她关掉了灯。

陷　阱

　　"你有房子出租，"迪克对布赖恩说，黑色的眼睛含有紧张神色，"不过，假如你了解我的意思的话，我的主要兴趣不是房子。"

　　"是的，我了解。"布赖恩以和善却又坚定的生意人语气说。

　　"我一个朋友向我介绍你。"

　　迪克身后的玻璃门呈拱形，上面倒写的字是"布赖恩，房地产经纪人"，那几个字像光圈一样拱在他头上，那情景很有趣。

　　"你的朋友已经打电话通知过我，迪克先生，我相信你值得信任，并需要我服务。但有件事务必记住。"

　　布赖恩告诉迪克的话是真实的，并且信任他的决定。

　　迪克勉强挤出个不安的微笑，要谈的问题仍使他不自在。

　　"我认为我们要谈的事，最好是开诚布公地谈，"布赖恩带着轻松自在的微笑说，"你来这儿求我谋害你太太。你找对了地方，因为那正是我的本行。多年来，它一直是我有利可图，而且很安全的副业。"

　　迪克深深地叹了口气，他内心的某个担忧已经化解了。"好，布赖恩先生……这件事你能公开提出来谈，太好了，我可以告诉你，只要能大声说，我憎恨我太太，又知道有人了解，我就浑身轻松。"

　　"迪克先生，我可不可以问，你们这种憎恨是双方面的吗？"

　　"哦，我太太也憎恨我，她并不掩盖，总是以小事情发泄，事情虽小……"

　　"却是绝对折磨人的事，"布赖恩代他说下去，"一位心中充满憎恨的女人，她折磨人的方法是无止境的。我想依你的情况，你反对离婚？"

"是的，"迪克说，在桌旁的椅子坐下来，"绝不考虑，我才不听不了解情况的法官的判决而放弃一半财产。"

"你太太对离婚有何看法？"

迪克怪异地看着布赖恩，"我可以向你保证，她也不想放弃她的一半财产，她早在妇女运动之前就是一位解放的妇女。"

布赖恩问："你太太对搬家有何感觉？"

"这点不用忧虑，"迪克向布赖恩保证，"她要换房子，已经烦了一年多了。附近邻居太吵，几个有摩托车的小孩，把附近的路面弄坏了，她就是不能忍受吵嚷。"

布赖恩站起来，走到一个小酒橱前。

"来杯酒？"布赖恩问。

"好，谢谢，假如有的话，来杯威士忌。"

布赖恩倒了两杯酒，加了冰块，回到写字桌那儿，不经意地坐在桌角，低眼看着迪克。

"我们谈细节前，我想我们应该谈谈条件。"布赖恩说。

"我朋友说费用是三千元。"迪克说着，啜了一口酒。

"现在是四千元，"布赖恩说，面带微笑，"预付两千，事后两千。自从你朋友委托之后，一切都在上涨——房租、杂货……"

"能除掉她，四千元是合理的，"迪克说，"假如你见到她，你就会知道我的意思。"

"我要介绍给你们夫妇的房子在比德顿巷里，"布赖恩说，"我相信你太太会喜欢，你告诉她租金时，应该有把握。"

"我什么时候可以带她看房子？"

"假如你喜欢的话，明天，我陪你们去。现在一切讲妥了，我来部署，一直到你们夫妇住进去。我需要的不只是时间。"

"那么，月底前就可以开始行动……"

"别紧张，"布赖恩看着迪克的脸，那张面庞并不迷人，因为他正愉快、阴沉地幻想着与他夫人即将结束的生活。

"有一点我不了解，"他说，"我如何避开意外？就我所知，没人知道陷阱在哪儿。"

"别担心，你会正确地了解，"布赖恩说，吞下威士忌，"我在这一行是专家，迪克先生，我相信你也知道，不然，你不会来找我。"

迪克没有回答。

布赖恩的大胆言辞，略微使他尴尬，不过，布赖恩给了他信心。

"迪克先生，周三下午，我带你和可爱的夫人去看房子。待一切决定时，我再告诉你如何避开'意外'的细节。"

迪克点点头，喝完酒。布赖恩接过他的空酒杯，和他握手。

"那房子的门牌是'比德顿巷432号'，"布赖恩说，"如果你方便的话，四点整，我会在那儿恭候。"

"别担心，"迪克说，"我们会带第一个月，也是最后一个月的租金去。"

"还有，两千元预付款。"布赖恩带着友善的微笑提醒他。

他也回笑，"当然。"他说，好像已经忘记一样。

迪克离开后，布赖恩走到酒橱前，给自己另倒了一杯酒，心想：在真正的专业上，能找到一个主顾，真是太好了。

周三，当布赖恩在比德顿巷的屋子里见到迪克夫妇时，对迪克太太略感意外。她娇小，迷人，不像她丈夫所描绘的那样狡黠。不过，婚姻中具有毁灭性的暗流，就像河流中危险的暗流，在平静的表面下看不见，却具威力和危险性。婚姻中的伴侣，可能在他们真正领悟到暗流之危险时，两人已被冲开。不过，对迪克太太，布赖恩倒有一种感觉，她似乎是位聪明而且理性的妇人。

比德顿巷的房子，是座宁静、风景优美的住宅，房屋坐落在一大片土地的中央，四周有许多树。楼下有两间卧室，楼上有间娱乐室。小小的，精致的，正适合迪克夫妇这种没有孩子的中年人居住。

迪克太太径自进入厨房。她说，"还挺现代化的，这样古式的房屋，很难有这样的厨房。"

"哦，古式房子有许多方便之处，"布赖恩说，"时下盖房不像从前，此言不虚。"

"房子有没有地下室？"迪克问，态度诚恳自然。

"有，有个大地下室，附设储藏水果的地窖。它以前是用来存放燃料的，也可以当作酒窖。"布赖恩领他们下楼，带他们看宽敞、干燥的地下室，然后三人再回到楼上，查看其他房间。

迪克太太看得很仔细，虽然对浴室的灯饰和壁纸有好印象，但仍吹毛求疵，苛刻批评。

当她检查大衣橱时，迪克投给布赖恩心照不宣的眼色。

"你要多少房租？"他们走回阴凉的门廊时，迪克太太问。

"头一年，每月一百七十五美金。"布赖恩以含着希望的声音告诉她，他和迪克都知道，这幢房子再加五十元也租得出去。

布赖恩看见她向迪克使了个眼色，意思是说，"我们租下来吧！"

"听起来还比较合理，"迪克说，"亲爱的，你喜不喜欢这房子？"

"我想这正符合我们的需要。"

"好，"布赖恩装上笑脸，"我们可以回我办公室签约。"

他们向布赖恩的汽车走过去时，迪克太太回头迅速一瞥，好像要向自己保证，她租到了好房子。

迪克没回头，而是偷偷地把一只装有两千元现金的信封塞到布赖恩手中。

那个周末，迪克来办公室看布赖恩，进门时脸上挂着阴沉的笑，似乎对他的小秘密感到愉快。

"房子准备就绪了吗？"他问，人在桌边椅子上坐下。

"你……确信会成功？"

"可以像扣手枪扳机一样确信，迪克先生，只是为了安全起见，需要更多的耐心。假如一步走错，或者第一次不顺利，还有第二次，或第十次，甚至第二十次。终究会成功的。"

迪克在椅中扭动。

"你以为我还有耐心吗？和她生活了十年，我早已数着日子急于获得自由。"

"我完全了解你的感受，迪克先生。"布赖恩伸手进抽屉，拉出一张字条，"这是为你开列的危险地区，你必须小心研读，服从。你背熟后，必须烧毁，对你而言，这条子同黄金一样有价值。"

"她没这份图。"

"完全正确，"布赖恩对他声音中的蛮横大为吃惊，"你必须在这儿默记，我不允许它被带离办公室。"

下一个小时里，两人重温条子上的指示要点：

不要踩踏地下室梯子的第二层，它被动过手脚，很容易断裂，任何人踩上，都会跌到楼梯下面。

不要用炉子左边后面的火炉，它安有特别装置，一点火，百分之五十会爆炸，一旦爆炸，威力会毁坏周围五尺内的一切。

第三，避免走后门廊右边，任何人踏上，会有地下室楼梯一样的危险。

在开客房电灯开关时，只碰开关，不要碰金属插座罩，不然会有触电危险。

不要用附设在房子里的自动洗衣机，它装得不恰当，会漏电。

迪克默记下来，把纸条叠好，放在桌上，准备回头烧毁。

"你确信你安置的这些陷阱不会被侦查到？"迪克不安地问。

"事前或事后都不会，"布赖恩自信地说，"我相信我在这绝无仅有的行业里是专家，迪克先生，我为尊夫人的意外所安排的技巧，是天下无敌的。"

"你有把握使它们看来会像'意外'？"

"绝对有把握。"布赖恩声音中没有折中之意。

迪克嘴角带一抹很丑陋的微笑，坚定地点点头，然后站起来。

"事后的两千元你可以邮寄给我。"布赖恩说。

他站在门边再次点头，微笑更丑陋了。他开门走时，说："事后。"

布赖恩等候五分钟，然后拿起电话，打给迪克太太。

布赖恩和迪克太太在一家餐厅见面，布赖恩向她解释了一切。

起初，她不相信，接着大为震惊，大为恼怒，非常地恼怒！

"我不能相信，像迪克那样没有骨气的东西，居然敢试这种事。"她喃喃地喝着咖啡，"我没想到他那样恨我。"

"只有五千元价值，"布赖恩说，"那真不算什么。"

她坐在那儿，布赖恩看出：她越来越生气，越领悟，越冒火。

"而且，还没有任何条件，"布赖恩说，"他根本不管痛不痛或快不快。"

"为什么，那个流氓！"她咬牙切齿，"我会杀死他！"

"我想你会的。"

迪克太太以狡黠的眼光看着布赖恩："现在，我知道你为什么要告诉我了。"

"我想你不会花太多的时间。"

"你看错我了，布赖恩先生，我不像我丈夫那样心狠手辣，是个凶手。"

"提到你丈夫，你打算怎样对付他？"

"怎么办？报警啊！"

布赖恩不经意地在咖啡里多倒了点牛奶。

"你知道，你无法证明任何事情，即使他坦白招供，他们也绝不相信，或采取任何行动，你知道，我绝对不支持你们任何一方。"

迪克太太看着桌面，考虑布赖恩所说的话。

"实际上，迪克太太，你除了等候下一次，什么办法也没有。"

"下一次？"

布赖恩抬起两道眉毛。"当然，你没期望迪克先生这次不成就歇手吧？要装成意外杀害一个人，有的是方法，相信你知道。"

迪克太太用美丽的蓝眼睛盯着布赖恩，"你是说，我唯一的方法是，雇你来安排那个狠心人的意外死亡，是不是？"

"是的。不这样，就离异。不过，即使那样，我也担心你的安全。"

"我说过无数遍了，布赖恩先生，我无意和迪克离婚，我也不会被你吓得离婚。"

布赖恩冲她笑笑，握住她的手。

"事情是这样的，迪克太太，假如我不告诉你的话，你先生很可能用我的技巧谋杀你。假如治安当局事后知道真相，他们会惩罚他，可是，假如他在事情未成事实之前就受到惩罚的话，法律的制裁就可以免了。"

"代价呢？"

"迪克付我五千元，事前一半，事后一半。当然我收不到后一半的钱。"

"你的意思是，我决定是否雇用你。"

"嗯，我相信你会雇用我，迪克太太。"

她微笑，和迪克在布赖恩办公室的微笑是一样的。

"我相信你是对的，布赖恩先生。"

布赖恩冲她一笑。他警告她，要小心地下室梯子的第三层，炉子右边前面的火炉，门廊的第二个台阶，通道的电灯开头……

时间很快过去了。

布赖恩看到比德顿巷的人命案新闻时，差不多两个月过去了。

据报道，有个男人倚窗远眺时，由于打过蜡的地板滑，居然使他跌落窗外。报道说，死者名叫迪克，他落地时脖子扭断，当场死亡。

布赖恩放下报纸，指头在社论版上敲打。可怜的布赖恩，一个呆得可怜的傻子啊！

下葬后的一个星期，布赖恩收到一只封得紧紧实实的大信封，内装二千五百元。

布赖恩相信迪克太太对这笔汇款思之再三，但她还是不愿冒险。

钱收到后不久，迪克太太又给布赖恩寄来一封信，信上说，因为丈夫死亡，所以她决定搬回佛罗里达州和她的家人一起居住，这种情况下，她相信布赖恩不在意销毁她丈夫生前的签约而退租。布赖恩收到信时，她已搬走了。

布赖恩猜想，迪克太太是要他赶紧到比德顿巷 432 号，去清除所有的陷阱。

但是他又想：我是不会去的，我不会傻到真去部署那些"陷阱"，不论多么小心，陷阱总会留下痕迹，而且可能留下不利于我的证据。

要知道，布赖恩先生向来是个小心谨慎的人。毫无疑问，迪克是从楼上窗口被推下去的，那得有很大的力气和勇气，他们夫妇貌合神离地住在那里。

其实，比德顿巷的房子什么陷阱也没有，根本不必要有——憎恨和恐惧造就了一切。

串　门

　　那是一条私人道路，通到一处呈环形的小住宅区。这里共有六家豪华住宅，建筑形式从华丽的美国初期式，到宽敞展开的农场式，和讲求观感的摩登式建筑。房屋式样虽各有千秋，但有一样是相同的：每幢造价均在二十万元以上。

　　他开的是底特律生产的车，坚固实用不引人注目，黑漆漆的轮胎和车身单色的油漆，表明他在这个地区是个外人。

　　他在一棵榆树下停车，下车后，伸伸四肢，打量四周。

　　他中等个子，骨架颇粗，眼、耳、鼻和嘴恰到好处，不惹人注意。他永远不会是电影中的英雄型人物，但他这样的人会有陪衬英雄的时候。

　　他走到最近一家房子门前，那是幢美国初期式的两层房屋，有雕刻的白色百叶窗，和摆有粉红色和黄色花朵的窗台。

　　难以想象这样的住宅区会有罪案发生。长岛这一带居民与曼哈顿布隆克斯的居民大相径庭，布隆克斯如有罪案发生，即使见证人有成千上万，仍没人愿意报案。

　　他按一下门铃，停顿一会儿，再按一次。等候时，他看看手边的小册子。

　　他按第三次门铃的时候，门口出现了一位系围裙的矮胖中年妇人。

　　"什么事？"她问。

　　"我是卡尔警探，"他说，掏出一只皮夹，亮亮警徽和有他照片的证件。

　　"你是……"他再看看小册子，"贝拉太太？"

　　"不，我是贝拉太太的管家。"

　　"假如贝拉太太在家的话，我想和她谈谈。"

　　那位妇人让开一旁，领他进入一间小起居室，说："我去通知贝拉太太。"

过了一会儿，一位灰发的小妇人出现了。他再次正式自我介绍，然后谈正事。

"今天凌晨三点到四点之间，你听没听见什么不同寻常的声音？"

妇人摇头，"我一向十点就睡觉。"

"你没听见任何声响？"

"我睡得很熟，"她带歉意地说，"你知道，我是服用安眠药的。"

"那么，可能有什么你没听到的声音？"

"或许。"

"管家会听见什么吧？"

"不会，她不住这儿，她黄昏下工。"

"还有谁住这儿？"

"侄子过世后，我独居此地。"她说。

"嗯——"他做了一个耸肩动作，"我想没有什么可问了。"

"发生了什么事？"她问。

"没什么可忧虑的，"他向她保证，"这只是初步调查。"

第二家等了很久才有人应门。开门的是一位满脸胡子，身上挂了一枚奖牌的男人。衬衫、长裤均皱巴巴的，好像他刚刚穿着那套衣服睡过觉一般，他清澈的灰眼睛却很警觉，而且屋里传来响亮的不调和的音乐，证明他不可能睡觉。胡子分开处，露出两排雪白的牙齿。

那人问："什么事，小家伙？"

"我是卡尔警探，"他亮亮警徽，"你是鲍比先生？我想请教几个问题。"

"我家就是你家，"那人说着，嘲弄地弯身鞠躬，同时挥手表示邀请之意。

他随卡尔警探进入屋里。

音乐声更响了，室内布置全新，而且昂贵，但桌上却罩着一层灰，花式吊灯上，有人扔了个空啤酒瓶在上面。

他们停在一间有数张沙发的房间里。里边差不多有二十个奇装异服的人悠闲地坐着，躺着。音乐从靠墙的一个音响里发出来。

鲍比向坐在唱机附近的人打了个手势，那人切掉开关，声音立刻停止。

"各位请注意，"鲍比说，模仿导游员的声调，"今早我们有位警探来聊聊。"

远处角落有两人不经意地熄掉香烟，将烟灰缸往沙发下一推。

"好，小家伙，"鲍比说，"有什么事？"

"今天凌晨，你们有哪位听见或看见什么不同寻常的事情？"

话音刚落，全屋哄然大笑。有几位互相对望，有几位互相拍手，似乎为来人感到尴尬。

"这个聚会已延续了三天，"鲍比解释说，"小家伙，是有些怕人的景象和声音。"

"我意思指屋外。"

鲍比环顾四周，转头说："没有，小家伙，没有人注意到任何事。"

鲍比领他回到前门，才到半途，音乐声又响了起来，他们不得不提高嗓门。

"我搬进来时，全屋已装好隔音设备，"鲍比说，"我不想让邻居讨厌，我也不想邻居打扰我，知道我的意思吗？我打赌，你们在屋外放大炮，我们也听不见。"

"这些设备必定花费不少。"

"那只是钱而已。"鲍比说，眨眨眼，"我喜欢简单生活的欢乐，谱下乐章。小家伙，那还颇有利润可图。"

下一家是仿西班牙式房子，窗户上装有花饰的钢栅，和一道用红木粗雕的大门。铜制大头钉，一根根钉进木门里，标出主人英文姓氏的缩写"MG"。卡尔驱车而过，到了另一家。

过了五分钟，仍然没人开门。

卡尔又按一家门铃。一位矮胖的人走出来。那人五十来岁，穿一套旧式西服，打一条黑色领带。

他大叫："汤姆家去避暑了。"

卡尔亮亮警徽，自我介绍，然后说："谢谢你，凯文先生，我是卡尔警探。今天凌晨你有没有听见或看见什么不同寻常的？"

"这必定和莫根那歹徒有关。对不对？"

他指指卡尔警探路过的那幢西班牙式房子。

"你怎么会那样说？"

"因为自从他搬进来，常有警探出现在这一带。今天的报纸还说，他牵涉到匪徒的火并案子里——黑社会帮派要接管他的地盘。你来的时候，我看见你到贝拉太太那儿，还有那个音乐家那儿。可是你没有进莫根家，连门铃都没按。我估计你正在搜找他不能给你，或不愿给你的消息。"

凯文自鸣得意地嘘口气，好像期望接受一枚奖章一样。

"你会成为好侦探，"卡尔警探说，望着凯文那副趾高气扬的样子，继续说，

"不过，你还没回答我的问题。今天凌晨你看见或听见什么——尤其是在三点到四点之间？"

"没有，我没有。"凯文很不情愿地回答。

很明显，他希望有什么能报告，"发生了什么事？"

"也许什么都没有，我正要调查清楚。"

"嘿！"凯文脸色亮了起来，"我刚刚记起来——那是莫根每天从他的夜总会回来的时间。我和太太的卧室正在他的屋后，所以，我们听不见前面的车声和其他响声！不过有天晚上我睡不着的时候，看见莫根就在那个时候回家。"

"谢谢你，凯文先生，"卡尔警探说着，朝最后一家走去。

"你去那儿没用的。"凯文说，"他们和汤姆一家人一起去度假了，两周内不会回来。"

"哦，谢谢，"卡尔警探说，"你帮了我好大的忙。"

凯文跟随他到停车处，卡尔发动引擎时，他靠在车窗说："这地区过去很高尚，而且有限制，现在变了，好像身边有两个铜板的人就可以搬进来，那个音乐家成天有些奇装异服的怪朋友进出——我说，你认为那些黑社会的人是否也会到这一带来？"

"我想你不用忧虑。"卡尔警探告诉他，挥挥手，驾车离开。

卡尔驱车一直回到布鲁克林，才开始找公用电话亭。当他看见一家加油站边有电话亭时，便停车，趁加油员为他加油时挂通电话。

"我初步的调查全部完成，"他告诉他的上司，"看来一切 OK，莫根和我们估计的一样，每天凌晨三四点回家，没有人可能听到或看见，不过，为了安全起见，我会在手枪上套上消音器。"

第三种可能

离开墓园之前，他回头望了一眼灰色的墓碑。墓碑四周长满了乔伊娜生前最喜欢的黄色菊花。他拖着疲惫的身躯，爬上破旧的小货车，向自己家中驶去。他与乔伊娜在那个家中一起生活了八年。

这天是个冷冷的四月的下午。已近黄昏。

他开车穿过空旷的田野和稀疏的树林。本来这一带的风景很美，乔伊娜生前最喜欢这里了。可是现在被采石者东一堆、西一堆的残石弄得七零八落。

抵达镇边时，他停在老汤姆加油站，感觉低落的心情稍微好了点。每次进城，他都备感压抑，出城感觉还不错。老汤姆走到站前，友善地招手。他把车开到一个油管前，停好，下车。这时，一辆黑色轿车凑上来。他记得这辆车一直跟在他后面。

轿车里坐着三个人。他一见到这三个人，心情又马上恶劣起来。这三个全都是城里那种粗野傲慢的家伙。

三人中有两个二十多岁，蓄长发，穿彩色流行装。第三个人单独坐在后座上，年岁稍长，大约有四十岁，穿得要保守些。他们全都面无笑意，一脸的傲慢冷酷。两个年轻人走下来，左右站立，眯着眼睛打量他和汤姆。

年轻的一个歪了歪嘴角，"给加满最好的汽油。"说话的态度好像根本不屑于开口，最好别人能主动为他服务。

老汤姆点点头，依旧向他的小卡车走过来，"你们前面还有一个顾客。"

他看见那年轻人脸色一沉，便道："我今天不急，汤姆，先给他们加吧。"

汤姆犹豫了一下，看了他一眼，转身走到轿车后面，开始加油。

开腔的那个年轻人用冷硬的眼神看了他一眼，"谢谢你，老先生。"

他强调的是"老"字，仿佛在说，由于年龄的差距和体能的不同，因而不得不迁就老人一样。

压抑的怒气和强烈的厌恶感使老人的手指微微发抖。城里的几个家伙看见他发抖的手，误以为是恐惧，眼里更闪出一丝得意和不屑。他侧过头，不理会他们。

汤姆加完油，合上油管。说话的年轻人查看了下油表，掏出一卷钞票，抽出两张，放在汤姆手中，也不等找钱，上车呼啸而去。

他加满油，付过钱，与汤姆道别，然后驶过几个拐弯，穿过一个山谷，回到自己的农场。

他与乔伊娜一起在这里生活了很多年，直到她被流弹打死。那次她进城去购物，有强盗打劫，她被流弹击中胸部。后来，警方告诉他那罪犯只抢了三美元现金。三美元！就换掉了他妻子的命。

他把车停在小棚屋前，卸下车上的杂物，开始忙着挤牛奶、喂乳牛和猪。再有一个小时天就黑了，他准备钓几条鱼散散心。他把钓具放到上车，驶向矿坑。

农场后面有一大片土地的开矿权已出卖。那些采矿者不考虑保存天然的美景，乱挖乱堆，废弃的坑道里积满了水。后来不知怎的就生出了鲈鱼，而且还很多。

他徒步进入矿坑，小心迈下台阶，把钓具放在小船上。冷冷的寂静中，忽然听到有人声。他爬上台阶，上去瞧。

他总是把来这里的小孩子们赶走。并不是因为他不喜欢孩子，而是这里太危险。这次他刚要开口叫，忽然发现来的不是小孩，而是在加油站见到的那三个人和黑色轿车。他一下子呆住了。

他们把车开到水坑边。年纪大的一个指挥两个年轻的拖出一个沉重的人形帆布包。两个人费力地把人形包拖到水边，合力抛入水中。水花四溅，然后很快沉了下去。

他呆呆地站在那里，看他们销毁尸体。他想跑，却不能动。三个人等到尸体沉下去后，转身走回汽车。这时，忽然有一个人发现了他，大声叫起来。这声大喊惊醒了他，他拔腿就跑。

他不能跑回小船，船上没有躲藏的地方。第一声枪响时，他正急忙逃到一堆岩石的后面。子弹呼啸而过，只离他头边几寸，尖锐的风声刺得他耳根发麻。

在尖利的岩石堆上奔跑，对他这种年龄的人来说实在艰辛无比，他感觉到自己的脚火辣辣的痛，皮肉撕裂。他必须赶在他们前面回到棚屋。他从乱石堆中穿过，准备取近路跑回。他爬上一个小山丘，回头看去，只见其中一个家伙正从矿坑中跃出来，一面招呼自己的同伴，一面向他开枪。

他感到自己的腿被人重重打了一拳，然后才听到枪声。他膝盖中枪，一跤跌倒在地上。他俯下头去，看见血汩汩地从撕裂的裤子中流出，却没有十分疼痛。

他躺了一小会儿，然后困难地站起来，继续向前跑。拖着一只伤腿，好歹跑完了剩余的路，回到棚屋。他忽然发现自己犯了个致命的错误——他的小卡车停在矿坑那里，自己现在已无法逃远。

他在他们赶到的两分钟前又逃离棚屋，一跳一跳地跨过院子，绕过谷仓，到更远的一个角落。由于春雨，地面很泥泞，他爬过一块小高地，确信已逃出他们的视线，然后才倒了下来。

太阳西下。如果他能躲到天黑的话，就有机会逃脱，如果被那三个家伙逮到，肯定死定了。

他撕下一块衬衫，包扎伤口。疼痛减轻了点，血也流得慢了点，但并没有止住。

太阳完全落在地平线下，周围逐渐寒冷起来。几米外有个小小的干草堆，那是他去年秋天堆放的。草堆顶上有块帆布。他两眼留心着对手，像蛇一样爬过去，爬上草堆，解开绳子，扯下帆布，裹在身上。帆布满是干草味和发霉味，不过总算暖和一点。

一个年轻的家伙绕过谷仓，拐到他藏身的对面。他养的那些奶牛习惯在那里过夜，因为水和饲料都放在那边。由于有陌生人打扰，十几头奶牛正在谷仓拐角处转来转去，并向着他藏身的方向涌过来。那个男青年挥动着手电筒，跟在牛群后面搜索过来。

他在潮湿的地面上蠕动，调整角度，使牛群正处于两人之间。那个青年男子很警觉，头快速地左右转动。看到对手紧张的样子，他感觉增长了一份信心。他解下油布，双手抓住布角。

当对手的视线移向别处时，他猛地弹起，大喊一声，同时将油布向紧张不安的牛群挥过去。牛群慌乱地转头疾奔，惊叫不停，把那个枪手撞倒在地。那家伙只来得及惊叫一声，就被淹没在牛群里。

牛群在那家伙身上践踏而过。

手电筒掉在地上，依然亮着。另一个年轻的家伙被骚动吸引，缓缓向这边移动，大声呼喊第一个家伙的名字。没人回应。第二个家伙的手电左右搜寻，老人又伏在地上，用油布盖着自己。那家伙紧张地退却了。

机会对他稍大了点，但依旧不乐观。对方还有两个人，而且都未受伤。他双手抓住膝盖伤处，拼命按了下，觉得疼痛轻了点。这种捉迷藏的游戏必须尽快结束，他支撑不了多久。他感觉自己像只漏斗，没有多少血可流了。

第二个家伙跑回汽车与老板商量。他挣扎着站起来，跛着腿走进谷仓。屋里要暖和得多，而且干爽些，趴在泥乎乎的地面上实在难受。他在黑暗中摸索到谷仓另一面的门，打开一条缝，可以看清院里的情况。其余两个人正站在汽车旁，握着电筒。敌明我暗，他可以看个清楚，他解下油布，捡起一大块砖头。

他们在低低地交谈，又摇摇头，显然意见未达成一致。

他小心翼翼地走出门，前行几步，站定，忍住剧痛，侧转身，抬起左膝，右腿独立，摆了一个标准的棒球投球姿势。他年轻时是个出色的投球手。他用尽全力，把砖头掷出，不偏不倚，正打在老板的耳根上。那老板一声不响，直挺挺地倒在地上。

剩下的一个对手反应颇快，向他这边开了一枪。他早有预料，砖一投出，人迅速冲回谷仓，扑倒在地上。由于用力过猛，他伤口的血又在进流。他听见对手冲过来，赶快爬起身，躲在门后，听估着对方的脚步，当对手正要穿门而入时，他猛地一拳挥出，正打在对手的胃部。那家伙惨叫一声，痛苦地弓曲着身子。没等对手站直，他把所有的愤怒都集中在右拳上，照着对手的下颚，又狠狠击出一拳。

对手斜斜地倒下去，趴在地上。他抓起一条捆麻袋的绳子，把昏迷的对手捆住，又抓起一条绳子，去察看那个老板。那老板正挣扎着要站起，他赶过去一脚踹倒，用绳子捆个结实。

他再也站不住，倒在地上。

几分钟过后，他站起来。把老板和谷仓里的家伙推入轿车后座，用绳子捆住他们的双脚。又把被牛踩死的家伙拖过去，扔进行李厢内。

他喘息了半天，然后仔细检查了一遍捆两人的绳索。他可不想在开车的途中被他们挣开。他钻进驾驶座，打开引擎，倒车，向镇上行驶。

几分钟后，那老板完全清醒过来，拼命地叫喊和挣扎了一阵，发现全无作用，便开始和他讲条件：如果他放了他们，可以发笔大财。他根本懒得回答。

两个想活命的家伙用尽一切方法和他谈判，软硬兼施，频频利诱和威胁，他不予理睬。

直到他们这样威胁他：

那老板用一种冷笑的口吻说："仔细想清楚，乡巴佬，把我们送给警方的话，你和你全家都得完蛋。这一点你可以相信，会有人把你们一个个干掉，我会让他们先干掉你老婆。"

他心中暗想：如果对方知道乔伊娜已死在他们手中，不知还会不会这样威胁？他丝毫不怀疑对方会做出这种事情，甚至在牢里也可以指挥别人这样做。

他猛踩刹车，掉转车头。

几分钟后，他们来到公路转弯处——他们白天就是走的这条路。起初他们面有喜色，当大轿车开始在岩石路面上跳跃时，他们才明白过来。

他关掉车前灯，开回矿坑，开上一个斜坡。坡下面是矿坑的最深处。后座的两个男人开始尖叫，手脚乱挣。

他下车，关上车门，伸手进车窗松开刹车，同时移动操纵器。大轿车笨重地滚过岩石斜坡，越滚越快，冲出边缘，悄然在空中下落了五十米，然后"砰"的一声，水花四溅。

他站在那里，聆听水花溅起的声音。

他们的最大错误是错误判断了交易条件。在他们的想法中，他只有两招：一个是放了他们，一个是不放他们。

他们从没想到他还有第三招。

他们的更大错误是不该用家人威胁他。即使乔伊娜已死，他也不愿她的安全受人威胁。

头颅的价格

　　克里斯托弗·亚历山大·帕内特的财产不多，细算起来只有他的名字和一身棉布衣服。帕内特总是像保护他的名字一样仔细地让他的衣服完好无损，因为白天他要穿它，晚上还得拿它当卧室，此外帕内特就只剩下酒瘾和一脸红红的络腮胡子了。不过他还有个朋友。这年头，除非有什么与众不同的品质，没什么人能赢得友谊，就算在友善的波利尼西亚群岛上也是如此。强壮、幽默，或者邪里邪气，反正一个人总得有什么特别之处才能让他的朋友认得出，记得住。那么应该如何解释商船上的苦力卡来卡这个土著对帕内特毫无所求的照顾呢？这可是福浮堤海滩的一个谜。

　　在福浮堤，帕内特是个与世无争的人，他不和人吵架，更不会跟人动拳头。他也从没认为白人有权把土著踢到一边。除了自己和那个印度混血儿，帕内特甚至没骂过任何人，那个印度混血儿卖糖果给他，但那些糖果糟得没法吃。

　　除了这些，帕内特没什么明显优点。长期以来他已经忘记了热血沸腾的感觉，甚至连乞讨他也不会了。他不笑，不跳舞，也从不显示出哪怕一点怪癖使人们可以对一个醉鬼表现一点宽容。这个帕内特在世界任何地方可能都会常挨揍，但命运使他漂泊到这个生活像唱歌儿那样轻松的海滩，甚至还给他一个朋友。他天天喝个烂醉。除了这些，他什么也不干，就像泡在酒精里的一堆潮乎乎的肉。

　　他的朋友卡来卡是包格维勒群岛的异教徒，他家乡有吃人肉的风俗，有时那些尸体还被熏好，储备起来以备将来之需。不过在福浮堤，尽管是美拉尼西亚黑人，卡来卡和别人也没什么两样。他严肃，能干，个子矮小，眼窝深陷，长着一头刷子似的头发，总在腰上围一条棉布头巾，鼻子上还穿着个铜环，平时总是毫无表情。

卡来卡的酋长把他弄到福浮堤贸易公司，替他签了三年合同，吞掉了他的工资、面包和烟草。三年后，卡来卡会被送回八百英里外的包格维勒，那时他还是一无所有。当地人都这么过来的，不过卡来卡或许有自己的什么打算也说不定。

南太平洋的黑人极少显示出让人尊敬的品质。忠诚、谦恭只能来自那些肤色介于黄色和巧克力的人种，而黑人总是那么神秘，让人不可捉摸。卡来卡把这个一文不名的帕内特当作自己的朋友着实让福浮堤的人吃了一惊，他们还以为自己多少了解一点这些黑鬼呢。

"嘿，你。"莫·杰克，那个印度混血儿叫道，"你最好把这乡巴佬弄走，他又喝多了。"

卡来卡正待在干椰肉小棚的阴影里等着捡掉下来的椰肉。他站起来，腋下夹着那些椰肉向海滩跑过来。

莫·杰克站在门槛上冷冷地看着，说："我说，你干吗便宜那醉鬼？把珍珠卖给我，我给你个好价钱，怎么样？"

莫·杰克一直心烦，因为他得拿酒和帕内特换那些珍珠，然后帕内特就喝个烂醉。他知道这些珍珠是卡来卡从礁湖里捞上来交给帕内特的。他和帕内特的交易并不坏，但他想，如果用烟草直接和卡来卡交易会赚得更多。

"是什么让你非得把珍珠给那个该死的乡巴佬？"莫·杰克气势汹汹地问，"他狗屁不值，早晚死掉。"

卡来卡没吭声，只盯了他一眼。有那么一刻，他灰暗的眼珠中闪动出奇特的亮光，像十英里海底的鲨鱼冲你眨眼。混血儿的调子立刻变成了小声咕哝。

卡来卡背着他的朋友向他的小草棚走去。他小心地把帕内特放到席子上，把他的头枕好，然后用凉水给他洗干净，把他头上和胡子上的脏东西弄掉。帕内特的胡子是真正的连腮胡，反射着太阳光，就像亮闪闪的红铜。卡来卡把这脸胡子梳好，然后坐在他旁边，用一把扇子替这醉酒的人赶走苍蝇……

正午过后，卡来卡忽然跑到空地上抬头看了看天空。几个星期以来他一直注意着天气的变化，他知道有些变化表示贸易风会越来越强，直到完全取代那些平和的侧风。现在他看到一片片阴影让沙滩模糊了，太阳也被云彩挡住了。

整个福浮堤都在午睡：侍者在阳台上打呼噜，商务代表在吊床上做梦，梦见大堆的椰肉装船运走，然后是大把的奖金向他飞来；莫·杰克趴在他的小店里。没人会疯到在午睡时跑到船上去。没有人，除了卡来卡。这个不驯的黑人从不关心午睡或者美梦。他奔来忙去，轻轻的脚步声淹没在海浪拍打礁石的轰轰声里，像无声无息的鬼魂，在福浮堤的梦乡里忙着自己的工作。

卡来卡很早就打探出两件重要的事，一是储存室的钥匙放在哪儿，还有一件是步枪和弹药放在哪儿。他打开储存室，挑了三匹土耳其红布，几把刀，两桶烟叶，还有一把小巧的斧子。有不少东西可拿，但卡来卡不是那种贪得无厌的人。

他用斧子劈开步枪柜，拿了把温切斯特牌步枪以及一大盒弹药。接下来卡来卡要干的就是把船棚里的一条大船和两条小划子的底劈穿，这样它们就好多天都不能用了。那真是把好斧子，一把真正的战斧，锋利的刃口让卡来卡充分体会到了干活的乐趣。

海滩上停着一条大的独木舟，是包格维勒群岛上卡来卡族人用的那种，船头和船尾高高翘起，像一弯新月。上个季节季风把它刮到岸边，奉贸易代表的命令，卡来卡修好了它。现在他把这条船弄到海里，再把他的战利品装上去。

他仔细选择了所带的食物，包括大米、甜土豆、三大桶可可豆，还有一大桶水和一盒饼干。他在搜索贸易代表的柜子时看到十二瓶珍贵的爱尔兰白兰地，尽管他知道它们的价值，但只看了看，没有拿。

后来莫·杰克和人谈起这事时，他记起卡来卡眼里闪动的那种亮光，他断言没人能抓到活着的卡来卡，如果世界上有人能捉到他的话。

准备好一切之后，卡来卡回到他的小棚子，叫醒帕内特："伙计，跟我走。"

帕内特坐起来，看了他一眼，就像精神病人看到自己脑海里的幻影，说："太晚了，商店都关门了。我说，告诉那帮混混儿晚安，我要……我要睡觉了。"

他又像块木板一样倒在床上。

"醒醒，醒醒，"卡来卡不停地晃着他，"嘿，别睡了，醒醒。啊！朗姆酒，你的朗姆酒来了，真的，朗姆酒。"

帕内特还是一动不动，像聋子一样，连这句平时最管用的咒语也听不见。

卡来卡弯下腰，像扛个大肉袋一样把他扛到肩上。帕内特足有二百五十磅重，而卡来卡还不到一百磅。但这个小个子黑人灵巧地把帕内特扛起来，让他脚拖着地，向海滩走去，把他放到船里。独木舟往下一沉，然后离开了福浮堤岸边。

没人看见他们离开，福浮堤还在大睡，当贸易代表从午睡中醒来暴跳如雷的时候，他们早已消失在贸易风里了。

第一天，卡来卡努力让船顶风前进，灰蒙蒙的海上，大风卷起一阵阵浪，卡来卡稍一疏忽，就有海水灌进船里。卡来卡是个不懂指南针，更不懂经纬度的异教徒，但他的先祖曾靠人力和浅底小船完成了远航，他们的成就使哥伦布的远航看起来就像乘渡船的旅游。现在他用锅把水舀到船外，用席子和桨坚持航行，但他确实在前进。

直到第二天日出，帕内特才从船底的污水里抬起头来，但只看了眼四周便又呻吟着躺下了。停了一会儿，他又试了试，还是徒劳，他转过头，看见卡来卡蹲在船尾，浑身都是海水。

"酒！"他叫道。

卡来卡摇摇头，帕内特眼里闪现出渴望的目光："给我酒，给我一点酒，就一点……"他继续哀求着。

后来的两天，他就这么一直神志不清，不停地自言自语，说什么一分钟内一条船如何变换了四十七种航行方式，还说这是他的重大发现，航海史会出现革命……

直到第三天他才清醒了一点，肚子里空空如也，身体虚弱不堪，只是精神还不错。这时风已经小了，卡来卡在静静地准备吃的食物。帕内特给自己来了两杯白兰地，然后才发觉喉咙里是可可奶，于是又叫起来："我爱朗姆酒，不，给我朗姆酒。"

没人回答他，他四处打量，但除了长长的水平线，什么也没有，他终于感到有点不对劲，问道："我怎么在这儿？"

"风，"卡来卡说，"风送我们来的。"

帕内特没心思听他的话，也没留意他们被吹到这儿并不是钓鱼时迷了路。他脑子里在想别的东西，一些粉红色，紫色，带条纹像彩虹一样花里胡哨的东西，这些东西让他其乐无穷。一个在酒里泡了两年的人和酒精完全分开不是容易的事。

海面变得平静起来，船轻快地滑行。帕内特的手脚都绑在船板上，他就不停地动他的嘴，颠三倒四地背小时候学的诗。可惜听众只有一个卡来卡，他可不关心诗的韵脚，只是偶尔泼点海水在帕内特头上，或者给他盖上席子挡住阳光，或者喂他几口可可奶，每天替他梳两次胡子。

他们平静地航行，但贸易风越来越强，船也越来越慢，卡来卡只好冒险向东航行。这时帕内特的脸色也渐渐开始恢复正常颜色而不再像腐烂的海藻。

一有机会卡来卡就登上一些小岛，用锅煮些米饭和土豆，但这是很危险的。有一次，两个白人划着小艇把他们截住了，卡来卡来不及隐藏逃亡黑奴的痕迹，他也没这样做，只是在对方划到五十码左右的时候用步枪将对方中的一个打死了，他们的船也给打沉了。

"我这边有个弹孔，你最好把它堵上。"帕内特叫道。

卡来卡解开绳子，堵上那个弹孔。帕内特伸了伸胳膊，好奇地东看西看。

"是真的，你不是幻影。"帕内特瞪着卡来卡说，"我说，你是真的，不是个幻影。看来我好多了。"

停了一会儿，他又问："你要把我带到哪儿去？"

"芭比。"卡来卡回答。这是包格维勒的土语名称。

帕内特吹了声口哨，驾驶这种连篷都没有的船跑上八百英里可不是件容易的事。他不禁对卡来卡肃然起敬，这黑人小个子真的是很能干。

"那么，芭比是你家了？"帕内特问。

"是的。"

"好吧，船长，"帕内特说，"继续前进，我不知道你为什么带我到这儿来，但我想我会知道的。"

起初帕内特还很虚弱，但卡来卡的可可豆和甜土豆使他开始恢复力气和神态。后来他品着海水的咸味居然能好几个小时完全忘记酒这种东西。而且奇怪的是，当酒精在他体内渐渐消失，福浮堤的经历也在他记忆中消失了。真是两个古怪的水手，一个土著，一个正在康复的病人，但他们相处得还很不错。

第三周时，帕内特注意到卡来卡有一整天没吃东西了，他们的食物吃光了。

"嘿，不能这样。"他叫道，"你把最后一点可可豆也给我了，你得为自己留点。"

"我不喜欢吃。"卡来卡简单地回答说。

天海间只有海水拍打船底和船板的咚吱声。帕内特一动不动地想了好几个小时，想了很多事，有时眉毛痛苦地皱成一团。思考并非旅途良伴，被拉回过去的记忆尤其不那么好受。但帕内特现在却不得不回忆起他荒唐的过去，他一次次想逃离它们，但现在他觉得无处可逃，他想，自己只有面对过去，然后击倒它们。

第二十九天上午，他们所有吃的只有一点点水。卡来卡用可可豆壳舀上这点水，让帕内特喝下去。现在，这个异教徒又承担起了照料帕内特的责任，他把桶板上的最后一点水刮到刀刃上，滴进帕内特的喉咙里。

第三十六天，他们看见了喀塞尔岛，那岛就像一堵绿色的墙从水平线上冒出来。卡来卡松了一口气，他已经航行了整整六百英里，而且用的是这条没什么航海装备，甚至连海图也没有的船，这确实是个了不起的成就。但他们并没停留多久，很快又出发了。

早上风还不错，但到中午就停了。海水变得像油一样稠，空气让人发闷，卡来卡知道风暴就快来了，但他别无选择，只能继续前进。他把所有东西都绑在船上，集中力量划桨。不久，他看见前面有一个带白色沙滩的小岛。最后，还差两英里上岛时，风暴来了，尽管如此，他们已经算走运的了。

卡来卡瘦得只剩皮包骨头，帕内特也只能勉强抬起胳膊，而海浪就像从礁石上冒出来的火苗，一个接一个没完没了地向他们的船打来。没人知道卡来卡是怎么干的，他最后还是靠岸了。好像是命中注定，那个白人一定要被他一次次救下来，直到最后他又把帕内特带回岸边。他们上岸时都快晕过去了，不过都还活着，卡来卡一直紧紧地抓住他白人朋友的衣角。

他们在这个岛上待了一个星期。帕内特用岛上无穷无尽的可可豆把自己养胖，卡来卡则在修补他的船。船严重进水了，但他的货物完好无损，更重要的是，他们的磨难快到头了，包格维勒岛——卡来卡的家乡，就在海峡对面。

"芭比就在那边？"帕内特问。

"不错。"卡来卡回答。

"上帝哟，太好了。"帕内特叫道，"这儿就是大英帝国管辖权的尽头了。老伙计，他们只能到这儿，他们过不去了。"

卡来卡也很清楚这一点，如果世上有一件事让他害怕，那就是斐济高等法庭的治安法官，他有权对任何违法行为采取行动。在海峡这边，卡来卡还会因为偷窃而被起诉，但到此为止，卡来卡知道，在包格维勒岛，他可以干任何一件他想干的事而不会受到惩罚。

至于克里斯托弗·亚历山大·帕内特，他的身体慢慢复原了，而且洗得干干净净，甚至他灵魂中那些邪恶的东西也被洗掉了。湿润的空气和温暖的阳光使他重新充满活力，使他有力气到水里游泳或者帮卡来卡修船。没事的时候，他就花上几小时在沙滩上挖个坑，或者欣赏小海贝壳的古怪花纹，要不就唱着歌在海滩上游荡，享受他从前很少留意到的生活的可爱之处。

唯一始终让他迷惑的是卡来卡，不过这并没让他感到什么不安，他像孩子一样对此一笑了之。他不知道如何报答卡来卡为他做的事。帕内特开始猜想卡来卡为什么要带他到这儿来。为了友谊？一定是这样的。想到这里，帕内特把头转向那个不爱说话的小个子：

"嘿，卡来卡，你是不是怕他们起诉你偷窃？别理他们。你这老家伙。如果他们敢找你麻烦，我一定跟他们干一架，我可以告诉他们东西是我偷的。"

卡来卡没答话，只是埋头擦他的步枪，就像个天生的哑巴那么安静。

"不，他没听见，"帕内特咕哝着，"我真想知道你脑袋里在想什么。老家伙，你像只猫独来独往。上帝证明，我不是个忘恩负义的家伙，我想……"

他忽然跳起来。

"卡来卡，你是怕自己逃跑连累我，你是怕一个奴隶逃走连累他的朋友才带上我，是这样吗？是吗？"

"嗯。"卡来卡含混地答了一个字，看了一眼帕内特，又看了一眼对面的包喀维勒岛，然后低下头继续擦他的枪。真是个谜一样的海岛土著。

两天后，他们到达包格维勒岛。

在绚烂的朝霞中，他们的船开进了一个小小的海湾，这时海岛还在睡梦中，缓缓地一呼一吸。帕内特跳下船跑到一块大石头上，看着眼前壮丽的景色，觉得真是美得难以形容。小个子卡来卡有条不紊地干着自己的事。他卸下布、小刀，还有烟草，然后是子弹盒、步枪，以及他的小斧头。这些东西微微受了点潮，不过所有武器都擦过了，在清晨的阳光里闪闪发亮。

帕内特还在喋喋不休地试图描述他看到的景色，直到一串串脚步声在他身后停下来。他转过身，惊讶地看到卡来卡站在背后，背着枪，还拿着斧子。

"嘿！"帕内特快活地叫道，"老伙计，你想干什么？"

"我想，"卡来卡慢慢地说，眼里又闪过莫·杰克先前见过的古怪的光——就像鲨鱼冲你眨眼——"我想要你的头颅。"

"什么？头颅？谁的？我的？"

"是的。"卡来卡简短地说。

事实就是如此，这就是所有的谜的答案。这个土著迷上了这个流浪汉的脑袋。克里斯托弗·亚历山大·帕内特被自己的红胡子出卖了。在卡来卡的家乡，一个白人的头颅，熏好的头颅，是一笔比钱财、土地、酋长的荣誉和姑娘的爱情都让人更羡慕的财富。所以这个土著制订了计划，耐心地等待，使用各种方法，甚至像个保姆似的照顾这个白人，给他喂食，给他梳胡子。他所做的就是要把帕内特平安、健康地带到这儿，然后安全、从容地摘取他的胜利果实。

帕内特很快明白了这一切是怎么回事，如此惊人，几乎没有白人曾想到过。他现在正清醒地身处事中。没人知道帕内特在想什么，他突然爆发出一阵大笑。笑声从胸腔深处发出，穿透隆隆的海浪声，把海鸟从峭壁上惊起，久久地绕着阳光飞翔……

最后，修正的克里斯托弗·亚历山大·帕内特的财产清单为：名字，一身破衣烂衫，一部漂亮的红胡子，还有就是一个灵魂，在他唯一的朋友的帮助下恢复健康、恢复活力的一个灵魂。

克里斯托佛·亚历山大·帕内特转过身说：

"开枪吧，该死的。这个头颅可真便宜。"

真实情节

晚上差不多九点钟时，他离开大厦。外面天色黑了好些，行人稀少。他等了下让几辆车过去，然后穿过街道到他那部老爷车停的地方。

开始他没注意到那两位年轻女子，直到她们开口说话。

"先生。"其中一位打招呼。

他视线越过老爷车顶望过去，说话的是位二十岁左右的金发女子，身高一米六左右；她身后是位消瘦的黑人女子，年龄和前一位差不多，只是个子比她高些。两人都穿着褪色牛仔裤，白色上衣。

"有什么事吗？"他问，手在车门柄上停顿了一下。

"你能搭载我们一程吗？"

"你们要去哪儿？"他问。

"圣路易斯。"金发女子回答。

他打算在回家途中去一下圣路易斯旁边的超市。她们的目的地离他走的路只有几条街。"当然可以，请上车。"

他上车，伸手打开了另一旁的车门。两人相互谦让谁坐到前座，最后两人都挤到前座。金发女子居中，她的双肩看上去非常光滑，左手肘上刺有一只小小的蝴蝶。

这个世界变得真快，他记得十七岁那年，他手臂上刺了个花纹回家时，父母见此大呼小叫，而现在，女孩子纹身都见怪不怪了。

他发动汽车开上马路。经过两条宽阔的街道，车驶进一条偏僻的小马路，在那儿开车他放松许多。他刚要拐弯进入一条黑暗的隧道时，金发女子突然喊道："停车！"

他刹住车靠在路边。金发女子正抓着一把锃亮的猎刀，刀尖离他的喉咙大半尺。

"把钱交出来。"她压低声音，有点紧张。

他一时手足无措，做梦也没想到自己会是人家抢劫的对象，其他人可能，但不会是他。

"如果我没有钱，我还能活着离开这车子吗？"他问，"告诉你，我刚从那下流的地方出来，你们俩不也刚从那儿出来吗？"

两个女子互换了一下眼色。"你怎么知道？"黑人女子问。

"那是最早消除种族隔离的地方，"他说，"除了监狱，哪儿还会不分种族，白人黑人相互信任呢？这是你们第一次出来试试运气，对不对？"

"你怎么会那样想？"金发女子问。

"因为你们不知道自己在干什么。"他说，有点自信。

"对这种事你又懂什么？"黑人女子带着疑惑不耐烦的表情。

"什么都知道，内行得很。"他说着脸转向金发女子，"就拿你持刀的方式来说吧，它离我喉咙大半尺，你应该用力顶住我的喉咙或者是我的腰部，并且你们应坐在车的后座，这样下手时不容易被发现。"

金发女子仍举着刀，"有道理。"

"当然有道理。"他有点得意，"还有两个问题。"

"是吗，说来听听。"黑人女子语气缓和了不少。

"你们俩的衣着不恰当。"

"你什么意思？"金发女子问。

"你们衣服太薄，颜色太浅。如果你们必须用刀的话，必须离得非常近才行，这样容易沾一身血。衣服颜色暗些容易掩饰血迹。"

"还有呢，"黑人女子问，"你不是说有两个问题吗？"

"是的，另一问题是，你们要的是钱，而不是找人聊天。你们应尽可能地把钱拿到手而不应和对方废话太多。刀一顶对方就告诉他，废话少说，否则白刀子进去红刀子出来，让他交出所有值钱东西，否则如何如何。只要你们做得好，他会吓得不敢吭声，不敢磨蹭，不敢做些不该做的事。"

这时黑人女子已经打开车门下了车，金发女子也随着滑了下去，并且把刀收进包里。

"你们准备干什么？"他问。

"换衣服。"金发女子说。

他点点头，随之劝诫道："年轻人，正儿八经做事赚钱，少惹是非。"

"你也一样，别再随便让人搭便车。"金发女子回敬了一句。

金发女子一关上车门，他就开车一溜烟地跑了。

照原先计划，他在超市买完东西后开车回家，进家门时，情不自禁地吹起了口哨。

他妻子从厨房里高声问道："你听起来心情不错，小说写得怎么样了？"

"我把最头疼的一部分写完了。"他回答。

妻子从厨房出来，递给他一杯酒，"是不是半途抢劫的那一章？那一章你总觉得不太符合现实。"

他抿了一口酒，笑着说："现在我认为够合乎现实了，肯定合乎现实。"

二比一

凌晨两点三十分，卡特和雪莉走进这家旅店。他们本打算早点住进来，但路上车出了故障，一直没修好。

他们登记。服务生提着行李陪他们到楼上房间。入睡前，卡特把闹钟定在了早晨七点。

闹钟响时，卡特醒来。他没吵醒雪莉，自己开车去找修理厂。距旅店八条街的地方，他找到一家，把汽车停在那儿，然后徒步走回旅店，途中在一家餐厅吃了早点。

卡特离开旅店的时间在一个小时到一个半小时之间。他返回时，敲门，却没人开门。雪莉肯定还在睡。

卡特在服务台取到钥匙，乘电梯回到楼上，用钥匙开门。雪莉并没在床上。浴室门半开着，雪莉也没在浴室里。

卡特耸耸肩，雪莉平常就起得晚，现在肯定在外面吃早饭。

卡特坐在房间里等。外面开始闷热起来，还是待在有空调的房间里舒服。卡特本不愿出来旅行，是雪莉一定要拉他去海滨。度假，度假，简直是受罪。

房间共有两张床。雪莉昨夜睡靠窗的一张，但这床却整理得整整齐齐——好像根本没人睡过一样。卡特睡的床被褥凌乱——他早晨出去前没有整理。

女服务员走进来，整理好卡特的床，显然，她认为雪莉的床已没必要整理。

女服务员趴在床下，仿佛寻找什么。

"你在找什么？"卡特问。

"找另一个烟灰缸。房间应该有两个烟灰缸，每个床头柜上放一个。现在却只剩下了一个，有一个不见了。"

卡特帮忙寻找，却无所获。

女服务员斜着眼看了他一眼，"有时候客人离开时，总喜欢不经意间把小东西打入自己行李，一起带走。"

他冷冷地盯着她，"小姐，我还没准备走。再者，我只偷毛巾和香皂，对烟灰缸没兴趣。"

服务员打扫完离开。卡特脱下外套，打开衣橱，准备挂起来。他的衣服都整整齐齐地挂在那里，但雪莉的衣服却不见了。

他皱眉沉思。他记得她上床前，曾打开衣箱，把所有衣服都挂在衣橱中，空衣箱就放在床边。现在，不但她的衣服不见了，空衣箱也不见了。

奇怪！他打开五斗橱，他的内衣和内裤都整齐地码在里面。其他的抽屉却是空的。

他更彻底地检查了一次房间，没有任何雪莉留下的痕迹，甚至连根头发丝也没有，好像她根本没来过一样。

他再次坐下来。如果雪莉出去吃早点，不会连衣箱、行李一块带走。

假如雪莉想真的离开他呢？这好极了。他为自己的设想庆幸不已。

他吸了口气，雪莉不会这么轻易给他自由的。多年的夫妻，他了解她。

没有办法，只有等候。雪莉做事经常有悖常理，稀奇古怪。自己不必大惊小怪，徒增麻烦。雪莉很快会回来，给他一个合理解释。

他真搞不懂他们当时为什么结婚。两人当年就志趣不投直到现在还是情不投意不合。雪莉紧紧把握着家里所有的钱，对他很小气。他的婚姻带来的是不幸和烦恼，但这婚姻却安全得很，他知道自己根本无法和她离婚。

雪莉会不会是下楼吃早点的时候出了意外呢？这样的话，应该有人来通知他。她身上有许多可以证明身份的东西，还带着房间钥匙，钥匙上有旅店和房间号。还有行李问题，这一定是有预谋的，她连行李一起带走，绝不是单纯吃早点那么简单。

他又盯着雪莉那张整整齐齐的床。

假定——只是假定——雪莉和别的男人私奔了。她怎么可能有吸引别人的地方呢？她已经比结婚时又老了六岁，而且时间并没有改进她的外貌、暴躁的性情和利嘴。卡特是个很敏感的人，如果有另一个男人存在，他绝不会毫无察觉。

晚上六点。雪莉依旧未回。

她真的和别的男人私奔了？当然不可能是自己的朋友……不过，大千世界，无奇不有，说不定会有哪个饥渴的野男人……

已经晚八点了。卡特感到很庆幸，一阵睡意袭来，他倒头便睡。

醒来时已是晚十一点半，雪莉还没有回来。

假如雪莉和别的男人私奔，她会不带钱走吗？当然不会。雪莉最喜欢钱，她绝不会轻易放弃到手的哪怕任何一个美元。在感情和金钱之间，雪莉肯定会选择后者。这一点他确信不疑。

她会不会背着他把财产都清理好了呢？不，不会。清理所有财产可不是件容易的事。他也不是个傻瓜，虽然钱由雪莉掌握，但他知道她每一美元的存放处，她肯定没有动过。

但是，雪莉不见了——连同提包和行李一块儿不见了。

他必须向警方报案了。他套上外衣，喝了口酒，乘电梯下楼。

"对不起，请问，我太太失踪了，应该怎样向警方报案？"他问柜台上的人。

柜台服务员显出很惊奇的样子。两个服务员，一个叫亚克，一个叫克尔——他后来才知道名字的。

亚克问："你是卡特先生吗？"

卡特有些受宠若惊，居然第一次投宿就有人记得他的名字，说明他给陌生人的印象还是很深刻的。

亚克接着问："你说什么？太太失踪了？"

"是的，我今早出去修理汽车，回来后就没见到我太太。我开始以为她出去吃早饭，买东西，可她到现在也没回来。我开始担心起来。"

亚克翻了翻旅客登记簿，"可是，卡特先生，我们这里只登记了一个人，并没有你太太。"

"我不管登记簿上怎么写，我和我太太来到这里，现在她不见了。"

亚克显出一脸歉意，"对不起，先生。不过，我清楚地记得，你来登记的时候是孤身一人，绝对没有别的人。"

卡特有点笑不出了，"我来登记时，我太太是和我在一起的。这种事情怎么可能记错呢？"

亚克点点头，"是的，先生，这种事情是不太可能记错的。可是，我记得你来时只有一个人。"他说着，向旁边的服务生招了招手。

立刻有一个服务员跑过来。卡特认出这就是为他们提行李上楼的人。

"这位先生，"亚克指着卡特说，"他说是和太太一起来的。如果我没记错的话，昨天是你为他提行李上楼的。"

服务生急切地点着头，"是的，先生，是的，是我提的行李上楼，只他一个人，没带任何妇人。"

卡特盯着服务生，"我太太个子很高，骨架大，戴着顶奇怪的红帽子，你再仔细想想。"

"对不起，先生，"他回答，"只有你一个人。"

卡特绝对不怀疑自己的神经和记忆力。他凌晨走进旅店时，雪莉是和他在一起的。那时守柜台的是亚克。再仔细回忆，当时大厅里就只有这两个人：亚克和服务生。

而现在，他们一起串通，为什么？

卡特知道雪莉不是私奔了，一定是出了什么事。他花了五美元，侧面打听出服务生叫里森，是亚克的亲弟弟。里森有入室盗窃的前科。

上午七点卡特离开房间时，记得雪莉曾翻了个身。她是继续睡呢，还是出去吃早点？

是不是里森看见两个人都出去，就潜入翻东西？

雪莉的早点只是杯咖啡，所以很快回来了，正好撞上里森行窃，两个人纠打起来，他用东西打她——会不会就是那个失踪的烟灰缸？这种东西好像总能出现在手边——里森打死了雪莉。

里森去找哥哥亚克。两个人商议，如果尸体被人发现，肯定会有人怀疑到里森，因为里森有犯罪前科。于是，他们必须处理掉尸体，然后布置成雪莉根本就不曾来过的样子。

可是，这样的话，他们依然会很麻烦。卡特肯定会一口咬定自己和太太一起来，他们兄弟俩只能一同说卡特来时孤身一人。这样演变下去，毫无疑问会招来警方。

假如兄弟俩说看见雪莉走出旅店，不是更好吗？

卡特倒了杯白兰地，仔细思考。

雪莉的尸体呢？还有行李？如果早晨八点把尸体运出大厅，肯定怕人看见。因而最好的方式就是先找个地方藏起来，等人少的时候运走，后半夜不错，兄弟俩再次当班。尸体藏在何处呢？当然就在最近的房间里，越近越好。

这点一想清楚，卡特立刻走进外面通道。他缓缓走到右边第一间房门前，轻轻转动门柄。门没锁，他推开一条缝。

房间里有对男女正赤裸裸地忙着云雨销魂。

他赶紧关上门。为什么有人干那事的时候也忘了锁门？

看来，逐一检查房间是行不通的，谁知道还会遇到什么事？

卡特眼光落在通道尽头，一间没有门牌的房间上。这是放清扫工具的房间。他走进去检查，没有雪莉的尸体。不过，这里是个藏身、监视的好地方。如果有人在通道上搬运东西，可以看个清楚。

卡特回房间取了白兰地，躲进小屋里，在拖把、水桶和清洁剂中尽量舒适地坐下来，虚掩着门，边喝酒，边从门缝观察。

凌晨三点，卡特喝光了白兰地，正在思虑该不该回房再取一瓶，走廊上忽然传来推车声。里森推着行李车，上面有只大衣箱。他走到走廊那头，推开一扇房门，走进去。

十分钟，十五分钟，二十分钟。里森还没出来。什么事这么麻烦？

门终于打开了。里森推车出来，车上有一口大箱子，上面放了两口雪莉的衣箱。

卡特推开清洁室的门，迎面走上去，"啊哈！如果我没猜错的话，这口大箱子里应有一具尸体才对。"

里森脸色惨白，叹了口气，"你猜对了，不过我得先和我哥哥谈一谈。我们俩所有动脑的事都由他来负责。"

"很好。"卡特冷冷地说，"你可以用我房间里的电话。"

里森把车推入卡特房间，打电话找亚克。他擦了擦头上的汗，"我哥哥马上就来。"

卡特双臂抱肩，"你杀害我太太，是不是因为她撞见你正在搜我们的行李？"

里森神情沮丧，"我并没偷东西的意思。我只是想看看。我已经洗手不干七年了。我有老婆和三个孩子，不再偷东西。我只不过有看人家东西的嗜好。"

"嗜好？"

"是的。我会偷看人家的东西，然后估计如果行窃的话，可以赚多少钱。我只是想一想而已。去年有一次，我本可以一次偷走六七千元，但我根本没动手。"

"可是我太太撞见了，她认为你在偷？"

里森气愤地说："我从没见过你太太这么暴躁的女人。她冲进来，不由分说就用提包打我的头。但她的高跟鞋一滑，人跌倒了，头撞在床头柜的烟灰缸上，烟灰缸碎了。她死得很快，几乎没有痛苦，这一点我可以保证。"

"可是，你们为什么要把行李拿走？"

"因为她跌倒时，血流在衣箱上。她流血不多，只流在衣箱上。如果我们只拿走衣箱，那么一定会招来警方的怀疑，没有人出走时只拎个空衣箱走开。所以我们只好把她的东西都拿走，装成她从没有来过。你说她来过，我们说没有，以二对一。"

"你们打算怎么处理我太太的尸体？"

"我哥哥在北面有块地，上面有口老井。我们准备把尸体扔进去，再掩上土。人不知，鬼不觉。"

有人轻声敲门。亚克上来了。

亚克迅速闪进来，扫了一眼房内的情况。看了看箱子，又看了看弟弟和卡特。

"你告诉了他什么？"亚克问里森。

"没说什么。"

亚克搓了搓手："让我看看，这儿是怎么回事。事情应该是这样的：你，卡特先生，打电话到服务台，让里森送一口大箱子上来。里森把箱子送上来，你要他二十分钟后再来。他照吩咐的，二十分钟赶来，你安排他把箱子运往地下室，然后运走。不过，里森注意到衣箱上的血迹。"

亚克说到这里，把衣箱翻了个个，让黑色血迹朝上："里森想起你曾无理取闹说太太失踪了，他立刻生疑，打电话叫我上来。我立刻赶到。我们是打开衣箱检查呢，还是叫警方的人来？"

"嘿，等一等。"卡特无名火起，"你不能这样诬陷我！"

"为什么不能？"亚克微笑着说，"我们是二比一！"

"别忘了，里森的指纹到处都是，甚至连衣箱里都是。"卡特辩解道，"你怎么向警方解释。"

亚克沉思了一下："多谢你提醒。指纹的确是个问题。那只好这样，如果里森和我需坐牢的话，我们就拖你一起下水。我们坚持说你雇用我们，杀害你太太。我第一眼就看出你们夫妻间矛盾重重，关于你们并不恩爱的旁证一定很多。"

里森钦佩地看着哥哥，"对，假如要坐牢，我们全都跑不了。"

很显然，他们准备拖他下水。事实上，如果他们与警方串通，显然要有麻烦。

亚克微笑着打破僵局，"换个角度说，像我们这种成熟明智的人，为什么去警局呢？人总不应该给自己找麻烦。我们兄弟与贵夫妇并无仇恨，只是你太太的暴躁性情引起了误会。如果……你是喜欢自由的人。"

卡特叹了口气。亚克的话不无道理。

卡特冷冷地注视着箱子，"这样的话，把尸首弄出去处理掉，人死不能复生。已经做的事，不应半途而废。"

里森开始推车，"我先把衣箱里的东西搬到卡车上，再来搬你太太。"

卡特盯着他，"我太太不在这箱子里吗？"

"不，不在。"里森说，"我正要把她放在箱子里时，克尔从壁橱里跳了出来。他听了你的话对我们产生了怀疑，正在那里等我。他可不是为了帮你找太太，只是想勒索我们。"里森顿了一下，"我想，我又打破了一只烟灰缸。这箱子里是克尔。你太太还在那边屋子里。"

亚克叹了口气，"我想，我又要费些脑筋了，还得为克尔的失踪编个理由！也许，旅店公款失窃这个理由不错。一举两得。"

他们离开时，卡特给了里森五美元小费——他要搬那么多东西。

他准备美美睡上一觉。但在这之前，他还有一件事。

他拿起电话，拨通一个职业杀手的号码。"喂，我是卡特，我让你干掉我太太的约定取消了。我改变主意了。违约金？好吧，我付给你约定的四分之一。"

卡特是个喜欢自由的人。他半个月前刚买了大笔保险。

自首的黑帮

马丁一瘸一拐地来到警察局时，华生警探不知是否该相信自己的眼睛。马丁是黑帮的一个重要分子，多年前，华生警探曾想以一件勒索案起诉他，但黑帮分子请了个著名律师打赢了官司，马丁被无罪释放。从那以后，警方再也没有掌握任何有关马丁的有价值的证据。所以，当马丁要求警方扣押自己时，华生警探表现出迷惑不解。

"我愿意提供证据，"马丁低声说，"只要你把我关起来，我可以提供你们所需的任何证据。"

"这怎么能行？"华生警探不动声色地说，他素来以办案时冷静著称，"你知道，警察局并不是旅店，不能随便留人。你怎么知道我们会需要你所说的证据？"

"嘿，华生警长，少来这一套。"马丁想装出平素凶狠冷酷的样子，但声音中含有哭腔，"我知道你想获得金斯先生犯罪的证据。我可以帮你们把他抓起来，送上法庭，但是，你们要保护我。"

"金斯先生？"华生警长佯装冷漠的样子。

金斯是旧金山各种不法集团的幕后主持人，全城任何一样非法活动都与金斯或多或少有关联。可是华生警长和他的手下却找不到丝毫真凭实据来指控金斯。事实上，金斯在上流社会混得有头有脸，只让像马丁这样的手下去干违法勾当。前些时候，金斯居然还出席了城市纪念游行活动，甚至坐上主席台。这让华生警长懊恨不已，又无可奈何。

现在马丁说可以帮警方拘捕金斯，正中华生警长下怀。马丁的证词将是一份有力的证据，足以把金斯送上法庭。但是，华生警长竭力控制住自己兴奋的心情，表现出一副无所谓的样子。

"好吧，马丁。你有什么情报？"华生淡淡地说，"即使我们对金斯先生有兴趣——请注意我说的是'即使'——我们又怎么会相信你的话呢？我听说你是金斯最得力的手下。"

"好吧，警长，我愿意向你坦白供述，但你必须答应保护我。"马丁的表情急切而绝望。

华生知道，马丁是真心的。

"我不会向你保证任何事。马丁，如果你愿意的话，可以先告诉我为什么到这儿来。然后，我再告诉你是否相信你。"

马丁深吸一口气，"事情是这样的。三年来，我一直替金斯先生处理收保护费的事。我主持城北一带的业务，我出面谈价，收钱，如果有不服的就教训他们。"

华生警长点点头。他知道黑社会这一套。金斯先生的帮派向各区店主收取"保护费"。如果不交，马上会遭到报复，而且手段干净狠辣，不留丝毫证据。店主人都很惧怕，没人敢出面控告和作证。因而，警方一筹莫展，对金斯和马丁之辈毫无办法。

"简单地说，"马丁继续，"过去两年里，我把保护费加高了些，超出的部分就自己独吞。金斯并不知道这事。他收他的，我留我的，所有的钱都经我一手处理。店主人和金斯都不知道。"

华生警长暗吃一惊。这一情况警方事先可不清楚。

"我并不很贪心。"马丁补充说，"我只留下多收的百分之十。我很聪明，绝不像其他人那样胡乱挥霍，我把钱存入外地银行。我打算再干一两年，存够了钱，就到南方买一个加油站，从此洗心革面，老老实实做人。"

马丁会老老实实做人？这想法使华生警长笑了出来。"如果你会做个老实人，地狱的火也会熄灭。"

马丁显得有些恼羞成怒，但他压住了火气。他有求于警方。

"可是，天有不测风云。"马丁接着说，"有天晚上，我在一间酒吧认识了一位小姐。她漂亮极了，蓝眼睛，黑头发，身材玲珑，比杂志封面上的模特还要美。我们一块儿聊天，她告诉我她叫艾琳。她说她是个教师，我看她也不像其他进酒吧的女子——你知道，她特别有修养。她说，她有个女友刚和男朋友分手，伤心欲绝。所以她们约好在酒吧里见面，准备好好谈一谈。"

马丁停下来，点了一支烟，"警长先生，我从来不和女人胡混，但是艾琳不同，我根本就没指望她会和我约会。我想随口问问何妨，结果她居然答应了。我从未想到，我，马丁，居然能和一位教师一起出去约会。"

华生警长笑了，"真是有趣的一对。"

"长话短说，"马丁叹了口气，"我们约会了一个月，随着交往加深，就产生了一个必然的结果，我心中对自己说：'马丁，这个就是你要找的终身伴侣，她美丽，聪明，有文化，又能容忍你身上的毛病。她喜欢你。'"

"华生警探，看起来，她真的是喜欢上我了。"马丁有些伤感地说，"我们交往的那几个月中，从未争吵过，甚至很少有意见不同的时候。她特别温柔可人，我们性格也合得来。但是，我只有一件事不能告诉她。我不能告诉她自己靠什么谋生。她是个教师，根本不可能理解我。她想要男友有个体面工作，所以我谎称自己是推销员，可她并不相信我，为了这事，我们俩还差点吵架。"

华生警长在椅子上伸了个懒腰，打了个呵欠，"马丁，你的爱情故事很动人。"他揶揄道，"可是能不能简明扼要地说出重点？我对你的爱情生活并没太大兴趣。"

"你听我说完，"马丁打断，"我决定向艾琳求婚。我有把握她会答应的。我们可以马上结婚，我甚至可以答应她让她继续工作。我以后会在南方买个加油站，带她过无忧无虑的生活。我准备带她到南方去度蜜月，顺便打听一下有没有转让的加油站。金斯先生可能不愿意让我离开，不过他很器重我，只要我说去结婚，他就会放行的。他根本不可能知道我抽留保护费的事。"

"我昨天在市里最大的金店为艾琳买了一只戒指。你知道吗，华生警长？我花了两千多元。"马丁停了一下，看看华生。华生毫无同情之意。马丁只有独自继续，"今晚，她到我住处来一起吃饭，她做得一手好菜。我买了瓶香槟酒，我们很尽兴。吃完甜点后，我开口向她求婚。"

"她没答应，也没马上拒绝。她告诉我，她喜欢我。只是她觉得，如果双方不坦诚相对的话，未来不可能幸福。她总坚持说相爱的人要坦诚。她那双蓝汪汪的大眼睛盯着我：'马丁，我怎么可能和一个连他干什么工作我都不知道的人结婚呢？'"

马丁用手摸了一下下巴，"警长，女人是男人的祸水。如果不想惹麻烦的话，就离女人远点，她们没一个好东西。"

马丁的话突然顿住。

"后来怎么样了？"华生不得不追问下去。

"以后的事就是我到这里来的原因。我像个傻瓜一样，把一切都告诉了那个女人。我为金斯先生工作，我做些什么，我甚至把暗中扣留百分之十保护费的事也告诉了她。她眼睛中有种说服力，我居然老老实实地把什么都说了。我还告诉她，我准备洗手不干了，老老实实做人。"

"我真傻，怎么认为一个女人会理解你呢？艾琳听完我的话，开始号啕大哭，说不知道自己该怎么办，说她多么失望，说她不知道是不是该离开我。我手足无措，像热锅上的蚂蚁。她哭得很厉害，泪流满脸，然后她去拿皮包找纸巾擦眼泪。

结果，她掏出一支手枪指着我。"

"华生警长，我当时犹如冷水浇头一般，彻底惊呆了。她举枪要开，我说，看在我真心向她求爱的分上，应让我死个明白。她只说有人花钱雇她来侦查我，看我有没有玩什么诡计。她没有说是谁雇她，但我知道一定是金斯先生。我居然自投罗网，不打自招，真是个傻瓜！我本应该早看透她来路不正，没有教师会去那种酒吧，也不会轻易和我约会，我还认为自己真是个魅力男性。"

"当时，我认为自己死定了。上帝保佑，电话铃忽然响了。她转头的一刹那，我乘机向窗口跳出去。她在后面开枪，但我已纵身扑出窗户。幸亏我住在一楼，不过我还是扭了脚。当时，我根本顾不上疼痛，没命地跑。后来，我冷静了一点，我认识到，明天早晨，会有职业杀手来找我。"

马丁用手揉着脚踝，回忆使他意识到了疼痛。

"华生警长，"马丁说，"我为金斯先生卖命很久，知道他们那一套。但我从未想到他居然会派女人来刺探我。我知道，如果回去，肯定死定了。"

"是的，马丁，事情真的很棘手。"华生说，"我想，你不会编这样一个故事来骗我们，这对你没好处。我相信你说的是实话。看来，为人为己，你都只有和我们合作了。"

华生警长站起来，伸伸懒腰，走到门边。"汤姆，"他招呼一位警员，"以扰乱治安把马丁扣押起来，找一位速记员，记下他的口供。别忘了，准备一个新的记录簿，马丁先生会有许多情况要告诉我们。"

马丁一拐一拐地被带离办公室。

华生坐回椅子上，不禁开心地笑起来。事情居然会这样转变。得来全不费工夫，可以抓到黑帮头子金斯了。

真是很有运气！

华生警长准备去旁听马丁的供词，但他决定先打个电话。

一个熟悉的声音传来。

"艾琳，"华生说，"计划成功了，你真棒！马丁已经准备吐露实情，我们终于可以把金斯敲掉了。上帝，看不出你真能让马丁相信你是个女杀手。你应该得奥斯卡。"

"感谢上帝，终于解脱了。"女警员艾琳说，"我不知道自己还能忍受那个下流东西多久。如果今晚他发现我的手枪是空的，逃亡的就是我了。"在挂断电话前，她又说，"哦，亲爱的，你该看看这枚戒指，虽然这家伙头脑简单，但选东西还是挺有眼光呢！我们结婚时，你一定要送我一枚比这要好的戒指。"

"当然，亲爱的。"

患难夫妻

杰克和琼谁都没说话，他紧紧握着方向盘，猛踏一下刹车，将雪佛莱慢慢驶过 U 形转弯处，琼凝视着下面怪石峥嵘的峡谷，吓得心惊胆战。

她指着天边说："这儿一切都是死的，只有老鹰在天空盘旋，我们要在这里等待多久？我简直受不了了……"

杰克打岔说："我们要等到我说该走时，我知道这事要多长时间才能保证安全，你不知道。"

"是啊，你总是非常精明，精明到非干掉那个看守不可，害得我们在这荒山野岭蛰伏这么久。"

他双手握住方向盘，"我弄到了十万元，不是吗？我想你一定很高兴与我一起花。"

"那要逃得掉才行，"她看看手中拿着的空汽油桶，"我对穿工作裤和采草莓简直讨厌透顶。"

"那总比判死刑挨枪子好。"

他继续朝前开，心中暗想："如果我一个人单独花掉那笔巨款该有多好！谁需要她的唠叨不停和埋怨？再说，一个身怀巨款的男人，怎么会再稀罕这个黄脸婆。"

行驶两英里后，从泥土路上了高速公路，路边有家兼营汽油的杂货店，和一家商店。这时候还早，和平时一样，没有别的车辆。他计算的时间很准，琼没想到，可他想到了。

他从店里出来，拎了一大袋杂货和一袋碎冰，看了眼路旁示牌——"的本斯机场，七英里"，然后，急步走向酒铺子。

"给我一瓶波恩酒。"他说。

店主给他拿酒时，他给机场打了个电话。接电话的是位非常温柔的女性，不像琼那样凶巴巴的。

"今晚十一点飞圣东安尼的？有的，我们还有一个空座。到三号窗口买票，请在十点四十五分之前来购票。"

他走回汽车时，咧开嘴笑了笑。明天，墨西哥，就可以享受美女和美酒了。

琼在路边等候，她接过冰袋和杂货袋，"我想和你进去一次，只一次！"

"你知道警察正在寻找一个矮个子和一个金发妇人。"

"那下次我不陪你来了。"

"随你便。"

杰克没说话，一直到那 U 字形转弯处，他说："这车有怪声，你听到了没有？"

她投给他轻蔑的一瞥，"如果我不是一直在修理它的话，这车早就跑不动了，出去，我来开。"

他们换了座位，由琼开到山上一座破旧的小木屋前。

杰克去取酒，琼拎着杂货袋进入屋子。进门时，她狠狠瞪了他一眼，但他没看见。

吃过午饭，他回卧室午睡。三点钟醒来后，他决定实施他的计划。取出波恩酒，加了冰块，调成琼喜欢喝的，他把酒送给她，她略微感到有点意外，但没说什么。

他们坐到屋后长凳上，琼微弯着腰，呷着酒，看着三英里外的小镇上停靠的火车。她说："他们一定停止搜查我们了，已经过去四个星期了。"

"他们永远不会停止，"他说，"再有两个星期，我们也可搭乘那列火车。"

"我也希望如此。"他伸手取她的空酒杯，进入了小屋。

"这次别给我倒那么多了。"她在他身后喊道。

他狞笑着，反而比先前倒的更多了，然后把自己的那杯倒掉一大半。他把酒送给她时，她说："这是最后一杯。"

正如他所预料的，她对第四杯酒没有拒绝，五六杯下肚，她步履不稳地走到桌前，拿起整瓶酒。

天黑时，她醉倒了。他摇她，但摇不醒，于是让她躺在长凳上，自己到里面，移开餐桌，拉开地板，拖出一只皮箱和一只圆形布袋。

他惊奇地看着那只小袋子，讷讷地说："为什么把她的行李放在这儿？"

他提出了箱子后才明白，原来箱子是空的，她把钱移到她的袋子里了，怪不得下次她不和他去杂货店了。去购货的时间，正是赶上九点钟火车的时候。

他大笑着，将钱放回他的箱子，刮刮胡子，换上笔挺的西装，将箱子扔在汽车前座，发动汽车开始下山，他兴高采烈，快乐无比。

行至 U 字形转弯处时，他猛踩刹车，脸色顿时苍白起来，汽车开始快速向前驶去，冲出路面，凌空飞起，他尖叫着向下飞去……

罗网森森

他亮出证件，于是她打开防盗门，让他走了进去。

"吉米小姐？我是丹尼尔警官。"

她点点头，把头斜靠在肩上，看起来像鸟儿那么楚楚可爱。他扫视房间四周，看见了打开的抽屉和只有一半衣服的皮箱，于是抬起头来，以询问的神情问道：

"我似乎来得正是时候，你准备离开？"

"是的，我希望今天下午离开，你知道。"

他皱了皱眉，她便不再说话。"我希望你提供帮助，"他说着，脸色明朗了些，"唔，不会浪费你很多时间，也许你可以帮助我们。你什么时候离开？"

"我要坐九点零九分的火车。"

"唔，那么，时间多的是，这件事不会花很长时间，最多半小时。"

她把头歪向另一边，"我不懂，警官，我怎么来帮助你？"

"你可以帮助警方，同时也是帮助你自己。这事和两星期前两个年轻女人骗你的八千元有关。"

她双眼因为惊奇而睁大，"可是，你如何能……"

他笑了笑说："不，你去报案的时候我不在，我没读到那份报告。但我可以把事情的来龙去脉告诉你。你到银行存了一笔为数不小的钱，刚出门，有位风度优雅的女子向你走过来，她请求你原谅她的冒昧，你看来是个善良的人，所以她才敢打扰。她对城里那一带不熟悉，又遇上了一桩难事，不知如何才好。

"她捡到一个装满钞票的信封，不知怎么办，她环顾左右，拉你到一边，打开信封，让你看到里面的千元大票。她说大概有一百二十张，也就是十二万元！简直是天文数字。"

她粗鲁地大笑起来，"警官，我怕我只认识二十元以下的钞票。"

他眨了眨眼，"那正是寄生虫们恼火的地方，他们总是挑选那些最丢不起巨款的人。"

他深深吸口气，"总之，那女子告诉你，她生了个低能儿什么的。你们正谈的时候，出现了另一位女子，她说在律师事务所工作，愿意告诉你们有关法律的问题。她挂了一会儿电话，回来说，律师认为这笔款子多半是黑社会歹徒的，假如捡到钱的女子交给警方的话，丢钱的歹徒不敢去认领，因为这样一来，他得向税务人员解释钱的来历。

"所以，六个月后，那笔钱不会回捡到钱的女子手里，因此，根本没必要送到警局。律师说，既然你们三人知道这事，就得三人平分……唯一条件是，每个人必须能够拿出证据，证明她已有现金可维持半年的生活费，不会急于动用这笔赃款。

"同时呢，通过律师的关系，把千元大钞换成小额钞票，那样的话，你在存款时，就不会引起银行怀疑。

"两个女子都很高兴，你也是。你可以分得四万元。另外两人很快拿出她们可以维持六个月生活费的证明。捡到钱的那个亮出一张保险公司支票，她正要进城去领。另一个身边也刚好有卖掉她父亲最近留给她的股票钱。现在瞧你的喽。

"你转身回银行，取出八千元现金，拿给她们看。如果不是已装在封套里的话，那么，她们为你装进封套，再还给你。

"随后，你们三个一起走向律师办公室。一进入办公大楼，做律师工作的那个女子说，她的合伙人对这件事毫不知情，最好不要给太多人知道，并说不要一大群进去，以免引人怀疑。

"第一个女子先走进电梯，然后是第二个女子，最后轮到你，你到了三楼后，找到她们告诉你的房间号码，根本没什么律师，也再没见到这两个女子。

"你简直要昏倒了，强迫自己看看封套里，不错，她们神不知鬼不觉地换了封套，你的八千元无影无踪，你手里是一叠玩具钞票和同样大小的白纸，最后面是张面额一元的钞票。"

他看看吉米小姐，脸上挂着有气无力的微笑，慢慢摇着头说："我正是来办这件事，逮捕这些歹徒的。"

吉米小姐双手蒙着脸，"你把这件事说得明明白白，我觉得自己好笨，我竟会让她们骗得晕头转向。"她放下手，睁大眼睛，认真地说："可是，她们和你说的时候，一切似乎都合情合理，你怎么也想不到会是那样的结果。"

他笑了笑，"喔，我知道这是怎么回事。这把戏的名字叫'信心'，她们赢得了你的信心。把戏的名字也是那样来的。那些人都是狡黠的人，你也不是头一个上当的。"他沉重地叹口气，"我很抱歉的是，可能你也不是最后一个。"他声音严厉，眼睛注视着她，"除非你帮助我们。"

"我？我能做什么？我已经尽力了，我尽我所能向你描述两个女人的相貌。"

他微笑着说："你可以做得更实际。我们已经找到那两个女子，我们要你指认她们的照片。"他从暗袋中取出两张照片，拿给她看，"是不是这两个女子？"

她突然勃然大怒，指着两张照片说："就是她们！就是她们！"

他示意她冷静一下，但是她紧张而又兴奋地发抖。

"这件事情历历在目，最糟的不是钱的问题——虽然我丢不起，最糟的是，我觉得自己好笨！"她无所掩饰地盯着他，"我看封套里面满满的钞票，但想不到竟是玩具钞票——她们把我看成笨蛋，背后骂我笑我笨驴想吃草，而我自己现在倒觉得自己真是头笨驴。"

"唔，吉米小姐，这是你报复她们的机会。你既可以帮助我们把她们绳之以法，又可以收回你的钱和自尊。"

她皱着眉问："怎么帮忙？"

"这就对了，吉米小姐，是这样的，"他目光犀利地看着她，"你记不记得你那天存款的时候，是哪一位出纳员？"

她想想，然后点点头说："记得，他蓄着八字胡，留着长长的金色长发。"

"好，太好了，我们相信那两个女子和出纳员是同谋，他发现一个可以欺骗的人时，就发出信号，里应外合，所以，你可以帮助我们抓住他。"

"怎么帮？"

他微笑着，"我们得请你耐心一点，小姐，我们和你一样急于抓到歹徒，我们准备这样做。你回到那家银行，到同一个窗口，提出你的大部分余款——提现金，那么他就得小心数几遍，那样，钞票上就会留有他的指纹。请他给新票，那样指纹会更清晰。你则戴手套，我也戴，我们一点险都不能冒。

"我们会派另一个警探盯住出纳，我们要一网打尽。我在外面等候，给你局里的公款，交换出纳员摸过的新钞。我们需要那些做证据，但无须你出什么庭的。

"我们逮捕他们后，如果运气不错的话，会把你原先的钱追回来。

"老实说，她们可能已经花掉一部分，那些人，又不是血汗钱，他们会狂花，不过，好歹总能追回一点来。"

"唔，什么都好说，我没有意见。"

他敏捷地站了起来，"那么，我们开始出发吧！早点出发，早点结束，我们开车送你到银行，然后，不是我，而是另一位警察送你回这里，你可以继续收拾行李，不耽误赶九点零九分的火车。"

她突然慌乱起来，指着自己的衣服说："可是，我还得换换衣服，找找存折。"

"当然，花点时间吧。"

她离开房间时说："嘿，我这个人真差劲，真丢人！我父母教导我待人要有礼貌，我竟然会这样。你请坐，我收拾行李的时候，你请喝咖啡，速溶的，请不要介意。"

"不介意。"

她花了一会儿才把咖啡端出来，他喝了一口，对着离开房间的女主人做个鬼脸，不想拂了她的美意，而失去她答应合作的机会。

等了好长时间。他抬腕看了一下表，表走得好慢好慢。她在收拾什么这么久？他两眼开始发涩，想睡觉，他猛地抬头看了一眼。但是头部渐渐沉重，居然垂到胸前。心怦怦直跳，自己听得特别清楚。两腿无力，动弹不得。除了沉重的眼睛外，全身都没法移动。

她在咖啡里放了什么？

当他勉强睁开眼睛时，她正站着瞅他。

"现在，警官，要不要我告诉你事情是怎么回事？你和那两个女子是一伙的，她们先骗了笨蛋，尽可能骗走她的钱，然后过些天你再来，假装成警察。

"你告诉那个受骗上当的人，你有那两个女子的线索，需要受骗人出面帮忙套住银行同案犯。当然，根本没有什么出纳同案犯，你只要她领出她残存的一部分钱，再以玩具钞票调换。

"我知道你是个冒牌货，因为你要找的是我妹妹，我妹妹并没有报案。

"我觉得我有点罪过，因为几年前，我也上过同样的当，我很羞愧，不好意思告诉我妹妹。如果我告诉了她，可能救她一命，至少她不会羞愧地无脸去报案。

"她也不想让我知道，不过，在她弥留之际，我才得知她一病不起的原因。我听说她病重，急急赶到这里来看她，才知道她是因为被骗忧郁而死。

"现在，我也被卷入这件事情里来了，也包括你，对不起。"说到这里，她走进厨房，拿来一条晒衣服的绳子。

"我想，真正的警察会有几项罪名送给你们三个，那两个女子的照片可以帮助警方找到她们，你自己是否有前科，或者是个通缉犯？"

他眨眨眼，那正流露出他的弱点，等于默认，她满意地点点头。

"还有你冒充警察，就这一条，就能关你一阵子，真是罪有应得。"

她拿着晒衣绳，"我得出去打电话报警，在警察到来之前，不能让你逃掉。"说着，用力拉拉晒衣绳，给他看看绳子结不结实。

粗心大意

    便衣警察的生活，不全是飞车追逐、英雄救美和独闯虎穴那么激动人心，大部分工作都很低级无聊。拉尔森经常做的事就是挨门挨户搜查与犯罪现场足迹吻合的鞋子，然后把鞋子的主人传回警局问话。

    今天，他花了大半天时间去找前天可能扼杀凯丽的人。嫌疑犯是个红脸膛、生疥癣的男人。他叫梅洛克，是凯丽的男友，如果他招供了话，案子就可以结了，偏偏有许多人为他作证，说他案发时人在数里之外开会。

    看起来，这案子不是一两天可以搞定的。拉尔森下班回自己的独身宿舍，途中，停在肯尼迪汽车旅馆。这儿的鸡尾酒厅是他很喜欢的地方。

    这鸡尾酒厅其实没什么与众不同的，只不过调酒师杰克是拉尔森的中学同学。杰克很善解人意，你想聊天时，他会大谈往日趣事；如你心情不好，他就只顾专心擦洗高脚杯。

    拉尔森刚坐下，杰克就为他倒上了他习惯喝的酒。

    拉尔森注意到自己旁边坐了位留小刷胡的矮个子绅士，正在喝一杯粉红色的鸡尾酒，他旁边的一位客人也在喝同一种酒。

    酒店里很安静。拉尔森喝第二杯的时候，和杰克聊起了中学时的恶作剧，两人笑了起来。

    "哗啦——"有人把吧台一端的酒瓶碰碎了。人们七手八脚地抢救各种食品和单据，杰克赶过去擦拭吧台。

    "粗心大意！"矮个子绅士嘀咕道，小胡子上下抖动。拉尔森再次打量他，方正的额头，微尖的下巴，头发稀疏，眼睛湛蓝，一副金丝眼镜。

    "眼下粗心大意的人太多太多。"那个绅士加重语气说，"假如人们都小心一点，就不会有那么多事发生了。在我看来，这个城市里粗心的人太多。不知怎么搞的，糟糕透顶，糟透了……"

对方如此直言不讳地批评拉尔森出生的地方，让他心里很不舒服。拉尔森转过身来请对方解释，双方自我介绍了一下，这个小个子男人来自费城，名叫乔治·福特。

"我在费城一家市场调查所搞民意测验，本周来此地为一家名牌洗涤剂公司做市场调查，至于洗涤剂的品牌，"他左右观瞧，压低了声音，"请恕我不便透露。"

"我能理解。"拉尔森说，"可这与粗心大意有什么关系？"

福特先生啜了一口粉红色的酒，"过去两天里，我遇到两次很严重的意外——真的，非常严重——都是人为的粗心大意引起的。两天前的下午，我作完访问，在市区散步，观赏了一个施工工地，你知道我说的那个地方吗？"

拉尔森点点头。城区里只有一个地方在大兴土木，此时正在挖地基，大卡车来来回回地运送泥土。

"正当一辆满载泥土的卡车从车道上开过来时，"福特先生继续说，"我忽然一下子倒在车道上，倒在卡车前面！"

"你滑倒了？"

"不，我不是滑倒的，人群乱挤，有人推了我一把，我跌下路阶。我听到妇女的尖叫声，接着有人抓住我的大衣领，把我拖到一边。否则，我现在已经变成一摊泥了。"他颤抖了一下，又喝了一口酒，"卡车司机吓坏了，工长也吓坏了。他们一直问我要不要紧，需不需上医院，他们还抄录了几位目击者的姓名。我告诉他们我没有受伤，也不会去控告他们。"

"唔，真的是太危险了。"拉尔森说，"不过，这并不能说明这城市里有许多人都粗心大意，"

"还有，还有昨天！"福特又喝一口粉红色的酒，"昨天我早早回到旅店，下午三点左右，我坐在写字台前整理资料。不知坐了多久，忽然听到玻璃碎裂的声音，有东西打在我头边的墙上，那是一枚子弹。"

"一枚子弹？你肯定吗？"

"那时我还不能肯定。"福特承认，"我立刻打电话下楼，向经理抱怨。经理懒洋洋地上来检查。然后他紧张起来，打电话报警。警察赶来，说那是子弹。因为落地窗的玻璃已被击碎，所以无法判断子弹来自院子还是来自对面的公寓。后来，他们得出结论：有人玩来复枪时走了火。粗心大意！"

拉尔森正要申辩几句，坐在福特先生身边的另一个人——这人也喝粉红色的饮料，一直一言不发，好像心事重重——突然发出一声呻吟，捂着胸口，倒在地上。

　　酒厅里一阵死寂，接着是一阵骚动。人们纷纷跳起来，多半是退后，杰克跳出吧台。拉尔森迅速跨上两步，脑中急速回忆心脏病急救步骤。拉尔森顺手推开一位有意帮助、正在为病人按脉搏的人，他无暇去想那人戴着手套，怎么能为人号脉。

　　"嘿，"杰克说，"这人才要了一杯酒，不可能醉倒。"

　　"他不是酒醉，"拉尔森没有抬头，"杰克，最好叫辆救护车。不过，我想来了也没什么用，他已经死了！"

　　第二天晚上，乔治·福特又来到肯尼迪鸡尾酒厅。拉尔森走进来，福特热情地打招呼，两人好像是多年好友。

　　"晚上好，拉尔森先生，一起坐如何？"

　　"当然好，福特先生。"

　　女侍者记下两人要的酒。

　　"你一点儿也不像个警察。"福特说。拉尔森听惯了这句话。大部分人说这话时总是"你不称职"的意思，而福特先生今天却是欣赏之意。

　　"便衣警察是想给别人不是警察的印象。"拉尔森回答，"大部分案子里，我越不像警察就越容易把事情办好。"

　　"你的谈吐也不像。"

　　"我知道。"拉尔森叹口气，"我的上司也这么说，他说我像搞文学的研究生。你今天在泊松大街的工作进展如何？"

　　福特先生惊奇地眨眨眼，"你怎么知道我在泊松大街调查？"

　　"你看，你没看见我，不是吗？便衣警察就应如此。我正在办一件命案——也许你在报纸上已经看到了此案的新闻。"

　　福特摇摇头，"出差工作时我很少看地方报纸，广告太多。"

　　"哦，"拉尔森说，"我看见你从街边的一个公寓出来，你还在为那家洗涤剂公司作调查？"

　　福特点点头，"我还有半天工作时间，然后就返回费城。"

　　"我希望你今天没遇到那种粗心大意的意外。"

　　"不，没有，"他说，"你倒是提醒了我，昨晚那位心脏病突发的客人究竟怎么样了？"

"不是心脏病。"

"不是心脏病？"

"验尸官说，他是被毒死的。"

福特的眼睛在镜片后面瞪得很大，"天啊，他是自杀的？"

"还很难说。我们正在调查，不过，死者性格孤僻，很少与人交往，所以很难找到线索。他在这家旅店也没登记，显然只是碰巧进来喝两杯的客人。"

一阵短暂的停顿之后，福特叹了口气，"你的生活必定很刺激，很紧张。"

"英雄救美，飞车追凶，独闯虎穴。"拉尔森轻描淡写地说。他看到福特羡慕的神色，连忙一本正经地补充，"我在开玩笑，事实上，工作相当刻板枯燥。任何职业都差不多。你在工作中也会遇到一些新奇的事情，不是吗？"

"有时会的。"福特先生两眼闪烁，"比如说，在民意调查时，我经常会遇到意外的回答。有个人曾告诉我，当他喜欢的咖啡改变包装时，他就再也不喝咖啡。有一次我作电视调查，走进一家屋内，发现看电视的只有一只小哈巴狗，它正在看一个关于环境保护的片子。"

"有一次我去访问一位叫白瑞德的朋友，他正在和一位少妇练瑜珈术。那位少妇一丝不挂地做了一节课的倒竖蜻蜓。过了不久，白瑞德就退休了。"福特幽幽地说，"他宣称，没有更进一步的世界可以去征服了。"

"你在访问的时候，是不是有人拒绝回答问题？干我们这一行的经常遇到有人拒绝回答问题。"

"恰恰相反。我经常头痛的不是如何让他们开口，而是如何让他们闭口。有些人话匣子一打开，就再也关不住，还有些时候他们好像急切地想找个人谈话。前一天，我按一家门铃，发现里面有人在吵架。有位妇女打开门，我才问了她四五个问题。她丈夫就死命地把她拉开，然后砰地把门关上。"

"你也应该问她丈夫几个问题，如果两个人都回答问题，也许他们会忘记吵架的事。"

"我并没有看到她丈夫本人，他待在门后，只看到只手把她拉开，关上门。现在想想，那手还戴着一只手套。"

"然后呢？"

福特耸耸肩，"我试了试周围几家邻居，都没有人。后来，我估计时间差不多了，在城中逛了一会儿。就在那个时候，我被推倒，差一点儿被碾死。"

拉尔森与福特谈得很投机，他们一起吃晚饭，各人叙述工作中遇到的困难与风险。

晚饭后，两人意犹未尽，回到福特的新房间——原来的房间修理落地窗——聊天。福特拿出调查表，告诉拉尔森应如何整理与分析。然后，拉尔森带福特去警察局参观，警局里的设施让福特大开眼界。两人一起回到旅店，一同喝了两杯，愉快地分手。

拉尔森住在旅店中。

凌晨三点。拉尔森的房门上有轻微的咔嚓声，然后，有一个高大的身影蹑手蹑脚地走入房间，来人手持一把长一尺左右的刀，狠狠地冲着床上睡觉的人猛刺数下。

拉尔森从浴室里闪身出来，打开电灯，来人还在猛刺。

"够了，梅洛克先生。你被捕了，罪名是谋杀凯丽，如果你扔下手中的刀，我就向你宣读公民权。"

来人一下子昏倒在地。他就是凯丽的男朋友——那个有许多不在现场证据的人。

"你怎么会怀疑到我的？"两人一起乘车去警察局的路上，梅洛克问拉尔森。

"我想，也许是因为你过度用心的缘故，梅洛克先生。"拉尔森回答，"福特第一次差点死于车轮下，可以解释为意外；第二次差点被走火的子弹击中，就不能不让人怀疑；但第三次害死了与他坐同一吧台，喝同一种饮料的人，事情已再明显不过了。有人打翻酒瓶，分散大家的注意力，借机投毒，只不过投错了杯子。我不得不想到，有人要杀福特先生。但我实在想不出杀人动机，因为他不是本市人，而且马上就要离开本市。所以，我决定跟踪他，只是若即若离地跟踪，结果发现你也在跟踪他！"

"最初，我并没有怀疑到你。后来，他告诉我曾看到一对男女吵架，而那个男人戴了一种特制手套。在第一次调查凯丽被杀一案时，你曾告诉我，你戴手套是为了保护和掩盖手上的牛皮癣。你必须要在福特先生想起有个男人在家与妻子吵架时还戴手套的怪现象之前，杀了他灭口。"

梅洛克点点头，"我只是搞不懂，为什么福特先生看过报纸新闻后没有马上找你们。"

"你不知道，福特先生外出旅行时，从不看当地报纸，所以对人命案一无所知。你如果不想杀他，根本不会有麻烦。凯丽只是他访问资料中的一个名字。昨晚，他拿资料给我看，发现凯丽的名字，我才明白为什么有人要三番五次地杀他。我整个晚上与他在一起，还带他去警局，就是为了防止有人再次下手。你以为他

102

会向警方提供情况，今夜便要杀他灭口。我暗中让经理给福特先生换了个房间，自己住在这个房间里。我用几个枕头堆成人形，再用毯子蒙上。"

"我明白了。"梅洛克苦笑着。

由于休息不好，拉尔森睡了一上午，下午才去餐厅吃三明治，喝咖啡。福特先生发现他，热情地打招呼。

"我看见你上报纸了！"福特说，"虽然我从不看报，可是朋友的照片刊在第一版上，我就不能不破例了。报上说，你已经侦破了正在调查的那件杀人案。"

"事实上，我破了两个案子。"拉尔森更正说，"一个男人扼杀女朋友，为了灭口，又意外毒死了一位陌生人。"

福特先生钦佩地瞪大眼睛，"你还说便衣警察的工作平淡枯燥？啧，啧。"他喝了口粉红色的酒，"我基本上就要完成工作了。下午再访问几家，我就乘四点三十五分的飞机离开。我这次调查了那么多的人，真是大开眼界，大有收获。对了，差点忘了告诉你，我今天上午又遇到一场意外。我租的汽车刹车失灵，幸好撞在草堆上。这城里的人，真是粗心大意……"

三角游戏

假如你从第一国家银行朝西向州立街方向走，你会经过"哈里逊储蓄公司"。

如果你继续向西走，你就来到"摩尔"的北侧。"摩尔"是个很大的购物中心，有七十一家店，包括"大众信托公司"北区分行。

这是城里最繁华的地方，三家金融机构就在这两条街道上。星期四是个雨天，塞尔在这里仅用了十五分钟就抢劫了那三家银行。如果不是梅丽和葛隐，他就可以带着抢劫来的四万三千元和一些零钞逃之夭夭了。

塞尔的抢劫计划安排得非常巧妙，到"莫宁塞"百货店去看葛隐，是这个计划的一个组成部分。葛隐在这个店的化妆柜台当销售小姐。

他十一点四十分到那儿，像许多高大、英俊、无所顾忌的年轻人一样，他来到店里，想给女友和母亲买口红或粉盒子，或类似的东西做生日礼物。他的表情有几分尴尬，同时还有几分急切。

急切是葛隐引起的，尴尬不安却是纯粹的做作。葛隐站在柜台后面，身体的每个凹凸部分都散发着诱人的魅力。

葛隐是个金发女郎，长发卷成大波浪，眼睛是蓝的，透出一种贪婪的神情，远远超过她的美丽和表面上的天真。葛隐是个野心勃勃的女孩，她不满足微薄的薪水，想赚大钱，而如何赚，她并不在乎，这也是她同意塞尔抢劫计划的原因。

从各方面来说，葛隐没找到塞尔一点可以抗拒的缺点，他那样的外表，什么女人能够抗拒？她告诉自己，一旦塞尔把钱交给她，她就是他的情人了。

塞尔来到柜台前，那儿没顾客，他俩可以自由地交谈。偶尔，葛隐从香水样品中拿出一个有栓的小玻璃瓶，职业性地在塞尔鼻下摇晃几下，让人知道，她是在帮助顾客选择合适的香水。

"今天，宝贝，"塞尔对她说，"就是今天，下雨天，午饭时间，街上全是人，我今天就要试试。"

"好！"她说，"我已经等得不耐烦了。"

"我也是。"他将防水夹克的帽子往后一推，拉链往下拉了几寸，那件夹克很大，差不多长及膝盖。

"你要像你所说的，偷一辆车？"

"比那更好，我要用梅丽的车。"

"梅丽的车？"

"当然。"他看着她惊讶的表情，嘲讽地问，"有何不可？"

"她知不知道你用她的车干什么？"

他点点头，把头从香水瓶上移开。

葛隐皱了皱眉头："那不危险吗？"

"一点也不，嘿，葛隐，我不对你隐瞒梅丽的事。她是个真正的笨蛋，笨得连下雨都不晓得打伞。不过，她爱我。爱我，你明白吗？她可以为我赴汤蹈火，在所不惜，只要能和我结婚。她认为我会！"他大笑，"怎么样，葛隐？她连我的真实姓名都不知道，却认为我会娶她！两个月前我和她在酒吧相遇时，我对她来说完全是个陌生人，而她却死心塌地爱我。你知道为什么吗？葛隐？梅丽很寂寞，鹦鹉向她问声好，她也会爱上它的！"

他们俩放声大笑。然后，葛隐一本正经地说："不论她笨与不笨，塞尔，她一旦发现你一走了之，还是会告发的。"

"星期日晚上前她不会说的，因为她星期日要在费城和我结婚。星期日晚上前，我们就要在赌城逍遥了，宝贝儿！"

"塞尔！"葛隐忍不住笑起来，"那样对她真不应该！"

"去她的！认识你之前，她还不错，现在她一无是处，只不过是个呆头呆脑、善妒、有部汽车方便我逃走的女人而已。"

"她怎么看我？"葛隐问，"或许她根本就不知道我？"

"你以为我会这么笨吗？她那么善妒，我怎么能提？她根本就不知道有你这个人！"

葛隐点点头。她问塞尔："你能把梅丽抛在费城，我怎么敢保证你不会把我丢在赌城？也许你会跑到蒙特利尔的某个女孩那儿呢。"

塞尔嗤之以鼻："你吃醋了，呢？梅丽的善妒，我是受够了。我给你的机票钱还在吧。"

"在这儿。"她摸了摸丰满的胸部，塞尔欣赏地看着她的手势。

"这能证明我会在那儿会你，不是吗？我给了你机票钱，但我一个子儿也没给梅丽，我告诉你，她是用自己的钱去费城。"

葛隐问道："我在哪儿和你见面？"

"赌城的'蓝天汽车旅店'。大约周六晚上。我周六下午会提前赶到，即使路上还要耽搁时间抛掉梅丽的汽车。你到了旅店，可以说是我太太，好吗？我已经说好了。"

"好。"葛隐说，"我今天中午就买票。"

她拿出另一瓶香水给他闻，他低下头嗅了嗅，装作是顾客。这个时候，店铺前面传来一个声音叫她："葛隐！"

"什么事？"葛隐吓了一跳。

"有人打电话，问我们有没有'康隆'出的香水？"

"没有。"葛隐大声答道。

塞尔推开她的手，说："祝我好运，宝贝儿，星期六晚上赌城见，好吗？"

"好的。"葛隐兴奋地说，"塞尔，尽可能多弄点。"

他点头，对她微笑，同时以很响的声音说："我自己很难决定，我想我得去问问她，看她喜欢哪一种。"他说着离开店铺，带着沾沾自喜的神情，踌躇满志。

葛隐盯着他的背影。

塞尔淋雨穿过庞特阿西街，到梅丽破旧的住所去。

梅丽是个褐发女子，说话时所带的西班牙腔使得她最简单的一句话都暗含着魔力。塞尔认为她很像墨西哥人。她是电话公司的夜间接线生，正如同塞尔告诉葛隐的，她可能是全市最寂寞的女子……直到有一天上班前，她在一家酒吧里遇见了塞尔。

现在，她差不多是近乎疯狂的快乐，因为她找到了一个爱人。她期待嫁给他，即使他坦率地告诉她，他们的婚姻必须建立在有点非正统的方式上，也就是并不保险的抢银行，但到费城去和塞尔结婚，对梅丽来说仍难以抗拒。十二点差五分，塞尔按她门铃时，她刚穿好衣服，化好妆，为他准备就绪。

"塞尔！"她一看到他便叫了起来。她拉他进卧室，他把头罩掀开，她张开双臂，搂着他的脖颈，依偎在他肩上。

"哦，昨晚到现在，好像很久了！"她说着移开头部，向后看着他，"你在沉

106

思什么，塞尔？是不是今天午间？"她总是这样愚蠢地发问，塞尔一阵厌烦。"塞尔，车子准备好了，我昨天送去检查过，油箱满满的，准备当喜车，将你载到费城后去接我。"

喜车！塞尔暗自发笑："好极了！梅丽，就是今天。雨下个不停，街上满是打伞和罩雨罩的人，购物中心的停车场一定很空。"

"你什么时候要车？我把车停在什么地方？"梅丽说话的样子，就像一位唯命是从的小妇人。她再次依偎过去。

塞尔看了看表："最迟十二点二十五分。尽可能靠近寝具店，将车倒放在路旁，面向外，那样我不用浪费时间掉转车头，引擎不要关，好吗？"

"放心，我会留在那儿的，塞尔，小心一点。想到你要去冒险，我气都喘不过来了。"

"没事，宝贝。只是一次简单的抢劫，放心，星期日晚上前，我会到费城，我们结婚，那将是我生命中的高潮。"

"我不知道。"梅丽突然不快乐地说，"我不能相信你肯定和我结婚，每个女孩都想不择手段地得到你。"

"嘿！"塞尔拍拍她的手，"又在说自己不好了，梅丽，我不喜欢那样，我爱你，所以，忘掉其他女子，明天晚上在费城等我，好吗？"

"你以前去过费城吗？"

"从来没有。"

"你肯定吗？"

"肯定。为什么？"

"我只是怀疑，你在那儿是不是有熟识的女孩，可能会把你抢去的女孩。"

"没人会从你那儿抢走我。"他把她拥在怀里，热烈地吻她。

"我爱你，塞尔。"她用纯情的西班牙腔说，"假如你爱上别人，我该怎么办？"

塞尔看了看表说："我得走了，你有没有袋子？"

"当然有，"她从抽屉里取出三个纸袋，"塞尔，求求你，小心！"

"我会小心的。记住，周日晚在费城，你知道地点吧。"

"市线大道格林威治旅店，你到达时我会在那儿，我今晚就搭巴士去。"

"好。"塞尔说着，再次亲吻她。

她抬起头盯着他的眼睛看，然后回吻他。"汽车的事放心，"她讷讷地说，"你需要的时候，它会在那儿。"

他将三个纸袋折叠起来，塞进腋下，拉起夹克拉链走出她的住所。他向目送他的梅丽挥了挥手，那手势显得忠诚和真挚。

他上路后，梅丽穿上雨衣，走到停车场，发动她的车子朝购物中心驶去，希望在寝具店前找到可以停车的地方，距塞尔要车的时间还有二十分钟，时间充裕。

……

抢劫银行的事进行得很顺利。

在第一国家银行，塞尔冷静地走到出纳窗口，正好没有顾客等候，他把事先写好的一张字条从小洞口塞进去，遮在头罩下的脸半微笑着等候，出纳看着纸条上的字："将钱塞满袋子，不然就宰掉你。"

出纳两眼因突然的恐怖而瞪大，但双手还是十分平稳地将钱从抽屉里取出来，塞进他塞的袋子里。

塞尔知道银行给职员的指示：冷静地照吩咐做，一直到歹徒离开你的柜台，再做女英雄，如果必要的话。记住，我们是保过险的。塞尔知道，她只要碰一下按钮，就可以按动照相机，拍下他的照片，可是，一张头罩下一点脸部的照片，谁又能认出你是谁？

他拿着出纳推给他的纸袋和字条，礼貌地说了句"谢谢你，小姐"，然后出了银行，上了人行道。成百上千的人在州立街行走，有的打着伞，穿着雨衣，有的背着包和提着购物袋，塞尔挤进人流中，如同沙堆中的一粒。第一银行的警卫跑上街道看看能否追得上歹徒，塞尔已经穿过"哈里逊储蓄公司"的旋转门。

在"哈里逊储蓄公司"，他重复了先前那一套程序，一直到"谢谢你，小姐"。他感到非常愉快，这桩抢劫案上报时，他们可能会给他冠以"礼貌强盗"的绰号。

这一次，盗警铃响起时，塞尔已进入"大众银行北区分行"，他镇定如常，感觉他已完美地完成了抢劫计划。当他漫步进入购物中心时，看见梅丽的汽车停在事先说好的寝具店前，引擎仍在动，从迷蒙的雨中，他可以看见淡淡的尾气从车尾管子里冒出来。

他再次注意到购物中心附近的街道，人们穿着雨衣，打着伞拥挤着。两分钟后，他大步走出购物中心，三个纸袋盛满了钱，藏在大夹克内特别缝制的口袋里。

他上了梅丽的汽车，一个怀疑的眼光也没有，他驶上了州立街，这时警笛声才呜呜呜响。他觉得兴奋，骄傲，快乐，三种情绪交织在一起。

他向西行驶，到了州际，从那儿就出城了。他打开车头灯，这是州立的法令，下雨时要亮车头灯。他的刮雨器严肃地来回刮着。他安详地开着车，避免显出匆忙的样子，他保持着限制内的车速，如同一位守法的好公民要去做合法的生意一样。

他在州立街和安伯逊街的十字路口等红灯时，发现一辆警车停在后面，当然，这可能是巧合，不过仍令他不安。另一辆巡逻车从安伯逊街驶出时，他更不安了。这车停在十字路中间，在他汽车前面，巨大的惊恐挤压着他的心。

他立即看出，自己被夹住了。他想到猛踩油门，向前面的警车撞去，可是梅丽的车是经不起撞的，硬撞的话，不四分五裂才怪，他想跳下车逃掉，也迟了。

两部警车各跳下两个警察，他们持枪围了过来。他们严厉地命令他下车，把双手搁在车顶上，他照做了。

还有什么办法？

在法庭上，梅丽作证说，她在大众银行北区分行写存款条时，恰好看到这个穿防雨夹克、带头罩的人，把一只纸袋推进出纳窗口。她看到出纳脸色惨白，神情慌乱，好奇心的驱使，她留心观看。起初，她不敢相信自己正目睹一桩抢劫案，她在银行盗警铃响起前，跟踪那人出去。那人侦查了停在附近的汽车，最后，令她惊恐的是，他竟爬上了她停在寝具店前的汽车，开去了！

然后，她才敢肯定，不错，是抢劫！

是的，她承认说，她进银行前是粗心，忘了关引擎。可那是下雨天，她准备只进去一会儿。歹徒偷走她汽车时，她立刻跑回银行。她告诉银行警卫，立刻打电话报警，一个抢劫银行的歹徒刚刚抢了四号窗口的出纳员，还偷走了她停在外面的汽车，现在正在州立街，向西行驶。她报告了车型以及牌照号码，当然，不久就抓到了强盗。是的，就是那人，没错，正坐在被告席上的，不，他抢大众银行前，她从没见过他。

唔，当然，这一来，塞尔牢是坐定了。她的证词并不需要，他夹克下面的三袋钞票和外面口袋里的玩具枪就足够了。他进入联邦监狱后，头一个探访日梅丽就去看他了。

她对他傻傻地笑，抚摸着他放在隔着两人间的铁丝网上的手。她说："嗨，亲爱的，好久不见，你在这儿好吗？我只是要你知道，我会等你，你出来的时候，我们仍然可以结婚。"

塞尔感到全身在发抖，他说道："我不要你等我，梅丽，我只想问你一件事情。"

"什么事？"她问，虽然她知道他要问什么。

"你告诉我，为什么你要报警？你说你爱我，你愿意嫁给我，抢银行的事都没有使你退缩，你对这件事是早知道的。"

"我爱你，塞尔，我现在仍然爱你。"她认真地说。

"那你为什么要出卖我？"

"因为我受不了我的未婚夫去爱别的女人！就是这样！"她以天真的西班牙腔说。

"老天爷！你怎么会认为我爱别的女人！"

"那天你吻我的时候，夹克肩胛有香水味，我猜那是香奈尔五号香水。"

塞尔点头，他猜到是那样。

"所以我决定，你必须受点惩罚。"梅丽继续说。然后她以焦急的声音问："那天上午你来找我之前，你先去看了另一个女人，对吗？"

"是的。"塞尔说，"她叫葛隐，在庞特阿西街上一家百货店做事、专管化妆品柜台。我曾答应她带着钱去赌城和她见面。"

梅丽的双眼在燃烧怒火之前，有一会儿呆滞无光，像生病一样，炉火使她变成一个真正的西班牙人？"你这个伪君子！"她的声音哽咽了，"你这个没良心的伪君子。"

伪君子！塞尔想，是的，现在唯一啃咬着他的问题纯属理性的，但他希望知道真实的答案。

葛隐是不是故意在他肩上喷些香水，使梅丽知道他另有女人？因为她知道梅丽善妒，可能会采取什么行动整他。葛隐为什么会这么做？塞尔叹气。除非她也妒忌，不相信他。必定是那样。他是愚不可及才会给她钱，但是他想在抢劫后要梅丽和葛隐离开几天。

"塞尔！我们俩你真正想见哪一个？我必须知道！"

可怜的、孤寂又善妒的梅丽这样整他，他还要告诉她什么？让她纳闷去吧。塞尔透过铁丝网孔，直视她，"你的心伤透了吧，宝贝。你永远不会知道。"

那样说对梅丽来说也许是好的，因为事实是：当塞尔得款出城之后，他既不去费城，也不去赌城。

他要去的是得州的拉里诺。有了钱，他可以带着中学时认识的爱人回乡。她叫拜娜，在夜总会当女侍。

百叶窗

    漫长、无聊的飞行旅途中,我经常买一本神秘杂志打发时间,但这一次却没必要,坐在我身旁靠窗口的那个人,远胜于任何杂志。

    他是位中年人,衣着保守中透着粗犷,有个双下巴,一双温和的褐色眼睛,浓浓的眉毛。飞机起飞时,我在他身旁坐下来,他不经意地瞥了我一眼。我很想和他说话,却找不到话题。飞机升空,我们解开安全带,这时他开口了。

    "我看你是个神秘小说迷。"他瞧着我手中的杂志说。

    "可能还算不上,"我说,"不过这不失为打发时间的一种好办法。"

    "我也算不上,"他说,"我之所以读神秘小说,为的是要赶时间,懂得新的犯罪技巧。"

    "你这样说很容易让人以为你是个歹徒,正在研究学习犯罪技巧。"

    他咧开嘴笑了笑,"问题没这么严重,"他说,"银行要经手钱,而钱吸引歹徒,我想在这方面多了解些,以防我工作的银行出事,如此而已。"

    "我叫约翰逊,"我说,"幸会。"

    他说:"多年前,我亲身经历过一次银行抢劫,那是在加州一个小镇的一家商业银行里。所以,我知道这种事随时都可能发生。"

    "听起来蛮吸引人的。"我说。

    "不错,可以说是很吸引人,也很紧张刺激。"他说,靠向椅背,闭上双眼,很明显,他正在回忆那段往事。

    我很想知道这件事的经过,于是我说道:"讲出来我们一块儿分享怎么样?"

    "你会厌烦的,"他说,同时睁开了眼睛,"不过,好吧,故事很长。事情发生在二十年前,当时我在银行里是个助理出纳——真正的小职员。我们的银行办理一种夜间存款，镇上的生意人可以在商店关门之前，把现金存到银行里来。那时候，镇上所有的商店在星期四都到晚上九点钟才关门，因此，礼拜五上午，夜间存入的现金总是不少。"

"我了解这种情形，"我说，"在 F 城我有家运动品店。"

"哦，真的？F 城是个好地方。嗯，我的工作之一是早上到银行，清理夜间存款，计算好，做好标记，放在出纳办公桌上，以便他在银行开门后工作。所以，我总是全行第一个上班的人，其他同事要在银行开门前十五分钟才会陆续到来。不过，每天上午银行正式营业前，我还有半小时自己的时间，我很喜欢那段时间，你知道为什么吗？那时候没有别人在，你有种独自负责整个银行的感觉。"

我理解地点点头。

"有天早晨，和平日一样，我大约八点钟离开家，站在车站等候公共汽车，这时有辆灰色福特汽车开过来，停在公共汽车站旁边，司机探出头来，问我要不要搭便车进城。我说'当然'，他打开车门，我跳上车，坐在他旁边。"

"在神秘小说里，"我自作聪明地分析说，"你应该怀疑一位陌生人无端地施予你恩惠，定有所图。你应该说，'不，谢谢'，然后继续等你的公共汽车。"

"也许。不过，那天早上我可是一点提防都没有。我上了福特车，可是上了车之后，我发现后座上还有两个人，这使我大为惊骇，因为坐在右边的那个人拿着左轮手枪，枪口正对着我。

"我没说话，也没做任何事来引起外人注意，因为那人的手枪正警告我别轻举妄动。

"我们默默地开着车向银行驶去，车速平稳。司机将车停在银行后门，我平常进入的地方，他好像对我平常的活动规则很了解似的，银行背后是条小巷，仅供银行职员进出。清晨，巷子里一个人影也没有。

"持枪的男子对我说：'到了，朋友，下车！'他示意我下车，他和后面的另一个人也跟着下车。持枪的那一个，高高瘦瘦的，头发金黄，另一个比较粗壮，有一头浓浓的黑发，而且长到后颈。高个子对司机说：'留在汽车上！'然后对我说：'开门，让我们进去！'他声音冷冷的，温和有礼，显得不慌不忙，好像他每天都在做这种事一样。

"枪口对着你的时候，没什么好争辩的，只有唯命是从。于是我掏出钥匙，打开门。当我把钥匙插进锁孔的时候，扭动胳膊，我看见手腕上手表指着八点十五分，距警卫和同事上班还有好一会儿。但是我知道地窖的电子锁，时间是定在银行开门营业前几分钟，我十分肯定他们对电子锁没办法打开，除非等到开门的时间。

"我们走了进去，高个子的一句话，熄灭了我最后一丝期望，他说：'夜间存款！'那时，我才领悟到，他们的的确确知道我每日的工作规程。他们肯定监视了我好些个上午，注意我的一举一动，我相信那就是一般作案人所谓的'踩点'，约翰逊先生，你说是不是？"

他用期待的目光看着我，好像要我称赞他从神秘小说中学到的歹徒的"行话"。我说"是的"。听这位威严十足的中年银行家说黑社会行话，总觉得怪怪的。

"他们逼我来到大门旁边存放夜间存款的地方，那时候，银行大门还没有现代这种坚固、透明、装有电子眼的设备，那扇前门有道活动的百叶窗，是遮挡午后阳光用的，我们副经理办公桌在大门右边。每天上午，太阳射进银行时，这扇百叶窗就放低一点，午后就那么放着，一直到第二天上午我来上班，再把它拉上去。每天早晨，在我清理前一天夜间存款前，拉上百叶窗是我的第一项工作，"他一双安详的眼睛转向我，不无得意地对我说，"约翰逊先生，你知道，我在银行里有很多零星的工作要做，我几乎成了门房。"说完，大笑一声，然后继续讲下去。

"虽然枪就顶在背后，但是习惯的力量胜过一切。经过门前时，我不由自主地走过去拉起那道百叶窗。这时跟在我背后的男子立刻说：'站住！你在动什么歪脑筋？'我只得站住，说道：'我每天早上拉起这扇百叶窗，我只是要把它拉上去而已……'不等我说完，他就说：'今天不必了，门房，假如你不介意的话。你以为我们喜欢街上每个人都看见我们在做什么吗？'"

"我想，我至少应做出一些象征性的努力，对这两个强盗表示抗议，于是，当我们走近存放夜间存款的壁柜时，我以不大自信的声音说：'我打不开这东西，那要用特殊的钥匙来开，那把钥匙在出纳身上，他要到九点钟才来。'"

"较粗壮的矮个子没有说什么，只是从口袋里掏出枪，走过去站在大门旁，透过百叶窗，看外面街上的情况。高瘦的男子用力将枪顶在我的背部，'别和我耍花招，'他说，'我知道每天早上是谁在这里开这东西，是你！别给我磨蹭了，快点给我打开！'我惊慌失措，掏出钥匙，温顺地打开了壁柜。你说，我能怎样？"

"假如是我的话，我也会这样做的。"我安慰他。

"那天是礼拜五上午，现金不少，还有好多支票，都是商人在夜间存放的。高个子看见那么多现金时，满意地叫起来，他命令我：'全部取出来，放进这里面。'他将一个黑色手提箱递给我。

"我照他的命令做，但我的动作尽可能的慢，而且尽量不露痕迹。我想也许我可以拖延一下。然而，当我将所有的钱和支票都放进手提箱时，时间仍然只有八点三十分。

"我开始怀疑，他们离开时，会把我怎样处置？对此，我根本不抱乐观态度。我见到了他们的面孔，我可以向警方描绘他们的长相，我可以指认他们，而且我和他们一起坐过福特车，我也知道车牌号码。

"高个子说：'朋友，躺到地上，仰躺。'我照办，躺在大厅中央的大理石地板上，我觉得有一种完全受人摆弄的感觉，小个子站在百叶窗前，一面用枪看着我，一面注意街上的情况。

"高个子看看手表，就在那时候，电话铃响了。是门旁副经理的电话，在空洞的房间里，铃声就如同警笛。我惊骇得差点跳起来。高个子用枪对着我，命令道：'你！去接！'

"他的温文尔雅全没了。'接那电话，尽量自然，小子！不然的话，你不会活到接另一个电话。去！'

"电话响了三次，我从地板上爬起来，走过去，拿起话筒，高个子紧跟在后。矮个子没有说话，但是枪指向我。'听筒移开耳朵一点，'高个子警告说，'让我也听得见。'我清清喉咙，对着话筒说：'喂？'声音大而清晰，对方传来细细的询问声：'国家商业银行吗？'我听筒拿得远远的，好叫高个子也听得见。

"他的枪顶进我背部。我对话筒说：'是的，先生。'

"'你们今天下午几点关门？'对方问，我看见身边的匪徒扬起两道眉毛。

"'告诉他！'他低声说。

"我对着话筒说：'我们三点半关门。'

"'谢谢你。'然后我们听见对方挂断电话的咔嚓声。

"我放下电话，额头在冒汗，我觉得好似生了场大病一样，我看看矮个子的枪，正对着我的腹部，仅相距五英尺左右。我双腿发抖，高个子舒了口气。

"'好，怀特，'他对他伙伴说，'回到门旁去。'然后对我说：'小子，回你原先的地方。'他向我挥挥枪，我只得再次躺下。

"'时间充足得很，怀特，'他对他同伴说，'看住这小子，我去翻一翻出纳的抽屉。'

"然后，他就不见了，我听见抽屉拉开的声音，然后是诅咒声，因为他发现抽屉里没有钞票。

"我看见新办公桌上大壁钟的分针一点一点地移动，每一丁点的移动在我看来似乎都是一千年。高个子搜不到任何东西，再回来时，分针似乎移动了四格。我本可以告诉他，我们一向把现金存放在地窖里。

"他走回大厅，左手拎提箱，右手握枪。他示意怀特朝银行后门走，也就是我们进来的地方。这么说，他们不打算等候到地窖开启的时间。他们正要离去，我可以听见自己的心跳声，似乎大理石地板是一种会传声的木板。

"怀特离开门边，枪指着我，问道：'他怎么办？'

"'把他给做了，就像我早先告诉你的。'"

他转向我，嘴角含笑地看着我，两眼皱起，"约翰逊先生，我可以告诉你，那时候我差点儿被吓死了，我不知道他们的意思是要杀掉我，还是击昏我，或是什么。'把他做了'可以有很多种意思。然后我看见怀特将手枪倒转，俯下身来，用枪柄击我的头部，然后我就什么也不知道了。"

我说："银行业比我想象的更具危险性。"

"的确，"他说，"后来我发现，匪徒在半英里外准备了另外一部汽车，那辆福特车是偷来的。他们来自别的州，镇上没人认识他们，所以他们认为无须杀死我，而只想击昏我，趁我昏迷的空当逃走。"

"然后呢？"我问，这是一位充满好奇心的听众该问的。

"他们从后门逃走时，警察好像瓮中捉鳖一样，将他们逮住了。"他说，"司机早已被逮住，警方早已把银行团团围住。"

我们已听见飞机的马达声变了，飞机正准备降落。

"警察？"我惊讶地问，"他们怎么来的？"

"辛普森找来的。"他说。

我迷惑不解地看着他："谁是辛普森？"

"我中学同学，"他说，"他当时是银行出纳员，也是我最好的朋友。"

"他怎么想到报警的？"

"他打电话到银行时，问我几点钟关门，我告诉他三点三十分，但他知道实际上是三点整。这等于是信号，要他报警。"

我看见机场跑道向我们迎面而来，我伸手去取帽子和外套。

"你意思是说那部电话里装了窃听器什么的？"我问，"你和辛普森事先就有安排？"

"当然，"他微笑着，对我的惊讶似乎颇为得意，"我喜欢有备无患，辛普森和我事先商量好的。"

"等等，"我反驳道，"即使如此，辛普森怎么晓得这天早上要给你打电话？他每天给你打电话吗？"

"哦，没有！辛普森是个光棍，还没有家。"他说，好像那样就将一切解释清楚了，"他每天早上上班前，总要到银行所在的那条街上拐角的好妈妈咖啡店用早

115

点，因此每天早上八点二十分，他会从银行门前经过。当他从门前经过时，假如发现百叶窗仍然放下，他就会打电话到银行，问银行几点关门。假如我回答不是三点，那就表示要报警；假如我之外的人接电话，也要报警；假如没有人回答，也要报警。你知道，事情就是那么简单。"

"是很简单，"我说，"假如你生病了，在某个上午没有按时上班，因此没有拉起百叶窗，那该怎么办？"

"假如我生病不能上班，那么在他出发用早点之前，我妻子就会打电话告诉他，百叶窗没有人拉上。"

"如果反过来呢？假如辛普森在抢劫那天生病了呢？"

"那是一种不大可能的巧合，"他说，"如果是那样的话，我们就只能自认倒霉了。"

飞机着地，我解开安全带，我说，"这种事对你来说是太不公平了，不是吗？你冒大险，你被匪徒击昏，而你那位辛普森朋友却在咖啡店里享受。"我们站起来。

"是的，我想那是事实，"他说，"可是，那时候我们年轻，正如你早先说的，那是很刺激的，约翰逊先生，你体会不出来，当一支枪柄向你头部击下的时候，该有多紧张刺激。你昏迷两小时之后重又醒来，发现自己竟然没有死！"

我问："你现在还在国家商业银行做事？"

"是的，还干老行，辛普森也是。他现在是银行董事。"

"太好了，应受的奖赏，那你呢？"我问。

"我是董事会主席，"他说，面带微笑，"你知道，我仍然在冒险。"

"现在，我终于弄明白整个故事了。"我含糊地说，"从以前到现在。"

我们一起走下飞机，走出机场，我稍微落在后面。我的外套搭在右手臂上，我们步入机场大厅时，在一股冲动之下，我用右手食指顶着他的背部——用外套掩盖着——同时对他说："左转，进入男洗手间。"

他反应十分镇定，两眼转过来看我的时候，略睁大了些。他略微紧张了一下，然后说道："洗手间？为什么？"但是脚步没有停止，继续前行。

"现在，别跟我说什么唯一的钥匙在出纳手中，"我说，"到了，进去吧！"

我们进入洗手间，里面没有人，正如我所希望的。

关上门后，我把手指移开他的背部，他转过身来。这次他认真地看着我，头部向后斜歪着，凝视着我的脸。他立刻认出来了。

他说："约翰逊先生，这么多年来，你发福不少，而且改了姓名，你在F城真有家运动品商店吗？"

"这是我的幻想，"我说，对他微笑，"我在一家运动品店当店员，不过目前我有机会将它买下来，假如下周前我能筹出两千元。"

　　"哦，"他说，"这么说来，你改邪归正了？"

　　"自从出狱后，我一直朝这个方向努力。"我举起手指，"瞧，我根本就没有持枪。"

　　"你为什么不去贷款？"他问。

　　"你认识什么人愿意贷款给有前科的人吗？我试过，但都失败了。"

　　"你没有到我们银行来试试？"

　　"我正打算去。至少今早我想亲自向你恳求，当然你得仍在那里工作。"

　　"你为什么没有去？"

　　"我见到你们银行那些放款人员和副经理时，我失去了勇气。我知道他们一定会拒绝。这件事除了你之外，没人会答应的。"

　　"所以你就跟随我到机场，上飞机，是不是？"

　　"是的，我碰巧看见你走出银行，戴着帽子，穿着外套，拎着行李，进入开往机场的计程车。我立刻认出你，所以跟随你到机场，买了同一班飞机的票。"

　　他点点头，面无表情："两千元？"

　　"是的，只要两千元，但是我没有抵押品。"

　　他勉强地笑了一下："那天，你叫那个名叫怀特的'做掉我'，约翰逊先生，他用枪柄击我，你还记得吗？那时候我只是个孩子。"

　　"我知道，对于那种事我并不觉得光彩，不过你应从事情的另外一个角度去考虑，不是那次抢劫，你和辛普森不会受到上级'注意'，不是那次抢劫，你怎么会有今天的地位？"

　　我眯眼注视着他，暂时屏住了呼吸。

　　有一会儿他没有说话，"你说得不错。由于你，银行上级才注意到我。这种想法，以前从未有过。因此，从另外一个角度看，我想我是欠你一点，辛普森也是。"

　　"你们每人借我一千元如何？你可以说是私人贷款，我会还你的。"

　　他很快做出决定："我相信你会还的。"说毕，他掏出支票簿，签出一张两千元的支票。他递给我的时候，我们握手。他好奇地问我："你为什么带我到这里？为什么不在飞机上或大厅里向我借贷？"我看着洗手间光秃秃、镶着瓷砖的墙，咧着嘴笑着对他说："这儿没有百叶窗。"

狼　狈

　　鲍·威廉一看见停在自家门前那辆锃亮的新敞篷车，心里便明白，米尔医生来了。不知不觉中，脚步开始加快，朝前门走去。

　　走到前门时，鲍·威廉停了下来，向四周扫视了一下，从口袋里掏出钥匙，悄无声息地打开门，走进屋里。

　　屋子里一片寂静，铺着地毯的楼梯通向二楼，卧室在那里，他蹑手蹑脚，小心地踏上楼梯，边上楼边从口袋里掏出一支点二二手枪，那是他前一天买的。他走到卧室门前时，便打开了手枪保险。

　　他屏住呼吸，握着手枪，推开门。

　　米尔医生光着脚，正在扣白色衬衫的扣子，露丝——鲍·威廉夫人蜷缩在坐卧两用的长靠椅上，身上只披一件滚花边的睡衣，金色的长发散乱地披着，床铺还没整理。

　　鲍·威廉看见自己的妻子目瞪口呆地坐在长靠椅上，米尔医生也僵立在原地，一动不动，房间里出奇地安静，时间似乎凝固了。有一瞬间鲍·威廉觉得自己仿佛是个外人，而不是这幢房子的主人。

　　"威廉！"露丝以一种近乎哆嗦的口气叫他。

　　鲍·威廉扣动扳机，小手枪发出很小的声音，刚开始露丝似乎要站起来，随即又躺回长椅上，仿佛突然间精疲力竭一样，直挺挺躺着。

　　鲍·威廉无力地站着，枪口仍指着已经断气的妻子，眼中流露出一片茫然的神情。

　　渐渐地，世界又正常地运转起来，一对鸟儿在窗外婉转地叫着，街上传来车辆往来奔驰的声音。

"你打算也杀死我吗？"米尔医生问道，同时继续扣着扣子。

鲍·威廉凝视了他很久，才回答说："不，我不打算杀你。"他觉得心神耗尽，太空虚，太疲惫，不在乎下一步会发生什么。

米尔医生扣好衬衫，低头看了威廉夫人一眼，单那一眼，他就能肯定，她已气绝身亡。

"现在我们俩都陷入困境中了。"他说。

"离开这儿！"声音中恳求多于命令。

"瞧，"米尔医生坐在床边一边穿裤子和袜子，一边说，"我理解你，假如露丝是我太太的话，我也会做同样的事情。我知道她是个什么样的人，你也知道，否则，你不会开枪杀死她，我只不过出事时凑巧和她在一起，倒霉！"

鲍·威廉显得十分困惑，仅仅几分钟前，他扣了扳机，这一扣，改变了整个生活。

"你的问题是，"米尔医生说，"可能会坐电椅，而我的问题是，名誉扫地，辛苦创建的诊所，可能因此而破产。我妻子也可能因此和我闹翻，卷走我所有的钱财。我妻子的为人你是知道的。"

鲍·威廉认识米尔夫人，知道她是位精明强干、盛气凌人的女人。几次威廉夫妇在交际场合见到她，都迫不及待地要躲开。只有她的钱财可以引诱米尔医生和她一起生活，米尔医生容忍她，有他的目的，如今目的已达到，最聪明的办法便是自己谋求生存的最佳之道，面对现实，米尔医生总是很明智的。

"我现在可不好办，"米尔医生继续说道，"我诊所的小姐知道我来这里出诊，我的汽车也停在外面，将近一个小时了，警察确定死亡时间时，我没有不在场的证明。"他穿好鳄鱼皮鞋，站了起来。

鲍·威廉看着他："你有何高见？"

米尔医生微笑着说道："我们得互相帮助。"

"你是医生，"威廉把枪塞进口袋，心不在焉地摘下眼镜，用手帕擦拭，"我们可不可以安排一下，使这一切看起来像是意外，像是她自杀？"

米尔医生向他皱了皱眉头："从那种角度射透胸膛？自杀几乎不可能。"他用一只手托着下巴，环顾四周，然后凝望窗外许久。末了，他说道："有一个办法，也许可以使这一切像是意外。"

鲍·威廉默默地站着等候，他觉得自己的感觉又恢复正常了，不过对露丝之死他没有一点悲伤，对于米尔医生也没有丝毫的愤怒。露丝是那种放荡不羁的女人，假如医生能抗拒她的诱惑，现在和鲍·威廉站在卧室里的会另有他人。现在鲍·威廉最强烈的感觉是生存的欲望。

"我们可以把这一切安排得像是一场突如其来的意外，"米尔医生说，"那也许更能使人相信。"他指指窗户，"你看见窗帘的铁杆了吗？它可能插进伤口里，我们可以使这一切看起来好像是她在卸窗帘时跌了下来，被刺死了。"

"你疯了？"鲍·威廉问道，"子弹呢？"

"哦，我可以取出来，"米尔医生说着，朝角落的一个黑色医疗包望去，"我那儿带有外科用的工具，窗帘杆的直径，比子弹的直径大得多，那样就可以掩盖子弹进入的痕迹。"他耸耸肩，"总之，朋友，那值得试一试。"

鲍·威廉显得有些犹豫："你是医生，你认为那真能骗得了人吗？"

"假如检查不仔细的话，问题应当不大。"米尔医生说，"不过，她不可能被仔细地检查，依照本州的法律，只要我挂电话，将她用救护车送医院抢救，抽出铁杆，然后由我出具死亡证明，就不需要验尸。就当是在家中发生的意外死亡，本城每天发生的这种意外死亡，多得让你吃惊。"

鲍·威廉咬了咬嘴唇："我不知那是不是……"

"将会有两位见证人，"米尔医生继续说道，"你和我，虽然如此，为了使事情看起来更漂亮，逼真，我们应该说，我们正在上楼梯时，听见她跌倒和尖叫的声音，当我们匆匆赶上来时，她正躺在窗户边，伤得很重，我们可以搬动她，于是将她搬到躺椅上，于是，一切便像真的一样了。"

鲍·威廉把眼镜重新架在鼻梁上，看看断气的妻子，他不再憎恨她，在他眼中，她似乎什么也不是，仅仅是百货公司里的人体模型。

"好，"他说，"我们先要做什么？"

"首先，帮我把尸体搬到窗户边。"米尔医生说，"然后，帮我把提包拎过来。"

二十分钟后，一切安排就绪。露丝仰躺在窗户边一张翻倒的椅子旁，窗帘杆以可怕的方式插在她胸口上。米尔医生很会表演地在前厅惊慌地挂着电话，他对诊所的接待小姐说，请她火速派辆救护车来。五分钟后，他们听见警笛声。

当然，警方作了例行检查。一位名叫怀特的警探，被指派负责这件案子，那人看来历经风霜，四十余岁，他以一种近乎呆板的方式办理了这件案子。

一切顺利，鲍·威廉和米尔的供词相似。米尔医生因威廉夫人患咳嗽应诊，驱车抵达其住宅后，和主人一起上楼时，听见一记沉闷的声音和一声尖叫，当他们匆忙跑进卧室时，发现威廉夫人已经奄奄一息，她在痛苦中告诉他们发生了什么事，等米尔医生打电话给诊所的小姐叫来救护车时，她已经断气了。

审问过后，那位憔悴的侦探向鲍·威廉表示了慰问之意，结束了这个案子，继续去查办别的案件。

鲍·威廉对于自己在葬礼和哀悼期间所表现出来的良好的自我控制和表演能力感到惊讶，米尔医生的表演也相当的出色，虽然露丝的死引起很多人的悲伤，但没人怀疑他们俩和其死因有关。

一个礼拜之后，鲍·威廉回去上班时，发现自己不仅没有任何悲伤和犯罪感，反而为自己能轻易地将这件事掩饰过去而感到骄傲。他在一家水泥公司担任副主任会计。

一个月平静无事地过去。他过着一种新的生活，一种不用憎恨露丝放浪行为的新生活。现在他认为，杀死露丝是一个很好的决策。

一个礼拜之后，米尔医生来家里看望他时，他的看法改变了。医生穿着平素那种鲜亮的衣着：蓝色运动衫，白色长裤，脖子上系着一个领结。鲍·威廉觉得这身服饰与其身份不太相配，不过，他知道，这种打扮确实让某些女性着迷。米尔医生是城里到家中出诊的医生之一，原因不仅仅在于其高明的医术，还有其不可告人的目的。

米尔医生啜了一小口威廉递给他的威士忌，在一张椅子上坐下来，开口说明了来意："威廉，我们有麻烦了。"

威廉眼镜后面的眉毛扬了起来："麻烦？怎么会呢？"

"阿黛，"米尔医生说，"她怀疑我和露丝有染，她知道露丝很懒，不肯做家务，而且也没有理由亲自去卸窗帘。"

鲍·威廉给自己倒了杯酒，坐直身子，"她只能怀疑，不是吗？"

"那已足够了，"米尔医生说，"她威胁要去报警，果真这样，警方会作进一步的调查……"

"我明白了。"威廉说，一种令人窒息的恐惧在其脑海中滋生，蔓延，他吞下一大口威士忌，"我们该怎么办？"

米尔医生那只刻意修剪过的手旋转着玻璃杯，"我们只能做一件事。"

"你的意思不会是……"威廉说，"你自己的妻子？"

米尔医生理了理运动衫的领子，"哦，别装出这副样子，威廉。你不必假装神圣，这不是时候。"

"当然，"鲍·威廉说道，喝光杯中的酒，"只是干那种事总得有个限度。"

"是的，老朋友，"米尔医生把酒杯放在茶几上，双手叠放到大腿上，"这是最后，也是必要的步骤。"

"你打算怎么办？"鲍·威廉问道。

"全设计好了，"米尔医生说，"阿黛会自杀，你得承认，她是那种类型的人。"

"她自杀的动机是什么？"

"我就是她自杀的动机，"米尔医生愉快地说道，"我在外面有许多外遇，这是众所周知的事实，阿黛会因为妒忌而自杀。"

动机是有了，威廉心想，"你细节安排好了吗？"他问道。

米尔医生点了点头，"我们在林子里有幢小屋，我计划用哥维芬使阿黛昏迷，再送她到小屋，把她留在那儿，另外留一份用打字机打好地签了字的遗书，再把瓦斯打开，我自己则安排好不在现场的证明，由我的接待小姐玛格丽特作证，她已同意为我作证，说我整夜在她的公寓里，玛格丽特对我持续不变的爱，将使我有一个坚定可靠的不在场的证人，你认为呢？"

"十分完美。"鲍·威廉说道，"你要我做些什么呢？"

"我只要你知道将会发生什么事，"米尔说道，"以免你听到阿黛的死讯时慌不择言，或做出其他什么冲动的事来，而且，你自己也要有个可靠的不在场的证明，以防万一。"

"你的计划似乎很周详，"鲍·威廉说道，"但有一件事，你提到签了字的遗书，你如何获得阿黛的签字？"

"老朋友，我早料到你会提出这个问题，实话告诉你吧，我已经有了她的签字。"米尔医生得意地从外套口袋里掏出一张折成三层的空白打字纸，展开给威廉看，在那张纸的末尾，有阿黛的签字。

"你怎么弄到的？"威廉惊讶地问道。

"我不知你是否知道，"米尔医生说，"阿黛酗酒酗得厉害，昨天晚上，吃过饭前第二杯鸡尾酒之后，我给她下了一点点药，然后诱她进入书房，要她在一些保险单上签字。可怜的阿黛，她以为是在签人寿保险申请单，事实上却相反，而且，她也不会记得，自己究竟都做了些什么。"米尔医生得意地瞧着手中的白纸，然后折叠好，放回口袋，"作为一名医生，办某些事是方便得多，这签字有些抖，不过，一个人要自杀前，情绪是有些激动的，你认为呢？"

"那是无疑的。"威廉说道。

"现在，"米尔医生说道，"我向你保证，没有什么可忧虑的，但我仍然要提醒你，你得有命案发生时不在场的证明，和朋友出去吃饭，或到你熟悉的地方，有人认识你的地方。"

"这个容易。"威廉说道。

米尔医生站起来，穿过客厅，走到前门，鲍·威廉紧跟在后。

"记住，老朋友，什么都不必挂念。"

"这不可能，"威廉说，"不过事情了结之后，我会很高兴。"

"礼拜四的晚上，呃？"米尔医生在开大门时说，"过了礼拜四，我们俩就可以松口气。"

鲍·威廉目送他走下人行道，走到他的敞篷车前，上车，发动引擎，然后驶进上下班拥挤的车流里。

周四一整天，鲍·威廉都无心工作，那天晚上九点钟他待在家里，当电话铃响起时，他的心脏几乎停止了跳动。

他的恐惧完全可以理解，电话是米尔医生打来的。

"出了岔子，"医生激动的声音在电话中响起，"我需要你的帮助。"

"到底发生了什么事？"威廉问，手紧紧握住听筒。

"老朋友，没有我们俩一起办而办不妥的事，不过我不能在电话中说。"

"你现在在哪儿打电话？"

"木屋附近，公路边的一个电话亭，我需要你尽快赶到木屋和我见面。"

鲍·威廉很想拒绝，现在他觉得有种强烈的厌恶，对于整个事情的演变，他厌恶透顶，但是这浑水，他已经进去了，没办法抽腿。

"威廉？"

"我在这儿，医生，"鲍·威廉说，"你那木屋的路怎么走？"

米尔医生的木屋坐落在一个十分隐蔽的地方。鲍·威廉开了将近一小时的汽车后，才将车驶上一条狭窄的小路，那条路一直通向木屋。抵达后，他熄了火，休息了一会儿。

木屋比他想象的还小，漆成淡淡的灰色，坐落在树林之中，米尔医生的敞篷车停在一个烤肉用的小石坑边，背对木屋，似乎要急于逃离一般。

鲍·威廉承认，米尔医生是个办事谨慎周到的人。他走出汽车，踏上木制台阶，来到木屋门前。米尔医生打开门，微笑着迎接他。

"请进，老朋友。"米尔医生穿着一件亮丽的黄色运动衫。鲍·威廉经过他身旁，进入木屋时，注意到米尔医生的双手套着肉色的手术用手套。

米尔夫人坐在一张皮制的扶手椅上，两眼安详地闭着，鲍·威廉猜想，他已经被哥维芬麻醉。他环顾四周，看见石砌的壁炉上有四面镜子，遗书就贴在镜子上。

"你在电话中说你有困难……"威廉说。

米尔医生仍然对他微笑着："不再有困难了，老朋友。"

鲍·威廉指着米尔夫人："她会昏迷多久？"

"永远，"米尔说，"看看这个。"

鲍·威廉跟随他走到椅子另一边，看见米尔夫人的太阳穴上有个整整齐齐的小洞，黑黑的，周围凝结着血渍。

"你为什么要这样做？"鲍·威廉问。他移开视线，不忍目睹。

"这是计划的一部分。"

"计划也不要……"鲍·威廉的声音陡然打住，因为他看见米尔医生握着一把小手枪。

"也许我该解释清楚，"医生说，"你知道，阿黛是自杀，你有没有注意到子弹口周围有烧灼的痕迹？警方会看出来的。"

"自杀？"鲍·威廉说，"为什么？"

米尔医生仍微笑着："因为她不能没有你。"

鲍·威廉惊骇得目瞪口呆。

"然后，"米尔医生说，"我相信她对杀害你悔恨不已，你知道，老朋友，你和我妻子一起开车来你们的爱巢——记住，阿黛的遗书是在你家里用你的打字机打的，遗书就贴在那面镜子上。"

鲍·威廉颤抖着走过去，看那张遗书："当威廉和我宣誓，宁死不分离的时候，我是真诚的，我是要两人谨守那誓言。"

米尔医生高举着一把钥匙："这是你家前门的钥匙，你妻子生前给我的。今晚早些时候，当你出去做不在场的证明时，我到你家里，用你的打字机在阿黛签名的那张空白纸上打下了她的遗书。"他用拇指和食指转动着钥匙，然后放进口袋里："警方会在阿黛的口袋里找到这把钥匙。"米尔医生掩饰不住脸上的得意之色。

"你这样伤天害理，总有一天会受到惩罚的。"威廉号叫着。

米尔医生丝毫不为所动，说道："我来重新组合一下这整个事件的经过：阿黛在数分钟前枪杀了你之后，把遗书贴在镜子上，然后坐下，举枪自杀。我想你是想和她分手，或是不想和她结婚或者别的什么。我可以理解，别人也能理解。你知道，一个多月来，我一直告诉朋友们，你和我妻子有染。"

"胡说八道！"鲍·威廉号叫着，"那完全是胡说八道。"

米尔医生摇了摇头："你的汽车，你的钥匙，你在妻子死后的孤寂，由于我经常不在家，阿黛对我的死心，还有我散布的谣言……这一切都是那么的天衣无缝，不是吗？"

鲍·威廉还没机会回答，米尔医生戴手套的手指就扣下了扳机。鲍·威廉的身体直直地倒了下去，他最后看见的是，米尔医生把手枪放在阿黛的手中，然后是一片模糊。

虽然米尔医生向某些朋友表示，他早知道阿黛和鲍·威廉有染，但是对于妻子的死，他仍表现出无限的悲伤。他诊所的接待小姐玛格丽特的作证——证明医生在出事的那天晚上整晚待在她公寓里和她厮混——给了他一个有力的不在场证明。米尔医生的风流倜傥，和玛格丽特的作证相互印证，很令人信服。总之，一切都进行得漂亮顺利。

只是有一点，接待小姐玛格丽特给他出了一个难题：她要分米尔医生所得财产的一半，还有米尔医生整个儿的人。

对这两件事，米尔医生得伤点脑筋。

赌

我跪在小溪岸边，清洗钓到的鳟鱼，我皱皱鼻子。

真怪，别人钓的鱼怎么比自己的腥臭。

一阵大笑从身后小山上的木屋传来，那是我舅舅的笑声，洪亮，声音大，就像他的人。

舅舅和他的好友巴兹尔玩一局二十元的牌。他们俩视钞票如白纸。

今早他们用五十元赌谁钓到鳟鱼，结果巴兹尔赢了。

然后他们比那天中午谁钓到最大的鱼，又是巴兹尔赢。舅舅只是傻乎乎地笑，把钱乖乖地递过去。

每年都是老样子，舅舅和巴兹尔相约来这儿度假，舅舅会扔几块钱给我母亲，由她来整理这地方，我则成为他们免费的私人奴隶。

我爸爸在世时，情况可不是这样。自从他谢世后，一切都每况愈下。母牛走失到公路上，被卡车撞坏一条腿；上次大风，吹走我们半间屋顶；北边整个围篱倒塌；我的老爷卡车需要大修特修。

事情堆积得我从早忙到晚也应付不了。

这一切的最坏部分是当舅舅的仆人。

他狂妄自大，凡事颐指气使，高高在上。

舅舅两小时赚的钱，比我一天十六小时赚的还多。这似乎很不公平。

我在锅里盛满新鲜干净的水，带着鱼进木屋。舅舅和巴兹尔仍在桌边，各据一方，聚精会神地玩牌，没有一个抬头。

巴兹尔从一副牌里抽出一张，翻出张皮蛋，压过舅舅展在桌面上的牌，他们在玩三点，这回他又赢了。

舅舅从口袋掏出一张皱巴巴的二十元钞票，一声不响地递过去。

他抚摸整齐的八字胡，手指上的钻石在闪耀。

"约翰，晚饭差不多了吧？"他问。

"差不多了。"我说。

巴兹尔咧嘴笑着，同时收牌说："好，回头也许你玩一两盘。"

我瞪眼看他，巴兹尔知道我没钱。

"怎样，巴兹尔？"舅舅拍拍口袋里的大把钞票，"我们还可以玩几盘。"

"我从没见过这么急于输钱的人。"巴兹尔说，向天花板吐口烟。

"讲定，讲定。"

在我炸鳟鱼、做玉米面包时，舅舅又输了四盘，每盘不止输二十元。

但输钱并不影响他的胃口。

我砍了许多柴火，装在柴箱里。他们边吃边吹，吹他们在城里赢的钱，玩的女人，谈得津津有味，我则差不多要反胃。

他们去过我从没去过的地方，做我从未做过的事。为此，我憎恨他们。

他们喝完咖啡后，我再清桌子，洗盘碟。

他们又赌上了。

这回运气全倒向舅舅，他不仅赢回输掉的钱，而且还赢了巴兹尔的钱。

看着他们把钱推来推去，我多么希望这些钱是我的。

"我要回家，"我说，"我明天还有很多事情要做。"

舅舅看看四周，说："好，约翰，我们再见。还有，告诉你妈，我们这一两天就走。"

我怏怏不乐地点点头。

巴兹尔站起来，伸伸懒腰，"我们休息休息，反正是你服药的时候。"

"巴兹尔，你真像个老太婆。"舅舅发牢骚地说，不过，他的左手却开始摸索一只古老的小箱子，找他的药片，我则到外边的门廊去。

外面寒冷，漆黑，我站在卡车边，欣赏夜间各种动物的声音。这是一天中最好的时刻，我身心轻松，手伸进口袋，取一支抽过一半的烟。

巴兹尔的手伸过来搭在我肩上，用一只沉重的打火机打火，那是金质的。

我转过身来，弯腰点火。

"谢谢。"我低声说。

巴兹尔自己点了支大号烟，靠着我的卡车，说："约翰，你为何要留在这样的地方？"

"我住在这儿，或许永远就住这儿。"

"你想没想过在别的地方住？"他打量香烟的末端，"或许赌城？"

"是啊，"我嗤之以鼻，"我曾想过，想不花钱。"

"像你这样聪明的人，哪里都可以混饭吃。"

"我想是的。"

"你当然可以，"巴兹尔靠近我，"想到赌城或雷诺城，身上也许带着一万元去玩，约翰，醇酒、美人……一切你没有尝试的。"

我扔掉手中的烟，踩熄它，"老巴兹尔，你要做什么？"

他静静地注视我良久。

这时，有一只怪鸟在溪边叫。

"约翰，假如我现在告诉你，你胆敢张扬出去的话，我会立即否认，而且会立刻给你好看的，"他的声音低沉，平直，"你怀不怀疑我？"

"别拐弯抹角，有话快说，不然就闭嘴，"我低声说，"我太疲乏，不想听许多废话。"

"好的，"他笑说，"好的，我只是要你明白，我是说正经的。"

"好，你是说正经的。"

他迅速朝木屋望一眼，"我告诉你，假如你舅舅'不在'的话，我就付一万元。"

我没说话，不过我皱眉，作犹豫之色。

"为什么这样吃惊？承认吧，约翰，你憎恨他的胆识，你恨他，也恨我！"

"也许我不喜欢他，"我说，"但没有理由杀害他。"

"有一万元的理由，此外，我也没说任何杀害他的话，"他拍拍我肩膀，"你知道你舅舅的心脏，再一次发作就……"说着，手指捏得啪啪响。

巴兹尔打开我的卡车门。

"约翰，你考虑考虑我的决定，再通知我你的决定。"

我的心乱了好一会儿才能发动汽车，而后又躺在房中热得睡不着，我在满是汗渍的床上辗转反侧，思考到凌晨五时，我想到一万元的用途，我不用在最需要卡车的时候提心吊胆，担心卡车抛锚。屋顶可以有钱修，围篱也可以找个人帮忙。

我悄悄掩上前门时，天刚破晓。

我扔一些工具上卡车，向北面出发，这时世界开始生动起来。

中午过后，我发现一块巨石的阴暗处有东西潜伏着，鳞光闪闪，一条蛇躺在那里。

那卑贱、抖动的东西盘在那儿，随时伺机咬人。

我抓起一只脑袋般大的石头，高高举起，准备把那嘶嘶乱叫的东西砸进土中。那蛇急忙发出一声惊恐的叫声，黑色的小眼睛盯着我，吐着舌头。

我凝视这条爬虫时，时光停住了。

我手抱一颗沉甸甸、太阳晒干的石头，汗水滴进我眼中，然而，浑身一阵阵地寒冷。一万元的思想又闪进脑中，我扔掉手中的石头。

我全速跑回卡车，从车上抓起一只麻袋和一把埋种子用的鹤嘴锄。

蛇正在爬开，差一点就钻进岩石缝中。我用锄头砍它，它蜷成一团，并开始攻击，砰砰地撞击锄头，我在它重新蜷回之前，钉住它。我踩住它的脑袋时，它猛烈地嘎嘎叫响。

那东西狂乱地动着，吐出一股像是成熟苹果的气味。我可以感觉到那个可怕的头在我的破靴底下蠕动。

我弯身，伸手抓住靠近蛇头的地方，蛇身盘绕我的手臂，我差点就放开。我的双手溜滑，那条蛇强劲有力，我没法抓住它多久。

要把盘绕的蛇身拉开，相当困难，要把它塞进袋里，更是难上加难。我提起袋子，迅速打结，再双膝跪地，我的衬衫汗湿。当我伸手摸口袋取烟时，听见了口袋的撕裂声。我轻轻诅咒了一声，疲倦地坐下来，等候平静，因为我双手不住地发抖。

麻袋里终于停止了嘶嘶声，只偶尔可以看见里面有东西在动。我坐在那儿凝视着它，怀疑自己是否真能下得了手。我固然不喜欢舅舅，但他是个人，他和任何人一样，有感情，又是我的舅舅。

我把装蛇的袋子扔上卡车。

我的老爷卡车轰隆轰隆地爬上小径的一处高地，木屋看来空荡荡的，前门敞开，没有人影。

卡车开始下坡，我切掉引擎，让车滑下，停在门廊前。舅舅的声音从小溪边传来，然后我听见巴兹尔的回答声。

我想他们又在打赌。

我轻轻拉开纱门，进入屋里，麻袋拿得远远的，远离我的脚。我要做这件事就得做好，不能有差错。这东西必须放在只有舅舅会碰到的地方。我不能让巴兹尔出任何事——绝不能。

屋里一团糟，早餐盘碟残物还散置一桌，床铺没有整理，烟蒂抛在地板上，柴箱又空了。

这一切均由我筹办，但它得继续等。我找到一个合适舅舅的箱子。

我打开箱扣，有凹痕的箱盖悄无声息地掀开，箱子里有两件干净的换洗衣服，半打没有开封的扑克牌，差不多满盒的香烟和三小瓶药。

正是这地方。

我小心地打开麻袋的结，看着蛇缓缓地爬进箱子，我感觉到自己又在发抖。

我重重地合上盖子。大颗汗粒从额头滚落，像夏天的雨打在谷仓顶上一般溅落在金属箱上。我的头部在昏眩，但我保持镇定。

我大步向门口走，停步看看，时间尚未晚，我可以回头再来，没人会知道。

走出屋外，让纱门在身后重重地合上。

通往小溪的小径，迂回地穿过树林。

林子里凉凉的，黑黑的，有很多荆棘。记得小时候，这儿是我最喜欢的地方，现在亦然，我慢慢走着，听听小鸟叫，心中真希望刚才摸一包舅舅的香烟。

林子在小溪那儿豁然开朗。

我看见他们俩站在深及腰部的流水中，他们的钓竿优雅地挥着，舅舅在低垂的杨柳下，熟练地抛着鱼线。他看见我，挥挥手，大声说着我听不清的话。

巴兹尔涉水过来，说："约翰，你好吗？"

"我需要烟，"我说，他抖出一支烟，同时递打火机给我。我点着烟，守在他旁边，手中玩着金光闪闪的打火机。

巴兹尔在摸弄渔具，准备装钩抛线。"昨晚我们的谈话，你考虑了没有？"他选择用一个长尾型的。

"考虑了，"我从他手中挑出长尾型鱼钩，再递给他一个干鱼饵，"我考虑了。"

"结果呢？"

我点点头，把打火机还给他。

"你是说，你愿意做？"

"一万元不干。"

巴兹尔打量着我，那眼神好像我是他手中的鱼饵。

"一万五？"

"二万五。"

一只水鸟在死寂中尖叫了一声。巴兹尔和我互相凝视，那样子就像一小时前，我和那条蛇的凝视一样。

最后，他耸耸肩。

"好，约翰，我同意，你准备怎样下手？"

"这你不要管，"我说，"早已准备就绪，你只要不去碰他的那口箱子。"

"你真干了？"巴兹尔慢慢地摇头。

"这不正是你想要的吗？我何时可以拿到钱？"

"事情了结后，你就可以拿到！"他并没掩饰声音中的厌恶。

我转身，顺着小径走回去。去他的巴兹尔，他无权轻视我，这都是他的主意。我爬上卡车时，心中仍不痛快。

那一天时间似乎无止境。

伤了两只手指，使我放弃了修围篱的工作，然后浪费其余的时间想那笔钱。两万五对我来说是一笔财富，比我三辈子的积蓄还多。不错，这事对舅舅来说就苦了，不过，他自己是彻头彻尾的赌徒，他会承认说，你不能一直赢下去。

我返回木屋时，天色已晚。

夜色也把寒冷带到山上，我裹紧破夹克。卡车缓缓发动，我开始爬行出发，对自己的延误，懊悔不已。我越来到小路尽头，心中越是害怕等候我的事。

我停车时，巴兹尔正坐在门廊上吸烟。我希望这事已经过去，因而搜索巴兹尔的脸部表情，想找些迹象。他只是摇了摇头。

我默默经过他身旁，进入木屋。舅舅正赢了一盘单独玩的牌，他微笑着，好像很高兴见到我，我伺机看了那口金属箱子一眼。

"有没有鱼清洗？"我问。

"我们只钓到几条小鱼，又全扔回去了。"

他请我抽烟，我接过烟，拉过一把椅子，远离那口金属箱子。这事我好歹要快些了结，我不能再忍受了：他必须亲手打开那口箱子。

"我妈问话，你身体可好。"

"她总是婆婆妈妈，"他微笑着说，"告诉她，我很好。"

"她只是怕你过分疲劳，"我说，"记住，你必须小心你的心脏。"

舅舅的手不由自主地摸摸脸孔，忧伤地看着我，"你从来没有和我亲近过，我们应该多些互相了解。"说着，俯身，把箱子拉到面前。

我坐直，心中怀疑他是不是可以听见里面的声音。里面没有声音，我强迫自己坐回去，然后紧吸一口烟，等候着。

舅舅弯身开箱子时，我的嘴巴发干，好怪，以前我为何没注意到，舅舅的头上有如此多的花发。

"舅舅！"我声音太大了些。

舅舅挺直腰身，怪异地看着我。

"没什么，"我说，"我声音大不是故意的。"

"约翰，你工作太辛苦了，你真该去度度假，放松放松。"

香烟差不多烧到我手指头，我说："我是准备度假的，而且不久就要去。"

纱门突然响起，巴兹尔进来，我差点从椅中跳起。他投给我一抹鄙夷的微笑，那时候，我恨他十倍于舅舅。

"我从没见过如此局促不安的人，"舅舅关怀地看着我，"你今晚怎么啦？"

巴兹尔笑说："也许他工作太辛苦了。"

"为什么你不闭嘴！"我旋转身对他说，"没人和你说话。"

他只是对我微笑。

"对不起，"帽子在我手中被捏皱了，"我疲倦了，我为今晚的举止道歉。"

"不必抱歉，小家伙，我们总有疲倦的时候。"巴兹尔公然地嘲笑，伸腕将手表给舅舅看，同时轻轻打打手表，"是不是该吃药了？"

舅舅发出微弱的笑声："你永远忘不掉，嗯？"

"不会，"巴兹尔看着我，"我永远不会忘掉。"

舅舅打开铁箱子的搭扣时，我站在舅舅前面。

箱盖缓缓掀开，我颈背上的毛发跟着竖起。

我注视着舅舅的表情。

他面不改色，冷静地伸手取出药片，吞进嘴里，然后合上箱盖。

亲爱的上帝，那条蛇溜了！

它溜到屋里哪个地方？我的视线惊恐地扫过桌子、椅子和柴箱后面。

它怎么溜的？

舅舅双手合掌，大声说话时，我惊跳起来。

他说："好，约翰，找把椅子坐下。"

"不！我得走！明天我还有工作！"

巴兹尔抓住我的手臂，说："别那样吧，小家伙，玩一盘。"

"不！"我挣脱他的手臂，向门冲外去，心中不住怀疑：蛇怎么溜的？

夜风像刀一样刺进我汗湿的衣服，一阵寒冷透过全身。

我摸索着打开卡车门，等我听见车座里有疯狂的嘎嘎声，闻到水果气味时，已经来不及了。

一条粗粗的躯体疾速滑过。

我猛然觉得手臂有剧烈的刺痛。

我惊恐地跳下卡车，跌跌撞撞地回到木屋，我像撕纸一样撕袖子，手臂在恐惧地抖动。

"蛇！"我扯着舅舅的衬衫，摇他。他似乎不明白，所以我又补充，"我被蛇咬了！"

舅舅手放在我脸上，猛地推开我。我撞在墙上，震得窗户哗哗响。我受伤的手臂更痛了。

他轻轻地说："你这个薄情负义的杂种！"

他挥掌，又把我推回墙上，"约翰，我刚刚在你身上下了赌注。"他的拳头又落在我脸上。

"舅舅，帮帮我！"我哀求他。

"巴兹尔和我打赌，说他可以说服你对我下毒手，我自己的亲外甥！"

舅舅知道了一切，他准备放弃我。

我必须自己动脑筋！卡车！我可以进城求医，我死不了！

我向门外冲去，但当巴兹尔拿钥匙在我面前乱摇乱晃时，我停步了。一阵低泣声如鲠在喉，手臂上的每一下抽动，都如同拳头捶打一般。我伸手讨钥匙。"求求……"

巴兹尔绕过我身旁，他说："老头，告诉你吧，我给你机会赢回钱。"

"如何赢法？"舅舅两眼死盯着我。

"他是个强壮的大块头，"巴兹尔说，"不过，照他害怕的样子，我打赌他熬不到明晨。"

舅舅伸手掏钱包时，两眼仍在盯着我。

他说："赌了。"

出清存货

"我相信你有一百零一个好借口，瓦尔，"警长生气地说，"可是，我要告诉你，你这种卖法必须结束——立刻结束。假如你不的话，这个镇上的人有一半会死掉。"

他从口袋里拿出一份报纸，摊开，吼着说："谁听说过这种事？瞧这个'出清存货，千载难逢！'我从没听到这样讨厌的事。"

"人人都登广告，"瓦尔坚持说，"镇上每个人都那样出清存货，为什么我就该与众不同？"

"因为你是承办殡葬的人，"警长吼道，"一个承办殡葬的不可以出清存货！"

"我看不出为什么不可以。"瓦尔不乐地说。他是个高个子，一头黑发，两道浓眉，不论他说什么，总是缓慢而细致，"我得把这些棺木拍卖掉，我店里要进新货，不仅卖棺木，礼簿、骨灰罐等也要全部出清。阿德，你得看看那些罐子，只要一百五十元一个，连同税金，我可以给你选一个最美的……"

"别把话扯远！"阿德警长用手帕擦脸，"事情没你想象的单纯，不行就是不行！"

瓦尔疑惑地看着他的朋友，他说："好，阿德，你说吧！这事好像不是一个人和他的生意问题，除非你这五年里变了一个人。"

五年前阿德决定结婚，结束他光棍的舒适生活。瓦尔曾企图警告他，结果没有效，从阿德和山顶村的巴小姐进教堂说誓言的那一刻起，他就陷在不幸中。

巴妮达是个心性很强的女人，她把屋子收拾得一尘不染，管住阿德的言行和交游，驱开他所有的老朋友，包括瓦尔。

那是段痛苦的时光。瓦尔和阿德成人后，每星期四晚上，一定一手端着一杯啤酒，一手拿着烟斗，对弈一盘。以前没感觉到，一直到这种光阴逝去后，他才领悟到友谊的意义。

哦，最初他会为此事和巴妮达争吵，他想告诉她，她不能驱开他的朋友，不管怎样，他还是要与瓦尔下棋。

可是，巴妮达是个聪明的女人，她开始在镇上制造瓦尔的谣言，说些可怕的事，说瓦尔偷工减料，等等。

警长太太的话在镇是很有效力的，阿德终于放弃下棋的事，以免看见瓦尔生意被毁。

阿德已五年没来这个房间了。它是间舒适的旧书房，典型的男人房间。棋桌仍然摆在火炉边，有一会儿，阿德警长不知道他要干什么，他郁郁地看着那张桌子。

"我不常下棋了，"瓦尔告诉他，"偶尔拜克来玩，我总是怕他骗棋，所以不能集中心思下棋。"

他看看警长，两眼闪烁着，"我说，你这事可以等一等再办吗？我们坐下来喝杯啤酒，再下一盘棋。"

警长摇摇头，"瓦尔，你拍卖棺木这件事，使我们镇上周死亡率增高，你别说你没注意到。"

瓦尔摸着下巴，陷入了沉思。

"嗯，那倒是事实，自从上周一登出广告后，我一直忙得团团转，可是这也没有什么不对，是那些人运气好，碰到我大拍卖，出清存货。"

"但愿你别再那样说！"阿德有些不高兴，"你难道不觉得太巧合了吗？每个人从上周开始死亡吗？"

瓦尔迷惑地看着他，"阿德，你这是什么意思？"

"我有理由这样认为，那些躺在你半价优待的棺木里的人都不是自然死亡，我敢打赌，几乎没有。"

瓦尔很是费劲地咀嚼着这句话，他敲掉烟斗里的烟丝，陷入沉思。

"你是不是告诉我，那些人是被谋害的？"

"正要告诉你是那样！"阿德暴跳如雷，"假如不停止大拍卖的话，死亡也不会停止！"

"可是，他们大都意外死亡，"瓦尔认真地说，"哈沙丽在她的后门廊跌倒，脖子被拧断；韦思，唔，人人都知道，假如他不停止使用罐装的火，他早晚会有麻烦，至于达门……"

"他们都太巧合了！"警长说，"不过到目前为止，还没有下毒案发生，或者能找出证据的，可是事实上这些人都是垂死的，他们的亲属希望他们早些结束生命，趁此节省部分葬仪费用。"

"哦，那也可能，"瓦尔说，"可是，我仍然看不出为什么我要停止拍卖。"

"就拿哈沙丽的死来说吧，"阿德警长很耐心地说，"谁都知道她留两万元给她的侄子杰克。"

瓦尔微笑说："好家伙，他不是正回来过节吗？"

"可不是！"阿德在叫，"刚刚回来把她推倒，领她的两万元。现在，拿韦思……"

电话铃响了，瓦尔去接电话。

"是的，"他说，"唉，真意外，不是吗？真遗憾，是的，是的，我就来。"

当瓦尔挂上电话时，两个男人互相盯视。

"又一个？"阿德问。

瓦尔点头，"露茜死了，跌进磨坊边的池塘里。"

警长摇头，说："瓦尔，这就是说明镇上人人讨厌露茜，她经常散播谣言，恶意中伤每一个人……"

电话铃又响了。瓦尔去接电话。

"阿德，是你太太，"他说着，神情肃穆，"她要和你说话，她听起来很生气。"

阿德想：这女人身上大约装了雷达。他并没有告诉她今天要来这儿，现在，他才来十分钟，她就来电话要他回家。

她尖锐的声音在房间里划过，好像她的话是对瓦尔说的，她知道瓦尔会听到的。

两个男人紧紧地站在一起。阿德把听筒拿离耳边，每次她停止说话，他就说："是的，亲爱的。是的，亲爱的。"

当警长挂上电话后，他站在那里，呆呆地看着他的老朋友。

瓦尔神情愉快，缓缓地说："阿德，你知道，拍卖再延一天不会有错的，也许会有帮助。"

……

镇上的人都说阿德警长太太的葬礼是最排场的了，没有一样费用是被缩减的，又加上拍卖时期，又增加许多额外的。

巴妮达是因刹车失灵而死亡的。

这阵拍卖之后，瓦尔就没有多少生意了，事情又恢复到以往的老样子。事实上，他和阿德警长还商议，每周一、四来对弈一番。

现在，"存货"是真正的"出清"了。

两伙伴

　　杰克向韦氏企业申请工作时，他二十九岁。自己的企业破产后，给别人打工，是很难过的事情。卡尔雇佣了他，那时，卡尔将近四十岁。

　　卡尔说："死亡和纳税是必然会发生的事，但是，有一样东西永远不会灭亡———一个公司。"这是在杰克告诉卡尔自己的企业破产经过后，他所说的话。"因此，你在这里会找到安全感。"他最后补充了这句话。

　　韦氏企业是一个巨大的公司，他们不断在各地开设子公司，建造高楼大厦，做各种不动产交易。卡尔是达朗地区办事处主任，他教给杰克生意上的许多技巧，他们处理产权登记，也办贷款，既为公众服务，也为韦老板服务。

　　九年之后，他已忘却了使他倾家荡产的歹徒。他并没变得富有，但他有固定收入，每个星期六，他和卡尔一起打高尔夫球，夏天，一起去钓鱼。

　　一年前，一位从芝加哥来的人——据说从前是个盗匪——接管了韦氏企业。

　　他对卡尔说："公司并没有完蛋，所有权可以改变，这是否会影响我们？"

　　卡尔耸耸肩说："我没有法子预测未来，自从我在公司工作以来，我没有遇见过大老板。我们只是偶尔见见他的律师。"

　　他争辩说："这个叫康德苏的是个狠毒的家伙，他想和韦老板做什么？"

　　"这是个赚钱的公司，除此之外，他可能要做一些合法的生意来掩盖他那无法无天的勾当。时代已经变了，许多歹徒都投资于合法的事业。"

　　一年过去了，他忘记了是康德苏拥有韦氏企业，但他注意到活动的增加。韦氏企业需要达朗地区的地皮来发展。他们有八个小姐专门负责打印合同，调查年轻客户们的信誉。一连两个周末，卡尔和他不得不放弃高尔夫球去加班。

　　他向卡尔抱怨说："这个办公室人手不足，我们俩总有一个在周末不能休息。"

卡尔耸耸肩道:"这个地区的房屋卖完就好了。"

"傻瓜!卖光又会有另一批,传说韦氏企业正在洽谈订购'新月峡谷'的地皮,准备在这个地区建设最大的楼盘。"

"韦氏企业永远得不到那地方。"卡尔微笑着说,他们从咖啡屋分了手,回到各人的办公室。

星期一早晨,他从办公桌上抬起头时,发现卡尔正站在他身后,脸色苍白,一脸的迷茫。他告诉杰克:"康德苏刚打电话来。"

"你在开玩笑,做错什么了?"

"我不知道,他要我到他的海滨别墅,立刻去。"

他很担心,一直等到卡尔回来。他问卡尔情况的时候,卡尔回答得含含糊糊。

"看来是要升迁了,几天之内就会知道,我……唔……唔……我要离开办公室几天,直到周末,你可以自己处理这里的所有事情。"

他看着卡尔离开,心中却想,如果卡尔升迁的话,那么他就是补卡尔职位的最好人选。直到周五,他才看到卡尔,但是几乎认不出来了,卡尔显得神经紧张而不安。

卡尔终于告诉了他:"我不太舒服,我们星期一再见吧。"

星期日杰克打电话给卡尔,卡尔说他感觉好点了,星期一上班,他们没有说话的机会。

他接到一个电话。

"我是康德苏,"一个深沉的声音传来,"立刻到我的海滨别墅来。"他扭头看看卡尔是否在他办公室里。

"我是杰克,我看看卡尔……"

"我要见你,杰克!"说着,给了他别墅的地址。

他找不到卡尔,肯定是溜办公室外面去了。他驾车驶往海滨,心中一直在怀疑,一家大企业的大老板,要见一个小喽啰做什么?他按地址所示找到一幢巨大的、面对海湾的房子。一位仆人把他引进四面都镶嵌彩色玻璃的书房。他看见的第一样东西是码头里系着的一条游艇。

康德苏坐在一座酒吧柜台后边,他披一头黑发,看起来比实际年龄年轻得多。别人说他年纪早已过了六十。杰克向他走去,他机警地打量着杰克。

"坐下吧,"他说,"给你倒杯酒。"说着,向一位正把文件塞进公文包的人点点头说,"尹文斯,我的律师。"

律师向杰克点头，他也点了点头。律师匆匆收拾起文件告辞了。当他把视线转向康德苏，康德苏正把一杯酒推给他。康德苏倚靠在柜台上，面孔离杰克很近，他有着厚厚的嘴唇，一双黑浓的眉毛。

"我恰巧注意到，你应当是一个办事处的主管。"

"真的吗，先生？"杰克端起酒，他没想到康德苏知道他的存在，因为在韦氏企业晋升，均由各个单位的主管通知，他确信，康德苏从没见过他们。

"是的，九年来，你的工作记录很好的。"他咧开嘴笑了起来，就像他知道杰克不会欣赏他的玩笑一样，"你以前曾遭人陷害，你的企业破了产。"

杰克很惊讶，康德苏确实了解他的过去。康德苏开门见山地说："杰克，去把尹文斯律师留在桌上的一份买卖合同拿来瞧瞧。"

杰克站起来，走到桌子前。合同的内容是买整个新月峡谷的地皮，价值仅是现值的百分之二，日期是三年前签的。

康德苏示意杰克回到柜台前，"韦氏企业需要这块地皮，但是业主想毁约，噢……算了，事情是这样的，我知道你是公证人，如果盖上你的公证人的印鉴，他们就无法反悔，在你的登记簿签上三年前的日期。"

"我明白了。"杰克点了点头。他真正明白！康德苏要不合法地使用他的公证人印鉴。他怀疑康德苏是否对卡尔提出过同样建议。可能没有。十年前他也曾做错过一件事，但他是受害者。在他那家小保险企业里，他也是个公证人，他的一位投保人出售房屋，同时带来了自己的妻子，要他见证他们的签署。他不曾见过她，但是投保人介绍她是自己的妻子，该死的，她根本就不是！

当真正的妻子听说她有一半的房屋产权被不合法地出售了，向杰克的公司要求八千元的赔偿，然后，有关公司向他要损失的钱，他的汽车，保险业，还有四年的分期付款。

杰克说："我不能签署过期的日期，那和我良好的工作记录不符。"

康德苏已有了办法：要杰克把整个记录重新登录另一本册子上，中间插上那份买卖契约，当作三年前就已订好了。杰克可以做，由于登记簿要等到填满后，再寄到州政府去，有时一本要五六年才能填满。

康德苏说："只有合作才能无往而不胜，否则……"他用拇指在空中一划。

机会来了，而且就在眼前。康德苏向杰克保证，没有什么危险，他的律师知道所有细节要领。假如不做，杰克就要失业。三十八岁，差两岁就四十了！

康德苏平静地说："杰克，我喜欢合作的人，现在你知道了这件事，明白我的意思吗？"杰克惊呆地睁圆了双眼，他急急补充说，"你会挣更多的钱，两倍，呢？"

杰克点头同意。他想，至少这一次受害的不是他。哈！他哪里知道，这正是他噩梦的开始。

受害者诉之法律，因为这牵涉到一千两百万元巨款，比杰克的估计高出二十倍，他被传出庭。在法庭上，他被迫出示他的记录簿，记录簿里包含三年前买卖产权一项。法官看了一眼，宣判韦氏企业获胜。原告律师瞪视着他愤怒的、抗议的客户，好像在责问他们的疯狂。杰克离开法庭，尹文斯向他眨眨眼。康德苏不在场。

卡尔被调到洛杉矶办事处。现在杰克成了这个原办事处的主管，薪水是原先的两倍。他曾打电话找过卡尔，但卡尔拒绝在周末一起打高尔夫球。

卡尔说："改天吧！"他一直拒绝杰克四个月。

"等等，卡尔！我们午饭时见见面。"杰克说。

卡尔不想去，但是杰克坚持，最后终于同意，约定好在餐厅见面。杰克先到，卡尔来到时，告诉侍者说："我什么都不要，来杯咖啡。"

卡尔坐下来，神色难看，两眼血丝，好像缺少睡眠，很明显，他忧心忡忡。

"你不应该那样做。"

"做什么？谁告诉你的？"

"不必有人告诉我，我早知道新月峡谷地产权买卖的事，在康德苏接管韦氏企业之前。杰克，难道你不明白吗？我太了解了，你也是！牵涉到几百万元！"

"呃，康德苏也曾让你作过伪证吗？"

"是的，不过，我有推托的理由。我的旧公证登记簿早寄到州政府了，新的才开始使用不久，因此，我不能伪造三年前的日期？"

"你告没告诉他，我的登记簿是五年前的？"

"我不得不说。"

"你可以早点告诉我。"杰克指责卡尔。

"是的，我是早该告诉你。但是，他们会查，我不能撒谎，我晋升到洛杉矶办事处主任，为的是堵住我的口，我希望你能拒绝他们。"

杰克叹了口气，"他说过，他要解雇我，并带有威胁的口气，说我知道的太多。唔，真绝，卡尔，我们合作，康德苏那边就不会有什么危险。"

卡尔说："你是很容易上当的人，杰克。"他颤抖地端起咖啡，几乎把它打掉，"听我说，我从没有告诉过你，不过——你记得安东尼吗？那个分管贷款的人。"

"当然记得，他是在度假中跌进悬崖摔死的。"

"是的，他死前，我曾和他一道吃午饭，他惊慌而且很忧郁。康德苏让他去做些有利于他个人的事，所以他才能升迁到主管贷款的工作。可是安东尼告诉我，他过去在芝加哥替康德苏做事，康德苏有一套方法，迫使善良的人进入他的歹徒圈，他使他们入圈之后……"

"他就会谋杀他们吗？"杰克声音很大。

卡尔低声说道："嘘！不，他没有那样说。不！他利用他们去做其他坏事，更坏的事！"他饮了一口咖啡，放下杯子，"你不曾猜到安东尼是被谋害的吧！"

"什么？他跌落进山谷？你在那里度假，嘿，如果安东尼是被谋害的话，那是在芝加哥的事。"

"也许……我得走了，杰克，小心些！"

杰克不太愿意做分理处的主管了，办公室中的女孩子总有问题，要一心一意地做事很费力。他发现自己害怕黑暗，时常留心周围的车辆。

三个星期后，杰克又接到康德苏的电话，要他到海滨去。

杰克走进他书房时，他正暴跳如雷。他身穿航海服，摘掉蓝色航海帽，扔到一边，吼道："你是一个什么样的笨蛋？"

如果有恰当字眼来回答的话，他怎么也想不起来，他只有干瞪着眼站在那里。

他以拳头在柜上重重一击说："你怎么处理你那本旧登记簿的？"

"我把它一捆丢在我公寓后的垃圾桶里了。"

"你真是个笨蛋，为什么不烧掉。"

"没有地方烧。"

"去你的，甘地拿到它了！"

"谁是甘地？"杰克问，觉得心中直打鼓。

"谁？一个告密者，他想干涉，想要控告韦氏企业。"康德苏用手指一指柜台后面的镜子，"他在我书房里装了窃听器，他知道我在这里处理机密事件。喔，别担心，我把它扭掉了！但是他知道我们在产权买卖上做了手脚，他录了音，有录音带，但是在法庭上是站不住脚的。他只能敲诈我一笔。可是你！他派人跟踪到你的公寓，他们甚至不用动武就从你那儿弄到了登记簿。你自己丢在垃圾里送给他们。"

"你先前没有警告我。"

康德苏咕哝着说："是呀！唔，不动脑子会使你坐二十年牢，这是尹文斯律师

141

说的，我呢，多花钱照他们说的价格买地皮，但不会让甘地来控制公司。尹文斯律师还说，不论怎样辩白，你伪造登记簿来谋求职位的升迁却是真的，我们对那事一无所知，我们会证明它。"

"谢谢，"杰克大怒，"我要去见我的律师。"

康德苏看见杰克脸上的怒色，表情突然改变，"事情是那样，不过，你还有个选择余地，你要杯酒吗？"

"为什么不要？"杰克粗鲁地吼道，现在，他陷进了圈套，诈取新月峡谷地的事，人家以牙还牙了，他坐上凳子，"有什么选择余地？"

康德苏两眼眯了起来，"那要看你有没有胆量，你去干掉他！"

"谋杀他？"

"你听到了，我告诉你，杰克，我正在考虑这件事。当甘地死后，一切又都会平静的。你打高尔夫球，不是吗？"杰克点了点头，他很怕说话，"在打高尔夫球时，甘地脑袋挨个球，那是个意外事件。"

杰克低吼一声，"我不明白，即使我可以抛一个重重的球，我怀疑是不是抛得准确。"

"你不可能不中，"康德苏狞笑着，"他在有资格限制的山谷俱乐部打，我可以带你进去。他玩过一圈后，通常会在终打地区练习，你可以逗留在那里，趁没人时下手。"

"用一只轻轻的高尔夫球？"我怀疑。

"不，用一把锄头！现在，别哼哼叽叽的，真该死！我花了许多钱购买这种意外主意。"

"我不知道我是否可以做，我得考虑考虑。"

"当然，花一个小时去考虑，到船上坐着，我会在这里等你，只要记住一点，当你出狱的时候，你年纪已很大了。"

杰克坐在阳光下，心中暗想："甘地是另一个歹徒，他要出来伤害我。"他作进一步的考虑：他无疑曾害死过不少人。他想到卡尔，这会如何影响他。他神经濒临崩溃，自己也一样，他考虑向警方自首，但又想，通风报信一定是死，不是被杀，就是其他死法。

有两次，甘地都有人陪着在山谷俱乐部后面练习。他总是从第十八个洞走上终打地区练习。山谷俱乐部是个私人俱乐部，小小的，人不多。练习地区围绕着树木和高高的、茂密的树叶，杰克隐藏在那里，等候机会。

自信代替了紧张。他自己说服了自己，认为害人的方法天衣无缝。装在他宽松外套口袋里的沉重榔头上，系着个硬硬的高尔夫球。他还有只相同的高尔夫球，要在榔头击倒那个人之后用。

第三次，甘地总算一个人在终打地练习打球。他小心地看看有没有人在附近，然后用左手拿着击球棒，向甘地的方向击一个球，同时向甘地走过去。然后，又看看有没有人在他们附近，没有一个人，他就狠狠地在甘地的右太阳穴上重重一击，他一声没吭倒在草地上，左边脸挨着地。杰克看看四周，迅速蹲下去，拿他带来的球压在从伤口流出来的血上，随即扔掉，就像是从甘地的头上弹开一样。血停止了，他明显是死了。他将打死人命的铁榔头装进口袋，神不知鬼不觉地逃掉了。他朝汽车走去，目测一下认为飞球可能从第四个洞或第八个洞飞来。甘地的死亡会被断定为意外死亡。本来就是。

新闻报道说："甘地，从芝加哥来的歹徒，在山谷俱乐部高尔夫球场意外死亡。"他关掉收音机，漫无目的地开了数小时的车，才回到他的公寓，开始承受良心的谴责。他自己倒酒喝，竟发现手在颤抖。他在椅子上坐了下来，茫然地凝视着天花板。

"我做了什么？"他对自己大叫，酒使他感到恶心。他想看看电视，已到了十点钟，他知道什么叫"魂不守舍"了。十一点钟时有人揿门铃，他希望是警察，他很想自首！

来的是康德苏。

他一看到杰克的神色，发出嗤嗤的笑声说："振作些！"他瞧瞧走道，然后走入屋里，"放轻松些，你干得很好！"

杰克点点头，"我觉得恶心。"

"你当然会。"他说。他把杰克往沙发上一推，在旁边坐下来。他看着杰克吞咽口水，然后咧嘴笑道："你但愿你不曾做，是不是？"杰克点了一下头，"没有关系，我了解，我从不让一位初出道的人坐在家里，对自己的第一次出手生气。"

"第一次？"杰克露出惊异之色。

"冷静，当然，你会不再担心头一次杀人的事，相信我，这一套我知道，那是为你好。"

"你疯了！"杰克站起来，离开了他。

他纵声大笑，没说什么。杰克转过身时，他正在点燃一支烟。他吐出烟雾时，眼中有着兴奋的神色。很难相信一位像康德苏这样有钱有势的人会光临杰克的住所。更难相信的是，他还为他害过一条人命。杰克怀疑，甘地是不是对他有威胁？甘地怎么能接近他的海滨房子，去装窃听器呢？

他是个容易上当的人

"你脑中还有别的什么人？"杰克平静地问。

康德苏两眼一眯："一个身心疲倦的人，一个可能送你去坐牢的人，不论你在想什么，想想那个！"

杰克点点头，他说得对，他握住了杰克杀人的把柄。康德苏已使杰克进入了他的歹徒圈，杰克伪造那份买卖产权的时候，他就成了歹徒。康德苏用荒谬的臆测，诱骗杰克行凶，使其堕落。

杰克说："甘地和我一点也不相干，对不对？"

"你喜欢怎么想就怎么想，"康德苏反驳，"但是我可以告诉你他是谁，我也可以告诉你为什么。你以前的同事，卡尔！"

"卡尔？"杰克大吃一惊，"这和他有何关系？"

"每一样都有关系！原先是卡尔去干掉甘地的，他在球场待了两天，没有胆量。"

"你胡扯！卡尔是个老实人！"

"废话，他和安东尼在你的办事处做了隐蔽的手脚，我的查账员查到了。"

杰克摇摇头说："不，假如有人盗用公款的话，那是安东尼，不是卡尔。"

康德苏耸耸肩，"这点也许对，我坦白地告诉你，安东尼造的好像和卡尔挪用的一样。"

"安东尼死了。"

"是啊，猜猜谁杀害他的？"

杰克双膝发软，"不会是——卡尔吧？"

"好漂亮的意外。不错，我告诉卡尔，安东尼在整他，他会坐十二年牢，唯一的办法是除掉安东尼。所以卡尔跟随他到'大峡谷'，把他推了下去。那使他震惊，简直吓破了胆。如果他能干掉甘地，倒是没有什么事。"

"所以由我来为你干掉甘地。"

"你是懂事多了，随便提一句，你如果除掉卡尔，你就进入公司董事会，年薪两万五千元，我意思是说，你是我可以信托的人，你说呢？"

"可是为什么让我杀掉卡尔呢？"

"总要有人去做！瞧，杰克，你会无所适从。卡尔就要向自己屈服了，他一定会去警局自首。他们询问他的时候，他会供出有关甘地的事，他会将有关你的情况告诉他们。你难道看不出来？他知道谋杀甘地的是你，我不喜欢让你去干掉你的朋友，可是我别无他法。他们没有办法对付我，尹文斯律师说我和这些事没一点关系，可是你……"

"我要怎么做？"

"好小子，"他咧开嘴笑，"用支猎枪。他们无法寻找小子弹。现在就到他家，走他家后门，他会认出你的声音。干掉他，赶紧离开。"

"我是他最好的朋友，警方会问到我。"

"你赶紧到海滨，尹文斯和我愿意发誓说你整个晚上都在那里。仆人们休假，现在，不要忧虑，这事已经计划好了。"

"猎枪呢？"

"我汽车里有一把，跟我下楼去取。"他说。

杰克随康德苏出去，他送给他一支用毛毯包着的猎枪，同时警告他是上了膛的。杰克告诉他去取外套，马上就出发。杰克爬楼梯时，康德苏开车走了。杰克进入公寓，朝厨房走去。

"卡尔。"杰克喊道。

杰克知道卡尔在厨房。他曾打电话给卡尔让他过来，卡尔总是从后面楼梯上来，那样可以把车停在杰克车库前面。杰克推开厨房门时，卡尔面容惨白。

杰克问："你听到多少？"

"他揿门铃时，我正进来。唔，现在你知道我的事情一团糟！我曾试着警告过你不要牵涉进去。"

杰克问他："你真的杀害安东尼了吗？"

他一面点头，一面低低呻吟，"是的，安东尼陷害我，我气愤极了，把他推下悬崖，但是过后我……"

"卡尔，我的壁橱里还有把猎枪，我想唯一的出路就是去海滨。"

"海滨？"卡尔两眼圆睁。

"杀掉那两个卑鄙的家伙，我估计康德苏和尹文斯律师单独在那里，我预感只有他们俩知道我们。"

卡尔点头。于是，他们俩像出去执行任务的伙伴一样，向海滨进发，他们有信心。

卡尔说："康德苏最大的麻烦在于没有密交。"

"是啊，我同意，他可以说服一个人做任何事情——除忠贞之外。"

他们揿康德苏门铃时，是凌晨三点钟，他打开门，杰克拿枪对着他。他们挟持他走进书房。尹文斯律师不在。

"尹文斯在哪？"杰克问他。

"去你的。"康德苏悻悻地说。

杰克向卡尔示意，跑到楼上去。他在床上找到了尹文斯律师。他打开电灯，尹文斯坐了起来。

"怎……"他开始尖叫，杰克开枪打死了他。

枪声刚停，楼下便响起了第二声枪声。杰克跑下楼，卡尔示意他快走。杰克瞥了一眼躺在地板上的康德苏，和卡尔快速跑了出去。

他们把车开到五十里外，在一座桥上扔掉猎枪，然后停下车来，喝咖啡。他们默默对坐着。

卡尔打破了沉默："你可以在周六玩高尔夫球吗？"

杰克目瞪口呆地看着他，突然咧开嘴大笑，"我看不出有什么理由不玩，卡尔。"

"八点钟我来接你，杰克。"

周日的报纸上刊出一条新闻：一男子在打高尔夫球时被意外击中后脑死亡。

罗宾汉的故事

我们团聚在"罗斯山丘"公寓餐桌边——露伊丝，吉姆，还有我——巴卫。

谈的是"除恶社团"的生意。我们边聊边品尝浸汁螃蟹、生菜沙拉、新鲜法国面包和特选的白葡萄酒。这些全由我的仆人福特准备。福特平时只服侍我一人，因为我还是光棍。

福特穿着时髦的衣服，笑容可掬地展现他那菲律宾人的黑脸，"菜肴如何？"

"相当不错，"吉姆以他特有的低音说，"你的烹饪技巧越来越高超了。"

"是不错，嗯？"

"绝对不错。"露伊丝同意地说，同时点点她那满头金发的头。

福特急急返回厨房。那种冲劲，令我相信他有情妇等候。知道他有约会，我倒好饭后白兰地，然后说："好，露伊丝，你说。"

她把一根纸烟塞进经常携带的精致烟嘴里。

吉姆——个子高大，四肢瘦长，粗犷的脸上是一堆灰褐的头发——用一只银质打火机为她点烟。然后她开始透露我们社团分会调查后提供给她的消息。

她说："一连串的骗局，牵涉到人寿险和醉鬼。"

吉姆摇摇大脑袋，显出平素看见某人缺乏道德时的那种痛心表情，"不是那种受益人的事吧？"

"正是那样。"露伊丝说。

她和吉姆一样在事业上很有成就，她是个时装设计家兼艺术家；吉姆是位律师，我呢，是投资公司的老板。她在执行"除恶社团"任务时，即使脸上挂着可人的微笑，但对恶徒所展露的憎恨，宛如美洲大毒蛇般冷酷。

"为了几瓶酒，"我说，"酒鬼使供酒人成为他保险单上的新受益人。然后，供酒人查出保险费有人继续支付，确定保险单仍有效后，那位酒鬼就一命呜呼了。"

"正确地说，"露伊丝说，"只是在这案子里，事情显得更残酷。每一位受害人都想办法从家中秘密偷出保险单，纵然他们早就弃家不顾，只顾喝酒。在这些案子里，受害人的妻子不知就里，仍然继续支付保险金。可是，有多少人是常拿保险单来检查的？况且每位受害人在下次缴费前就死亡，而每位未亡人都不知道保险单不见，保险金落入别人手里，等知道时已为时太晚。"

吉姆厌恶地摇头："多少人？"

"五个，"她平静地说："都是醉倒在路旁时被打死的。"

吉姆拳击桌面，义愤填膺，他不信一个人会对另一个人残忍到如此程度。

"警方有没有查到什么？"我问。

"还没查到我们查到的。"

"那么，说来听听。"吉姆直率地说，两眼闪着光芒。

露伊丝啜着酒，然后说："五人全为男性，五十岁左右，每一个都是弃家不顾，任妻小自生自灭。目前他们中有两个小孩需要特别的医药治疗。有一个大孩子，资质不错，因为母亲卧病，必须放弃学业，挣钱养家。这一切，都因为所有的保险金落入一个人手中。"

"谁？"吉姆粗暴地问。

"一个名叫利思的人，他在街上开一家酒店。"

"他一知道自己成为受益人，就索性等候他们死亡或遇害。对不对？"吉姆问。

露伊丝再次微笑，碧绿的眼睛像孩子一样，"我们调查人员的看法可不同。"

"你意思是说，他自己亲自动手？"吉姆怒不可遏，他觉得痛心疾首。

露伊丝耸耸肩，"他们在死亡前的一个月里，都把人寿险的受益人改换成利思。现在，他们全死了，在同一个月里被殴打致死，警方不知道的是，每个案子的受益人都是利思。当然，不久他们就会查出，但是……"

"同时，"我打岔，"我们必须在他们花钱之前行动，取回那笔钱，还给那些遗属。"

"是的！"吉姆暴跳如雷，"可是我们要怎样行动？"

两人都注视我，因为思考计谋永远是我的责任。

我坐着沉思，就像我要做一项股票投资一样，知道有几个计谋，最后，我选择最明显的，然后告诉他们是怎么回事。

吉姆吃惊地注视着我——他怎么也不能习惯，一位经常穿灰色西服的股票炒家，实际上是世界上最大胆的赌徒——但是末了，他点头同意，眼睛里亮出决心。

个性粗鲁蛮干的露伊丝转身吻我面颊，讷讷地说："太精彩啦，巴卫！"

第二天晚上，天黑之后，露伊丝开车送我们俩到第三街附近的停车场。吉姆和我坐在后座，露伊丝小心地开车，不敢违规。

假如她有什么事被阻止的话，我们伪装的样子会被发现，无疑，我们就会上报，成为新闻人物，我们做的事总是有些冒险。

我们抵达那个事先经过选择的停车场，停车场半空着，半黑暗，场地附近有个黑暗的人影躺在那儿，很明显是昏睡了。空气中有雾气，因此，街灯和汽车灯都模糊不清。

"我们走吧！"吉姆说。

"露伊丝，锁住车门，以防万一。"

"我会做个鬼脸，用嘘声赶。"她说着，宛若音乐般地笑起来。

我微笑着和吉姆下车，心中很清楚，露伊丝拥有走钢丝的勇气。

"准备好了？"我问吉姆。

吉姆身着一件脏兮兮的夹克，还戏剧化地粘了假胡子，眼睛由于点用药水而呈红色。他先做了一个要回答的样子，突然，做一个醉酒的架势，从停车场歪歪斜斜地走上人行道，到一根街灯处，摇摇晃晃地，"来呀，老朋友！"他含糊不清地喊我。

我衣着打扮和吉姆一样，两个看来就是街头的醉鬼，我以怪异的步态追过去。

五分钟后，我们进入利思的酒店，由叮叮当当的铃声向店主通报。

房间灯光过强，为的是防止小偷窃酒。

利思站在柜台后面，他矮矮的，秃头，戴厚厚的近视眼镜，镜片与头顶的日光灯辉映，一双眼睛正透过镜片，凝视我们。

利思以一种高而烦躁的声音喝道："打破一瓶酒，你就得坐牢！"

吉姆抓住柜台角，稳住自己，站在那儿怒视利思。

"说你要什么，付了钱，滚出去！"利思命令。

"酒！"我说。

"先付钱。"利思平静地说。

我们开始为付钱的事和他争论不休，但他如同我们所预料的，坚持己见，决不妥协。最后，吉姆倚身向前，对他耳语一番。

利思的那双近视眼立刻在那对厚镜片后面猛眨。他回答说："谁给你那种主意？"

"丹仁，"吉姆含糊地说出露伊丝告诉我们的一个名字，"老丹仁，最近没有看

149

见他，不过他告诉我，你为他办，你也为我和我这位朋友办，嗯？"

"多少？"利思耳语道。

"一万。"

"哪一种人寿险？"

"普通的。"

"两人都是？"

"当然。"我说。

利思在纸上写下他的名字，将字条塞进吉姆肮脏的夹克胸前口袋，"记住你口袋中的名字，到保险公司去改，我看见单据的时候，我才相信。现在，滚出去！"

下个晚上，我们又回到那儿，露伊丝也陪我们前往，她的扮相是那一带最贱的女人。她戴一顶鲜红的假发，嘴唇涂着浓厚的橘色唇膏，碧眼用黑黑的眼睫毛膏涂着。她身材颀长，红色毛衣下垫着东西，使上身看来怪怪的肥大，黑色裤在膝处略显破烂。

她在我们之前进入灯火耀眼的酒店，戏剧化地摇摆她的臀部。

利思凝望着她，在判断她的职业。

然后，吉姆塞给他两张伪造的保险单，那是"社团"为我们准备的。于是，他便忘记了露伊丝。当利思相信自己已经成为两张假保险单的新受益人时，他突兀地点点头，然后推开柜台上两瓶喝了会叫人喉咙分裂的酒，如果是前一天晚上的话，他会卖给我们。

"好酒！"吉姆说。

利思一边诅咒，一边取来两瓶廉价的波恩酒，放在柜台上。

吉姆和我各取一瓶，在旁的露伊丝垂涎欲滴地看着酒。我们摇晃着向前门走时，利思已经向后面的储藏室走去。

吉姆打开门，使门摇响铃声，停停，再把门关上，让门铃再摇响一次，然后锁上门。我把窗户上的牌子翻转过来，让"打烊"两字亮在玻璃上。

然后我们三人悄然而快速地进入后面房间，利思正跪在一只牢固的小保险箱前，我们等候着，一直到他转动密码盘，拉开门。

这时，吉姆以特有的男低音说："现在别动，我们不叫你动，你就别动！"

利思僵住了。

吉姆和我向他走去，我说："站起来，转身。"

利思乖乖地照命令行事，镜片后的两只眼瞪得好大，充满惊骇的光。他眨了一次眼睛，然后低头看保险箱，好像准备用脚将保险箱关起来。

"假如我是你，我不会那样做。"露伊丝甜蜜地说，一支小手枪指着利思。

他注视那把手枪数着数，叫道："歹徒！"

"走开！"吉姆粗声说。利思向右挪几步，吉姆弯身，取出里面的钞票。他数一数，点点头，"总共只有一半，不过，我们会找到其他的。"

"那是我的钱！"利思说，他声音发抖。

"你是怎么弄来的？"我问。

"我赚来的！"

"也许可以说是你赚得的，"我说，"杀人也不易，不是吗？"

"我不知道你在说什么。"

"丹仁，"我干脆地说，"莫理斯、亨伍、哈德、逊斯。"

他又眨眼了。

"你在想对我们使用同样的诡计。"我说，"只是这次不成了，因为我们给你的是假保险单，是我们社团提供的。五个人使你成为受益人，然后全给你杀掉了。"

"谎言！"

我看看露伊丝，说："用他的电话，叫车来把他带去关起来。"我从腋下枪套取出手枪，指着利思。

露伊丝走向放在前面柜台的电话机，利思尖声叫道："我没杀害他们！"

"那么是谁？"吉姆威胁地。

"我……我不能告诉你们。"

"那么，你准备单独承受谋害五条人命的惩罚吧，谋财害命，罪可不轻。露伊丝，"我对露伊丝说，"去吧，打电话。"

"不！"利思说，悲凄地摇着头，说，"假如我告诉你们，即使人坐在牢里，也会被杀，他们有联络……"

我看看吉姆手中的钞票，"两万五千，应该有五万，你怎么弄到的？人家为你下手杀人，你和什么人平分？"

利思不停地摇头，没作回答。

我示意吉姆和露伊丝走到房间末端，我手中的枪一直对着利思，他恐惧地瞪着我们。

"我有个主意，"我说。我向他们说明计划之后，又补充说，"有些冒险，所以，假如你不……"

露伊丝温柔地微笑："我们就依计实行吧！"

"吉姆，你呢？"我问。

他点头同意，我们转向利思，我对他说："我们和你讲个条件。"

"条件？"

"打电话给你的朋友，说你又安排了两个活儿，告诉他，我们刚刚离开你的酒店，还有方向，当他要下手的时候，我们来料理他。"

"可是那对我无益呀！"利思抗议，"他会知道是我给你们安排的，而你们仍说我是共犯，或者说我雇人下手的，或者随便你们加的罪名。那对我根本没好处！"

"我们关心的是谁下手害人的，"我说，"假如我们能逮到他的话，他就是我们要惩罚要治罪的人，他没办法置你于死地。即使说你要坐一阵子牢——不错，是要坐一阵，但是，你合作的话，牢不会坐长。"

"可是这笔钱！假如我留下来，我可以把它藏起来……"

"证据！利思。"吉姆微笑着把它放进口袋。

"可是，你们不给我任何选择！"他狂叫。

"有一个。"我说着，指指前面的电话机。

他站在那儿眨眼，然后，镜片后面的两眼更明亮了。

"你们要用什么方法抓他？"

"走出你的后门，向南，上第三街。"我说。

他点头，走到前面的电话机。我持枪跟随在后，停立在储藏室门边。

他拨电话，低语一阵儿，聆听一会儿，再低语一阵儿，挂上电话。我示意他回储藏室。

"他的外貌怎样？描绘一下。"

"高大，"利思说，"总是穿一件黑色皮夹克，不戴帽子，金发，面颊上有一道伤痕。"

"他用什么武器？"吉姆问。

"棍子。"利思说。

"看住他，"我对露伊丝说，"要仔细看住。"

她微笑，手枪对住利思。她说："我来看守，而且仔细地看守。"

吉姆和我各携一瓶酒，走出后门。我们步履蹒跚，慢慢地，摇摇摆摆地，故意装出醉后那种怪笑，但是我们的知觉灵敏而清醒，对周围的风吹草动和每个声音，都清清楚楚，沿途我们六次遇到有人要酒喝，但是那些人很容易推开，因为我们清醒着，他们可不然。

最后，我们进入一条没有灯的巷子，坐在一个水泥门阶上，半躺在那儿，呢呢喃喃，说说笑笑地等候一位高大、金发、身穿黑色皮夹克、面颊有伤痕的人。

各色各样的人，稀稀落落地经过巷口。

一位有白色乱发，戴墨镜，一手持白色手杖，另一手牵狗的妇人出现了。绳子末端的狗是条法国牧羊犬。妇人跛得很厉害，可怜兮兮地拖着一双穿破鞋子的脚。她佝偻着走路，好像半身不遂一样，嘴巴丑陋地噘起。

她差不多经过巷口时，蓦地转身，放开牵狗的皮带，摘掉墨镜，放进她褴褛的毛衣口袋。她不再跛行，身躯不再佝偻，矫健如运动员般地向我们跑过来，牧羊犬跟随在后，它的金色眼睛闪着愉快和聪慧的光芒。

妇人高举手杖，凶恶地向吉姆头顶落下来。

吉姆急速滚开，我倏地站起，从夹克下掏出手枪。

当她看见手枪时，两眼张大，旋转身，企图逃跑，但是我挡在她前面，伸出手臂阻止了她。牧羊犬站在那儿，瞪着愉快的金色眼睛，摇尾注视着。

吉姆站起来，亮亮皮夹，让她看"社团"为我们准备的警察身份证明。

"我知道这……"她开始要强辩。

"丹仁、莫里斯、亨伍、哈德、逊斯，都死在这根拐杖下，它是特别制造用来完成工作的。"我说。

她视线离开我，转到吉姆，再又转回，眼中露出惊恐，"怎么……"

"利思，"我说，"我们从保险金的支付处找到他，证据确凿，他招供了。"

"可是，我刚刚和他谈……"她迷惑地说。

"他是在我们监视下打的电话，现在他还在受监视，走吧！"

"你们带我坐牢？"她说，丑陋的嘴在颤抖。

"对，"吉姆说，"不过先要到你的住所看看。"

她的手抓紧手杖，两眼阴暗下来。

"你胆敢再用那东西的话，"我说，"我就用枪射你双眼之间，走吧！"

她所谓的"家"，是附近的一家旅馆，我们把她夹在中间进入休息室走廊时，高大、浑身横肉的柜台账房怀疑地看着我们。

我的手枪隔着口袋对准她，相信她感觉得出那份压力。她又重新戴上眼镜，身子倚着拐杖跛行，另一只手牵着那头性情温驯的牧羊犬。

"曼蒂，你没事吧？"账房关心地问她。

"没有事的，洪斯，"她说，"这两个是我的朋友。"

他再审视我们一次，摇摇头，继续看他的廉价小说。

我们乘电梯上二楼，陪她进入凌乱不堪的房间，里面全是废物，而且有股怪气味。

曼蒂站在那堆凌乱东西中，看起来垂头丧气。

她摘下眼镜，放在一个灰尘密布的柜顶上，放开狗链，准备要大哭一场。

"我并没有做你们认为的事，"她说，"我看见你们在小巷里，我身上带了点钱，我怕你们跟踪我，抢走我的钱。我顶多是轻敲你们一下，我只是个可怜的老妇人……"

"假盲，"我说，"假佝偻，假跛脚……我估计你要比外表年轻二十岁，不错，你是一位好老太太，不过，你受雇当凶手，不是吗？吉姆，去找。"

吉姆开始翻寻。

曼蒂再次紧握那根特制的手杖，因为用力紧握，所以指节变白。她开始诅咒，说出难以入耳的字眼。

她喊那只牧羊犬，"阻止他！"

狗只是快乐地摇尾，用明亮、可爱的眼睛看着吉姆。

然后，曼蒂又一次紧握那根特制的手杖，因为用力紧握，所以提起的速度很快，想打吉姆。

我出手切她手腕，使手杖飞开。

她又开始诅咒，但是这时候要找的东西已找到，吉姆数出两万多元钞票，那些钱藏在她住处的每一个角落。

吉姆把钱塞进口袋。

"你们不能拿！"曼蒂以柔和的声音叫，泪水开始滚落。

"我们拿了。"吉姆说。

"然后你们还要送我去坐牢！"她说，泪水哗哗而下。

"不，我不送你坐牢，曼蒂，"我说，"我们要给你一个小机会，我的朋友和我，我们要留下钱，明白吗？"

"可是——那是抢劫！"她哀求说。

她已恢复原来小妇人的角色，我怀疑这角色她扮演太久，以致时常相信就是那样。

"也许，"吉姆说，"不过，我们会开脱，不是吗？我们可以留下钱，你可以有机会。"

"什么样的机会？"

"逃走，"吉姆说，"那样我们不都好吗？我们给你一个高尚的开始。"他咧嘴笑笑，然后弯腰，扯断墙上的电话线。

下楼进入休息室时，那个高大、名叫洪斯的账房仔细地看着我们。

我带着醉意进入电话亭，拨电话。

数分钟后，我听见露伊丝说："喂？"

"我们已经盯牢凶手，露伊丝，我们一会儿就过来。所以，你不要试我们谈过的法子，我不想……"

"对不起，"她说，"我们不放弃。"说着，挂上电话。

我步出电话亭，正巧遇见一位警察急急进入休息室，他以警觉、老练的眼光打量我们，对账房说："洪斯，什么事？"

"曼蒂，她的房间就在这柜台上面，这两人和她上楼后，上面就像地狱一样，什么声响都有，杰克警员，你最好上去瞧瞧，我给她打电话也打不通。"

警员看看吉姆和我，命令说："你俩留在这儿，别动。"

"他们醉成那样，"洪斯从柜台后面说，"跑不远的。"

警员点点头，进电梯，消逝了。

账房投给我一丝不怀好意的微笑，他说："你们要是伤了曼蒂一根汗毛的话，你们就麻烦大了。曼蒂是位甜蜜的妇人，我的朋友们都知道。"

"不错，"吉姆说着，歪歪斜斜地走向柜台，"甜蜜的小妇人。"然后一个大拳头挥过去，落在洪斯的下巴尖上。

高大的账房眼露惊异之色，身躯慢慢消失在柜台后面。

吉姆和我急急离开那儿，上街道，绕到酒店后面。

后门开着。

我们进入里面，看见露伊丝面部向下，躺在地板上。

我默默诅咒，急急和吉姆赶过去。

"露伊丝……"我说着，看她的脸。

一只眼睛睁开，她在挤眼睛。

"嘿，该死！"吉姆怒道，"我们以为……"

我们扶她起来，她说："对不起，我要肯定一下是你们，而不是利思。"

"你怎么做的？"我问。

"我挂上电话时，我来这儿，告诉他站在我看得见的地方，但是之后，我故意跛倒，让手枪滑落，这一会儿，他抓到机会，像饿鬼扑向面包一样，抓起手枪，向我连开四枪。相信我，我真高兴和他之间有些距离，枪虽然装了空包弹，可是近距离还是会疼。不过我没有受伤，而且装死装得挺像。老实说，我表演得不错吧。"

"你必定是疯了，露伊丝，"我动情地说，"绝对是疯了。不过，我很同意你表演得不赖。"

我亲吻她的面颊。

她带着使人目眩的光彩微笑着："现在说，那杀人凶手是……"

"女凶手，"吉姆说，"一位有杀人本能的矮小老妇人。"

"妇人？"露伊丝吃惊地说。

"嗯，不，她不是什么妇人，"我说，"她是个凶手，没错。我们找出大部分的保险金，我们可以直接分给那些应得的人。"

"可是，那妇人怎么办？"露伊丝问。

"逃！"吉姆肯定地说。

"利思呢？"她问。

"他以为杀死你们了，"我说，"因此，他会扔掉凶器，然后花点时间寻找我们。你知道，他以为我们已经死亡，身上又怀有两万五千元。毕竟曼蒂以前从未失手。但当他找不到我们的时候，他也会三十六计，走为上策。"

露伊丝点点头，看来十分愉快。

"就这样，对不对？"

"还有一件。"吉姆说。

我们跟随他到前面，他拿起听筒，拨电话。

数分钟之后，他对电话说：

"记下这件事，而且要记录正确。一连串醉倒在路旁遇害的五件命案，那五人是丹仁、莫里斯、亨伍、哈德、逊斯。他们五人的人寿险受益人都是利思。利思在街上开一家酒铺，他矮矮的，秃顶，戴近视眼镜。有个叫曼蒂的老妇人专门为他下手行凶。她一直假装盲人，也许戴墨镜，跛行，持白色手杖，还牵一条导盲犬。那条狗是牧羊犬，有对金色眼睛，性情非常好。或者她打扮起来，变得不跛了，扔掉她的白色手杖和导盲犬。她的房间在'亚加士旅馆'。他们俩已经被吓坏了，正要离城逃走。现在由你们调查一切可能性，去逮捕他们。"

他顿一顿，又说："我是谁？"他笑着说，"就说是罗宾汉好了。"

然后挂上电话，我们三人一起离开了酒店。

156

暴露的密码

　　安冬尼和巴克并非真正的朋友。事实上，有一段时间安冬尼甚至想把巴克杀了喂狗。因为那次在旧金山作案时，巴克骗过安冬尼，致使安冬尼白费了许多工夫，却分文未得，还差一点被警方抓住。

　　因此，当今天晚上巴克来敲安冬尼的门时，很出安冬尼意外。巴克还是那样高大强壮，长长的刀条脸，阔口，手中拿着一瓶酒。

　　"先不要发火，安冬尼。"巴克抢先开口，摇晃着酒瓶，"要发火也等先喝完这瓶……"

　　酒才喝了一半，安冬尼已经知道了巴克的来意。巴克在城里探知了一个丰厚的保险箱，却找不到合适的人为他打开。安冬尼是最好的开保险箱能手。许多初出江湖的毛头小子都是用气割方式，需要带很多工具。安冬尼从不需要带太多工具，而且干起来迅捷无声。

　　"安冬尼，旧金山那件事，请听我解释，"巴克的目光转来转去，"我身边有个女人，总是死缠着我要钱，你知道被女人死缠时的滋味。这次我会以十倍的回报来补偿你的。"

　　"谁知道你小子会干出什么事？"安冬尼不屑地说。巴克吞掉安冬尼那部分钱之前，安冬尼就有些看不惯他。巴克好吹牛，好摆阔，容易被女人勾引；巴克穿衣花哨，在几百个人中你可以一眼看见他；巴克喜欢开那种大型的豪华轿车，很惹人眼。干这行的人不应如此。

　　但无论如何，巴克脑子里还是有些东西的。尤其在找保险箱方面，他绝对是个天才，并且总能计划周详。和他一起干，就得容忍他的脾气，而且不可相信他，尤其转移的时候，不能把保险箱里所有的东西都交给他。像上次在旧金山，他们

157

都中了巴克的套。

巴克带来的是一瓶上等的 XO，这意味着他此次的确需要安冬尼的帮助。安冬尼慢慢地品着酒，不喝白不喝，要不要帮忙则另当别论。

巴克的三寸不烂之舌又在侃侃而谈，把一切说得天花乱坠。安冬尼神情中透出怀疑之色。巴克板起面孔，露出入伍新兵般的真诚之色，举起右手说："安冬尼，我保证这次绝对公平，也绝不会有女人介入，而且这次相当容易。"他倒满两杯酒，在手中撞了一下，递一杯给安冬尼，"我敬你，伙计。"

安冬尼已经有几个月没喝到这样的好酒了，他很缺钱用。他问："什么事这么容易？"

"我搞到了那幢楼的建筑图，一切全计划好了。"巴克拍拍口袋，"这次会是我们两人的经典之作。只你我两个人就够了，没第三者参加。我们一人一半。"

安冬尼漫不经心地应着，心中暗忖：上次在旧金山正是有第三者参加，才被巴克吞掉了自己应得的一份。如果只有两个人的话，一个对一个，自己倒是不怕巴克。虽然巴克头脑转得快，但自己力气比他大。

巴克问："你要不要我再多说一些情况？"

安冬尼点点头，把酒杯伸过去，美酒的滋味真是不错。他最近一直运气不佳——相信巴克早就看出来了。他屋里凌乱不堪，房间灯光昏暗，由于没有暖气，他穿着件旧毛衣。最近，他甚至像周围那些无能的傻瓜一样去给别人打工，四处做一点办公室的工作，却没找到一个固定的雇主。

巴克从口袋里掏出一张纸，打开。这是张精心绘制的计划图，只有内行才看得懂。房间、通道、楼梯、电梯……标得详细精确。

"安冬尼，你看，这次如探囊取物。"巴克拍着图纸，脸上每个毛孔都向外渗着自信。

"嗯，"安冬尼打量着铅笔画的圆圈，"这是什么？"

"珠宝——大部分是钻石。很容易脱手的。我已经联系好了买主。或者，你那部分自己去脱手。"巴克咧嘴笑着，又把酒瓶递了过来。

安冬尼又喝了一杯，掏出一支香烟，弹了弹。巴克把一只银制打火机凑上来。

"接着说。"安冬尼吸了口烟。

"好。我们从这条巷子靠近大厦，从这里进去，上三楼。"巴克指点着计划图，"这本是个大厅，现在隔成五个小办公室和一间保险柜室。我已经弄到了这道门的钥匙。"他暧昧地眨眨眼，"我认识在这儿工作的一个妞儿，干那事的时候偷偷调换了她的钥匙。我还知道楼里的警报系统。"他又指了指末端房间，"保险柜就在这儿。"

"什么样的？"

"又大又厚的力神牌保险柜。我还没见过，不过他们告诉我已经有十几年了，又大又重，锁得很严。"

安冬尼没问"他们"是谁，巴克一定买通了内线，但不会告诉他。

"只有一条出路？"安冬尼看着图纸问。

"那有什么关系？反正不会有人看见我们。下周末有三天假期，我们周五午夜下手。他们发现被盗的时候，已经是三天之后了。"

安冬尼点点头，细细品着酒：自己还能再信任巴克吗？会不会又被他骗了？

"我已经计划就绪，一切万无一失，安冬尼。"巴克摇着酒瓶，"你我是多年兄弟，所以我才来找你，那些珠宝至少价值五十万元，我要弥补你上次旧金山的损失。"

安冬尼不听这一套。他仔细研究那张图，问了许多问题。巴克回答得很圆满，似乎毫无保留。安冬尼不得不承认这桩买卖不错。巴克说他花了一个月的时间侦查，再侦查，还花了许多钱打听消息。他知道珠宝肯定会在那个保险箱里，他知道任何该知道的细枝末节。

"我还要告诉你，安冬尼。"巴克说，"这是我的洗手钱，是我一生最后的一票。这次拿到钱后，我会远远离开这儿，再也不回头。我要定居到我家乡那个农场，忘记过去，过一辈子舒心日子。"

安冬尼让巴克把图留下来，答应第二天答复他。换作旁人，他早就跳起来满口应承，但对巴克，不得不有所顾忌，他必须多考虑一下，如果巴克欺骗自己，又如何应付？

安冬尼越想越觉得巴克会在得手后，出其不意地暗算自己。如果巴克预先埋伏两个人在小巷里……

事情不只是开保险柜那么简单，安冬尼绞尽脑汁想了大半夜。第二天巴克打来电话，安冬尼回答："我干了。"

"你真是个聪明的家伙。"巴克笑着挂上电话。

几分钟后，巴克来到安冬尼的公寓，用铅笔在图上写出了街道名、公司名等等。安冬尼发现那栋大厦距他的公寓只有两公里路。他们约好了见面地点，巴克闪身离开。

以后的两天里，安冬尼收集了一些工具，又从一个黑帮团体搞到一瓶特制炸药，答应在一周内付款。他又弄到一只小型提箱，把应用之物仔细地整理好。

然后，他又上街买了一套西装和一顶帽子。这样一来，他看起来像个公司职员。许多人在大厦里晚上才下班，安冬尼前段时间做过办公室工作，所以知道得很清楚。

安冬尼徒步去目的地侦察了一番。一切都和巴克说的一样，但是那条小巷不大对头。小巷黑漆漆的——里面可以藏许多人——如果有人躲在那儿，等候着他从楼梯上带着价值二十五万元的珠宝走下来，情况可不妙。

星期五晚上。安冬尼和巴克如约见面。

进入大厦并不难，没遇到任何麻烦。他们徒步从生锈的梯子上到三楼。巴克花了十分钟关掉警报系统——这正如他许诺的一样。事情顺利极了。

巴克打开门，俩人一同走进。他们又随手关门。

"伙计，全靠你了。"巴克说。

安冬尼直接走到后面放保险柜的地方，这是一个单独的小房间，可以起到隔音作用。这是他们唯一的保险柜，说明一定有东西在里面。安冬尼仔细地检查保险柜，巴克站在附近，显得局促不安。

"巴克，别站在这里分散我的注意力，你搅得我心神不安。"安冬尼说。

"你大概需要多长时间可以搞定？"巴克问。

"半小时，也许四十五分钟。你别站在这儿死盯着我。"

巴克耸耸肩，进入另一个房间。安冬尼找了块旧布，挂在唯一的窗户上，然后打开灯，关上门。

安冬尼花了十五分钟时间仔细检查保险柜和房间。

巴克敲门，"安冬尼，你还要多久啊？"

安冬尼关掉电灯，打开门，告诉巴克不要乱动。

巴克站在门边，看着安冬尼小心翼翼装上火药。安冬尼的动作很慢，巴克有些焦躁不安。

安冬尼点燃引线，两人都躲在屋外。保险柜爆破得不错，低沉的一声爆炸，几声咔嚓响，保险柜门就开了。

巴克欣喜万分，一阵风似的扑进保险室。

保险柜里是空的！

安冬尼气愤地大叫："你说过有百分之百把握这里有珠宝！"

巴克呆立了一会儿，惶惑地摇头，然后暴跳如雷，连说："里面应该有啊！"

这事让巴克感到很震惊，安冬尼还从未见到有人这样失望过。

安冬尼也相当沮丧，两人一起诅咒，踢翻了桌椅，然后溜出大厦。

巴克的车停在小巷里，车上还有另两个戴眼镜的人。安冬尼知道，如果此时他真拿着二十五万元珠宝的话，已经是个死人了。

巴克上车，问也不问安冬尼是否搭车，径直开走了。安东尼转过巷口，上了一辆计程车。

第二天，安东尼决定离开。巴克恢复了一点理智，好歹到机场送了一下他。

安冬尼搭了架南飞的747班机——他并不在乎飞向何处，只要有他和他的皮箱在。

他曾在打工期间留意过办公室职员的工作习惯，知道他们总喜欢改动保险箱密码。记密码是件很麻烦的事。不过总会有个方便的记密码方法。他故意延长检查保险柜的时间，在抽屉中找到了一只不走的闹钟。他按钟表上的时间数字，轻易打开了保险柜，将珠宝放入皮箱，然后关上保险柜，再用正常的方式爆开保险柜。

这一票的确弥补了上次旧金山的损失。

邂　逅

我们第一次在哈里顿公园手球场见面。

那是个初夏的周六上午，天气晴朗，万里无云，阳光和暖，不会让人难受。

我抵达那儿时，他正单独在球场里，我看着他猛烈地把球击在挡球网上，做运动前的准备。

他虽然没朝我这边看，不过，我肯定他知道我在看。

他停歇时，我说："赛一场如何？"

他看看我这边，说："有何不可？"

我们玩了两个小时，或者两小时多一点，也不知道打了多少场。我比他年轻几岁，也比他高出几寸。

每场球赛都是他赢。

我们休息的时候，太阳挂在正空。天气比开始时炎热得多，我们汗流浃背地站在一起，用毛巾擦脸上和胸膛的汗水。

"打得痛快，"他说，"没有像这样痛快过。"

"我希望你至少是做了练习，"我抱歉地说，"我的球技太差，不配说是比赛。"

"哦，不必为那种事烦心，"他说，闪过一道虚伪的微笑，"说老实的，我喜欢赢。进进出出球场，我倒真着实练习了一下。"

我大笑，"事实上，这一玩倒是玩渴了，喝两杯啤酒如何？我请客，算是缴我玩手球的学费。"

他咧嘴笑，"有何不可？"

我们并没有谈什么，至少在餐厅座位上坐下来之前。

我们坐的那张坚实的橡木桌面上，有一代代大学生所刻的各种希腊文字。

我正待向他道歉，说球技拙劣时，他把杯子放在桌子上面，从烟盒里抖出一支烟。

"嘿，算了，干吗？也许球场失意，情场得意。"

我一阵大笑说，"假如我那种情场算是得意的话，那么其他的该是灾祸了。"

"有什么难题吗？"

"可以那么说。"

"唔，假如你不想谈的话……"

我摇头，"那不是，也许谈谈对我有好处……不过，你听了会烦死……那不是什么……难题……现实世界，处在和我同样困境的男人多如过江之鲫。"

"哦？"

"我有个女朋友，"我说，"我爱她，她爱我，但是我很怕会失去她。"

他皱着眉头思索。

"你是有妇之夫？"

"不是。"

"她是有夫之妇。"

我摇头，"我们俩都是单身，她很想结婚。"

"可是，你不想和她结婚。"

"我最想和她结婚，和她白头偕老。"

他眉头加深。"等一等，"他说，"让我想一想，你们俩都是单身，两人都想结婚，但是有个困难，我所能想到的是，她是你的姐妹，不过，我不相信难题会在那儿，尤其是，你说问题是个普通的问题，我想我的脑筋是被太阳晒昏了。究竟是什么问题？"

"我离了婚。"

"又怎样？离婚的人多的是。我就是离婚再结婚的，除非是宗教问题，我打赌，一定是宗教问题。对不对？"

"不。"

"唉，别尽让我瞎猜，朋友。我已经放弃过一次，记得吗？"

"我的问题出在前妻身上，"我说，"法官判决，把我所有的财产归她，我只剩下出庭时穿的那身衣服。每月付了她的赡养费后，我只能住一个有家具的小房间，烧饭只能在一只热盘上。我没有钱结婚，而女朋友想结婚——迟早她会厌倦和一位无法带她上高雅场所的男人厮磨。"我耸耸肩，"唔，你明白情况

163

了吧？"

"我明白了。"

"我说过，那不是一个很新颖的问题。"

"这种事，我一般都不了解。"他向侍者示意，再来两杯啤酒。酒送来后，他另点支烟，吞一口啤酒，"这种事可真是大事，"他说，"我告诉过你，我也有过前妻。"

"时下的人差不多每个人都有前妻。"

"那倒是事实。我大概请到一位比你会辩论的律师，不过我也被压榨得很惨。她分到房子、凯迪拉克轿车和其他想要的一切。现在，她没有孩子，没有责任，但分去我所挣的百分之五十，政府扣我百分之四十的税。你想想，留多少给我自己？"

"不多。"

"你最好相信，虽然有她和政府的分割，我还是过得蛮不错。可是你知道，每月那样付钱给她，使我心中作何感想？我恨那女人的胆量，在我的赡养费下，她过着像女王一般优裕的生活。"

我喝口啤酒，"我想我们的问题有些相似。"

"很多男人可以说一样，成千上万的男人，一句忠告话，朋友，假如你和女朋友结婚的话，你要怎么办？"

"我没有办法结婚。"

"不过，假如你不犹豫，勇往直前，和她结婚的话，你婚前只要照我和第二位太太结婚那样就可以。要那样做是有些违反常情，因为你是要和一位你深爱，而且爱情永不渝的人结婚。不过，婚前就立一个协议书，在证人前签好字，同意将来万一意见不合要离婚，她不能弄到你一毛钱。你明白我的意思没有？找个高尚、信誉好的律师，请他给你立一个法律上站得住脚的草约，要她签字，她很可能愿意签，因为她望眼欲穿地急于结婚，完成终身大事。然后，你就没有什么可烦心了。假如婚姻甜蜜、美满，我希望是如此，那么，你只浪费了一两百元律师费，那算不了什么。不过，假如婚姻有何差错的话，你就稳如泰山，不必付出巨额赡养费了。"

我注视他良久。"有道理。"我说。

"我正是那样做的。现在我的第二任太太和我相处得不错。她年轻，漂亮，是个好伴侣。我想我这个婚是结对了。我们也有些不愉快，但无伤大雅。问题关键是，她没有要和我离婚的念头，因为她知道，假如走上那条路的话，她一毛钱也弄不到。"

"假如我有机会结婚的话，"我说，"我将接受你的忠告。"

164

"希望如此。"

"可是机会永远不会再有了，"我说，"有我前妻那样无止境的吸吮，我只有死路一条。你知道，我实在羞于启齿，但是，管他呢，我们是陌生人，我们谁也不认识谁，所以我才可以承认，我幻想杀死她，刺死她，把她绑在铁轨上，让火车来为我解决难题。"

"朋友，你并不孤单，世界上满是和你做同样梦的人。"

"当然，我永远无法下手。假如那女人有三长两短，警察就会直接找到我。"

"这边的人也一样。假如我能把前妻置于死地的话，尸骨未寒，警察就会登我的门。实际上，那具'特别的尸首'，天生冷血，本来就冷冰冰的，你明不明白我的意思？"

"我明白。"我说。这一回由我招手示意再来杯啤酒。我们沉默着，一直到酒送到面前桌上。

然后，我以一种自白的语调说："我告诉你，我会下手的。假如我不是怕被逮到的话，我真会做，我会杀她。"

"我会杀我的那一个。"

"我是说真的。没有别的摆脱方法。我在恋爱，我要结婚，但又不能结婚。狗急跳墙，我是会干的。"

他没有踌躇："我也会。"

"真的？"

"当然是真的，你可以说那是为了钱，大部分是为了钱，但还不仅仅是钱的问题，我恨那个女人，我恨她欺诈，视我为蠢货的事实。假如我可以逃避的话，他们现在就该挖开她的'墓地'了。"他摇摇头，痛心疾首地说，"她的墓地，原先是我们俩的地，但是，法官判整个土地归她，不是我想埋在她旁边，而是原则问题。"

"假如我能逃避的话……"我说到这儿，把话停顿在半空中，伸手取啤酒。

当然，那人的头顶上实际上是没有光亮如灯泡的……那只是在漫画中出现……他那圆胖多肉的脸部表情，生动得让我必须承认，我抬头预期看见灯泡。很明显，这人刚刚有了"主意"，他并没立即说出来，而是花了几分钟沉思，我品着啤酒等候他。

当他准备开口时，我放下酒杯。

"我不认识你。"他说。

我点了点头，表明这是事实。

"我也不认识你，甚至不知你姓甚名谁。"

"我叫……"

他示意我不要开口。

"不要告诉我，我也不想知道，你不知道我是谁，我们是陌生人。"

"我想是的。"

"我们一起玩了两个小时的手球，但没有人知道我们曾一起打过球。我们一起喝两杯酒，只有侍者知道，他不会记得，也没人去问他。你没看清我们的处境吗？我们俩都有一个想要干掉的人，你明不明白？"

"我不大有把握。"

"你看没看过一部叫《火车上的陌生人》的电影？两个陌生人搭同班火车，谈到他们的苦恼，末后，决定互相对换下手。你懂不懂我的意思？"

"有点明白。"

"你有个前妻。你说，假如有机会可以逃避刑事责任的话，你愿意下手杀人。而我如有机会逃避刑事责任的话，我也会杀人。我们想逃避的话，必须互换受害者。"

他仆身向前，降低声音，我们附近并没人，只偶尔有低低的私语。

"朋友，再没有比这更简单的事了，你杀死我前妻，我杀你前妻。然后，我们都自由了。"

我两眼瞪大，低声说："妙极了！太好了！"

"你自己也一定想到过，"他谦虚地说，"否则，话题不会朝那个方向发展。"

"就是妙！"

我们沉默地坐了一会儿，四只手掌搁在桌面上，两颗脑袋差不多靠在一起，两人都沐浴在那妙主意的温暖中。然后他说："一个大问题，我们之间必须有一个先执行。"

"我先，"我提议，"毕竟这个主意是你提出来的，我先执行才显公平。"

"假定你先做，等你完成之后，我畏怯了呢？"

"哦，你不会这样。"

"不错，我是不会，朋友，不过，你不能太相信，不能相信得自动先冒险。"

他把手伸进口袋，取出一枚亮晶晶的硬币。"猜，正面还是反面。"说着，把硬币扔进空中。

"正面。"我说，我总是猜此面，差不多每个人都是猜正面。

硬币落在桌面上，旋转了好一会儿，停了下来。是反面。

那个下午，我想办法去看玛丽，经过一阵热烈的拥吻之后，我说："我有希望了。我意思是说关于我俩的事，我们的未来。"

"真的？"

"真的，我有一种预感，事情会成功。"

"喔，亲爱的。"她说。

星期六。

早晨，天气晴朗，万里无云。我们安排在手球场再见面，但这一次我们玩了六场就结束了。擦干汗水，穿上衬衫后，我们到另一家酒吧，各喝了一杯啤酒。

"星期三或星期四晚上，"他说，"星期三我要玩扑克牌，那是我平常的消遣游戏，牌局总是要延续到次日凌晨三点。一向是那样，这次不例外。星期四，我和前妻要吃饭，饭后我们会玩桥牌，桥牌不会玩过午夜，所以周三比较好。"

"周三对我也好。"

"她独居，夜里十点钟总是在家，绝少离开家。我不怪她，那是幢美丽的房子。"他抿了抿嘴唇，"但是，别管房子美不美，反正，你夜里越早下手，对我越有利——那样医生可以判断死亡时间……"

"我会打电话报警。"

"干吗？"

"她死后，我会给警方挂匿名电话，向他们告密。那样的话，当你还在玩扑克牌的时候，警方就能发现尸首。那样一来，你完全脱离干系。"

他赞许地点点头，说："那是最聪明不过了。你知道吗？我对你我两人的邂逅兴奋不已。我不知道你尊姓大名，你也不知道我的名字，不过，我很喜欢你这种类型的人——周三晚上吗？"

"好，周三晚上，我同意，你会在周四早上得到消息，到那时候，你的难题就解决了。"

"太棒了，"他说，"哦，还有一件事，"他闪出一丝狡黠的微笑，"假如她有什么痛苦的话，我不会难过。"

周三晚上。

她并没有什么痛苦。我用刀干事。我告诉她，我是个窃贼，假如她合作的话，就不会受到伤害。那不是我有生以来的第一次撒谎。她合作了，但当她注意力转

167

移到别处时，我开始动手。她断气时，那张并不美丽的脸上充满着迷惘，但她并没有痛苦。

她死亡后，我再执行窃贼的那部分工作。我搜索整个屋子，从书架上扯下所有书籍，翻箱倒柜，弄得乱七八糟。我找到不少首饰，但全被我扔进水沟里。另外找到的数百元现金，我没有丢。

在另一条水沟里，我扔下血刀，再把白色手套扔进第三条水沟里。

然后，我打电话给警方。

我说我听到某幢房子有挣扎的声音，并且提供住址，还说看见两个男人冲出来，开一部黑色汽车离开。不，我不能更进一步的指认。不，我也没有看见汽车牌照。不，我不喜欢留下姓名。

第二天，我和玛丽通电话。

"事情会顺利的。"我说。

"我好高兴，亲爱的。"

"我们的事情会成功的。"我说。

"你太好了，你知道的，不是吗？真太好了！"

星期六，我们只玩了三场手球。

和平常一样，他先赢，但令人惊异的是，第二场球我打败了他，这是我第一次打败他。第三场我又打败了他。

就在那个时候，他提议休息。或者他觉得根本不适合玩，或者减少被人注意到我们俩在一起打球的机会。在我们第一次见面时，他曾说喜欢赢球，也就是说他不喜欢输。

我们又喝了两杯啤酒，他说："嗯，你执行完任务，我知道你做了，同时呢，我又不能真正相信你会做。知道我的意思吗？"

"我想是知道。"

"警方没有找我麻烦，当然，他们查了我不在场的证明，他们可不是呆子。但他们没有深入调查，似乎很相信那窃贼。我告诉你，那是件十分完美的假偷窃，完美得我觉得是像真发生了。只是一种巧合，很像是你临阵退却了，刚好有个窃贼碰上。"

"也许事情就是那样发生的。"我提议。

他看看我，然后狡黠地笑了笑。

他说："你是个冷静的人，凉如黄瓜，不是吗？告诉我，杀她是什么样子？"

"你不久就会发现。"

"冷静的人，你明白一件事吧！你已经占了我的便宜，你从报纸上知道了我的名字，但是我仍不知道你的名字。"

"你很快就会从报纸上知道。"我含笑说。

"够公平。"

我递给他一张条子，就像他给我的一样，用铅笔写的地址。

"假如你不介意失去打牌聚会的话，周三是个理想的日子。"

"我不必失约，只是稍晚些时候到。打牌给我机会离开家，但是，假如我迟到一小时的话，我太太永远不会知道有何差别，即使说她知道我没有去玩牌，又怎样？她要怎么办？和我离婚，瓜分我的钱？不可能。"

"我会和一位顾客吃饭，"我说，"然后，和顾客直接去开一项业务会议。我会忙到很晚——十一点，也许午夜。"

"我想八点左右下手，"他说，"那是我平常出发玩牌的时刻。九点钟前，我可以做完，并且结束里面的一切。你说如何？"

我承认主意不坏。

"我想再造一次假盗窃，"他说，"用刀，搜索整个屋子，让他们认为是同一个心理不正常的窃贼所为，你意下如何？"

"那样很可能把我们牵到一起。"我说，"也许你可以布置成强暴，强暴不遂杀人灭口。那样警方永远没办法把两桩人命案扯在一起。"

"聪明！设想周到。"他说。现在，他似乎真正钦佩我，我会杀人，而且赢他两场球。

"你不必去真正强暴她，只消撕开她的衣服即可，再加上适当的现场布置。"

"她美吗？"

我承认："大致是美丽的。"

"我曾幻想强暴。"他说话时，小心地避开我的眼睛，"八点钟她会在家吗？"

"她会在家。"

"一个人？"

"绝对是一个人。"

他叠起字条，放进皮夹子，抽出几张钞票，放在桌上，喝下剩余的啤酒，站起来。

"事情如探囊取物，"他说，"你的困难马上就会过去。"

······

"我们的困难马上就要过去。"我告诉玛丽。

"哦，亲爱的，"她说，"我几乎不敢相信，你是世界上最了不起的人。"

"还有一位叫人感动的玩手球者。"我说。

周三晚七点半。

我离开住所，开车绕数条街，到一家杂货店，买两本杂志，然后到隔壁男人服装店看运动衫，有两件我看中的，尺码却没有我能穿的，店员说愿为我订货，但我考虑一下，告诉他不用麻烦。我告诉店员："我喜欢是喜欢，但还没到非买不可的程度。"

我折回住所，玩手球伙伴已经停在斜对面，我将车停在车道上，用身上的钥匙开前门进入屋里。在门边时，我清清喉咙，他旋转身子，面对着我，两眼凸出。

我指指沙发上的人："她死了吗？"

"死倒是死了，她反抗得太厉害，结果我下手过重……"他红一下脸，眨眨眼睛，"可是，你在这儿做什么？你不记得我们是如何计划的？我不懂为什么今晚你来这儿？"

"我来这儿，因为我住这儿，"我说，"乔治，我很想和你解释，可是没有时间，实在是没办法。"

我从口袋里取出手枪，射中他头部。

……

"警方很谅解，"我说，"他们认为他前妻的死亡，使他震惊得心理失去平衡。他们推论说，他可能路经我家时，正好看见我出门，也许他看见曼拉站在门边向我说再见。他停车，或许没有怀什么目的，就走到门边，当她开门时，他突然性冲动。等我回来进入屋子时，拿枪杀他，但已来不及，不幸已经铸成。"

"可怜的乔治。"

"还有可怜的曼拉。"

她的手放在我的手掌中说："他们是咎由自取。假如乔治不坚持签那份可恶的婚前协议书的话，我们可以和一般人一样，好聚好散地离婚。"

"假如曼拉同意好聚好散地离婚的话，也许她还活着。"

"我们只是做必须做的事，"玛丽说，"关于他的前妻，实在很抱歉，不过，实在没有别的法子。"

"至少她死前没有痛苦。"

"这点很重要，"她说，"你知道有句俗语吧——没有耕耘，哪有收获？"

"是的。"我们同意。

我们拥抱，好一会儿才分开。

"我们必须避开一两个月，"我说，"毕竟，我杀了你的丈夫，一如他结果我的太太一样。假如我们公开出现的话，流言就会满天飞。一个月左右，你可以出售房屋，离开这儿。数周后，我也采取同样步骤。然后，我们可以结婚，永远快乐地一起生活，但是这期间，我们最好小心谨慎。"

"对，"她说，"有部电影情节很像这样，只是电影上没有人死亡。那是说小镇上有两个人不正常的恋爱，但在公共场所时，必须假装成陌生人，我记不起片名。"

"《邂逅》吧？"我说，"原名叫《我们相遇时是陌生人》。"

出　狱

莫德听见走道上的脚步声时，双手不由自主地抓紧牢房的铁栅栏。

自从数年前他被送进死囚牢以来，这种情形已经经历过五次。这段时间里，他培养的一种憎恨情绪，已达到痛苦的极点。

这种憎恨竟发泄给现在正走近牢房的人。此人叫奥里夫，是监狱的典狱长，这时正由两位警卫陪伴着。来人面部凝重，表情里有种令莫德发冷的东西。

莫德准备接受最坏的消息。他由于自学的诉讼技巧，一再提出上诉，因而名噪一时，成为传奇人物，但是现在他的运气差不多完了。

典狱长站在牢房门边，开口说话前，莫德觉得时间像是过了好几分钟。

"法庭已经驳回你最后的上诉，莫德，我刚刚和州长通过电话，他拒绝考虑最后的暂缓处决。时间恐怕已安排在明天上午。"

"恐怕，恐怕！"莫德嗤之以鼻，"自从进这里以来，我第一次看见你快乐。每次你宣布延缓执行，我就看出你难过。唔，我不准备卑躬屈膝哀求，或捶胸顿足嚎哭，或给你任何满足感，我要别出心裁，独创一格，离开此地。"

典狱长转身离开牢房。两位警卫杰弗里和韦恩却留下来。他们都很喜欢莫德，但爱莫能助，只有沉默不语。他们想，在行大刑前，沉默是最佳之策。

"莫德，我为你难过。"杰弗里鼓起勇气说。

莫德不动声色，保持冷静，只有抓紧栅栏的手显出他内心的激动。

现在是下午四点零五分。监狱执行死刑的时间是第二天上午六点整。莫德的生命时限只剩下十四小时不到了。他曾依靠法律的漏洞延缓执行，想凭借大众舆论的力量免他死刑，但是国际上和国内对这问题的反应，只是将他为争取生命与法律争斗的消息刊出来。一年前，他是位诉讼名人，如今，是位败诉者。

莫德坐下来，两眼凝视前方。他听见的唯一声音是翻阅报纸声——两位警卫均在读报，都很不自在。

莫德闭上眼睛，开始想到狱方为他提供的东西。药丸会扔进桶里，氰化物的毒气就会无情地溢出来，使他死亡。

大限来临之前，他一生的经历是否如猜想的那样，一一浮现出来？

唔，假如会的话，那么，那部心理上的影片将是不快乐的。他曾经欺骗自己，且又怀疑，为什么要他花费如此漫长的时间和辛苦来争取，保留这条伤心可怜的命？

他从小就羸弱不堪，总是生病。他时常休学耽误功课，因为经常卧病在床，不是肺炎，就是严重的过敏症，要不，就是胃部不适。医生说，那是由于紧张所致，但他父亲却诊断为纯粹而简单的逃学方法，莫德肃然地想到父亲，一个冷酷、从无笑容的男人，以机械师为职业，他迫使妻子借酒浇愁，还憎恨病弱的儿子。莫德曾经想以调皮来博取父亲的关注，转而犯些轻罪，这是感化院的精神病医生告诉他的。

他的回忆被警卫走近的脚步声打断了。

"莫德，你晚餐想吃什么？你可以随心所欲点菜。我知道那种规则很蠢，一个人吃不下去的时候，却要请人吃。"

"今晚奥里夫来不来这儿？"

警卫神色迷惑地说："不，典狱长已经下班，他明早才会来。"

"我知道他明早会来，他来监督执行，仅仅是职责，不含有其他意思。他是想看药丸子扔进去。"

莫德停了一会儿，好像在品尝一个想法的滋味。

"哦，我告诉奥里夫，我将以别出心裁的方式出狱，"他继续说，"首先我要点一份大餐，而且要全部吃下去。你可以告诉奥里夫，最后一餐，正是我所想要的，而且要昂贵的！给我一份青蛙加猪肉炖的羹、烤龙虾、法国炸鱼、小虾沙拉、苹果饼和咖啡。是的，也来点好面包，让差劲的政府去付这份账单吧！"

下午七点三十分，警卫把莫德的晚餐端到牢房来。警卫看到这些菜，感到反胃，不知莫德如何咽下去！

"办伙食的管理员哇哇叫，不过还是弄下来了，抱歉不能为你多做些什么！"

莫德一语不发，看着警卫从小洞里塞盘进来。警卫回去看报的时候，莫德开始吃。

二十五分钟后，当里边传来巨大的气喘声时，两位警卫跳了起来。他们冲到牢房前，等他们打开牢门时，莫德已经卧倒在地。他面部肿胀，呈青蓝色，呼吸困难。

"韦恩，打电话给大夫和典狱长。"几分钟后，大夫挥走正在做人工呼吸的年轻警卫，检查躺在地上的人。最后，他抬头看典狱长，宣布说："全停了。没有脉搏，没有心跳，没有呼吸，瞳孔扩大，你的囚犯死了。"

"该死！大夫，这怎么可能？几分钟前他还活生生的，这样一来麻烦可就大了。猜猜，他是不是心脏病？"

大夫看看讨厌的典狱长，"没有验尸，我不可能肯定死亡原因。不过，我希望了解事情的发展经过。我只知道韦恩打电话，对我说：'快点来，莫德出了紧急情况！'"

大夫死死盯着餐盘，龙虾的爪子像两对难看的钳子，他似乎被那对爪子叉住了。

典狱长心神不定，办公室门上响起敲击声，他惊跳起来。

"进来！"典狱长狂叫一声，懒得掩饰声音里的慌乱。

太阳高升，时间已经是上午十一点，却也不能使他好过些。莫德昨夜的突然死亡，已经搅乱了监狱的常规。

门打开了，进来的是大夫。

"唔，大夫，验尸了？怎么样？心脏病？"

"不，他不是因心脏病而死，验尸证实了我昨晚的怀疑。像这种病例，极其罕见，单是验尸也找不到答案。它只能说出他不是死于什么，重要的是他的病历。"

典狱长火冒三丈："这么说，你不知道莫德是怎么死的？"

"你没有专心听我说，典狱长，"大夫很有耐心，"我知道什么使他致命，用医学术语讲，是'血管神经性水肿引发的贝类反应'，换句话说，他死于严重的过敏反应，其毁坏性你说有多严重就有多严重，"大夫继续说，"你知道，典狱长，昨晚当我和杰弗里谈话时，他只知道结果，但当我看见龙虾的爪子时，我开始怀疑所发生的事。你走后，我到诊所档案室翻阅莫德的病历。然后，今天上午的验尸结果，显露了一些事实，像是心脏扩大，喉头肿大等。"

典狱长神情迷惘："大夫，你自己都弄不清楚。"

"让我这样来解释，典狱长，莫德想戏弄你们，拆散你的这一小组人。他知道自己对贝类的海鲜过敏，也知道普通鱼无问题，只有贝类，尤其是龙虾，能致他死命，他也可能知道，紧张能增加过敏反应的严重性。他的心理状态，混合最后那顿饭，保证会有毁掉性命的结果。"

大夫顿了一下，两眼逼视典狱长，说话时声音含有讽刺："典狱长，不必觉得太难过。你把事情这样想，就当作狱方供给他龙虾，而不是死刑室用的氰化物就是了。"

罪与罪

我离开她的公寓，向艾萨德先生家逃窜。我把汽车停在车道上，像一只被一群人紧追不舍的浣熊一样，逃进大理石砌成的大厦。

我问门房，艾萨德先生现在何处？门房说老板在书房。于是，我冲进书房，随手关上沉重的核桃木门。

艾萨德先生坐在书桌旁，抬起头来看着我，对我如此冒失，似乎显得很不高兴。但是他没有撵我出去，反而很快站起来说："什么事，威廉？"

我擦掉额头上的汗珠，向书桌走去，把信封放下，信封里面装着一千元现金。艾萨德先生拿起钱，神情有些迷惑。

"威廉，你到玛丽公寓去啦？"

"是的，先生。"

"她在那儿？"

"是的，先生。"

"她没有要钱？威廉，我简直不敢相信。"

"先生，她死了。"

艾萨德先生锐利的目光从钞票转向我。他是位瘦长、英俊的男人，看面孔大约有三十岁，只有那头花白的头发，才会暗示出他真正的年纪。

"死了？"他说，"怎么死的，威廉？"

"依我看，好像是被人勒死的，我没有多加逗留去肯定，她脖子上有勒过的痕迹，舌头伸出，脸肿得像块灰白的肝。她生前肯定是个相当娇媚、迷人的女子。"我换口气，补充说。

"是的，"艾萨德先生说，"她是个尤物。"

"可是现在看起来不诱人了。"

"她单独一人在公寓里？"

"我猜想是的，我不敢四处探望，只是看见她躺在起居室地板上，然后我匆匆走开了，赶到这儿。"

艾萨德先生心不在焉地把一千元钱放进外套口袋里："三小时前，她还活着，我出门之前，她还打电话给我。我回来后，交给你一只信封，你到她那儿，就发现她已经死了。那么，她是今天下午两点到五点之间被害的。"

"艾萨德先生，在那段时间里，她可不可能做了许多买卖？"

"她今天应当不会做买卖，因为她正期待着一位带一只白信封的访客。威廉，你离开公寓时，没有看见任何人吧？"

"没有，先生。"

"没有打电话给任何人？和任何人说话？"

"一个也没有，先生，一直到这儿，才开口问门房你在哪儿。"。

"好，你一向是个好人，威廉。"

"是的，先生，"我说，"我尽量做好。"这话倒是真的。我来自北卡罗来纳州康福县附近山区，我是个土生土长的山里人，那地方，土地贫瘠，人们生活贫困。有年夏天，艾萨德先生到那儿度假一周，钓鱼消遣，在那一周里，我为他跑跑腿，打打杂，一周度假结束时，艾萨德先生问我喜不喜欢继续为他工作，他说我聪明伶俐，办事干净利落，待人周到有礼，他说他需要一位司机，兼打杂和干些私人工作。他说假如愿意，我会有个蛮好的住处和固定的薪水。我当然不肯错过这个良机，高兴地答应了，艾萨德先生视我为亲信，他信任我，知道我凡事守口如瓶，对于像艾萨德先生这样一位拥有电视台和报纸的大人物，这一点很重要。

我从玛丽公寓的惊骇中逐渐平静下来不再发抖，艾萨德先生忙着打电话。他打电话给哈代法官和吉尼检察官，他们两人都是艾萨德先生的好友，他告诉他们，丢下一切琐事，马上来和他见面，他说发生了一件非常重要的事，不能在电话中说明。他要他们马上到他书房里来，他们两人迅速赶了过来。

第一个抵达的是哈代法官，他是本州高等法院最年轻的法官，他喜欢宴会和美酒，这一点在他那开始松弛的脸上可以得到印证。他个子高大，红光满面，在大学时，他是著名的足球明星。

他对艾萨德先生说："什么事，老朋友？我今晚有晚宴，而且……"

"当你听过我说的事后，你肯定食欲大减，"艾萨德先生说，"为了省却重复的麻烦，我们等吉尼来了再说。"

176

哈代法官知道逼他无用，也就安然地坐下来，点上一支雪茄烟，试着想从艾萨德先生消瘦严肃的脸上看出一点端倪。

哈代法官刚把雪茄烟点着，吉尼先生就赶到了。吉尼先生是位秃顶、肥胖的中年人，他有厚厚的嘴唇和一双饱满的眼睛。

吉尼先生走进书房，门完全关上后，艾萨德先生便对我说："告诉他们，威廉，把你刚刚告诉我的事告诉给他们。"

"玛丽小姐死了。"我说。

法官听到这句话，眼睛都没眨一下。

检察官的喉部好像什么东西堵住了，一只手揉着脖子，另一只手摸索着椅子，坐了下来。

"怎么死的？"法官问，声音很冷静。

"我想是被谋害的。"我说。

吉尼检察官的声音听起来变得粗重起来。

"用什么方法？"法官问。

"窒息而死，看来是那样。"我说。

"什么时候？"

"两点到五点之间。"艾萨德先生接口。

"凶手未逮到，我还没有权力审判，你通知我做什么？你又怎么认为我对此案会有兴趣？"吉尼检察官声音粗哑地说，"我又不认识玛丽这个人。"

"哦，别那样吧，吉尼。"艾萨德先生说，"玛丽确实周旋得很有技巧，她——应付我们三个人，她并没有拓展财路，单是咱们三个人就足够了，她有她的金矿可控，她满足了。她并不打算进一步拓展，以免招致更大危险，换句话说，也就是另觅银矿。"

吉尼先生弓起身子，双手抓住椅子扶手："我否认任何……"

"请闭嘴，"艾萨德先生平静地说，"现在我们不是在法庭中。不过，我们三人是可能杀害她的人。有理由可以肯定，是我们三人中的某个人杀害了玛丽。哈代，她诈你最久，我是其次，吉尼，你是她的第三个，也是最后一只金鹅。我们三个人，这段日子，捐献的总数估计在六万元左右。"

"糟糕的是那些钱我们都没有报所得税。"

"你是如何发现这件事的？"吉尼问道，"我的意思是，关于我的事。"

"吉尼，这话问得有些傻。"艾萨德先生说，"要挖掘个人隐私，我仍然是一位顶尖的记者。别忘了，我有新闻来源。"

"好，"哈代法官说，他像坐在法庭上，正在考虑律师的一个提议，"这件事摆在我们之间，我们三人都是她任意宰割的羔羊，我们每个人都有充分的理由处理她。换言之，我们三个人搭了同一条正在漏水的船，现在，问题留待作决定，我们是不是有桨可以划，不幸的是，今天下午两点到五点之间，我没有不在场的证明。你有吗，吉尼？"

"什么？"吉尼脸色灰白，像是在等待服毒一样。

"今天下午两点到五点之间，你在哪里？"

"我……"

"在哪儿，吉尼？"艾萨德先生催问。

吉尼先生抬起头，看看他的朋友，"我没有进去，你们要明白，我在一条街外，将汽车调了个头又开回去了，我没进她的公寓。"

"你打算去看玛丽？"法官问。

"是的，我打算去求她。我再也付不起她勒索的款项，我打算去说服她。她必须少要——或者根本不要。我实在筹不出钱来了，我不像你们二位那么富有。"

"可是你害怕了，"艾萨德先生说，"实际上你没去看她？"

"是的，艾萨德，你得相信我。"

"不论我们是否相信你，"法官说，"都没多大关系，重要的是，你没有不在场的证明。你呢，艾萨德？"

艾萨德先生摇了摇头："下午两点钟，我接到她一个电话，她提醒我，要我五点钟派威廉给她送一千元去。我开车出去看了一块有意购买的地皮，回来后便派威廉去送钱。"

"这么说，我们中间任何一个人都有可能杀害她。"法官说。

"听我说，"吉尼以紧张急促的声音说，"我没杀她，不过，假如这种丑闻涉及到我的话，我就完了，我们三人，"他眼睛流露出悲哀的神色，"全完了，市政厅警察局里有好多人，一直想找我们的茬儿。我们不能与任何谋杀案沾边，即使艾萨德控制了电视台和报纸，也不能够。"

"完全正确，"艾萨德先生说，"有时候，吉尼，你几乎使我相信你有脑筋。除了你在政界所使用的伎俩外，我们不能想其他办法掩饰这件事吗？"

"这么说，你有何高见？"法官问。

"来个'君子协定'，"艾萨德先生说，"不论我们三人中谁被盯上，他都得单独承担这件事，他绝对不能向朋友求助或让朋友涉嫌，他必须站得牢牢的，咬定只有他一个人和玛丽有关，无论我们中哪一个被盯上，他应该无愧于心地说，他保护了朋友。"

"这可不怎么好办，"法官说，"当一个人涉嫌谋杀罪时，其自然的反应就是提及别人的名字，混淆视线，使问题变得缠杂不清。"

"我知道，"艾萨德先生说，"这也就是我邀请你们到这儿来的原因，我们必须预先协定，我们必须同意，没有被盯上的两个人，在未来的岁月里，要扶持倒霉者的家人，任何情况，任何麻烦，都要像倒霉者还在时一样。"

"艾萨德先生。"我说。

他向我转过头来，"威廉，什么事？"

"你们谈话的这段时间里，我一直在想，我有个主意。"

"威廉，"吉尼先生以一种近乎刻薄的语调说，"我们有比你的主意更重要的事情要考虑……"

艾萨德先生举起手，做了个制止他说话的动作。他说："我想，我们听你的话不会有什么损失，威廉，你说！"

"谢谢你，先生，你看，艾萨德先生，你一直待我不薄，给我机会让我过连做梦都想不到的生活，过去，我只是北卡罗来纳州康福县一个穷山窝里的孩子。"

吉尼先生不耐烦地说："这不是说感情那种蠢话的时候。"

"是的，先生，"我说，"反正，我要说的全说了，我只是要艾萨德先生知道，我为什么愿意替你们承担谋害玛丽的罪名。"

现在，他们的注意力全集中在我身上，相信我，那时候，一只老鼠在阁楼顶跑过，你们都可以听见，当然，艾萨德先生的阁楼里没有老鼠。

"威廉，"艾萨德先生终于开口说话，"我很感动。但是我怀疑，你的话没有说完。"

"是的，艾萨德先生，我的话还没有说完，你们三个人都有出身社会名流的妻子，乖儿女，美满的家庭和一切美好生活所必需的东西。一旦涉嫌玛丽谋杀案，很多东西将在一夜之间失去。至于我呢，没有显要的朋友，只有我自己，以前也从没有机会去获得一笔奖金什么的。"

"要多少？"法官问。

"哦，你们已经付给玛丽小姐不少。最后一笔——付给我——就永远结束了。你们每人给我五千元，我就为你们承担这件可怕事情的一切后果。"

"我不干，"吉尼先生说，"五千元我不……"

"别这样，吉尼，我认为你会接受的。"艾萨德先生说，他背部靠在办公桌上，两眼转向我，"威廉，你打算怎么做？"

"这简单得像趁太阳不太热时割麦子一样，"我说，"有你的报纸和电视台站在我这一边，哈代法官在法庭上，吉尼检察官为州政府处理这件案子，我应当不会被判重刑。我说我一直和玛丽小姐暗地往来，最近她想抛弃我，踢开我，我们吵了一大架，我气疯了，失手杀死了她。这个城里没有人会真正关心她，她的死也没有人会关注或怀疑。我估计法官会判我个三五年，我在狱中循规蹈矩，乖乖的，说不定一两年后就可以保释。"

"然后呢？"哈代法官问。

"我会提着我的一万五千元，回康福去。"我说，"我不必有更多的挂虑，因为这件事我们全牵涉了进去，我们一起沉或一起浮。"

"威廉，"艾萨德先生说，"我想我们就此决定。你们怎么样，朋友？"

法官和检察官都很快地点了点头。

"我提议，"法官说，"你和威廉私下里多演习一下，吉尼。"

"好主意。"检察官说。

"你们不用担心威廉会演砸他的角色，"艾萨德先生说，"放心好了，他是块好材料呢。"

"嗯，诸位先生，"我说，"让我们尽快在这儿演习一下，我估计在一个合理的时间内，我得到警察局去自首。假如我自首，悔恨自己的鲁莽行为，事情会好办些。"

"太好了，威廉，那太好了。"艾萨德先生说。

我得承认，那对我也十分有利：我去自首的话，警察就不会详察这个案子。如果他们详察的话，从指纹、足印、发丝等方面，我也在劫难逃，没有这三个人的帮助，我肯定被判重刑。不久的将来，我就可以带着这三个人吐出来的一万五千元钱回故乡。玛丽小姐生前对未来也有很好的打算，当我逼迫她打开公寓的保险箱时，我总共搜到了四万多一点。

北卡罗来纳州康福县一带的居民，全部参加政府正在进行的"小康计划"，我回到故乡后，可能是全镇最富有的人。故乡空气清新，风景优美，民风朴实，女孩子成熟而美丽，我自己可能要雇佣一位司机兼跑腿的——只是我一定要确定，他的名字不叫威廉。

冰处女

我坐下来等候时，心里在想，这个城市仍是个真正的小镇。尽管三十年来，它已扩展四倍，新城区迅速向四面扩张，老白利特农场已经变成了工业园区，周围到处是商店。人口增加了许多，但我去世多年的父亲凯恩似乎仍被人们尊敬。当时我们凯恩家族创立了这个镇，并用我们的姓氏命名它，还在这儿设立了重要的办事处。物质上我们很成功，荣誉也至高无上。

我是凯恩家最后一人，深以这个姓氏和身体中正直的血液为荣。但当我等候见检察官时，我心里愿意自己是另外一个人。

"安娜，什么风把你吹来的？"他拉我进屋子，拖了把皮椅放到他桌边，"明晚你一定要来赴宴，我妻子昨天打电话给你时，你声音好怪。"

"除非你把我逮捕，否则我一定到。"我说，"里恩，我这次来可不是社交性的拜访。"

皮椅柔软而舒适，但我无法轻松。我不到三十五岁，双腿修长白皙，黑皮椅衬托出我美丽的头发和金黄色的羊皮外衣。然而我和男人在一起很少觉得自然。甚至和里恩，我的老朋友，我仍感到周身发硬。

里恩在桌子后面坐下来，微笑着说，"别告诉我你闯了红灯。我在警员训练班上课时，有一段标准的训词就是：不论阶级，秉公处理，没有特权，但安娜·凯恩除外。"

"那是将来的事，"我微笑说，"如果我记得不错，历史上唯一拦住先父的车还罚款的警员就是你。"

他咯咯一笑，"当时法官总说我那样做是为了出名。"

"难道不是吗？"我取笑他，因为那个插曲使里恩获得了诚实尽责的执法者的美名。我父亲一生从未利用他的地位和威望为自己搞特权，直到晚年他对一些禁止停车区变得有点傲慢，而初出茅庐的里恩给他开出了罚单。这一切都随时光远去，现在的里恩是本城的地方检察官，正在办理奥丁的命案。

奥丁是唯一在家乡白手起家的百万富翁，是真正从一穷二白而成富翁的。现在他死了，是被他家的铜拨火棍打死的。

星期三晚上是本城传统的厨子休假日，奥丁太太切兰也放了假，因为她母亲准备为女儿女婿开个晚会庆贺他们结婚十五周年。切兰七点就被接到她母亲那儿去看看还有什么要准备的，她母亲半身不遂。奥丁一人在家穿衣打扮，同时处理一些文件。

晚会安排在九点开始。八点半时奥丁家没人接电话，他太太不见奥丁到场，就派司机回去看看。司机发现门开着，奥丁趴在桌上，头部伤得很重。

第二天，一名疑犯被捕，但我还是花了两天时间才鼓足勇气来面对里恩。刚进他办公室时我就想转身离开，但天性中的正直驱使着我，使我问他："里恩，你能肯定你们抓到的那人就是杀死奥丁的凶手？"

友谊，迷惑，还有官员的谨慎开始在他脸上交替出现。

"里恩，请回答我，我仅仅是好奇地问问，奥丁是我们的朋友。那个史杰夫已经被提审，但我从报上看到和听别人说，没有真正的证据证明是他干的。"

里恩吐出一口气，官员特有的谨慎开始消失。"好的，安娜，你在报上看到的已经够多了，不过我对史杰夫的处境并不乐观，他似乎是唯一有动机的人。他恨奥丁，又没有不在场的证据。还有，那天下午他还恐吓奥丁，说他要杀奥丁。"

"事情并不是简简单单的解雇，"里恩解释说，"史杰夫说奥丁悔约，他可能也有自己的道理。我们都知道，奥丁成功地利用那个破农场才发达成本州电子工业巨子，其中还做了一些违背道德的事。几个月前在一次商业会议上，他认识了史杰夫，认识到史杰夫的潜力，就用给股份把他诱来了，不幸的是，奥丁的允诺都没有写在契约上，空口无凭。"

"他可能不想以暴力收尾，但他承认当晚酒喝多了。或许他只想说服奥丁让他兑现诺言，或许他听到晚会的事，想趁奥丁和切兰不在时去洗劫一番。"

"你有没有考虑过，凶手可能是真正的窃贼，他在报上的社交栏里看到新闻，以为奥丁家空无一人。而奥丁的出现使他感到意外，在惊慌中下了手。"

"不可能，门上没有强行进入的痕迹，保险箱里还有八百多元现金。此外我们发现一杯喝了一半的饮料，还有一杯新倒的，没有碰过，可见是倒给访客的。那一定是他认识的人，而且他不怕那人。"

里恩忽然想起，我一度曾和奥丁订过婚。因此他又说："对不起，安娜，我无意说死者的坏话，毕竟那时解除婚约的是你，你一定是看清了他的另一面。"

"他一向自高自大，只顾自己，不考虑别人。他认为我们当面照顾他，在背后嘲笑他，打中学起，他就想在我们面前显一显。"

"他办到了，不是吗？"里恩说。

"你难道不认为奥丁是个势利小人？"我冷冷地说，"不过我今天来不是来挖灰烬的，我关心的是这位叫史杰夫的人。"

对这话里恩皱了皱眉头，但他接着说："没人记得六点半以后看见过他，而奥丁遇害时间是七点半到八点半。史杰夫说他回家睡觉了，可一样没人证明。"

我深吸一口气，"有的，他和我在一起。"我能够感到血液从我脸上流逝，有一会儿我以为自己会昏过去。

里恩不信："和你？"

我点点头，"我相信他们会记得我在酒吧里，那天我的厨娘放假，我懒得做饭，就到外面吃。餐厅里人很多，但我注意到史杰夫，他在七点左右离开时，我跟着他出去，在外面接他上车，以后到午夜，他一直和我在一起。"

里恩凝视着我，想把这些话和我的形象联系在一起。他和全城的人都认为我是神圣贞洁的，除了奥丁和高登我曾和他们订过婚外，从没男人碰过我。我知道里恩正在回忆很久以前在一次乡村俱乐部的舞会上，他想在后院里吻我而挨的一耳光，如今我竟亲口说曾干过"这样"的事。

"秋天总是很凄凉，"我小心地用着字眼，"夏末初秋，如果不是高登因车祸死亡的话，我已经和他结婚了。我一直小心谨慎。别那样看我，里恩！我不是冰块，不论大家怎么想，我总是血肉之躯，你能够理解吗？"

"当然。"他不安地说，但我知道他并没有理解。

"史杰夫似乎很可靠，从道听途说中，我听到关于他和奥丁的争吵，我以为他已经离开这城市了。像你说的，他看来高尚，忠诚。"

"比我认为的更好，"里恩同意我的看法，"当然，他必须明白，如果你否认事实的话，没人会相信他。但他可能以为聋房东是个好借口，免得……"

"免得拖冷若冰霜、难以接近的凯恩小姐下水？"我难过地说。

"安娜，不要自责，"里恩言不由衷地说，"史杰夫在这里只住几个月，他不会了解，凯恩家族在这里代表诚实公正，不论任何代价。"当他想到代价时，他皱起眉头，露出不悦的神色，我差不多可以看见他不顾一切，一定要保护我的名誉的样子。

"当然，我们要签一份口供。不过你可以简单点，只说你和史杰夫七点离开餐厅，两人在一起，直到……嗯，让我们就说，你们从七点到七点半一直在一起，那段时间和凶杀案最有关。我再和皮姆谈谈，让他在言论上缓和一些。这一来地方上或许会有微词，但不用担心，安娜，在凯恩城，你是受尊敬和爱戴的。有关系的人们会记得高登，他们会原谅你。"

一位速记员记下我的供词，我签了字之后，问里恩可否见见史杰夫。他不太乐意，但还是派人到看守所把人带来了。

史杰夫小心地进入里恩的办公室，他貌不惊人，但有一张开朗淳厚的脸和充满智慧的蓝眼睛。

"他们说已经有位证人出面为我作证。"说完，转头看到我，他两眼眯起来说，"凯恩小姐！"

"没关系，"我向他保证，"我已经告诉检察官，星期三我接你上车以及我们在一起的事。你自己不亲自说，是你错误的侠义举动。"

史杰夫看了我很久，然后转身向里恩，"你是不是相信我啦！"

"坦白说，不相信，"里恩说，"但至少我已向凯恩小姐提过。她已向我说出事实，现在你不用再待在看守所了。"

尽管里恩反对，我还是提议开车送史杰夫去机场。

差不多快到机场时，他终于开口说："你是个了不起的女人，凯恩小姐。我忍不住在想，在你美丽、冰冷的表面下，是什么样的火，那使我希望星期三的晚上真的是和你在一起。而且你也很聪明，检察官可能被你稚气的坦白吓坏了，才悟不到这样你也为自己找到了不在场的证据。你为什么要杀奥丁？"

我直视路面，闭口不答。

"当然，你认识奥丁，并不爱他。"史杰夫沉思，"传闻你和他订过婚，但那已是十五年前的事。为什么现在才杀他？除非——当然，他们发现他的时候，保险箱开着，你拿走了什么，凯恩小姐？旧情书？或者你以前不遵守交通规则签的供认书？"

"照片。"我把车停在机场大楼旁，我说，"五张很清晰的照片，四年前他在我们旅社的房里拍的。"

"我花了十一年时间才发现奥丁给我点燃的火并未熄灭，只是盖着灰而已。四年前，我们无意中在纽约相遇，我们之间一切又重新燃起。我们情欲火热，使我别无所求，只要他让我爱他。他小心地使我们的恋情得以保密，而不是我。和他在一起我完全不知羞耻。有一年多时间，只要他拿起电话，告诉我时间和地点，他都可以如愿，好像我的道德完全麻木了。

"然而，渐渐地，我开始对切兰感到内疚，我飞到欧洲，试着控制自己的感情。奥丁让我安定了一个月，然后寄了一张照片到我的旅馆，他在照片背后写道：'我还有四张类似的照片，那几张更能表现你的迷人之处。记住，如果你一周之内不回来的话，我就把它们登在报上。'我本来可能自己会回来，可收到那封信后，我恨他。

"差不多一年，他没有惹我，我以为我获得自由了。但你和他一吵，揭开他的旧疮疤。你知道，在他心中我代表镇上的中心人物，那伙人知道他的'底细'，而且永远不会对他的钱动心，也不会像城外的那些人那样对他表示尊重，他就把仇恨发泄到我身上。每当有人骂他母亲是不检点的侍女，他父亲是酗酒的农夫时，他就折磨我。你的行为明显地触怒了他，还有你骂他的一些话。

"星期三下午他打电话给我，要我七点半去他那儿。我到时他已经半醉了，说他不需要切兰了，他要离婚，和我结婚，然后叫我脱光衣服。当我抗拒时，他打我，然后打开保险箱，在我面前展示那些照片。我想抢过来扔进火里，但他又打我，还把照片像扇子一样摊在桌子上，让我忍无可忍。忽然间，拨火棍就在我手中，于是，于是……"

史杰夫拥住我，紧紧地抱住，直到我的全身颤抖停止。他讷讷地说："我到这儿的第一个星期，就有人指着你告诉我，你在未婚夫死后就再没再看男人一眼。知道吗？你差不多是个传奇人物。以后我经常听到凯恩家族的美德：代代是刚正不阿的市长、法官，现在是一位美丽、贞洁的处女，她崇拜家族的荣誉。然而今天你把一切都扔进泥潭中，为的是你荒唐的正义感，不忍心让一位陌生人来替你顶罪。"

"不是陌生人，"我发动车子，同时颤抖地对他微笑，"你和奥丁争吵后就不是了，我敌人的敌人，就是我的朋友。"

他咧嘴笑笑，打开车口，犹豫了一下，然后俯下身吻我的面颊："谢谢你，朋友。"

爱神光顾

三位中年女士围坐在墨西哥酒店的早餐桌旁，外套松散地披在她们肩上，看得出来，她们是费城郊区上层社会住宅区的那些女士们中的一部分。

"请给我一点咖啡，"埃伦·亚内尔小姐用西班牙语对招待说。她曾在国外旅游过，知道如何与外国服务员打交道。

"嗯，咖啡要半热的。"说话的是维拉·朱利特夫人，她是三人中年纪最长的，觉得墨西哥早餐冷冰冰的。

第三位女士路茜小姐没说话，只是看了看表，马瑞欧该到了。

招待把一壶半热的咖啡放到她们桌上。

"我想，路茜，"埃伦说，"让马瑞欧早点来，也许是个不错的主意。这样我们就能到外面找个地方吃上一顿热点的、更好的早饭了。"

"马瑞欧已经替我们做了很多事了。"路茜说。提到这个年轻墨西哥导游的名字，她的脸就激动得微微发红。她感到激动和脸红是因为她的女伴提到他时，她正想象着他强壮甚至有些粗野的墨西哥人的腿。昨天，他们的墨西哥导游划船送她们去雪契米科水上花园时，她看到了那双腿。

五十二年宁静的独身生活中，路茜·布朗小姐从未想到过一个男人的腿。这是到达墨西哥一个月以来的一个令人心烦意乱的变化。这类变化也许早就发生了，那时她生病的父亲刚刚去世，出人意料地留给她一笔遗产。路茜小姐直到在这里碰到马瑞欧那天才发现这种变化的存在。

那天一开始，她感到会是多事的一天。在充满阳光的酒店卧房醒来时，路茜感到一种渴求自由的感觉也苏醒了。这种感觉一直存在，隐隐地撼动她庄重的灵魂。吃早饭时它萦绕在摆放餐桌的院子里。餐桌上飘荡的，还有她的女伴喋喋不休的谈话（旅途的费用实际上是路茜为她们负担的）。但无论是维拉对清晨的冷空气的抱怨还是埃伦对塔西克城势利的评价都不能中断这种感觉。

对路茜小姐来说，生活中似乎只有费城，塔西克城褪色的粉红屋顶和阁楼呈羽毛形状的教堂是一个不能实现的梦：一个玫瑰红的城市，几乎有时间去那样古老……

那天，她看到那枚戒指时也许就是她旅途中最快乐的一刻。在树叶广场的一个银器店里，维拉和埃伦正在为一个银壶和店主讨价还价时，路茜发现了那枚戒指。在她眼里，它并不高雅，几乎可以说得上粗俗，招摇。戒面是一颗硕大的但不值钱的蓝宝石，戒托是银质的。但戒指中似乎闪烁着一种神秘的光芒吸引着路茜。她把戒指套在手指上，让它反射出上午的阳光。她觉得它使她母亲的订婚戒指都黯然失色，尽管那订婚戒指的价值是这枚宝石戒指的五十倍之上。路茜小姐感到一种莫名的兴奋，瞥了一眼维拉和埃伦令人气闷的背影，她开始把戒指从手指上取下来。

但戒指在手指上纹丝不动，这时维拉和埃伦转过身来，看到了它，轻轻叫了起来："路茜，它真漂亮。"

"简直像枚订婚戒指。"

路茜小姐的脸红了，"别犯傻，我只是试试，它对我来说太年轻了。戴上它我看上去……"

她继续想把它弄下来。墨西哥店主在旁边低声恭维着她。

"得了，"埃伦说，"买下它吧。"

"真是讨厌，不过看来我是弄不下来了，我想我得……"

路茜小姐用远超过那蓝宝石戒指价值的钱把它买了下来。尽管如此，那笔钱对她仍是无足轻重的，这次旅行，经济方面的事由埃伦负责，因为在这方面她很"在行"。因为戒指卡在路茜小姐手指上，她还想和店主砍砍价，但路茜小姐说："回酒店我会用肥皂和热水把它弄下来的。"

不过她一直也没能把戒指从手指上给弄下来。

在塔西克城，路茜小姐的精力好像特别充沛。晚上吃饭前，维拉和埃伦都在房间里休息，想把脚的酸痛减轻一点，而她决定再去一趟广场上的圣塔·普里斯卡教堂。第一次参观这个教堂，和她的女伴在一起她总觉得不太自在，她想独自在冷清、灰暗、简陋的教堂里体会它独特气氛。那种气氛与路茜家乡的教堂的气氛是不同的。

穿过橡木门，路茜小姐步入教堂大厅，装饰着黄金叶花朵和天使像的圣坛在她面前隐约闪现。一个年老的农妇，身着黑衣，手里的蜡烛照在圣女像上。一条狗跑进教堂，四处看了看，又跑出去了。这些小小的场景给路茜小姐一种奇异的感受。它们带着天主教和异国的情调，似乎在召唤着她。一种她自己也说不清的冲动使她屈膝跪下，模仿着那个年老的农妇，开始祈祷。她的蓝宝石戒指在灰暗的烛光中闪动着和这教堂一样奇异的光芒。

　　路茜小姐只跪了一小会儿，站起来时，感到右边有个人。她转过头看见一个墨西哥小伙子。他穿着一尘不染的白衣，跪在几码外的地方，浓密的黑发在他虔诚的额头上反射出点点微光。路茜小姐站起身时，他们的目光正好相遇。那只是短短的一瞥，但他的脸给她留下了一个鲜明的印象。路茜小姐看到他褐色的皮肤，奇特的双眼，还有一种深沉温和的耐心。简短的相遇让她感到已经看到了这个陌生城市一些陌生的人的内心也让她记住了那个墨西哥小伙子。当然她不会把这个告诉维拉和埃伦的。

　　路茜小姐离开教堂，心情愉快地向酒店走去。黄昏的阳光越来越暗，她穿过拥挤的集市到通向酒店的街上时，已经是晚上了。街上没几个人，她的脚步声回响在石板路上，听上去显得分外孤独，一个男人的影子摇摇晃晃地向她走来。这时街上除了他们没有第三个行人，但路茜小姐并不害怕，只是提醒自己前面是个醉鬼，要离他远点。那个喝醉的人摇摇晃晃地越走越近，路茜小姐想折回后面的集市，但她很快打消了这个念头，她是美国人，是不会被伤害的。她继续向前走着。

　　但恐惧还在。她走到那男人面前，他盯着她，向她挥手，要钱。那是个满脸胡子的流浪汉，满嘴酒气，说着她听不懂的西班牙语。路茜小姐是从他的手势和表情猜出他在乞讨。但她对这些街头流浪汉没什么同情心。她摇摇头，准备继续向前走。一只肮脏的手拉住她的衣袖，难懂的西班牙语又响起来。她用劲甩开那只手。那个男人眼里闪现出愤怒的神情，他恼火地举起手臂。

　　显然那个流浪汉并不想伤害她，但路茜小姐本能地向后一退，她的鞋跟卡在路面石板缝中，她摔倒了。她躺在那儿，站不起来，她的脚踝扭伤了。

　　流浪汉站在她旁边。这时路茜小姐感到了真正的恐惧，一种不由自主、忽然发生的恐惧压倒了她。

　　忽然，在街边阴影中，另一个男人的身影出现了，一个整洁的穿白衣的男人。路茜小姐看不到他的脸，但她知道是教堂里的那个小伙子。她看到他把那个流浪汉推开，要他走。流浪汉回头看了看，摇摇晃晃地走开了。

　　路茜小姐看到一个人的脸离自己的脸很近，接着一只有力的手托住她的背，扶她起来。她听不懂小伙子说的话，但他的语调很温和，充满关心。

"女士，"他说，看了看流浪汉离开的方向，"他已经走了。"这个墨西哥年轻人的牙在月光下反射出洁白的光。他接着说："我叫马瑞欧，从教堂那边过来。让我送你回酒店，好吗？"

路茜小姐的脚踝很痛，马瑞欧一直把她送到酒店，再把她送回房间。她的情形在维拉和埃伦之间引起了一阵慌乱。

看到马瑞欧仍然关切地站在一旁，埃伦拿起她的提袋，问："我们该给他多少钱，路茜？"

但路茜小姐不想这样做，她说："不，钱对这个年轻人会是一种侮辱。"

马瑞欧似乎听懂了她的话，他也说了几句，但路茜小姐却不怎么能听懂。最后马瑞欧拿起她戴蓝宝石戒指的手，吻了吻，鞠躬，然后离开了房间。

马瑞欧就这样走入了这三位女士的生活，显然他并不想很快离开她们。第二天早上，他来到酒店，找到路茜小姐。这次路茜小姐第一次正面看到了他的脸，他并不是很英俊，睫毛很长，但眼睛靠得太近了，厚厚的嘴唇上长着八字胡，胡须稀疏，不大好看，只是他的手指有力而修长。总的来说，这个小伙子给人某种热情和可信的感觉。

他解释自己是个大学生，想在假期挣点钱，所以希望能做女士们的导游。由于路茜小姐的脚扭伤了，他建议替她们雇辆车，司机也由他兼任。而他索要的报酬却令人吃惊得少，而且坚持不需要付更多。

第二天他租到一辆车，便宜的租金使即使精打细算的埃伦小姐也十分满意。于是马瑞欧开始热情而认真地带着她们在各个景点之间游玩。

衣着整洁的马瑞欧的陪伴令路茜小姐很高兴，其实三位女士都很高兴，他为她们订了不少游览计划。一天，他带她们攀登玻卜卡贝特山，好几个小时之中，她们在世界上最美最神秘的山峰前，激动不已。有时当马瑞欧和路茜小姐单独在一起的时候，马瑞欧总是把路茜小姐的手握在掌中，轻轻地抚摸。

那是马瑞欧用他的方式，绕过语言的障碍告诉她，他非常高兴能和她一起分享这次美妙的墨西哥之旅。被他有力的手握住，路茜小姐手指上的戒指又收紧了，但她并没感到痛，她所感受到的是另一种与疼痛完全不同的感觉。

玻卜卡贝特山之行后，路茜小姐决定离开塔西克城，去墨西哥城。

她让埃伦去告诉马瑞欧他的使命结束了，还让埃伦带去了额外的几百比索的酬劳。埃伦转告了马瑞欧，但马瑞欧没有接受那笔钱，而是找到路茜小姐，他告诉她，墨西哥城里有不少人并不友好，他伸出他强壮的胳膊说，他想继续照顾她们，而且为她们介绍墨西哥城里的风光。他强壮的胳膊挥动着，似乎在拥抱着天空、太阳还有墨西哥的群山。他黑色的眼睛和长长的睫毛，却拥抱着路茜小姐。

路茜小姐感到似乎有种本能在促使着她同意了马瑞欧的要求。

马瑞欧和她们一起来到了墨西哥城。

到达墨西哥城第二个星期，他们决定去游览墨西哥金字塔。像往常一样，路茜小姐和马瑞欧坐在前排。他是个出色的司机，路茜小姐喜欢看他全神贯注开车时的侧影，也喜欢听他不时地喃喃自语，但不大喜欢他用目光注视她的脸，然后向下滑到她的胸前。

他的凝注让她有些不自在，她用英语对他说："马瑞欧，你是美国人说的那种花花公子。你肯定认识很多女孩。"

开始他似乎没听懂，沉默片刻，他说："女孩，花花公子，你是说我吗？不。"他把手伸进衣袋，拿出一张照片，"女士，这就是我的女孩……"

路茜小姐拿过照片，发现是一个比她还老的妇人。她头发花白，眼睛大而忧伤，岁月和疾病在她的脸上留下条条细纹。

"是你妈妈！"路茜小姐说，"给我讲讲她的事，好吗？"

马瑞欧尽量用她能听懂的词汇告诉她他妈妈的故事。他妈妈非常穷，一辈子住在一个叫古德罗斯的小村子里，艰难地抚养着一群没有父亲的孩子，如同人间圣女。路茜小姐从他话里听出他对母亲几乎是一种崇拜的爱。

听到马瑞欧的话，路茜小姐决定在她旅行结束前，要向马瑞欧问到他母亲的地址，然后寄一笔钱给她，让她能帮助马瑞欧上完大学。也许她的儿子会因为过分的自尊而难以说服，但作为母亲，她会接受的。

"那是金字塔吗？"埃伦的声音打断了路茜小姐的思索，"嗯，它们比不上埃及的金字塔。"埃伦继续说。

路茜小姐被太阳金字塔和月亮金字塔打动了。她凝视着幽暗、古老的金字塔，心中有种奇特的兴奋感觉。这种感觉在塔西克城的教堂里她也同样碰到过。

"这些石阶我是爬不上去了，"埃伦泄气地说，"我太老了，天气也太热。"

维拉尽管没觉得热，但她也老了。她站在金字塔底，衣服披在肩上，手里拿着从不离手的香烟，说："你去吧，路茜，你还年轻，而且也好动。"

于是路茜和马瑞欧开始向上爬。

在马瑞欧的帮助下，她爬到了太阳金字塔顶上。虽然陡峭的石阶令她累得喘不过气来，但登上塔顶的感觉真是好极了。

塔顶只有他们两个人，他们坐在一起。一个是费城来的富有的小姐，一个是偏僻小村里走出的小伙子，紧挨着坐在一起。他们看着巨大的平原，古老的村落和它们的庙宇散落其间，向下望去可以看到从庙宇通向月亮金字塔的被称为死亡之途的路。

马瑞欧开始给她讲祭祀仪式的故事。在过去，这种仪式每年都有一次。

路茜小姐半闭着眼睛，一边听着他的话一边想象着当时的情形：人群涌向他们脚下的平原；巫师站在指定的某级石阶上；塔顶是位衣服一尘不染的青年，那当然就是马瑞欧。

马瑞欧是村民们奉献的祭品，他将被奉献给神灵。她感到对他的怜悯，她伸出了她的手——那只戴着无法摘下的蓝宝石戒指的左手，她的手找到了他的，被他温暖有力的手指轻轻地握住……

路茜小姐几乎不知道马瑞欧什么时候抱住了她，他的头垂到她的胸前。直到她闻到他皮肤的甜香味和头发间香波的气味，她才猛然清醒过来。她猛地跳起来，似乎从几个世纪的时光中回到眼前，想起还有两个女伴在塔下等着，想起还有许多的石阶要下。

在返回墨西哥城的路上，路茜小姐决定自己和维拉坐在后面座位上，把埃伦换到前面和马瑞欧坐在一起。

回到酒店时，路茜小姐说："明天是星期天，马瑞欧，你最好休息一下，不用来陪我们了。"

他开始反对这个建议。路茜重复道："不，明天不行，马瑞欧。"他脸上的表情就像一个失望的孩子，但很快他的表情变了，他的眼睛挑战般地直视她的双眼。

回到房间，路茜小姐感到心猛烈地跳个不停。那眼神所代表的东西是她以往从不敢妄想的东西。她明白，那是一种渴望的眼神。

由于某种原因，她不能理解，而她的心中也从未梦想过，马瑞欧在追求她。

他在热烈地追求她。

晚上上床前，路茜小姐做了几件以前她从未做过的事。她穿着睡衣长时间地站在卧室长镜前，真切地感到，自己是一个女人。

她没有看到自己有什么新的惊人的东西，但这只是她的外表没有将她内心将要发生的和已经发生的惊人的变化表现出来而已。

她并不美丽，即使年轻的时候也不曾美丽过，而现在已人到中年了。她的头发快白了，松散地搭在额前。她的眼睛仍然清澈，而且充满了欢乐，但在它们周围却是岁月留给她的阴影与皱纹。在睡衣下面，她的胸依然挺实，但身材却已经不行了。事实上，无论她的面孔还是身材，都没有什么地方能够吸引人了。而她却被人追求。她知道，一个墨西哥的英俊年轻人感到了她身上某种吸引人的东西。

路茜小姐对很多事并非一无所知，她知道不少年轻人追求年老的女人而事实上希望最后继承她们的财产。但马瑞欧除了拒绝任何额外的报酬以外，甚至不知道路茜小姐是她们三人中最富有的一个。只有费城的一个律师和她家族的一些人知道她真正拥有多少财产。不，如果马瑞欧是为了钱，他就该把眼光放到埃伦身上。埃伦掌握着她们的钱袋，而且在任何时候都不让任何人知道她手里的钱实际上属于路茜。

面貌普通、衣着单调的路茜小姐身上没有任何地方显示出富有。她母亲的订婚戒指上有颗值钱的钻石，但也只有专业的珠宝商人才能看出来。而那个蓝宝石戒指也不值得任何人为它花费精力与时间。如果她能把它从手指上弄下来，作为感谢，她会很高兴把这戒指送给他。

不，墨西哥城里有上千的女人比她显得更富有，还有更多的女人年轻美丽，值得马瑞欧为之倾倒，还有……

猛然间，路茜小姐为这事的不合逻辑感到一丝恐惧。

也许是未婚女性的本能触动了她的神经，使她警惕到一种莫名的危险。

路茜小姐决心必须了结这件事，她静静地躺在床上，做出了她的决定。

路茜小姐和维拉在长途车站等候。她们紧紧裹着自己的外衣，似乎很冷。维拉确实有点着凉，她也总是如此。而今天虽然有春日的阳光在照耀，路茜小姐却也感觉到了阵阵的冷意。她的双眼，还有鼻子，都是红红的。

她们等的是埃伦，她落在后面是为了把酬劳付给马瑞欧，而去帕兹考罗的汽车二十分钟后起程。

埃伦来了，她的鼻子也是红红的。

"你不能那样干，路茜，"她抱怨说，"那样太狠心了。"她把两张一百比索的钞票交到路茜手里，"我觉得把这个给他时他就像要打人。"她解释说，"而且他读到你的信时就像孩子那样地哭起来。"

路茜小姐听了默不作声。在去帕兹考罗的整个路上她都几乎一言不发。

宁静的帕兹考罗湖旁的一家旅店走廊上，三位女士围坐桌旁开始吃晚饭。从不愿安静的埃伦在讨论着第二天的计划。路茜小姐显然心不在焉，她的目光转向墨绿色的湖面，研究着湖上一串串的小岛，还有在湖面掠过的秃鹰，它们发出粗糙的叫声，贪婪地寻找着动物的尸体。

过了一会儿，她站起来说："有点冷了，我要回房间去了，晚安。"

路茜小姐的房间有个小阳台，可以从另一个角度看到湖面。阳台下面就是沉入黑暗的湖面，晚归的渔夫们用模糊的声音交流着一天的收获，偶尔唱上一段当地的民歌。

路茜小姐静静地坐着，看着他们，心中想着马瑞欧。自打离开墨西哥城，她就在想念马瑞欧，现在她为自己鲁莽的赶走马瑞欧后悔不已。她应该自己和他说。她难过地猜测他会怎样猜疑……这些想法深深地刺痛着她，她伤害了他……

她的胡思乱想被打断了，因为她在下面的渔夫中看到了一个雪白修长的身影。路茜目不转睛地盯着他，心开始狂跳起来。她扶着栏杆，极力向前探，向黑暗中望去。的确，路茜看到一个熟悉的影子在那里敏捷、优雅地闪动着。

但那不会是马瑞欧，他被留在数百英里外的墨西哥城了，而且路茜还特意吩咐埃伦不要告诉他她们的去向。

穿白衣的人影从远处向她窗户所在的湖岸飘来。从湖岸上射出的一片灯光照在他身上，使人能够看清楚。

那是马瑞欧。

她探下身去，心就像一只不知所措的鸟儿跳个不停。他就在她下面，他们之间只有十五英尺。

"路茜小姐，我终于找到你了，"他用西班牙语说，"我知道，我会找到你的。"

"但，马瑞欧，你是怎么……"

"长途汽车公司告诉我你们到这里来了，我也买了一张票，就来了。"

她看见他高兴地笑着，雪白的牙忽隐忽现，"路茜小姐，为什么你一声不响地就离开了呢？甚至没有说一声再见。"

她没有回答。

"我现在来了，我仍然为你效劳。明天你和我到湖上去，好吗？在其他两个女士醒来之前，就你和我。湖上有月亮，我们还能看见日出。"

"好吧……"

"明早五点我来接你，我会弄条船。鸟儿们还没醒，我会在这里等你。"

"好吧……"

"晚安，我的小姐。"

路茜小姐回到房间，她换上衣服躺到床上，她感到自己的手在颤抖。

直到凌晨，她还没有平静下来，直到窗户下传来低低的口哨告诉她马瑞欧已经到了，她感到自己仍在颤抖。

她飞快地穿上衣服，理理头发，披上件衣服，跑下楼去。旅店里很安静，没人看见她穿过走廊，也没人看见她顺着斜坡来到马瑞欧的船旁。

他抬起她的手，把它放到唇边，然后轻轻地把她扶上船。

她没有一点反对，就像神父将她引向每个人都要经历的那个神圣之地。

马瑞欧说得对，天上挂着月亮，是柠檬色的满月。不透光的湖面上反射出一缕缕的月光。

路茜小姐坐在船里，虽然很凉，却似乎完全没有注意到。她注视着马瑞欧，他站在船尾，把船向湖里深处划去。他把裤子挽起来，一直到膝盖以上。月光下他的腿强壮，粗野。他还唱着歌。

路茜小姐以前未曾想到他的嗓音如此优美。歌声听上去很甜，还带着一种说不出的忧伤。马瑞欧注视着她，目光从她的脸向下移动，一直到她放在膝上的双手。手指上那枚便宜的蓝宝石戒指在夜色中幽幽地反射着月光。

小船向多岛屿的湖心深处划去，路茜小姐已经忘记了其他的一切，包括她身处何时、何地。闪烁的星辰和圆润的月亮她都已视而不见，她所感受到的只有一种深沉的宁静，似乎这种几乎难以觉察的感觉要持续到时间的尽头。

她听到了马瑞欧的声音：“听，是鸟儿们在叫。”

她听到了这一群群岛屿中的鸟鸣，但目光所及的地方却只能看到在天空中无声无息盘旋的秃鹰。

马瑞欧停下来，拿出他们的早饭。有牛肉、面包、黄油，还有奶酪，他还带了一瓶红酒。

他用一把大折叠刀把黄油抹在面包上，递给路茜小姐。她这时才感到真的是很饿。她吃着面包，喝着红酒。酒精进入到她的血液中，令她感到阵阵如少女般的快乐。无论马瑞欧说什么她都会发笑，马瑞欧也在笑，他的目光也停留在她的身上。

他们吃着早饭，就像蜜月中的夫妇。太阳渐渐取代了月亮的位置，把金红色的光芒洒向湖面。在几英里之内，她所能看到的只有秃鹰，还有就是远处飘来的阵阵歌声。

最后一片面包吃完了，酒也喝完了，马瑞欧又拿起桨，向湖心更深处划去。他不停地划，再不说一句话。

她一看到那个岛，就知道它是马瑞欧所选的那一个，它看上去人迹罕至，也远离其他岛屿，岸边草长得很高，很密，就像岛的流苏。

他把船靠上去，草立刻将他们包围起来，就像进入了另一个小得多的世界，他们自己的世界。他握住她的手，轻轻地说了两个字："来吧。"

她跟着他如同一个听话的孩子。他找到一块干的地方，为她铺上一件衣服，让她坐下，然后他紧挨着她也坐下来，将她搂在怀中。她能看到他的脸，离她很近，还看见他黑色的眼睛，似乎更近，还能感到他温暖的、带着酒味的呼吸。

她闭上眼，知道自从遇到马瑞欧那天起就注定会有的一刻就要到来。从教堂相遇的那一天起，几乎每一件事都在暗示着这一刻终会到来。她能感到他的手轻轻抚摸着她的头发，她的脸，还感到他的手握着她的手，握到了那枚蓝宝石戒指。

她感到他抚弄着那枚戒指，他的手指都流露出那种倾慕。整个过程看上去很复杂，却也并不多么奇特。

他的手开始向上移动，他的手指移到她的喉咙，轻轻地停下来，她没有叫，更没有感到恐惧。

他的双手开始用力地收紧，他的嘴唇向她的嘴唇压下去，他们深深地吻着，第一次也是唯一的一次吻着。

马瑞欧扔开沾血的折叠刀。他讨厌看到血，为了拿到那个戒指他要砍下一根手指更让他觉得恶心。

至于她手上那枚她母亲的订婚戒指他看也没看。那枚普通，便宜的蓝宝石戒指几个星期以来使他对其他任何事物都熟视无睹了。

他把衣服盖在路茜小姐的尸体上。本来他想把她放到有草的水面下，但又觉得会漂浮出去，让渔夫发现。

这个岛几年也不会有人来，而真的有人来的时候——他抬头看了看似乎永远都在盘旋的秃鹰。

再没有回头看一眼，马瑞欧向小船走去，划向陆地。到岸边之后，他把小船翻过来，让它顺水漂走。这样，它就会一直漂到湖的中心地带。

一个美国妇女和一个经验不足的船夫驾船进入湖中。他们途中落水，都被淹死了。警察们不会在这个巨大的湖中搜寻他们的尸体的。

马瑞欧搭上一辆返回的运货车。明天，如果能搭上另一辆车，他也许就会在古德罗斯村了。

他想他的母亲肯定会喜欢那枚戒指的。

油价涨了

达克站起来，走向屋子中央的铁炉前，向熊熊的炉火扔进一块木柴。他的椅脚在木地板上刮了一下。今夜会很寒冷的，有风雪，他已经听见北风呼呼地吹动山里的松树，潮湿、沉甸甸的雪花飘落在前窗。

对一个被困在外的人来说，今夜将是个恐怖如地狱般的夜。虽然壁炉传来热气，但当达克回到煤油灯下读寄来的一张目录时，他感到一阵战栗通过他的脊背。

他没听见第一次的敲门声，它被呼号的风声掩盖了。第二次的敲门声大些，也更急迫些。达克从两页装的广告中惊讶地抬起头，哪个傻子会在这样的夜里到这样的荒山野地？

他花了点时间才拉开生锈的门闩，同时敲门的声音变成了砰砰声。一个人影在一阵忽然飘落的雪花中冲进屋里。

那人头戴一顶灰色窄边帽，身披薄雨衣，脚上曾经很亮的皮鞋，现在沾满了污泥，雪水已经浸透鞋子的皮。他走到熊熊的壁炉边，搓着手，感激地浸泡在屋里的热气中。

城里人，达克想。

"外……外面好冷。"那人从不住抖动的牙缝中迸出一句话。

"是呀！"达克回答，然后就默不作声。除非知道那人的意图，否则没必要开口。

那人开始脱浸透了的雨衣，"我叫克汗。"

"哦，我叫达克。你这是怎么了？"他问。

"汽油，我的汽车需要汽油，它在大约八英里外，"克汗挥动着手，指指他来的方向，"我走过来的。"

"我知道了。幸好你朝这条路过来，另一个方向最近的地方是香柏村，距离

196

二十五英里，你在到达那里之前就会冻死。"

"我知道，"克汗说，"我们在途中曾在香柏村停过，可是汽油……"

"你为什么认为我这里会有汽油呢？"

"为什么，我看见你外面有加油柜在，我以为……"

"真遗憾你没在白天看见，"达克摇摇头说，"两个都锈得一塌糊涂，七年来从没打过一滴油。当州政府把一条六线大道开在那边的乡村旁时，我就没有生意了。有时两三个星期都看不到一部车，尤其是冬天。"

"可是……"克汗神色惊慌，"可是我们一定得弄些汽油。"

达克抓抓脸上的短胡子，从衣袋里取出一根压扁了的雪茄，"那就是你们城里人的麻烦，"他说着，在桌子上刮燃一根火柴，点燃雪茄，"总是匆匆忙忙的，现在可能得一两个星期后才会有车过，他们也许会拖着你走。"

"不，你不懂，我现在必须有汽油，就在今晚。"

"我知道，"达克狡黠地看了来客一眼，"干吗这么着急一定要今晚走呢？"

"我太太，她在车里等我，天亮前她可能会冻死。"

"嗯，"达克考虑了几秒钟后说，"那就得再想想了。"

"瞧，老兄，"克汗不高兴地说，"如果你这里有汽油的话，我需要两加仑，如果没……"他伸手去取他的雨衣。

"你离开这里也没什么好处，"达克说，"尤其是雪像这种下法，像我刚才说过的，香柏村在二十五英里之外的地方。"

"那么，我就接着往前走。"

"此路过去最近的地方住的是德斯汀，"达克得意地说，"他经营一个小型机场，他可能有你需要的油。"他慢悠悠地抽着雪茄，"不过距离有十七英里。"

克汗像一头落进陷阱的野兽一样，环顾四周，"我……我要走回去，把海伦接到这里来。"他声音发抖地说。

达克从椅子上站起来，悠闲地走到窗前，轻声说，"你那样就得来回走上十六英里。你可能走到汽车旁，但回来嘛，我不知道，尤其是和一位妇人。先生，你看过冻死的人没有？"

"可是，我得做，不能不动。"克汗呻吟着说。

"那倒也是，"达克说，"唔，或许——只是或许——我后面的一只容器里有些汽油，我可能愿意卖给你一点，反正我的卡车轮胎扁了，冷却器也完了。"

"你有汽油？"克汗长吁了一口气，紧张的身体松弛下来，"我愿意买一点，两加仑就够了。"

他把手伸进口袋，掏出一只皮夹。

"等一下，先生。"

"什么事？"

"你有没有想到你如何带走汽油？你总不能倒进口袋里。"

"为什么，我不能借个罐子或别的什么容器吗？"

"我可没有多少存货供人借用，"达克说，"但我可能卖一个给你，比方这里就有一个。"他俯身从桌子底下取出个玻璃容器。

克汗歪着脸笑道："好，老兄，我想你这玩意也要钱，多少？"

"五元。"

"唔，那挺贵的，一加仑五元，我需要两加仑。不过我想，你在荒山野地里，要趁良机敲诈旅客。"克汗从皮夹里抽出十元交给他。

达克不收，直视着克汗的眼睛，"我想你还不明白我告诉你的意思，"他说，"五元是买罐子用的，不包括汽油。"

"什么？五元买那东西，没有汽油？为什么？我可以用两毛五分钱在任何店铺买到。"

"那是事实，今晚你准备去哪家店铺买？"达克冷笑着问。

克汗盯着窗子，窗上堆满了雪，他愤怒而又无奈地捏着拳头，终于问："汽……汽油要多少？"

达克盯着他的皮夹，"喔，看你对整件事情这么明白，又这么痛苦。这样吧，五十元一加仑。"

"五十元？去你的，那是公然抢劫。"

"油价涨了。"达克冷静地说。

"那可不是开玩笑。"

"无意说笑，只是指明事实。"

克汗绝望地数出皮夹里的钞票，最后说："该死，我这里只有六十元。"

"唔，那可以买一加仑，外加一个罐子，你还能剩五元，"达克微笑着说，"你在炉边烤火我不收费。"

"你可真高尚，"克汗不屑地说，"但我要两加仑。"

"看来你付不起钱，"达克说，"除非你太太身上有钱，提到她，她在车里一定冻得要死。"

"求你，两加仑，我把手表给你。"克汗开始解手表。

"不需要表，在这地方时间没什么意义。但如果我是你的话，我就带汽油回车里，雪似乎越下越大，然后当你回这里时，你再决定是不是要多买汽油，或停在这里，直到有人经过。我可以提供便宜的食宿，按日按周收费都行。"

达克没有等候回音，拿起罐子回到屋里，从一个大油桶里加满它。他回来时，克汗已穿好雨衣。

"这是你的钱，"克汗嗤之以鼻，递过一卷钞票，"我希望你噎死。"

"那样说一个救你命的人是不对的。"达克说，他接过钱，小心地数，"五十五元，和你交易真愉快。我希望能送你一程，但我说过，我的卡车停下来过冬，没法送你。我猜想我可以在两三小时内见你回来，对吗？"

克汗高声诅咒着，推开门走进风雪中。

达克听到门外有汽车声时，已近午夜，风和雪已经停了。他打开门，看着克汗下车，然后走过来，后面跟了一个大衣薄得几乎无法抵抗风寒的妇人。他们走进屋子，依偎在炉子旁，达克看见他们的嘴唇已经冻乌了。

"这是海伦，我的太太。"克汗介绍说，"我告诉她有关汽油的事，你够仁慈。"

"乐于效劳，"达克微笑着说，"你们俩是否决定再买一加仑？"

"我有些钱，"他太太说，"我们愿意。"

"好，只有一件事，油价又涨了。现在一加仑六十五元，当然你用已经买的罐子，所以那点可以省下来。"

海伦打开皮包，"这该够了吧？"她说着，向达克抛过去一小叠钞票，落在地上。

达克弯腰捡起那叠钞票，克汗听到他惊讶喘叫，"为什么？这所有的钱……"

"那是你想要的，不是吗？"海伦问。

"是呀，可是……等一等，这上面的字条写明……"

达克惊讶地抬起头，正对着克汗指着他的枪口。

"它标着香柏银行，对不对，老兄？"克汗说，"我车厢里有许多那种成叠的钞票，我告诉过你，我们曾到过香柏村，但我没告诉你去干什么。"

"你……你在那里抢劫银行？"达克忽然领悟地叫道，"可你先前来的时候，你说你没有多余的钱。"

"你以为我会疯得步行时还带着那么多的钱？"克汗咧嘴笑着，"我可不知道在这种鬼地方路上会遇见什么人。"

"瞧，克汗先生，"达克瞪大眼睛望着枪口，"没人知道你到过这里，我……我可以守口如瓶。"

"多少钱，老兄？对不起，你的价钱太高，我最好杀掉你。海伦，把墙上的绳子取下来，捆牢他。"

"我们要不要塞住他的嘴？"

克汗摇摇头，"让他叫吧，他自己告诉我至少有两天不会有人经过这条路。我们有的是时间离开这里。"

几分钟内，达克就被牢牢捆在椅子上。他可以感到铜丝嵌进他的手腕，他知道没有人帮助他的情况下他不可能脱身。他两只脚被分开捆在椅子腿间的横挡上，防止他站起来。

"现在我们要取油了，"克汗低头看着他，"取我们需要的。"

达克一言不发。

"两加仑，"克汗沉思着说，"那就是我们需要的。"

"你是什么意思？"达克问。

"我们计划这事的时候，我们就知道你先前提到的机场。"克汗说，"我的一位驾驶员朋友会在那里等我，在任何人接近我们之前，离开山区。"

"但在行动之前，你忘了加油。"海伦嘲弄他。

"对了，所以我们没有油。老兄，假如你卖我们两加仑油的话，我们就可以直奔机场，不用再来找你了。但你太贪心了，所以我们不得不开车回到这里，要不然我们可能还是到不了机场。同时，我们怎么知道你没通过收音机听到抢劫的消息呢？"

"可是我发誓，我什么也没听到，"达克惊悸地说，"我连收音机也没有。"

"对不起，老兄，我们先前不知道，现在已经晚了。"

汽车很快加满了油，海伦到外面。克汗又检查了一遍那些铜丝是否牢牢绑住了他的俘虏。

"克汗先生。"达克叫道。

"什么？"

"这山上很冷。"

"我知道，怎么了？"

"有时温度在零度以下，炉子里的火只会燃几个小时。"

"你说得对。"

"我会冻死的。"

"当我太太在外面挨冻时你似乎并不怎么担心。"

"为了诈你一加仑油，就以死抵债，价格未免太高了。"

"唔，老兄，记得你自己怎么说的？"

"什么？"

"油价涨了。"

美梦之屋

我最好从头叙述，可是何时算是头呢？

我想应该从我同意买麦尔肯农场南面的那亩地开始。那天我心里想找件有意义的事做做，所以下班后我在警局办公室多待了个把小时，我就是这样滑稽的人，没事找事。当我无聊的时候，总是去看电影电视消磨时光，片中那些贼眉鼠眼、大腹便便的人有时候吐口水侮辱人有时候打无辜的人寻开心，每当看那类情节，总会使我热血沸腾。

我结婚二十多年，去年妻子去世了。我不解的是，为什么二十多年不美满的婚姻结束后，我有种茫然若失的感觉，就像人在大雾或沙漠中迷失方向一样。一个人无牵无挂，应该自在才对，但是，年纪越大——我已四十八岁了——对生活越不理解。

还是言归正传吧！这天，我回乔治太太家时——我在那儿租了房子——在路上遇到麦尔肯。我原本有幢房子，妻子去世后，听朋友和亲人的劝告给卖掉了。让我给你一个忠告：永远别听人家的忠告，自己要有主见。他们说房子我一个人住太大了。唔，我们这小镇上没有公寓出租，后来就租了乔治太太的房子，虽然房间很大，但我总觉得小，因为我心中有股抑郁的感觉。假如你现在还年轻，你有的是时间，有未知的前途，你可以尽情享受生活。但到了我这般年纪，你有的只是现在，生活中缺乏了可贵的未来，而且未来逐渐暗淡、茫然。

麦尔肯是全镇上最春风得意的人，他是位成功的农场主，他在镇上开有一家农具代理店，180公路这一段上还拥有一家唯一的加油站，每件生意都很赚钱。虽然他很有钱，但不嚣张，为人友善，对镇上贡献不小。所以当他提议一道去喝杯啤酒吃顿饭时，我欣然前往。

谈话中他很快明白了我的心情，说我是个傻子，不该听别人的话把房子匆匆卖掉。随后他又安慰了我一下，说可以帮我解决这个问题，虽然他可以有点好处，但这不是他帮我的初衷。事情是这样的：他有一块一亩大的土地，地面上是林子，地点就在他农场南面，在他的土地与郡省土地之间。那块地据他所知，政府还没有什么计划。我可以在那个理想的地方建所房子然后重新开始生活。

我说我光棍一个要房子有什么用呢？

"找个女人。"他坦白地说。

我觉得脸红，问他："可找谁？"

"镇上漂亮女人多的是。"

"举个例子。"

"约瑟芬。"

天黑前我们一起到那儿去看那块地。那地方很美，有一点点像小山丘，从路面向西有个微微的斜坡，地面上长满了橡树和野蔷薇，只有正中间有一小块空地。我屈膝跪下来，抓捧起一把土，让土从指缝间缓缓落下，我嗅到了泥土的芬芳，春的气息，还有我无穷的希望。我知道为了那块地我愿付出任何代价。

"说个合理的价格，我就买下它。"我说。

麦尔肯说出个合理的数目，我们握手成交了。

约瑟芬和她丈夫比尔在离警局半条街远的地方开了家小杂货店。他们店里的东西很全，日用杂品应有尽有。他们的店不是餐馆也不是卖快餐的小吃铺，但你可以在那儿弄到早餐吃，早上在大多数镇民起床前，他们的店就开始挤了。

寒冬的早晨，大约五点钟的时候，你会看到店楼上的电灯亮了，随后楼下的电灯也跟着亮起来，那样你就知道，他们——或者可以说是她——正在把水倒进大咖啡壶里。那情景在寒冬里会给人一种亲切的温暖感，尤其是你值通宵的夜班，或者巡逻通宵之后。

比尔还在镇上的时候，他们从早上六点卖咖啡，一直到八点半，除咖啡外还卖奶油面包或小饼一类的点心。我说过，看见他们店里的灯光会有种亲切温暖感，但是比尔可不是一位亲切友善的人，他又高又壮，宽宽的肩膀，长相还可以，但从不笑，脸上总是一种乖戾的表情。

他开口说话时，一点也不友善。也许他厌恶站在柜台后面为不比他强的人服务，或者仅靠那家店生活过得不怎么样。不管怎样，依我判断，他是令人讨厌的，更不用说做生意了，和气生财嘛。

有些人说他打他妻子——约瑟芬，有一阵子她不在店里倒是事实，可是他打她了吗？安东尼说，有天夜里他经过那儿时，听见约瑟芬的尖叫声，下车去敲他们的门，经过好一阵，比尔才开门，安东尼问他发生了什么事，比尔说没有。安东尼说想和约瑟芬谈谈，比尔说她已经睡了，然后他脸上有种异样的表情说："好，上楼吧。"他们一起到楼上卧室，看见她坐在床上，身上裹着床罩。她问："什么事？"安东尼说："我听到你的尖叫声。"她回答道："你听到了，我做了个噩梦。"这样一说，安东尼只好走开了，还能做什么呢？

安东尼告诉我此事后，有很长一段日子，我想象着约瑟芬坐在床上身上裹着床罩的样子。她是个美丽的女人，一个男人怎么能像比尔那样虐待一个女人？而且她是一个很好的人，乐观，善良，热心，和她外在的漂亮一样。有时候我到她那儿去买烟或者其他东西，甚至我妻子活着时我也常去看她，心中想，（上帝原谅我）假如我有像她那样的妻子该多好。

然而有天晚上，比尔不辞而别离家出走了，再也没回来。别人都认为她会高兴，也替她高兴。但她似乎过了好一段日子才习惯丈夫弃她而去。我记得安东尼说，她可能不相信发生的事吧！那时候我还不理解这件事，不过现在，我是一个活见证人，当一桩不美满的婚姻结束后，事情不可能马上好转，这需要一个过程。

过了一段时间后，约瑟芬重新振作起来，她把店铺收拾得整整齐齐，早餐除了面包外，又新添了腌肉和蛋，因此，我和许多镇民都习惯到她那儿吃早点。

不用麦尔肯告诉我，我也知道她很漂亮，他没对我提她前，我从没想她会不会成为我的妻子。一想到我可以在那块地上建一幢房子，似乎一切看法都改变了。我想象她在那幢新房里，做我的妻子，细心地为我做腌肉和蛋，全然忘记了店铺里的事。有趣的是，对麦尔肯的话，我最初的反应是好一阵子不去约瑟芬的那家店。我没仔细考虑原因，不过可能是我潜意识中不愿看见她在侍候一群陌生人。

有一天，我徒步经过那家店时，发现里面一个人也没有，只有约瑟芬一个人，所以我走进去对她说："现在你和我单独在这儿，我的意思是，我们现在都是单身，我想请你吃晚饭。"她很高兴地答应了。

我带她到附近约克镇的红磨坊酒店吃饭，我并不想躲避什么，只想带她到一个好的地方，那儿不会碰到什么熟人，我们可以放松地聊天，增进了解。第一次之后，我们的约会多半到那儿，有时候也到普洛餐厅吃饭，后者不及红磨坊档次高，但是朴实、淡雅、安静，那儿的客人不多。我不知道普洛餐厅何以维持经营下去，不过事情也轮不到我操心。身为警察，总会认为每件事都和你有关。

作为警察，我喜欢直率，心中有什么就说什么，所以很快我问约瑟芬是不是和比尔离婚了。她告诉我，正在申请中。

两个礼拜后，我就肯定不管发生什么事，我都要娶她。我向她求婚，她并没露出害羞的样子或是推诿，只是有点惊讶，然后说好。

那真是个美妙、难忘的时刻。

对于我将要为她建造新房，还有橡树、野蔷薇，我对她只字未提，我想给她一个惊喜，另外还要确定一下她嫁的是我而不是我的财产。我希望她有一种朴实感。

我想你该知道她长什么样子。她的个子在女子中不算矮，刚好到我肩胛，身材苗条有曲线，褐色带红的头发长而发亮，奶油色皮肤，眼睛清澈，大而明亮。

我向她求婚，她答应后，泪水沿面颊落下。

"你为什么哭？"

"我快乐。"

我伸过手去抓住她的手，"我要你永远快乐。"

随着春天的到来，白天渐渐长了起来。当约瑟芬不在我身边而无聊时，我习惯在黄昏前后去看看那块地。野蔷薇的花蕾开始慢慢长大，而橡树看来好像冬天永远不会过去一样。

五月一日，我向麦尔肯租了一部开路机，我到那块地时，发现他早就把它送到了，而且照我的意思开到空地旁边，没伤及任何一棵树，只是断了一些枝杈而已。不过我们必须开一条车道直通外面公路，所以断一些树枝也无所谓。第二天是约瑟芬的生日，我计划给她一个惊喜。

我照平常时间接她，问她是否喜欢到红磨坊或者别的地方。她说随我的意思。我说不行，我要征求她的意见。她说，红磨坊好了，然后问我，我往哪儿开，因为红磨坊在相反的方向。我告诉她，我要带她去看样东西，那东西是我送给她的。她双眼顿时亮了许多，开始微笑。我开玩笑说："我想你是想在一个小红盒里找条小手链那类东西，是不是？"

她摇头，"我不知道自己想找什么，什么也不想，我现在已经很满足了。"

"你就会更快乐了，"我说，"我给你一块土地并建幢房子。"

"你……什么！"她张口惊视，两眼闪动，"你做了什么事？"

"我买了一块方圆二十里内最美丽的土地，你我要在那块土地上建一个家。"

她双臂抱住我，吻我的耳朵，没问我为什么。

"嘿！"我说，"嘿，我在开车！"

她放开手臂坐正，但是我注意到她还留一只手轻搭在我肩上，好像怕我跑了一样。过了一会儿，她问："它在哪儿？"

"你就会看见。"

"是什么样子？"

"美丽，全是橡树和野蔷薇。至少有一百棵野蔷薇含苞欲放。方圆二十里内唯一真正的林地，风景优美。"

她没再问我地在哪儿，我想她可以从行车方向看出。一分钟后，她放下搭在我肩上的手，兀自坐在她那边注视窗外，生怕我看见她的脸。

一会儿，我停车关掉马达。她说："你看那儿有部开路机。"她声音怪怪的，说话的样子和她是比尔太太时一样，压抑着。

我下车，绕过车，为她开车门。

"你要做什么？"她问我。

"来吧！"我说，我有些烦躁，"我们到开路机那边，那儿就是我们要造房子的地方，就在那个小空地中央。假如你不想砍树的话，我们一棵也不要动。那会像是一座小小的私人城堡。"我伸出手，先是这一边，然后是另一边，说道，"一边是麦尔肯的农场，另一边是官方的土地。我们是这片土地的主人。"

她下车，站在我身边。在树荫下，她脸色看起来很苍白，还有她的眼睛——我永远忘不了她那双眼睛——好大，好难解。我执起她的手，"你的手在发抖。"

"这一切太突然了。"她说。

"这儿很美，不是吗？"

她深吸一口气，"我很感激你。"

"走吧！"我们开始踏上开路机压过的矮树丛，当我们差不多接近空地时，她在我身旁瘫软下来。我的第一个想法是，她被树根绊倒了，但她不是突然倒下，而是慢慢倒下去。她跪在地上，头勾下来。我在她身旁弯下，摸她的额头，湿湿的，冷冷的。她喃喃地念着什么。我慌忙问她在说些什么。

"对不起，对不起。"

"没什么。"

"我破坏了你的兴致。"

"没有关系。"

"不，不。"

"你病啦？"我关切地问。

"你最好带我回家。"

我很担心她，可是她坚持不让我上楼。她说，直接上床，明早就好。她还说，一整天都觉得怪怪的，但没有理由，可能是生日的缘故吧！

我向她道晚安，但是心中仍不安。我甚至怀疑她可能怀孕，这是一个什么感觉！年过半百要做父亲！唔，有何不可？她说她已经取得离婚证，所以我们只要快一点结婚，就不会落下什么笑柄了。我在乎什么呢？我心想，我只是担心她而已。

第二天最糟的是，我没有时间给她打电话，因为镇上唯一的中学发生了暴力事件，而且情况严重，校长大发雷霆，我不能责怪他。

到了晚上九点钟，我才得空去她住所。一到那儿，看见灯全黑着，所以我想还是不要打扰她了。可是我仍然担心，假如她那么早上床休息的话，那不正说明她身体还没康复吗？明早会好的。

早晨，店门紧闭没开灯。我猛敲一阵门，然后又生怕太招摇了，便悻悻而去。那天时间过得真慢，一位老妇人被殴打致死，钱财被劫，陈尸于小镇的路上，也就是我和约瑟芬常去红磨坊的路上。那天驾车走在那条路上，心中十分痛苦，我知道，今后除了公务我再也不会开车走这条路了。

下班后回到住的地方，约瑟芬的信在等我。

"我的心已碎，"她写道，"我只希望你不会太难过。我已经走了，不愿回来。那与你无关，平生没人待我这样好过，可是，那不会有结果的。我不能再说什么啦。请把冰箱里的食品——牛奶、鸡蛋和半条大香肠——在没有坏之前送给穷人，你可以送到镇上的修女院，她们会知道如何处理。我的请求，希望你不要介意，我会永远爱你。"

最后一句话打动了我的心，它像诗一样，但我相信她说的是真话。我哽咽了，说不出话来，只是一遍一遍念她的名字。

一直到天亮，我都没合眼，然后我驾车出去到那块该诅咒的土地上。我爬上开路机，开始在空地上撞来撞去，好像要挖一个地下室一样。我来回开了二十七次——我没在意我一直在数——然后，我看见一样东西，于是我把那东西推回坑里，爬下开路机，上前仔细看。

一根大腿从土里伸了出来，那不是马的骨头，不是狗的骨头，也不是林中某种野生动物的骨头。

那是比尔的！

我爬回开路机，把土坑边的泥土全部扒回去，把坑填平，那似乎花费了我很长时间，然后再把矮树和树叶铺上。在做这些事的那段时间里，我觉得很冷静，心中充满了恨意和怜悯。但是，约瑟芬对他的恨更强烈些，否则她不会出此下策。

我把开路机开上公路，再折回开我的汽车。

我想野蔷薇已经盛开，但我没回去看看，还有橡树落叶时我也没回去。我要把那块地怎么办呢？我不能出售，因为别人也会挖那地方，上帝知道他们会挖出什么。我猜想是一个有子弹洞的头骨。

至于我自己，我没有再去看那地方。

我告诉麦尔肯，对造房子的事，我改变主意了。

"真是遗憾，"他摇头叹息说，"那是个美丽的地方。"

但不是一个快乐的地方。

空包弹

那天下午，吉恩走进演员俱乐部酒吧时，里面没多少会员。他的进入，吸引了少许观众，虽然观众不多，但他的进入还是颇为戏剧化。他跨进房间，走到吧台前，目不斜视，谁也不看，只向艾迪要了杯酒，不过还在下双陆木棋的人停战了大约半分钟，在演员俱乐部，下双陆木棋很少有停歇的，哪怕短短的一会儿。打台球的一个人抬头看了看他，再低头击球的时候，没有击到该击的球，他的对手因为分神，也没打到，很奇怪的是，两个人都没有开口咒骂，这种事简直前所未有。

艾迪给吉恩倒酒，酒吧里又恢复了正常。

我无法说别人对他有什么想法，但我个人很欣赏他的做法，要做好那件事，所需要的勇气，任何人都无法了解，除了吉恩和我之外——假如我能做的话。

我放下正在阅读的报纸，走到吧台前，折起报纸，似乎是件很滑稽的事，因为报纸头版头条新闻刊载的是每个人都熟知的事：前一天晚上，吉恩曾杀了一个有名的女人，或者说，涉及一个名女人之死。

她的名字叫贝蒂，是百老汇流行戏制作人的妻子，吉恩在《Next to Good》这部戏里担任男主角。贝尔先生选择他担任这部戏的主角时，他是个年轻英俊、光芒万丈的演员，换句俗话，就是正处于事业的巅峰。有人说，吉恩之所以能得到那个角色，是因为贝蒂喜欢他。这点我不知道，我只知道吉恩是那角色的理想人选，因为碰巧，那出戏是我编的。我知道他有家有室，也知道他在未成名时，在四处寻找工作和剧院的那些年月里，身边总有一位可爱的女伴，目前他有两个孩子，家在城郊。我也知道，过去的六个月里，吉恩和贝蒂经常一起出没于公共场所。以上是我所了解的一切，因为城里的每位专栏作家，对这些内容都已报道过

208

至少两次。

我走到吉恩独自站立的吧台，酒保艾迪抬起头，我指指吉恩的酒杯，说："来杯同样的。"

艾迪看了我一眼，"双料威士忌？"他知道我平时是喝淡酒的。

吉恩根本瞧都不瞧我一下。

"来杯双料威士忌，你这爱尔兰傻瓜，少啰唆！"

艾迪咧嘴笑。他经常和会员们开玩笑，假如我们偶尔不和他开玩笑的话，他就太寂寞了。

昨天吉恩和贝蒂在"漫厅餐厅"里喝过酒，还在聊天时，贝尔走进来。贝蒂年轻时是个很美丽的女人，现在四十八岁，仍然迷人，风韵犹存。

今天的报纸对昨天发生的事做了很详尽的报道，因为餐厅里全是百老汇的人，都认识他们三个人，警方要找目击证人也不难。

贝尔向吉恩和贝蒂坐的桌子走过来，他们在喝咖啡。贝尔伏低身子，低低地对太太说了些什么，别桌的人听不见。吉恩站起来以同样的低低的声音说了些什么，贝尔从口袋里掏出一张纸，扔到桌子上，吉恩说了些什么，贝尔回答，样子非常愤怒，然后，他就向吉恩冲了过去。这时，吉恩从口袋里掏出手枪。

以后发生的事情，像事情开始突然发生一样令人好奇。贝尔扔在桌子上的那张纸，好像是他太太写的一张便条。条上写着：今天最后一幕戏后，立刻到"漫厅"来，快来，蒂蒂。

同这纸条一起的，还有一封信，是用打字机打的，写着"贝尔亲启"。

吉恩结束演出后，匆匆谢过两次幕，急急回到化妆室，用毛巾擦掉脸部的化妆品，连戏服都来不及换，穿着格子粗呢外套和法兰绒长裤，就赶到拐角的餐厅——他们平常见面的地方。

因为这样，他外套口袋里才有装着空包弹的手枪，那是《Next to Good》最后一幕戏用的，向一个敞开的窗户开一枪，吓走一位潜伏的小偷，这个情节，谁都可以记得。

"贝尔走到桌旁，开始咒骂我的时候，"事后《每日新闻》引用吉恩的话，"我唯一的想法是要他闭上嘴，她太太和我只是好朋友，但有人寄了一封下流中伤人的信给他，指责我和贝蒂有苟且之事，而且附了一张条子，条子上写明我们今天要在何时何地见面。他歇斯底里——简直疯了。"

无论如何，他们之间有了激烈的、不可原谅的话说出来。贝尔显然气疯了，在众目睽睽之下，向吉恩冲了过去，后者想到了口袋中的手枪。当然，它实际上是没有杀伤力的，因为装的是空包弹。他掏了出来。

目击者异口同声说，有一会儿，吉恩用手枪控制住了贝尔，使他处于进退两难之中，这时，餐厅服务生开始向他们走去，力图劝开他们，接着，两个男人各说了些什么，于是，贝尔跳过去夺枪。他们俩挣扎厮打，两个人都抓着枪。咖啡溅到贝蒂身上，她开始叫并且跳起来，疯狂地去抓两个男人，这时枪走了火——开了两枪，服务生围拢过去。

贝蒂向前倒在桌子上，然后滑到地板上，有一会儿，餐厅里令人难以置信的安静，没人肯接受刚刚见到的事。

贝蒂奄奄一息。

手枪装的不是空包弹，而是实弹，一颗打入她的嘴角，进入脑部，另一颗打到左乳房，距心脏不远。她在医护人员赶到之前，早已气绝身亡。

吉恩喝下酒，对酒保说："再来一杯。"酒保急忙为他斟酒。这时，他才第一次看到我。

我说："嗨！"

他只举举杯，做一个友善的手势，算是回答我。他眼睛黑黑的，充满疲倦。

我一饮而尽，喝完杯中酒，然后将酒杯推向艾迪，示意他再来一杯。我告诉吉恩："没有人责怪你，每个人都了解你的感受，发生这种意外，不能怪任何人。"

没有人责怪他，那是事实。警方把他和贝尔带到警局，审讯了一个通宵，但是早报报道说，经过验尸、十六分局和凶杀组的侦查，都认为不是故意杀人，是"意外死亡"，是一次荒谬的巧合。因此，两人都被释放。

事实上，侦查结果暴露出一种令人吃惊的讽刺。吉恩用来表演的那把枪，总是由管道具的人来装弹的。管道具的人最近进了一批新的空包弹，五十颗装，六大包，里面被暗暗换了一盒真子弹，警方在道具室里找到了那些真子弹。因此，那天下午，当吉恩在最后一幕射出一发子弹时，他射的是一颗真子弹。这点经过检查剧院的后砖墙可以证明。

没人注意到背景幕上的小洞，管道具的人事后也说，他在装空包弹时，也没注意到那是真子弹。因此，贝太太实在死得冤枉，她的死全属意外。

艾迪走开，我靠近吉恩身边，静静地说："吉恩，什么事使你觉得非杀她不可？"

他没说话，只是皱了皱完美的鼻子，这点就告诉我，我的说法正确。那并不稀奇，我正推论出事实真相，我相信谁都能推论出。

吉恩说："你喝多了，或者说你是个傻瓜。"

"两者都不是，你会平安无事的。要不要我告诉你，你为什么会平安无事？"

他两眼直愣愣地盯着吧台后面。

"你的说辞有一个弱点，但是警方一直没有察觉，因为他们不像你那样了解贝蒂，问题出在她写的条子上，贝尔是昨天从邮差手中接到那封信的，那天正是命案发生的同一天，所以很明显，信前一天寄的。但是信是约你'今天'见面，那正是贝尔接到信的那一天，我打赌，随条子寄的那封讨厌的信里，强调你们是在那个时候在餐厅见面。

"那表示，贝蒂亲笔写的那张条子必定是好些时候以前写的，而且是被留下来的，准备在适当时候派上用场。被谁留下来呢？那只能是她倾心而有兴趣的人，而且是最近有来往的，那么这人只有一个，那就是你。"

"你疯了！"

"不，只是谨慎的推理，从这件事的表面看，我的看法完全不合情理，为什么她要给她丈夫寄那样的条子，外加一封只会引起公然冲突的下流信？

"为什么你是可能做那件事的人？甚至单是想象，那也是荒谬的，可是看看结果，结果是什么？贝蒂被杀了。

"你不可能被怀疑？当然不可能。你对她很有吸引力，经常有人看见你和她在一起，那是你真正的掩饰。那就是为什么，你胆敢在餐厅、在众目睽睽之下行事，你谋杀了她。"

他不再抗议，只是低头聆听。

"做那种假定，似乎疯狂，"我说，"但是一切都符合事实。谁有机会到后台道具室调换一包真子弹，以便事后被发现？你有。谁有机会卸下空包弹、换上真子弹？管道具的没有错，是装了空包弹，虽然每个人都认为是他装的真子弹，但只有你有卸下空包弹、换上真子弹的机会。谁能肯定在舞台上开枪射击时，不会伤到任何人？只有开枪的人。"

"你怎么——为什么你认为你知道这么多，这么清楚？"

"因为我知道谁有杀她的动机。我知道，你也知道，但警方永远不会知道。她是一个贪得无厌的女人，她利用男人就像吸纸烟一样，她的需求是惊人的。这使我想到原先的问题，她需要你什么而你不愿意？婚姻？"

他微微不被人觉察地点点头。

"我也这么推想，你爱事业，为了达到目的你顺着老板太太的意思，但是你也爱自己的太太和家庭，你不愿让她把你生命中最具意义的一切拿去。于是，你想出一个瞒天过海的方法来杀她。将一个公共场所当舞台，诱使她和丈夫吵架——先是用信，再当面侮辱，再掏出你假装不知道是真子弹的枪，让他先动手过来抢，因为你比较年轻力壮，等枪对准适当的方向时，你就扣两次。除了认为是意外事件，谁还能认为怎样？"

"是什么给你的暗示？"

"我已经告诉过你，我以前曾认识她。二十年前，那时我年轻，写剧本很有前途，当时长相也英俊，而且婚姻美满，情况和你现在差不多，因此，我知道她可能想什么。你知道，我的婚姻最后破裂了。她能活到现在，算是她运气好，她是玩弄男人的好手。吉恩，没有人告发你，放心好了。再来一杯如何？"

疯狂舞伴

　　故事发生在布莱克·弗瑞斯特一个小镇上。那个叫作佛特瓦哥的小镇住着个非常神奇的老人，他的名字叫尼克拉斯·吉贝。他的生计是做些各式各样的机械小玩具。提起老吉贝的这项手艺，在欧洲可谓是无人不知，无人不晓。他做过从包心菜菜心里忽然蹦出来的小兔子，摇摇耳朵，理理胡须，倏地一下又消失在包心菜里；还有能自己洗脸的小猫，"喵喵"叫着做着各种姿态，以至于连狗都信以为真，迫不及待地扑将过去；他还做过木偶，在木偶的肚子里藏上留声机，于是这木偶就可以一边向你脱帽致意，一边向你问候"早晨好""你好"之类的话，甚至有些还可以为你唱歌呢。

　　老吉贝可并不只是个手工匠人，他简直就是个艺术家，他的工作也是他的业余爱好，那可不是一般的闲情雅致，而是寄托了老吉贝全身心的感情。他店铺里堆积着样式各异的稀奇古怪却精妙绝伦的东西，但这些东西就像古董一样陈列在那里很少有人问津，他制作这些东西似乎并非是为卖掉它们，而只是出于一种对手工制作的痴迷和热爱。他曾经做了一只机械的小木猴，那小猴可以凭借藏在体内的充电装置跑两个多小时，如果有必要的话，换上一个功率稍大的充电器，甚至可以比真猴都跑得快。他还曾做过一种飞鸟，那只鸟可以振翅飞入半空，然后在半空中盘旋几周后又落回到它起飞的地方。他还曾以铁棒为支柱做成一副骨架，竟然还能跳狐步舞。他还曾做过一个肚子里藏着管子的绅士，能够抽烟，还能够喝酒，喝得比三个学生都多。他还曾做过一个真人大小的木偶小姐，居然还会拉小提琴。他还曾做过……他做过的是如此之多，真是不可胜数。

　　镇上的人都相信，如果你愿意的话，老吉贝能做出一个可以做任何事情的木人。有一次他做了个木人，因为这个木人会做的事太多了，以至于……事情的经

213

过是这样的：

镇上有个青年医生叫佛仑，他有个小婴儿，婴儿过一岁生日时，佛仑邀请家里的亲戚小聚了一次。在他的小宝贝儿过两岁生日时，佛仑夫人执意要举行一次舞会以示纪念，于是佛仑便邀请了镇上很多人来参加舞会，老吉贝和他的女儿奥尔格也在邀请之列。

舞会的第二天下午，奥尔格的三四个女友聚在一起聊天，很自然地谈论起昨天舞会上的男士来，她们七嘴八舌地谈论着那些男士的舞技。老吉贝也正好在屋里，但他似乎在专注地看报纸，因此这群女孩也就没有十分留意他。

"在你去的每次舞会上，都好像很少有男士会跳舞。"其中一个女孩说。

"是的，他们好像都在故作姿态，"另一个说，"他们倒是很喜欢和你搭话。"

"他们的谈话真是愚蠢透顶，"第三位补充说，"他们经常说的话几乎一模一样：'今晚你看起来很迷人。''你经常去维也纳吗？''哦，你一定心情很好！''你今晚穿的衣服太美了！''今天天气多热啊！''你喜欢瓦格纳吗？'我倒是希望他们能问出点新花样来。"

"哦，我可从不介意他们说什么，"第四个说，"只要他舞跳得出色，即便是个白痴我也不会介意的。"

"他们通常……"一个清瘦的女孩愤愤地说。

"我去舞会跳舞，"先前的女子说，没注意到打断了别人，"我所要求舞伴的只是他能将我抱得紧点儿，而且能毫不疲惫地带我一直跳下去，直到我累了再停止。"

"你所要求的是个上了发条的机器人！"被打断的女孩说。

"棒极了！"其中一个惊叫着，鼓起掌来又说，"那是个多么美妙的主意啊！"

"什么美妙的主意？"她们问。

"当然是上了发条的舞伴了！我看最好是电动的，这样他就绝不会感到劳累了。"

女孩们开始以极富想象的热情来描绘她们的构想。

"哦，那将是个多么可爱的舞伴啊！"一个说，"他绝不会踢你的腿，也不会踩了你的脚。"

"他不会撕破你的衣服！"另一个又说。

"他不会跳错舞步！"

"他也不会转晕了头，撞在你身上！"

"而且他也不会用手帕擦他的脸，每次舞会我最讨厌男人做那样的动作。"

"那就不会在舞会时把整个晚上都耗费在餐厅里。"

"哦，放一个留声机在他体内，然后播放出录制下的话语，你将难以辨认他究竟是真是假。"首先提出这个建议的女孩又说。

"是的，这是完全可以做到的，"那个清瘦的女孩说，"而且可以做得更完美。"

老吉贝放下他的报纸，竖起两只耳朵仔细听着女孩们的谈话，正好一个女孩的目光朝这边望过来，老吉贝赶忙又举起报纸装作什么都没听到。

女孩们散了离去后，他便走进他的工作间忙活起来。奥尔格只是在门外听见老吉贝来回踱步的声响，偶尔夹带着几声轻微的窃笑声。那天晚上，他和他女儿聊了很多关于跳舞和她们舞伴的事，比如她们经常交谈什么，什么舞蹈最流行，其间会穿插什么步伐等等诸如此类的问题。

而后的几个星期里老吉贝的大部分时间都待在他的工作间里，若有所思地忙来忙去，尽管偶尔也出人意料地轻笑两声，但似乎只是想起了一个别人无从得知的笑话一样，让人摸不着头脑。

一个月以后，在佛特瓦哥又举行了一次舞会，这次舞会是由富有的木材商老温塞为庆祝他侄女的订婚仪式而举办的，老吉贝和他的女儿又被邀请参加。

到了出发的时候，奥尔格去找他父亲，发现他并不在屋里。她到她父亲的工作间敲了敲门，发现他正挽着袖子，满头大汗地忙活着什么。

"别等我了，"他说，"你先去，我会很快就跟去的，我还有点东西要完成。"

奥尔格转身要走的时候，"告诉他们我要带一个年轻人同去，他可是个英俊的小伙子，舞跳得棒极了，所有女孩儿都会喜欢他的。"老吉贝哈哈一笑，随手关上了门。

老吉贝对于他手中的活计一直保守着秘密，包括他女儿都没有告诉。但是，奥尔格似乎猜测到了她父亲正计划的事项，也许他在为客人准备一件礼物。奥尔格把她的猜测告诉了舞会上的人，大家都在焦急地等待着这个有名的老工匠的到来。

忽然外面响起了一阵车轮的吱吱声，接着便是走廊里的一阵喧嚣。随后不久，老温塞满面红光笑容可掬地冲进舞厅，大声宣布："欢迎吉贝和他的朋友！"

话音中吉贝和他的朋友进来走到屋子中央，人群发出了一阵热烈的掌声，对他们表示敬意。

"女士们，先生们，请允许我，"吉贝说，"给大家介绍一下我的朋友，弗瑞兹中尉。弗瑞兹，我可爱的家伙，请向女士们先生们致意！"

吉贝把手轻轻放在弗瑞兹肩膀上，中尉深深地鞠了一躬，同时在他的腰间似乎发出了几声轻微的咔嚓声，但似乎并没有人注意到这微乎其微的声响。

中尉走起路来显得有点僵硬，老吉贝拉着她的手臂一同向前走了几步——她当然走得很僵硬，要知道走路并不是他的特长。

"她是个舞蹈家，我只教过她华尔兹，她已经不成问题了。来，哪位女士愿意做她的舞伴？她跳舞可以一刻不停，她可以把你抱紧，正如你所要求的那样，她的节奏快慢任由你选择，她绝不会跳昏了头，她言辞非常有礼貌。哦，来，我的宝贝儿，你自己说说看。"

老工匠按了一下她上衣后背的一个按钮，弗瑞兹立刻张开了嘴巴，微微听见几丝机械的摩擦声，接着一句极其温文尔雅的话语："我有此荣幸吗？"脱口而出，随后嘴巴又叭地闭上了。

毫无疑问，弗瑞兹中尉给大家的第一印象非常深刻，但似乎仍没一个女孩愿意和她跳舞，她们只是半信半疑地看着她：挺阔的脸庞，闪亮的眼睛，优雅的微笑。终于，老吉贝来到那个想出这主意的女孩子面前。

"这可是你的主意，现在终于实现了，"吉贝说，"她是个电动的舞伴，你给大家展示一下，给她一个考验，可以吗？"

"你可是个聪明漂亮的小女孩，为什么不尝试一下这个新玩意儿呢？"热情的温塞也上前帮腔，于是女孩同意了。

吉贝把木人调整了一下，使它的胳臂正好挽住她的腰，把她抱紧，它的细腻光滑的左手握紧了她的右手，接着老工匠又告诉女孩怎样调节它的速度，怎样让它停下来以便休息，等等。

"它将带你转一整圈，"吉贝解释说，"放心吧，没人会碰着你的，除非你改变它的旋钮。"

优美的音乐响了起来，老吉贝拧开了电机的旋钮，于是安妮和这个陌生的舞伴开始在舞池里旋转起来。

所有的人都站在那里望着这幸福的一对，那木人尽情舒展着优美的舞姿，踩点准确，步法娴熟，一圈又一圈地来回旋转着，时不时地还以那异常柔和的语调和它的舞伴亲切交谈着。

"你今晚看起来真迷人！……今天天气真不错，你喜欢跳舞吗？咱们的步法配合得很好，能和你再跳一曲吗？哦，别这么无情！你的晚装可真漂亮！跳华尔兹你高兴吗？我可以和你一直跳下去——只和你。你吃过晚饭了吗？"

当安妮渐渐和这个绝妙的舞伴熟悉起来的时候，她最初的紧张便烟消云散了，于是她变得异常高兴起来。

"哦，他真是可爱极了！"她叫嚷着，欢笑着，"我愿一辈子和他跳下去！"

一对又一对的搭档步入舞池，很快，屋里跳舞的人们就前前后后包围了这快乐的一对。吉贝站在人群中笑着，望着自己的杰作，脸颊上流露出孩童般稚气的喜悦。

老温塞走过来，在他身边嘀咕着什么，吉贝满面笑容地点着头，于是这两个老家伙便悄悄地朝门口走去。

"今天晚上这儿是年轻人的天下了，"老温塞边走边说，"咱们到我的账房里抽支烟，喝杯酒吧！"

当舞会高潮迭起、淋漓至酣的时候，几近陶醉的小安妮松开了调节她舞伴步伐频率的旋钮，于是那家伙抱着小安妮跳得越来越敏捷，越来越快了，跳舞的很多人都已经累了，可是安妮他们却跳得更加起劲了，直到最后整个舞池只剩下他们一对仍在翩翩起舞。

他们跳得越来越疯狂，音乐开始跟不上趟儿了，乐师也跟不上他们的步点了，于是只好放下乐器停下来，瞪大眼睛望着他们。年轻人欢呼起来，但是有些老年人却变得焦虑不安起来。

"安妮，难道你还不停下来吗？"一位中年妇女开始叫道，"你别把自己弄得太疲惫了！"

但是安妮并不答话。

"我想她已经晕过去了！"一个女孩忽然看见安妮脸色苍白，大声说。

一个男子立即冲上去紧紧抓住了那仍在旋转的木人，却不想被它的动力重重摔倒在地，接着它那包着铁皮的脚又踩在了那个男子的脸颊上……很显然，那家伙不愿轻易放弃它引以为豪的荣誉。

如果当时有人能保持头脑冷静的话，一个人很容易就使那家伙躺倒在地了，有两三个人就能把它举起摔成碎片扔到角落里了。但是当时却正好相反，所有的人都激动着，没人能知道该怎么办。当然那些不在场的人会认为那些在场的人是多么愚蠢，就连那些在场的人后来回想起来都认为那是多么简单，或者说，只要他们稍微想一下，问题就会迎刃而解了。

在场的女人们开始变得歇斯底里，男人们也变得焦躁不安，又有两个人冲上去撕扯那个木人，不想却适得其反，反而让那木人脱离了舞池中央的轨道，滑到了角落里，撞着了墙和家具，一股鲜血从女孩的脸上淌下来，接着安妮又被重重地摔在地板上。女人们开始尖叫着从屋里跑出来，男人们也紧跟在后边。

"赶快找到吉贝，去找吉贝。"

没人注意到吉贝离开了舞厅，也没有人知道他现在何处，所有参加舞会的人们都开始找他。由于紧张不安，没人敢回到舞厅里去，只是在门外聚集着，聆听着。屋里仍旧响着转轮摩擦地板的"吱吱"声，那家伙仍在来回转着圈，当它碰着了周围的什么器物的时候，便发出沉闷的撞击声，然后它便又灵活地转个方向，向另一端滑动它的舞步。

它那温柔的问话仍一遍又一遍地重复着："你今晚看起来真迷人！今天天气真不错！哦，别这么无情，我可以一直跳下去——只和你。你吃过晚饭了吗？"

人们在到处寻找吉贝，却找不到吉贝在什么地方。他们找了房子里的每一个房间，然后又结队到了吉贝家中，询问那又聋又哑的看门人时又浪费了很多宝贵时间。终于有人发现老温塞也不见了，他们才穿过后院来到账房发现了他俩。

吉贝急忙站起来，脸色苍白，跟着他们穿过人群走进舞厅，顺手关上了房门。

屋里传来模糊不清的低语声和一阵凌乱的脚步声，接着好像是一阵木头的劈裂声，然后便归于沉寂。

一会儿门开了，站在门口的人想涌进去，却被老温塞宽厚的肩膀挡住了。

"我要你——和你，巴克勒，"他叫着两个中年人，声音很平静却充满了威严，脸上死灰一般的苍白，"其余人，请走开，尽快让那些女人们赶快离开！"

……

从那以后，手工匠人老尼克拉斯·吉贝便只做些蹦跳的兔子、洗脸的小猫之类的小玩具了。

不在现场的人证

    凯恩警长心中那窝囊劲儿就别提了，他很生自己的气，他"铁定"认为，杀人凶手就是眼前这个故意跟他兜圈子的小伙子，但却拿不出充分的证据。

    他用手摸了下短髭，掉头瞄了一眼坐在身旁的年轻人。这个名叫巴登的小伙子，从他上幼儿园还是个小萝卜头的时候，自己就认识他了。当然，现在他个子长高了，也算是个大人了，他蓄着一头染成荞麦色的披肩长发，还留了两道浓密的八字胡。

    巴登察觉到警长投在他身上的视线，不以为然地向他撇撇嘴。如果没有那令人厌恶的胡子和长发，他微笑的脸庞仍然含有些许稚气，但凯恩警长感觉到，潜藏在他那对淡灰色眼睛后面的，除了凶残，还有嘲弄。

    警长的下颚咬紧，竭力压下自己的愤怒。

    他正带巴登去见一位护士，她的指认将会使她成为巴登在现场抑或不在现场的人证。

    凯恩警长心里明白自己为什么恼火了，这位护士的指认将是非常关键的，巴登可能会被指控有罪，但也有可能逃脱惩罚。究竟如何，都要看这位护士的了。

    想到此，他不禁在驾驶盘上猛地打了一拳。

    汽车驶入一家私人公寓停车场，护士柯琳丝小姐就在这座大厦里照料一位八十高龄的老人。

    凯恩警长让巴登在接待室等候，自己先走了进去。

    穿着护士服的柯琳丝小姐正在那里等候他，那是间漂亮的书房，四周书柜上摆满书籍，一张硬桃木写字桌，桌面亮得光可照人。

    柯琳丝小姐是位黑发姑娘，身高和凯恩警长差不多，文静的面庞上，一双褐色的眼睛真诚，庄重。

凯恩警长作了自我介绍，并向她介绍了案情。

"柯琳丝小姐，我必须先给你介绍一下案子的大略情况，"他说，"这样，你就会明白，你的指认非常重要。

"一年前，也就是去年二月里，在大景镇开酒店的卡尔特，在一次抢劫案中遇害身亡。那天是周五夜晚，酒店生意兴隆，现金不少。卡尔特被残暴地打得遍体鳞伤。差一刻十一点时，他被一位顾客发现，那时他已不省人事，救护车抵达时，人已气绝身亡。

"我们现在只有一个线索，卡尔特死亡时，手里抓着一把金色的头发。此外，毫无线索，没有指纹，没有凶器，也没有目击者。

"然而，上星期，一位名叫邦达的年轻人从海外回到镇上来，以前，他对这件人命案一无所知，但当他听到后，立刻来找我。邦达去年二月请假回镇奔丧，他母亲过世，告别仪式就在命案发生的那个星期五，他必须当天晚上赶回西海岸。

"酒店对面的街道，有一座公共电话亭。时间非常紧，但他还是走进电话亭，挂电话和女友话别。他说当时电话亭的灯坏了，所以巴登没有看见他。巴登我带来了，过一会儿你就可以见到他。不过，邦达看见巴登在对面酒店里和卡尔特在一起。那时候他并没有想什么，这是可以理解的，当时，他还沉浸在悲痛中。不过他说，他们看起来像是在吵架。那时，他看了看表，时间是十点三十五分。之后，他向女友说再见，便急急离开了。那正是卡尔特被人发现不省人事之前的十分钟。"

凯恩警长叙述时，柯琳丝小姐一直以一种关切的神情看着他，当凯恩警长说完后，她问道："当他看到人命案时，为什么不马上报案呢？"

"那是因为他当时并不知道发生了什么。后来在海外，当然他与女友经常通信，但女友也不曾提起这件事，镇上又没有其他人和他通信，他也没有阅读本地的报纸，所以，他并不知道这件人命案，一直到回来。"

"可是这件事我能帮什么忙呢？"柯琳丝问。

"我们找巴登问话，他说命案发生前一天他外出了，那天晚上他正好回镇。镇上没有人看见他。我们发现卡尔特手中的头发可能是他的，长短、颜色都相似。但是，他说命案发生的那时刻，他和令尊在一起，他还说了些细节来证实他的说辞……"

"等等！二月？"柯琳丝打断了凯恩警长的话，"是的，家父是来过这儿。是二月十八日。因为他是来我这儿拿礼物送母亲，我母亲生日是十九日。可是家父已经不能作证了，老人家第二天因为车祸不幸去世了。"柯琳丝说完，神色有些黯然。

凯恩警长点点头，"是的，我知道。那就是我们需要你帮助的原因。巴登告诉我，那天，他曾与令尊一起到这儿来过，并见到了你。"说到这儿，他停了一下，"不过我有我们的推论。你知道，打巴登小的时候，他就有个名叫马克的好友，他们俩长得几乎一模一样，甚至他们的母亲也会弄混。他们蓄了胡子及留了披肩发之后，就更加难以辨认了。邦达说他认识这两个孩子，他发誓，那天晚上他见到和卡尔特在一起的是巴登，肯定不是马克。卡尔特的店里灯光良好，迎面又是大窗户，因此他说他可以肯定。可是巴登居然提出了他不在现场的人证，那就是令尊。这样，事情便有些复杂了。但我想，那可能是他们刻意串通设计的一个诡计，人命案发生后，马克便告诉并训练巴登记住那天他与令尊在一起的一些细节，以便万一被追查时，他可以提出不在现场的人证。现在，令尊车祸身亡，他们自然只有押宝在你的身上了……"

凯恩警长不平静地讲这一切，柯琳丝小姐静静地听。当她发现凯恩警长停顿一下，正在注视她的时候，不禁扬扬眉毛问道："那么就是说，这个叫巴登的人告诉你，我是他不在现场的见证人？"

"哦！不，他这点倒也很聪明。不错，他早知道令尊去世，但他只是给我们一个令尊的名字，由我们自己去调查。然后，当我们告诉他，令尊已死亡时，他佯装大吃一惊，最后才提到，他记得他曾和令尊到过这儿，也许你会记得他。"

柯琳丝的视线不安地移开凯恩警长，面露难色。

"柯琳丝小姐，我必须坦白地告诉你，我们还没有对巴登提起公诉。因为这个案子，我们还没有多少证据。假如对他的指认，你不能肯定的话，我们则必须继续努力侦查到有力的证据，才可以将他移送法庭审判。不过，假如你能肯定说，这人不是去年和令尊一起来的人，并且愿意作证，那么，我们就可以直接把他送上法庭。巴登自认为他很无辜，我们却认为他没有那么好。由于他与马克长相酷似，他已经逃避过不止一次的惩罚。不过，假如这次再让他逃脱的话，也就是说，假如他能借那天来此地的一些谈话之类的细节而使你相信他就是那天来的那个人，就太便宜他了。"

柯琳丝小姐咬咬下唇，两眼眯了起来，"那我可不敢保证，我不知道……那天，我只见过他一面……喔，当然，假如是他的话……又经过一整年的时间，我怎能肯定……"

"我们明白你的难处。"凯恩警长安慰她，"我们只希望你能够尽最大努力，然后告诉我你真实的想法就可以了。"话虽如此，凯恩警长的心中不禁暗暗祈祷。

她脸上浮现出一抹苍白的微笑，"好！我尽力试试。"

凯恩警长走出房门，进入通道，招手让巴登进来。

巴登大大咧咧地走进来，淡灰色眼睛闪烁着，径直来到柯琳丝小姐面前，与她握手，"柯琳丝小姐，再次看到你真高兴。"之后，他压低了声音，"听到令尊的不幸消息，我很难过。"

"谢谢你！"她声音轻轻的，仔细审视着站在眼前的年轻人。

"对证可以开始了吧，"他把头转向凯恩警长，故意做出一种潇洒的表情，"请问警长有何训示？"

对他的这套小把戏，警长以前见得太多了，但他不露声色。

"我们要的是你不在现场的证明。"

柯琳丝看了一眼凯恩警长。

"我不知道我们应该怎样来进行这件事。"她说，"虽然巴登先生看来有些面熟，但我知道我很难确切指认。不过，我可以问一些问题，假如你能回答我的大部分问话，并且又能令我满意的话，那么，我就可以作证说，他就是那天来这儿的人。"

"那么，请问吧！"巴登耸耸肩，一副满不在乎的神气。

"唔，首先，"柯琳丝说，"你记不记得当我父亲为我们介绍时，你说了些什么？"

巴登淡灰色的眼睛闪烁着，"那当然。我说，我认为我与令尊一见如故，因此你最好视我为长兄。"他眼睛急速一转，向警长投射过来一丝得意的神情。

警长看看柯琳丝，她点点头，但是几乎感觉不到。

"你们几点抵达这儿的？"她接着问。

他摇摇头，"我没法告诉你准确时间，不过我知道，当我们告辞时，楼上的老太太正高声嚷着要按摩背。"

柯琳丝再次点头，"那是我妈妈，她一天要按摩三次——假如能使她舒服点嘛……"她顿住，没有说下去，接着又问，"那次我父亲来看我有一个重要目的，相信你不会忘记。你能告诉我是什么吗？"

巴登的前额——在披肩发的掩盖下只能看到一点点的前额——皱起来，他抿着嘴，歪歪头，一副集中心神思考的模样，"唔，我不知道你指的是什么，不过，我想是你要交给令尊一件礼物——你准备第二天送给你母亲的生日礼物。那

222

是一盏灯，底座是用一个从前用来印壁纸的滚筒做的，你认为你的母亲会非常喜欢。”

不用说，柯琳丝的表情显露，他又答对了。

“对此，我父亲说什么了吗？”她接着问。

巴登咧嘴笑了，“他告诉你，如果它还能用来印壁纸，对你母亲而言，将会更加有意义，因为你母亲花费在房屋装潢上面的钱和印的钞票一样多。”

凯恩警长泄气了，马克的教导可真细致。

“然后我父亲告诉我，我哥哥打算送我母亲什么东西，你还记得吗？”她又问了。

沉默，这一次，巴登犹豫了。最后，他摇摇头，“对不起，这一点我忘记了，我想不起来了。”

他再次咧嘴笑笑。当警长盯着他时，他那双眼睛似乎在说：“那没有太大关系，一点儿也没有关系，整体而言，我已经过关了。”

柯琳丝面露忧色，向宽大的法式落地窗走去，眼睛看着外面绿油油、光滑滑的草坪。

“你能描述我父亲的长相吗？”当她问巴登时，眼睛依旧望着窗外。

“唔……”巴登欲言又止。

凯恩警长有种被侮辱的感觉，他想，他们对这一点显然不会忽略，但他还要故意装出慢慢回忆的样子，简直欺人太甚。

“我可以描绘一下他的模样，不过我没有把握。他没有我高。”说着，他还走到警长身边比了一比，他比警长高出差不多六寸，“他不很胖。就我印象，他皮肤红润，是的；另外，他的手背上全是红毛，现在我想到了他放在驾驶盘上的那双手，还有，他几乎烟不离手。”

柯琳丝把头转回房间，无助地看着警长，“不错，他说的对，我爸爸就是那样的。我不知道还该问他什么了。依我看来，他似乎是那天来的那个人。”

巴登有些得意忘形了，“怎么样，警长！”他向凯恩警长走过去，“我一直跟你说，去年那天，我并不在酒店附近，现在你可以相信我了吧，邦达看错人了。”

凯恩警长思潮汹涌，懊丧极了。他知道，假如他询问马克，说他就是邦达看见的人，他也会提供出他不在现场的人证的。

巴登更加神气了，“警长，假如我现在可以走的话，我会感激不尽。我还有很多事情要办，你可以送我到汽车站。”

凯恩警长与柯琳丝小姐握手告别，"谢谢你，我相信你已经尽了最大努力。不过，我仍然认为巴登从来没有到过此地，好歹我们还要找到证据才行。假如你想到什么别的，希望能和我们联系。"

柯琳丝看看这个，又看看那一个，既不能向警长说抱歉，也不能向巴登道贺，最后，她只能说："很抱歉，我只希望我已尽到责任。"她眼中透出明显的犹豫之色。

她送他们出去，两个男人站在敞开的雕刻门边，和她握手。

"再见，再次谢谢你。"凯恩警长说。

"或许，我们还可以再见？"巴登扬起眉说道。

"再见，祝你们愉快。"她含糊地说。

凯恩警长去发动汽车，内心被失望压得沉甸甸的。刚抵此地时的怒气，变成一座大山一样的压迫感。一年了，这个家伙应该在什么地方犯个错的，但现在，他却依然舒舒服服地坐在他身旁。

当汽车行驶到接近宽大的入口处时，凯恩警长从后视镜中发现，柯琳丝小姐挥着手，沿碎石子车道向他们追了过来。

凯恩警长刹住汽车，然后探出头来迎接她。

她跑到巴登坐的那边，倚靠车窗，气喘吁吁。她望着警长说："我想到一件事了，那会使事情更加可以肯定。"说着，她的视线转回到巴登这边，"我再问你一个问题，当你和家父离开这儿的时候，他转向哪一个方向？"

凯恩警长的心震颤了一下，因为他看到犹豫明明白白地表露在巴登脸上。

他看出来，巴登左右两难了。警长心想：好！小子，你只有一半的机会，一条是对的，一条是错的。可是，那可不是押宝啊！

凯恩警长关掉了引擎，沉默是痛苦的，也是难熬的。有一会儿，他几乎觉得自己有些为那孩子难受。

"小家伙，回答她！"警长粗声催促。

巴登掉转头，在他那双淡灰色眼睛的闪动中，警长看到了迷惘和不安。

巴登只有赌一把了，他抬起头，看着柯琳丝的眼睛，"当然是向南的了。"说这话时，头颅还满不在乎地一仰。

两个男人都看着柯琳丝，一切全看她的反应了。

她看着他，慢慢地，非常慢地摇摇头，又转向凯恩警长，"家父……"她说，眼睛并不看巴登，"天生总爱转向。大多时候，在该右转时，他会左转，反之亦然。他经常来这儿看我，所以我告诉了他一种弥补的办法——第一感总是错的——因此，他才能走对方向……可是那天晚上他在打电话向我报平安时，顺便告诉我，他又把方向搞错了。那是因为旁边有人和他说话，他分神了。他先朝北开了将近二十里，才领悟到走错了路。"

她停住了，目光尖锐地转向巴登。

看得出，巴登懊丧不已。

凯恩警长开腔了："巴登和马克知道令尊车祸身亡，所以他们精心推敲了与你有关的每一个细节，但却忽略了令尊和马克离开后的事，因为他们认为那些事你未必会知道。"

他发动引擎，与柯琳丝握手告别，回头转向巴登，"一切都结束了，小伙子。现在，我就送你回大景镇。"他停顿了一下，又补充道，"不过，我不会送你到汽车站，我要送你进拘留所。"

百密一疏

霍利驱车拐上家门前的汽车道时，他看了看表，中午差十分钟十二点。他把车开进车库，一路前后左右张望，他相信没被人瞧见，因为这是个新社区，刚刚搬进不多的几个住户。

他紧张地穿过小径，进入厨房。他太太正站在地下室的梯阶顶上，脚边是两盆待洗的衣物。那正是他所想象的样子。虽然地下室里有台新洗衣机，但她总是不用，总还是自己洗，将整天的时间都耗费在那上面。丽丝——霍利的老婆，由于年老色衰，再加上一张唠叨嘴，早已让霍利不能容忍了。霍利是一家房地产公司的经纪人，一天到晚在外面跑，丽丝则一天到晚地待在家，从不与任何人交往，因此，只要霍利一回到家里，总会见到她那副憔悴的面孔，听到一串串没完没了的抱怨。

听到脚步声，她转过身来，她的头发乱蓬蓬的，脸也脏乎乎的，"地下室还没刷洗呢……"她说着，长脸很快板起来，显得更加丑陋，"我告诉过你，告诉过你的……"

快闭上你的乌鸦嘴吧，霍利心里想着。结婚两年来，他从不曾回家吃过午饭，现在，她居然一点儿不关心一下他突然回家，是否是身体有什么不适，或是有其他什么事情，老天，她关心的，竟然只是"地下室还要刷洗！"

她笨拙地弯下身，抱起一只洗衣盆，向地下室的梯子走去，"还有一件事……洗衣机……"

霍利对丽丝这一套早已领教够了，她总是不断地有这样的事和那样的事，他再也不想听她讲洗衣机的什么事情了，他下定决心，一个箭步冲了过去，双手抓住丽丝双肩，闭上眼睛，狠狠地把她推了下去。

一声惊恐的尖叫，接着，是一个重重的东西碰到地板的声音，之后，一切归于沉寂。

霍利瞪大眼睛，向地下室窥视。丽丝仰面躺在水泥地板上，脖子略略扭曲，一只脚搭在梯子底层，手中的洗衣盆翻倒了，衣物散了出来，一条床单摊开，像尸衣一样，正好盖住她身体的下半部。

霍利长出了一口气，现在，这一谋划了数周的事情总算完成了，他全身涌出一种轻松的感觉。他是自由之身了，他彻底解放了。按计划，他应当迅速离开现场，到"钻石旅馆"赴哈雷兄弟的一个午餐约会，他还可以和他们签约，并从此迈向成功之路。因为他相信，由于丽丝的死，他可以多得两万元保险金，那可不是一个小数目。

到目前，一切顺利，他只要继续。

但他突然感到地下室似乎有些动静，他不禁停住了脚步。他满怀狐疑仔细向地下室望去时，他发现，丽丝的脚正缓缓地从梯阶滑落到地板上。

一阵惊恐的感觉猛烈袭来，他浑身颤抖不已，如果她只是昏厥，人还活着的话，如何是好？如果她瘫痪了，那么还要花费一大笔医药费，恐怕还得要轮椅。何况……他更不敢往下想了，如果她没死，还可以控告他杀人未遂……

他压下了迅速离开的念头，那本是他计划的一部分，但他发现计划有些不周，在无法确认她已死亡之前，他绝对不能离开。他妈的，他骂自己，费时两周的谋划居然把这一点忽略了。

他慢慢步下阶梯，站在仰卧的躯体旁边，紧张地盯着她，看她是否还会再动弹。过了一小会儿，他还是不太放心，于是壮着胆子，小心地倚身过去，伸手试探丽丝的心跳。

就在这一瞬间，她两眼突地睁开了，直直地瞪着他，充满恐怖和仇恨。

他被吓得魂不附体，不由自主地往后跳开，试图躲开那双眼睛，但那双眼睛并没有追随他，只是睁得大大的，似乎凝视着什么，令人毛骨悚然。

霍利发出一声低低的、含混的叫声，仓皇地跳过丽丝的尸首，像一头惊慌的动物，手脚并用地爬上阶梯。霍利驱车赶到"钻石旅馆"时，时间正好是十二点十分。他下意识地整整自己的衣领，又将将头发，心中宽慰自己：一切均已过去，丽丝确死无疑，一切都将按原计划进行。

停车场只有几部车，哈雷兄弟的红色敞篷车不在，这也是好兆头，他可以说自己是十二点整到的，这样就可以把回家的十分钟掩去。

只一刻，红色敞篷车就到了，停在了霍利汽车旁边，哈雷兄弟和一位瘦削的律师跳下车来，他们都穿着运动衫，神采飞扬。

"计划有些改变，"哈雷兄弟中的一位叫道，"我们要到榆树山的高尔夫球场去打球，那是一家新开张的球场，我们可以到那儿吃午饭，然后一边打球一边谈生意。"

瘦削的律师走上前来，与霍利握手，"我们一直在和你联络，不过，你办公室的小姐说你和用户出去了。"他回头看了一眼哈雷兄弟，"不过，你还有时间回家去取球杆。"

"不用了，"霍利急急接口，"球季时，我的球杆一直放在车厢里，哈雷兄弟知道，我经常去打高尔夫球。"他拉过律师打开他的汽车，"让我们坐在一起，我没有去过榆树山。"

五点十分，霍利驱车回到自己家，他把车开进车库，关闭引擎，坐着沉思了一会儿，到目前，一切都完成了，现在剩下的只是"发现"尸首和报警了……

他进入厨房，停了一会儿，强压住恐怖的心情，整个下午，萦绕着他的总是丽丝那双恐怖和愤怒的眼睛。此时，他真怕再看到那双眼睛，不过，他自忖，也许它们早就闭起来了。

他径自走到地下室门前，向下看去。然而，只匆匆一瞥，他的面色顿时惨白，若不是手抓住门框，他自己恐怕也要掉到地下室里去了。

丽丝的尸首不见了！

地下室里没有一个人影，散乱的衣物也已经收拾干净，放回盆里了！他全身猛抖着，勉强离开，进入起居室，打开两个卧室的门。"丽丝，"他喊，先是轻轻柔柔的，以后是惊恐，"丽丝！丽丝！"

没有回答，只有吓人的死寂。

他瘫软地陷坐在起居室里的一张椅子上，脑子里一团乱麻。她是否只是昏厥？难道她还活着？那么此刻她人在哪儿？

按计划，下午他和哈雷兄弟签约时，已经预付一万元订金，那是他借来的。本来想得好好的，手里马上就会有丽丝的两万元人寿险费，但是，现在假如丽丝没有死……更何况，假如她报警，告他行凶杀人，也许警方现在正在千方百计地追捕他呢……

门铃突然响了，他吓了一跳，从椅子上蹦了起来。

他缓缓地走到前门打开门，一位身材高大的人站在那儿。他亮亮警徽，自我介绍说："吉米警官。我可以进来吗？"

霍利点点头，笨拙地后退，心想："不用说，丽丝还活着，而且报警了！"

228

吉米警官指着一把椅子，提议说："霍利先生，你或许该坐下来，我有坏消息要通知你。"

霍利坐定后，吉米警官在他对面坐下来，从外衣口袋里取出一个小本子，"霍利先生，我还是开门见山地说吧，你太太跌了一跤，跌到地下室里，而且跌得颇重……"

"她……她死了吗？"

吉米警官点点头，"脖子摔断了，经法医鉴定，应属当场死亡，我们已经把尸首送到停尸间了。"

此时的霍利根本用不着佯装震惊了，因为对他来说，丽丝尸首的消失、警官的突然来临已经够使他震惊了。当他听到吉米警官告诉他丽丝当场死亡时，他情不自禁地吐出了一口气，但那也会被认为是悲痛所致的。重要的是，丽丝死了，而且她没留下话，一切顺利。

"我们目前所掌握的细节是这样的，"吉米警官打开小本子说，"你太太的洗衣机今早坏了！她十一点三十分打电话找人来修，修理工是一个半小时后到的，时间是下午一点钟，他发现了阶梯下的尸首……"

霍利心中升起一种不祥的感觉，他耳边响起他下手之前丽丝那讨厌的抱怨："还有一件事……洗衣机……"，他妈的，他又一次骂自己，百密一疏，可千万别因此露了馅儿！

吉米警官继续说着："我们接到电话，立即赶来，做了例行检查，同时到处找你，你办公室的小姐也在找，但不知道你去了哪里。在这种情况下，我们只好先验尸，并移尸停尸间。从那时候起，我一直在附近转，等候你回来。"

霍利又叹了口气，"那她一定是跌倒的。"

"看来好像是那样，"警官翻了两页，将小本子平放在桌上，"这时候打扰，很感抱歉，可是有些例行公事，还望谅解。"他取出一枝铅笔，"可否把你今早离家，到你刚刚回来的行程告诉我？"

霍利点点头，"当然，我和平常一样，九点到办公室，和秘书谈一些公事，后来带一对老年夫妇出去看房子，十一点四十五分送他们回公寓。以后，我就直接开车到钻石旅馆，我在那儿有个午餐约会，和哈雷兄弟，还有一位律师。"

"你们在钻石旅馆吃的午饭？"

"不，哈雷兄弟提议直接到榆树山高尔夫球场吃午饭，然后打高尔夫球。"

"你回家拿的球具？"

"没有，球具就放在车厢里。"

"然后你们就开车到榆树山？"

"是的，那位律师和我同车。"

吉米警官把小本子翻过一页，"这么说，你单独一个人的时间，只有从送走用户到去钻石旅馆的这段？"

"是的，"对这一点，霍利早已盘算好了，"十一点四十五分我从用户家离开，走了十五分钟，到钻石旅馆，正好是十二点。"

"那正是你太太的死亡时间……"吉米警官低着头说。

霍利突然打断了警官的话，"嘿，等等……你不会认为是我……"

吉米警官摇头，"我没有认为你什么，只是想把事实弄清楚。"他合上本子，连同铅笔一起放回外衣口袋，"现在，还有两个问题，霍利先生，你太太有没有保人寿险？"

"有，我们各保一万元，互为对方的受益人。"

"各有加倍赔偿？假使意外死亡的话？"

"那……是的。"他迟疑了一下，好像刚刚想起来一样。

吉米警官用手指敲打着桌面，抬头看着他说："你可能很难领到加倍赔偿了。"

"可是，你说过，她的死亡是意外死亡。"

吉米警官走到地下室门口，向下指着梯阶底下，"你太太的尸首就是在这儿被发现的。我们知道，她跌倒的时候，手上端着洗衣盆，跌落时衣物散了一地，有一条被单半盖着她。我们也知道，有人曾经随后走近她——或者过后不长一会儿……她跌落后，那个人由于某种理由没有报案。"

霍利的脸色变了，"可……可是，我不懂……"

吉米警官从口袋里取出一条白手帕，展开它，小心地放在地上，"你应当知道，你们的地下室好久没有刷洗了，灰尘很厚，我们在床单上发现了一个清清楚楚的鞋印。现在，霍利先生，请你把右脚踩在手帕上。"他望着木然的霍利，冷冷地说，"对不起，只是为了取证。"

霍利的嘴突然张开了，浑身颤抖不已，面色惨白，白得如同那张手帕一样。他想起来了，在他逃离丽丝那对恐怖吓人的眼睛时，曾踏过那条白被单，在被单上留下一个足印。但他一直不以为然，即便是在打高尔夫球时，他还在脑子里不断地预演着发现尸体、惊慌报警的一幕幕……他妈的，全是该死的洗衣机，早不坏，晚不坏……还有那该死的修理工！

按摩女之死

即使在晴朗艳阳高照的天气里，西方大道在洛杉矶也不属于美丽的地方，更甭提在雨天了。

由于洛杉矶政府实施的一项城市建设计划，我只得把我的办公地点从市中心搬到这个比较偏远的地方。

我的新办公室在一座小楼的二层，四周环境看起来够热闹。一层是家"浪漫按摩院"，隔壁是个全日放映的电影院，狭窄的大街上店铺林立，酒吧几步就有一个。

我是个私人侦探，眼下，我的办公家具还没搬来，公司牌子临时写在一层的一块小黑板上。

雨开始下大了，我不敢再在大街上闲逛，于是快步往回走。

我上二楼前，突然听见一阵哭叫的声音。我继续上楼，发现就在我二楼办公室的外面，有个宽肩阔背的男子，正在捆打一位穿半短牛仔裤的苗条女子。

我走上前去，拍拍那个壮汉的肩，"你挡住我的路了。"我说。

他掉转魁梧的身躯，回头怒气冲冲地看着我，好像也要赏我一顿老拳似的。但当他看到我的面孔时，我猜他打消了那个蠢念头，说实话，我的脸孔并不招人喜欢。

"怎么，先生？"我冷冷地说，"你是个英雄吗？要打女人到别的地方，别坏了我的生意。"

那女人体重不会超过一百磅，抬头用一双惊恐的眼睛看看我，又看看壮汉。她的面颊红肿。

壮汉仍然凶巴巴地说："记住，不止这一遭。"说着，大步离开，走下楼，在我

231

够不着他的地方，转过头来恶狠狠地瞪了我一眼。

我转身面对那女子，她正在轻抚红肿的面颊，"该死，希望眼睛没有问题。请问，你就是刚搬这儿来的私家侦探吗？"

我承认是的。

"可以进你办公室吗？"女子有些畏缩。

"当然，不过，我们没有地方坐，家具还没送来。"我打开办公室，女子先我而入，她穿着一件薄薄的衬衫，下摆在前面打结，暴露出肚脐上下的大部分皮肤。

她急急地向我说："我叫黛伊，在楼下按摩院工作。"说着，停顿了一下，"人们都不愿意和在按摩院做事的女子打交道。"

"有些人对私家侦探也持同样的态度。你有什么麻烦吗？"我淡淡地回答。

"是的，我想我是遇到麻烦了，我可能需要你的帮助。"她抬手看了看手表，"对不起，我现在必须告辞，有人正等着送我回家。七点钟我应该回来上班，我会早一个小时来，那时候我再和你谈。"

"请稍等！"我挤过她身边，轻着脚步下楼。不出我所料，那个壮家伙依然站在大门口。

"忘记什么了吗？"我向他走了过去。

他看看我，舔舔嘴唇，"干你何事？"

"我不喜欢你堵着我的门，你会吓走我的顾客的。"

"你想怎么样？"他声音非常蛮横。

"你真想知道吗？"我毫不示弱。

他的眼睛再次把我上上下下打量了一番，最后，还是选择离开了，我看着他漫步过街，上了一辆肮脏的旅行车。

出于职业习惯，我记下了他汽车的牌照号码。

返回楼上，我告诉黛伊，楼下安全了。她匆匆向我道谢，转身跑了出去。

六点钟前，搬运工已将我所有的家具搬来了。我说"所有的家具"，其实只是指一张书桌、一张旋转椅、两张为顾客准备的直背椅，以及两个档案柜、一台打字机。

一小时后，天色黑了下来，雨点仍"哗哗"地打着我的窗子。黛伊没有来，我多等了一个多小时，到了八点钟，她还是没有来。

顾客失约，并不少见。不过，想到黛伊那欲言又止的样子，心中总有些不安。我决定到楼下瞧瞧去。

出办公室，下楼梯，"浪漫按摩院"的入口就在离拐角数步远的地方。按摩院有个小接待室，地面铺着柔软的地毯，空气中飘散着一种草莓味的香气。墙上挂着裸体照，一道珠帘垂着，隔开里外。

一位胸部丰满的金发女子，摆动臀部，翕动着睫毛向我走来。

"嗨，"她软软地说，"我是贝妮。"

"谢谢。"我彬彬有礼地回答。

"今晚来次按摩如何？"说着，她的指头已经忙着为我解大衣扣了。

"下次吧，"我轻轻推开她的手，"我只是想来看看，你们店里的一个女孩是不是上班了。"

"什么事，朋友？"声音从房间对面传来，一位二十岁左右的年轻小伙子坐在一张小写字桌后。他有一头油光光的黑发，一双手埋在桌子底下，那里肯定放着什么应付麻烦的东西。我走到写字桌前，客气地问道："有个名字叫黛伊的女孩子，她说在这儿工作。"

"那又怎样？"小伙子相当无礼。

"她今晚来上班没有？"我并不在意他没教养。

"你不是警察吧？"他的嘴角撇了一下。

"我是私人侦探，"说着，我竖起大拇指，指指天花板，"我是你们的新邻居。"

小伙子似乎略微轻松了些，但一只手仍搁在我看不见的地方，"你说，你是黛伊的朋友？"

"今天才认识，我们约定两小时前谈事情，可是她没有来。"

"没有，她今晚没有上班，"小伙子总算把另一只手放回桌面，"也没有打电话来。"

"你试没试过打电话给她？"

他回头向一道门瞥了一眼，那道门隐藏在一块暗红色的门帘后面，门刚刚打开了两寸，"我不知道她的电话，所以没有打，"他说，"她的事我全不知道，只知道她在这儿工作。"

门开启了，一位修饰整齐的小矮人走了出来。他是个秃头，长着一只长长的、瘦削的鼻子，一小撮胡子，穿一身黑色三件套西装，一件不时兴的小背心，僵硬的白衬衫敞开在喉部，没有戴领带。

"有什么麻烦事吗，雷克？"他问那个小伙子。

"没有什么，这个人在打听黛伊。"小伙子回答。

"你是谁？干什么？"小矮人抬头看着我，双手交叠在凸起的肚子上，样子颇滑稽。

我回答他，但我发现他有些心不在焉。

"我叫汉德瑞，"他说，"是本店经理，你找黛伊做什么？"

"只是好奇，她害怕自己有麻烦。"

"那有可能，你知道，这些女孩子可不是来自修道院，她们下班后做些什么事，和我无关；就我而言，你的事也与我无关。"小矮人桀骜地说。

"也许无关，"我说，"可不可以告诉我她的住所……"

"不可以，"小矮人居然打断了我，"据我所知，她是自由身，如果我引导你去找她的话，我不成了拉皮条的啦？"

"那就不麻烦了。"我客气地告辞。说实在的，对眼前这个小矮人，从一开初我就觉得别扭，此刻，他那淫亵的嘴脸，更加使我不能忍受。

我走到门口时，有人扯我的衣袖。

"有空常来！"是那个叫贝妮的女孩子。她抓住我的手，轻轻一捏。

我向她点点头，"有空一定来。"说着，离开按摩院，走上楼梯，展开她塞进我手中的小条子。

条子上面有黛伊的名字，以及她的住址。

我脑中猛然响起一个声音，"别管闲事！"这一忠告是正确的，我曾经多次因管闲事而惹祸，但我却永远不会接受教训。

我没有回办公室，而是直接开车去了黛伊的住所。那栋公寓是建于五十年代的老房子，已经有点破旧了。

我瞧瞧大门口的几个信箱。编号三的信箱里面有几封信，三号信箱是黛伊的。我沿着房屋边一个小游泳池，找到黛伊的房间。

房间门是道滑动的玻璃门。我按按门铃，没有动静，也没人来为我开门。

我心中不禁有些疑惑，假如下午她离开我之后径自回家的话，她难道会不取信件吗？难道她真的遇到了什么麻烦？

犹豫片刻，我决定进去看看。打开门锁，对我而言，是毫不费劲的。

那是间小小的起居室，我一进去，便迅速冲进厨房、浴室和卧室，还好，没发现尸首。

我巡视房间四处，冰箱里储存有食物，浴室里有一般女子的日用品，壁橱和抽屉里衣物很多，床下是一对相配的皮箱。我想，即便黛伊出门远行，那也必定是突然决定的。

234

走出卧室门时，我停下脚步，看见一幅配了镜框的照片，那是黛伊和按摩院那个有一头油光头发名叫雷克的男孩一起拍的。他们站在外面游泳池边，互相搂抱，非常亲热地笑着。

起居室的角落，有张桌子，上面有个小通讯簿。我随手翻了翻，发现几乎全是一串串的数目字。我想，那一定是黛伊自己编的密码了。很简单，所有人都可以把人名用一种简单的数字来表示，那其实算不上什么密码。

桌子上还有一张横线的笔记簿用纸，纸上划分成三行，头一行是日期，另外两行数字是上千的，而且每个日期，数字在第二行的，均比第三行的大。日期是明白的，但数字我一时还猜不透。我抓起那纸张，连同那本有密码的小通讯簿，一起装入口袋里。

我从来路出去，关好滑动门。

我返回"浪漫按摩院"时，贝妮和另一个女子坐在地板上用扑克牌算命。那个雷克仍然站在写字桌后面，阅读一本汽车杂志。贝妮先看到我，立刻站起来。我挥手示意她坐下，然后径直走到写字桌前。

"雷克，向人扯谎不好。"我平静地说。

"你是什么意思？"他放下手中的杂志。

我把双肘支在写字桌上，两手抱拳，我的拳头确实是值得骄傲的，"你告诉我，你不知道黛伊的任何事，我刚刚从她的住所来，那儿有幅你们俩互相搂抱、站在游泳池边拍的照片。"

贝妮走过来，"黛伊没事吧？她今晚怎么没来上班？"

"我不知道她是否没事，"我回答她，接着又转向雷克，"她不在家，雷克，你为何不告诉我？"

他向那道有门帘的门斜歪一下头，那道门紧闭着，"老板就在里面，他不让我和这里的女孩子约会，假如他知道了，我会被解雇的。"雷克神色有些不安。

我取出黛伊的通讯簿和那张有数字的纸，递给他们看，"这是在黛伊公寓里找到的，看来她一直在算计什么。对这两样东西，你们有什么看法？"

雷克摇头。

我向他说："假如这个小本子如我所推想的话，你的女朋友所惹的麻烦，将比她所能想象的还要严重得多。"

站在我身边的贝妮轻轻地吸口气，"我们可以到里面谈谈吗？"

我点点头，跟随她穿过珠帘。里面沿着一道墙有六张座位，看来像是里面按摩用的台子，进行按摩时，为隐秘起见，可以拉下帘子。正前方是个洗手间，里面装有两个淋浴设备。贝妮领我进入一个座位。

"我不想让他们听见我们的谈话。"她说。

"关于小本子的事？"

她点点头，"黛伊做了一点儿邪门儿的事。当一位客人进来，在淋浴的时候——每个人来按摩之前，必须先淋浴——黛伊都翻人家的皮夹。她从不取人家任何东西，只抄录下来人的名字。第二天再查查看，这人是富翁、名人或什么的。假如那人是无名小卒，她就算了，假如那人有钱有地位的话，她就打电话过去，看看那人愿否送她一点礼物什么的，或者随你怎么说。"

"那是勒索。"我说。

贝妮从架子上取下一瓶香水把玩，"黛伊可不是那样想，她从不要许多钱，我常想，就算客人不给分文，黛伊不也是毫无办法吗？"

"你是说，这小本子里的名字，就是那些富人的名单？"

"也许，她说她用密码记的。"

"是呀，她很聪明。"我离开按摩座，穿过珠帘出去。

雷克很快地从写字桌上抬起头，问道："你准备试着寻找黛伊？"

"我为什么要找？"

贝妮走到我身后，说："因为你是侦探，她又找过你帮忙。"

"我是以此为生，"我告诉她，"喝西北风能帮人忙吗？"

她试探地问："你要收多少费用？"

我说出每日的收费数目。

贝妮看看雷克，"假如你愿意的话，我愿意分摊一半。"

"我不知道，那可不是小数目。"雷克喃喃道。

"毕竟，你们俩是有交情的。"

最终，他们掏出钱来。

回到办公室，我做了一位好侦探首先做的事：挂电话给警方。

电话里传来的是警察局基尔警官的声音，我们过去是同事，虽曾因一桩案子意见分歧，但无损友谊。

"我有个失踪的女子的案子，"我告诉他，"年龄二十二或二十三岁，五尺五高，体重也许一百磅，黑色长发，脸部有淤痕，我最后看见她的时候，她身上穿一件半短的牛仔裤、一件衬衫，胸前打结，露出肚皮。"

"等一等，我查查。"基尔办事一向雷厉风行。

大概一支烟的工夫，基尔的声音传了过来，"目前还没有符合的，起码我们没有备案。"

挂了电话，我对着听筒皱了好一会儿眉头。我想赶走黛伊死亡这个念头，但是小女子玩勒索这套把戏太危险了，她很可能走上了不归路。

第二天还是一个阴暗潮湿的日子。我吃了早饭，然后到了车辆管理局，我用很少的钱贿赂了那儿的一位小姐，她很快帮我查出了那个宽肩阔背壮汉的姓名和住址。那人叫杰夫，住址是好莱坞东边的"银湖区"。

银湖区坐落在一条狭窄的街道内，房舍又小又破。我跨过门前泥泞的草坪，轻轻敲门。一位年约三十的褐发妇人出来开门。她有一双不安的、病态的眼睛。

"我找杰夫。我是私家侦探，"我亮过证件，妇人并不理会，"我想请教他两个问题。"

"喔，上帝，他又造了什么孽？"妇人用双手抱住脑袋。

"我不知道他做了什么。他在这儿吗？"

"不在，上班去了。你不是假释官吧？"

"不是，他在哪儿工作？"

"他在哈里曼那儿当司机。"

"是那个州议员？"我问。

"是的，杰夫说有朝一日他会成为州长。"

"那很好。你有没有哈里曼的住址？"

她离开了一小会儿，回来时给了我一个地址。我谢过她，告辞了。

我驾车时我想到了哈里曼这个人，他富有，颇有地位，极可能是黛伊勒索的对象。我停车到路旁，取出黛伊的通讯簿，在 H 开头的名字下，我找到一组数字"12—5—23—8—1—18—22—5—19—20—5—18"，不用电脑就可以译出，那是哈里曼，那一大组号码，就是他的住址。我收起通讯簿，继续在雨中行驶。

从后视镜中，我发现一辆黑色别克车一直跟在我的车后。

哈里曼家白色的建筑物前，是一片足球场大小的草坪。

我踏上前门的石板，按下门铃。

等候期间，我打量了一眼可容三部汽车的大车库。车库门掀开着，里面一个着灰色制服的男人，正埋首在一辆豪华汽车的车头盖下。我看不清他的脸孔，但认得他的双肩。我知道，那是杰夫。

前门开启，一位穿着剪裁合体西服的男人对我咧嘴微笑，并且伸出手。他身上散发着浓厚的香水味。

"嗨，我是哈里曼，我正等候你从公民委员会来，请进，免得淋雨。"他笑容可掬，向我伸出手来。

"哈里曼先生，我不是公民委员会来的，"我知道他认错人了，"我是个私家侦探。"

他放开我的手，好像我的手烫人一样。

"我们可以进里面谈谈吗？"我不卑不亢地问道。

"那，当然可以。"他的回答显然有些不情愿。

哈里曼领我穿过一间满是家具的豪华起居室，进入一间较小的房间，里面有柔软的皮椅子，一张干净的书桌，还有许多装潢精美的书籍。

他坐在写字桌边，政客的微笑收敛了，换上另一副表情。

"我在寻找一位叫黛伊的女子。"我告诉他。

他耸了耸肩，"那名字对我有何意义吗？"

"'浪漫按摩院'难道没有意义吗？"我盯着他问。

哈里曼开始淌汗了，眼睛回避着我的视线。

我一字一板地说："黛伊在按摩院工作。她的通讯簿里有你的名字，你是她的顾客之一，昨天你的司机还到那儿'修理'她，今天，那女子失踪了，你能告诉我这是怎么回事吗？"

哈里曼呆呆地站在那里，不停地眨眼睛，一副罪孽深重的样子。

我听到身后有脚步声，一位面色冷峻、身着套装的金发妇人走了进来。

"哈里曼，这件事由我来处理吧！"她向哈里曼说。

哈里曼向她点了点头，然后离开了。"我是哈里曼太太。"议员走后，金发女子说，"你应当打交道的是我。"

"我要和你打交道？"我不解地问道。

"是的，哈里曼总是不注意小节。像上个月，在一次募捐会上，他喝多了，之后他和他所谓的同伴去了按摩院，我想那只不过是为了证明他不失男子汉的气概。"

哈里曼太太继续说："然而，没有想到，那个小娼妇竟来勒索，他不知怎么办好了，只有由我出面处理。"

"所以你派司机去'修理'她？"

"当然不是，我只是派司机送钱给她，要是动粗也是他的主意。他可能把我交给她的钱自己留下来了。"

停了片刻，哈里曼太太又开口了，"我们还没有跟杰夫讲，不过，我们已经决定要开除他。现在，谈谈你，侦探先生，你要多少？我想你不会要支票，所以，我得跑一趟银行。"

"我要多少做什么？"我不喜欢她说话时的那种高高在上的神气。

"当然是买那女孩子的通讯簿了，我听到你向我丈夫提到它了。开个价，不要浪费我的时间。"

"那通讯簿不归我所有，"我不为所动，"即使是我的，我也不会卖的，要知道，我从来不做这种买卖。"

我丝毫不理睬她的反应，甩出这句话，找个借口，便告辞了。

驾车回去的路上，仍然阴雨绵绵，我发现，那辆别克车还在跟踪我。

这件难题，对我而言倒算不了什么。趁等候红灯、别克车停在我后面时，我下了车走过去敲敲司机的车窗。他摇下两寸车窗，我看见了两个一脸横肉、戴墨镜的大汉。

"嗨，两位朋友，为了使你们方便些，假如你们需要的话，我可以把我今天的行程都写下来给你们，以免万一我们在途中分开。"

一个大汉被激怒了，探身过来，张口就骂："狗娘养的……"

"闭嘴！"另一个大汉打断他的话，对我说，"凯特先生要见你。"

"凯特？"我问道。

"是的。"他回答，但并不看我。

我天生就是"贼大胆"，从小到大，我还从来不知道"害怕"二字是什么意思。我二话不说，把我的车开到路边，回身钻入别克车里。

我们再也没说什么，凯特这个人我太知道了，就我所知，洛杉矶中大部分的不法勾当均为凯特所指使，但他很狡猾，从来不抛头露面。

我在一栋高高的二十一层楼的房间里见到了凯特。办公室装潢极尽豪华。凯特站在一扇高大的彩色玻璃窗前，双手背在身后。他面色很好，一头乌黑的头发，两鬓有几丝花白。他开门见山地说：

"我想知道，你对汉德瑞和他的按摩院兴趣何在。"

"也许我想要按摩一次。"我答道。

"也许。你是为汉德瑞工作的？"他又问。

"假如是又怎样？"

"不怎样。但，那个店我投下了不少资金。"

"不，我不是为汉德瑞工作的，我正在找他手下的一个女孩子，黛伊，你知不知道她？"我决定单刀直入。

"不知道，我从不和商品打交道。"凯特非常傲慢地说。

"好。我想，你必定有什么理由盯汉德瑞，否则，你们不会这么快就找到我的。你们之间有什么麻烦吗？"

凯特根本不理睬我的问话，"我留心我们的投资，如此而已。谢谢你的光临，祝你找到那女孩。"

他走过一张沙发，按下设在扶手上的按钮，门立刻开启，送我来的大汉走了进来。

"送我们的朋友回去。"他说完，便离开了。

回到办公室，我的秘书留话说，基尔警官有电话来。

我马上给基尔挂电话。

"我们已经发现你要找的女孩子了。"

"在哪儿？"

"葛里芬公园，通观望台路边的树丛里。一辆巡逻车在寻找失踪的孩子，结果发现了她。白人女子，二十岁出头，黑发，穿你描述的衣裤。"

"我想是死啦？"我小心地问。

"当然了，死了，你认为会怎样？是被领带勒死的，领带打了死结，仍留在脖子上。她的身上没有身份证。你能告诉我她是谁吗？"

我把黛伊的姓名和住址告诉了他。

"还有别的没有？"基尔还想了解更多的情况。

我踌躇了一下，"目前还没有，但我会再和你联络的。"

"你一定瞒着我什么吧？"他似乎感觉到了我的吞吞吐吐。

"我不会那样的，基尔，我保证今晚你就会知道一切。"

说毕，我向他道谢，挂断了电话。

大约七点钟时，我走进按摩院。我进去时，有位顾客与我擦肩而过，但我没理会他，径自走到雷克坐的写字桌前。

雷克神色忧戚，愁容满面。我看着他说："我有坏消息。"

他摇头，示意红门帘后面的门，那道门开着两寸的缝。

"这件事是你们老板也该知道的。"我声音高得相信里边的人也会听见。

汉德瑞走出办公室，身上穿着与前一天一样的三件套西装。他那条窄窄的、斜纹条领带也是落伍的。这时，贝妮也从珠帘后面出来，她穿着透明的宽大裤子和胸前有亮片的衣服。

"什么事我该知道的？"汉德瑞问。

"第一，黛伊死了。"我观察着他们的反应。

240

过了好一会儿时间，贝妮首先开口。

"怎么发生的？"

"她被扼杀，丢在葛里芬公园的草丛中。"

"你知不知道谁杀害的？"雷克插嘴问。

"目前还没查出，不过很快会查出的。"我盯着汉德瑞。

"你是什么意思？"汉德瑞说。

"凶手很可能是你们按摩院里的一个人。"

贝妮两眼瞪大了，"你是说我们中的一个？"

当他们六目注视我时，我继续说："昨天我和黛伊谈话时，她匆匆忙忙，说要见什么人，有人要开车送她回家，那一定是她在这儿认识的人。"

"我希望你说的不包括我。"汉德瑞说。

"我从前晚起就没有见到她。"雷克说。

"我连汽车也没有。"贝妮说。

"虽然她手段不高明，"我继续说，"但她确实是个勒索者。依我推想，她是被某个和她摊牌的人所杀害的。那个人也许由于被撞见进入按摩院而感到尴尬不安，可是人不能因为尴尬不安而杀人。但从另一方面来说，假如你偷窃金钱……"我把目光转向汉德瑞，"很烫手的钱，很大数目的钱……如果你被人发现，你也会杀人灭口的。"

"我不喜欢你的推论。"汉德瑞大为不悦。

"是的，我想你当然不会喜欢的，汉德瑞，今天我和凯特谈过话，他告诉我他才是按摩院的主人。我还有一个印象，他并不信任你。"我死死地盯着汉德瑞。

汉德瑞脸色苍白，但仍竭力保持镇定。

"在黛伊的公寓里，我发现了一张单子，它证明了凯特的看法正确。"我把黛伊记的纸条在汉德瑞眼前晃了一下，"不必会计师就可以看出，每个日期后面的第一行数字是你纳入私囊的，第二行数字是你向凯特提供的。对这份单子凯特会很有兴趣。"

"那张单子没有意义。"汉德瑞急急地说，但已经没有自信。

"你一定和黛伊谈过不声张的条件，但没有成交。"我断然地说。

汉德瑞小眼睛闪烁着，"那只是你的猜测，你没有真正的证据。"

"搜集证据是检察官的事，"我不紧不慢地说道，"当然，假如你想要的话……"我故意停顿了一下，"话又说回来，也许你宁可安全地待在牢里，免得凯特逮到你。那倒是你应该考虑的。"

很明显，汉德瑞开始方寸大乱了，"假如她不在我的办公室里乱搜乱翻的话，就不会有事的，她也不该敲诈我。我本无意……我从来不会……"

汉德瑞说着两腿摇摆，站不住了。雷克眼明手快，扶他坐好。小矮人坐在那里，目瞪着墙，脸色惨白。我走过去，拿起电话。

警方把汉德瑞带走了，雨不知什么时候停了。我和雷克、贝妮站在落锁的按摩院门前，看到街上行人已经开始渐渐多起来了。

"你明白，"雷克说，"你其实并没有什么证据。"他声音中含有怨恨，好像我欺骗了他。

贝妮还比较善解人意，"唔，我认为你是幻想的，但处理案情，多少要有点猜测，对不对？"

"不见得，"我说，"你们不知道，我并没有告诉汉德瑞最重要的证据。"

"什么证据？"雷克问。

"他用来勒黛伊的领带，今晚我一来，就想到必须先看看他的领带，看他平常是不是戴领带。那套旧式西装和背心，没有领带很难看，今天他是戴的，但是昨晚他没有戴领带。"

"可是，"贝妮说，"他……他'那个'之后，为什么不把领带拿走？"

"结打得太紧了，他解不开，但又不能冒险停车太久和尸首在一起。当然，他还可能听见有别的汽车来，匆忙之中，只有把黛伊推下车去。"

雷克不再说什么了，只是仰着脑袋看天，天空乌云正在散开。

贝妮突然拉住了我的手，"我还想多待一会儿，一个女孩子总得赚钱糊口。你说是吗？"

贝妮留给我一个微笑，摆动她那着短裙和靴子的身躯，漫步走上街道。

夜幕低垂，街上的霓虹灯闪烁着，映照着熙熙攘攘的人群，人们正在忙碌着，做他们各自的生意。

爱情勒索

弗里逊坐在酒吧的一个角落里，独自喝着一杯啤酒。

他看到，一位夫人走了进来，并在他正面不远的地方找了个座位。

她刚刚坐下，一个矮胖子就向她凑了过去，那是个活脱脱猪一样的男人，可能肚子里灌了不少黄汤吧，色眼迷迷，满脸垂涎。

弗里逊打量了一下那位夫人，她不是人们经常可以在酒吧间见到的那种女子，之所以这样讲，并不是说她不够漂亮，她可能三十多岁，顶多不过四十岁，浑身上下透出一种成熟妇女的韵味，给人一种凛然不可侵犯的感觉。弗里逊心里想道，这是位高贵的、有教养的女性。

此刻，她似乎正在竭力想办法躲开那个矮胖子，但又不愿意在公共场所把事情闹大，以致惹出麻烦。但是矮胖子依然没皮没脸，纠缠不放。

弗里逊站了起来，径直向他们坐的地方走了过去。

"对不起，"他在矮胖子身后轻轻拍了一下，以一种明显的讽刺语气说，"假如你不介意的话，我喜欢和妻子单独坐在一起。"

矮胖子愣了一下，酒也好像醒了，他把视线移向弗里逊，忙不迭地喃喃道："啊，对不起。"然后又回头看看夫人，"嗯……你知道的……对不起。"他在急于逃开时，差一点绊倒旁边的椅子。

弗里逊大笑着，在夫人面前坐了下来。他注视着她说："我也应该向你道声对不起，希望你不介意。"

夫人浅浅一笑，"反正蛮有效的，谢谢你。"

"哦，当然，"弗里逊说，"那必定会有效的。克拉克在《夜深人静》里面，就是这样解救芬莱黛的，那部电影曾赢得一项金像奖，你喜欢老电影吗？"

夫人看看他，摇了摇头，"不喜欢。"

"说实在的，我也不很喜欢，"弗里逊说，"我只是偶尔晚间看看电影，因为那样可以帮助睡眠。"他倚靠着椅子，跷起二郎腿，"不过，假如我们要结婚的话，至少我们得互相认识一下。我叫弗里逊。"

他向她伸出手。

"海伦。"夫人站了起来，礼貌地回答。

"幸会，海伦夫人。"弗里逊说着，举杯作庆贺状。

女侍过来了。

"先生，"她说，"您的桌子准备好了。"

弗里逊回过头去，眼睛扫视着小小的酒吧。

海伦笑了，"没有关系，"她说，"我想他不会再来了。"

弗里逊摇摇头，"我可不那么有把握，"他说，"不过，嘿，你也在等着吃晚饭，不是吗？为何我们不可以一起吃？"

海伦仍旧笑笑，摇头说，"我想那样不好。"

"那有何不好？你在等候什么人吗？"弗里逊问道。

夫人又摇摇头。

"那么，两人做个伴，总比一个人要好，更何况……"他竖起一根手指，"那并不是一件严重的事情。在刚刚说到的那部电影里，芬莱黛后来还和克拉克合住在一间汽车旅馆里呢！其实你想想，"他弹一下手指，"克拉克只是在他们之间挂了一条毛毯便解决了问题，我们可以用餐巾的，这儿的餐巾很大，假如你坚持要那样的话……"

他把她逗笑了，"你这么说，我还能拒绝吗？"

他做出礼貌的手势请海伦先走时，他特意瞄了那个矮胖子一眼，矮胖子慌忙把视线移开了。

弗里逊不禁咧嘴笑了。

点菜的时候，海伦不免心存忐忑，她怕两个陌生人在一起会有那种令人尴尬的沉默——也怕自己无法应对。然而，很快，她的这种不安就烟消云散了。弗里逊是一个极为健谈、口若悬河的人，而且话题非常广泛。一顿饭吃下来，海伦发现自己又笑又说的，好像他们是一对老朋友，而不是仅仅初次见面。

账单拿过来时，弗里逊不由分说地拿出一张大票。海伦没与他争执，就好像那是天经地义的事似的。然后，他送她出来，把她送上车，并轻吻她的面颊，与她道别。

"晚安，海伦，"他说，"我们的婚姻太短暂了——不过，那是幸福的婚姻。"说完，他退后一步，注视着她驾车离去。

海伦抵家后，在梳妆台前坐了很久，试着清理思绪。今晚单独出门去酒吧，对她而言，纯粹出于一时的冲动，这是她很少有的行为。丈夫出差去了，作为一个推销员的妻子，按说应该早已习惯这种孤身一人的生活了。是的，她是早已习惯了，而如今，她的孩子们长大了，而且都离开了她，儿子到南部求学，女儿远嫁亚特兰大——一个原来热热闹闹的家突然冷清下来，她不禁生出一种孤独、凄凉的感觉，一个人在家，守着偌大的房间，她突然觉得憋闷和压抑，就好像四周的墙都在不断地向她压下来一样。她知道，她必须离开这个家和这些墙，哪怕离开一下，否则，她会发疯的。

她对着镜子笑笑，镜中的笑脸依然灿烂，她抬起手来，捋捋头发，然后用双手托住面庞，她觉得脸颊有些发烫。

酒吧间的一幕总也驱之不去，她没有想到，一个极富活力的男人，居然带给她整整一个晚上的充实和欢乐。她想起了她的丈夫，她不知道，假如她把这件事告诉他的话，他会怎样想？

她站了起来，又摸摸面颊，那是弗里逊刚刚吻过的地方。

她心想，这件事可不能告诉马克。

第三天中午过后，她收到一只包裹。里面是本书，书名为《空手道自卫术》，另附一张卡片："仅仅以防万一，下次碰到麻烦时，'丈夫'不在身边。"

她大笑起来。卡片上没有签名，但是后面印有"弗里逊，投资顾问"。卡片的下角落，印有电话号码。

她心中涌起一阵冲动，迅速拿起了电话。

"我刚刚收到你的礼物，"海伦说，"谢谢你，不过，我希望永远不需要它。"

"我希望你不要介意。"他落落大方地说。

"介意？不，我认为那很有趣，只是，你怎么知道我的住处？"

"你怎么知道挂电话到这儿？"他反问。

"你的电话号码就在卡片上。"

"那晚，我记下了你的汽车牌照号码，我把它背下来，打电话给一个警察局的朋友，他打电话给牌照局的朋友，就这样，秘密解开。现在，说正经的，晚上，我们还可以一起吃饭吗？"

海伦沉默很久，"弗里逊，我是有夫之妇。"她终于说。

"我知道，"弗里逊平静地说，"我不会不清楚这一点的。不过，现在是20世纪，我只是请你出来吃顿饭，又不是约你私奔，或是到什么地方去寻欢作乐。所以，怎么样？那道好大的餐巾墙仍然可以牢牢地竖立着。"

海伦笑了，她答应了，她早知道自己会答应的。

弗里逊建议仍坐前晚的座位。不过，这回吃饭时他的话比前晚少了。饭后，当弗里逊把海伦送上车后，他自己也绕过车前，并坐在驾驶座位上。

他们默默地穿过城市，最后拐进一幢办公大厦的地下停车场，那儿没有别的车辆。

海伦不安地观察四周。

弗里逊关掉马达，"这儿不是很大很豪华，"他说，"不过全是我的，我赚了一些钱，买下了这幢大厦。底下两层出租出去了，三楼改成迷你套房，我自己住。那样我会有收入，而且有保证。"他下车，绕过来为她拉开车门，"楼上的装潢好得多，"他说，"我保证，不是吹牛。"

海伦坐着没有动，"弗里逊，这不是我想要的。"她说。

"不是什么？"

"在光棍住处过一夜，然后说拜拜。"她轻轻地说。

弗里逊摇头，"不会那样的，"他说，"我不是那种人。"

他伸出手。好一会儿之后，海伦才接过那只手。

那一晚，他们几乎没睡。

她坐在他的床边，透过占据大半墙壁的巨大窗子，遥望外面黑漆漆的城市，她的心里不禁有种异样的感觉。

多年以来，她很少这样兴奋投入地做爱了，她的神魂差不多颠倒了。但现在，事后，她面孔布满忧郁，弗里逊则穿着睡袍，悠然地靠在她身后。

"在想什么？"他问，"说出来给你一块钱！"

海伦回过头来，看着他，"我在想马克，我先生，他明天回来。"

弗里逊耸耸肩，"那么，我们得好长时间不能见面了，"他说，"但不会是永远。"

"我说的不是这个意思，"海伦说，"我要如何面对他呢？我能跟他说什么？"

弗里逊站了起来，"让我来告诉你应该说什么和不应该说什么。"他又抱住了她，"关键是，你不能向他说对不起、我有罪、原谅我等等诸如此类的话，那样做

246

只会坏事，而且，对每个人——你、我、他——都没有好处。"

海伦仰起脸来，看着他，"弗里逊，假如事情败露，你……你愿意和我结婚吗？"

他躲开她的视线，"那就是你想要的吗？"他说，"要我们结婚？"

海伦默默地注视他良久，然后摇摇头，"不，"她说，"你人很好，很刺激，很有趣，而且我很爱你，不过，我不想和你结婚。"

"那么为什么不这样保持下去？"他说，"和我美妙、刺激地玩，和马克扎实、安全地过，那是你真正想要的，不是吗？"

她点点头，"是的。"

"那么，你没有理由不该享受这种生活，"他说着，咧开嘴笑，"我说过，现在是 20 世纪，妇女现在是自由的了，不是吗？"

海伦没有同他一起笑。"我不想伤害马克，"又补充道，"我不想伤害任何人。"

"那么，就不要伤害吧！"弗里逊说着，双手搭在她双肩上。拥近她，"爱有很多种，"他说，"我们之间的爱，并不是取自任何人，也并没有伤害任何人，因为那是我们之间的事情——只要我们想要，与别人没有关系。"

事实似乎证明他是对的。马克回家时，最开始，她觉得内疚，而且有一种罪恶感。她相信他会察觉到自己的异样的。然而，或许是太疲倦、太劳累了，或许他是太相信、太信任她了——总之，他并没有注意到。但烦恼她的恰恰就是那后一点。

不过，没多久，她便发现自己又可从容应对日常生活了，好像弗里逊这个人只是存在于另一个只属于他们两个人的星球上。她与她丈夫依然可以按既定的轨道运行。

两个月之后，她和弗里逊单独在一起的时候，他告诉她，听别人讲，威斯康星有个好去处，在那个地方，白天可以尽情地晒太阳，夜晚可以疯狂地做爱，而且环境幽雅，简直是天堂。他不想有别人，只希望他们两个人能一起去那里一趟。听他讲到此，最初，海伦的心情非常矛盾，因为那意味着欺骗和背叛马克，她不愿意那样。然而，经不住弗里逊没完没了地絮絮叨叨，海伦最终还是答应了。接近出发的那几天，她脑中总是不断浮现出一个又一个的幻想：在一个栽满绿树的斜坡上，有一幢小小的木屋，那是他们住的地方；在明媚的阳光下，两个人身着泳衣，在海滨奔跑，那是她和弗里逊；在温馨的卧室里，夜深人静，只有他们俩在一起……

然而，当她兴致勃勃地与弗里逊到了那里以后，她才发现，弗里逊所谓的

"天堂"，只不过是一家汽车旅店——当然是一家很雅致的旅店，而且还有一个非常大的游泳池、一个洁净的餐厅和一个舒适的卧室——她告诉自己，这也挺好，在这个地方，没有人认识他们，他们可以自由自在了。

一周的浪漫之旅结束后，海伦又逐渐恢复了她所熟悉的平淡生活。然而，一封邮件和一个电话，搅乱了她的一池清水。

先是，她收到一本描述她与弗里逊去的那家旅馆美景的小册子。起初，她还以为那是弗里逊寄给她的纪念品，但是随后，当她把信封翻过来看时，发现它居然是寄给马克的。

就在那天下午，她又接到一个男人打来的电话。但是她并不能肯定那人是个男的，因为通话的声音很小，周边噪音很大，而且感觉声音扭曲得非常厉害。

"海伦夫人吗？告诉我，你有没有拆你先生的邮件？"

海伦心里有鬼，一时声音哽住，说不出话。

"但那并不重要，"那个扭曲的声音接着传了过来，"今早的邮件，必定会使你的丈夫迷惘不解的。但是，我还可以寄些照片去，那可是十分撩人的照片，他看到那些，便不会迷惘了。"

"你是谁？"海伦惶恐地问，"你要做什么？"

电话中传来的声音是冷冷的，"我是谁无关紧要，不是吗？海伦夫人，重要的是我手边的照片，你是不是要让你丈夫看见？对照片的事，我不是虚张声势的，我真有，假如你不想让我将照片寄给你丈夫的话——寄到他的办公室，我想他一定收得到——你用普通信封，将五千元小额钞票装起来，今晚午夜十二点整，扔到工人瓦街和阿姆斯街交叉口的那个电话亭里，你明白我说的话没有？"

"明白，明白。"海伦早吓蒙了，一迭声地回答。突然，她惊恐起来，想起来了什么，"不，等等……"但是对方已经挂掉了电话。

有好几分钟，她呆在那儿，愣愣地站着。之后，才想到要拨电话给弗里逊。

他差不多是立刻接了电话。

"我必须见你，"她说，"现在就见。"

弗里逊小心翼翼地把汽车旅店的小册子翻转过来，又翻转过去，上下左右地看着。

"它是今早邮寄来的，"海伦说。他们是稍晚时候在他的公寓会面的，那是海伦第一次白天到他的公寓来，"寄这东西的人说，他有……有我们在一起的照片，"她有些口吃，"他说要……要寄给马克，除非我付他五千元。"

弗里逊没有看她，继续打量那本小册子，"你有没有钱？"他问。

"我有一些存款。不过，上帝，弗里逊，要是从户头里一下提一大笔款子，马克迟早会发现的，我怎么也不能解释……"她绝望地看着他，"现在只好面对他了，至少那样还诚实些……"

"不能那样！"弗里逊突然吼了起来，"我们不能那样做。"他不敢迎视她那诧异的眼睛，放低了声音，"你尤其不能那样做。有一件事，我一直没有向你提起过，我也是有妇之夫，我和我的太太已好久没有在一起了，虽然如此，我们一直没有办离婚，为什么？那是因为所有的过错都在她的身上，但是，如果这种丑闻——牵扯到我的丑闻——传到她的耳朵里，那么，我的所有财产，便都要归她了……"

"那你要我怎么办？"海伦痛苦地抱住脑袋，"为你……"

"不，"弗里逊打断她，"重要的是，我们要想办法共同解决。"

"如何解决法？付他钱？"海伦含泪看着他。

"完全正确，"弗里逊说着，耸耸肩，"我可以凑两千元，其他的由你来凑足，除此没有别的办法。"

"他如果贪心不足、得寸进尺可怎么办呢？"海伦仍然恐惧地摇着他的肩膀。

"那正是我们要阻止的，"弗里逊推开她，"不过，我们需要时间，我们需要行动。现在，一切对他有利，他知道我们，可是你只听到他在电话中的声音，但那声音是可以属于任何人的。不过，当他去取钱的时候，总要暴露出身份。他要你送钱到什么地方？"

"工人瓦街和阿姆斯街交叉口的电话亭，时间是今晚午夜十二点整。"

弗里逊点头，"好，"他说，"我知道那个地方，距这儿不远，我可以事先赶到那个地方，那儿有很多胡同可以让我藏身，等那人出现时，我可以瞧个仔细。至少，我可以记下他的汽车号码，那样，我们就可以追踪他。"

"当你查到他的身份时，"海伦颤抖地问，"你要怎么办？"

弗里逊莫名其妙地看看她，咧嘴笑了，"我向你保证，没有什么了不起，还未到绝路。"他说，"你放心，我不会当凶手的，不过，我们一旦知道他是谁，我们就打成平手了。假如他揭露我们，我们也可以揭发他。就我所知，在任何地方，敲诈和勒索都是重罪。"

他站起来，向她走过去，抱住她。过了一会儿，她便平静了，他把她拥得更紧些。

之后，海伦驱车回家拿存折，在银行下班前去提款。

她从银行取出三千块钱，连同弗里逊的两千块钱，勉强凑足五千块，装在一个信封里。之后，便是心神不宁的漫长的等待。

　　十一点刚过，弗里逊先走了，因为如他所说，他要早一些到那个电话亭，他还要花费一些时间观察周围的情况，而且要找一个比较隐蔽的藏身之地，以便不惊动那个勒索者。

　　弗里逊走后不久，海伦也必须得走了。经过一番思虑，她找出马克买给她作自卫用的手枪，放进手提包里。那是一把点二二自动手枪，很小巧，放在手提包里正合适。

　　十一点三十分，弗里逊闲闲散散地来到了那个电话亭。他本来就知道，那条街道从来灯光昏暗，人迹也稀少，更不用说在午夜了。他左顾右盼，发现肯定没有人注意他，便躲进电话亭对面一家大门漆黑的门洞，一心等候海伦的到来。

　　大约十一点五十五分，他听到了汽车的声响。他知道，那是海伦的汽车，他不敢露头，但是听到海伦把车停在电话亭旁边了，他还能听到，她下车了，很快，他又听到了汽车开走的声音。一切重复沉寂，弗里逊突然觉得自己的心房狂跳，双手发抖，但是他努力控制自己，一直过了好几分钟，他才假装漫不经心地从那个漆黑门洞里走出来，但是，就在他靠近电话亭时，他的身子就像被弹簧弹开一样，向电话亭冲了过去，他急速地抓起信封，揣进兜里，紧接着便在黑夜中消失了。

　　他很高兴，事情干得漂亮，一切都很顺利。转眼间，他身上已经有整整五千块钱了，当然，里面还有他的两千块，但就算除去它，三千块钱也不是个小数目了。他不光想到了钱，他也想到了海伦，他想象不出，海伦现在到底是一种什么样的心情，是害怕、恐惧，还是心痛她自己的钱？他还想到，海伦太善良了，也太信赖他了，仅凭此，他似乎不应该对海伦做这种事，因为海伦比他过去耍弄的贝妮或玛丽要强多了。但他接着又想了，不这样干，又能如何呢？这种不正常的关系，迟早总要结束的，何况，海伦同那些女人在根本的一点上是一样的，她们爱慕虚荣，一切都是她们自找的。

　　回到公寓，打开门，他彻底感到轻松，得意地吹起了口哨。

　　他没有料到，海伦正在他的公寓里等候他。她坐在沙发上，面前的烟灰缸里积了一堆烟蒂。

　　弗里逊强作镇静地摇摇头，"对不起，海伦，"他说，"我以为算计得好好的，可是，不论那人是谁，他比我们估计的要聪明得多。他必定是猜测到我们会监视他，因此，他戴着滑雪用的面罩……"

他注视着海伦，"他妈的，这时候还戴那该死的滑雪面罩！"

"不过，你还是记下他的汽车号码了？"海伦伸手又去拿烟。

弗里逊再次摇摇头，"牌照沾满泥巴，完全看不清，不过，下一次……"

海伦站了起来，两眼死死地盯着他，"弗里逊，不会再有下一次了。"

"你是什么意思？"他仍然想演戏。

"我意思是说，连第一次都不该有的，但是我要给你机会来证明，我也要证明我的推测。"

"等一等。"弗里逊有些急了。

"不，"她说，"今天下午你就说漏了嘴，你说我对那个人只知道电话中的声音，声音可以属于任何人等等。然而，我从来没有向你说出任何有关他打电话的事。请问，你怎么知道是电话，而不是一张字条或一封信？"海伦盯着他，把那支只抽了半截的烟狠狠地摁在桌子上。

弗里逊润润嘴唇，"嘿！别那样，"他说，"你不能匆忙作结论，那会冤枉好人的。"

海伦似乎又要拿烟，但手在半途止住了，"是的，你说得很对，是不能冤枉好人，不过，我可以思索，我还可以怀疑，因此我在留下钱之后，并没有把车开远，我把车停在了一条偏僻的胡同，那里可以看到电话亭的一切。现在，你明白了吧，我看到了全部情形。"

弗里逊开始惶恐地摇头了，"不，你走了，我看见你……"

当他绝望地再次注视她时，他的腿软了，身子几乎也站不住了，因为，他发现，一只黑洞洞的枪口，正不偏不倚地瞄在他两眼中间。

"那是你的第二个错误。"她冷冷地说，"现在，你只有两个选择：一是自己打电话叫警察来，二是由我把你送到那里去。"

窗帘后的男人

"我认为是那些黄色下流照片害死他的，"玛丽小姐向佩利警官讲，"当然那是间接的，但却是根本的。我想，我的思想并不保守，但是我真的认为，那些垃圾出版商应该负道义上的责任。你看没看过时下街头卖的那些'垃圾'？"

"她看来并不像个思想开放的女人。"佩利警官心里想。他注意到，玛丽有一双纤细白净的手，此刻她正在麻利地摆弄着茶具。

到目前为止，他们只见过几次，但他发现自己很喜欢她，只是说不清为什么。当然，那可能是因为她不像他的母亲，他母亲是个大嗓门，情绪变化无常，趣味也粗俗，她也不像他过去认识的那些平庸的女人。此时，她正在为他倒茶，那是一个精致的茶杯，茶壶也很漂亮。

看着她那优雅的举止，佩利几乎忘记他造访的目的了。他突然有些开窍，或许他之所以喜欢她，是因为她是他潜意识里的完美女人。

"说到波尔先生，"他喝下第一口茶之后，她以一种令人喜爱的率直说，"那是一个叫人伤心的例子，假如他不看那些乌七八糟的书，假如他没有那些见不得人的下流意识，我敢说，此刻他还会活着的。"

佩利把茶杯放回碟子上，尽量温和地说："你说得很对，不过，我看不出……"

她没有让他把话说完，便继续接下去解释她的理论。

"他工作服的口袋里，总是放着一些那类可怕的书，"她走近他，劝他喝茶，"你知道，都是有那种'封面'的。他总是抽空就看那些东西……我看见他好几次那样……那些污秽不堪的东西一定会激起他淫乱的好奇心，对，淫乱的好奇心！啊！年轻人……"她说着，又递给他一小盘点心，"不然的话，他为什么要躲在我

252

的窗帘后面偷窥呢？"

"或许是盗窃？"佩利小心地提议。

"那是不可能的！身为这幢大楼的管理员，他有每一户的钥匙，他也知道每周二下午，我都会去读书俱乐部，从不缺席，每周五上午上杂货店购物。所以，假如他想要偷什么的话，机会非常多。"她自信地点点头，"不，警官，他的问题出在脑袋里，淫乱的思想才使他做出了那样的事。当我突然发现他在我房中时，我吓得高声尖叫，他匆忙转身，爬到窗外，这才使他丢掉了性命。"

佩利多少有些疑惑，他不明白，波尔先生为什么不窥视年轻的小姐，反而要对玛丽小姐情有独钟？因为，玛丽小姐的年纪确实不能算小了，尽管她还未成婚，但已是个老姑娘了。

佩利心里想着，对于这一点，不知玛丽小姐自己会怎么看，但出于礼貌，他实在不好开口向玛丽提出这一问题，他客气地把茶杯放在茶几上，彬彬有礼地告辞说："唔，对不起，打扰您太长时间了，您非常友善，而且很配合，我想您也累了，谢谢您的款待。"

她送他到门口，"你根本不是一般人所想象的那样的警探，"佩利愣了一下，回头发现玛丽正用一双漂亮的眼睛盯着他，"你好年轻，而且有一种……有一种高贵的气质。"佩利猛然转过头去，心脏止不住怦怦直跳，从小到大，他还从未听到有什么人会把他和"气质"一类的话联系在一起，更不用讲什么"高贵的气质"了。他心里美美的，假如经常能够听到这样的恭维，倒也挺好。

同事杰基在玛丽楼下的走廊里等候他，"怎么样？"杰基问。

"一位有教养的女士。"佩利简单地回答，脑中又跳出玛丽那句"高贵的气质"。

"是谁把波尔推到窗外的？"

佩利径直向停在外面的汽车走去，心中还在想着他刚才和玛丽小姐的会面，他乖戾地回答："就算有不少人听见她骂他看肮脏书，但这难道就是她杀人的证据吗？她并不否认，因为她看到了他的坠落，她曾经和他谈过这件事，但她认为那只是出于一种责任感……"

"但她曾经威胁过他。"杰基暴躁地打断了他，"波尔和好多人讲过这一点，当然他认为她是在开玩笑。她威胁过他，说他如果继续看那些肮脏书的话，他将会受到惩罚。"

"她是个很高贵、很文雅的女人，"佩利有些不高兴，"非要把事情搞复杂，恐怕会是徒劳的。"

那天晚上，当他刮胡子准备赴约时，他还在想着玛丽小姐。和女友用餐时，他也极尽尊敬地和女友谈到玛丽小姐，就连那晚做梦都是他为玛丽小姐而和人决斗。

第二天早上，佩利来到局里，杰基双手捧着咖啡，已经坐在窗边的一张椅子上等候他了。

"当我像你一样年轻时，可不像你这样富于幻想，"杰基一边喝着咖啡一边说，"你要当心，千万不能沉湎于幻想。"他走近佩利，看着他，"要不要我去把那个女人弄来？"

"把她弄来？"佩利的嗓门大得吓人，"你凭什么弄她来？仅仅因为有一份该死的报告上说，一个人在她住的公寓里死亡了，你就可以把她认定为杀人犯吗？"

"不仅仅只是一个人，"杰基把咖啡杯放在窗台上，不紧不慢地说，"还有位清洁工呢，那人可是正直、清白的。他做了十七年的清洁工，从来不曾有什么非议，但玛丽小姐一搬进这幢房子，竟然说他两次偷窥……而且，第三次，也是最后一次，他也从七楼跌落到地面上，死于非命了。"

佩利乏力地陷坐在椅子里，脑子里还在回忆着梦中为了玛丽而与人决斗的豪侠行为。他并不看着杰基，好像只是自言自语："总不能因为碰巧有两个人死亡，碰巧她在现场，又碰巧她不喜欢他们，我们就可以认定一个高雅的女人有罪吧。"

"告诉我一件事，"杰基明显有点激动，"照你所说的，那位高雅的女人，有没有向你提起不久前那个擦窗户的人？她告诉没告诉你，波尔先生是第二位莫名其妙死亡的人？"

佩利含着近乎憎恨的眼神看着他，"不，"他说，"她没有提到，她可能认为我们的看法会和她一样的……那只不过是一种不愉快的、偶然的巧合。"

"好一个不愉快的、偶然的巧合！"杰基被佩利这句话气得鼓鼓的，但他只是撇了撇嘴，不再与佩利争了。

下午的时间，他们都花费在走访公寓住户上了。住户们都认识波尔，对他多少有些了解，但他们没有一个认为他有任何古怪之处，尽管他们知道他总爱看那些无聊的书，但那又有什么呢？有三位住户还报告说，他们两个月来都收到过匿名信：一位单身汉收到一张裸体画；一位模特儿被指责穿比基尼装为一家杂志拍照；一位年轻的女演员被揭露与男人在公寓里过夜。而且无一例外，每封信都威胁说他们将会受到惩罚。三位接到匿名信的人说的都一样，匿名信是写在一种淡

254

灰色的薄纸上的，字体娟秀。

　　了解到这一切，佩利的心里也有些犯疑了，但他不明白，为什么他一接触玛丽便对她有一种好感呢？杰基说的可能有道理，佩利自己也觉得自己太富于幻想了，他知道，那是他的毛病，看人、做事常常凭感觉。其实他很清楚，对于一个愤世嫉俗的人，谁也不敢肯定地说他会干出什么，或者不会干出什么。几年来，他经过和见过的也不少了，那些自命高雅、正派的人，却偏偏会做出令人不齿的事情来。他说不清那是为什么，反正那是一种感情的变态、人性的扭曲。这样想着，他突然产生一种恐怖的感觉，难道……他眼前又浮现出玛丽那处处得体的举止，难道那种变态的感情和扭曲的人性就藏在她身上？藏在玛丽那对明亮、坦诚的蓝眼睛后面？他不敢继续想下去了。

　　好不容易熬过那漫长的一天，天黑时，他又去拜访玛丽小姐。

　　他又在那个熟悉的客厅坐下来，他很奇怪，这一次的感觉居然与前几次大不一样。

　　他陷入了沉思，突然感觉到一种痛苦的滋味。他知道，那是因为客厅！在他的一生中，只要见到客厅，甚至只要听到"客厅"两个字，总会勾起他那从来没有同其他人讲过的，但却永远不能抹掉的记忆。

　　那还是他刚刚十五岁的事情呢，一天，他向他的语文老师请教一个有关诗人勃朗宁的问题，他的语文老师是位文静、端庄的女士。想想看，有几个这样年龄的学生会问老师有关勃朗宁的问题呢？勃朗宁以"爱情诗人"著称，所有作品都与爱情有关。那天放学后，老师邀他去她家，说要送他一本有关勃朗宁的书。他去了，但当他最后迈出老师的客厅时，那种感觉，他一辈子都不会忘记。最初，那客厅给他的印象，简直就是一个他从未见到过的世界，因为那里面堆满了各种各样的书籍，他的感觉，就像是沉浸在一片无边无际的知识的海洋里一样。突然，他模模糊糊产生了一种恐怖的感觉，而且越来越强烈，最初，那只是感觉，感觉老师的眼睛和笑容有些异样，到底怎么异样，他说不清楚，总之是与平常的印象不一样，后来，他又发现，老师说话的声音也变了，变得好像换了一个人，直到最后，他实在是怕极了，因为老师把他像个孩子一样搂在怀里，还把他的脑袋狠命地压在她自己的胸脯上……多少年过去了，直到现在他也搞不清，那天晚上，他是怎么离开那间客厅的。

　　从那以后，他一下子发现自己长大了，是个大人了……

　　"警官，你哪里不舒服吗？"玛丽小姐的问话，打断了佩利的回忆。他抬起头，发现玛丽的两眼中，有一抹怜惜的味道，"这回不请你喝茶了，我有个更好的主意。"她走到一扇玻璃柜前，端出一个水晶容器和两只玻璃杯。

她为他倒了一小杯白兰地，然后用双手把玻璃杯送到他手里，小小的玻璃杯在他手中就像一个小小的气泡，他小心地端着它，轻轻地饮了一口。

"你的案子进展得怎么样啦？"当他刚刚把杯子从嘴边移开时，玛丽小姐又开口了，"关于那位不幸的人，有没有了解到你想知道的？"

"唔，"他说，"似乎是越查越复杂了，我们开始怀疑，波尔先生这案子和不久前发生的另一个命案是不是有关联。"

她喝口酒，"我不懂。"

"你的理论也许是对的。"他看着她，说道。

她露出一抹胜利的微笑，俯身向前，"变态的思想、邪恶的思想，常常引诱男人去做他们不应该做的事。"

"变态的思想？"佩利站了起来，看着她的眼睛，"不过，那是凶手的，而不是受害者的。玛丽小姐，我发现在这幢大楼里，我的确险些犯下不应该犯的错误。"

他不理她，放下杯子，向窗边走过去。

她神经质地注视着他。

"我非常不喜欢把这种事情重新表演一次，"佩利回过头来，又把目光移向玛丽，"不过，为了能够确认，我不得不这样做，"说着，他把窗户打开，"当时，在你进入房间时，发现波尔先生站在这儿，身子的一半躲在窗帘里，你不明白他在这里做什么，是吗？"

"是的。"玛丽的回答有些犹豫。

"你肯定没有请波尔先生来为你修理窗子？"佩利继续问道，"你的邻居报告说，波尔先生坠落前几分钟，他们曾在走廊听见你和他谈话的声音。"

"绝对没有。"看得出，玛丽有些惊慌了。

"当你看见他的时候，你尖叫了，并且命令他离开？"佩利继续发问。

"是的，"玛丽放下酒杯，走到窗前，脸上一点儿表情也没有，"他似乎惊慌了，他爬上窗台，回头看我，然后就……就坠落下去，一命呜呼了。"

"就像这样？"佩利说着，小心地爬上窗台，蹲在那儿，用手指支撑身体。

他没有听到回答，也没有听到一点儿声音，但当他回过头来时，他突然发现她的面孔全变了，一瞬间，他想到了他一辈子也忘不了的那个语文老师。他眼睁睁地看着她那张脸贴近了他的肩胛，随后，他觉得他的腰部，被她的一双手紧紧地抱住了……

256

他腾出手来，极力想挣脱开，然而，一切还没有来得及，他便感到，抱在他腰部的那两只手只是稍稍用了一点儿力，他就冲出窗户，掉了下去。

"就像这样。"在空中，他居然还能够听见玛丽小姐的声音。

坠地这一段时间出奇的长！

当他落下时，不出所料，正好落在下面早已布置好的安全网上，他弹了两次，脑袋一片空白。

杰基从安全网上扶他下来。

"你是要自己上楼，还是我去？"他同情地问佩利。

"你去吧。"佩利仍然感觉晕头涨脑。

佩利在漆黑的院子里找了个角落坐下来，看着杰基走进大楼。

他拿出烟斗，仔细地装好烟丝，叼在嘴里，又从口袋里掏出火柴，用双手护着点燃，贪婪地吸了一口。他心里明白，他们还得好一会儿才会下楼来的，因为玛丽小姐还得清扫客厅，然后还要化妆，那可需要很长的时间。

"大人物"和小事情

保罗警长心满意足地吸着烟斗，等候下午六点四十五分到站的火车。

他在等候叫莫利斯的人。身材高大、已在发福的保罗，几乎不认识莫利斯，不过，能够接这个人，他觉得非常骄傲。

他的骄傲与新闻报道无关，当了这么多年警察，对名字上报，他早已不再激动了。但眼下这件事情却特别使他兴奋，因为他刚刚亲手甄别了一起十年的冤案。

他打开当天的报纸，重读新闻报道：

> 获得平反的莫利斯，今天将从州监狱回家。十年前，他曾因错误地被认定涉嫌谋杀，被判终身监禁，如今，终于真相大白了。获得平反，对莫利斯个人而言，是值得庆贺的，更重要的是，莫利斯获得自由，说明了警务工作的公正，我们也应当向保罗警长表示感谢，因为这一切，同保罗警长长期卓有成效的工作分不开。

十年来，由于社区快速成长，很少人记得莫利斯这个曾经轰动整个村子的新闻人物了。那时候，康尼亚达村是个默默无闻的小渔村，莫利斯是第一位居住在此的艺术家。保罗警长对他的印象是：沉默寡言，像位隐士。他整天躲在他的小屋里，埋头作画。那时，莫利斯在纽约市一家广告公司有份好差事，使他足以无忧地生活。

然而，一年后，一位名叫玛露茜的妇人被射杀在她租赁的小屋里。玛露茜是位迷人的金发妇人，她是夏天在村上避暑的游客。很快，莫利斯向警方承认，他

258

不仅和这位金发妇人有朋友关系，而且以前他们还是情人……他还承认她遇害的那天晚上，他曾经去探望过她……莫利斯说，之后，他就返回小屋——它距玛露茜的木屋大约只有半里路——然后上床休息……他否认拥有手枪。但由于他过着隐士般的生活，所以在凶案发生时，他找不到人来证明他不在场。玛露茜的丈夫托马斯在扎伊尔旅行，他有铁一般坚硬的不在场证明。当时，还是一位普通警员的保罗警长逮捕了莫利斯。审判时，他被判一级谋杀罪，处终身监禁。但凶器一直没有找到……

那时候，康尼亚达村不像今日繁荣，村民也多半保守。玛露茜的红杏出墙，在村民眼中根本就是罪不可赦。由于莫利斯的忠厚，保罗警长一直对他的犯罪持怀疑态度，"我不敢相信，他是位会施暴力的人，我也无法相信法庭的推论，说玛露茜拒绝和他了断，威胁要报复他，莫利斯才将预藏的手枪掏出来杀害她。"

多年来，保罗警长利用自己的时间，花自己的钱，默默地侦查这个案子。有一年，保罗警长夫妇到洛杉矶度假，发现玛露茜根本没和托马斯结婚，事实上，她嫁给了一位名叫詹克森的人，她是詹克森的太太。

保罗警长花了好多年时间寻找詹克森这个人，但那人居无定所，经常迁居。六个月前，保罗警长得知詹克森住在科罗拉多的肺病医院。保罗警长自费飞到那儿，问詹克森，九年前命案发生时，他人在何处？病重的詹克森拒绝回答。保罗警长只好返回康尼亚达村，但是每周，他都会打电话给詹克森，提醒他，一位无辜的人正在监狱里。三周前，詹克森临死前，签了一份自白书，承认他曾因气不过玛露茜和托马斯私通，那天晚上开车到"康尼亚达村"杀害了她。

报纸上还说：

今天，得到平反、洗脱罪名的莫利斯就要回到康尼亚达村了，这些日子，全国报纸正在攻击警察的腐败与暴力，康尼亚达村民却骄傲地在向保罗警长致敬。

保罗警长是个好人，他一向认真工作，以警徽为荣，报纸上赞扬的文章使他有些尴尬。他知道，他只是尽心尽力而已。

六点四十五分，火车抵达。

在一群被太阳晒黑的旅客中，寻找莫利斯非常容易。莫利斯瘦瘦的，脸色苍白，有张聪慧的脸，一头白色头发，身上穿一套廉价西装，左手拎一只小帆布袋。

两人互相对视一会儿，然后咧嘴笑。莫利斯以一种和他苍白的肤色极不相称的深沉声音说："唔，我不必问你是谁，我也明白，光说'谢谢你'是不够的，但我还是要很真诚地向你说一声'谢谢你'，警长。"

"我只是尽职而已。"保罗警长讷讷而言，感到比先前报纸上的赞扬更觉尴尬。

"莫利斯，我不知道你做什么打算，我想你会告州方，申请冤狱赔偿，不过，那得花费时间，而且……"

"不，先生，我不告，我不能说在狱里过得很愉快，但那倒是给我的创作提供了一个试验、评估的机会。我不是画油画的，对颜色没有'色感'，不过，我是位好雕刻师，一位蚀刻师，我几乎等不及，我要马上开始工作。"

"你会看见，康尼亚达村已今非昔比，你的房子和土地早就由公家拍卖缴税了，我要说的是，你要花好些时间才能找到一份工作，我和妻子欢迎你到舍下来住，吃住免费。"

莫利斯展露出一个灿烂的笑容，"再次谢谢你，警长，不过，没有必要。我入狱前有六千元存在银行，到现在，加上利息，应该有九千元以上。我暂时住一星期旅馆，再找个地方居住，然后马上开始工作。"

"我有车子，可以送你到哪儿吗？"

"警长，我宁可走一走，看看镇上改变成什么样子了。我一直渴望作这一次散步。"莫利斯再次和保罗警长握手，然后转身，踏上通往康尼亚达村的一条小路——短而僻静的路——此时，镇上的灯光已开始在黄昏中逐渐亮起来了。

然而，莫利斯无论如何也不会想到，他的命运是如此悲惨。十年不白之冤，十年难熬的囚禁，好不容易迎来自由，更残酷的一击却在悄悄地向他走来……

就在莫利斯走到接近主街的时候，一辆汽车从他身后驶过来，一颗来复枪的子弹，准确地射进他的头部，他哼都没哼一声，便倒了下来。

一位年轻人跳出汽车，用戴手套的手摸了摸他的脉搏，摇摇头，又匆忙翻检了他的几个口袋，回身捡起他那只帆布袋，跳回车上，飞快地消失了……

很快，保罗警长便得知了这一消息，震惊之余，他还感到气愤，他气愤杀人凶手，也气愤他自己，为什么那晚他不坚持送莫利斯回来呢？假如那样的话，一切都将会不一样了！他想到了凶手，他们为何要杀死他？他难道还有什么仇人吗？他在监狱里已经整整待了十年，更何况，那是天大的冤枉。

一连三天，保罗警长茶饭不思，他知道，这里面有阴谋，他事先没考虑到，对于莫利斯的死，他有种深深的负罪感。

"我并不完全是忧虑，"他妻子劝慰他时，他缓缓地说，"你是了解我的，我从来不把工作带回家，但烦扰我的是，这件事太不公平了，太令人不能容忍了。一位无辜的人，坐了十年冤狱，还没机会享受一下自由的生活，就一下什么都没了，这简直是在和'公正'开玩笑……"

他妻子虽然极力想安慰他，可是说不出一句话。

保罗警长又说话了："我一定要找到凶手，否则太不公平了！我一直像一只警觉的鼹鼠一样，不停地在挖，不断地在查，但是直到现在，还没有一点点儿眉目……莫利斯没有亲戚，家庭纠纷这点可以排除。凶手的手法是那种老歹徒的行凶方式，但是州监狱坚持莫利斯是个孤独者，他从不与犯人往来，也没有和狱中的任何流氓打过交道……"

"这件事我也一直在思考，"此时，他太太特别想帮他一把，"他曾告诉你，他对雕刻有兴趣，他会不会和一些人搅进去制造伪钞什么的？"

保罗痛苦地摇摇头，"这一点我想过，也做过调查。但典狱长告诉我说，他那儿根本没有这类犯人，制伪钞的犯人都关在联邦监狱。此外，由于莫利斯有那份专长，所以他们特别留心他。他一提到雕刻，每个人都想到伪钞……不，太太，我想了很久，从各种角度看，他和一般囚犯所不同的只有两点：第一，他是一位艺术家，但照凶案所发生的情形，艺术方面与此应当无关；第二，他银行有九千元的存款，很可能，问题就在这笔钱上……镇上有三家银行，明天……"

"可是十年前，本镇只有康尼亚达储蓄银行一家。"保罗太太插嘴。

"对的，唔，明天我要去银行和怀特谈谈。当然，莫利斯可能把钱存在某个大城市的银行，外面的银行，就数以千计了。不过，也许他的存款不止那九千元。"保罗警长沉思着。

第二天上午，保罗警长来到康尼亚达储蓄银行。

总经理怀特是位威风凛凛的人，瞧他的模样，就像是曾经当过康尼亚达镇两任镇长的派头。

保罗向他解释来访原因，怀特说："我记得莫利斯这个人，那时候他常来找我唠叨，要我兑现金给他，他拿的是外地的一些私人支票，那是十多年前的事了，我细节也记不牢。但我记得，我一直建议他在银行开个户头。那时候我们银行小小的，还在起步，需要尽量拉客户。但我记不得他是不是开过户了，不过，我可以去看看……"

怀特说着，向保罗警官点点头，匆匆走了出去。

保罗警官倚坐在整洁的皮椅上，欣赏怀特豪华的办公室，还有，他的秘书兰丝姬出落得多么美丽，保罗记得她还是婴儿的时候，在她父亲杂货店里的情形。他说："兰丝姬，你真是个美丽的女孩，我猜你很快就会结婚。"

"六月，弗朗克一毕业就结婚。他在加州有份工作等着他，我等不及也要搬去。"

"你这话有些不中听，康尼亚达村有什么不好？"

兰丝姬咧嘴笑了，"我爱康尼亚达村。只是这份工作，我不太喜欢，"她降低声音，"当然，我希望婚后再做一阵子事，但是我不想在这儿做。那个老怪物是个奴役人的东西，一秒钟都不会叫你休息的，"她悄悄瞥一眼门口，继续面向他，"他一会儿要你做这个，一会儿又要你做那个，哪怕是他能干的，他也一点儿都不干，你要是不听，或是表现出不满意，他还要……"

怀特回来了，一边走着，一边摇着秃秃的脑袋说："没有，保罗，我们的记录保有十一年前的，莫利斯没有开户。非常抱歉，我帮不上忙。"接着，他转换了话题，"我说，保罗，你还没有上过我那艘四十五尺的新游艇吧？周末玩玩，真棒！"

"没有上去过，那真是一艘美丽的船。"保罗敷衍着。

"任何一个周末，只要你有兴趣，我们可以一道出去钓鱼。虽然它像个大婴儿，但还能离岸三四十里。"他显得兴致勃勃。

"谢谢，怀特，我现在很忙，不过，等我有空时，我会去的。"

保罗礼貌地回答。

离开怀特的办公室，保罗朝银行大门守卫挥挥手，同时与好些个职员打招呼，他人缘好，与很多人都熟，他们也都喜欢他的随和，觉得他与一般"挂相"的警察不一样。

回到自己办公室后，保罗挂电话给州方管理银行的单位。当他解释他的意图时，对方告诉他："法律上，我们可以调阅全州各银行的记录，但你晓不晓得那会是怎样的工作？那要劳动我们全部门的工作人员，而且要耗费数月时间。警长，你必须弄到一张法院的命令，我们才会那样去做，但很坦白地说，我们还会抗议，因为它需要花费太多的人力和物力。"

那天晚上，保罗一边切开小牛肉，一边对太太说："今日这个世界，坏就坏在没有人对牵涉'一个人'的案子感兴趣，也未给予应有的重视。我去找了法官，他说，那样一来要花州里十万块钱，才能查完全州十年来各银行的记录。我告诉他，公正不能和金钱相提并论。但他还是不以为然。"

"不是法官拒绝给你出示法庭的命令吧？"他太太说着，走了过来。

262

"唔，他不是直截了当的，但他劝我歇手，劝我打消这个想法。反正，我还要继续找他，实在不成，我去找他的上司。"

保罗太太笑了，"你真是个不依不饶的人，现在吃你的肉，保罗，我不想再热它。我觉得，这件事透着古怪，莫利斯没有在我们镇上的银行开户，可是要用现金购买东西时，又到银行去缠着要兑换现金。"

"我也在想同样的事情。法官告诉我一些有关银行户头的有趣事情。你知不知道，假如一个储蓄户头十年没有存款，也没有支领，不论户头里面有多少，都要依法归公，属于州方。当然，假如存户出现的话，他可以向州方申请领回，还有……"

"正好莫利斯差不多坐了十年的牢！"太太打断了他的话，"难道你认为怀特会伪造签名，提走莫利斯的存款，以为他终究会老死在监狱？"

保罗警长嘴中咀嚼着说："这我不知道，怀特有轿车、游艇，以他的社会地位，我想他不至于偷那九千元吧？他自己的财产至少要值一二十万。不过，也可能是某个职员干的。因此，我们的侦查才需要很大的费用。他们必须查账，查过去十年的账……"他说着，突然站了起来。

"保罗，你打算怎么办？"太太吃惊地注视着他。

"试一试，吓一吓他，"保罗站在那里，好像突然找到了线索一样，挥了挥手，"对，就这么办。我要放烟幕说，我弄到法庭的一纸命令，要清查全州各银行十年来的账，看看那样能不能熏出康尼亚达储蓄银行的什么人来。"

第二天，保罗警长到银行去兑一张小额支票，他故意不经意地告诉出纳员们，他已经弄到一纸法院的命令，要查全州各银行所有十年来的账，说着，还抛出一句玩笑，"各位，小心你们的账目，他们可能从你们这一家开始查起。"

接着，保罗在康尼亚达镇唯一通高速公路的路上设置了路卡，他自己守候在港口。

凌晨两点的时候，不出所料，怀特的轿车出现了，停在码头。

他卸下箱子，准备往游艇上搬时，保罗警长从阴暗处走了出来。怀特慌了，想逃到船上，但保罗警长开了一枪，打穿了船头的挡风玻璃。

次晨，保罗警长向记者们发布消息："他们不单单偷可怜的莫利斯的钱，五年来，他们一直冒领久久没有进出的客户存款，他们供认，几年来，他们一共冒领了八万元以上。假如有个户头十年来没人提存，那么，他们就认为存户已经死亡，而且这个户头没有继承人知道。他们一直顺顺利利地吃这些户头的存款，一直到他们冒领莫利斯的，因为他们从没有料到，他有被释放的一天。但是莫利斯一旦拿出存折，他们其他的一切也会一起暴露的，所以，他们索性谋害他，取走和他们有关的东西——莫利斯的银行存折。"

那天晚上，当保罗警长靠在摇椅上休息时，他太太问：

"保罗，你怎么会怀疑到怀特的？你去监视他的船，你必定是有几分把握才会去，不是吗？怀特人是比较虚夸自负，但我从没想到他会是坏蛋。"

保罗欢快地吐出一口气，"正是因为他一贯虚夸自负，所以那天我去见他的时候，他很反常，这才令我起疑。怀特经常说，一位主管应该坐在办公桌后面指挥就行了，可是那天当我问他莫利斯有没有开户时，他居然亲自到档案室去翻阅。那一举动，当时就给我一个虚假的感觉，后来我想，他是要去看看有没有遗留下什么不利于他的证据，同时，也是为了掩饰他的慌乱。"

说到这里，保罗叹了口气，接着又笑了，"人啊，总是聪明一世，糊涂一时，绊倒那些大坏蛋和贪心者的，总是小事情。"

财迷心窍

那幢大楼豪华，气派，对进出的人严格查询。假如你住得起"大苹果大厦"，那么，你就得付得出足够的钱。

我停在旋转门边，蹲下来系鞋带。这时，一辆出租车停在路边。一位乘客钻出汽车，他显然是半身麻痹患者，因为那人手中拿着副铝制的拐杖。

趁门房急急跑去扶持的时候，我转身迈进大门，快速冲向电梯，揿下九楼按钮。

就在电梯门刚要关上时，那位从出租车上下来的乘客突然站直了，将拐杖夹在腋下，向门房敬个礼，随后昂然地大步向街上走去，惊诧莫名的门房呆呆地注视着他。

我找到奥丽加的门，然后揿门铃。一位瘦削的男人出来开门。

"约瑟夫先生吗？"我问。

"谁找他？"

"这是给你的，先生，"我递给他一份文件，"传票，约瑟夫太太控告约瑟夫先生没有付赡养费。再见！"

他身后站着位美丽的金发女子，看到此，突然怒目圆睁，冲了出来，跑到大楼的对讲机前，冲着门房大吼起来。

我不禁露出一抹胜利的微笑，轻易甩脱门房的盘查，我很得意。

通常，一位律师是不亲自送文件的，那不太庄重。但约瑟夫太太是由我一位很重要的顾客介绍来的，我只好尽力来办。她前夫留下一个孩子，这孩子由约瑟夫合法地认领了，目前，他已拖欠了好长时间的赡养费。

她在电话中告诉我，约瑟夫离家出走了，对她们母女俩什么也不管，后来才知道，他是搬去和奥丽加同居了。她说，她并不思念他，感情方面，她与他已经没什么好谈的了，而且，他还酗酒，视钱如命，小气而刻薄。

电梯在楼下走廊开启，门房等在门口，他脑袋横着，眼睛瞪着，一副准备打架的样子。

我递给他一张名片，介绍说："我叫乔治，是位律师，所以，假如你用了拳头的话，我告你可不必花钱。事实上，我很愿意和你玩儿几个回合，只是此刻不行，我要回办公室和州长约会。"

这席话使他愣了一会儿，我不再理他，从他身边挤过去，出大门，叫了一辆出租车回到办公室。

十分钟后，丹尼进来了。他是我新聘请的助手，咧着大嘴笑着说："我已经把拐杖退回去了，我表演得如何？"

丹尼才出校门八个月，聪明，肯上进。我整理了一下办公桌上的文件，对他说："那算不了什么，还有，我要你做的那些调查资料呢？"

"明尼苏达的报告还没有弄到。"

"当然，全国有五十个州，一下子要全搜齐比较难。什么地方还有可搜的？利用一下'酒吧协会图书馆'。"

"我不是会员，进不去。"

"我是会员，你是我的职员，明天早点过去。"

他离开后，我挂电话给约瑟夫太太，请她亲自过来商讨出庭的各项准备。

下午四点，她由女儿丽莎陪伴前来。孩子有双大眼睛，一派大人样子。约瑟夫太太身材修长，三十多岁，有点人老珠黄的感觉。她对女儿介绍说："这是乔治先生，丽莎，他是我的律师。"

"我不喜欢律师。"

"你为什么不喜欢律师？"我吃惊地问。

"约瑟夫说律师都不诚实，都吃人的。他说，假如你不注意的话，他们就偷你的，吃你的。"

她母亲立刻训斥她："丽莎！立刻道歉。"

"OK，"她说，显然并没有改变看法，"我道歉。"

我板着脸，按铃请丹尼过来。我说："丹尼，这位小姐叫丽莎，我和她母亲谈论事情时，你招待她一下。"

丽莎打量着他，"你也是律师吗？"

"是的，小姐。"

她把一只小小的塑料钱包递给她母亲,"那么,我这东西最好放在你这儿。"

丹尼翻翻眼睛,做个手势,请她跟他出去。约瑟夫太太做了个无助的手势,"我不知道要把这孩子怎么办。"

"她会慢慢长大懂事的,约瑟夫先生是不是和她有联络?"

"哈!约瑟夫的脑中哪有别人,只有他自己,他的自大只有他的自私和贫穷能够超越。"约瑟夫太太愤愤地说。

"你提过,说他是位作家。"

"唔,他出过好多短篇小说,但他喝酒喝得太凶,总不能抓紧时间,按计划安排写作。"

"你说他有份固定收入。"

"是的,那是他父亲遗留下来的一笔保险金,由他的一位老律师管着。"

"告诉我一些有关奥丽加的事。"

"他是通过一个出版经纪人认识她的,那人名叫普亚诺。奥丽加也是位作家,相当成功,专门写那种爱情小说,我们最后一次吵架后,他就搬去和她同居了。"她停顿一下,思索地说,"我……唔……我有一点要说,"我没有插话,她继续说,"上周,芝加哥有家杂志社的编辑来信给约瑟夫,他们一向互通信息,我想,他并不知道约瑟夫已经搬出去和人同居了。总之,我看了那信,他说,他很喜欢普亚诺推荐的新小说,他月底就会把支票寄给经纪人。"

"我们可以向法院申请,限制普亚诺把钱交给约瑟夫,"我安慰着她,"除非你告他的案子有了裁决,才能给他。反正经由法院的话,你不会吃亏。"

我又花费了一些时间为她准备出庭资料,然后揿铃叫丹尼。他进来时,牵着丽莎的手,显然,她对律师的观念已经改变。

接着,我让他参考一个格式,向法院提交一份限制普亚诺把钱交给约瑟夫的文件,让他当天就要办妥,并把通知送达普亚诺本人。

第二天下午,丹尼到"酒吧协会图书馆"找资料,中午回办公室报到。我一看见他,立刻发现他与平日不同。他那双眼睛梦幻一般,神思恍惚。

"你吸了大麻烟,是不是?"我问。

他眨眨眼,摇摇头。

"你有些失魂落魄,怎么搞的?"

"我……我想,我在恋爱。"

我胡猜一下,"老天,是不是爱上那个小丽莎了?"

"不，"他傻兮兮地微笑，"爱上一个叫艾莲芝的小姐。"

"天，谁是艾莲芝？"

他长叹一口气，"艾莲芝是一首会行走的诗，一道彩虹……"

"哇，天，坐下来，定定心。我问你，你在哪儿认识这女子的？"

"在普亚诺的办公室。"

我叹了口气，他昨天才第一次去那里。

"唔，那么，这位叫艾莲芝的小姐也是作家吗？"

他摇头，"她是为普亚诺工作的，是他的女秘书。"

"你是在告诉我，你走进人家办公室去送文件，看见一位美女，然后就被勾住了，是那样吗？"

"差不多是那样吧，乔治先生。你知道，我到那儿的时候，艾莲芝告诉我说他十五分钟内会回来，所以我留下来等候。我们聊了聊，我很喜欢她，我约她吃晚饭，她一口答应了。之后，我们一起出去玩，然后我送她回家，一直到今天凌晨三点。"

"你亲吻她，道晚安？"

"是呀。"

"然后，爱情之钟就开始响了？"

他点点头，看来仍在狂想之中。

"我希望你没有忘记给她老板送那份文件。"

"我没有忘记，工作总是第一的。"

"好格言，丹尼，你在这儿工作期间，千万别疏忽，现在，回图书馆，去完成你搜寻资料的工作。"

电话铃响起，打电话来的是约瑟夫太太。

"乔治先生，"她说，声音紧张，"有位警员先生在这儿，他说约瑟夫死了，他要我到陈尸间去指认。"

"让我和他说话，"她让警员来接电话，我说，"我是约瑟夫太太的律师，请问，发生了什么事？"

"今早海湾巡逻艇在东河捞起一具尸体，尸体上有这个住址，他们要未亡人去指认。"

我让约瑟夫太太尽量和警方合作，并且保证利用我的关系，向警方多打听消息。

我接触的是路易斯警官。他是凶杀组的人，黑黑的，高高的。他坐在办公桌后面，嘴里叼着一根荷兰雪茄，眼睛一眨也不眨地听我解释我和死者的关系。

"有什么可疑的吗？"最后我问。

"我们现在只查到他是醉酒，他血液里有酒精。"

"那么，那可能是意外，是酒后失足落水？"

"或者可能有人帮他落水。你对他的经济情况了解吗？"

"他从一笔保险金上有份收入。"

"谁继承他的财产？"

"可能是未亡人。"

他抬起一道眉毛，"他离开家，住到外面和别人同居？手头拮据，付不出赡养费？会不会约瑟夫太太……"

"不，警官，你冤枉她了，约瑟夫太太不是那种人。"

警官双眉抬高，"女凶手有好多种类型，不是吗，律师先生？"看到我摇头，他接着说道，"那个和他同居的女人怎样？告诉我一些情况。"

我把自己所知道的告诉他。

听完后，他立刻站起来说："我们要查查她。"

我们一同乘车，到达奥丽加住的大厦。那位门房认出了我，立刻阻住我们的去路。

"不，你不能进去，"他吼叫着，"这回说什么也不行，先生，不错，你这人很可爱，但你差点砸掉我的饭碗。现在，转身，大步离开，你们两位。"

但是他的无礼在见到警官证件后，立刻改成一抹歉意的微笑。他让开，走到一旁。

应门的是奥丽加，路易斯警官自我介绍后，她指指我，充满敌意地问道："这位呢？"

"他叫乔治，是位律师。"

"律师？"她不屑地扬起了眉毛，"那说明了上回的诡计。警官，你知不知道他耍了什么花招？他以狡猾手段进入大厦，给我的一位客人送来些法律文件。请问，闯入民宅，是不是犯法？"

"我会查查的，"路易斯警官说，"现在，我需要一些情况，我知道你有位客人，一位名叫约瑟夫的人。"

"是的，他还住在这儿。"

"知不知道他现在在哪儿？"

"不，我不知道。他前天出去散步，就没有回来。"

"你不关心他人到哪儿去了？"

她耸耸肩，"他是个大人，但他有个不良嗜好——酗酒，他可能到哪个酒吧停留，醉了。他知道我讨厌他喝酒，所以可能到哪儿开个房间，好好休息一下。那又不是第一次，你问这些问题做什么？"

"约瑟夫死了。"

她倒抽一口气，"哦，不，怎……怎么发生的？"

"今天凌晨，他浮尸东河。"

"自杀？"

"我们怀疑。"

"他曾经喝酒？"

"喝得很厉害。"

"那么，那必定是意外。"

"从他血液里的酒精含量看，他能自己抵达河边都值得怀疑。"

"你们怀疑有犯罪行为吗？"

"有那可能，我们必须查一查。老实说，他有可能是遇到拦路打劫的，也可能被蓄意谋害。约瑟夫有没有敌人？"

"约瑟夫人缘很好，人人都喜欢他。"

"包括他太太？"

"凡事都有例外，他们吵得很厉害。"

"他来你这儿找安慰？"

"为什么不行？生命是那样的短暂。"

"说的也是。我们想看看他的文件、信件，以及他留在这儿的任何东西。"

"你有没有搜查证？"

"那简单，奥丽加小姐，约瑟夫死了，要查看他的遗物，无需搜查证。"

"我认为需要，因为这是我的公寓，问问你这位律师朋友。"

警官摇摇头，"我们只要挂个电话，一小时内，搜查证就会送到。"

她皱皱眉，咬咬唇，最后，还是做了个很高雅的动作，"请！"

卧房里并没有查出什么。走道尽头有个工作室，里面有个资料柜，一架子参考书，一张大书桌，上面有台打字机。房间角落里有张桥牌桌子，上面放着一堆乱七八糟的文稿。路易斯警官把文稿收集起来，然后离开。

"他的衣物怎么办？"奥丽加在背后大声问。

"捐给慈善机构。"我说着，跟随路易斯警官出去，进入电梯，然后走出大楼。

我们分手。他回到警局，我回到自己的办公室。

当我听见外面办公室有人走动，我站起来，走到门边。

一位少女对我微笑着说："丹尼先生约我六点钟在这儿见面，我叫艾莲芝。"

她既不是彩虹，也不是一首会行走的诗。但我很容易理解，她那健美的身段、明亮的大眼睛和淘气的笑，足以使丹尼飘飘欲仙。

我向她报以微笑，"你好，艾莲芝小姐，我是丹尼的老板，他马上就回来，你可以在我办公室等他一会儿。"

"哦，谢谢，"她说着，在一张红色皮椅上坐下来，有些不安地扭动着，"丹尼说，你可能是全纽约最聪明的律师。"

"丹尼在我这儿多做一阵儿的话，他会知道得更清楚的。"我淡淡地答道。

她"咯咯"笑了，"当然，我只是兴奋得不得了。我为一位文学经纪人工作，这一周里发生了好多叫人兴奋的事。"

"举个例子听听。"

"我们正在处理奥丽加的一本新书，你晓不晓得她的作品？一本风格和她以前完全不同的书，内容是，有个副总统阴谋要把总统赶出白宫。"

"听来很有趣。"我说。

"那真是一部紧张跌宕的小说，读者会爱不释手的。普亚诺先生从精装本的出版商那儿弄到一笔预付款。上周五平装本就卖了一百万。三家大电影公司正在争夺电影的摄制权。好多影城的大明星打电话来……"她神色凛然，明显有些敬畏地说，"今早大明星葛里格比克也打电话来了，听到他的声音，我差点昏厥。"

"这一炮打得真响！"我说。

"普亚诺先生以前还没有经销过那样的书呢。"她答道。

这时丹尼回到办公室，一见到艾莲芝，表情就变得傻乎乎的。他走过来，放一捆文件在我桌上，"这是明尼苏达州的报告。"

"不，丹尼，"我说，"事情不是那样办的，你写的那些甲骨文谁看得懂？干干净净、整整齐齐地将它打出来。"

他表情惊骇地问："现在打？"

"明天上午也可以。"

"是的，老板。"他感激地说着，拉着艾莲芝往外就跑，唯恐我变卦。

我坐下来，思索有关奥丽加的新小说。我瞥一眼手表，拨通了约瑟夫太太的电话。

"真是可怕，"她显然在说她死去的丈夫，"我差不多都认不出他来了。"

"有什么可效劳的？"

"能不能帮我安排丧葬事宜？"

"当然可以。"

"约瑟夫的财产也可以吗？"

"假如你要我办，当然一并办理。"

"法院审判的事会不会延期？"

"我会打电话给法院办事人员，解释情况。"

挂上电话后，我锁上门，到警局去看路易斯警官。他这个人一旦潜心办某个案子时，就没有时间观念。我去的时候，他正在研究约瑟夫的文件，我把奥丽加有新著而且一举成名的消息告诉了他。

他轻吹一声口哨，"至少到目前为止她的抽屉里已有两百万了，我想我是干错行了。"

"约瑟夫的文件告诉你什么没有？"

他摇头，"你自己看吧。"

我拉椅子过去，开始阅读。有几份是他和处理保险金的律师的信函，有几封是约瑟夫太太寄给他的，包括有关生活费的事，威胁要采取法律行动。

引起我兴趣的是约瑟夫的记事簿，还有一封普亚诺的来信。他对一本名为《长夜》的小说表示非常有兴趣，并对约瑟夫能否完成这一巨著感到怀疑，因此，他不相信会有哪家出版商愿意预付款项。信中他还提议，他应当找一位合作者。

我的心神被路易斯警官的电话铃分散了，他讲了几句，我感觉他在注视我，所以我抬起头来。

他放下听筒，"丹尼这人你晓得吗，律师先生？"

"认识，他是我的助手。"

"他现在在曼哈顿综合医院急诊室。"

我愣了，"发生了什么事？"

"车祸，撞了就跑的那种。他右腿骨折，外加各种外伤和撞伤，他在医生给他麻醉、接骨之前，念了几次你的名字。"

我站起来，准备走开。路易斯警官跟在我身后。我说："有位女孩子和他在一起。"

"是的，艾莲芝，一起出的车祸。"

"伤得厉害吗？"

"她死了。"

胆汁涌进喉部，我一步两阶地下楼。路易斯警官把我推进一辆警车，警笛声像刀一样，切开车道上行走的车辆。

丹尼倚靠在床上，脸色苍白，右脚吊着，头部裹着绷带，面颊上贴着胶布。他以半迷糊的声调说："老板，他们不肯告诉我有关艾莲芝的事，你能不能找找看，她怎样啦？"

"一会儿我去打听。丹尼，事情是怎样发生的？"

"艾莲芝想先回家一趟，洗澡，换衣，我们再去吃晚饭。她家在西二十六街的一幢棕色的房子里。我们出来，正在跨越马路的时候，我听见引擎疯狂的响声，我才待转身，但已经太迟了。它正冲向我们，我觉得被撞个正着，然后昏厥过去，等我醒来时，人已在救护车里了。艾莲芝怎样啦？"

我不忍心告诉他，反正，现在还不是告诉他的时候，我问他，是否需要什么，有什么可效劳的，或许我可以帮他去办。

然而，艾莲芝的父母却非通知不可，我告诉路易斯警官，我除了知道她为普亚诺工作外，其他一无所知。

"那么，普亚诺将是我们必须看的人。"他说，"我们走吧！"

从电话簿上找到普亚诺的住址，我们马上去了。

路易斯警官敲打门上的门环，一个男人出来应门。

一见到那人，我一下子愣了。那个瘦削的人也在回瞪我，那脸上的表情，就像我是从坟墓里还魂的鬼。

此人正是我在奥丽加公寓里见到的同一个人。

"约瑟夫？"我提高嗓音问。

"不，先生，我是普……普亚诺。"

"可是，我送传票就是送给你的呀！"

"你自己弄错了，先生，我有事去看奥丽加小姐，你自己递那文件给我，然后转身就走，现在又是什么事？你要做什么？"

"他和我一道的。"路易斯警官说。他亮出身份证，表明身份。

普亚诺做了个鬼脸，"我晓得他，昨天他还派了位助手到我办公室送一份限制令。警探，这人是一个讼棍，一个唯恐天下不乱的诉讼教唆者。"

路易斯警官瞥了我一眼。

"讼棍是那种教唆人打官司的。"我解释说。

路易斯警官转头看着普亚诺，"你有个职员叫艾莲芝吗？"

"有的。"

"我有坏消息告诉你，今天晚上，她被汽车撞倒，当场死亡。"

"什么？"他瞪大了眼，"哦，我的上帝，那个可爱的孩子。"他摇头，"事情似乎是不可能的，请进。"他面色凝重，摇着一双手，对路易斯警官说，"那些该死的酗酒司机，你们为什么要发驾照给他们？啊，艾莲芝，多可怕，又多可悲呀！"

"你能不能告诉我们，如何和她家里联络？"

"我只知道她来自中西部，我想是'维契城'。"说到这儿，他做个手势，"这位先生对这事为何有兴趣？因为是车祸……"

"乔治律师的助手在同一次车祸中受伤。"

"那个年轻人应该受到警告，警官，他目前的行为举止，"他指着我，"应当取消律师资格。"

路易斯警官问："艾莲芝小姐为你工作多久啦？"

"大约一个月。"

"她有没有和你讨论过个人的事？"

"我们不谈个人私事，我们工作忙得不得了，我认为，那类消息你们可以到女子公寓找到。"他瞥一眼手表，"我没有多少时间了，警官，我还有个重要的约会。"

"对不起，你必须迟到。"

普亚诺傲慢地仰起下巴，"本市的财政正在困难关头，我知道我们不得不裁减治安人员。你应该到外面去抓歹徒嘛，你来这儿做什么？"

"他此刻正是为了抓歹徒。"我说。

他的头旋转过来，"你在说什么？"

"我在说有人侵吞别人的钱，普亚诺，我在说有人谋财害命。你的汽车停放在哪儿？"

"什么汽车？"

"今晚你停在艾莲芝小姐公寓附近的汽车，你等候她出来，好对准她，踩油门，干掉她。那时候我的助手和她在一起，所以，你也一并想干掉他。不幸的是，艾莲芝小姐撞个正着，当场死亡。"

"我？"他手掌抚胸，"你是说我杀死艾莲芝？我连汽车都没有。"

"那么，那是你租的，我们会到各出租汽车公司去调查的，普亚诺，你仔细考虑考虑，你还车的时候，车头灯有没有撞坏？或者横挡撞凹？指纹擦拭干净没有？"

"为什么我要伤害那女孩？"

"因为她知道得太多，"我说，"她知道奥丽加新著里牵涉到的巨款，差不多有两百万，也许还不止那些。这是你从事经理行业以来，获得的最大利益。不论对你或是对奥丽加，可能永远都不会再有这样的机会了。对构思这故事、草拟故事大纲、有权分享一半利益的约瑟夫也不会再有的。"

"谁说的？"他恶狠狠地瞪着我。

"约瑟夫的笔记本上说的。我们有他自己的亲笔记载，上面有他呕心沥血写的同样主题，但是以奥丽加的名义出版。还有你写给他的信，信中提议找个作家合著。你为他介绍了奥丽加。普亚诺，这些文件，你应该毁掉，但是在你还没有来得及之前，路易斯警官突然造访，先得到了那些文件。"我不容他喘息。

"不错，我是写给他一封信，但那是我向他推介的另一份不同的小说大纲。"

"推介的是一部题目叫《长夜》的小说大纲，奥丽加的书也是那个题目。我们要不要打电话问问出版商，问问他们是否参与改题目的事？"我继续冷冷地说。

这话使他太阳穴青筋悸动。

我说："约瑟夫在出版界没有名气，所以他愿意让奥丽加署名当作者。事实上，他也坚持要那样，因为，假如他太太知道新财源的话，就有权要求增加赡养费。他想避开这一点，把钱弄到手。

"但是过后，你发现自己有了主意。你去找奥丽加，把你的意见告诉她，你告诉她，书是她写的，辛苦了数月，呕尽心血，榨干天才，为什么钱要和约瑟夫分？你向她提出一个建议，假如约瑟夫可以杀掉的话，对她并无风险，而且收入只和你两人分。而她是个毫无主张的人，所以，你就开始行动了。她使他酒醉，然后你哄他上汽车，而你，驾汽车沿河寻找一个适当地点，把他推下车。"

他张大嘴巴，猛烈地喘气，脸上冒汗。

"事情永无了结的时候，"我说，"一件事接一件。我派助手到你办公室，他认识了艾莲芝小姐，他们成了朋友，这一来立刻成了一个大威胁。因为艾莲芝小姐知道那本书合作的事，她可能不经意地一提，就会把你们全部踢翻，所以，必须灭口，而且不能迟疑，于是，你便着手进行。还有谁知道她的住处？还有谁有动机？只有你普亚诺，只有你。"

275

我停顿了一下，继续说："你完了，先生，他们会一加一等于二地把事情凑拢起来，当他们全部精力施在奥丽加身上时，她会承受不住而全盘托出，洗清自己的嫌疑的。而你呢，到那时候，连一个为你祷告的人也没有。"他颓然坐进一张椅子里，双手蒙面。

路易斯警官拿起电话，我听见他在命令部属去逮捕奥丽加。

我看看普亚诺，心中想到他对律师的卑劣评语，不禁感到一阵厌恶。我心里想，这一次，他想请一位为自己辩护的律师恐怕都请不到。

大学生之死

那案子从一开始就是莱恩警探的，第一次接到电话时，利波尔警官就在旁边。案件似乎很明朗，却又好像有重重迷雾。

闲待着很无聊，利波尔想，与莱恩警探一起到大学去转一下，应该是件愉快的事情。

汽车沿河行进，十月的秋色已经挂上了树梢，穿过公园时，燃烧树叶的烟雾薄薄地朦胧地扬起。秋季的好天气，真不是出人命的日子！

"大学没多大改变。"汽车拐过图书馆，经过一排宿舍窄道时，利波尔说，"几幢宿舍，一座新的露天体育馆，如此而已。"

"自从四五年前那次爆炸之后，这地方就没发生什么案子。"莱恩警探说，"不过，这个案子看来容易办，我们已经逮到疑凶，他在刺杀室友后，一直留在尸首旁边。"

利波尔没有作声。

车停在一幢新宿舍楼前面。利波尔戴上警徽，走进宿舍四楼。

房间格局似乎和其他的一样——令人气闷的长椭圆形，窄小的床、两张写字桌，还有衣柜，房门正面是个大窗子。验尸官已经在场，看见利波尔和莱恩警探进来，抬头说：

"我们正准备移走尸体，可以吗，利波尔组长？"

"如果摄影组拍过照了，那么，我无所谓。"利波尔一边回答，一边对莱恩警探说，"你去找找，看能找到什么。"之后，转向验尸人员，"什么东西杀死他的？"

"两刀毙命，毫无疑问。我有经验。"

277

"死亡多久啦？"

"一天光景。"

"一天？"

这时莱恩警探过来汇报："组长，辖区人员已经为我们调查清楚，死者叫雷夫，大二学生，他的一个室友说，他一直陪伴尸首二十个小时才被人家发现。室友名叫麦丹尔，他们现在把他留在隔壁房间。"

利波尔点点头，穿过连接门，走向麦丹尔。那是个高高瘦瘦的英俊大学生。他问守卫警员："你宣布过他的权利没有？"

"宣布过了，长官。"

"好，"利波尔在麦丹尔对面床上坐下来，"你有什么话说？"

大学生深褐色的眼睛抬起来迎向利波尔："没有话说，先生，我想我要律师。"

"当然，那是你的特权。你不想说说你的室友如何死亡，你又为什么守他数小时而不报案吗？"

"不想，先生。"他移开视线，眼睛盯着窗外。

"你应当明白，我们必须以疑凶名义拘留你。"

大学生再也没多说什么。几分钟后，利波尔离开了他，回到莱恩警探那里，"他不说话，要律师。我们应当怎么办呢？"

莱恩警探耸耸肩，"我们需要的是动机。他们可能因为争风吃醋或其他什么。"

"查查看。"

他们找到紧邻宿舍的一个男孩子，他叫斯本瑞，是他首先发现尸首的。他有着灰色头发，相貌英俊，颇有运动员气质。

"斯本瑞，告诉我们事情发生的情况。"利波尔说。

"没有多少好说的，我是在大一时候认识麦丹尔和雷夫的，但我们并不真正熟悉。他们俩常在一起。今年我分到他们紧邻的宿舍，他们房间那扇门总是锁着……总之，昨天他们没有一个在课堂上出现，所以下午我就过来敲门，想问问看有什么事没有。麦丹尔高声回答说他们病了，也没开门。我回到自己房间，没多想什么，然而，今天下午，当我又去敲门看看他们怎样的时候，我发现麦丹尔的声音好……好奇怪。"

"这段时间，你自己的室友哪儿去啦？"

"他不在，他父亲过世，回家奔丧去了。"斯本瑞显出不安的神态，双手机械地玩弄一片纸头。利波尔递给他一支烟，他接过去，"总之，当他总不开门时，我

278

便疑惑起来，我告诉他我要去找人。这样他才把门打开了。我看见雷夫平躺在床上，血迹斑斑……已经断气了。"

利波尔点点头，走过去站在窗边。从这里可以看见沿河的树，在十月的阳光下，呈金黄、琥珀和红紫色，三色交织辉映着。

"前一天，你听没听见什么声音？什么争执？"

"没有，什么也没有，根本没有。"

"他们过去有没有什么不愉快？"

"就我知道是没有，假如他们处不好的话，今年不会再要求住在同一宿舍。"

"女朋友方面怎样？"利波尔问。

"我想他们俩偶尔都有约会的。"

"没有特别的？两人都喜欢的？"

斯本瑞沉默片刻，"没有。"

"你肯定？"

"我说过，我和他们不是很熟。"

"这是个人命案子，斯本瑞，不是大二的舞会或白天课堂上的游戏。"利波尔冷冷地说。

经过一段难耐的沉寂，斯本瑞脱口而出，"是麦丹尔杀了他，你们还要调查什么？"

利波尔不动声色，突然面向斯本瑞，盯着他的眼睛，"那个女人叫什么名字？"

斯本瑞浑身一震，扔掉刚刚吸了几口的香烟，脸扭开，最后才喃喃回答："米黛莱，大三的。"

"她和哪一个？"

"我不知道，她对他们两个人都挺好，去年圣诞节前后，她和雷夫出去过几次，但最近发现她和麦丹尔经常在一起。"

"她年龄比他们俩大？"

"他们都二十，她只是大一岁。"

"好，到此为止。"利波尔说，"不过，莱恩警探会更进一步问你的。"

离开斯本瑞房间，利波尔和莱恩一起来到甬道上。

"莱恩，这是你的案子，我给你来办正是时候。"

"谢谢你的帮忙，组长。"

"与他的律师谈，然后看他是不是有说辞。假如他仍然不愿说话，以疑凶名义拘留他。我想起诉他是没有什么问题的。"

"你准不准备和那女孩谈谈？"

利波尔微笑了，"我可能去和她谈，斯本瑞提到她似乎有点隐瞒，那里面确实可能有一个动机。验尸人员一有更确定的死亡时间，请尽快告诉我。"

"好的，组长。"

利波尔下楼，穿过拥挤在走廊和楼梯上的学生和教职员，走出宿舍大门，摘下警徽，收藏起来。他漫步跨过校园，来到行政大楼时，空气新鲜沁人。

米黛莱住在校园最大的姐妹会里，那是一幢爬满绿藤的房屋。利波尔找到她时，她正从杂货店回来，手里拿着条香烟和一瓶洗发水。

米黛莱是个高大、结实、有曲线的女子，有一张微笑就美丽的脸孔。

"米黛莱？"

"是的。"

"我是利波尔警官。我要和你谈谈有关男生宿舍的案子，我相信你已经听说了。"

她眨眨两眼说："是的，我听说了。"

"我们可不可以到哪里谈谈？"

"我把东西放在屋里，然后，如果你喜欢的话，我们可以边散步边谈，我不想在屋里谈。"她穿着褪色的百慕大短裤，一件宽大的衬衫，和她一起走路，使利波尔觉得自己又年轻起来，如果她偶尔微笑一下——当然这不是个微笑的日子——气氛会更好。他们离开宿舍，向一个静静的椭圆形体育场走去。

利波尔打破沉默，问她说："你没有到那边男生宿舍去？"

"我该去吗？"

"我知道你和他们颇要好——去年圣诞节你和死者约会，最近和麦丹尔。"

"是约会过几次。雷夫那个人，不是所有人都可以了解的。"

"麦丹尔呢？"

"他以前是个好人。"

"以前？"

"很难说清楚，雷夫对他周围的每个人恣意行事，我觉得事情发生到我身上时，我躲开了。"

"什么样的事？"

"他有一种力量，一种你不会相信是二十岁的人拥有的力量。"

"听来好像你很了解他们。"

"是的。我今年大三，这段日子我长大了许多。我认为我长大了。"

"麦丹尔怎样？"

"最近我和他约会过几次，我的目的在于使我自己明白，事情到底糟到什么程度，我发现他完全被雷夫控制了，他不清楚为什么而活，只为雷夫。"

"同性恋？"利波尔问。

"不，我想事情还没到那种地步，但他们的关系超过室友，就像领袖和侍从。"

"主人和奴隶？"

她转头对他微笑，"你似乎很热衷幻想。"

"毕竟那孩子是死了。"

"是的，是的，他是死了，"她低头望着地面，随意地踢踢落叶堆，"不过，你明白我的意思了吗？雷夫总是发号施令。在麦丹尔眼里，他差不多是个神。"

"那么，为什么他要杀他？"利波尔问。

"那是……他不会的！不论那房间发生了什么事，我不能想象麦丹尔会杀害雷夫。"

"但有种可能，米黛莱小姐，雷夫会不会说到你什么？有关你和他约会时会发生的某些事情？"

"假如你是想问我们之间有没有超友谊的事情，我要告诉你没有。那方面的事情我和他们两人都没有发生。"

"我意思不是那方面的事情。"

"事情就像我告诉你的那样，假如说有什么的话，我是害怕雷夫，我不希望他逐渐驾驭我。"他们已抵达漫步的终点，虽然他们仍在距运动场有些距离的校园中央，"谢谢你的帮助，米黛莱小姐，我也许会再拜访你的。"

他把她撇在那儿，朝男生宿舍走去，他心中明白，她会望着他，直到看不见他的影子。

第二天一早，莱恩警探发现利波尔在办公室里阅读每日报告。

"组长，你是不睡觉的人吗？"

"等我死了以后，就会有足够时间睡觉了。"利波尔抬起头，"你在麦丹尔那里问到了什么？"

"他的律师说，他拒绝提供证词，我想律师是要以他精神失常为由，想为他作无罪辩护。"

"验尸官怎么说？"

莱恩警探读起一份打字的报告："两处刀伤，两刀都在心脏附近。他挨刀的时候，可能是平躺在床上。"

"死亡多久他们才发现的？"

281

"他在死亡前的一个小时左右吃早饭。从我们侦查结果看，死亡时间大约在十点钟。斯本瑞第二天早晨八点叫开麦丹尔的门。我们知道，前一天晚上麦丹尔是在房中，斯本瑞曾隔着门和麦丹尔说话，所以我们可以确认，麦丹尔单独陪着尸首达二十二个小时。"

利波尔眼望窗外，"还有什么？"他问莱恩警探，很明显，还有其他事情。

"在一个书桌抽屉里，"莱恩警探掏出一只装证物的小信封，交给利波尔，"有六块方糖，塞满了毒品。"

"好。"利波尔盯视着那些糖，"我想这东西在今日的校园里并不稀奇。有没有受毒品影响而杀人的案子？"

"西部有过一个这样的案子，好像另一个是在英国。"

"我们能不能拿出一个肯定的结论？或者这就是精神失常的依据呢？"

"我会查查的，组长。"

"还有……把那个斯本瑞带这儿来，我要再和他谈谈。"

利波尔独自一人的时候，觉得非常郁闷。这案子令他烦心，麦丹尔陪伴尸体达二十二个小时，维持那么长时间已经是疯狂了，他是凶手，起码人们现在都这样指控他。

一小时后，莱恩警探陪斯本瑞走进办公室，利波尔正在凝望窗外。他转过身，示意年轻人坐下，"斯本瑞，我有些新的问题要问你。"

"好的。"

"告诉我有关毒品的事。"

"什么？"

利波尔走过去，在书桌边坐下来，"别假装没听说过，雷夫和麦丹尔房中有这些东西。"

斯本瑞移开视线，"这我可不知道，谣言总是有的。"

"你不知道？你没听到什么声音传过来？"

"声音，是的，有时候是……"

利波尔等候他说下去，"斯本瑞，这是侦查人命的案子。"

"雷夫……他该死，就是这样。他是我认识的人中最邪恶的。他对那个可怜的麦……"

"米黛莱说，他几乎是崇拜他。"

"是的，就是那样才使事情更可怕。"

利波尔向后靠，点支烟，"假如他们两人都陶醉在迷幻药中时，那么，差不多任何人都可以进那房间刺杀雷夫。"

斯本瑞摇摇头，"我怀疑。他们吸毒的时候，不可能不锁门。此外，麦丹尔还会以自己的生命来担保。"

"我们得相信是麦丹尔杀死了他？他刺死他，花一天一夜的时间陪尸体？斯本瑞，你说他那是做什么？又是为什么？"

"我不知道。"

"麦丹尔会不会是发疯了？"

"不，不会。"他移开视线，"不过，要说雷夫倒有可能，麦丹尔曾说过，他愿意为雷夫赴汤蹈火，甚至死不足惜。有一次还真就那么做了。那是在春天的一个周末，每个人都喝了不少酒，麦丹尔由雷夫抓住两只脚，倒挂在窗外。他就是那么信任他。"

"我想，我必须再和麦丹尔谈谈，"利波尔说，"在犯罪现场。"

莱恩警探把戴手铐的麦丹尔带进校园，利波尔在四楼的长椭圆形房间等候。

"好，莱恩。"利波尔说，"你可以离开我们，到外面等候。"

麦丹尔已没有前一天的镇静，他眼眶发红，说话颤抖，"你……你要问我什么？"

"很多事情，世界上所有的问题。"利波尔停顿一下，给他一支烟，"你和雷夫吸用了毒品，是不是？"

"是的，我们吸了。"

"为什么？好玩？"

"不是为好玩，你不了解雷夫。"

"我了解你杀死了他，还有什么可了解的，你就是在那张床上刺死他的。"

麦丹尔深吸一口气，"我们吸用毒品并不是为了好玩儿。"他继续讲道，"我们为的是追求宗教上的一种感受——一种与生命意义有关的神秘感受。"

利波尔对他皱皱眉，"年轻人，我只是个侦探，你和雷夫一直到昨天，对我而言都是陌生人，现在呢？我想他对我将永远是陌生人。那是我工作上的麻烦之一，我认识人总是在无法挽救的时候。"他指指空床铺，示意他坐下来，"不过，我很想知道这房间里，还有你俩之间，到底发生了什么事。我不要听你讲什么神秘主义，或是什么宗教上的体验。我要知道客观上发生了什么事——你为什么要杀他，为什么你又要坐在那里陪他二十二个钟头。"

麦丹尔抬头看看墙，好像头一次看见一样，"你对这房间想过什么没有？关于它的形状？雷夫经常说，这房间使他产生'椭圆形箱子'的联想——记不记得那个传说？那个箱子在一艘船上，里面装的是一具尸体——肉身正在等待灵魂的装填。"

"那么，雷夫是把那个房间当作他的棺木了？"利波尔平静地问。

"是的，"麦丹尔低头盯视着戴着手铐的手，"他的坟墓。"

"你杀死他的，不是吗？"

"是的。"

利波尔将目光移开，"你要律师吗？"

"不，不要。"

"我的上帝！二十二个小时！"

"我是……"

"我应当知道你在做什么，但是，我认为你无法向法官和陪审团讲清楚。"

"我把一切都告诉你吧，因为也许你能够理解。"麦丹尔咬咬嘴唇，似乎最终做出了一项困难的抉择，然后，他开始以低低的、平平的声音叙述起来……

太阳落山了，莱恩警探和利波尔单独坐下来。

"组长，我已经打电话给检察官，你要告诉他什么？"莱恩问。

"我想告诉他事实。麦丹尔愿意招供签字，其他就与我们不相干了。"

"组长，你应该告诉我多一些。"

"这很困难，不过，我不得不承认，宗教确实有种极神秘的力量。那是只有通过亲身体验才能够感觉到的——是关于肉身及灵魂的思索使我开了窍——你知道，那个死亡的大学生，他把他的宿舍幻想成一座坟墓。"

"对他是坟墓。"

"真希望能早些认识他，莱恩，我说的是真的。"

"你要怎样？"

"可能只有听他讲些什么，试着了解他。"

"麦丹尔承认杀了他吗？"

利波尔点点头，"好像是雷夫要他下手的，麦丹尔比相信生命还相信雷夫。"

"雷夫要他用刀刺进自己的心脏？"

"是的。"

"那么，为什么麦丹尔要陪尸体那么久———一天一夜？"

"他在等候，"利波尔声音空洞地说，"等候雷夫的灵魂获得新生。"

公平的陷害

"你肯定有把握吗？"普尔德经理凝视着查账员，脸上没有表情。

普尔德经理是个高大的胖子，圆圆的脑袋，头秃得非常厉害，就好像是块光光的石头，加上留在两边精心梳理得一丝不乱的头发，使人显得硬板板的。

"有。"查账员泰里说，声音和普尔德经理一样呆板。

"你的账目上，显示缺了四千多元？"

"准确数目是四千两百一十一元。"泰里回答，"这证明，我们的一位出纳员挪用了公款。"

"是吗？"

"毫无疑问！"

"肯定。"

"依我看来，"普尔德经理说，"查账员确认某人的账有问题，那是要非常慎重的，要证据确凿，在法庭上才能站得住脚。"

"完全正确，"泰里从座位站起来，大步走到一张长桌前，桌上摆放着一些账册、资产负债表，"这些数目证明短差来自于基冈，任何一位合格的会计师都会这样认为的。"

"我不想出差错，除非我们绝对有把握。"

"我再说一遍，这证据不容置疑。"

普尔德经理长出了口气，绕过办公桌，轻轻拉开一条门缝，两个人都可以从那门缝看到外面的营业厅。

基冈正忙着工作，在为一位存款妇人服务，那妇人愉快地微笑着。他是个身材细长、长相俊秀的小伙子，一头浓密的黑发，还是自然卷。

"蛮漂亮的男人！"普尔德经理说。

"是的，他很会叫妇女们着迷。"

普尔德经理和泰里交换了个眼色。普尔德经理说："太可咒的漂亮，太可怕的迷人了。"

两个男人一时沉默下来，各自在想自己的心事。过了一会儿，泰里开口了："令爱怎样啦？"

"嗯？哦，有进步，谢谢你。"

"她仍以为你不知道真相。"

"她不知道，假如我能办得到的话，我想让她永远不知道。人们说我是个冷酷无情的人，泰里，但我一遇到我女儿，我就完全不是那样了。我不想让任何人伤害她——任何伤害她的人，我都会不惜一切，让他后悔莫及。"

"我相信。"泰里说道，"顺便请问，你是如何发现的？"

"她秘密告诉了她的一位女朋友，那位女朋友以为我应该知道，偷偷告诉我的。"

"你不是个感情外露的人，"泰里说，"但我知道你的感受。我知道你很宠爱那孩子。"

"你知道我，"普尔德经理诚恳地说，"如果只是适当接触和一般的朋友关系，我不会干涉她的，作为父亲，女儿长大了，交个男朋友，我肯定会为她高兴的，我也不希望女儿将来当老处女。可是，她现在虚岁才十七，什么都不懂。发生那样的事情，我相信只是一种卑劣的诱惑和欺骗。"

"你认为她明白吗？她怎么看呢？"

"我认为她开始感觉到了，她现在有种被伤害、被侮辱的感觉。她目前伤心欲绝，我认为那是她感觉到自己被利用了，接着又被抛弃了。你知道，一位少女，对爱情总是抱种浪漫的幻想。她怎能设想，她所崇拜和倾慕的白马王子，竟是个女人成堆的大色鬼。"

泰里同情地点点头，"她会慢慢平静下来的，你知道，时间会冲淡它。"

"在她这种年纪，那是会留下感情伤痕的。"普尔德经理点一支雪茄，沉思一会儿，又摇摇头，好像要抖掉脑中的什么东西一样，"尊夫人如何？"

"哦，我想还好，她住在娘家。"

"那好。"

"目前我还不想要她回家。"

"是的。"

"你知道，那能使我们两个人都冷静一些。"

"你有什么打算？"

"我想，早晚我会接她回来的，当然，那要看她的态度，但我可以原谅她。"

"呃？"

"是的，她求我给她一次机会。发誓说这次是因为一时糊涂，而那个流氓又死皮赖脸。她比我年轻许多，属于外向型那种人，她声言爱我，以前从没有不忠过，假如我能原谅她的话，她保证永远不再犯这样的错误。"

"那当然好。你是如何发现的？"

"我撞见的。"

"吓坏了，呃？"

"我出差查账去了，没料到很快结束，因此决定不在外面过夜。路途颇远，我开车抵达家门时，已过午夜，我不想吵醒她，所以自己开门，悄悄进到屋里。当我正要跨进卧室门的时候，一种声音传入我耳朵，我不能相信，也不敢相信，那是一个男人放肆的喊叫，还有她轻轻的呻吟，她的那种呻吟连我自己都很久不曾听过了。我两只眼睛逐渐习惯黑暗，借着窗子透进来的月光往屋里看时，我发现了她那赤裸裸的身子，那个男人野兽般的身躯和丑恶的嘴脸……

"我不知道该怎么办，我悄然退出，离开屋子。在月光中，我清晰地看见了那个男人的脸孔，牢牢地记死了他，我决定以后再想办法报复他。对她，我第二天便叫她卷行李滚蛋。"

"这么说，他还不知道你识破了他们的奸情？"

"是的。"

随后是一阵沉默。最后泰里开口："恐怕，你打算抽他一顿的鞭子将没有用了？"

"你是说那根鞭子吗？我要把它留下来做古董。"

泰里笑了，"那样难看的东西做古董？你用它可以打死一个人。"

普尔德经理同样露出一抹朦胧的微笑，"是的，是有可能，不过——你那把打算用来杀死他的枪呢？"

"我打算把它处理掉。它现在对我已经没有用处了，和你的鞭子一样，没有用处了。"

"依我看，"普尔德经理说，"我们俩没有喝酒，还能互吐心曲，实在太难得了，也实在是件非常幸运的事，假如我们之间没有今天这样推心置腹的交流，恐怕我们之中的一个现在已经要吃官司了。"

"是的，那麻烦就大了。我不喜欢被控谋杀的罪名。"

"这种方式整他要好得多。"

"是要好得多。你想他会不会有怀疑？"

"一点也没有。"

"是的，他绝对想不到的。尽管他是个英俊的家伙，"泰里说，"真正会使女人倾倒的男人。"

"唔，让我们来着手办理吧，"普尔德经理从口袋取出钥匙，打开最底层的抽屉，拿出两叠钞票和两枚发亮的五角辅币，"这些总共就是你说的那个数目。每包各两千一百零五元，零头是每人五角。"

两个男人各自把钞票揣入口袋。

普尔德经理说："再一次提醒你，你肯定你已经造假账，使那个欺骗了我女儿和你太太的基冈无法洗脱罪嫌？没任何漏洞？"

"无论如何，没有。这些数字是不容置疑的，放心好了。"

"好，"普尔德经理吐出一口烟，"仅仅纠缠过去，他与你太太及我女儿的事很容易获得开脱，你我不冷静的行动恐怕要给我们自己惹来麻烦，那可就得不偿失了。我认为我们这样做，非常公平。"

"在这种背景下，我们是太公平了。"

"唔，那么，我们最好现在就报警。"

说罢，普尔德经理伸手取过了电话。

菲尔曼太太失踪之谜

在英国，只要提起菲尔曼太太失踪之谜，恐怕没人不知道。

我记得，那还是我十几岁时发生的一件事情。

按理说，形形色色的失踪案件，在我们这个世界上，每天都要发生无数起，根本不值得大惊小怪，但菲尔曼太太的失踪，让人不可思议的是，当时，举国上下沸沸扬扬，而且一直延续了好多年。

那时我还小，什么都不懂，印象中，不论走到哪里，人们都在谈论这件事情，从那开始，我养成了每天读报纸的习惯。

到明天我就整六十岁了，时光如梭，人生易老。今天，我之所以旧事重提，是因为，就在昨天，我刚刚寻到了菲尔曼太太失踪的谜底。

算起来，已经将近半个世纪过去了。但至今，我依然能够回忆起菲尔曼太太失踪前后疑窦丛生的往事。

菲尔曼太太是个漂亮的寡妇，她系出名门，出身高贵，丈夫地位显赫。她丈夫在世的时候，经常双双出入各种社交场合，报纸也曝光频频。她那迷人的风度、娴雅的举止，很快为她赢得了赞誉。她结交的全是社会名流，报纸及其他各种媒体记者都在疯狂地追逐她。她非常喜欢到各种奇异的地方去旅游，今天在一块大陆，明天可能就飞到另一块大陆，全世界几乎都被她跑遍了。所有这一切，使菲尔曼太太成为公众眼中的焦点人物。

她旅游从来不要侍女陪伴，总是由她女儿填补侍女的空缺。这种平民作风，自然也给一般公众留下了良好印象。

那是在巴黎举办世界博览会的 1900 年，菲尔曼母女一直在俄罗斯和土耳其旅游。

她们花了一个星期的时间游览了君士坦丁堡，正准备去小亚细亚游览。

一天，菲尔曼太太突然向她女儿说，她想在土耳其为自己在伦敦的住所购买一些新地毯，于是，小亚细亚之行，只有无限期地延期了。

她们母女二人拜访了当地最有名的国际旅行社，旅行社详细地告诉她们怎样才是回到家乡去的最舒适路线，建议她们可以在途经巴黎时住两个晚上。

巴黎世界博览会那时刚刚开幕，盛况空前。菲尔曼太太是否会对参观博览会感兴趣，我不知道，不过我想，她女儿可不像她那样见过那么多世面，毕竟她女儿那个时候大约只有二十岁。总之，最后她们决定听从旅行社的建议，在巴黎逗留二十四小时，这样还可以使她们在疲惫不堪的旅途中稍事休息。

三天以后，她们来到了巴黎。当时，刚刚是晚上八点整。

一个搬运工人取过她们的行李——三个皮箱和一个绿包，菲尔曼太太从第一次横渡英吉利海峡时候起，就一直把它们带在身边。她们在出租车司机的帮助下，总算把这四件行李放在了脚下的箱子上。

她们来到一个大饭店，母女二人打算要间双人客房。

高高的、态度和蔼的饭店经理，不停地耸着肩膀，"巴黎，"他说，"已经人满为患了。到处都挤满了来自世界各地的人。很抱歉，我做不到。我甚至无法为女士和小姐找到两个离得最近的房间。"他得体地笑着，"但是如果夫人愿意住五层的房间，小姐愿意住六层的房间，那就太好了。"

母女俩同意了，她们把自己名字写在游客登记簿上。旅店搬运工提着那几只皮箱，女服务员把她们分别带到各自的房间。

菲尔曼太太的卧室不算太大，但看上去非常舒适。

搬运工解开菲尔曼太太的皮箱带子，用尽可能彬彬有礼的态度祝愿她们在巴黎观光舒适，满意，然后，他收下一枚硬币，走出了房间。

女服务员也学着他的样子说了一番礼貌的话之后退了出去，房间里只有母女俩独自留下来。

菲尔曼小姐与母亲坐了一会儿，帮助母亲从皮箱里拿出几件东西。后来，她发现母亲很疲劳，就提出建议，都上床睡觉。

"马上去睡？"她母亲问道，"还不到九点呢。"

"那好吧，"女儿说，"我到房间去躺半小时再回来帮你脱衣服。"

女儿回到六楼房间感到特别困乏，想想看，在列车上坐了将近两天，任何人都会感到疲倦，因此，她刚刚躺到床上一两分钟，就和衣入睡了。

她醒来的时候，已经是午夜了，她瞄瞄时钟，差十分十二点了。她匆忙下到五楼，轻轻敲了敲母亲的房间。

里面没有声音。她推门走了进去，房间里一片黑暗，她打开电灯，惊讶地发现，床是空的。母亲不在房间。

第一个反应，她想她大概是弄错了房间号码。她走出房间，来到走廊里。母亲的房间说不定是隔壁那一间，但是，旁边那间空房是浴室，而另外一边的房门外放着两只男人的长筒靴。

她确信自己不会记错房间号码，于是，立即按铃叫来了女服务员。

"恐怕我弄错了，"她说，"我想这间房是我母亲的，这一层是五楼。我说的对不对？"

女服务员莫名其妙地望着她，"是的，小姐，这层是五楼，可是，小姐究竟想说什么呢？"

就在她还暗自思忖的时候，那个女服务员的声音飘了过来，"对不起，小姐不是自己一个人来旅游的吗？"

简直是见鬼了，菲尔曼小姐上下端详着女服务员，"你犯了一个非常愚蠢的错误，"她说，"真可怕，你的忘性太大了！是你拿着我母亲的包——那只大绿包的。我们是在大约八点半的时候一起来的。"

女服务员的样子似乎完全被弄糊涂了，但还是殷勤有加，"非常抱歉，小姐。是否需要我按铃叫那个搬运工来一下？"

菲尔曼小姐点了点头。一种不祥的预感突然向她袭来。

搬运工来了，菲尔曼小姐当然认出了他。她又重复了自己的问题。

谁能想到，那个搬运工居然惊讶得把嘴张开以后就合不上了。好半天，他才告诉菲尔曼小姐说，今天根本就没有一个夫人带着小姐来过这里，"我的确曾把小姐的两个皮箱拿到六楼的一个房间去了，但是小姐究竟是什么意思呢？"

菲尔曼小姐想，一定是哪个地方出了差错，但这也太荒唐了。难道是有什么人在同我们母女二人搞恶作剧？也许过不了一会儿，她就会见到母亲并与她一起捧腹大笑呢。她无奈地看着那两个站在那里被弄得傻呆呆的男人和女人，"对不起，请把你们经理叫来。"

经理来到菲尔曼小姐面前。这位经理不经问话先开口："小姐在房间里住得不舒服吗？这里有什么事需要帮忙吗？没有吃晚饭？想叫人把茶点送到房间里去吗？"

菲尔曼小姐把她自己的疑问告诉了经理——五楼有个房间曾经分给了她母亲住。现在，她显然是被换了房间。"我现在要知道她在哪儿。"她非常镇静地提出了要求。

但是她的心很快便剧烈地跳动起来了，因为她看出了挂在经理脸上的那一抹不易察觉的敌视，使她突然感到这件事很可怕。

经理的态度果然一点一点地起着变化，他的声调虽然还是那么温文尔雅，但是，其中不耐烦的情绪已经越来越不加掩饰了。一个可能是发了疯的英国女孩子竟然莫名其妙地把他叫到五楼，而且还是在深更半夜。

"小姐在开玩笑吧？"他几乎是冷酷地问道。

经理的话刀子一样戳进了菲尔曼小姐的心窝，一时间，她说不出话，她已经完全被恐惧淹没了。她不知道母亲到底发生了什么事，她也不敢想母亲现在是生是死，她只感到，这里的人都不会帮助她，此时，她只是孤身一人。

当然，她也不会轻易放弃哪怕最无望的努力，尽管他们似乎无心听她讲什么，"可是，我母亲和我是从火车站坐车到这里来的。是你——经理，亲自分配给我们这两间房子的——不错，你还说，由于旅馆已经住满了，所以我们不能住双人客房，对此你还非常抱歉。后来，你当然记得，我们把名字写在游客登记簿上了。"

经理依然保持着他职业的礼貌，"对不起，我弄不懂小姐的话。"他平静地说完，然后把头转向搬运工，吩咐说："把游客登记簿拿来。"

那本游客登记簿被打开了。你可以想象得出菲尔曼小姐会多么急切地检查它。有了，她从最后一页靠下面的四五个名字中找到了自己，但是，她的名字夹在两个法国人的名字中间。她母亲的名字不在登记簿上。

"也许小姐累了，旅游之后过度劳累了。"经理不经意地说道。

"但是……我的妈妈！"菲尔曼小姐有些结结巴巴了，"这是怎么回事？我不明白……"

"如果小姐不舒服的话，本旅馆有位医生……"经理冷冷地说。

菲尔曼小姐打断了他的话，"噢，天啊！我并没有生病。你们必须在这旅馆里找一找。也许我母亲碰到了一个朋友……或许她在客厅……我非常害怕，你们必须帮助我……帮助我。"她已经真的哭出声来了。

经理只是抱歉地耸了耸肩。

他们最终还是检查了这座旅馆。

他们发现——他们发现了除她母亲之外的每一个人。

时间一分一秒地过去，菲尔曼小姐的神经接近崩溃了，绝望和恐惧使她几乎要发疯了。经理还算尽职，作为最后一线希望，他委派搬运工去寻找那位从车站把菲尔曼小姐拉到这里的司机。这是个无望的希望，但是菲尔曼小姐还是非常渴望能见到这个司机。她的头已经大了，脑中的记忆似乎件件都难以分辨真伪，难以确认。她只一心想能见到她的母亲。

幸好，这个司机还在值班。清晨两点，他手持帽子，站在旅馆门厅前。

菲尔曼小姐马上就认出他来了，"你肯定记得我吧？"她急切地问。

"怎么不认识，小姐。你八点十分到了这儿。是我开车拉你来的。你带着两个皮箱。"

"不，不对。"菲尔曼小姐痛苦地用双手捂住了耳朵，"还有我妈妈和我在一起。我们有三个皮箱，还有一个很大的绿包。"

司机呆呆地望着她。

"你记不记得，刚开车的时候，你把那个绿包换了个地方，也许你认为绿色放在车顶不安全。你把它放在了你脚下的箱子上了……噢，你一定记得，你一定记得吧？"她那一双期待的眼睛紧紧地盯着司机的眼睛。

司机显然非常吃惊，"可是，根本没有什么绿包呀，"他说，"对于你，我倒是记得非常清楚。当时我还在想，你肯定是美国人或者英国人，不然的话，怎么会独身一人外出旅游呢。"

这回菲尔曼小姐真的绝望了，她挺直了脖颈，眼睛漫无目标地朝四下看了看，接着就昏倒在地上了。

人们七手八脚地把菲尔曼小姐抬到床上，并立即给英国发电报。第二天一大早，她就在昏昏沉沉的状态中渡过了英吉利海峡，她病得很厉害，从那以后，她的身体一直不好，还得了脑膜炎。

她的妈妈呢？一直没有任何消息，而且就像从来不存在这个人似的。她从这个世界上消失了，神不知鬼不觉，没有人知道到底发生了什么事情。也正因为如此，有关菲尔曼太太的失踪，更扑朔迷离和更具神秘色彩。

事发后，我记得当时人们哀痛之余，还大为兴奋，各种捕风捉影的传言和猜测不胫而走，各类报纸大发其财。人们都想寻到谜底，越搞不明白，就越加激起人们的欲望：菲尔曼太太是否真的到了巴黎的那家旅馆，还是她根本就没有去过？是旅馆的人们在说谎，还是菲尔曼小姐的脑子出了毛病？还有的人甚至演绎出可怕的外星人的劫持……

总而言之，这一轰动英伦三岛的神秘失踪之谜，一直无人解开。

我要感谢约翰·契斯特先生，是的，是他在昨天晚上才让我明白了这一尘封了近半个世纪的全部事情的真相。而约翰·契斯特的权威性是不容置疑的，他是英国一位退休的国会议员，声望颇高，重要的是，几十年来，他与英国外交大臣

293

甚至首相一直都保持着良好的友谊。

"你想，为什么菲尔曼太太突然想到要为她的伦敦住宅购买地毯呢？"契斯特吸着大雪茄，笑着问我。

我紧张地想顺着地毯这条线索去寻找答案，但我什么也没有找到。

"也许，"他继续说道，"这是个借口。也许她像大多数女性一样，喜欢玩弄上流社会那些故作玄虚的把戏。但我要告诉你，那表明菲尔曼太太自我感觉不像往常那样健康了，所以才放弃了去小亚细亚的旅行计划。"

我不敢乱插话，只怕打断他。

"那么，我要对这个谜做出解释了，"他微笑着说，"答案其实非常简单，这关系到一个你是否会注意到的小小的事实。在法国，人们办事有种独特的惯例。我承认，那很符合逻辑，但有时这种习惯相当独特。这种事当然只会在法国发生，尤其只会发生在巴黎，而不可能发生在其他任何地方。菲尔曼案件就是其中的一件。我将告诉你，到底发生了什么事，然后，你我还可以就此一起来探讨些问题。

"好了，我刚才说过了——你已经知道两个女士在一天傍晚到达巴黎的一家旅馆这个事实。毫无疑问，她们都到了巴黎，菲尔曼太太被分配到了五楼的一个房间，就是她女儿在午夜时发现空着的那个房间。现在我马上可以告诉你，这个房间没有什么其他特别之处，它是这家大旅馆中一间普普通通的卧室。如果非要说它有什么特别之处的话，那就是，菲尔曼太太八点三十分还在那间房里，而到了午夜十二点她就既不在那间房里，也不在那旅馆中的任何一个地方了。当然，她是在这三个小时之间的某一时刻出去的，或者讲是被弄出去的。"

"你是说她死了？可是那个经理和搬运工，还有……"我大惑不解。

"我知道你不愿意让我按自己的方式给你讲这个故事，"契斯特微笑着说，"没关系，我知道你急着想知道答案。菲尔曼太太被带到自己房间几分钟后，她的女儿就离开了那里，到了六楼。这时候，房间里只有菲尔曼太太孤身一人。十分钟后，她这间屋子的铃响了。女服务员来到这间屋里时，发现这位太太已经一动不动地躺在地板上了。她叫来了搬运工，这位搬运工几乎和她一样惊恐，他们只好去把经理请来。经理见了这种情况，就去叫医生。医生来了，他为菲尔曼太太进行了仔细的检查，结果发现她已经死了。"

"死了？"我重复着。

"死了，"契斯特说，"在一个大旅馆里，有个女人死了，这无论如何都是件令人不快的事。而这一次则格外令人沮丧，因为巴黎正在举办世界博览会。旅馆和大夫没有去通知警方，而是打电话到一位政府官员家中。

294

"不到一小时以后，旅馆里来了一小伙人。他们把这房间里大部分家具都搬动了地方。如果当时你在那里的话，你可能还会发现有一些人从五楼抬出一套被褥放到旅馆外面的一辆等候的车上。那里面其实就是菲尔曼太太的尸首。如果当时你进了菲尔曼太太住过的那个房间，你还可能闻到一种特殊的气味，他们在消毒。当然，如果你困惑不解，那个你在楼梯上似乎偶然碰见的经理便会告诉你，那是因为一个笨拙的仆人弄翻了博览会的一箱药材。

　　"我还要告诉你，那位女服务员和那位搬运工，以及那位司机，事发后很快便被集中到了一起，他们受到了上方严厉的训示，并意外地得到了一笔数额不小的现金。上方要他们做得很简单，当然，他们还要发誓守口如瓶。"

　　"我比以前更糊涂了。"我还是不知道他们为什么要这么做。

　　"然而，"契斯特接着说，"菲尔曼太太曾经去东方旅行。这不会使你想到些什么吗？"

　　"你的意思是……"我突然开窍了。

　　契斯特打断了我的话，"她染上了淋巴腺鼠疫。"

　　"可是我不明白……"

　　"从一开始，他们就被迫闪电般地作出了决定。为了全社会共同的利益，我亲爱的朋友，他们决定——当然是说由政府决定，宣布菲尔曼太太从来没有到过巴黎。至于其他，他们就不想再管了。这是他们关心的唯一事关大局的事情。"

　　"但即便如此……"

　　"你想过没有，"契斯特问道，"一旦这个淋巴腺鼠疫的事情传扬出去，谁都不会再来巴黎旅游了。即便它是个谣言……"

　　"当然，可是……"我仍然不敢苟同。

　　"这是一件牺牲个体，保全全体的事件。"尽管这么说，看得出来，契斯特的心情同样非常沉重，"一个政府，既然是人民的政府，也是爱国的政府，它便要为多数人做出抉择。"停了一下，他又笑了，"当然，这个政府也是法兰西的政府，它太具艺术气质了。"

　　"这一切太可怕了！"我低声嘟哝着。

　　但不管怎么说，谢天谢地，行将就木之际，我终于不用带着满脑子菲尔曼太太失踪的谜团去见上帝了。

假释的人

按计划，我们三人相继进入灯火辉煌的酒吧间，由我殿后。突然，我冷不丁拉下丝袜做的面罩，由大衣下取出短枪，一语不发，站在门口。

酒吧间满是人，红木的吧台前，挤满顾客，大部分桌子和卡座，也都满位。

一个红脸胖子首先注意到我，他悄悄地用手肘碰碰旁边的人，很快，恐怖笼罩了整个酒吧。

几乎每个人的目光都落在我身上，彼得和罗奇穿过人群，一直走到赌场的门前。

突然，他们也拉下面罩，掏出手枪。

酒吧间死一般的沉寂，虽然彼得说话声调很低，但在偌大的房间里却如同霹雳一般。

"先生，请按电钮，打开这道门。"

酒吧间老板坐在一张高脚凳上，一瞬间，似乎愣住了，但很快就恢复了常态，他慢慢地磨蹭着，企图拖延时间。

彼得举枪瞄准他的太阳穴，"先生，如果你不按电钮的话，我要让你脑袋开花。"

电钮控制的门后面，每天都有高赌注的赌局在进行着，参加赌局的人全是政客和黑社会人物，在此情形下，他们不会报案。

所以，我们选定的目标很有"利润"可图。

酒吧店老板没办法，只有乖乖地按下电钮，打开门闩。

罗奇推开门，首先冲了进去，彼得紧跟其后。里面赌场先是一阵骚动，很快便归于沉寂了。

按计划，我守在门口，以免事情未了之前有人离开。

突然，我发现了一张熟悉的面孔，那是波特尔。他正好坐在距我最近的一张吧台边。我是从他那格外狭窄的双肩认出他的，他的头一直低着，显然是希望我不要认出他来。五年前，我们是同一个监狱里的囚友，虽然我们不是很熟悉，但我知道他这个人。

监狱里关的几乎全是卑鄙无耻的下流胚，一百个人难得有一两个像点儿样的，大部分是些告密者，或者还有更坏的。在牢里，有时只是为了一包香烟，或一些其他什么鸡毛蒜皮的小事，便会演变成拳脚相加，生死争斗。但波特尔名声很好，他从不恃强凌弱，也从不向狱卒们表功出卖狱友。

我向他趋前几步，在那儿我仍然可以看住大门，但可以和波特尔讲话。

我压低声音说："嘿，你遇到麻烦了吗？"

波特尔小心地抬起头，舐舐嘴唇，点头说："我在假释中。"

我马上理解了他心神不宁的原因。假释的人是不能上酒吧的，如果被人发现他在酒吧的话——持枪抢劫案当然一定会招人注意的——那么，他面前的啤酒将会使他重回牢里。

假释本应当是给予一般初犯和服刑态度较好的人的，但其中也总混杂一些卑鄙的人犯。假如一个人是告密者，并且显示了一些其他特性，比如效忠或勤勉，他就有可能获得报酬一样的假释。我很高兴地看见，至少有像波特尔那样正直的人理所应当地赢得了假释。

我现在真想帮助波特尔，使他不致受这案子的牵连。

"好，"我用枪口指指前门，"你能走之前，快走吧！"波特尔可能不记得我，就是没有戴面罩恐怕也不记得，更何况我还戴着面罩。

"谢谢你，朋友。"他说着，溜下凳子，在我的同伙从后面赌场出来的几秒钟之前跑出门去。

罗奇首先出来，边走边开出一条路。他一手举着枪，一手提着一条黑色裤子，两个裤管系在一起，成为两个又大又长的口袋，里面鼓鼓囊囊的，显然装了不少赌资。

彼得紧随其后，他挥着手枪，后退着出来。

直到走过我身旁时，他们才转过身来，同时扯掉面罩，冲出门去，很快消失在夜色中。

按计划，我仍留在原处不动，为的是掩护他们，一直到听见汽车喇叭声——两长，一短，然后，我才倒退出门，准备撤退。

我的动作是够快的了，当门关上的一刹那，我已闪到一旁。但几乎同时，一连六发子弹从里面穿门打了出来，高度正齐我的腰际。假如我不闪到一旁的话，肯定要中弹毙命。

我已无路可退，因为一大群人正朝我包围过来，一个鼬鼠脸的人冲在最前面，那人手枪的子弹已经打光了，正一边叫喊着一边装子弹。

我举枪瞄准，扣了两下扳机。一枪打中他的胸膛，使他张开双臂向后倒去，而另一枪，则使他的面孔变成了肉酱。没有人敢再追过来了。我迅速离开，进入夜色中，很快找到我们的汽车。

"你杀了人？"彼得匆忙发动汽车时，罗奇问我。

"是啊，有个自作聪明的家伙带着枪。"

"天——你非那样不行吗？"

我耸耸肩，"我也不想那样，但是我不得不那样。"

彼得的眼睛盯着前方，一路不发一言。罗奇紧闭着嘴，鼻孔不断呼呼地喘着粗气，也不再多说什么。我们在罗奇女友的公寓里分赃，这次我们差不多弄到了七千元左右，比预期的要多一倍。之后，我们便分道扬镳了。当天晚上，彼得到佛罗里达度假，罗奇第二天早晨将和女友一起去西部。我则计划休息一个月，哪儿也不去。

通常，我是不会再去想那酒吧的案子了，不幸的是，情况太糟糕了。那个对我打光子弹并被我击毙的人，竟然是个警察，事发之后，警察局全力捉拿凶手，每位有前科的人都被招去警察局问话，事情闹大了。

更为糟糕的是，我本意是想帮助波特尔的，因为我觉得他这个人不错，我不想让他因为违反了假释期间不能进酒吧的规定而受到惩罚，所以才悄悄地放他走了。不曾想，我的好心竟然害了他，酒吧间不少的人都看到了我和波特尔说话，他们通过警察局提供的照片认出了他，波特尔可倒霉了，他的罪名从简单的违反假释规定，一变而为杀人抢劫犯的帮凶了。

这使我有一种负罪感，假如我没有认出波特尔，假如我没有放他走，假如我没有开枪打死警察而把事情闹大，波特尔将会什么事情也没有的。然而，一切都不可挽回了。

内心深处一直不平静，我决定想办法帮助他，以补偿我的罪过。

花费几天时间考虑之后，我开始行动了。

我又去了那家酒吧，穿着与上次一样的外套，戴着与上次一样的帽子。

因为刚刚发生过命案，这几天酒吧一直门可罗雀，我进去的时候，只有老板和几个服务员。

一进酒吧大门，我便拉下了面罩，掏出枪来，把几个惊慌的服务员驱赶到老板坐的地方。

"不会忘记我吧？"我以冷冷的幽默面对他们，"不要害怕，我是一个善良的强盗，我想与你们进行一次友好的谈话。"我用枪指指老板，"你们向警察局提供了一个错误的指认，我想，你们必须纠正它。"

"我们不是唯一指认波特尔的人，"老板的声音在发抖，"几乎一半的顾客也指认了。"

"这我知道，"我不容置疑地说，"不过，你们几个要改变口供，你们必须告诉警察局，你们不敢保证那个人肯定就是波特尔，只不过有点儿相像而已。"

"警察局是不会相信我们的话的。"酒吧老板可能因为是老板，话语中透着桀骜。

我把枪几乎插进他嘴里，"闭嘴，照我说的做。"我提高了声调，"不要忘记，你还有一个上大学的美丽的女儿，假如有一天，有人用刀子挖出了她的眼睛……"

老板马上乖多了。

"这样才对，"我故意轻松地说，"你们最好让其他所有的人都同你们说的一样，否则的话，你们，或者你们的亲友，警察是不会永远严加保护的。"

效果不错，事实证明，他们照我说的做了。几天后，波特尔被释放了。

报纸登出了波特尔面带微笑走出监狱的照片，我真高兴，为波特尔，也为我的义举。

高兴之余，我的脑子也非常短暂地掠过了一丝诧异，波特尔的脸上没有伤痕，全身也没有被殴打的迹象，而据我所知，凡涉嫌杀人的疑犯，无一例外是要被彻底"修理"一番的，更何况，这次命案，死者还是个警察。

但我说了，我的这一"诧异"只是非常短暂地在脑子里掠了一下，至于原因嘛，我想，大概是因为我只顾陶醉在自己那种"伟大的""成功的""义举"之中了。

过了两个星期，为示歉意，我打电话给波特尔。

"波特尔，听出我的声音了吗？"我有几分自豪。

"当然，"电话里传来波特尔的声音，语气中明显透出兴奋，"我想，是你去酒吧让他们改变口供的吧？"

我的"伟大感"获得了极大的满足，但我没有显露，"没有什么，你不必放在心上，那件事，本来与你无关。"

"啊！我真想当面谢谢你，"话筒传过来的声音极为动情，"你是我所认识的最好的朋友，我们现在可不可以在哪儿见一面，好好地喝一杯？"

"当然。"我回答道，盛情难却，我自然不应拒绝。

当我按约定的时间提早一点儿到达一家小酒吧时，波特尔还没有到。然而，我刚刚坐下不久，一杯啤酒尚未喝完，一群警察便冲了进来，他们不由分说，劈头盖脸地用警棍几乎把我打了个半死，然后才把我拖进警车，拉去监狱。

虽然我知道事情有些不妙，但是仍然比较乐观，因为我想，他们很可能是在波特尔的电话机上安装了窃听器，因此才捉到我，但他们没有证据，不出三五天，他们迟早得释放我的。

但我想错了，我最终还是被送上法庭审判了。我的同室囚友告诉了我一个不好的消息，他告诉我，波特尔是控方警察局的见证人，并告诉我，波特尔一年以前出狱后，一直在为警方工作，一直是警方的眼线。他还跟我说，即便是在很久以前，波特尔在牢房里，也一直在干着告密的勾当。

多可怕呀，我居然认错了人，是的，波特尔可能曾经是个好人，但那肯定不是在我认识他的那几年，那多半要追溯到他的童年了吧！

我不断地用手捶着自己的头，咒骂自己太傻了。怪不得那天我发现他的时候，他会惊慌不安，我以为他是害怕，他也确实是害怕，但他害怕的原因同我想的完全不是一回事，他是在害怕我认出他来，他怕我会毫不留情地打碎他那丑陋的脑袋。

我不能容忍自己的大意，因为当他出狱时，我本来是感觉到有一丝不对劲的，因为警察一点儿没有给他不好受，但是，鬼使神差，我当时居然整个脑袋发热，一点儿也没有再去往深处想。

我恨我自己，我自认为是"仗义"，不料反被人家利用了，当我冒着生命危险再次去酒吧一心想把波特尔救出来的时候，警方可能正巴不得找个借口要释放他呢。

反复想着这一切，我真是连死的心都有了。

我的囚友想安慰我，他按住我的肩膀，小心翼翼地说："我们早就发现波特尔这个人不地道，但我们总想所有人都会这样认为的。"接着，他站了起来，"你想想看，当初波特尔为什么会得到假释呢？"

我猛然抬起头来，满脸全是泪水，"真是的，他奶奶的。我他妈的早该知道。"

风流寡妇

　　妈妈始终都不是很喜欢我。我想，大半原因是，我的降生使她成为母亲，而她并不喜欢当母亲，之后，她也没有再试过做另一个孩子的母亲。当我长大成人，自己有了两个儿女的时候，我又使她成为祖母，因此，她更不喜欢我了。

　　妈妈始终认为自己是个充满迷人魅力的女人，是那种大街上经常可以见到的自我感觉良好的女人。虽然她的年纪已经不小了，但与爸爸相比，她差不多要小二十岁，而且，爸爸一直宠着她，热烈地爱她，呵护她，人前人后总管她叫"小东西"。

　　"喔，老天！"当我们在早些时候接到爸爸的噩耗时，我丈夫杰夫突然叫了起来，"她得要到我们这儿来了，和我们一起住了！"

　　当时我的脑袋里一片空白，只是机械地忙着收拾行李，好像什么都不会想了。一直到我驾车上了公路，在漫长的三百五十英里路程中，我才想到这一点。

　　办完后事，这一问题更加萦绕在我的脑际。

　　当我小心地向妈妈提出新的生活建议时，她正站在豪华的起居室中，不知在想着什么。她那尖尖的高跟鞋牢牢地踩进波斯地毯里，房间里摆满了她心爱的意大利陶器、瓷器，还有好多古董。

　　她以一种小女孩子才有的尖尖的声音说："你放心好了，我一个人会过得很好的。"

　　"妈妈，你一个人不行的。"我大叫。

　　"不会的，"妈妈不悦地看着我，抬起两只忽闪忽闪的大眼睛望着我说，"怎么会不行呢？摩尔斯先生每个月会寄给我生活费的，凯勒会来刈草，罗尔顿太太每周会来打扫卫生两次……"

"但是你不会开车，"我打断了妈妈的话，"那将如何是好？"

家里原来有一辆老旧的卡迪拉克，过去，总是她坐车，爸爸开车的。实际上，她从来没有打算过学开车。

她带着十足的自信告诉我，她可以学开车。因此，我又吼叫了。

"亲爱的，你为什么还不走呢？"她似乎下了逐客令，"回到你丈夫和孩子那去，我一点事情都不会有的。"妈妈说话从来不带儿音，好像那才显得高雅，像她刚才说的"一点事情"，她是永远不会发出"一点儿事情"的声音的。

无奈，在爸爸下葬两天之后，我只有离开了。尽管如此，在驾车回家之前，我还是到摩尔斯先生办公室去了一趟。摩尔斯先生以银行家的职业微笑告诉我，妈妈经济情况很好，我关心的当然也是这一点。罗尔顿太太我也见到了，她认为一个寡妇起居有屋，生活宽裕，应属很幸运了。

当我忧心忡忡地回到自己家时，连杰夫也感到妈妈不可思议，"听起来好像老太太挺坚强的嘛！"

我也同样对妈妈的举动感到惊讶，虽然妈妈已经六十一岁了，但她从不服老，她总是一天到晚地穿着尖头细跟的高跟鞋，戴垫了海绵的胸罩。但作为女儿，我仍然不无忧虑，因为她一向总是需要有人照顾的。

"那么，是她该自立的时候了。"杰夫说。

"可是，她又如何懂得自立呢？"我忧心地说。

杰夫大笑起来，"她会知道自己需要什么的。"

我想，我们俩说的都不错。

从此，我每星期总要给妈妈打一次电话。然而，我们电话的内容总是不外以下这些：

"妈妈，你好吗？"

"好的，好的，亲爱的。"声音像小女孩一般。

"罗尔顿太太是不是还来打扫卫生？"

"是的，亲爱的。"

"凯勒是不是还来刈草？"

"那当然，亲爱的。"她的声音软软的，非常好听。

大概在爸爸去世后两个月，她突然向我透露了一个令我不安的消息，"我已经在学开车了。"

"妈妈！"我尖叫，"谁教你？"

"紧张什么？是驾驶学校的一个年轻人。"她回答。

我把我的忧虑告诉杰夫，"她年纪太大，不宜学开车。"杰夫却说，他听说过年纪比妈妈大得多的人也在学开车。我说，我想我应该回去看看，他告诉我别傻吧，妈妈从来只做她自己喜欢做的事情，不愿让别人干涉，更不能忍受别人的干涉。

我想他的说法正确，我了解妈妈。

有了驾驶课，我们电话的内容也多了一些，活泼了一些。

两个月之后，我问妈妈要不要考驾驶执照。

妈妈的口气不以为然，"那要花费很多时间的，好在现在有人为我开车……"

"我怎么告诉你的？"杰夫得意地说，"你妈妈懂得需要什么，她会自己去取的。因此她放弃考驾照，给自己找了一个每天上班为她开车的司机。"

大约又过了一个月左右，妈妈突然又向我透露了一个消息，"我辞退他们了，亲爱的，凯勒和罗尔顿太太我都辞退了。"

"妈妈，"我大叫，"为什么？"

"因为我想辞退他们，亲爱的。"她的声音仍是软软的。

我急着问："那你有没有找别人来打扫房子，刈除草坪？"

她以极平淡的声调说："是的，亲爱的，我找了。"话就此打住。

我告诉杰夫，"也许我最好去瞧瞧。"

"为什么？"他问。

"唔，去看看管家和她新找的园丁。"

"老天，"他叫了起来，"让她过自己的生活吧！"

又一次通话中，我假装不经意地向妈妈提到："我想回去看看你。"

"干吗？"她说话的口气简直不像妈妈了。

"哦，我不知道，"我嗫嚅道，"只是想去看看。"

"我可能会不在的！"妈妈的回答吓了我一跳。

"为什么？你要去哪儿？"我急着问。

但妈妈没有理睬我的问话，她顾左右而言他，谈了几样无关紧要的事，便要挂断电话。

"假如你要到哪儿去旅行的话，"我更急了，"通知我一声，好吗？"

"当然，亲爱的。"她挂了电话。

下一周我又打电话过去时，那边没有人接。杰夫看到我不安的样子，安慰我说："唔，好了，也许她是去旅行了。"

"但她答应先通知我一声的。"我仍然心存疑虑。

"你不放心她，是吗？"

"当然了。"我回答。我真的不相信，没有爸爸挽着她的手，一路喊她"小东西"，她会出去旅行？妈妈没有爸爸是不行的。

"为什么不行？"杰夫说，"没有你爸爸，她照样辞退管家和园丁，没有他，她还学了开车，还给自己找了一位司机……"

我真不想再听下去了，只觉得脊背发凉。

那天很晚的时候，我又拨电话，第二天早上再拨，但一直没有人接。我心中突然有种不祥的预感，于是收拾行李，匆忙驾车上路。

妈妈的房子是一幢西班牙式的寓所，矗立在一个山坡上，两旁有高高的、攀着常青藤的墙。房屋所占的土地，从这条街延伸到另一条街，两旁都有邻居，山坡上面也有人住。可是妈妈一个邻居也不来往，那也是我忧虑的原因。她可能因为穿高跟鞋而跌倒，死在她的一大堆古董中，而没有一个人知道。

我抵达妈妈的住所时，天色已黑，并且在刮风。山坡上的房舍也都亮起灯光。我在门口停下车，探看妈妈汽车间的大门，发现它是锁着的。

我踏上水泥台阶，向后院走去，我发现妈妈房间没有灯光。我重重地敲门，同时高喊："妈妈，是我，快开门。"同时绕着屋子，由窗子向里面张望，但里面漆黑一片，什么也看不见。

一阵恐怖袭上心头，我的身子开始颤抖。我掀开门垫，摸摸门楣——虽然我知道，妈妈从来不会把钥匙放在门垫下，或门楣上。

突然，我想起不知从哪儿听到过的一种方法，于是赶紧摸索皮包，找出一张塑胶制的信用卡，我将卡片从门缝塞进去，只听到"咔嚓"一声，门打开了。

我大声喊着："妈妈——妈妈——"但没有回音。

我摸索墙壁，找到电灯开关，扭亮灯，任大门敞开。

"妈妈——"我不断地大叫，"你在家吗？"

然而，仍然什么声响也没有。

我就像个白痴一样地不断地喊"妈妈"。突然，我想到，哎呀，我这是在叫妈妈，而不是找妈妈。于是，我迅速冲进起居室，冲进餐室，冲进厨房，扭亮了房间里所有的灯。

但房屋除了我之外，一个人也没有。

前门突然"砰"地关上了，我吓了一跳。那一定是风，是的，一定是风。我寻找一尊原来总是放在过道的半身雕塑铜像，准备顶住门，可是，我发现，铜像不在了，连铜像的底座也不在了。

我冲出门去，砰地关上门，跑下阶梯，绕过房屋，钻入我的汽车。

我驱车下山，越想越怕，禁不住大哭起来。

我先去了警局。接待我的两个警官一个坐着，一个倚靠在办公桌前，他们看到我的样子，肯定把我当成是一个歇斯底里的女人了。他们还向我说，尽管我是妈妈的女儿，但妈妈是个大人，未经同意撬开她的门是不适宜的。

我无助地含泪冲出警局大门，匆忙打电话回家。谢谢老天，杰夫很快接了电话，我都不知道我向他说了些什么，但他的一句话却提醒了我，他说："她可能出外旅行了——但，你没有看看床底下吗？"哦，老天！床底下，我居然没有看，真是见鬼。我不敢再耽搁，匆匆挂上电话。

重新回到妈妈的房子时，我发现窗帘垂落的房间里，还亮着灯。

我仍然用信用卡把门打开，任大门开着。更加仔细地检查各个房间，尤其注意床底下，并仔细翻看壁橱、柜子。

突然，我想到了地下室。应该说，那只可说是个半地下室，里面什么也装不下，只有一个火炉，还有一些箱子。地下室的梯子是从厨房通下去的，门由一个横闩闩住。我扭亮装在楼梯顶的灯，抓住梯子扶手，借助昏黄的灯光往下看，下面没有尸体，也没有足够大的空间可以掩藏尸体。当然，除非是梯子下面的阴暗处——但我当时急疯了，一点儿没有想到它！

我走回前厅，发现大门仍敞开着。就在那个时候，我看到了半身塑像座的影子，那是留在壁纸上的一个淡淡的影子，一个非常模糊的轮廓。

突然，我感到全身发冷。现在，我知道房子里有什么不对劲了：好些东西不见了。

我再次巡视四周，竟然发现很多过去熟悉的东西都不见了：一个威尼斯花瓶，一个景泰蓝瓶，一个德国著名的陶土雕像，好几个珠宝盒、水晶饰品……我不知道妈妈是否真正爱那些东西，不过，它们是她生活的一部分，而且它们无一例外价格昂贵。

她怎么会愿意和那些宝贝东西分开呢？

我向前厅电话机跑去，拉开柜子抽屉，拿出电话号码簿，左上首是"紧急电话"，右上首是"古董商"。我以手掌按住那一页，找到摩尔斯先生办公室的电话。

我拨通他的电话，心急火燎地问道："我妈妈最近是不是很需要钱？她是否从你那里预支了好大一笔钱？"

与我的急不可耐相比，摩尔斯先生的不紧不慢能急死人。可能是职业关系，他以得体的话语开始向我解释银行的责任。依照爸爸的遗嘱，妈妈每个月都可以领取不少的生活费，如果她想多支取一些，她只要通知摩尔斯先生，并告诉他数目就可以了。他还向我讲，契约规定之目的，在于保护她——保护妈妈的合法权益。至于对别人，即使是她的女儿，签约人——他指的是自己，也有权保持沉默。

我实在不能忍受了，说了句，"哦，去你的"，便挂上了电话。

然后，我低头看看原先摊开在那儿的电话簿，在"古董商"名录下，有三个名字。

我合上电话簿，关上前门，钻入停在车道的汽车里。

"世界古玩"是一家装潢优雅、古朴的店面。我停好车，走进去，立刻被一件熟悉的东西惊呆了，那正是原来妈妈家的那座半身铜塑像。看到我进去，胖胖的经理搓着双手迎了过来。我向他摆摆手，径自四处观望，我发现这儿到处都摆着我熟悉的东西。

我转身问他是怎么获得我母亲的这么些东西的。

经过一阵短暂的沉默，他眨眨眼睛，吞咽下他的不自在，告诉我是两天前一个男人拉了一满车来出售的。

"那是个年轻人，年纪不会超过三十岁，大约五尺十寸高，瘦长，不记得是否刮干净胡髭，鬈鬈的褐发，衣着不俗。名字吗？哦，不，我没有问他的名字，因为那是现金交易，一手交钱，一手交货。"他不解地看着我，补充说，"他对古董的常识似乎相当了解，所以我不怀疑他带来的那些宝贝，何况他还是用辆卡迪拉克拉来的。"

走出古玩店，发动我的汽车，不久，我便看见一面招牌："成人驾车训练班"。我拐了进去。

办公室值班小姐正在吃饭。听到我打听妈妈的消息时，她从柜台下面取出一本登记簿，很快说："有的，她是在我们这儿学车。"说着，合上登记簿，抬起头来，"不过，她没有学完。你知道，很多人都是那样的，我们这儿的学生多半是年纪较大的妇女，像寡妇什么的。"我点点头，向她道谢。

"谁教她的呢？"我接着问道。

那位小姐又打开了登记簿："是个新来的人，名叫欧洛尔。"

我的心脏开始狂跳了。

小姐继续说道："我们老板缺人手的时候，常常会招一些外地来的人。他在这儿没做多久，大约只有两个月，然后，有五天，他招呼都不打就不来了……"

"那是什么时候的事？"我急切地问。

"大约一个月前吧，不，一个半月前。也就是你妈妈打电话来说决定不再来学的同一时候……"她抬起头，突然吃惊地问："哎呀，是不是……"

"他长什么样子？"我问她。

"唔，让我想想，中等个子，不高不瘦，大约三十岁，也许大一点也不一定。褐色头发——你问这干吗？他犯了什么事吗？"她倚身向前，一副女人对女人的说话态度。

"我不知道。"我说。

"我们这儿的老板用人的时候很小心，必须有介绍函之类的，你知道的。"她安慰似的说道。

我点点头，感谢她的好意。他们可能是小心的，然而，妈妈可不会小心。我接着问她："他的胡髭是不是刮得干干净净的？"

"哦，是的，一定要刮干净的，我们老板一向坚持要那样的，他说，年纪大一点的妇女，不相信留胡子的人，我们的顾客大都是年纪较大的妇人。"

我的心跳得好厉害，"这个叫欧洛尔的人没有申请工作前留有胡须吗？"

"哇！"小姐做了一个夸张的表情，"毛茸茸的！难以置信的旺盛。"

"谢谢你。"我说着，几乎是跑着回到我的汽车里。

我又给杰夫挂了电话。

"杰夫吗？"我对着电话大叫，"不，你先别说话，我仍在这里。是的，我看了床底下。哦，少啰唆，听我讲……"然后，我告诉了他刚刚发生的一切。

"老天爷，亲爱的，"他烦躁地说，"你妈妈可能派那个年轻人去替她卖掉几样没有用的东西，然后，可能雇用他替她开车到哪儿去玩——也许就是她经常念着要去玩的地方——你为什么还不回家？别傻乎乎地乱撞乱跑呀！"

我挂上电话，想到是否再去警局，但随即又否定了那种念头。

我跳上车，开车到罗尔顿太太家。

罗尔顿太太正好在家，看得出，她因为我是妈妈的女儿而讨厌我。

"罗尔顿太太，她为什么要辞退你？"我小心地问。

"因为她有个小白脸儿，没有别的理由。"她的声音愤愤的。

"小白脸？"我惊讶地问。

"她在他身旁痴笑的样子，谁看到了都要恶心的。那个小白脸年轻得够做她儿子了，甚至能够做她的孙子……"罗尔顿太太一脸鄙夷的神色。

"后来呢？"我没有理由冲罗尔顿太太发火，仍然小心翼翼地问。

"最初，他佯装得很像那么回事。唔，那时我想，他是实实在在地教她开车。可是后来——我敢打赌，他根本就没教，她也没有学。我在她卧室里见到过他的一些衣裤……"

我羞惭地转开脸。

"她辞退我的时候，我想她是不想让我知道她的事，她可能自己难为情，或者感到惭愧。"说完，罗尔顿太太有些同情地望着我。

"他长什么样子？"我又问道。

罗尔顿太太摇摇头，"年轻人嘛，年轻人都长得差不多。"

从罗尔顿太太家离开后，我驱车越过镇中心，到了一条狭小的街道，那儿的房屋都是小小的，式样也都差不多。在一个角落，我找到了凯勒的住所。

凯勒不在家。

我只有再回到妈妈家。

我把车停在车库附近，然后打开汽车后面的车厢门，找到一把改锥。汽车库的门落着一把锁，我用改锥用力一扳，铰链便掉落下来了。我进入车库，但里面空空如也。

我心神不宁地关上门，来到后面的院子里。现在，我才注意到，院子修整的要比凯勒这么多年干得漂亮多了。好像装扮这一切的人是专门以此为乐，或者是可以按成绩付酬。

我到了前门，正好看见邮车驶离路边。我居然还没查邮件！我跑下台阶，打开信箱，发现有几封信——一封是电力公司的收费通知，邮戳是前天的，可能今天才送到；另一封是煤气公司的收费通知，邮戳更早一天，可能是昨天送到的；还有一份本地旅行社寄给妈妈的来信，邮戳是三天前的。

我撕开那封旅行社的信，里面是一份"罗曼蒂克夏威夷之旅"的宣传小册子，我踏上台阶，仍然取出信用卡开门进去。

我将信件放在电话架上，找到旅行社的电话号码，照号打了过去。

"是的，"电话那头传来甜甜的声音，"你问宣传小册子吗？我们在接到顾客的索取电话时，一般很快便会奉寄的。那是二十五号，三天前的事情。她说和她未婚夫——我相信她是那样说的——要先看看资料，再做决定。"

"谢谢你。"我咽喉哽咽，说不出话，只有挂上电话。

三天前，妈妈曾坐在那儿，像少女般轻浮地打那个电话——要命的电话，这点我深信不疑，我都能想象出妈妈当时的样子。

我真为妈妈感到悲哀，事情一点点凑起来，开始有些眉目了。

我想起十年前曾经相当流行的一种拼图游戏。杰夫一直热衷这些玩意儿，一次，他拿来两副专为我们的两个孩子订制的拼图，分别是两个孩子的大照片，我们兴致勃勃地看着两个小家伙拼。不料，当时只有四岁的儿子拼不到几片，就把整盒图片一摔，恐怖地大哭起来，因为他看到了自己脸上的裂痕。六岁的女儿也仅仅是拼了一点儿头发和部分脸孔，也把拼图甩开，同弟弟一样大哭起来……

此刻，我的心情正和当年我的子女一样，妈妈的拼图将会满是裂痕，我真不想去找那些剩余、尚未拼齐的图片。

突然感到有点饿了，我走入厨房。厨房明亮，整洁，一尘不染，灶台上没有留置任何东西，擦得光亮的水槽里，也没有摆任何东西。可怜的、只会做"小东西"的妈妈是不可能收拾成这样子的。

我打开冰箱，意外地发现了牛奶、乳酪，还有其他好多吃的东西。这也是妈妈从来没有过的。

我倒些牛奶，端着穿过屋子。那也是被精心清扫过的。我打开衣橱门和柜子的抽屉，仔细检查，想看一看是否还有"小白脸的衣裤"在什么地方，但是我没有发现一个扣子、一根线……

牛奶没有喝完，我把杯子端回厨房，放在柜子上，然后转到地下室的门那儿。我打开闩，拉开门，俯身到梯口，但马上又吓得跳了回来。

灯亮着！地下室的灯亮着！

喘口气后，我才记起灯是自己扭亮的，但不知为什么，它竟使我心惊肉跳。

我走出来，打开前门，深深地吸口清凉的空气。我知道，妈妈的拼图，我已经接近完成了。

年过半百，又总不忘甜甜蜜蜜的"小东西"，一门心思企图重温一次完全不同的"罗曼蒂克夏威夷之旅"，身边一刻不能没有一位温存宠幸的男人……

我的脑海里，不由浮现出我那两个子女在摔掉拼图时恐怖大哭的情景。

她应当明白自己必须拒绝诱惑的，然而，她竟默许这个年轻人，从驾车教练，变成她的司机，又变成她的管家，还要再变成她的丈夫或情人……我真的不敢想下去，妈妈年纪不算小了，但也可能正因为这样，潜意识里，她会更加放纵自己，不甘寂寞，及时行乐……至于那个突然闯进妈妈生活中的年轻小伙子，他应当一眼就能看出妈妈到底想要什么。但他需要时间来逐步进行……

我太了解妈妈了，但她居然能够向一个年纪轻得可以当她儿子甚至孙子的人求婚，这可是我绝对没有想到的，妈妈肯定是疯了，或者是被那个坏小子搞昏了头；她居然还要从摩尔斯先生那儿弄出大批金钱，以便讨那个家伙的欢心……想到此，我的耳边似乎可以听见她银铃般娇滴滴的声音在说："哦，我们可以一起到我们想去的任何地方旅行，你不必发愁钱的……"我不怀疑，那个叫什么欧洛尔的，在勤勉地为妈妈除草、收拾房间的时候，一定会非常明白地知道，妈妈需要他的到底是什么。她要的是他，她要的是他的人……

以后的事情就不用说了，总之，几天后，在地下室梯子下面那个非常暗的地方，我上次没有注意的地方，我先是看到一只穿着尖尖的高跟鞋的脚，接着，我发现了妈妈的尸体。

我终于吐出一口气，妈妈最后的一张图片总算圆满地拼上去了。

我马上向警察局挂了电话。

"你们现在可以来了，"我告诉他们，"我已经找到了尸首。"

留给警方的，应该讲，是个很好破的案子——一具已断气三天的尸体，和两天来我所能提供的各种线索。

我告诉了他们应当去找什么人——一个有褐色鬈发、胡须新蓄、身材细长的人，他大约五尺十寸高，开一部卡迪拉克，当然，也许他会卖掉它。

我告诉警方，如果是他把妈妈推下地下室的话，他是凶手；如果是妈妈因为要取箱子去那个"罗曼蒂克夏威夷之旅"而不慎跌下去的话，那么，他是个见死不救的人。

懒洋洋酒吧

夜晚，天突然下起了雨。

威尔翻起外套领子，嘴里诅咒着，快步跑了起来。

他抵达懒洋洋酒吧时，店里空无一人，只有一位冷漠的酒保在擦酒杯。

那时是九点过一点点，夏天的晚上，天刚黑。威尔要了杯啤酒，慢慢地喝着。

九点三十分不到，伯克终于来了，他一边抖落塑料雨衣上的雨水，一边向威尔轻轻点个头，要了杯威士忌，端着酒到后面一个卡座里，过了一会儿，威尔跟随过去。

"我以为你不来了。"他对伯克说。

伯克眯起布满血丝的眼睛看着威尔，"我本想不来的。我对向你们警察卑躬屈膝、通风报信感到厌恶了，也疲倦了。"

威尔喝口啤酒，这类话他以前听多了，"你喜欢钱，不是吗？伯克，钱可是个好东西。"

"但我也喜欢自尊。有时我夜里带着告密钱回家时，我都不敢正眼看妻小，我觉得羞惭。"伯克不完全同意他的话。

"别那样，伯克，我又不是要你去抢银行。我只是希望你做一位好公民，你帮助警察，我们给你报酬。"

威尔知道他每次都要发发类似的牢骚，于是伸手从口袋里掏出个信封，放在伯克面前，"伯克，你是不见兔子不放鹰，喏，这里面有两张二十元钞票，它们会是你的，假如你告诉我有关银行抢劫凶杀案的消息的话。那是谁干的？"

伯克目不转睛地凝视信封，"只为了区区四十元？"

"可以给你的妻小买食物，伯克，还可以买几瓶好威士忌。"

"是啊，"他的手伸出来，犹豫着，然后拿起信封。伯克向吧台眯眼瞧瞧，但那儿仍然空着，只有酒保站在现金柜前的背影。

"伯克，告诉我名字，我还有事要办呢！"

伯克告诉他两个人名。

威尔点点头，站起来，扔几个铜板在桌上，"再买杯威士忌喝，伯克，我请客。"

"该死的警察！"话一出口，伯克自己都感到吃惊了。

"你恨的是你自己，伯克，不是我。"好在威尔没有计较。

外面还下着雨。威尔快步跑到一个角落，那儿有座围着玻璃的公共电话亭。他钻进去，挂电话到警察局。

"尼科尔组长吗？我是威尔探员，我已经和我的线民接触了。"

"怎么样？"电话那边传来的声音很急迫。

威尔暗自笑了，"他告诉了我两名匪徒的名字。"

"他们是谁？"尼科尔问。

"十分钟内我回局里向你报告，组长。"他说完这句话，不等组长再说什么，便匆匆挂了电话。那本来是个很简单便可回答的问题，可他偏要让组长等一等，他一直把这当成是他工作中的一种小乐趣。

但他刚走出电话亭，一辆车便径直向他撞来，他几乎没来得及作出任何反应，人已经飞了出去，他的头重重地撞在电话亭上，毫无痛苦地死去了。

对尼科尔而言，一周前发生的银行抢劫凶杀案，已经够使他焦头烂额的了，如今雪上加霜，又出了这桩探员命案。

他对威尔并不太熟，他是为了银行的案子，才把他调来的，威尔是局里和底层关系搞得最好的一位。如今，看到他陈尸在水泥路面上，尼科尔觉得非常难受。

亨利探员离开警方摄影人员，走过来站在尼科尔身旁，"组长，汽车驶上人行道撞人，那可不是意外事件。"

"我也不认为是意外事件。有任何线索吗？任何一点儿？"尼科尔的心情显然不好。

"车头灯掉落一小块玻璃，组长。我们会查的。"

"要注意，这件事也许和银行抢劫案有关。"

"是，组长。"

尼科尔转身，看见一位很熟的新闻记者从围观的人群中挤过来。

312

警察遇害，新闻界可能会大肆渲染，他们一向如此，警察里面也有好人、坏人，尼科尔可不知威尔是属前者还是后者。

"亨利探员。"

"在，组长。"

"威尔究竟是怎样的探员？过去，我不太认识他。"

亨利抓抓脑袋说："当然了，我想他是好人，从没人说过他什么，他有不少线民。"

"他结婚没有？"

"他离婚了。不过听说目前有个同居女子，但交往很谨慎。"

"找到那女子，我要和她谈谈。还有，查查汽车场和修理厂，发出一份撞车逃逸的通报，同时把那个叫伯克的找来。"

"伯克？"

"他是最后和威尔探员碰面的人，"尼科尔说，"当然，凶手除外。"

伯克个子矮小，有一双见阳光就睁不开的眼睛。尼科尔猜他年纪在四十五岁左右，然后翻阅桌面上的逮捕纪录，发现他曾有三年的坐牢记录。

"你是威尔探员的朋友？"尼科尔平静地开始问话。

"我认识他。"

"我晓得，你有时候送给他一些消息。"

伯克的脸孔扭曲得有些变形，"我说，组长，给我一条生路好吗？让人知道我和警方打交道，我会立刻被宰掉的。"

"你不认为他们早已知道了吗？威尔警探离开你之后，有人跟踪他，并且撞死了他。有人不想让他说话，他们也不会想要你说话的。伯克，你的生命现在很不安全。你告诉了威尔探员银行劫案两个杀人凶手的姓名，现在告诉我，我要那两个人的姓名。"

"我什么也没有告诉他。"他在说谎，但故意显露出畏惧的神色，其实，那是他一贯的原则，只有在特定条件下，他才会透露消息给警方。

"他遇害前刚刚挂电话给我，伯克，他告诉我，你给了他消息。你告诉了他那两个人的名字。"

他用舌头舔舔干燥的嘴唇，仍然重复着刚说过的话，"嘿！给我一条生路，好吗？"

"名字！伯克。"尼科尔组长有些急了。

"我不知道什么名字。"

尼科尔把气咽下，改变话题，"好，你承不承认见过威尔探员？"

"承认。"他老老实实地回答。

"在哪儿会见的？"

"一个叫'懒洋洋'的小酒吧。"

"有没有别的顾客看见你——或者你认识的？"

"天在下雨，那儿只有酒保。"

"好，你们谈些什么？"

"雨。"

"他妈的，"尼科尔组长暴怒了，"你给我滚出去！等你想好和我们谈的时候，也许我都不会再听你的了。"

他看着他走下街面的石阶，招手叫了辆出租车。

尼科尔走向亨利探员，"监视伯克，但不要让他知道。"

"是，组长。你要出去？"

尼科尔点头说："我要到'懒洋洋'酒吧，看看肇事汽车有什么发现没有。"

亨利摇头，"假如是一群歹徒干的，他们可能在自己的汽车间修理它，还没有汽车场或加油站来报告呢。"

"车灯玻璃呢？"

"可能来自任何厂家，但还没有任何眉目。"

"银行抢劫案有无任何线索？"

"唯一的线索都在威尔探员身上，但都和他一起逝去了。不过，凶手看来像是本地的家伙，因为他们非常清楚银行作业程序，所以威尔探员才会估计黑社会中有人知道。"

尼科尔点头，"过一会儿我会挂电话回来，你再告诉我与威尔探员同居女人的姓名，或许我会到她那里去瞧瞧。"

懒洋洋酒吧午间生意出奇的好。尼科尔组长穿过喧闹的酒吧间，在吧台末端等候，一直到有机会吸引住酒保的视线。

"昨夜你值班？"

"另外一个，他在那儿。"他向一位正在把啤酒放进冰柜的酒保打招呼，"查理。"

尼科尔很有耐性地等候，一直到查理有空和他说话。

"昨晚？下雨的时候？是呀，我记得有两个人，他们在车祸前离开。"

"他们中有一位就是遇害者，而且那也不是意外的事故。"尼科尔告诉他。

"啊？那我可是什么都不知道，他们只是我的两位顾客。"

"以前你看见过他们没有？"

"没有。"

"你不认识伯克？"

酒保移开视线，不敢正眼看他，"我想是认识。那是他吗？穿着雨衣我没有认出来。"

"当然是他。听我说，你是不是要到局里去谈谈？告诉你，遇害者是一位警探。好，查理，昨夜你挂电话给谁？你向谁告密了？"

"谁也没有，我发誓！"

没有进展，尼科尔只得记下查理的姓名、住址，然后离开。

与威尔秘密同居的女子，居住在一个破旧地区，公寓没有电梯，得徒步上楼。尼科尔对周五下午登门找人并不存太大希望，但是她应门了，而且请他进了屋里。"我正在等，"她简单解释，"总该有个同事来。"

"你是雪莉丝？"

"是的，"她个子高大，年纪比他预期的大，不过她的微笑颇为诱人，他猜她大约三十岁，蓝眼睛使她看来年轻些，结实美好的身段，是她保养有方的证明。

"我是尼科尔组长，他……遇害时，正在执行我指派给他的任务。"

她示意他坐，"我久仰您的大名。"

尼科尔言归正传，"你晓不晓得谁和他有过节？"

"不晓得。"

"我知道他离了婚。"

"你怀疑他的前妻？"雪莉丝不屑地问，"她住在加州，他已多年没见到她了，她根本不爱他。"

"好，你呢？有没有善妒的男友？"

她两眼一瞪，"不是你所想象的那样，我们已准备结婚，我没别的男友。"

"他有没有和你谈过工作方面的事情？"

"关于同事和你，谈过一点儿。工作不大谈。"

"银行抢劫的案子呢？"

"没有。"

"他提没提过一个叫伯克的线民？"

"没有。"

"'懒洋洋'酒吧呢？"

她摇头，"他大多时候来这儿都只是为了轻松轻松，我们不大出门。他不愿意让人家看见我们在一起，以免惹来闲言碎语，他说那样对工作不好。"

"不过，你们不是打算结婚吗？"

她把视线移开，拿出一支烟，"但，男人总是固执己见和自以为是，你年轻时候可能也是这样。组长，你成家没有？"

"我离婚了，和威尔探员一样，"说着，他站了起来，"也许这是干我们这行的生活的一部分，时下没有多少妇女愿意过不稳定的生活。"

"不稳定？"

"像威尔探员在雨中陈尸街头。"

她摇头，"就我来说，我不这样认为，组长，我第一天认识他，就知道他早晚会落到那种下场。"

"为什么？"

"有时候你看一个人的眼睛就会知道的，有时候我们在……在床上的时候，从他看我的眼睛，我就能知道。我认为他是个好警察，但也许是他太好了，也许是他干警察太久了。"

尼科尔离开她，驾车返回自己公寓，全身疲乏不堪。前一夜，他只略略打了一两小时的盹。他很想挂电话给亨利探员，可是坐在摇椅上，不一会儿便不知不觉地睡着了。

电话吵醒他时，天色已黑。

"那个伯克，有人想用炸弹炸死他。"亨利探员的声音中透出紧张。

他睡意全无，马上赶到现场。

伯克的汽车被安上了炸药，雷管接在一只点火栓上，只要他发动汽车，就会爆炸。他确实发动汽车了，但他似乎命大，就在那一刻，他回屋取香烟去了，最终，香烟救了他的命……

尼科尔看看被炸得变了形的汽车，转过头去。

"伯克，听说你要和我谈话。"

"是的，我不想再隐瞒了，组长，我没想到会是他们杀害了威尔探员。"

尼科尔向站在附近的速记员招手，"我们进里面去，伯克，你太太在家吗？"

"我送她回娘家去了，组长，我害怕死了。"

"那么，把名字告诉我。"

"那两个家伙，我本不想告诉威尔警探，可是他给我四十元。"

"名字！伯克。"

"约翰和一个叫乔治的，我不知道他们姓什么。"

"我们可以在哪儿找到他们？"

"有时候在'懒洋洋'，风声过后，他们会在那儿。我真不该和威尔探员在那儿见面。"

"好，"尼科尔向一位探员示意，"我们保护你，一直到逮捕到他们。"

"我不想坐牢！"

"你是宁愿留在这儿？"

那双眯起的眼睛惊恐了，"我去就是了。"

尼科尔找到亨利探员，"那个正在盯这幢房屋的人呢？"

"他什么也没看见，组长，不过安置炸药的人可能从车库后窗爬进来，所以我们要查询附近的邻居。"

"让别人去查吧，"尼科尔急躁地说，"我们得去找两个人，一个叫约翰，一个叫乔治的。"

"银行那案子的？"

尼科尔点头。

"我们从哪儿开始？"

"'懒洋洋'酒吧。"

他们进入酒吧间时，值班酒保正在准备打烊。那人不是查理。尼科尔亮亮警徽，平静地对酒保说："警局来的，另一个呢，查理？"

"夜晚休息。"

"我在哪儿能找到约翰这个人？"

"你难住我了。"

"别装蒜。"亨利探员从尼科尔身后发言，"你认识他？"

"他以前常来，已有几个月没看见他了。"

"乔治呢？"

"约翰的朋友，也好久没看见了。"

"查理认识他们吗？"

"我想查理是认识他们的，因为查理和约翰是亲兄弟。"

出了酒吧后，他们马上查电话簿找到查理的地址，然后一起驾车到查理的住处。

公寓黑黑的。

"你想他们现在会不会在那儿？"亨利探员问。

"掏出你的枪，以防万一。"

尼科尔率先进入黑暗的公寓，示意亨利探员掩护。

他试旋门柄，但门是锁着的。正在他估量是不是冲进去时，里边有人问话了："谁呀？"

门开了一条缝，尼科尔用肩胛挤开。查理穿睡衣躺在床上。

他看到了尼科尔的枪，心知不妙，也就不动了，"这是搞什么鬼呀？"

"我要找你弟弟约翰，还有个叫乔治的。"

"我已经有几个礼拜没见到他们了。"

"这是人命关天的事，查理。一位银行出纳的命，还有位探员的命。"

"你有证据？"

"银行那个案子是他们俩干的，威尔探员听到消息，结果被人害死。因此，我们要找到他们，今晚就要。"

查理背靠一张破旧的椅子，稀疏的头发乱糟糟的，眼睛显出畏惧之色，"我知道你们为何要找杀害警员的疑凶。你们要报仇。"

尼科尔收起手枪，"并不如你所想。也许我要在威尔探员的朋友发现他们之前，先把他们安全地留在牢里呢。你不相信？"

"我能相信你吗？"查理怀疑地问。

"试试，我现在本来也可以抓你的。我有个强烈的感觉，伯克向威尔探员告密的事，是你向你弟弟——约翰通风报信的。"

"没有，我不认识威尔探员。而且也不可能听见他们的谈话。"

"那么，告诉我，可以在哪儿找到约翰？那是唯一保他活命的机会。"

夜空中传来一阵短暂的警笛声，然后消逝。墙上挂钟响起，已是午夜时分了。查理惊惧的表情缓缓地变成咧嘴的笑，"现在太迟了，他们已经出城去了。"

尼科尔注视着亨利探员，亨利探员回答道："午夜没有班机，火车也没有，我想有一班到费城的午夜巴士，和一班到华盛顿的。"

尼科尔再看看钟，"快点的话，我们可能在巴士出城前截住它。"

"不！"查理叫着，开始站起来，但是被尼科尔一把推回去。

两位警探先后走出门去。

亨利探员沿途放着警笛，在市界一百码处，把巴士逼停到路旁。当时，那辆公路巴士正亮着两盏车头灯沿公路行驶，那两道光像浪一样冲开夜的雾气。

没有必要搜查巴士，因为巴士一停，就有两人从后面紧急出口处冲下来，脚一落地便逃。"射他们的脚，"尼科尔对亨利探员大叫，"我要捉活的！"

年轻的歹徒转身掏枪，亨利探员瞄准，射中对方。那人应声倒在路旁，一只手按着血流如注的脚部，一只手高高举起；另一个回头看了一下，马上蹲下来，举起了双手。

尼科尔持枪小心逼近中弹者，那人高大，褐色皮肤，脸孔在巴士车头灯中反光。"你是约翰，"尼科尔盯着他说，"你有点像你哥哥。"

"这么说是他出卖我的，呃？"约翰显出痛苦的表情。

尼科尔不理他，回头叫："亨利，为那一个叫辆救护车来，我们领他们回去。"

那天的夜晚真是漫长。他们一晚都在轮番审讯约翰和乔治。

头几小时里，他们否认一切，还扬言要告警方妨害自由。最后，天快亮时，约翰忍受不住了，他供认了抢劫银行并杀死了出纳。至于抢劫的钱，他们已经在前几天寄到费城去了。

尼科尔长长地出了口气，站起来，疲惫至极地说，"好，现在，你们讲一讲撞死威尔探员的事？"

"你们疯了！我们听都没听说过此人！"他们两人的话如出一辙。

"约翰，还是竹筒倒豆子吧！你们已经承认了一桩命案！"

可是他们都不再说话了。

亨利探员向他靠过来，小声说："组长，他们不会再承认什么了，他们杀害银行出纳，顶多判个无期徒刑，但是杀害警察，在本州是死刑。"

尼科尔点点头。

亨利探员看看钟，"组长，你不参加葬礼吗？"

"什么？"

"威尔探员今天九点下葬。他的家属不想把遗体留过星期天。"

尼科尔叹口气，揉揉眼睛，"今天是星期几？星期六？我把日子过糊涂了。当然，我要参加。"

尼科尔感到，即便艳阳高照，公墓也是个阴惨的地方。他手握帽子，聆听牧师沉重的颂祷词，眼望一只海鸥懒懒地盘旋在头上。

一把黄土盖在棺木上，一声啜泣发自慈母，然后追悼者转身，悲凄地穿过一排排的墓碑，走到等候的车队前。

尼科尔快步追上雪莉丝，握住她的手，"早，雪莉丝小姐，我想告诉你，今天

319

夜里，我们已经抓到了歹徒。"

"那也不能叫他复生，不是吗？"她哭得眼睛肿肿的。

他注视着她，"是的，人死不能复生，"他想不出如何安慰她的话，"不过，假如星期四晚上他在电话中告诉我他们的名字……"

"什么？"她猛然仰起了脸。

尼科尔也猛然愣住了，"对不起，雪莉丝小姐……"他手掌张开，举到面前，以免中断自己的思路，"我得马上回局里去。"

他急急钻进汽车，并招呼亨利探员。

神情凝重的亨利探员小心地问道："组长，回局里？"

"回局里，威尔探员的案子破了。"他毫不迟疑地说。

"破了？不是约翰他们吗？"亨利探员一边发动汽车，一边诧异地问。

"我知道是谁干的了，而且，凶手已经在看守所等候我们了。"尼科尔深邃的目光，远远地落在前方。

他们从看守所中把正在受保护的伯克带出来，尼科尔再次隔着凌乱的写字桌面对他，心中觉得好像自己有一年没有睡觉，"伯克，我们已经逮到约翰和乔治了。"

"好，好，那么，要放我走了。"他嗫嚅道。

"不，伯克，起码，现在还不行。首先，我要你告诉我，你为什么——要杀害威尔探员？"他的话几乎一字一板。

"什么？你疯啦！他离开的时候，我还在酒吧里呢！"伯克叫了起来。

"酒保说，你们俩都在车祸前离开，伯克，你趁他打电话给我的时候，去开你的车，是你撞死他的。"尼科尔的话冷冷的。

"试试证明看！"他露出一抹嘲笑。

尼科尔不为所动，"我会的，伯克，我想我可以证明的。我们一直假定杀害威尔探员的凶手和给你汽车里装炸弹的人，是要灭你们俩的口，以免暴露抢劫银行的歹徒。不过那是没有根据的。如果他们一直监视或者跟踪你们，他们一定会看到威尔探员进入电话亭，并打了电话的，如果他们认为威尔探员从你那里得到了消息，他们不会不想到这一消息威尔探员已经通过电话向警局报告了，当然，事实上，威尔探员在电话里没有讲，但他们怎会知道。如果他们认定消息已经传出，他们还有什么必要杀人灭口呢？这推论一出，我们便知道约翰和乔治与威尔探员之死无关了。"

"就凭你的这一推论，难道就能认定是我吗？"他已经知道事情有些不妙了。

"只剩下你了，伯克。"尼科尔坐了下来，尽管疲惫，脸上还是露出了轻松的神色，"可以给你讲讲的，我们曾经怀疑酒保，因为那天酒吧里面空无一人，只有一个酒保，但那个酒保是约翰的哥哥，他们应当是一伙的，依上述推论，当然可以排除了吧？此外，威尔探员的女朋友可能有杀他的动机，注意，我只是说有可能，但是她没有炸你汽车的理由，也没有动机，你说对吗？假如约翰和乔治一伙没有杀害威尔探员，那么，你所谓的汽车炸弹事件必定是假的。对于这一点，我们找到了证据——那天，没有任何人进入你的车库，也没有人上过你的车，伯克，你自己炸自己的车，理由很简单，似乎也很聪明，那是为了掩饰周四晚上撞威尔探员时汽车留下的破损。"

伯克呼吸困难起来，问道："你怎么能肯定？"

"那仍然是一个很好的猜测，或者是推论。"尼科尔的情绪似乎相当好，疲倦也不知跑到哪儿去了，"昨天早上你离开这里时，是叫的出租车。当然，你不能冒险开有破损的车来警局，化验人员现在正在查看，不过要很仔细，重点是车头灯的玻璃、油漆等类似的东西。他们知道应找什么，他们会告诉我，什么是炸药真正损坏的，什么是爆炸以前的。"

伯克终于低下了头，不说话了。

"你要不要一位律师？"尼科尔站了起来。

"要，不过，我愿意招供。"

尼科尔向亨利探员以手示意，算是交代做笔录，然后问："伯克，你为什么杀他？为什么？"

"一个人有时候会恨他所做的事情，自己恨自己，非常恨自己。他以钱诱惑我出卖消息，逼迫我出卖别人，我恨他这样做，也恨他这种人。我想，他不是一个光明磊落的人，而只是一个心术不端的警察……"

"因为你恨自己是个线民，对不对？"尼科尔问。

"对，我一直认为那是对我人格的一个侮辱，一次也就罢了，但是……但是威尔探员他没完没了，而且……在他眼里，似乎我就是个工具，甚至是……我不愿意这么说……是条狗。此外……"他低眼看看自己粗糙的双手，"此外……威尔探员说他给我四十元买这条消息……"

"又怎样？"尼科尔催促道。

"但信封里只有二十五元！"

老手与雏儿

我早知道那个小无赖会躲在夜总会黑暗的拐角里。干我们这行的，这类事情见得多了。

我翻起衣领，压低帽檐。漫不经心地向那里走去，好像我什么都没发现一样。

那个小无赖从门边闪出来，我以迅雷不及掩耳的速度逼近他，他的手枪还没举起来，我已经抓住了他的右手，之后，我那支点三八的枪口顶在了他的胃部，他叫了一声，两眼惊恐地瞪大了。

"丢下枪！"我狠狠地说，"慢慢地！"

他把枪丢下，我一脚把枪踢开，然后扬起我的枪，照准他的面颊，猛然就是一下。他低哼一声，瘫软地倒在墙上。

"我早知道你在打我的主意，"我低低地向他说，"你在这儿一连跟了我五个晚上，你这个小无赖，你要干什么？"

我知道他一直在注意我，当我掏二十、五十、一百元面额钞票挥霍、恣意享受时，他总是坐在一边儿饮啤酒，嚼花生米。今晚，他可能是鼓了鼓勇气，或许是想碰碰运气，但，他失败了。

"小子，你居然敢在太岁头上动土！"我凶凶地说，"我是靠枪吃饭的，已经干了四年了，不然，像我这种人哪儿来大把钞票？"

他胆怯地抬起头，看着我，"你……你不会报警吧？"

"放屁，"我吼道，"那是我这样的人干的吗？"我狠狠踹了他屁股一脚，"看来，专业的和业余的区别就在这里，恐怕没人告诉你吧？干我们这一行也是有学问的。你以为怎样？在你们家乡，你可能是个叫人闻名丧胆的恐怖分子，可是，在我们这个城市里，你只是个雏儿。现在，你给我滚，小东西，假如你再让我碰到你的话，我会把你撕成碎片。"

我又踹了他一脚，然后骂了一声"滚"，他向我拱了拱手，接着，便跑开了。

一周以后，我又在夜总会喝酒时，我发现，那个小无赖也来了。

他的右面颊仍有我用枪打的伤痕。但我佯装没看见他，只顾和坐在我身旁的一个搔首弄姿的金发女子亲热。从那小无赖的表情很容易看出，他没有亲近过异性。我招呼侍者过来，又叫了杯酒，然后搔搔金发女子的痒，一直到她高声地"咯咯"笑。

那小无赖离开吧台，跨过餐厅，慢慢向我走来。

我高举双手，佯装恐惧，"老天，一个真正的歹徒来了！"

小无赖——后来我知道，他的名字叫威利——顿时满脸通红，"喔，别那样，"他一边央求着，一边在我对面的椅子上坐下来，"大哥，"他叫得好亲切，"你前些天说的话，我一直在思考，你的话非常有道理。一个人，不管想以什么为生，必须先学习。我想，上次，我冒犯你这样一位老手，的确十分愚蠢，也很可怜。"

我极力装出不屑一顾的神色，"业余的毕竟愚蠢，当然也可怜，就像你这样——你晓不晓得，你想向我下手的那天，我身上有多少钱？"

威利紧张不安地咬咬下唇，摇摇头，"我想……有很多。"

"可是，你要知道，我离开这儿的时候，它可能已经被花光了。那也是证明你业余的一个方面。我告诉你吧，第一课：捕捉目标之前，你一定要确定那人身上有多少钞票，然后才判断值不值得冒险。业余的，或者初出道的孩子，他们不懂这些，万一失手，事情败露，判个持械抢劫，不论你抢两元或两千元，结果都是二十年徒刑。"

威利想说话，却又不知该说什么，好半天，他才费劲地咽了下口水，"你……我想你能不能……我是说，你和我……"

我早料到他这一招了，我突然站起来，拳头重重地敲在桌面上，差一点把酒杯打翻，"你和我？哈哈！那不可能，你在想什么呀？我喜欢自己搞自己的，我不需要同伙。"

威利不死心，依然用那种求助的目光看着我，我清楚，万事不可做得太绝，眼前，这小子显然正在走投无路中，假如我使他太难堪，狗急跳墙，不知他会做出什么事。因此，我掏出一张五十元钞票，递到他手里，小声说："星期五，这个时间，来这儿和我见面。我看看，希望能够给你找到什么活儿。"

他装起钞票，轻轻点了点头，站起来，很快离开了。

周五，我走进俱乐部时，他已经在那儿了，一看见我，立刻溜下凳子，径直向我走来。我盯住他的眼睛，给他一个不好看的眼色，他会意，走过我身边，到香烟自动贩卖机前。

我仔细打量了一番俱乐部，很清爽，没有可疑之人，我又斜歪一下头，向威利示意，他明白，我走出去，他立刻跟了出来。

他钻进我的车，很快，我们便进入熙熙攘攘的车流中。我对威利说："第一，会有两三桩小活儿，你知道，不会有什么大的进项，我只是想看看你的能力。我已经看好地方了，也从多个角度推测了风险的可能性，这你放心。不过，我还是不知道，你是否真的有这个胆量。"

威利看着我，毛发都竖立起来了，"就算我不是专家，你只要说清楚，告诉我该如何做，我就会做得好的，不用担心我的胆量。"

几分钟后，我慢慢把车停在一家当铺旁。

"你相信这家当铺有钱？"威利嘀咕地说，"它们大都像加油站，实际上没什么油水。"

我鄙夷地看着他，"是你在学习，还是我？"

他像挨了记耳光一样，立刻闭嘴。

"碰巧，"我这才继续说，"那个老家伙每个月总要积攒不少的钱，由专人送到别的地方。送到哪儿我不知道，但是那个人明天会到，所以钞票必定已经准备好了。就我保守的估计，这个活儿至少有一千元。这件事好在对象是老人，他见到枪便吓瘫了。店里没有客人时，你就进去，把他赶到后面房间。但是记住，不要动粗，不要开枪，除非必要时。只是要钱，拿到钱就走人。我会在拐角坐在车上等你。"

这件活儿的数目并不能让威利满足，"只有一千？我们分赃后只能各得五百。"

"不必分，"我故意烦躁地说，"我们并没有合伙，所以这次全归你一人。我已经向你交代好了，剩下的，就看你自己了。"

"可是……全部归我，好像不合理……"威利似乎还要争辩。

"你需要钱，我不需要。"我说着，指指当铺，"他现在单独一人在那里，行动吧！"

威利不再说什么，用力吞咽口水，推开汽车门，向当铺走去。

三分钟后，他回来了，大衣口袋里装着一只绿色的帆布袋，他一上汽车，我就向公路驶去，汇入长长的车队中。

"没⋯⋯没有什么嘛，"他说着，表情惊异地看着我，"我只是用枪顶住他的腹部，告诉他，我知道他有钱。他一语不发，拉开一个抽屉，就把钱递给了我⋯⋯"

"事情可不全都那么容易，"我不能让他太得意，"记住，千万别把事情看得太简单，有些人为两角五角钱，也会没完没了，闹不好还会跟你玩儿命的。记住，你还只是一个学徒。"

几天之后，我又开车带威利到了一条安静的林荫大道，我指了指一幢大厦上的一个小霓虹招牌，"那是目标。"

"你开什么玩笑？"威利几乎叫嚷起来，"殡仪馆？你要我去抢殡仪馆？"

我回手打了他一拳，"工作是我安排的，外行人，我们一切都要像内行人一样做，不然，我们根本不能合伙干。告诉你吧，时下一个葬礼非一千元莫办，这地方光是今天就办了五个葬礼，当然，大半是支票，但至少也应该有一千元现钞，也许更多些，钱都放在保险箱里，办公室里只有一个人。你从边门进去，走过甬道，右手第一道门就对了。"

威利不喜欢我总教训他，但还是一边搓着挨打的下巴，一边下了车。

这次他去的时间比去当铺的时间要长些，他回到汽车里时，大衣口袋里又有了一只钱袋。他面有惭色地对我说："事实上，这也不坏，我想这儿是个理想的地方。"

我朝他点点头，"这就对了，威利，你会成为一位真正的专家的。"看得出来，我的话让他相当愉快。

又过了几天，天黑后，我开车去接他，之后，向近郊的一个购物中心驶去。我告诉他："有一件事，我要先把话跟你说明白，假如你被警察碰上的话，你就够受了。他们会立刻把你的指纹或你的照片备案。所以，假如那样的事发生的话，你的唯一选择就是想办法逃脱掉，永远不再露面。"他略显不安，我放松了语气，"并不是我觉得会有麻烦或什么，只是，对于一个未来的专家，有些事你应该知道。"

经我这么一说，他的呼吸才平静了些。

我指指一家超级市场，那时候，差不多是打烊的时间了，市场里只有不多的几位顾客，"你就像要进去购物一样，大大方方、自自然然地进去，推辆车子，扔几样东西进去，那样看来好看些。经理办公室在后面，所以你要留心机会，如果四周没人，你就溜进去，整个过程顶多不超过五分钟。我会在超级市场和汽车修理厂之间的街边等候你。"

"钱在办公室里？"威利狐疑地问。

我指指超级市场，"你自己看，八个收银柜，现在只有一个在作业，其他的全停止作业了，钱已送办公室。"

"这一桩应该不只数千元。"威利说。他学得好快。

"你最好相信，"我傲慢地说，"假如你去执行的话，不仅到手的全归你，而且，这次也是你最后一次单独行动了。这一票做好的话，下一票咱们就合伙，干真正大票的。"

威利有些焦躁不安，我提醒他："还有件事，这个经理据我估计是个愚笨型的，所以，当你推车子四处转的时候，选一条绳子捆住他，还要有塞嘴巴的东西。那样的话，在我们逃走之前，他就不会鬼叫。还有，不要从后门走，那些门在六点钟会锁得紧紧的。"

我放他下车，然后绕到后面，熄灭车头灯。

我估计要花五分钟是正确的。

当威利携带一个大得连大衣都罩不住的袋子，快步绕过拐角，刚到我等候地方的半途时，突然，汽车修理厂门边黑暗处有部汽车亮起了车头灯，一盏闪光灯正好照在他脸上。从我坐的地方，可以看到他眼中的恐惧神色，有位穿制服的警察正从车头灯后面闪出来，持枪在手。

威利还没明白发生了什么事，他手中的袋子已经被夺过去了。然后，当然，他只有叉开双腿，双手乖乖地伏在汽车上。

警察搜出他的枪，推他一下，用枪指一指，他们便开始回头往超级市场走。

但就在他们差不多要走到市场时，警察的脚突然被什么东西绊了一下，人"扑通"一声倒进了一堆垃圾中，手枪也掉了。

这一意外给了威利两秒钟机会，也正是他所需要的开溜时间。他愣了一下，接着就缓过神来，兔子一样地跑了起来，他窜过便道，跨越公路，很快消失在黑暗中。

我回到住处不久，我的伙伴迪夫进来了，他将超级市场弄来的整袋钞票抛在桌子上，喘着粗气，得意地笑着。他已脱掉偷来的警察制服，换上了普通服装。

"他跑了吗？"我问。

迪夫点头，"当然，我相信他不会再回来了。"

我看看钱袋，"你数了没有？"

"大概不会少于两万五，"迪夫快乐地说，"减掉我们欠当铺老板的一千元和殡仪馆的钱，我们还有两万多可以分。两周的工作，这个买卖不坏。"

我倒杯酒，凝望窗外的星星，心中并不觉得好过。我说："我真的很不愿意那样残酷地对待威利，他还是个孩子。"

迪夫忙着分钞票，"过些日子你就会好过些的，以前你对那么多的孩子不也有同样的感受吗？你忘了？"

我当然不会忘的。多喝两杯酒之后，我开始大笑了，我笑自己的女人气，笑自己的多愁善感，是的，干我们这行，绝对不能感情用事，更何况，我是个专家。

两难的举认

早餐时候，罗杰斯太太有些心不在焉，默默地看着丈夫一边在小本子上记着什么，一边喝着咖啡。

罗杰斯从节目部主任擢升为圣地亚哥电视台经理后，一下子忙了起来，每天的工作，都像做不完似的。虽然罗杰斯爱他的太太，但毕竟他才三十四岁，是个有强烈责任感、有事业心的男人。

罗杰斯太太爱玛比他年轻六岁，娇小玲珑，乖巧艳丽。他们是一年多以前在洛杉矶一次电视广播工作会议上认识的。后来，他们开始通信来往，几周后，两人便情投意合结为夫妇，一直到现在，他们的婚姻生活依然充满欢乐和愉快。

罗杰斯终于把记事簿塞进口袋里，爱玛说："罗杰斯，莉莉亚刚刚从洛城打电话给我，你忙着记你的事，我想你是没听见电话声，我一直想和你谈谈。"

他笑了，"很抱歉，亲爱的，我总在忙自己的事——你说谁来电话了，她叫什么名字？"

"莉莉亚，我最好的朋友，记得吗？"

他点头，"你常常提到她，是的，我记得，不过，我从没见过她。"

爱玛嚼着饼说："因为莉莉亚搬到了赌城，并且结了婚。"

罗杰斯掏出雪茄，做个鬼脸说："我总认为人们到赌城是去离婚的。"

"莉莉亚两样都办了。她结了婚，又离了婚，现在她回到洛城了。嗯，莉莉亚被离婚的事弄得有些心灰意冷，很消沉，非常孤单、颓丧，差不多……"爱玛咬着唇，耸耸肩，"谁知道在痛苦中，人会做出什么事？总之，她现在需要我，我答应她，马上飞到那儿去，看看是不是能够帮助她……我有些舍不得你，可是，罗杰斯，这种情况下，你介意吗？"

他有些不快，她不在家，他会觉得少了些什么，内心空虚。但他依然强作笑颜，"这种情形下，我想你应该去，我会想念你的。"

那天晚上，已经过了十点，爱玛还没遵照诺言从洛城打电话回来，这使他有些不安。

十一点，电话仍然没来，他的不安更加强烈了。到了午夜，他不由设想了许多可能的意外，甚至他最不愿意想到的风流艳事，但他极力——打消了这些念头。

星期六清晨醒来，依然没有电话。九点钟时，他终于不能忍受了，抓起电话，拨了洛城查号台，再拨莉莉亚那儿。好半天，才传来一个女性的声音。

"请问是莉莉亚公馆吗？"他差不多是在喊叫了。

"是的，是的，我就是莉莉亚。"电话回答。

"我可以和爱玛说话吗？"

"爱玛？"

"对的，爱玛，"他有些急不可耐，"我是罗杰斯，她丈夫，爱玛的丈夫。"

一阵难以置信的沉默，他心头突然涌起一阵恐怖。之后，他听见莉莉亚说："爱玛现在不在这儿，你能不能回头再打来？"

"你什么意思？"他有些急了，"你说她不在那儿？现在是上午九点，昨晚我等候一通宵的电话，她也没打来。这么说，她到什么地方去了？"

"罗杰斯，爱玛出去了，现在还没回来。"

"她昨夜没有在你那儿？"

"唔……嗯……我一直在睡觉，我不能说她……"

"嘿……嘿，等一等。请别骗我，莉莉亚，这事好像有些麻烦，你应当告诉我真相，否则……"

对方一阵踌躇，"很好，那么，我告诉你，爱玛是和一个老朋友出去了，她昨天下午就和他出去了。"

"什么朋友？一个男人？我以为她是去那儿看你，说什么你在绝望沮丧中！现在你却告诉我她和男人出去。这是怎么回事？"

"相信我，罗杰斯，我和这事无关。"

"和你无关，呃？这位和她一起出去的老兄不会是什么好东西吧？"

"他们过去曾好过一阵子，爱玛说她曾告诉过你有关这个卑鄙家伙的事，在他走私毒品被捕入狱前，她曾对他动过真感情，他名叫亚迪。"

他听到过这名字，立刻想了起来，"莉莉亚，你说亚迪出狱啦？我以为他还得坐些年呢！我明白了，是的，我明白了，但我不能相信……"他声音中止，惊呆了，觉得自己像是从一部出故障的电梯中摔落下来，"这么说，昨天这个叫亚迪的和爱玛在你这儿相会，然后两人旧情复燃，难分难解，是不是？"

"不是，根本不是那样。她是在一种很特殊的情况下和他走的。"

"那是什么意思？"

"唔，这里面涉及一笔巨额现金，他留在爱玛身边的钱，这件事你知道吗？"

"知道，不过爱玛说很久以前她就把钱寄存在你那儿了。"

"唔，那是真的，她是寄存在我这儿了。可是——听我说，我不想在电话中谈这事，你最好来这儿，尽快来。"

"我正有此意，我一会儿就上路。莉莉亚，你知不知道，我可以在哪儿找到他们？"

"不知道。"她回答得很干脆。

"多想想，求你了！"他是真的在求她了。

"好的，罗杰斯，现在让我给你一个住址……"

他决定不等飞机，因为开车只需两小时便可抵达。出门前，他走到起居室的书桌旁，从抽屉里拿出一支点三八手枪。他踌躇着，假如真的万一发生什么事的话，没有枪将会很危险，但，它也可能会给自己带来麻烦。

罗杰斯将枪又放回抽屉，疾步出门，发动汽车。

一路上，他想起了她曾简短而不情愿地告诉自己的这件事。亚迪在洛城有一家店，专售进口的稀奇古怪的家具、皮货等。有天她去他店里时，两人认识了，他是个年轻英俊的人，后来，他们成了朋友。无疑的，以后的情谊超越友情很多，但是爱玛为了不惹他过度妒忌，小心地省略了些特别的细节。

总之，他们认识以后，爱玛便到亚迪店里工作，很快地，她变成了他店里的负责人，亚迪自己担任采购工作，经常去墨西哥。一次回途中，亚迪和同伙被捕了，因为在他们托运进来的货物中，藏有大量毒品。

亚迪虽被保释在外，但确知判刑之期迫在眉睫，于是告诉爱玛，当他出狱时需要一笔资金，重新创业，为此，他准备储存一笔十四万元的现金，并要她代为保管。

起先，爱玛拒绝，这笔钱会把她和亚迪捆住，在那时候，她心中早已准备和他永远分手。但亚迪一再哀求，说她是自己在世上唯一可信托之人，再者，他相信有侦探尾随他，他怕他们会没收他的财产。基于同情，她接下了该笔款子，并存放在洛城一家银行的保险箱里。但当她和罗杰斯开始论及婚嫁时，爱玛改变主意了。她想解除对这笔钱的责任，免得有一天亚迪出狱来取款时，搅乱她和罗杰

330

斯的生活。因此，爱玛将钱转托莉莉亚保管，后者答应到监狱去看亚迪，同时通知他，钱安全在她手中。

情况大致就是如此，罗杰斯边向洛城行驶，脑中边想，如今，因为亚迪早几年出狱，事情似乎复杂起来。

莉莉亚居住在葛里芬公园附近一座高级华厦的十三楼，俯瞰一条有林荫和花木的走道。假如莉莉亚目前有痛苦的话，很明显，不是由于贫穷。

罗杰斯将车停好，乘电梯上楼，在莉莉亚公寓外，按下门铃，然后紧张地等候着。

门后响起一阵轻轻的脚步声，紧接着是一阵等候，他知道莉莉亚是从眼洞在窥视。门小心翼翼地开启时，她急忙让他进入，好像怕有人看见一样。莉莉亚是个娇小的金发女子，三十岁的样子，面庞细小得使她那对惊愕的碧眼看来像占据整个脸一样。

"有什么消息吗？"他急急问道，"有没有……"

"抱歉，什么都没有。"她紧张地摇着头。

他进入起居室。

"喜不喜欢来一杯酒？"莉莉亚问。

"酒？不，不，谢谢！"他回答着，在一张椅子上坐下来，俯身向前，"莉莉亚，这究竟是怎么回事？快点告诉我，从头开始。"

莉莉亚坐在沙发椅扶手上，凝视指甲半晌，才抬眼看他，"亚迪昨天一早来我这儿，他蛮横极了。因为他刚出狱，他不知道上哪儿去找爱玛。他说两年来，她从没写信给他，也没去看他，他觉得被她骗了一样。他说一直在寻找我，因为他估计我会知道爱玛在哪里。

"我先用我们以前编造的故事骗他，也就是骗他说爱玛嫁给墨西哥来的一位男士，两人相偕到墨西哥去了。然后，我说对钱的事一无所知，也许爱玛一起带到墨西哥，并保留在那儿了。当然，她怎么知道他会这样快释放？可是……"

"等等，停住！"罗杰斯猝然打断她的话，"为什么你不告诉亚迪，爱玛已经把钱交你保管了？依我所知，你探监的时候，应当告诉他这件事了。"

莉莉亚垂下头，"问题就出在这儿，"她以悲哀的叫声说，"爱玛是把他的钱交我保管了，我也很愿意。可是，我嫁的这个人——费茨，也就是与我在赌城离婚的那个人，他是个赌徒，经常赢赢输输，所以当我提到亚迪的钱时，唔，他……"

"你是要告诉我，他在赌城把整笔钱输光啦？"罗杰斯做了个绝望的手势。

她点点头，"除了我留在身边的五千元外，他全部输光了……"

"荒谬！"罗杰斯一脸厌嫌的神色，"身为朋友，你为了摆脱自己的麻烦，就告诉亚迪，爱玛实际上是在圣地亚哥，而且同意打电话，骗她来这儿？"

莉莉亚点支烟，猛烈地吐着烟，"不，不，"她否认，"我坚持原先的说法，但是过后，他在这儿乱翻乱找，结果找到一封爱玛写给我的信，信上有地址。我只有用谎言骗她来，因为亚迪拿刀顶在我的喉部。你相不相信？是用我雕刻用的刀。

"她抵达时，我急疯了，因为我没有机会告诉她整笔款子泡汤的事。然而，爱玛到这儿才两分钟，报童正好要来收报费。亚迪不相信我，自己去开门，并且在报童坚持下，代付了报费。

"那给了我机会向爱玛耳语——就像打电报一样。她不听犹可，一听就吓坏了。但是，亚迪经过这些年狱中单调枯燥的生活后，一看见她，钱的事就显得不太重要了……"

一阵缄默，罗杰斯在考虑亚迪看押爱玛整个周末的含意。半晌他问："爱玛就这样乖乖地和他走？没任何抗拒？"

"起先她大声吵嚷，说她已经结婚，不再和亚迪有瓜葛，但当她明白吵闹无用，他只要她的肉体时，她佯装温驯地屈服了。"莉莉亚沉重地叹气，"喔，那像是一场噩梦，我好害怕亚迪知道那笔钱的真相，我想逃离这儿，永远隐居起来。因为他会杀死我，说真的，他会下手的。"

"是吗？"罗杰斯说，"唔，我一点儿也不同情你。这件事大部分归咎于你，"说着，站起来开始踱步，"我应该去报警，可是，像那种无赖，会带爱玛去哪儿？"

"我已经思考好几小时了，"莉莉亚说，"刚刚我们谈话的时候，我突然想到亚迪过去有幢木屋，坐落在杜庞嘉山谷路的山上。他买那房子给他的酒鬼哥哥住，免得他流落街头。他哥哥最终死在了那里。那刚好在亚迪入狱前，可能还没被卖掉。"

罗杰斯不顾一切地开车驶上狭窄迂回的山谷路。虽然时间才过午后不久，但他遇见的车辆很少。

行驶两里路后，他开始瞥见远处林子里有幢破旧的木屋若隐若现。

罗杰斯略减车速，大约在半里路的地方，他看到一条留有车迹的泥土小路。

罗杰斯转车碾过小径，看见房舍就在前面。那是座历尽风霜、年久失修的木屋，四周野草没径。

木屋左边有部古旧、生锈的旅行车。罗杰斯关掉引擎，坐着聆听声响。周遭一片死寂。他下了车，艰难地穿过没径的蔓草来到门前。

他试着敲了敲门，小心地等待着，但里面什么动静也没有。

他只有撬锁了，好在比较简单，并没费他太大力气。

他笨拙地爬进屋去，经过厨房进入起居室，又跨过起居室，进入卧室。

一张双人床上，有两只枕头，皱皱的，看来像是新近有人睡过。

他拉开橱门，架子上挂着件男人的夹克，角落里还有样东西——一只粉蓝色的衣箱。罗杰斯立刻认出，那衣箱是爱玛的。一时间，他觉得好似万箭穿心，除了痛心，还有愤怒。

他提起衣箱，搁在茶几上，扭开台灯，打开衣箱。里面有件绿色带橘色图案的衣裳，一件套头毛衣，还有内裤、睡袍、拖鞋和化妆品，那都是爱玛的用品，全部乱七八糟地堆着。

他心中酸酸的，暗然欲泣，随后，他拿起衣箱，冲到外面，将衣箱锁在车厢里，然后开车，把车停在木屋后面看不见的地方。

他又回到屋里，拉过一把椅子到门边，坐下来等候。数小时过去了，他的心情越来越暴躁。

突然，前窗闪现出游移不定的灯光，接着传来引擎低低的吼声。罗杰斯拉开一点儿窗帘，小心地向外窥探。

一辆深绿色的轿车停在前门附近，接着下来一位高个子、黑发的男人。在月下，罗杰斯认出了那张脸，那正是莉莉亚所描绘的，他应该就是亚迪。

亚迪取钥匙开门，进入屋里，伸手摸墙上的开关，房间亮起来。

"亚迪！"罗杰斯从他身后厉声叫道，把亚迪吓了一跳。当亚迪突地转身时，罗杰斯的拳头已经迎了上去，正中他的下巴，随后腹部又挨了一拳。亚迪痛得弯下身来，罗杰斯又狠狠一脚，他仰面朝天，倒在地上。

"我叫罗杰斯，"罗杰斯瞪着他，狠狠地说，"我是来找我太太的。"

亚迪投给他一个嘲弄的狞笑，"仅此而已？唔，你来晚了，伙计，我今晚开车送她去机场，她上飞机回圣地亚哥去了。"

罗杰斯摇头，"你骗不了我，亚迪，我在你衣橱里找到了她的衣箱，再骗我的话，我打断你的狗腿。"

亚迪无所谓地耸耸肩膀，"好，我把她锁在一个地方了，你要救她的话，拿十四万来，她偷了我十四万。"

罗杰斯被激怒了，他向他冲了过去，像头猛兽一样。亚迪爬起来，突然向卧室逃走。但罗杰斯没有放过他，一把将他提了起来，之后便是重重的一拳又一拳的击打，一直到亚迪瘫软倒地。

"你……你带现金来……"亚迪声音阻哽地说，"我就告诉你她在哪儿……"

罗杰斯继续用脚狠狠地踩着他，"再问你一次，她在哪儿？"

亚迪喉咙里发出声响，但说不出话，罗杰斯抬抬脚，于是，他才能以粗嘎的声音说："你要打死我了，小子，"他狡猾地眨眨眼，"你想要救她，除非拿钱来。"

长久的折磨和愤怒使罗杰斯失去了控制，他庞大的体重，带着狂怒的脚压了下来，压在亚迪的咽喉上……久久地……

随后的恍惚中，罗杰斯坐在床沿，凝注着尸首。他沮丧地埋首于手掌中，被一种犯罪和悔恨的恐怖感弄得全身乏力；他宽慰自己，他是忍无可忍，才下此毒手的。

现在，他想，他只有继续走下去了。他抱起尸首，来到木屋后面的林子里，找到一把生锈的铁锹，挖坑将尸体埋进去，之后，又用耙子耙平地面，再拉一根大树枝盖住。

他仔细拭掉所有的指纹，同时将物品恢复原状，再用从亚迪口袋取出的钥匙，发动绿色轿车，驶进树林深处。他也没忘记拭去驾驶盘和汽车门柄上的指纹。

回城后，他在一家加油站打电话给莉莉亚。他骗她说，他发现木屋上锁，没有人，他已经放弃追查那儿，然后求她再多想想，再给她另一个亚迪可能藏匿爱玛的地方。

莉莉亚没有再告诉他什么。他知道，他只有自己去找爱玛的藏匿之地了。

他接近圣地亚哥的家时，有短暂的一刻，他曾怀着一丝微弱的希望，希望爱玛已逃出，正在家中等候他，但当他进入家门时，房屋里依然漆黑，一片静寂和空虚。

他解衣就寝时，发现茶色的西装沾有土块和血渍，鞋子上面也有。他想，假如亚迪的尸首被发现的话，尽管他做了那么多预防措施，还是洗不脱嫌疑的。很快，他决定，将西装连同鞋子一同掩埋掉。反正时间充裕，因此，他又决定，留待明天天黑再办。

第二天上午，他挂电话给莉莉亚，但没有人接。

之后，他径自到警局，报告了爱玛的失踪。

两周时间慢慢过去，在那段时间里，圣地亚哥和洛城的警察均无一点线索，罗杰斯一直心烦意乱，有段时间，他濒临绝望，甚至取出那支点三八手枪企图自杀。他感叹，生命就像一篇悲哀痛苦的小说，充满苦涩。尽管如此，他还是忍住了，毕竟，他想，他还没有读到那篇小说的结局。

一天黄昏，正当他要离开公司时，两位凶杀组的警探向他走了过来，并逮捕了他。

"凭什么罪名？"他问，话虽这么说，他心中是够明白的。

"谋杀嫌疑。"一位警探说。

"什么谋杀？"他反过来问。

"谋杀你太太——爱玛。今天我们从你家后院挖出了她的尸首，还有你沾有血迹的西装和鞋子。"警探打量着他，搜了他身，并且为他戴上手铐，"你还要别的证据吗，朋友？她身上的子弹，正是你抽屉里的那把点三八的。那只枪登记有你的名字，枪上唯一的指纹也是你的。"

在看守所，罗杰斯试着把这事前后凑起来推理。很明显，爱玛把亚迪引诱到家里来了，或者她告诉他，保险箱的钥匙放在家中抽屉里，反正是类似那样。亚迪开车送她到圣地亚哥，他检查过罗杰斯不在家后，他们就进入屋里。不论爱玛用什么借口，她可能到写字桌那里，伸手要取枪。

之后，在她未开枪前，亚迪抓过枪，射杀了她。不论怎么说，她是死了。然后亚迪拿罗杰斯用来埋衣鞋的同一铁锹，在后门廊外的花园里埋下了她。

多悲哀的玩笑啊！

警察当时怀疑罗杰斯会否以报妻子失踪来掩饰自己的罪行。他们估计，他可能是在妻子离开赴旧情人之约时，妒火中烧，失手杀死了她。所以，趁罗杰斯上班时，他们取得搜查状，找可疑之处挖掘。他们先发现了他的衣鞋，然后很自然地挖遍整个院子……

在看守所的会客室里，罗杰斯的律师说：

"我必须坦白告诉你，从那些不利于你的有力证据看来，你的犯罪是确定的。"律师叹口气，"不过，虽然一切不利于你，罗杰斯，你仍坚持是亚迪杀了你太太，再栽赃诬害你？"

罗杰斯猛烈而有力地点点头，"是的，绝对是那样！因为我知道我没有杀我的妻子，那是唯一可能的解答。"

"唔，那么，"律师带一丝鼓励的微笑，"我们已经发出通缉令，在追捕亚迪，他们当然永远不会放弃的。无论如何，那是你唯一的希望。"

"是那样的，"罗杰斯低下了头，内心陡然升起一种无奈的苦楚，"但是……或许……当然，他们必须先找到他……"

裸体女郎

这是个阴暗的早晨。

新奥尔良警局拜尔警探的汽车戛然停靠在狭窄的路旁。

不等车停稳，拜尔警探便跳了下来，顺着古老建筑的砖墙边，直奔山岳餐厅。

山岳餐厅是本市最好的餐厅之一，也是拜尔最喜欢光顾的地方。一路上，他都在想，假如必须在这样一个寒冷的早晨外出公干的话，到山岳餐厅来还是不错的。

时间太早，山岳餐厅还没开门营业，他径直进入院子，敲敲边门。

查诺开门迎接，他是山岳餐厅的老板，也是拜尔警探的好友。

"拜尔！"查诺大叫着，"真高兴看见你。"

"见到你我也很高兴，查诺，"拜尔招呼着，同时小心地在门垫上擦擦鞋，搭讪着，"今天天气可真坏！"

查诺亲热地搂着他的肩膀，把他让到里边来。

想到自己吃过不知多少遍的这家餐厅的美味佳肴，拜尔的心情不觉好了许多，但他毕竟公务在身，"老朋友，我们还是先谈谈那宗人命案吧！"

查诺猛然转身，把拜尔拉了出来，他们走出大门，穿过院子，来到路边，"今早我拿些垃圾出去倒，但当我打开垃圾桶盖时，我突然看见……"他掀开盖子，让拜尔看。

拜尔看看垃圾桶，然后伸手进去。

不一会儿，他拉出一件女人的睡袍，上面血迹斑斑。

"你有没有印象，这睡袍可能是谁的？"他问查诺。

336

"我想，那是琼莉小姐的。"查诺答道。

"琼莉？就是那个'裸体女郎'吗？那个在波恩街教父俱乐部的脱衣舞女？"

"是的，就是她。"查诺答道，"她就住在这幢楼上的一间公寓，正好在餐厅楼上。因为她是住这房子的唯一女性，所以必定是她的。"之后，他又补充说，"今早我看见这件睡袍后，我上楼去敲她的门，但没人应门，我紧张起来，所以就打电话给你。"

"唔，你做得对，我的朋友，我们再去试试敲她的门，也许她正睡得死死的。"

他们穿过院子，从一道回旋梯，爬上她住的楼层。

在过道，查诺指指琼莉小姐的房间。

拜尔上去敲门，但没人应门。

"查诺，你是房东，不是吗？"他问。

"是的。"

"那么，你该有把钥匙吧？"

"是的，不过没有警员在场，我不想用它。时下这类事会给房东带来许多麻烦。"

现在，有拜尔警探在，他当然可以开门了。

很快，他们两人一起进入了琼莉小姐的房间。

起居室布置得很雅致，不说别的，单是那厚厚的白色地毯，昂贵的豪华彩色电视机，以及高档的全套录音装备，你就可以看出它主人的品位。

"琼莉小姐收入必定很好。"拜尔说着，目光落在墙上一幅琼莉的巨幅画像上。那幅画画得真好，给人一种清新超凡的印象，看得出来，画家是怀着一种独特的感情，以极其细腻的笔触绘就的。

"好个梦幻般的美丽女人！"拜尔讷讷地赞叹。

是的，她的五官找不出一点点缺点，头发柔软，飘散如云，深蓝色的眼睛发着光，皮肤细嫩得差不多是半透明的，湿润的双唇微张着，整个形象恍如仙女下凡一样。

"是的，就一位舞女来说，她很美丽，也很成功。"查诺好像看出了拜尔在想什么，他走过来，与拜尔一起站到了画像前面。

"那画是谁绘的？"拜尔问。

"杜兰特，他也是这里的房客之一，他在皇家街开一家店。"

"是的，我知道那地方。"

拜尔以一个丑男人仰望高不可攀的美妇的崇拜表情，又凝视了那张画好一会儿，然后才转过头来，"让我们看看其他房间。"

他们进入卧房时，拜尔惊叫了一声："天啊！"身为虔诚教徒的查诺则忙不迭地在胸前不停地画十字。

血溅满了一地，化妆品从梳妆台上被扫下来，有好些已经破碎，床单被扯下一半，一个床头柜和一盏灯打翻了。

他们搜索公寓其他部分，但找不到琼莉的踪迹。

拜尔用手帕包起电话，找到他的同事迪斯警探，请他来现场，同时带化验人员来。

之后，拜尔问查诺："这座房子还有哪些住户？"

"还有两户，一户住着一位推销药品的，他只在周末回来住。另一位就是杜兰特，那位画家。"

"我们去看看杜兰特先生，看他昨晚听见什么没有。"

他们敲画家的门，但没有回应。

"唔，"查诺说，"他有时候在店里过夜，好像店铺后面有张便床什么的，昨晚这幢房子里可能只有琼莉小姐一个人。"

拜尔看看他，"不止她一个人。肯定。唔，我们最好下楼，等候迪斯警探来。"下楼到餐厅厨房里，查诺烧了壶咖啡，递给拜尔，外带一盘法式点心。

拜尔顿时泛出欣喜的神情，"查诺，你这点心绝对是全城独一无二的。不过，现在让我问问你：谁和琼莉最接近？能提供我们有关她的私生活吗？"

"唔，我想你可以先找她的老板戴维，他是教父俱乐部的老板，自从五年前她来到此地在他的俱乐部跳舞后，他就像父亲一般地照顾她。"

"嗯，"拜尔说，"可不可以再来一杯……"

这时，迪斯警探和化验人员抵达，拜尔立刻带工作人员到琼莉房中查血迹，指示要小心找指纹。

"至于我，首先，"他说，"我要去拜望杜兰特。他住在同一座公寓，昨晚可能会听到什么。"拜尔小心开车穿过这个古老城市的狭窄街道，来到杜兰特店里。

杜兰特是位脸色苍白、身材瘦削的三十多岁的男人，一张苦行僧的脸，一只鹰一般的鼻子，一双冷冷的蓝眼睛，他那类型的人仍可在南方某些地方找到，他肯定是很早以前没落的农耕时代的贵族后裔。他的祖先曾拥有奴隶，一定还参加过南北战争。

现在的杜兰特是个光棍，他的古董店堆放着好多祖先遗留下来的东西。他虽涉足艺术，但店里灰尘密布，小古董散置，摆在古董间的是他的油画。

是的，他说，由于一次交易，他认识了琼莉。六个月前，他需要一位模特儿，她曾客串过一次，因为他付不起报酬，所以送她一幅画。他说，他很抱歉，他不能提供任何消息，因为昨夜他在店里过的。他带他们到后面他当做画室的房间，指着角落的一张小床给他们看。他说，听说她失踪，他很难过，希望她会无恙。

"那家伙是个无礼的人，"他们驾车离开时，迪斯警探咕咕哝哝地说，"他给人一种不好的感觉，不像是个搞艺术的，也不像个正派人。"

"我想，他可能还不能原谅祖宗没有打赢的那场内战，"拜尔说，"我们去看看戴维，看他能不能告诉我们一点关于琼莉的事。"

教父俱乐部坐落在波恩街，是一家不大的游乐场所，外表看来相当破旧，但夜里有闪亮的霓虹灯、妖艳的舞伎和小型却震耳欲聋的乐队，情况自然不同。

两位警探在办公室里找到店主戴维，他的办公室凌乱不堪，而且不比一个储藏室大。戴维是个细削的矮个子，长着一个光秃秃的大脑袋。当他得知他的明星失踪时，他竟哭叫起来，不断地绕着小办公室兜圈子。最后，他倒陷在一张椅子里，伤心地说："我视琼莉为己出，这事好恐怖！"

"我们还不能确知她出了什么事，戴维先生，"迪斯警官说，"她也可能安然无恙。"

"哦，不！"戴维又大哭起来，"她已经遇害了，我早就料到了。数月来，她一直生活在惊恐中，她那个臭烂丈夫，他说他要杀死她，唔，现在他真的干了。"

"她结婚啦？"拜尔惊讶地问。

"是的，不过去年分居了。但他不肯罢休，不停地恐吓她。当初她要和那没出息的东西结婚的时候，我就告诉过她，那会铸成大错的。但她说：'戴维爸爸'——她总是那样称呼我——'我恋爱了。'然后她告诉我对象是谁——是那个尼洛。我告诉她，'哦，可怜的孩子，你会给自己惹来麻烦的'，但是她不听，在恋爱中的人，别人的话是听不进的。"

"尼洛？"拜尔再次惊讶地重复。

"当然，你是警察，你会知道他——一个帮会的歹徒，一个黑社会的大哥大人物。她和那个人混真是个悲剧。他一直妒忌，从不给她安宁，使她没法表演，不断虐待她。一年前她离开他，但他发誓要弄她回去，还发誓绝不让她活着落入另一个男人手里。真可惜，她没有先认识凯纳。"

"凯纳？"

"是的，一个年轻的好学生，学医的，他们已经来往两个多月了。两个年轻人想结婚，可是那个卑鄙的歹徒不肯离婚，他使她如生活在地狱一般，如今他居然下手杀她。"戴维取出一条手帕，拭拭泫泫的泪眼，"五年前，她从海湾来我这儿工作，那时她是个乡下孩子。我教她一切，如今她竟去了……"

"戴维先生，昨晚她几点下班的？"

"昨晚生意不好，我们没有演出第二场，她早早离开了——大约十一点半。"

两位警探走出波恩街的小夜总会。拜尔停在路旁，仰首看装饰在俱乐部前面的琼莉巨幅海报，"一个美丽的女子。"他叹气。

"戴维的哭是有道理的，"迪斯警探说，"琼莉是他招徕顾客的王牌，没有她，等于断了财源一般。"

他们回到汽车里，拜尔打开记事簿，作了些简略的记录，"现在，我想我们该去看尼洛和凯纳。"

尼洛拥有一家餐厅，那是他地下买卖的合法门面。他是个黑壮、英俊的人，有意大利、西班牙和法国人血统，这种混血儿在本城颇为平常。他穿一套精制的西装，袖扣镶钻。两位警探被引导进入他的办公室时，他态度冷冷的，但当拜尔告诉他琼莉失踪时，他脸上的那种冷酷不见了。

尼洛和戴维一样激动，但表现迥然不同。他的黑眼睛冒火，脸庞涨红，他站在那里，抖颤地，以粗哑低沉的声音说："我要找到琼莉，她最好是活着，否则，会有人倒霉的。"

"你最后看见琼莉是什么时候？"拜尔问。

"我不知道——我想是一星期前。"尼洛说。

"听说你威胁过她。"

他转身，两眼燃烧着怒火，"她是我太太，夫妻之间的事和你们无关，我爱她甚于世界上任何东西。我要她离开那低劣的夜总会，回到我身旁。我曾警告过她会发生那种事，她赤裸裸地站在那儿任男人看……"他愤怒得说不下去了。

"你昨晚在哪儿？"拜尔问。

尼洛看着他，"假如你要开始问问题的话，我就打电话找律师。"

拜尔的声音很平静，"当你接通律师电话时，告诉他，因为你不愿合作，所以

340

我们以绑架嫌疑和谋杀嫌疑扣押你。反正有人听见你恐吓琼莉小姐，那会使你成为一号疑凶的。"

尼洛本已拿起话筒，犹豫一下，又放回去，半天，终于说："好吧，昨晚我在这儿整理账目。我有漏税的罪名，压得我喘不过气来。"

"有没有人和你在一起？"

"当然有，我的一个伙计。"

拜尔的脸严肃而冷峻，"好吧，"他慢吞吞地说，"我不扣押你——暂时还不扣押。我们要看看能否找得到琼莉小姐。"

尼洛盯着拜尔，高声说："她最好快出现，我可等不及你们猪一样地只会摸索着试探着去找……"

拜尔警告他："你和你那些歹徒别管这事，尼洛，那是警方的工作，否则的话，你就不只有漏税的罪名了。"

两个警探回到汽车上，迪斯警探说出他的意见，"他的不在场人证不能算数，那些为他做事的伙计，他要他们做什么，他们就会给他做什么的。"

"我知道。唔，我们去看看她生活中的另一个男人，那个叫凯纳的医科学生。"

从大学的花名册中，他们获得了凯纳的住址。他住在校外一家公寓里，一辆新型的跑车停在他门前。

"他不是个普通的穷学生。"迪斯警官讷讷道。

凯纳是个面貌清秀、二十余岁的年轻人。拜尔向他解释琼莉失踪的情况时，他震惊之余，伤心欲绝。是的，他很干脆地承认，假如她能获得离婚的话，他们就准备结婚。昨天中午，他们还在一起吃饭。他昨夜没有看见她，他整夜在公寓里，啃书本以应付重要的考试。但，他承认，他没有法子证明，因为他独居。

迪斯警官问他有关他个人的问题。凯纳解释，他是来自东部的一个富有的家庭，他解释了他昂贵的汽车和舒适的公寓。警探要告辞时，凯纳流泪恳求他们，一有琼莉的消息，请立刻通知他。

"你想他说的是实话吗——关于昨晚读书的事？"迪斯警官在回到汽车中时，说出心中的疑惑。

"很难说，他的不在场证明并不比尼洛好到哪儿去，但又没有明显的动机……"

"也许是情人的争吵？"

拜尔耸耸肩，"那也有可能。"

他们想，化验结果可能快出来了，因此，他们又回到琼莉公寓，继续作一次彻底的搜查。结果在写字台抽屉里找到一样有趣的东西———一份十万元的保险单，万一琼莉死亡，受益人是戴维。

　　迪斯警官轻吹一声口哨，"现在我们又有了一个有动机的嫌疑者。老戴维可能是假惺惺的。假如琼莉嫁给凯纳，不再为'教父'的顾客脱衣，那么戴维可能就要关门大吉。因此，他干掉她，带十万元美金退休。"

　　"是一种可能，"拜尔同意他的看法，"不过，一位夜总会老板给对他生意上有价值的演员买保险，并不稀罕。"

　　那天，关于琼莉失踪案，没有什么重要进展。然而第二天早晨，拜尔接到局里打来的电话，告诉他，脱衣舞女今晨被发现了，她陈尸在浅海湾，一个距城市数里的地方。但，她的头和双手失踪。

　　放下电话，拜尔凝视着天花板，心中想到那幅美女的画像，不禁有些凄凉。

　　拜尔穿好衣服，吃过早饭，到陈尸所去。尸体仍穿着脱衣舞女的工作服：有穗的 C 型胸罩和短裤。琼莉的舞台名字"裸体女郎"绣在短裤上。

　　她的尸体是被两位渔夫发现的，警方派出一组人员到海湾找其余失踪的部分。

　　琼莉的胴体可能是新奥尔良最知名的，成千上万的男人对她赤裸裸的胴体曾经一饱过眼福。然而，颇具讽刺意味的是，现在因为仅仅是躯干，谁也难以肯定指认，更不用说，它已在水中浸泡了二十四个小时。三位最熟悉她的人——戴维、尼洛和凯纳——被带到陈尸所认尸。戴维昏厥，尼洛狂怒，凯纳哭号，可是他们没有一个人能肯定，那就是琼莉的躯干。拜尔把画家杜兰特找来，拜尔的理由是，一位艺术家对人体有某种特别的认识。杜兰特看了很久，之后，他说，体形和骨骼差不多，依他的判断，那就是他所画过的琼莉的躯体。

　　在垃圾桶里发现的睡袍，其上的血渍和琼莉小姐公寓里的血迹，均与"躯体"的血型吻合——AB 型。除了上述血型外，还有 C 型胸罩的物证，似乎足以证明它是琼莉的衣物。因此，官方正式的意见是，虽然头和双手尚未找到，但在海湾发现的人体躯干是琼莉无疑。

　　化验室报告说，在公寓里没有找到有价值的指纹。凶手不是戴手套，就是小心地擦拭过一切。

　　那天下午验过尸。结果，验尸官递给拜尔一份有点儿令人惊讶的报告，"尸体被肢解前，可能由于服用了过量毒品早已死亡。体内充满海洛因，其量之大，甚至对一位长期吸毒者也会致命。"报告还补充说，"没有强暴或侵扰的迹象。"

那天晚上，拜尔在山岳餐厅吃饭。拜尔有个经验，享用丰盛的食物时，脑筋最活跃。

那天的菜是一道甲鱼汤，一盘烤茄子，里面塞有虾肉和蟹肉，还有一道甜点，饭后还有杯咖啡。他品尝这些佳肴时，脑筋旋转着案子的许多迷惑之点。最后，当他饮用滚烫的咖啡时，他已经有了一些结论了。

第二天上午，他和他的伙伴讨论案子，"迪斯！"他说，"对那个我们找到的躯体，我有好些疑问。"

"可是血型和她房间里的血迹相符，还有那个 C 型胸罩……"

"问题正出在那儿！那 C 型胸罩。一个凶手砍去受害人的头和手，为的是使她不能被指认身份，这很平常。但本案的症结在于，为什么凶手要非常费事地肢解她，却又在躯体上留下可以指认的 C 型胸罩呢？"

"唔……那就怪了。当然，除非凶手是个病态的色情狂，以肢解受害女子为乐。你知道有那种人。"

"是的，不过，依验尸官的验尸报告，那妇人是服用过量的海洛因致命的。我曾打电话给戴维、尼洛和凯纳，三个最了解她的男人全坚持说，琼莉不是吸毒者。还有垃圾桶那件睡袍的血渍问题，垃圾桶一定会有人看见，好像凶手故意要公开凶案一样。"

"嗯，那么，我们在海湾发现的又是谁，她还穿着琼莉的 C 型胸罩？"

"一个很好的问题，问住了我。不过，那天，在那座公寓里所发生的事，我们还没有充分的了解，我想，很有可能，还有第二位妇女。"

"那你说，我们现在要怎么办？我们有一具躯体，但它可能不是琼莉。我们有三个嫌疑者，三个人全有动机，又都没有很充实的不在场证明，但又没有法子探出其中某人与犯罪有关……"

"不对，我们有四个嫌疑者。"拜尔打断他。

"四个？"迪斯不解地问。

"是的，我们忽略了另一个和琼莉有亲密关系的人——杜兰特。"

"杜兰特？可是他只是绘她的画像而已。"

"你说他只是绘画？你想想，一个人花好几天时间，甚或数周时间，绘一个裸体美妇，他不会动情？我告诉你，迪斯，当我看到那美妇的画像时，我心中就对自己说：拜尔，这是一桩爱欲的罪案。这位妇人，她会逼迫男人丧失理智、铤而走险的。是的，这是桩情欲案。一定是！而杜兰特是最有可能陷进那情欲之网的。"

"好，这么说，我们进一步查查这位先生。"

两位警探又到皇家街。他们发现杜兰特的店是开着的，但负责看店的是一位临时店员。她是位中年妇女，自称林格太太。她解释说，杜兰特有时候在城郊的老房子住。当他回郊外老家时，就打电话找她来看店。她想他下午回来。

他们在街坊转转，谨慎地打听杜兰特的生活习惯。他们从停车场管理员那儿得知，杜兰特在城中时，总是将他的车——一辆蓝色的、1968 年的旅行车——停在店铺拐角。

近黄昏时候，拜尔到化验室去，拿了一罐显影粉和一盏紫外线灯。天黑时，两人又相偕来到皇家街。

杜兰特已从乡下回来，旅行车停在街角。拜尔警告管理员不可泄露他们的事，然后小心检查旅行车。

最初，并没有发现什么，但当拜尔在汽车后座地板上喷洒显影粉，再用紫外线灯照时，他看到了模糊的血及擦拭的痕迹。

拜尔用小刀小心地割下一小块含有血迹的橡皮垫，把它送到化验室。

第二天下午，拜尔得到化验结果：血是人血，血型是 AB 型。

"我们去逮捕那家伙！"迪斯警探说。

他们取得一份拘捕票，直奔皇家街而去。

"那只是佐证，"拜尔说，"不过，假如我们逮捕了他，扣押他的汽车，他就会招供。琼莉小姐失踪那一夜，他说他在店里，那不在场证明站不住脚。何况还有车中的血迹……"

然而，杜兰特不在店里，林格太太解释说，杜兰特先生又驾车回郊外的老屋了。从她那儿，他们获得了去老屋的大致方位。

他们顺着破旧的泥土路面行驶。不久，便来到了杜兰特的住处。

那是套非常古老的大房子，但却是一种标准的古典式的建筑，拜尔知道，房屋里面有很多个房间。

楼下一扇窗子里亮着一盏灯。

拜尔停车，两位警探下车，穿过地面杂草，小心地向亮灯的窗户走过去。

从布满尘垢的玻璃窗向里望，他们看到了一幅美丽又恐怖的画面，但那不是画。

美艳的琼莉正坐在一张大餐桌前面，身着类似晚礼服的衣裳，她裸露着双肩，身体被捆牢在座椅上，她那双充满恐怖的美丽的大眼睛随着房间里另一个人的动作而转动着。

那人正是杜兰特。

杜兰特穿着晚宴服，右手执一酒杯，高举作敬酒状。拜尔听见他的声音微弱地从关闭的窗户里面传出来："敬杜兰特农场的新女主人……"

琼莉则哀哀哭叫："求求你……让我回家。"

"你就是在家里了！"杜兰特环视四周，两眼热烈地燃烧着，"这里有什么不好吗？有你，还有我……"他吞下一大口酒，突然跪在她面前，并用双臂抱住了她，"我永远不会让你离开这间房子的，你永远是属于我的……当我在帆布上为你作画时，我就知道我必须拥有你……我不能没有你……"

"混蛋，"迪斯警官骂道，"他的真面目已完全被揭开了。"

拜尔绕到前门，重重敲门，并且大叫："开门，杜兰特，警察。"

迪斯警官从窗口大叫："小心！他有枪！"

拜尔跳离大门，靠在一边。

门突然打开，杜兰特站在那儿，面部扭曲，两眼充满疯狂。他两手各握一把老式手枪。

他开火了，子弹从拜尔头上飞过去。拜尔倒地滚离大门，同时掏出腰间手枪。杜兰特的第二枪，和拜尔的警用特制手枪同时射出。杜兰特倒在门框上。

拜尔慢慢站起来，走过去，用脚踢踢倒卧在地上的杜兰特，没有反应，他已经死了。

他们走上前去，解开琼莉的捆绑，她投进拜尔怀中，歇斯底里地哭了起来。

平静下来以后，她向二人讲述了那天晚上发生在她公寓里的可怕的一幕。

"自从我给杜兰特当过一次模特儿之后，我一看到他的眼睛就发抖。他大面上似乎没有表现出什么，不过，我发现他总在跟踪我，不管我去了什么地方。我当时只是感到他很无聊，竭力躲避他就是了。事情发生的那天晚上，我正要上床休息，有人敲门。是我的一个朋友，叫莲黛，她居无定所，到处流浪。我们是几个月前在俱乐部认识的。她刚从外面回来，想找个地方过夜。我告诉她，她可以睡在我的沙发上。然后她就进入浴室……

"我知道，她是进浴室打毒品，我并不惊讶，她和许多落魄的人一样，是有毒瘾的，这我早就知道。但我又怎能阻止她？

"当她走出浴室时，飘飘然的。可是很快，她双膝跪地，倒了下来。我知道她是用药过量了。我吓坏了，急忙跑出公寓求救。恰好杜兰特上楼来，我就求他帮忙。等我们回来时，发现她已经死亡了。

"就在我正要报警的时候，杜兰特看看莲黛，又看看我，脸上升起一股令人恐怖的疯狂表情。他知道我和我丈夫尼洛有摩擦，也知道尼洛曾经以生命威胁我。因此，他告诉我说，莲黛的身材和我相似，她无亲无故，没有人会记挂她。他说他可以使死者看来像我。然后，我们就可以躲到他远远的农场房子里去。并说，尼洛以为我死了，也就不会再来找麻烦了。我骂他疯了，但我猜他已下定决心，假如所有的人都以为我身亡的话，对他来讲，则是一个可以绑架我囚禁我的好方法。他逼迫我进入他的汽车，把我弄到这里来，并把我锁在一个房间里。后来，他告诉我，他是如何处理莲黛的尸首的，他告诉我，几乎所有的人都相信是我遇害了，以后，再也不会有人会寻找我了，他要我永远留在这里，让我成为他的妻子……"

她的声音哽咽了，继而放声大哭……

两位警官只是默默地站着，听着，一直没有说话，面对美丽的"裸体女郎"，他们的两双眼睛里，显露出同情的光芒。

梦的启示

那天早晨，我正喝着一杯咖啡，一部灰绿色、漆有黄色"警察"字样的汽车停在我那条小街前。哈里森下了车，径直向我的住所走来。

哈里森穿一身棕色警服。

我递给他一杯咖啡，让他在长桌前坐下，他掏出一根长而细的雪茄，点着之后，猛吸一口，然后，慢慢吐出一个完整的烟圈。

"雷迪，我正在办一宗古怪的案子，我想你或许喜欢听听。"那是他求助于我的一贯方式，我点头。

"那是——一个丈夫谋害了他的妻子。"哈里森没有任何开场白就直奔主题，"我知道是他谋害了她，因为……"他举起手阻止我的提问，"呃，那可不是三言两语能表达清楚的。第一，从他整个行为举止上看，我确认是他下的手，他也知道我明白这一点，但我一直不清楚，他是如何下的手。"

我继续耐心地听他讲。

"第二，这个叫罗尔斯的家伙，就此可以获得三十万的人寿险赔偿金。而他投那笔人寿险是五个月前的事。"哈里森轻轻弹掉雪茄烟灰，"罗尔斯一开始就告诉我有关保险的事。他知道我们反正会查到的，所以他打开始就告诉我……"

动机是足够了，我心想，有些人为了比那更少的钱，也会动手杀人的。

"第三，这也是最怪的一点。他太太四天前死在家中。死亡前不久，到过他家的邻居说，那时她正在抽筋，于是打电话找阿美镇的比尔医生来，等大夫赶来，她已断了气。"

"唔，那她是什么原因过世的？"我急迫地问。

"你问的正是我不理解的。不过，从这儿开始，事情就复杂了。"哈里森期望地看看我，显然是希望得到我的帮助，"唔，我们从这位叫莉丝的罗尔斯太太的邻居那儿打听到，她一天至少要喝半加仑的水，而且是那种瓶装的，阿美镇杂货店的老板可证实此事。"

简单说来，这位罗尔斯太太认为普通水都有污染，所以她只喝那种从店里买来的塑料瓶装的水。

我也迷惘不解，为何一天要喝那样多的水？可是，我看不出这和人命案有什么关系。

哈里森继续叙述前，又吐出长长一缕烟。

"郡方验尸员验过尸后，声称莉丝是死于什么'柯赛氏综合症'。"

我猜哈里森是存心要幽我一默，整整我，因为当他看到我的惊讶神色时，嘴巴咧着满足的笑容。柯赛是郡方验尸员，个子矮小，为人矜持，脾气却颇急躁。

哈里森继续说："柯赛说他从没碰见过罗尔斯太太这种死亡原因。当然，你没法相信柯赛这个人。总之，柯赛会用那样一个怪病名来表示那是一种新病或什么……而且，对发现一种新的死亡病，他还颇为兴奋，说那样会使他出名……"哈里森声音中透出明显的厌恶。

"唔，罗尔斯太太因何致命？"我再度发问。

这一次有了反应。

"柯赛告诉我，真正的致命原因是……"哈里森侧身从臀部口袋取出一本黑色记事簿，翻翻纸页，"唉，一大串病名，"他抬头看着我，"雷迪，你记也记不住，简单明了地说，是渴死的。"

那说法真是荒谬，我摇头说："哈里森，现在，没有人会渴死的。而且，你刚刚还说她一天喝好几瓶水……"

"也许还不止。"哈里森答道。

"柯赛在胡说八道，我想，他无非要借此出名。"我脑中突然闪出这样的念头。

"也许。不过，不仅仅他是这样说的，他还请奥尔巴尼州立医学院的首席病理学家来看过，他们告诉我的，她的内部器官像是干掉了。"

哈里森停了一会儿，看着我，当时，我的表情必定露出狐疑之色，因此他又补充说："那些大夫用显微镜和化验来证明他们的说法。"

我再次摇头，做结论似的说："一定是水中下了毒，没有人会因为渴而死的。"

"当然我也想到下毒，他们也化验了，然后也喂些给老鼠吃，老鼠活泼如常，

348

一连三天仍然一样。那水蒸馏过，至少专家们这样告诉我。"哈里森再吐一口烟，"我总觉得他们告诉我的没错。"

"你肯定拿到她真正喝的水做样品啦？你知道，罗尔斯可能调换。"

哈里森的声调里透着不屑，表示这是不需要问的话。

"罗尔斯太太死后不久，我就到达那儿。杂货店的老板话很多，他立即告诉我，她一天要喝好多瓶那种瓶装的水，因此，我直接从冰箱里带走一瓶。没有人看到，也没有人知道我取走了一瓶。柯赛和其他大夫才不理这档子事呢。"

我总结哈里森告诉我的，"如此说来，有一位妇人，在一天喝数瓶水之后渴死了，她的丈夫因而受益三十万元，你怀疑丈夫是凶手，但找不出致死之因，对不对？"

"我想你或许会有主意。"哈里森很诚恳地说。

哈里森来和我商量案情，这不是首次。我是从城里来到石堆村的，在城里，我学过医药、化学、物理等，我在科学方面的知识非常渊博，起码在哈里森看来是这样。因此，每当哈里森办案遇到困难时，他总是找我，以求获得科学或技术方面的帮助。

"罗尔斯长什么样子？"我问。

"他是伯克郡大学的化学教授，据我所知，他在学校里做些私人研究工作。至于他的长相嘛，我认为你也许喜欢亲自去瞧瞧。事实上我今早正要去看他。我来这儿，是想说不定你也想一道去。"

假如我要说不去的话，我知道哈里森还会用其他什么诡计来诱使我陪他去的。尽管他假装不经意，但他来找我的目的我一清二楚，他有一种钢铁般的决心和毅力，从来不相信世界上有什么办不到的事情。对哈里森来讲，他眼前的这个案子，就如同背部的痒处，知道痒处，但抓不到，哈里森现在的心情，可想而知。

汽车停在一幢农舍型的房屋前时，灰云似乎垂得更低了。窗边和门廊边，种着十来棵修剪整齐的矮树，草坪洁净整齐，没有一片落叶玷污那片纯绿。

哈里森像屋主一般地敲打厚木门。

门慢慢开启，一位穿羊毛衫的男子，透过厚眼镜，好奇地看着我们，好像我们是什么标本，他正在用放大镜或显微镜检查一样。

罗尔斯年龄约四十，身段很好，没有发福的迹象。他看见哈里森时，一抹意味不明的微笑显露在他长长的、嶙峋的脸上。

他把门开大些，"哈里斯警长，你来了，还带了朋友来。"罗尔斯的声音相当圆润，但隐隐含有一抹讽刺。

哈里斯为我们做了介绍，罗尔斯向我呆板地行个礼，在我看来，他那样子，就像古代人决斗前的架势，仿佛正期待着一次打斗，而且必胜无疑似的。

"问话？呢？还有话问？我以为你们已经全问了呢。不过，假如你们愿意，我随时侍候。"罗尔斯脸上，是一派演戏一般的恭顺。

我们站立的通道边就是起居室，但是罗尔斯小心地让我们进厨房。他解释说："我正在准备午饭。"话虽如此说，但我没看见什么做午饭的东西。

"警长，来罐啤酒如何？你呢？"罗尔斯盯视着我，那神色含着一种野兽般的凶恶。

哈里斯和我均摇头婉拒。

罗尔斯没再说什么，他轻拍冰箱门，打开它，推开两罐塑料水瓶，取出后面的一盒六罐装啤酒，"可怜的莉丝，她爱这厨房，尤其是这部新冰箱。她过世之前，我们刚刚买的。"他的声音，此时似乎又改成了殡仪馆司仪员那种忧郁和低沉的声调。

他从六罐装的啤酒盒里拿出一罐，指着其余的问我们说："真不要？"

我们两人再摇头，他也摇摇头，放回啤酒，再拍拍冰箱。

他那举动古怪，但他的人更古怪。我想，那可能是因为他正在努力保持镇静。他虽不疯，但也离疯狂不远——我确信。

"唔，"罗尔斯说，好像主持整个谈话进程一样，"问话吧，警长。"

"只有一个问题，罗尔斯先生……"我开口。

"喔，假如不介意的话，是罗尔斯博士，有机化学博士。"罗尔斯温文地修正。

"唔，罗尔斯博士，"我像吃了一只苍蝇一样，感到厌恶，"我只是在想，你的私人研究是否由大学基金支持，或者政府机构，或是什么？"

不错，我是一击即中，虽然他已预期这种合理的问题，但他差不多气得要中风一样。

"小官僚们的想象和真正的科学家之间，有相当大的距离。"他酸涩地说，"我的计划是由大学和联邦政府双方各出一半的基金支援。我最近知道这些基金要减少，"他的脸罩上一层愤怒的神色，"他们并不欣赏我的研究工作。"

"不过，我想你太太的保险金可以弥补这个差距。"

我看到，哈里森向我勉强做出一个不安的表情，我知道，他不喜欢我如此直言不讳，但我觉得直截了当也许能更快地达到我们的目的。

奇怪的是，我发现，罗尔斯反而冷静下来了。不论他的控制力来自何方，肯定，那力量是强大的。

"你高兴怎样歪曲你就怎样歪曲吧，"他一副不与我一般见识的样子，声音居然平平的，"事实上，我投那些保是依莉丝的意思，只是在数月前我才发现那些'猿人'决定裁减我的经费。"

罗尔斯这种回答似乎就有些欠考虑了，我心里很得意，这也正是我冷不丁问他此话的目的。谁都知道，一桩研究计划不可能会是在一夜间就被决定裁减掉的，那需要经过相当长时间的酝酿。罗尔斯不可能不知道这些，但他显然极力想隐藏它，或者冲淡它。因为从这里边有可能挖掘出他的动机。罗尔斯太太已死无对证，无法查到是否依她之意投保，不过如此大的投保数目足以证明不仅仅是她的意思。

我感到此行的目的已经达到了，第一，对罗尔斯这个人，我已经有了一个感性的和概念的认识；第二，我的一句简单问话，已经使他露出了破绽。

既然如此，我向哈里森点点头，我们一同站起来，向他告辞，转身一同离去。

我想，罗尔斯一定觉得意外，或者还有些失望。因为他居然追了出来，装模作样地问道："这么快啊？不过，或许你们喜欢看看我已经出版的一些书。"说着，塞了几本小册子在我手中。

我不经意地把小册子塞进夹克口袋，那些东西除了专家外，在一般人眼中是太专业化了，而且索然无味。

我们朝汽车走过去，罗尔斯还在背后大声叫着："随时候讯。"声音极尽嘲讽。

回到家，我点燃火炉，火焰增添了我需要的一点欢愉感。对罗尔斯杀妻，我毫不怀疑。要问为什么，暂时我还说不出所以然。他那恶劣的态度，也激怒了我。我在安乐椅上坐下来，啜着波恩酒，凝望房屋下面的小池塘。我记起罗尔斯塞在我手中的小册子，于是从口袋里取出来，不是有兴趣，而是没事找事做。

第一本小册子，从题目上看，我知道他研究的是细胞，而且颇为深厚。但开头的介绍简明、清晰。

我总觉得有哪些地方不对劲，但，那是哪些地方呢？我搞不清楚。

如果没有那天晚上我做的一个梦，我可能永远无法发现什么地方不对劲。

那梦是关于一个杀妻的男人的。行凶后，男人把尸首藏在地下室新砌的一道砖墙里。一位侦探来查，那男人引侦探进入地下室，自吹砖墙砌得多好。还不断地拍拍墙，但突然，墙后传来猫叫的声音，当时，一只家猫和女主人一起失踪了。

侦探命人挖墙，男人俯首就擒。

我焦躁又不无惊喜地醒过来了，那真够活生生的，梦中的某些情节烙在我脑中，无论如何挥之不去。无疑的，那是有关哈里森正在办的案子的一个提示，可是，梦境到底要告诉我的是什么呢？我百思不解。

上午稍迟时候，我放弃了正在研究的一个电脑计划。下午稍晚时候，我丢下了正在读的书，坐下来凝视小池塘，因为我的脑中还在不停地盘旋着晚上的梦境，我相信，它是在给我一种启示，只不过要我去感悟。

突然，一个想法，从印象和记忆的薄雾中慢悠悠地逐渐成形。

有一个情况和梦境是相同的。罗尔斯曾领我们去厨房，对那台冰箱，他多做了些不必要的手势，拍拍它，再开启它，而且推开那些塑料水瓶，再取啤酒。

水！瓶装水！

一阵电流般的震惊通过我的全身。我倏地从椅子上站起来。罗尔斯的那几本小册子中，我读过的一些东西和那些水融合上了。

我在房间踱步子，对所有不可能的事摇头，我希望我的想法是错误的。然而，那想法符合事实，包括为什么罗尔斯太太在每天喝几瓶水后仍然渴死。我冷静下来，再凝望池塘，几乎惊呆了。假如那想法是事实的话，那么，罗尔斯便是犯了一桩最残忍、最邪恶的预谋杀人罪。

我希望自己是错的，那死法可不是愉快的。

那想法很容易测验出来。我打电话给哈里森，问他可否把从罗尔斯家拿出来的那瓶水带来。

哈里森来时，身着警察制服，他重重地将半瓶水放在桌上，看着我，"我取来的时候就不是满瓶，以后又分析，又喂老鼠，希望这些够用。"

我要用的东西都准备好，放在桌上了：一只空的量杯，一个精确的天平。

"一会儿就行。"我边用量杯接水龙头的水边说，同时将接满的水放在天平上。

天平的指针转到两磅十四盎司。我说："哈里森，看看这儿。"

哈里森从长凳上半直起身，瞄着磅秤。

"我一会儿再向你解释。"我说着倒光量杯中的水，然后将他带来的塑料瓶中的水倒满量杯，再放到天平上。

磅针指着三磅三盎司。哈里森再次半坐起来，详审磅秤。

我胜利地看着他，我的想法正确。

"看来多五盎司，"哈里森说，"似乎没有什么重要。"

"那意味着罗尔斯杀害了他的妻子。"我反驳说，"那是我闻所未闻的、最聪明的杀人办法。"

"你现在就可以逮捕他。"我说。

"也许你可以了解这一切，那天平依我看并不十分准确。这两瓶水间五盎司的不同，究竟意味着什么？"

"哈里森，"我开始说，"罗尔斯昨天给我几本有关他研究工作用的小册子，他正在试验重氢，重氢也就是我们所知道的重水。"

哈里森又瞄了天平一眼，"你准备告诉我，它叫重水，因为它比普通水重，对不对？"

"对的。它是用来制造原子弹的，但是研究人员也用它，我不讨论为什么。"

"现在，你能不能解释一下，它是如何叫莉丝毙命的。"

"第一，它是有毒的，但不是普通的毒，所以普通的化学试验不能发现。"

哈里森掏出一支烟，但没有点，他仍在疑虑。

"普通的水是由氧和氢组成，每一原子量的氧，对两原子量的氢，所以化学式上叫 H_2O。"

哈里森不知真懂假懂，只是点点头。

"简单言之，氢有不同种类，有一种比另一种重，因为一种叫中子的东西加在氢的原子核中，当水是由这种氢组成的话，它就重得多，因此也叫作重水。"

"这种东西有毒？"哈里森问。

"人体不能适用，哈里斯，重水和普通水没有化学上的不同，人体细胞分不出不同。用了的话，就像饥饿时吃草一样，你虽然吃了不少草，但你会饿死。你可以高兴喝多少重水，就喝多少，但是，你会渴死。"

哈里森思索了一会儿，"假如人们喝下这些重水的话，怎么能活？"

"不能活。重水是稀有的，它要购自化学品供应处，价格颇高，大约一夸脱八十美金。"

提到钱，哈里森比什么都感兴趣，他注视着塑料瓶，"你是说，那样一瓶水，要八十美金左右？"

我点头。在哈里森眼中，罗尔斯变得比以前更加罪不可赦了。然而，另一阵怀疑之色又涌上他的脸孔。

"那么，那些老鼠怎么不死？"他问。

"因为你必须喝得够多，时间也要够长，细胞才会只吸收重水，我认为，罗尔斯大约在一个半星期前开始在他太太的水罐中换重水。"

"你这说法在法庭上站得住脚吗，雷迪？"哈里森在嚼雪茄了，有些忧心忡忡。

"会站得住脚的，你可以重新开棺验尸，会有技巧发现重水的。用分光计就是办法之一。柯赛和其他病理学家只找化学毒素，他们没有想到重水。"

另一个想法跳进我的脑中——那个梦境。那比我所想的更具意义。我想到了罗尔斯几次拍打冰箱的样子。但我只说："你用这揭穿他，他就会崩溃的，他以为用重水是最聪明的办法——也许是。但秘密一旦被揭穿，也就变得不聪明了。"

关于这案子还有一件事烦扰着我，那是有关哈里森的。

我问他："哈里森，我还有一个问题，你为什么一心想逮捕罗尔斯？你为什么一心认定他有罪？其实，你并没有证据。"

哈里森不好意思地看着我，"莉丝是内人表妹，小时候经常坐在我膝上玩的，但自从她嫁给罗尔斯后，一直过得不开心。我喜欢那个小女孩，也了解她，我不甘心看到她遇害。"

哈里森多少有些尴尬，这反倒使我不安起来。我送他到前门。他看看外面的天色，补充说："我想现在就去逮他，我一直讨厌他。"

地面上已经铺了一层薄薄的雪，一阵微风拂过，雪花飘落更多，我清晰地看到，哈里森的足迹正从我家前门慢慢延伸到警车门前。

潜伏在身后的老虎

　　朦胧中，别克太太突然被一阵动物的吼声惊醒了。她不想打扰熟睡中的丈夫，便悄悄溜下床，披上一件外衣，套上一只满是污泥的靴子，走下楼去。

　　半夜里经常会发生一些意想不到的事情，这对她来说已经习以为常了。为防不测，她又返回办公桌，同往常一样，从抽屉里取出一把点二二的小手枪。

　　她让门虚掩着，独自走下山坡，跨过动物园铁道，顺着熟悉的硬土小径一直向前走。

　　天色距黎明还有一个小时，月光如水，夜色皎洁，她抵达动物笼和动物坑之前，那些动物已经不再吼了，但仍有些烦躁不安。

　　月光下的动物栏边，她想起了在非洲狩猎的那些日子，那时候她总是和丈夫在黑暗中守住一个水坑，或者躲在设有诱饵的陷阱边。

　　四周并无侵扰者的影子，其实，她也没把事情想得过于严重。市政府已经拨款安装了高高的围墙，天黑后大门也可以上锁。那还是因为去年夏天，由于一些不良少年的恣意捣蛋，使得动物园内三头非洲鹿死亡。

　　经过老虎坑时，她倚靠在安全栏杆上，向里面窥视，下面并没有洛夫的影子，不过，它可能躲在窝里。

　　记得九年前，在印度狩猎时，他们曾捕获一头和洛夫极相似的老虎。但那次非常危险，因为当时她并未留心自己身后还有第二头老虎，如果不是别克——她的丈夫——及时发射一枪的话，她早已呜呼哀哉了。她时常想，死亡来临时，就像一头猛虎潜伏在身后一样。

　　前面的北极熊又骚动起来了，吼声隆隆，这时她觉得脊背发凉，一阵恐怖袭来。她知道，应该是有什么莫名的危险在四周潜藏着，面对从天而降的灾难，动物常常比人敏感。

果然，她听见背后有声音，转头看时，一切都已经晚了，她真的碰到了"潜伏在身后的老虎"……

当鲍勃抵达出事现场时，莱恩警探早已在场了。

"好糟的事，队长，别克发现他太太死在老虎坑里。你认识别克太太的，不是吗？"

"我见过她。"鲍勃说。城里每个人都曾见过别克夫妇。三年前，他们受聘担任动物园的工作时，就成了本市的名人。别克是个高大魁梧的中年人，有一头早生的白发，据说他是全国最好的野生动物专家。别克太太是十年前拍摄一部电视纪录片时认识别克先生的，她性格豪爽，聪明干练。两人一见倾心，遂成眷属。

"他们救出她的时候，已经回天乏术。"莱恩警探说。

"什么时候发生的？"鲍勃在少数围观者中寻找别克的影子，但没有找到。

"黎明前。别克在床上，好像听到尖叫声。他发现太太不见时，便出去寻找，结果发现那头叫洛夫的老虎正在撕咬她。"

"不可能是她自己跳进那个坑的吧？"

"应该不可能，队长，用那方法自杀也未免太惨了。"

"如果是自杀的话，"鲍勃盯着山坡上别克家的房舍，"那个做丈夫的现在到哪里去啦？"

"在上面，他打电话请一位朋友立刻过来。"

鲍勃踏上通往别克房舍的小径，跨过铁道，上到二楼，才待按门铃，门就开启了，一个戴眼镜的年轻人出来迎接。

"我是利斯，别克家的朋友，有何效劳之处？"

"我是警察局凶杀组的鲍勃队长，我想和别克先生谈谈。"

"请。"利斯领路，进入安静的房屋里，他们发现别克坐在厨房里，神情恍惚地盯着半杯酒。

鲍勃做了自我介绍，并且表白了他的慰问之意。

别克将视线从酒杯上移开，半晌才说："那不会是意外，一定是有人害她。"

"当然，我们正在调查那种可能性。"鲍勃说。

"去年，市政府没有做围栏之前，有三头鹿被杀害，三更半夜常有孩子潜进来，用石头扔它们。"

鲍勃清清喉咙，"别克先生，你太太过去是否梦游？"

"不，她从来也没有过，即使她不慎坠入虎坑，洛夫也不会伤害她的。"

"那头老虎宰了没有？"

"没有，我不让他们宰它。我现在用镇静剂使它安静。"

"你倒是很人道的，"鲍勃说，"不过，动物经常做出人们预料不到的事。这头叫洛夫的老虎可能……"

"不，永远不会！我经常看见梅娜边喂它，边和它玩，它只是个大婴儿。"

"那么，什么事使她天没亮就到那儿去的？"

"她一听到动物不安静就悄悄下去，经常那样。去年夏天三头鹿死掉以后，她就在门边写字桌里放了把小手枪。如果我们谁夜里要去巡视，就把枪带在身边。"

"妇道人家很少做这种事，如果动物不安静，她为什么不喊醒你？"

别克叹口气，饮干杯中酒，将杯子放回桌上。

利斯代替他回答："别克太太是个天不怕地不怕的女子，队长，别克经常和我讲述他们在非洲和印度狩猎的故事。有一次，她面对一头狂奔的大象，竟然面不改色。夜里出去查看动物，对她来讲根本微不足道。"

"你认为有人在那儿等她？"

"她自己心中那头杀人的老虎。"他含糊地说。

"什么？"

"有一次在印度，一头老虎从后面攻击她，我及时开枪，才救了她一命，我想，那是我认识她以来唯一看见她惊恐。以后她告诉我一个梦，梦见一头杀人的老虎——那头老虎会来要她的命。"

鲍勃是不信什么邪的，他不想弄清楚别克讲的是什么，"别克先生，谁有杀害你太太的动机？"

"杀害梅娜？一个也没有！"

"依我的经验，杀害任何人都有动机。如果是个已婚妇人，嫌疑最大的总是她的丈夫。"

别克舔舔嘴唇，再给自己倒满一杯酒，"组长，在离婚易如反掌的时代里，不必杀害妻子。我爱梅娜，我曾救过她的命，如果她是被谋害的，一定是她发现的那些在折磨动物的孩子。"

"不过，在凌晨五时，对孩子们似乎不大可能，"利斯说，"我住在附近，那时，我也听到动物的叫声。当时，我也认为不寻常，但我翻个身，又睡我的觉了。"

"你听没听见尖叫声？"

"没有，只有动物的叫声。"

"好，"鲍勃说，"谢谢你们的合作。"

他离开他们，径自下山。莱恩警探向他汇报："组长，刚才大夫只看了她一眼就立刻说，老虎只抓了她两下，而且伤痕也不深。"

"那么，是什么杀害她的？"

"照他看来是刺伤，他认为死者被抛进虎坑之前，就已气绝身亡。"

"那么，这是谋杀案。"鲍勃平静地说，他早先还不曾真正怀疑过，但现在他已确认了。

下午，女警员康妮尔给鲍勃队长送咖啡的时候，电话铃响起，打电话来的是验尸官，他做出了正式的判断：别克太太梅娜胸部挨了一刀，深及心脏。

"好么，她是面对凶手啦！"鲍勃说。

"很可能是那样，除非凶手从背后抓住她。"

"好，谢谢你，大夫。"

"是不是动物园的案子？"康妮尔警员问，同时递给他咖啡。

鲍勃点头，"你知道别克太太这个人吗？"

"作为女人，我钦佩她。她总是走在时代前面，二十几岁就拍电视纪录片，嫁给著名的动物专家，到全球各个角落旅行。她有她的迷人之处，也有她的个性，尤其在电视上表现更佳。她曾经在波士顿和纽约做有关动物的节目。应该说，她名气远大过她的丈夫。"

"这会不会就是他杀害她的理由？"

"很难说，除非他疯了。"

"他似乎很正常。"鲍勃回答，"不过，你最好查查他，看看能查到什么。是不是外面有女人什么的，或者有什么传言。"

这时，莱恩警探走进来，手上拿着一个棕色大信封。

鲍勃留心看莱恩警探从纸袋里倒出来的东西，"这把点二二的枪开过没有？"

莱恩警探摇摇头，"看起来好像掏都没掏出来。"

她当时携带的东西不多——一条成球形的手帕、一包纸烟和一张折叠的条子。

"这个看来像是字条。"康妮尔警员说着，打开纸条。她还年轻，对字条之类的东西最有兴趣。

"啊，听听：梅娜——我必须见你，五点钟和我在老地方见面。没有签名。"

"写这类条子的男人，不署名的多得是。"鲍勃看了看说，"好，康妮尔，这一工作交给你，去追查吧！"

"她不是五点左右遇害的吗？"行动的期望使她兴奋，"会不会是这张条子诱她走向死亡的？"

"它可能已在袋子里装了好几个星期了，"鲍勃说，"如果写信约某人五点钟见面，而没有注明今天或明天、上午或下午，那么，通常是指当天下午。假定这条子是邮寄，或者当天亲自递送，约会时间又是第二天凌晨的话，那么，寄信人一定会写得更明白。"

"是的。"康妮尔承认。

官方曾经考虑将动物园关闭一天，但是别克坚持中午开放。现在，五月的下午，天气温暖宜人，园里满是放学的孩子。鲍勃注意到有一大群好奇的人围绕在虎坑旁边，于是避开那儿。

别克本人没有出现，但是有位年长的、着绿色斜纹粗布衬衫的男人正在喂大海豹。那人半自言自语半对鲍勃说："这儿本是个游客如织的地方，可是今天，他们全是来看热闹的。"

"我是凶杀组的鲍勃队长，正在调查这个案子，我可不可以问你几个问题？"

那人又丢了一条鱼给等候的海豹吃，"当然可以，请问吧！我叫贝尔，在这儿已经工作了十七年，早在别克夫妇接管之前我就来了。"

"你和他们处得好吗？"

他不屑地以鼻喷气，继续喂他的海豹，"当然，只要我闭嘴，不管闲事就处得好，他们有他们的美丽想法——为动物在墙上画画，为动物放音乐。"鲍勃头一次注意到，动物园的扩音器里正放着轻音乐，"有一次我问她为什么要那样做，她说那样可以安抚动物的情绪。"

"最近那些不良少年有没有来捣蛋？"鲍勃问。

贝尔搔搔他灰色的头发，"围墙做了以后就不大有了。"

"围墙是围绕整个动物园，包括山上别克家住的房舍吗？"

"是的。"

"铁轨呢？一定有个出口。"

"唔，当然，不过这条支线几乎不用了，有一道门跨过铁轨。"

"你住不住里面？"

"我？才不卖命呢！我成天和这些动物混够了！一般动物园都有个管理员，但是有别克夫妇住在这儿，我看也无此必要了！"

鲍勃谢过他，走到铁轨上，顺着它前行，一直到铁丝围的一道门前。如果那扇门以前是落锁的话，现在可不是了，门用一条铁链系住，但没有锁。

他走回动物园，经过北极熊的围栏到围洛夫的坑边。现在大部分好奇的人都渐渐散开了。洛夫静静地躺在阳光下，一动也不动，或许仍然在药效中。整个动物园似乎出奇地静。

然而，突然地，很多动物齐声咆哮起来，一种惊恐的情绪迅速传播开来。

鲍勃看见贝尔从动物园的办公室出来。

"贝尔，它们怎么啦？"

"我知道就好喽。"贝尔回答，说着，径自走回办公室，鲍勃注视着洛夫金黄色的大眼睛。那头巨兽也在低沉地咆哮，好像在回应其他的动物。

鲍勃回到办公室，莱恩警探正有些消息要告诉他，"第一，队长，我向动物园附近的居民打听，其中有四个人被动物的不安吵醒，两个人看了钟表，说是五点左右。"

"那符合了利斯告诉我们的。应该是有一个潜入者在骚扰那些动物。他可能是从铁道上的那个门进去的，那道门没有锁。"

"然后我找到一个叫麦克的孩子，"莱恩警探继续说，"他刚满十八岁，去年夏天因为杀害那些鹿被判缓刑，要不要见他？"

鲍勃随莱恩警探进入拘留室。麦克是个留长发的少年，他面色凝重，两眼死盯着地板，鲍勃和他说话的时候，他头也不抬，讷讷地说："我没有做任何事。"

"今早五点，你在哪里？"

"在我公寓床上。"

"你独居？"

"是的，去年夏天惹事后，爸爸赶我出去了。"

"那么，你没法证明今早五点你在何处？"

"我有必要吗？"

"动物园里今早出了命案。"

"我听到了新闻播报。"

"麦克，是不是你干的？"

"不是！"他抬起头，"我被带来就是这个原因吗？那么，我要一位律师。"

"没人指控你什么，我们只是带你来问几个问题。麦克，你有没有刀？"

麦克摇摇头，"没有律师在场，我什么也不说，你们不能嫁祸给我。"

鲍勃叹口气，然后和莱恩警探一起回到办公室。

"莱恩，再询问一小时，如果问不出名堂，就放他走，我想他是清白的。"

"队长，我们怎么办？怎么查？"

鲍勃略显沮丧地翻弄桌上的文件，"我不知道，事情有两种可能，一个是被不良少年或恶汉所杀，一个是有人蓄意杀她。"

第二天上午，女警员康妮尔找到了一个线索。她向死者的女朋友打听，走访了许多人，结果找到了梅娜的一位密友——莎莲，她谈到了别克夫妇的婚姻。

莎莲是个年纪约三十岁的妇人，快人快语："他们快乐吗？我想至少别克是快乐的，他崇拜她。很明显的，她也钦佩他。"

"那么，别克最近有没有在外面拈花惹草？"

"天知道，我想没有！他和刚迁居此地时一样，是一个正直的人，除非是——动物园里有只野马，他特别喜欢，我常开他玩笑，梅娜的情敌是动物。"说到这儿，她表情肃穆，"我想，我再也不能和他开这种玩笑了。"

"你明白，我们各方面都必须调查清楚，有了情人，可能就有置梅娜于死地的动机，不过，既然两人都忠诚……"

"我没有说'两人'都忠诚，小姐。"

"你是说别克太太有情人？"

"我也没有那么说，"莎莲犹豫了一下，"不过，她有个亲密的朋友，一个亲近的异性朋友。"

"介不介意把他的名字告诉我？"

瘦削的妇人踌躇了一会儿，然后打着一种怀有恶意的手势说："当然……有何不可，他叫利斯。"

鲍勃坐着，聆听完康妮尔的报告，"昨天我在别克家见过利斯，他是别克夫妇的朋友，就住在附近。那可能说明了梅娜口袋里的条子。"

这时，莱恩警探探头进来，"别克来了，队长，他说要见你。"

别克很快进来，看来有些心神不宁的样子。他没有理会康妮尔，径自走到鲍勃面前，粗暴地将一张纸塞进他手中，"这是上午邮寄来的！"

鲍勃大声朗读："我知道你杀死你太太，付我一万元，你就可以取回证据，今天下午三点钟等我电话。"信没有署名。

"谁寄的？"

"可能是真凶。"别克说。

"似乎不太可能。"

"我该怎么办？"

"等着接三点钟的电话，我们也会去。"

他走后，鲍勃对康妮尔说："这可能是我们的运气，不过，利斯仍不无关系。三点钟的时候，找个借口打电话到他办公室。"

那天下午，鲍勃和莱恩警探来到山丘上别克家里等候电话。

三点十分的时候，莱恩警探说："组长，这恐怕是个骗局，不会来电话的。"

"我们等着瞧。"

三点十五分，别克手肘边的电话铃响了。

"喂？"别克拿起了电话。

鲍勃拿起分机，听见一种显然变调含混的声音："别克，你杀死了你太太。"

"我没有！你是谁？"

"我可以证明，我手里有证据。"

声音虽然低沉粗哑，但是鲍勃仍觉耳熟，不觉侧脸看了一眼别克。

"你要多少？"别克说这话的时候，同时也抬眼望着鲍勃。

"信上已经告诉过你，一万元。"

"什么地方？"

"动物园入口处的垃圾箱，大门外面，今天下午。"

"等一等，今天下午我没法筹那么多钱，银行早已关门！"

"那么，明天上午十一点，把钱装在爆米花空盒子里，扔进垃圾箱，然后离开那儿，回家。"

"好！"

"我会取走钱，再用爆米花盒子装证据留在那儿，你下午随便什么时候都可以去取。"

"好。"别克说。差不多同时，电话线断了。

莱恩警探不屑地说："那家伙真外行！想想看，白天公然在公共场所取东西？我们可以派十来个人监视那儿！"

"他不是绝顶聪明，就是非常笨！"鲍勃说，"派一个人监视那里。"

第二天上午十点三十分，康妮尔在距所说垃圾箱一百码不到的地方铺条毛毯，躺在那儿看书。

前一天下午她曾报告鲍勃，说三点到三点半这段时间里，利斯一直在他的律师事务所开会，她见不到他，也无法证实他是否在开会。对莎莲说的利斯和梅娜要好的事，也没能够得到证实。

十一点钟，她看见别克将一只皱皱的爆米花盒子若无其事地扔进绿色垃圾箱里。

中午刚过，有个男孩子骑脚踏车来了，他携带一只和别克一样的爆米花盒子，他停了一会儿，看看垃圾箱里面，很快地换走了盒子。

那孩子骑走后，康妮尔不慌不忙地站起来，伸伸四肢，带团卫生纸到垃圾箱前。爆米花盒就在顶上，她取出来，打开，里面是盘录音带，没有其他东西。

就在这时，一辆警车飞驰而来，驾车的是莱恩警探。

"上车，"他说，"队长在追那个孩子。"

"里面是盘录音带。"

莱恩警探责怪说："你应该等我来再打开的。"

"你真以为那是炸弹？"

"有人杀害别克太太，也许同样想害她丈夫。"

康妮尔沉默不语，直到他们到了数条街外和鲍勃会合。那孩子被追到了，看起来有些惊慌失措。

"我什么也不知道，"他一再重复，"有个人付钱叫我那样做的。"

"什么人？"鲍勃问。

"我不知道。"

"你在什么地方见到那人的？"

"他在路上拦住我，就在一条街外。"

"你要带这盒子去那儿交给他？"

"是啊，他给我五元，办完后再给五元。"

鲍勃转向康妮尔，"陪他去，可能太迟了，不过我们要找的人可能还在那里。"

然而，一直也没有人来。

鲍勃放了两次录音带，一脸迷惑，"莱恩，你听没听到什么？"

"当然没有，队长，什么也没有，根本就是盘空白带。"

康妮尔走过去，报告说："组长，听那孩子说，那人年纪颇大，白头发，衣着

363

褴褛。"

"他所描述的就是那样吗？"

"对的。"

鲍勃拿起电话，拨别克家的号码。别克来接电话时，他说："我是鲍勃。"

"我一直在等你电话，逮到那人没有？"

"没有，他派一个孩子去取，我们只查到那人的长相，但不详细。"

"他有没有留下什么？"

"一盘录音带。"

"上面有什么吗？"

"没有，什么都没有，好像整桩事是个骗局。"

"那么，你是没有什么进展了。"

"我们另外还有两个线索，"鲍勃有意停顿了一下，"别克先生，有一件事——你暂时得小心，很有可能凶手也在追杀你。"

"别担心，这些天我每天晚上睡觉时，枪都放在枕头底下。"

鲍勃说："好，我们再联络。"

放下电话，鲍勃凝望着窗外曝晒在阳光下的停车场，一条大黑狗从一辆汽车里跳出来，不理主人的吆喝，这使鲍勃突然灵机一动，想到一件事。他继续看了一会儿，然后转向莱恩警探，"看没看见下面的狗？把它弄上来。"

"把狗带到办公室来？"莱恩警探迷惘不已。

"对的，快，免得它跑掉！"

"你不会是有什么事吧，队长？"

鲍勃双手抱住脑袋，声音又高了几度："不可能的，我的脑袋从来没有这么清醒过。"

别克被远处动物的吼声吵醒，他看看腕表，凌晨两点不到。他披上外套，伸手到枕头底下取出手枪，塞进口袋里，然后走到门前，套上靴子，拉好外套，开始下山坡。

没有侵犯的影子，他也不曾期望发现。不过，肯定有什么东西在骚扰那些动物。经过老虎栏，探视黑暗中的洛夫，没有它的影子，不过它可能会躲在自己的窝里。他记得，老虎是梅娜的死亡象征，她自己一直这么讲。

夜里的空气清新凉爽，他向前走着，狼对着月亮嗥，北极熊在栏里焦躁不安，这一切都不使他烦心，反而有种宁静感。

突然，他听见后面有声音。

转过身去，面对他的，正是他熟悉的"潜伏在身后的老虎"。

然而，这头特别的"老虎"，却是鲍勃队长。

"别克先生，我要以谋害你太太之名逮捕你。"

别克只点点头，"是的，"他说，"一切都过去了。"

他们扣押别克并允许他打电话请律师，鲍勃和康妮尔、莱恩警探三人坐在办公室里，重放录音带，三人仔细听。

"我仍听不出什么。"莱恩警探说，表情迷惑。

"你是听不出的，在人类的听觉里，它是太尖锐了，但是下午你带来的那条狗，它就听出了什么来。"

想到这话，康妮尔微笑着说："队长，原谅我说的话，我们都以为你发神经了，你怎么知道录音带里含有什么？"

"有人在勒索别克——或者说企图勒索——我觉得那是认真的，不是骗局。毕竟，怎么能勒索一个清白的人呢？当那个勒索者打电话来的时候，他也不警告别克一下，丝毫不怕他报警。他必定知道别克会付款，也不敢不付款。由此可见，他一定掌握了一些不利于别克的什么。当我打电话给别克并说我们获得一盘录音带的时候，他立刻问'上面有什么吗'，而不是问'上面录些什么'，他知道上面只有一些我们耳朵听不出来的尖锐声音。"

"可是，"康妮尔问，"如果他杀了人，为什么又把勒索信送来备案？"

"作为一个总与野兽打交道的人，没有些胆量怎么成。当那头老虎没照他期望的那样撕裂他太太的尸首时，他第一个坚持说，太太是被谋害的，因为他知道，验尸官反正是会发现刀伤的痕迹的。至于他带勒索信来报案，那是因为他不愿一生都被勒索。他希望，即使录音带出现，我们也听不出所以然来。"

莱恩警探搔搔脑袋，"他用动物园的扩音器播放录音带？"

鲍勃点头，"他利用定时开关，在凌晨五时前一点，播放录音带。那尖锐的声音吵醒动物，使它们不安于笼。他知道太太会下山去查看，她以前常这样做。他可以在那儿杀死她，扔进虎坑，使事情看来像是可怕的意外，或一个凶残的不良少年所为。动物的骚动声扰乱邻居，更证明动物园里有侵扰者。当我们在办公室放录音给狗听的时候，那只黑狗的骚动不安提醒了我，于是，我从铁道上的那道门进去，借扩音器播放，我要看看这盘录音带的声音是否真能打扰动物，结果是肯定的。我也要看看，动物是否真能吵醒别克，结果也是肯定的。前天晚上，动物一定也吵醒了他，但是他佯装睡着，所以由太太下山去查看，然后他再跟随下去下毒手。"

"你怎么知道是别克在利用录音带？"康妮尔问，"而不会是其他职员？"

"只有别克才知道太太会下山查看，不要忘记，她面对凶手的时候，并没有掏枪，她看见的那人必定是她信任的人，看见那人并没有使她惊讶！"

"勒索者呢？"

"那孩子的描述很符合贝尔，他对别克夫妇无好感，我想他是在动物园办公室发现那盘带子在机器里，并且怀疑到它。我想那天上午凶案发生后，他还真正播放了一下，也就是在别克没有来得及取走之前。那时候我也在动物园里，先是听到播放音乐，之前一阵安静，突然，动物就骚动起来，就在那个时候，贝尔从动物园办公室出来，看到这一情况，又再回到办公室去了。他一定是明白了录音带的秘密，第二天，勒索信就寄出了。"

"那么，死者身上的条子又如何解释？"

"是利斯以前约会别克太太的，我想别克发现了它，才萌生歹念，他会认得朋友的字迹的。"

那天，鲍勃要下班回家的时候，停步聆听别克的供词。他由律师陪同，向速记员供述："她是属于我的，不是利斯或任何其他人的。她如同我带回来的那些动物一样，是属于我的。"那是叫人听了不舒服的供词，鲍勃不想再留步听下去了。

女人的直觉

　　电话中歹徒的声音粗野，蛮横，"老混蛋，钱弄到没有？"

　　"钱全准备好了，"布莱尔回答，"我太太平安无恙吧？"

　　"少啰唆，听着，"歹徒恶狠狠地说，"今晚八点，从四十号公路向北开大约一英里，公路左边有条小路，路口有'此路不通'标志。顺着小路再开三英里，那里有个空地，把钱扔在空地上就离开。"

　　"明白了，"布莱尔说，"可是我太太呢？"

　　"照吩咐的去做，"歹徒根本不回答他的问题，"假如你想要太太活着回去的话，就单独来。"

　　这是我三小时前在布莱尔家的分机里听到的对话，现在，我正躺在布莱尔的汽车行李厢里，手握枪柄，紧张地准备着。依时间估计，该到放赎款的地点了。

　　布莱尔是本地工会领袖，近日改选，和对方竞争激烈。他在工会里固然有许多拥护者，但也难免树敌。去年，他就被人狠揍过两次，当然，那可能是出于私人怨恨，但也不能排除是竞争敌手干的。

　　如今，布莱尔太太被绑架，歹徒要求他单独送赎金，这很可能是歹徒要设埋伏枪杀他。我很想一走了之，不办这件案子，但我多年的业务情况一直不好，如果能成功办好此案，对我而言，将会意义重大。

　　我觉得车停住了，那么我们是在空地上了。我稍稍掀开车盖，向外窥视。天黑漆漆的，没有月光。我迅速爬出汽车，平伏在地上，钻到车子下面。

　　"最危险的时刻，"我警告他，"是你丢钱袋的时候。不管有任何情况，都不要下车，从车窗把钱袋扔到车头灯前，让歹徒看见就行，然后躲起来，如果有枪击，我会回敬，一直到我回到车上，我们再一起逃开。"

地上有物品落地声，那是个黑色袋子——里面装有十五万美金——落在车前。差不多同时，林子里发出枪声，两枚子弹落在车身，另一枚击中玻璃，我迅速做出判断，一共应有三个人，而且互相保持相当距离。

我注意到最近的枪声来自车前方。趋近些，我看见一个人影从林子里出来，企图接近汽车。我转动枪口，向那个移动的人影开了两枪。一声尖叫，有人应声倒地。我盯着那地方，大声对布莱尔叫："熄掉车灯！熄掉车头灯！"

灯一熄灭，我立刻钻出汽车，弯身奔向那个被我击中的人。我屈膝跪下，摸摸他的脉搏，然后抓住他的衣领，把他拖向汽车。

从那以后，枪声再也没有响起。

"不要开灯！"我边上车边对布莱尔大叫，"开车，离开这儿。"

布莱尔发动汽车，掉个头，驶离空地。后面歹徒又射了两枪，但均未射中。

我们的车开出好远时，我拍拍布莱尔的肩膀。

"停到路旁，我要瞧瞧这家伙。"

布莱尔将车停到路边，打开车内的灯。

我打中的那个人虽然已经昏迷，但显然没事，他的左太阳穴有条血迹，子弹其实只擦破了一点儿表皮。

"你认得他吗？"我问布莱尔。

布莱尔摇头。

我转头问那个人，"你是谁？布莱尔太太在哪儿？"那人愠怒地摇摇头，不做回答。

"好，我们回你家去。"我对布莱尔说。

布莱尔点点头，发动了汽车。

那还是前一天早晨，我接到布莱尔要我去他家的电话，我们虽然从来不曾谋面，但却久仰他的大名。

布莱尔粗壮，结实，五十来岁，铁灰头发，看来精明强干。但是那天早晨，他拿出歹徒的信给我看时，手不断在发抖。

信是用从报纸上剪下来的字拼成的，上面写道：

> 你太太在我们这儿，如果你想要太太活着回去的话，拿出十五万
> 元，全部要小额钞票。你假如想再见到太太的话，奉劝你，不要报警，
> 不要干傻事。

"你什么时候收到的这封信？"我问。

"昨天晚上回家时在前门发现的，不过这之前我就有种预感，因为我进家前发现太太的车停在路边数里外。"

布莱尔蹀着步子，继续解释，他和太太那天参加了一个工会举行的酒会，会后他还要参加另一个会议，所以让太太自己开车回家。

"我是午夜才回家的，"布莱尔补充说，"本来可以早点到家，可是我送保镖到机场。"

"你的保镖？"我问。

布莱尔似乎尴尬起来，他的律师接口说："下周就是工会会长的改选期，他的对手卑鄙，怕有意外。"律师紧接着告诉我，过去一年里，布莱尔挨了几次打，同时多次接到恐吓电话和匿名信。

"既然你有保镖，又晓得随时随地可能有麻烦，为什么你还要你的保镖离开呢？"我问。

"我担心我的女儿，"布莱尔解释，"她今年才十八岁，去西部朋友家住了十天，今天预定要回来，唔，坦白说，我怕什么人对我女儿下手，所以我派保镖去接她。"

"发现太太被绑架后，你有没有和女儿谈话？"

布莱尔点头，"我今早打电话给她了，谢谢老天，她平安。伊尔——就是那个保镖——正陪着她，我叫她不要回来，等事情完了之后再回来。"

"我想，"那个律师接下来说话了，"这件事情会不会是一种计谋，诱骗她到某个地方，然后杀害她？"

"当然，那总是有可能的，"我缓缓地说，"不过，我觉得自从你太太失踪后，你一直在假定歹徒会是怎样的，从没有想到能不能付出赎金？"

"我私人没有那么多钱，"布莱尔说，"不过我相信我能够及时筹到那笔款子，我可以向工会里的朋友借。今早我的律师和我已经打了许多电话，我们没有说出钱的用途，我相信四十八小时内可以筹到。"

"还有另外一件事，"我说，"我替你报警。"

"不行，"布莱尔很干脆地说，"信上说不许报警。"

我点头，"OK，太太是你的，钱也是你的。"

他同意我留在他家，以防万一歹徒又有更进一步的动作。他的律师出去取款，布莱尔忙着打电话联络，以便筹足款项。

布莱尔扔过一份报纸给我看，上面有他和一对男女的照片。

"那是我太太，"布莱尔说，"照片是昨晚在宴会中拍的。另外一个人是伊尔，就是我的保镖。回头我可以给你一张更好的照片看。"

"不用了，这张就很好。"我说着，从报纸上撕下照片。

布莱尔太太比我想象中年轻多了，而且美丽，苗条。她穿着晚礼服，戴着项链、耳环，年轻得不像一个有十八岁女儿的人。事实上，她自己看来也不会比十八岁大多少。

在我端详照片的时候，布莱尔大约看到我脸上的表情了，他僵硬地说，"太太比我年轻很多，我们结婚刚刚两年，我女儿的生母已经去世多年了。"

那天过得非常缓慢。我没有更多的事情，就帮着布莱尔和他的律师一起数钱，并把钱放进一个大铝箱里。

那一天，我们只接到两个电话，一个是布莱尔的女儿打来的，另一个则是我太太黛琳打来的。

"杰克！"黛琳说，"我打电话到你办公室，你的服务人员说我打这个电话可以找到你，我想你答应请我吃午饭的。"

"黛琳，我正在办案，"我说，"这是很重要的，我可能这一两天不能回家。"

"你能有什么屁案子？"她反驳。她很明白，我最近业务不佳，但她说那话的口气，仍然颇激怒我。

我尽可能温和地说："黛琳，现在我不能和你谈，明天晚上我再请你吃晚饭。"

那天晚上，布莱尔、他的律师和我都没有怎么休息，总怕事有变故。

第二天，布莱尔眼睛通红，嗓子也哑了，但是他已筹到十五万元。

歹徒的电话是在午后打来的，晚些时候，我陪布莱尔去付赎金，差点连命都没保住，当然，也有收获，抓了一个俘虏。

现在，这案子仍有许多事情叫我烦恼。

我们驱车返抵布莱尔家，我倚身向前，轻轻对布莱尔说："听我说，布莱尔先生，这案子可能不是简单的绑架，不过我要暂时留下这个家伙，我们不要让人知道我们逮住了他，迟早我会把他交给警局的，但是我们要看看以后数小时的变化。"

"好吧，"布莱尔点头，"一切全听你的就是了，我给钱的目的也是如此。"

进入布莱尔家后，布莱尔、他的律师和我兀自坐着。一个小时不到，电话铃响了。那是布莱尔太太，她的声音听来有些歇斯底里，但总算说清楚，歹徒已把她扔在一条偏僻的路上，她是徒步走到附近的一个农庄，从那里打的电话。

我们好不容易从她那儿得到正确的住址，前去接她。那农庄距留下赎金的空地不远。

布莱尔太太看来狼狈不堪，身上虽仍穿着晚礼服，但衣服肮脏，头发零乱，脸上也一塌糊涂，她的珠宝首饰也没有了。

回程由我开车，布莱尔一直在安慰太太，一路上，她只是不停地念叨着："好可怕！太可怕了！我宴会后回家，一辆汽车把我挤到路边，三个戴面罩的人抓住我，蒙住我的眼睛，开了很久的车，把我关在一个房间里，我不知道会发生什么事。然后……不久以前，他们突然领我出来，把我抛在那条路上，开车走了。"

回到布莱尔家，布莱尔打电话报警，他太太则上楼沐浴，换衣服。

我们等候警察人员到来时，我问布莱尔小姐和伊尔何时回来，布莱尔告诉我说他们应该在午夜到达。

"我们楼上那人怎么办？"布莱尔小声问我。

"现在权且不理，"我说，"在把他交出之前，我要把事情弄清楚，起码要等一等伊尔。"

"伊尔？"布莱尔说，颇为惊讶，"你不会认为是……"

"我不认为什么，"我打断他的话，"我只是想把这儿的事情弄清楚。"

布莱尔缓缓地点头，愁容满面。

警方来了，他们询问布莱尔太太，她把事情重述一番，同时说出歹徒的模样，如大约的身高、体重等，但她没有看见歹徒的面孔，也不知被拘禁于何处。警方也询问了布莱尔和我付赎金的情形。

警方查过汽车上的指纹又重新回来时，电话铃响了，又是我太太黛琳的，她仍然在等候我请她出去吃饭。

我看看表，时间才只十点过一点儿。伊尔和布莱尔小姐还得一个多小时才会回来。我记得离布莱尔家两里路远的地方有个餐厅，于是告诉黛琳乘车到那儿和我碰头。

警方和布莱尔都不高兴我离开。我知道布莱尔对留在楼上的那个人有些不安，但我也正因为这才有必要离开一小会儿。

驱车到餐厅，我喝完一杯威士忌，黛琳才到。她一坐下，我就看出她对这地方很不满意，她开始抱怨，但被我劝住。我说："我要你仔细听着，黛琳，我正在办的这个案子还未了结，这个案子对我很重要，耐心点儿，我没有忘记我的允诺，等办完这件事情后，我带你到最好的餐厅去。"然后，我边吃边把案子的大概内容告诉她，这差不多是我前所未有的，可能是因为我对她有些歉疚吧。

我描述了布莱尔太太的样子，突然记起口袋里从报纸上撕下来的照片，我掏出来，递给她。

"嗯，"黛琳眯眼看着照片，"蛮漂亮的嘛！"停了一会儿，又说，"亲爱的，你知道吗，她丈夫一定真正爱她，你单从眼睛就可以看出。"

"你在说什么，黛琳？"我恼火地说，"照片上瞧她的可不是布莱尔。"

"我的观察绝对不会错。"黛琳把照片放在桌子上，用手指着，肯定地说。

上帝！她指的竟是伊尔，后者正含情脉脉地看着布莱尔太太。

我告诉黛琳错了，她却不以为然，"唔，这些你不懂，我不会错的。你看他瞧她的样子，他明显是爱着她的。这种事只有我们女人才会感觉到。"

我无奈地摇头，黛琳的话简直是胡扯。

但当我再看一眼照片时，不禁豁然一惊，黛琳说得一点儿不错，伊尔的眼神的确异样，布莱尔太太的表情也很不自然。我不知道之前我为什么偏偏就没有看出来。

我一下从椅子上跳起来，一把拉起黛琳，急急就向停车处跑。

当我带着黛琳迅速驱车回到布莱尔家时，前门仍停放着一辆警车。我让黛琳在车内等候，径自进入里面。

警官和一位便衣人员正在那里，伊尔也到了——我是从照片上认出他来的——还有位年轻小姐，自然是布莱尔的女儿了。他们正在谈话，没人注意我，我点点头，然后上楼，去了二楼洗手间。

那个被我击中的歹徒仍然被捆在地板上。我把他拉起来，解开他的双臂和双脚，但嘴里的布没有取出。

我用枪顶住他说："我已经知道这个绑架的幕后主谋是谁了——布莱尔太太和伊尔。他们雇用你和另外几个人佯装绑架，然后把布莱尔诱出去，好杀害他。那样看来好像是工会的对头们干的。我准备给你一个立功的机会，你难道不准备告诉我整桩事情的经过？"

那人愠怒地摇头，目光狠毒地盯着我。我抓住他裤腰的皮带，推他下楼梯。

在我们下到楼底，还没被客厅的人见到之前，我向他耳语道："伊尔也在那里，当他看见你的时候，你知道会有什么事发生吗？他会在你有机会开口之前先杀死你。"

我伸手，取出塞在他嘴里的布，并将我的枪塞给他——我早已在车中卸出了枪里的子弹，但他并不知道——我在后面用力推他一把，让他比我先一步进入起居室。

他的突然出现，使满客厅的人全都惊呆了。我不动声色地擦过他，来到伊尔身旁。

那个人一直死死地盯着伊尔，刹那间，伊尔仿佛僵住了，突然，伊尔似乎惊醒了，迅速把手伸进胯间。

那个人开始大叫了："不要开枪！伊尔，这是个诡计！"

但伊尔已经掏出枪，举起来要开了。

那人也迅速举起我的枪瞄准伊尔，并迅速地扣动了扳机，同时尖叫着："不要让他杀我！整桩事都是他策划的，全是他的主使。"

我快步趋前，以肘猛切伊尔的手臂，他射出的子弹落在了地板上。

那个人吓傻了，瘫在地上，恐怖地瞪大眼睛，喃喃自语："他们干的！他们干的！他和她！"他指着布莱尔太太，"他们要她的丈夫在选举前死掉，好嫁祸于工会的人。他和她，是一对情人。"他说后一句话时，眼睛盯着伊尔。

真相大白了，接着，那个人不停顿地交代了一切，还供出了另外两个同伙。

他们根本不是工会的人，只不过是些无业流氓，是伊尔雇的他们，答应给他们酬金。

布莱尔太太以绝望的憎恨的眼光盯着伊尔，"你真把我害得好苦，伊尔，都是你，还有你的蠢主意。"

"那也是你的主意。"伊尔犹如一头困兽，仿佛要咬人似的狂叫起来。

警官和便衣拿出手铐，走向布莱尔太太、伊尔和那个歹徒。布莱尔小姐急急过去安慰瘫倒在椅子上、面色苍白全身颤抖的父亲。

一切都结束了，警方两个人向我点头，以示谢意。

"功劳应属我的太太，"我说，然后将黛琳看到照片后的反映说出来，"我太太在照片上注意到的还有布莱尔太太在宴会中戴的价值昂贵的耳环。唔，我可没注意到。不过，它提醒我记起，我们去接她的时候，她身上没有任何珠宝首饰，她说自己没有到家就被绑去了。"我把报上的照片亮给警官和布莱尔看，然后指指站在一边的布莱尔太太，"可是现在，她又戴上了出席宴会时所戴的同一对耳环。"

警方带走了三个疑犯，布莱尔开出一张五位数字的支票给我。过后其他两名共犯也被逮到，赎款追回，款子归还原主。

布莱尔选举最终获得胜利。

但是对我而言，最重要的是，那天晚上，我带黛琳去了城中一家最豪华的餐厅吃大餐，喝香槟。

　　"这才像样儿，亲爱的，"她那天很满意，"如果再来几桩这样的案子的话，我会更尊重你的这一职业的。私家侦探的妻子就应该过这样的生活。"

　　她并不知道，她才是破这一案子的真正功臣。

　　但我没有告诉她。

弄巧成拙

虽然汤姆是个不务正业的监狱常客，长相丑陋———一双黄色的眼睛深嵌在凸起的眉骨下，尖锐的下巴像是钓线上的倒钩，而且脑筋也不太聪明，但是，倘若没有霍尔介入的话，珍妮小姐终有一天还是会嫁给汤姆的。

汤姆对珍妮的爱，是不容置疑的。他坚决地说，一旦获得足够的钱，就立刻和珍妮结婚。而珍妮也早已对每天打扫卫生的工作厌倦至极，她盼着有什么能改变自己的生活，甚至嫁给汤姆也在所不惜。

汤姆虽然长得丑了些，但也有某些吸引人的地方。珍妮不得不承认，他那如动物般健壮的体魄，足以弥补他外表的迟钝，从这个意义上说，汤姆是个性感的男人。

而汤姆呢，自从第一次在酒吧里邂逅珍妮，就被她漂亮的褐色大眼睛迷住了，假如不是因为盗窃罪被判三年的话，他相信过不了一个月自己就会把珍妮娶到手。

"你等我，珍妮，"他入狱前这样告诉她，"我一回来，咱们就结婚。"说着，他以特有的既认真又愚笨的方式，用那双黄眼睛盯视着她，补充说，"宝贝儿，我不在的时候，不要再交男友，不然我下一次入狱，可就是杀人罪了。"

他入狱前的嘱咐，使珍妮竭力压抑自己对霍尔的爱恋。霍尔是一位肯上进的水管装配工，她是在汤姆坐牢期间认识他的。她不想有什么三长两短的事发生在霍尔身上。

然而，她似乎不能自已，因为霍尔具有汤姆所没有的一切。他英俊，聪明，可汤姆却丑陋，迟钝；他诚实，并逐渐富有，可汤姆却不务正业，一文不名；还有，他长得瘦削，细弱，颇有诗人气质，可汤姆则像个马戏团里的大力士。

375

令珍妮担心的恰恰是最后这一点的悬殊。口头上，霍尔能说会道，但是在身体上，珍妮知道，他和汤姆相比，正如一只田鼠对一头怒鹰。

珍妮心中，情况是这样的：汤姆爱她，要和她结婚；她则爱霍尔，想嫁给他。但是，假如她嫁给霍尔的话，汤姆立刻会使她成为寡妇，或者尸首，也许两者都是——只要他出狱后知道这件事，他就会下手。这实在是一件令珍妮左右为难的事。

怎么办呢？汤姆出狱的那天晚上，她想到了个主意。

他们在初次相逢的酒吧里见面，虽然汤姆是个典型的喜怒不形于色的人，但是他的神情使珍妮明白，他仍然狂爱着她。

珍妮在汤姆狂吻过她之后，便直截了当地说："汤姆，我们立刻结婚吧！"

汤姆眨眨那对黄色眼睛，"宝贝儿，我一文不名，首先我得做一两票，弄点钱才行。"

"傻瓜，我正是那个意思。我想，我知道你可以如何捞一票，一笔肥的、很快的，就在本周下手。"

"你认为你懂得的比我多？"他说，似乎没显出多大兴趣。

"我每周二服务的帕特罗夫人，"珍妮继续进攻，"就是我今天服务的那个人，是位寡妇，她丈夫一年前过世，他没有留下她所希望的钱财。"

"真遗憾，"汤姆无动于衷地说，"我为她感到不平。"

"等等，"珍妮做了个漂亮的手势，"她倒是有件非常昂贵的貂皮大衣，汤姆，虽然它的式样有点老，但料子却是加拿大的野貂皮。"

"那不错，呃？"他的兴趣提高了。

"那是最上等的。你知道，现在很多人养人工貂，纯粹为了做生意，但人工养的貂不能和加拿大野貂皮比，汤姆，加拿大野貂，难得逮到一条，很昂贵的。"

汤姆抬起凸出的两道眉毛，有些不解地问："你怎么知道这些，你从没有见过野貂皮大衣。"

"是帕特罗夫人告诉我的。她说她丈夫为买那件大衣花了一万两千美金，外加税金。"

"哇！"汤姆叫道，"真是件值钱的大衣！"

她点头说："事情是这样的，今天当我为她打扫的时候看见了那件大衣，她告诉我，她希望有人把它偷走！"

汤姆凝视着她，"珍妮，你喝了多少酒？"

"真的，开始我也觉得她是在开玩笑，可后来一想，也许她是认真的。她负担不起那件大衣的保险费。"

"哦，保险，那可不妙。"汤姆明智地摇头。

"所以我私下想，汤姆，假如你偷走那件大衣呢？像那位夫人想的那样？"

"我？"汤姆警觉起来，"我已经因偷窃服刑过两次了，宝贝儿，你总不会要我为了一件什么貂皮大衣，再第三次入狱吧？不，我不干。"

"那不算是偷，"珍妮解释说，"因为她希望有人偷，她好能得到赔偿金。汤姆，你那样做正好帮她的忙，她需要现金甚于貂皮大衣。"

"需要现金的不止她一个。"汤姆阴郁地说。

"假如你偷走她的貂皮大衣的话，她可以从保险公司获得赔偿，你也可以得到许多现金，汤姆，何乐而不为呢？"

"从谁那儿得到？"汤姆小心地问。

珍妮有些话中带刺，"你是笨蛋啊？你总不至于坐在这里，告诉我你不知道销赃的地方吧？何况你还有那些一块儿坐过监狱的哥们儿！"

他踌躇了一下，"不……不……我说的不是这个意思，我当然认识收赃的人。只是，珍妮，假如我再失手一次的话，我们就永远结不了婚了，明白吗？"

"在这世界上，为了获得你想要的，你必须奋斗，汤姆，你究竟要不要我？"

至少这点他没有踌躇，"当然要，宝贝儿。"

"那么，你就去偷大衣，向你的朋友去销赃，然后我们结婚。好不好？"她倚身吻她。

"假如你坚持那么说的话，好吧！不过，我不急于下手，因为万一……"

"你不会被逮到的，汤姆，我向你保证。"

"保证？"

"对，"她打开皮包，拿出一把钥匙放在桌上，"看见没有？这就是进帕特罗夫人家的钥匙。"

"嘿！"汤姆吃惊地说，"你怎么弄到的？"

"我在那儿工作，这还不容易吗？"

"有钥匙就方便得多，"汤姆承认，但他突然想到了什么，"我说，珍妮，为什么你不自己偷那件大衣？假如你有钥匙，对屋子又了如指掌？"

她叹了口气，"因为我会是第一位嫌疑者。即使帕特罗夫人不在意谁偷了她的大衣，但警方可会关心的。然后我就会被逮到，你看不出吗？"

他把鹰钩般的下巴上下动了一下，"也许，我也会被逮捕的。"

"你不会，因为我知道行窃的最佳时机。"

"什么时候？"

"周五晚上，帕特罗夫人不会在家。七点钟，她要和她妹妹去看歌剧，她今天告诉我的。"

汤姆眯起的眼睛完全消逝在巨穴般的眉毛下。那情况维持了数秒钟，一阵长时间的沉默，只有啤酒入喉的咕噜声。然后，他点点头，一本正经，像谈生意一样，"帕特罗夫人把大衣存放在哪儿？我得手后如何逃走？如果我携带大衣上公共汽车的话，在别人看来，不是很古怪吗？对不对？"

那是挺滑稽的！珍妮想着，控制住自己的笑。这个丑八怪手臂上搭件貂皮大衣，那样子任何人看见都不会忘记。她小声说："汤姆，你必须……嗯……借一辆车。"

他说："你意思是偷？"

"嗯，是的，我想是这样。"

"还有，珍妮，我去取大衣的时候，你人在哪儿？"

"就在这儿等你。"

"好，我干，周五晚上七点半。"

"你会成功的，明天我去配一把钥匙。"

他们一言为定，一起离开酒吧。周五晚上，看着帕特罗夫人出发去看歌剧后，汤姆带着一份愉快的幸福感，大胆地将黑色轿车停在帕特罗夫人的房门前。他在心里说着，谢谢珍妮，这一票会轻而易举。

他关掉马达，下了车，为防意外，把钥匙留在了点火器上，然后他环顾四周，没发现什么，便手伸进口袋，摸索出钥匙。很快地，他跳上台阶，打开房门，潜入屋里。

就在同时，躲在一棵大树后面的珍妮，走出藏身处。她悄悄地贴到汤姆汽车前，探身进去，取出插在点火器上的钥匙，然后迅速跑到下一个十字街头的公共电话亭，以半歇斯底里的声音通知警方：有人正在帕特罗夫人家行窃，假如你们快些的话，可能逮个正着。她报上帕特罗夫人的住址后挂断了电话。

做完这些事后，怀着犯罪和胜利的感觉，珍妮回到她答应等候汤姆的酒吧里。当然，汤姆是不会来赴约了，但是，她必须喝杯加冰块的酒，以庆祝自己将和霍尔结婚，同时彻底驱赶走丑陋的汤姆在自己心中的印象。

珍妮缓缓地呶着酒，想到就在十几分钟前，她刚刚和霍尔分手，他们在一起缠绵了两个多小时，霍尔说还有点事先走了，她没有留他，因为她也要去等汤姆。

当然，一切应如她所计划的，她沉浸在对未来的幻想之中：汤姆再次锒铛入狱，这一次时间一定很长，等他再出狱时，她和霍尔的孩子大概已经上学了。

突然，汤姆无声息地出现在她面前。

他歉然地微笑着，伸手揽住她的肩膀。惊愕中，珍妮觉出自己在发抖。

"珍妮，"他说，"宝贝儿，我把事情搞砸了。"

她闭了一会儿眼睛，然后勉强从嘴里挤出几个字，"什……什么？"

"事情，我是说那件貂皮大衣的事，吹灯了。"

"你没有弄到大衣？"她慢慢地恢复镇静。

"我弄到了，珍妮，一点儿也不麻烦。但是我把汽车钥匙丢了。当我跑出来的时候，我找不到汽车钥匙。"

她生气地说："我不是告诉你要留在点火器上的吗？"

他眉头皱起来，"当时我觉得是这么做的，可后来找不着钥匙时，我想我肯定是弄丢了。等我拿着大衣出来的时候，街头正好有警笛在响。"

珍妮在心中暗骂：那些笨警官，总是迟到！还有那响彻云霄的警笛！但她却显得很关切地问："你怎么做啦，汤姆？"

他耸耸肩，"没做什么，只有逃。"

"大衣呢？"

汤姆抬起参差不齐的眉毛，带着男性的骄傲说："在汽车后座里，我留在那儿，关上车门，开溜了。我聪明吧，珍妮？"

"聪明？"她反问着，心中忙着重拾破碎的梦，"你是什么意思，聪明？大衣搁在汽车里有什么聪明可言？"

"把嫌疑抛给那个人，你不懂吗？偷窃的大衣放在汽车里，那表示不论是谁偷的，他是开那部车来的，对不对？"

"那又怎样？"

"听我说，宝贝儿，警方会扣住大衣和停在屋外的那辆车的车主，对不对？"

"当然，我明白。但是，假如一个人偷车做工具，再去偷貂皮大衣，警察不能冤枉车主，不是吗？"

他摇摇大脑袋，"是不能，珍妮，但是我说的聪明是，我把警方的目标转离我们……转离我……"

"为什么他们会怀疑你，老天，全城的小偷多得是。"

他一本正经地扳着指头，"第一，我刚出狱；第二，我是个出名的贼；第三，我和一个每周在帕特罗夫人家工作的女孩要好，对不对？警方知道这事，所以，他们当然会想到是我做的，除非他们认为汽车是别人偷的，你明白吗？"

"不，我不明白，根本不明白。"

"嗯，听着，珍妮，偷窃是我的职业，对不对？也许这是个坏职业，但我对此却是个内行。想想看，要是我偷一辆车，也许才偷走五分钟，车主就会报案，假如警察行动得快的话，说不定我会在偷大衣时被当场抓住。这不是因小失大吗？明白吗？"汤姆认真地说，"不，做这一行最好是租汽车。"

珍妮带着一种轻松感大笑起来。可怜的汤姆，她和霍尔的事毕竟会成功的。她揶揄地说："你是一个傻瓜，汤姆，租汽车等于是领警察逮你，不是吗？"

"哦，不，我租汽车的时候，不用自己的名字，珍妮，我可没有那么笨。"

"可是租车的时候，你必须亮出驾驶执照，登记名字和住址。"

他自得地点头说："当然，我会拿出驾驶执照，但不是我的，明白吗？"

"哦，"珍妮说，"那么，你是偷别人的驾照去租汽车？"

"是的，这很容易。"

"你在哪儿偷的？"

"昨天晚上在一家电影院停车场，从一辆小型货车里偷的。"他咧嘴笑了，"很多人把驾照放在汽车手套箱里，你知道吗？"

"不，我不知道。"珍妮心想，那干她何事。

"这可是内幕消息。"

"这么说，你用别人的名字去租那辆车？"

"是呀，恰巧那个人的照片不很清楚，他比我瘦一些，但谁说人不会长胖呢？我戴上太阳镜，贴上小胡子，仔细化了妆去的。"他对自己的计谋很得意，"你放心，没人认出我。"

"那个被你偷了执照的可怜人呢？"

"这害不了他，"汤姆无所谓地说，"假如他有不在现场的证明的话，就没有事。好歹那不干咱们俩的事。"汤姆叹口气，"对不起，珍妮，貂皮大衣丢掉了，但我保证下一票一定成功，我俩仍可以结婚，对不对？"

"我想对的，"珍妮心不在焉地说，"不过，我很失望。"

"我也失望，宝贝儿，相信我。"汤姆安慰地拍拍她的手，"不过，也算是不幸中的万幸，假如我没有偷那个水管工人的执照，利用他名字租车的话，我们可能永远结不了婚。"

"水管工人？"珍妮警觉地睁大了眼睛。

汤姆点点头，"是呀，我偷的是一辆水管工人的货车，我告诉过你了。"

珍妮被一阵突然的猜测所刺激，低声问："汤姆，那个水管工人叫什么名字？"她清清喉咙，"执照上的名字？"

"好像叫霍……叫霍尔什么的……"汤姆耸耸肩，"那有什么关系？那和我们不相干，只是个陌生人，宝贝儿。"

珍妮的脸惨白了……

千里眼

我看到他的时候，他也认出了我，两眼瞪得大大的，然后穿过人群，向我走来。这我注意到，有两个人在他身后紧紧地跟着。

他叫吉姆，是个职业窃贼，据说他对扒窃非常在行，可以说是老手。只不过因为上了年纪，又患有风湿病，这才使他的动作显得迟缓些。

就像慌不择路一样，他撞了我一下，然后，又非常迅速地转到我的左边。尽管我当时很警惕，但我发誓，我一点儿也没感觉他的手伸进了我的夹克口袋。他从我身边过去了，但是，追赶他的那两个人依然紧追不舍。

两个人中那位个子大一点儿的是维奇，我希望他没认出我来。他们从我身边跑了过去。

我无意地摸摸口袋，发现里面多了个软皮口袋。

走出没多远，我发现维奇在追我。他们必定是捉到吉姆，发现他调了包，从而想到我。

我一般出来的时候从不带枪，只带一根特制的麻栗木手杖。

维奇靠近我时，他的脚步放慢了，一只手插在西服口袋里，肯定是握着枪。

我尽可能地装出一副无辜的样子，当他突然要冲过来时，我迅速向他两腿之间挥动手杖，他扑倒在地，手中的枪也甩了出去。我用脚狠踢他的下巴，他便一动也不动了。

拐进一条安静的街道，我想瞧瞧吉姆给我塞了什么东西。拉开小口袋，我顿时惊呆了，那是一颗钻石，迎着午后的阳光，闪耀着火焰一般的光芒。

我吓坏了，我知道这颗钻石，一个星期前，各大报的头条新闻都发布了它的照片，它比火山爆发时的岩浆还要烫手。

这是有名的"千里眼"，最先来自高棉丛林深处，后来供奉在一座庙宇的女神头上，它本应该是一直留在那里的。

中国的最后一位皇后曾在紫禁城里戴过它，1917 年，当一位俄国大公爵被他驱逐的一位农夫刺死在一棵桦树干上时，发现那颗钻石在他腰间的钱袋里。后来它又属于一位死去的俄国部长，时间是 1931 年。再后来，"千里眼"被走私到法国。从那时候迄今，它一共有过四位主人，但全部死亡。一个星期前，拥有它的最后一位主人的保险柜被撬开，窃贼们在他身上射了足够增加体重的子弹，逃出他的房舍时，还杀害了两位守卫。

我想象不出，一个像吉姆那样的小窃贼居然会把这样的钻石弄到手。但在当时，它真的不是我所想的重要事情。我真希望一切都没有发生，最好这颗钻石留存在其他任何人的口袋里。然而此刻，我手中握着至少五十万元的东西，既不能保有它，又不能出售它，甚至不能抛掉它。

那样有名的钻石，太容易被辨认，因此，不易脱手，也极具危险性。策划这一行动的人，一定在下手之前就已物色好了一个主顾，那肯定是位非常"有声望"的富豪。

假如警察局发现这颗钻石在我手中的话，我说下天来他们也不会相信我不曾参与此事，他们会一直扣押我到死，即便我试图把它送交给当局的话，他们也很可能认为是我害怕了，还是要把我告上法庭接受谋财害命的审判。

似乎我可以逃亡，或者藏匿一阵儿，但是，总会有一两个人会发现我。那时，我得拿出钻石，否则便会惹来杀身之祸。

只有一个可能脱身的办法，万般无奈之际，我也只有试试。

事不宜迟，首先，我开车向北沿公路开了大约五十里路，用假名字租了一间汽车旅社，然后，打电话给一个在棕榈海滨做保险生意的熟人。

寒暄过后，我说："我知道有座冰山在这一带的海边漂浮。"

他明白我的意思，"契尼，"他叫着我的名字，"只是那座冰山是真正的热的冰山，假如你参与的话，它会烧死你。"

"当然不会，"我说，"你知道我从不参与抢劫与杀人。我只想知道是谁保的险，以便真知道点什么时可以为他提供线索。"

"我可以很快找到是谁保的。我们对这个五十万元的损失都快急疯了。我相信，假如你能帮助我们的话，会有很多报酬的。"

"我还没有把握，不过，我可以帮助你们，假如有线索时，我宁愿直接和你打交道。你能直通当局吗？"

"我会试试的，你今晚八点钟来我办公室一趟。我们应当细致地谈一谈。"

"好，"我说，"八点钟。但不许有盯梢的，我不喜欢有警察盯梢。"

"当然，契尼，你相信我吧。"

我并不十分相信他，那天下午，我用一个装点心的小盒子，用些薄纸垫着，将钻石小心地包好，又用牛皮纸结结实实地缠了好几层，再用塑胶带捆住。

最近的邮政支局在四条街外。我徒步过去，在包裹上写明由迈阿密邮局转交，并写上我的真实姓名。邮局的收据装入我的皮夹——我将那个包裹保了二十五元的险——皮夹就塞进我左边的裤子口袋里。

我从车厢里拿出一把点三八手枪，装进枪套里，佩带上它，这样使我觉得安全些。

我开车驶向棕榈海滨的时候，天已经黑了。

我将汽车停在两条街外，按约定走向他的办公室。据我所知，我没有被跟踪。

我的这位朋友名字叫罗德克，谈正事之前，他向我介绍了他的女秘书，她的名字叫迪莉，是位有着一副迷人身段的红发女人。之后，罗德克让她退了出去。

"首先，"我说，"你得相信我，我没有参与这个案子，根本就没有。"

"我相信那不是你这样的人干的，"他说，"我已经打了几个电话，和有关方面谈了，像这类事情，我们都会通力合作。"

"好吧，罗德克，条件是什么？"

"假如钻石经你而找到的话，有五万元不做记号的钞票做酬金，以补偿你的努力和所冒的险。"

我没有立刻说什么。他误解地说："契尼，他们不会再增加一毛钱酬金的，那数目已经够大了。"

"我知道，"我说，"我只想确知，我该怎么做。"

"你不用带钻石来，"他说，"假如你告诉我们到哪里去取，我们找到了，就会付酬金给你。"

"我做不到，"我说，"现在我还不能确知东西在哪里，我得自己先弄到手，但这肯定有许多麻烦。"

"你究竟知道多少？"

"坦白告诉你，罗德克，我幸运地得到了一些消息，然后我一直跟踪它。据我推测，那群抢劫的人在送货的时候出了闪失。假如我的推测正确，假如我没有认错人，那么，很有可能，他们会让我卖给你们。但是，他们会要分享那五万元。"

"那是我能够想到的，契尼，现在你能再详细谈一下吗？"

"不，现在不行，许多事情我还不知道，我现在所能做的是，跟踪我所猜测的，保持距离地干。"

我和罗德克留个默契说，我一有消息就打电话给他，然后离开他的办公室。

一棵盛开着花的百合树荫下，停着我的汽车。当我正要打开车门的时候，一个人影突然从树丛里闪出来，我企图躲开身子，但是，他的动作太快了。一根短棒打在我太阳穴上，打得我眼前金星直冒。他是个年轻的大个子，穿着昂贵的西裤和鳄鱼皮鞋。他打得比实际需要的重——那表示他是个外行，我差点没被他打死。

我醒来时，发现自己被拖进大厦一边的树丛里，我的皮夹不见了，那里面有我在邮局的保险单和一些证件。我的枪也不见了，但我的汽车还在，他没有取走我里面口袋的钥匙。

我另外还有把枪和一个皮夹，藏在车厢备用胎下面，那个外行忽略了。

然而，一个外行怎么会知道我在这里？他要干什么？

我并不十分担忧，业余者吓不走契尼的。我只需留心迈阿密邮局领包裹的窗口，假如有人带我的身份证明出现的话，我就可以逮住他。或者我可以用其他的证明文件来证明我自己，先一步领走包裹。

话说来简单，事情却很复杂。现在这场把戏除了我之外，已经有五组人参与——吉姆的朋友、维奇的人，他们都是杀人不眨眼的，还有保险业主和治安单位，以及现在这个还不知来由的年轻人。

我回到旅店，一路小心翼翼。假如一个业余者都能找得到我，那么，那些专业者们更能找到我。我没把汽车停在旅店住所的停车处，反而停在对面街头。

这一群人太聪明了，他们派了两名人员守候在我住所里面。他们悄悄地持枪走出来时，我只有双手高高举起。

扭亮房间电灯时，我看见另一间屋里还有两个人在等候。脸上裹着纱布的维奇是其中之一，为首的是个小个子，蓄着黑色八字胡，戴一顶窄边凹顶毡帽。

戴毡帽的用缓慢的声调说："孩子们，搜搜他。"

两分钟内，我第二次失去皮夹和手枪。

维奇转到我后面，出手狠狠地打我，一张椅子随我翻倒在地板上。他大叫："东西在哪里？"

我站起来，扶起椅子，坐下来，"你还没学乖吗，维奇？我今天已经教训了你一次，当我准备好的时候，我会再让你吃苦头的，下一次我会扭断你的脖子，而不是你的蠢下巴。"

他从绷带中狺狺吼叫，挥着手中的枪。

我看看戴毡帽的，"老天，你来处理他。"

"维奇，回去，坐下，"戴毡帽的说，"现在我们需要他活着。"然后，他对我说："你知道我是谁吗？"

"我从没有见过你，不过，你的长相符合一个小告密者特恩。"我看得出来我的猜测正确。

"那好，你赶快告诉我们你存放东西的地方。"

"我们都知道规矩，"我说，"只是说着玩——你怎么找到我的？"

"今天下午消息传遍海岸，契尼，可我们的情报网比治安机关好。现在，告诉我们，吉姆递给你的那个大钻石你把它怎么了？我们知道一定是你，他在逃离我们的时候，没有接近其他任何人。"

正在这个时候，门上有轻敲声。

这一次戴毡帽的自己也掏出枪来，走到门边，向他的一位手下示意开门。

吉姆高举双手站在门前，他说："晚安，诸位，不要急，这里全都是枪，让我们好好谈谈。"说着走了进来。

"欢迎你，吉姆，"我说，"很高兴见到你。"

"你还带着那东西吗，契尼？"

"当然不，朋友，不过这几个傻子也没有弄到。"我说，"你怎么发现我的？"

"契尼，情报谁都卖，这儿附近有个妞儿发现了你，你准备和我们谈交易吗？"

"首先，谁是我们？吉姆，我有权知道是什么人。"

"他吹牛。"戴毡帽的说。

吉姆没有理会，回到门边，打开门。走进三个人，两个只是枪手，第三个是胖罗宁。

"见见老板。"吉姆说。

胖罗宁有五尺四寸高，一百八十磅重，很粗犷。

"你好，罗宁。"我说。

"你拿着我的钻石，"他开门见山地说，"我要它，你知道我要弄回来。"

"当然，罗宁，"我说，"我知道你这人厉害，每次你吸口气，就有人

386

死亡。"

我听见戴毡帽的吸口气，注意到罗宁脸色泛红，他看来好像不相信自己的耳朵，"怎么啦，你疯了？和我开玩笑，你就必死无疑。"

"我知道，罗宁，"我说，"我不比你更会开玩笑，我怕你，不错，我是害怕你，但是，你最好也害怕我，除非你知道钻石在哪里，否则你不能杀我，我杀你可没有什么阻碍。"

他仰头大声说："没有什么？没什么，只不过我这里的几位手下，他们不算什么吗？"

"你说得对，罗宁，"我转身对满室的人说，"你们这几个是绝对的没什么了不起，不要请我来证明它。我告诉你，罗宁，"我又转向罗宁，"任何交易，我只和你谈。别的人——没关系。"

我站起来，走到写字桌前一张椅子上坐下来。在我出门之前，我曾把最后的一把枪——一把点四四两发子弹的短筒枪——藏在那张椅子下面。

"好，契尼，"他说着，挥手让他的手下出去，"你和我两人谈。我的这笔买卖，本来会是干净利落的，但是，那个老笨蛋拿出枪来，我们不得不干掉他。枪声惊醒守卫，所以，像火拼般地乱打一阵，以后，买者不安，我们不能照预先计划脱手。"

我点头。

"我们安排好了今天交易。我雇用吉姆，原因是他不常和我们在一起。身为一个靠指头吃饭的人，他能够把东西神不知鬼不觉地塞进买者的口袋里。"

他的一位手下给他送来一杯水。

"一切像我计划的一样顺遂，一直到吉姆发觉有几个混蛋在跟踪他。一定是我的一个手下把消息透露出去了，我会查出是谁的。所以，吉姆把钻石放在你身上。预计回头再来取……"

"不是'来取'，罗宁，"我说，"是'赎回'，存放物品总要收点费用。"

一种异样的表情在罗宁眼中显示，这点他明白。他说："呃，呃，我早该知道这一点，你是个滑头，契尼，一个滑头，你要多少？"

"你认为合适的数目，罗宁，当然得考虑我牵涉的危险性。我把钻石带去给你，你再付我你认为合适的钱。"

就在那个时候，特恩的手下采取行动了，对他们而言，不是到手，就是落空，他们四对四，全都有枪，不过吉姆不是能动手的人，罗宁的枪也仍然在枪

387

套里。

罗宁的手下真不聪明，他们两人开始射同一个人——那是个首先开枪的人，他很快断气了。但他的同伴射中罗宁一个手下的脸部和另一个的肩膀，最后自己也喉部中弹倒地。

戴毡帽的和他第三个手下掏枪较慢，他们正准备和罗宁一拼死活。吉姆倒在地上，企图躲进床铺下。

我摸索椅子下面，找到我留下的点四四手枪，我头一枪打中戴毡帽的后脑部。最后一个人想逃跑，罗宁让他逃到窗边，再发一枪，射中他背部。

房间里充满火药味，地毯正慢慢吸干鲜血。吉姆整个身体躲在床铺下，尖叫得活像一头挨宰的猪。

罗宁、吉姆和我三人留在房中，其余六人不是死的，就是垂死的。房外，各道门都砰然作响，旅店里人声鼎沸。一会儿警方人员就会赶到。

"那些无赖，"罗宁激烈地说，"他们真不该开始那场枪战。"

"他们认为非干不可，"我说，"当他们知道我和你谈交易，他们就忍不住了。"

"你很聪明，契尼。"罗宁说，"你不担心会聪明一世，糊涂一时吗？"

"也许明天会。"我说，"罗宁，你不曾注意到吗？我是个只有今天的人。"我已经从一个死歹徒手上取来一把点四五的枪，我还找到两个弹夹，塞进夹克口袋里。

然后，传来微小的警笛声，它很快地逐渐增大。

"你的汽车在前面吗？"我问，他点头，"那么，最好乘我的汽车，我们可以从后门出去。"

"当他们弄清那些尸体时，"我说，"你，我和特恩以及听说过我们的人，都会比一个装着开水的玻璃杯更烫手。走吧！"

"我不和你们走，"吉姆在门边说，"我没有杀害任何人，我也不是你们一伙的人，警方不会找我的麻烦。"

罗宁投给他一个厌恶的神色，"随你的便，废物。假如你说出什么的话，你知道我会对你做什么。"

吉姆溜进黑暗中，当他想逃走的时候，便可以像一条蛇般地溜走。

我们没有任何麻烦地上了我的汽车，等警车抵达旅店时，我们已经在四条街外，并且加速前进。等他们知道要抓谁、再做出正确的判断时，还得好一会儿呢！

"我们要到哪里去？"我问。

"到你放钻石的地方，"罗宁说，"别忘记那东西。"

我告诉他我把钻石怎么处理了，它自然很合乎逻辑，所以，他相信，同时不再烦我。我所隐藏未说的只有一个细节——那个邮政支局的名字。

他告诉我开车到城边一个地方，说："那房子是我一个朋友的，他用它来当做一个隐秘场所，他会收留我们。"

一个小时之后，我告诉罗宁，我要去打一个电话。

"为什么不在这里打？"他说

"呃，别那样吧，罗宁，"我说，"我要打电话给我的妞儿，从私人家打电话出去，假如别人接到就会被追踪。虽然我不会出卖你，但那样对我也没有好处，现在警方人员已经在旅店取到了我的指纹，现在我和你一样的烫人。"

我到公共电话亭，心里明白他会从窗口注视我。实际上我的电话，是打到罗德克的家里的。

"我的天，契尼，"他说，"你能告诉我怎么回事吗？"

"只是好玩。"

"警官从局里打电话给我的时候，可没有那样说，我想他用的名词是大屠杀。"

"哦，那个嘛，"我说，"只是一场小战，他们无一幸免。"

"契尼，你拿到钻石啦？"

"警方人员可以停止搜旅店了，"我说，"它不在那里，从不在那里，不过，我很接近它。你现在可以插手了，罗德克，你打电话给你的那些警察朋友，我明天上午需要一条向南的路。"我告诉他哪一条路。

"我不能告诉警方怎么做。"

"你当然能，至少你们的保险协会可以。我已经找到一个可以带我去取钻石的人，假如我们被阻住的话，就不行了。"

"我尽量办好了，契尼，你只需要把钻石送来，你和治安当局就扯平了，我们只剩下庆贺。"他说，"顺便问一声，契尼……"

"什么？"

"代我问候胖罗宁。"

"我没有听说过这个人。"我说着，挂上电话。

我睡了下半夜，胖罗宁和房子的主人对酌，同时在听收音机。我们一夜成名了。

我们早早出发，但不敢在其他交通队伍开动之前，否则，我们会太引人注目。

在途中，我终于告诉罗宁此行的真正目的。当我告诉他有关邮寄的事情时，胖罗宁只是大笑。

"你最好把它弄回来。"他说。

"我会弄回来的，"我说，"即使我得持枪抢，我也要弄回来。"

罗德克是把警察们调开了，但是，糟的是，我们坏了一个轮胎，胖罗宁根本不下车帮忙换胎。

照预计的时间我们慢了四十分钟，当我们抵达时，迈阿密的那个邮政支局已经营业了半个小时。支局前停着两部警车，所以，我驶到两条街外，拐一个弯停住。罗宁和我戴上墨镜，徒步再往回走，我相信我们来迟了，但还是得试一试。

距邮局一条街的拐角处有个报摊，我买了一份报，看着邮局问道："那边怎么回事？"

"现在没有什么了，"报贩语气厌恶，"一个通缉犯去领了邮件，邮务员一直到他走后才领悟过来。当他抬头看公布栏所张贴的海报时，已经晚了。不可思议，那歹徒竟用他自己的真名字。过后，邮局打电话报了警。"

"那些歹徒，不错，有胆量。"我说。

罗宁和我只有往回走，我埋怨那个爆破的轮胎误了我们。"喂，你是个聪明人，"罗宁说，"这个利用你名字的家伙坑了你，你没想到吧。"

"我还可以追捕他。"

"你去吧——我不去。现在，把你的汽车钥匙给我，我可不坐公车进城，你弄到钻石的时候，打电话给我。你最好弄到它，不然我会派人找你的。"

我真想揍他一顿，但是，我还是把钥匙给了他，警察就在附近，我不能发动一场热战。我看着他走到下一条街，爬上汽车。

然而，汽车的喇叭刚响了一下，汽车就爆炸了。

装炸弹的人一定是躲在附近，看着我们开车过来，停车，然后趁我们到报摊和卖报人谈话时，装上了炸弹。

猛烈的爆炸声几条街外都可听见，我在人群聚集之前，悄然离开。

三条街外，我发现了一部钥匙留在车上的汽车，我把它驶回棕榈海滨。现在，我想我知道该去找谁了。线索是，有人付钱请人来装炸弹。那个人一定是知道钻石的事，而且怀疑我已经弄到手的人才会那样做。因此，思索的范围变小，可疑的人并不多。

我感觉，那个人一定是迪莉，她是唯一可怀疑的人，而且，也是过去二十四小时里唯一有机会安排一切的人。一个好秘书总是知道她老板所干的事，她知道我和罗德克通电话的内容，她可能会告诉她的男友，要他在我汽车边等候，在那里袭击我。她可能也告诉他该找什么，因为我已经告诉罗德克，我身上没有钻石。

　　她唯一要冒的风险就是我谎称没有弄到钻石，假如我说出实话，她和她的男友只消跟踪我。如果那样的话，当我一拿到钻石，那时候我就可能遭暗算了。除此之外，像罗德克一样，她可能聪明得出奇，估计出除非我有钻石，或有把握可以弄到手，否则，我不会打电话，当然，她搜过我的皮夹，就推论出一个大概了。

　　我拨了她的电话号码，我并不期望有人接，所以我也不失望。我把偷来的汽车丢在市中心，又花了十分钟找到一部新的车。

　　她的公寓门锁着，我用塑料月历卡插进没有密合的门缝，挑开里面没有闩死的门闩。

　　一进到里面，我很快地浏览了一下公寓，家具都是昂贵的，衣橱里的衣服也是。一张画后面有个嵌进墙里的保险柜，但是我没碰它。我查看了一下后门，确定她是从里面闩的，然后在一间空房间里等候，从那里我可以透过略开的门缝监视她。

　　门锁必定是上了油，因为我是先看到门开启，再听见声音的。迪莉先进来，然后是位男士。他们都穿着昂贵的衣裤和名牌运动衫。

　　她把门关上的时候，说："我们成功了，我们成功了，兰顿。"

　　兰顿不响，只是走到窗口，低头看着街头。那是一个专家的行为，他宽松的运动衫下，有点三八口径的枪。从迪莉甩动提包的样子看，里面也有枪。

　　"让我再看看它。"他说。

　　她手伸进提包，拿出那只我熟悉的皮口袋，解开带子，倒出巨大的钻石放在桌上，钻石迎着阳光闪耀，光芒万道，完美无瑕。

　　"千里眼，"她敬畏地说，"瞧瞧，兰顿，我发誓它是活的。"

　　兰顿不失警觉，"走吧，我们在有人跟来之前走吧，我们可以在路上欣赏。船已准备好了，我们几个小时内就可以到迈阿密。"

　　出乎意料，迪莉的手伸进大提包里，这一次她拿出来的却是一把小小的手枪，它死死地顶住了兰顿的胃部。

　　"你是对的，"她说，"它是在路上欣赏的，只是——你不上路，兰顿。"

他张口结舌，两眼发直。

我对杀人恶心透了，但此时我似乎别无选择。

我无声地踏出门外，冷冷地说："迪莉，你们不该单独玩儿，这里还有我。"我并没有掏枪瞄准谁，但是，他们可以看出我的手接近腰际的"点四五"。

这回轮到她犯傻了。她呆呆定在那里，好一会儿没有动。

"听我的，"我说，"现在，松开手，让枪落在地毯上。"

她乖乖地丢下枪，面如土色，"契尼。"

"很抱歉，让你失望了。但是，在我汽车里死了的不是我，今天一切事情都太疯狂了，但你无法杀害我或你的男友。"

"我不是她的男友，"兰顿突然说，"比那个更糟，我是她的丈夫。"

我脑中有种本能的警铃拉响，那不对啊——有问题！我企图退后，同时掏枪，但这一次我迟了一步。

我不曾听见润滑的门锁的移动，当我转身的时候，一个男人持枪走进来。我的手僵住了，离枪柄只几寸远。

"那就对了，"他说，"别动，契尼。"

迪莉弯身捡起地上的枪，她说："他吓坏我了，让我亲自宰掉他，让我杀掉他们俩，罗德克。"

一切都明白了。

现在，我才知道谁是她的男朋友了，也知道事情是怎么回事了。我知道为什么他会冒一切风险来换一笔财富，原来他在争取一个和她私奔的机会。我想我早该知道这一切的。

世界上没有任何事会比一个外行人玩手枪更危险的事了，尤其是他的枪口已对着你，任何一点儿小动静都会使他开枪。我绝对不能干傻事。

"我仍能掏枪，杀死你们两个。"我说。

他的反应正如我所希望的。他说："别试。"说着，趋前一步用左手想拿我的枪。他自己的枪持在他面前，斜歪着。自然，他估计我没有胆量猛冲那个接近我生命的东西。他忘记了我的柔道。

我用肘部猛击他的手腕，他的枪掉在我的脚边。他朝右倒时，我趋前一步，用我的右手抓住他的左手肘，右脚钩住他的脚，他失去平衡了，我再用力一拉，他便狗吃屎一样倒在地上了。

他倒地之前，我自己的枪已经掏出。

迪莉瞄我一眼，第二次丢掉手中的枪。她说："你准备怎么做？"

"假如你是我的话，你准备怎么做？"

她两眼瞪大，浑身发抖。

"但你很幸运，我仍然是我，没有变。"我说着，对她大笑。

罗德克还倒在地毯上，他说："契尼，你最好开枪，都是我做的事，你没必要手下留情。"

"听着，罗德克，"我说，"现在，你们全体仔细听着，假如你们照我说的去做，也许会逃过一死。随你们的便。"

"你什么意思？"罗德克问。

"我是说，我可不那么傻，带着那么大的钻石逃跑，或者认为能活多久。相反，我准备接受有人答应我的五万元佣金。"

他们默默地看着我。

"罗德克，你现在就去打电话，"我说，"打给警方人员和联邦人员，你告诉他们，我找回了钻石，我一直在为你工作。我所以把钻石带到这里来，是受你的命令，为的是安全起见。你要注意不能有任何罪名加到我头上，然后你给我弄五万元支票来，把钻石放进银行金库里。"

"可是……"罗德克张嘴要说什么。

"会把你们三人怎样？"我替他接下去说，"什么事都没有，罗德克，根本不会有什么事。我不是治安人员，你们回去做你们的事，我不说什么，任何人也无法从我这里套出消息，这件事只是一件纯粹的交易，没多复杂。我绝不食言，你知道这样做是最好的。"

"是的，"他说，"我知道那是最好的，可是，契尼，你为什么这么干？"

"因为我不憎恨任何人。"我说，"我得到了钱，和警方又无牵扯，我为什么要与你们过不去？"

我们就这样结束了，我很高兴我不是罗德克。